我的国家史

何建明 —— 著

中国改革开放四十年现场实录

山东文艺出版社

序言：
四十年，我为国家精致地做"笔录"

中国的现代历史进程中，有一个年份特别重要，那就是1978年。从这一年开始，中国进入了一个全新的伟大时代——改革开放时代。

对于未来，人们不可能预知；而对于历史进程中所发生的事情，人们也不可能全程进行记录。虽然我们有了先进的技术设备，我们也会发现总有些重要事件事实上并没有在"镜头"中出现过——所有"镜头"的背后也是人的行为。而人，不可能对所有"正在经历的历史"都那么上心和在意。

历史就是这样超乎人们的想象：一般人想来不太可能的事，它往往就发生了——中国四十年改革开放的征程，以及所发生的巨大变迁，有人将它们毫无例外地活泼地记录了下来。

这会是谁呢？谁又会这般用心、用意？

这当然是我——一个中国的现实主义文体使用者，以及这一文体的忠实信徒。老实说，这也是我在此可以骄傲一下的理由：没有哪一种文体的使用者和信徒，能够像我一样几乎将生命中的全部时间和精力专注于一件事：与国家同步前行，并以自己的视野和笔力，去细致地观察和记录这个国家正在发生的每一个重大事件和那些让人民感到幸福的事情。我仍然要用"骄傲"二字来形容我自己的文字贡献和情感贡献，因为文学使我具备这两种能力。

我们这一代人是特别实在和特别勤奋的人，因为我们是在共和国诞生不久后才出生的。我们出生的时候,共和国非常贫穷,并且历尽苦难。我们小时候吃的苦和受的累,现在的年轻人想必很难再经历了。我们是在生与死的边缘活过来的一代,我们就是在那种环境中成长起来的。

我们知道没有饭吃是一种怎样的滋味。

我们知道没有书看是一种怎样的饥渴。

我们知道不能拥有爱情是如何荒唐。

我们其实最怕的就是黑暗与贫穷。

……

后来,到了1978年那一年,时代改变了这一切。我们开始奋斗,慢慢地充实和富有起来,一直到了现在——我们大家都看到了丰富多彩的市场,满眼可以阅读的书籍,可以随手搜索到的资讯,来到了想爱就能爱个半死,不再黑暗、不再贫穷的今天!

呵,这个过程很漫长——对一个人的一生来说,四十年真的很长;而对一个国家和一个民族来说,尤其是从历史的角度来看,又是那么短暂。我们的祖国,就在这四十年里谱写了人类历史上从未出现过的一段灿烂与辉煌的史诗。

这样的史诗性巨变,我们赶上了,参与了,并且有幸记录下来,这难道不是另一种幸运吗?

就独立的个人而言,我不知道还有谁能站起来跟我说:与你一样,我也是整个时代的忠实记录者,用了几十年时间!

如果有这样的人,我将跪下双膝,顶礼膜拜,因为我深知自己能在过去的四十年里做这样一个忠实的时代记录者有多么不易,又有多么幸运,那么如果有人与我一样如此不易和幸运,我会甘拜下风!

历史不可能重演过去的四十年。一个人也不可能去重演另一个人的人生,何况是四十年的岁月。

于是我感到自己可能也很"了不起"——到底如

何,其实读者才是评判者。

我只是需要在此做一些简单的坦白:

一来,1978年,有一个作家和一部作品,对我产生了影响:徐迟先生的《哥德巴赫猜想》的发表,给整个中国带来前所未有的震撼。我当时还是一个在军队做新闻报道的文学青年,开始对报告文学产生兴趣,并且一干就是四十年。在此,我也想特别告诉读者:其实,报告文学文体非常难写,它既要真实,又要有文学性;它既很难写,又独具魅力,因为它要求诗性的真实,它又具备真实的诗性。这也是其他文体所不可能具有的。我爱它,就像司马迁爱自己的《史记》一样。

二来,1978年12月,邓小平同志在党的十一届三中全会上发出向现代化进军的号召的那一刻,我正在湘西的一支工程兵部队工作。就在那里,我开始对自己的国家和这个时代的历史进行关注和记录。我把自己第一篇极其幼稚的报告文学,从山沟里通过邮局寄到北京的茅盾先生手里。当时我很激动,一直在忐忑不安地等待回复。几个月后,竟然来"通知"说"采用"了!于是一个年轻的士兵英勇地开始了他职业的"文学创作"——他没有选择那些靠编故事的虚构文体,而是实打实地用双脚和双眼去进行"非虚构"创作……

其实我也不敢相信,自己竟然会这么长时间坚定不移地跟着国家发展的步伐,一步一步地前行,一年一年地记录,去探寻一个又一个令人惊叹的事件与人物……慢慢地,我发现自己的书房里堆满了那些散发着热气的"事迹";慢慢地,我发现自己的脑海里装满了那些熟悉又亲切的面孔;慢慢地,我发现自己的身上甚至是每一个毛孔里都塞满了这个国家每一个值得记忆和纪念的时刻,而且能够时常听到其铿锵有力、激荡飞扬的声音!

不能不激动。

因为直到今天我才猛然发现：原来我四十年与祖国同步前行的过程，正好构成了我个人的一部无可替代的"国家史"！

不能不激动。

因为我想，到现在为止，还没有第二人可以同样对过去四十年的国家发展如此用心、如此用情地去认真记录，详尽书写——我坚信没有第二人，中国没有，世界更不会有！

其实这不是什么特别伟大的事情，我只是在过去的四十年中，一直用挚爱的文体为自己热爱的国家忠诚地做"笔录"。现在，我愿意把这些"原始笔录"呈现给读者，让大家去感受一下昨天的祖国是如何一步步走到今天的，而这其中会有你我以及父辈们的心跳声、劳动与创造时的咏叹声……

我知道，写一部"国家史"没那么容易。即使从国家层面，恐怕也难以很好地组织力量完成这样一部巨著，因为中国这四十年的发展在人类文明史上几乎是空前绝后的，它引发的社会变革和时代意义，太丰富多彩了！作为一个独立的作家，我仅以自己的足迹和能力选择了本"史"的相关内容，这也是"个人国家史"的最大可能了。以我"个人"的四十年的步履来记录"中国现场"，这，也是我比较在乎的一份献给伟大祖国的特殊礼物。

重复一句话：这是我的国家史！

2018年春分

目 录

第一部：安吉余村——"新时代"开启的地方 —— 1
 导　言 —— 3
 1. 生死抉择 —— 5
 2. "中国新时代" —— 13
 3. 天上人间，余村在中间 —— 17
 4. 农家乐，乐坏了春林和春花 —— 26
 5. "当代陶渊明" —— 34
 6. 一根竹子半边天 —— 47

第二部：与"小岗村"别样的分田到户 —— 61
 导　言 —— 63
 1. 真温州，假温州，原来是台州 —— 64
 2. 皂树村：孤独而沸腾的农民革命策源地 —— 68
 3. 田埂上诞生的第一批中国"股民" —— 81
 4. 一台补鞋机掀起的"中国制造"巨浪 —— 96

第三部：广东开放的大门是这样撬开的 —— 103
 导　言 —— 105
 1. 率先开门 —— 106
 2. 脚下的地在变 —— 121
 3. 开路升级 —— 131
 4. 不作为的大作为 —— 140
 5. "经营城市"的指挥棒 —— 147

第四部：对外开放从"中国海"启航 —— 153
 导　言 —— 155
 1. 墨西哥湾的海风 —— 156
 2. 政府授权：可以签约 —— 175

3. 谈判一波三折 —— 190

4. "渤海二号"事故的冲击波 —— 198

5. 破天荒后尽是春 —— 212

第五部："小康"社会的提出 —— 217

导　言 —— 219

1. 东方威尼斯 —— 220

2. "小康"之梦 —— 224

3. "新苏州"的诱惑 —— 232

4. 与新加坡人的亲密接触 —— 240

5. "洋苏州",英文缩写"SIP" —— 251

6. 让新加坡"老师"失色的园区革命 —— 260

第六部：义乌市场最初的秘密 —— 271

导　言 —— 273

1. 两个里程碑式的人物 —— 274

2. 拨浪鼓奏出的乐章 —— 283

3. 神奇的"无形之手" —— 295

4. 崛起在田埂上的中国"曼哈顿" —— 309

第七部：因选美而崛起的三亚 —— 321

导　言 —— 323

1. 梦的开端 —— 324

2. 美丽行动 —— 329

3. 天堂之路 —— 336

4. 金沙滩、火凤凰、红树林 —— 356

第八部：浦东——邓小平手中的"王牌" —— 365

导　言 —— 367

1. "141"号,5月3日这一天 —— 368

2. 靠着"心脏"听跳动 —— 380

3. "明珠"先亮 —— 398

4. "空手道"换得第一桶金 —— 409

第一部:
安吉余村——
"新时代"开启的地方[*]

[*] 本文采写于2017年。

导 言

2005年8月15日,浙北一个小山村的干部们正在对本村前些年毅然关掉矿山、还乡村绿水青山的做法进行讨论、总结,因为村级经济与百姓收入出现了下滑。他们将向前来调研的省委书记做汇报。那一刻,闷热、狭小的村委会小会议室里,气氛有些令人不安。到底该走怎样的发展道路,发展到底又是为了什么?寻求这些答案的,何止这个叫"余村"的小山村,还有整个浙北、整个浙江,甚至整个中国。村、乡、县,还有一起来的省机关干部,以及千千万万的人民都在等待,等待一个声音,等待一个方向,等待一个时代。

他——习近平,时任中共浙江省委书记,这天穿着白色短袖衬衫,冒着高温,一大早就从省城出发,经德清,再至安吉,迎着扑面而来的滚滚热浪,在连续走访数个乡镇后,马不停蹄地在下午4时左右赶到余村。在余村村委会的小会议室里,面对着面,他看出了余村干部们眼神里的忧虑,只见他面带笑容但语气却果断明了、坚定有力地说:"你们下决心关掉矿山,这是高明之举!过去我们讲既要绿水青山,又要金山银山,实际上绿水青山就是金山银山。"

从那天起,余村始终沿着习近平"绿水青山就是金山银山"这一思想所指引的发展道路大步向前,仅仅十二年时间,已从山到水,从百姓的生活到每一颗百姓的心,都发生了翻天覆地的变化:每一寸土地更加金贵,每一滴水更加清纯,每一个人更加快乐幸福。村庄美若仙境,人心向善向美,到处生机勃勃,融洽美满，真正实现了人和自然和谐并存。

在习近平当年那句撼天动地的"绿水青山就是金山银山"引领下，整个安吉、整个浙江大地上已有百个、千个像余村一样，甚至比余村更美、更富有的村庄，正以自己各具特色的美丽、和谐、文明、现代，开启一个伟大而全新的时代——"中国新时代"。

2017年10月，"必须树立和践行绿水青山就是金山银山的理念"写进了十九大报告；党的十九大确立了"习近平新时代中国特色社会主义思想"作为全党的指导思想，并写入党章，从而真正开启了中华民族的全新时代。

1. 生死抉择

"嚎！嚎！嚎——"一个风雨交加的夜晚，一团团火焰映红了杭湖边的山山水水，并时而跃动在海边的绿林之中，时而出没在山岭的峡谷之间，火光前面则是数十只正拼命逃窜的猛兽……

这是一万年前的一幕情景。一群先祖被一场空前凛冽的冰雪侵袭，他们逃离了北方的山谷，开始艰难的长途大迁徙，从中原出发，一路辗转，直抵杭湖大地。

这里雨水充足，风和林茂，食丰景美，年长的首领不禁兴奋得张开双臂，冲天阵阵长嚎，有力的双脚又在杂草丛生的大地上重重地跺了三下。他的这一动作，引来族人一阵狂欢，他们学着首领的样子，又是跺脚，又是嚎叫，好一派欢快景象。近处的海和背面的山谷，似乎也在为这群新来客而动情。

突然，一群猛兽从山林和芦苇中蹿出，众族人纷纷捡起石块与木棍，奋力与猛兽展开了厮杀。那是一场血腥的大搏杀，碎石和鲜血在混战中一起飞溅，相互交织。那些弱小者在强者的暴咬与撕扯中倒下，而更多受惊的猛兽，夹起尾巴，拖着伤残的身躯拼命往远处逃窜。

胜利的先祖们，擦干身上的鲜血，搭起草棚，点燃篝火，从此留在了这片大地上，并一代一代生息繁衍。

他们的生命与遗骨也一代又一代或流逝在历史的长河中，或埋入这片土地中，变成一块块"没有语言的石头"——化石。

"岂曰无衣？七兮。不如子之衣，安且吉兮！"岁月从野蛮的原始搏杀社会移至半文明的东汉时代，胜利者为霸占了肥沃的太湖流域与杭嘉湾而欣喜若狂。历数朝统治，定江山万里，到了灵帝刘宏之手。此人对南国腹地的杭嘉、太湖一带更是格外垂青。一日，灵帝带随员千百，游太湖西南边新置一县之地，被眼前如诗如画的山水美景与百姓平和安详的生活景况所折服，于是摇头晃脑地咏起《诗经·唐风·无衣》中的佳句。

"此地即为安吉！安吉县，此地也！"灵帝长袖一甩，"安吉"两字掷地有声。

从此，这块土地有了一个名字。

"安吉安吉，安且吉兮！此乃最好的归宿地也！"在一个竹林环绕、溪流潺潺、鸟语花香的山包上，一位戴着眼镜、体形微胖的老者，擦了擦额头上的汗珠，时而仰望清澈的云天，时而环视簇拥在身前身后的绿竹青山，不停地喃喃感叹。

这是公元 1974 年，一位叫张森水的浙江籍考古专家，在距安吉不足二百公里的建德西南的乌龟洞内，找到了一颗人类牙齿，它长在一个生活在五万年前的浙江人的门牙边。学者们认为，"建德人"是浙江原始民族越族的祖先。

公元 21 世纪初，人类已经进入数字传播时代。70 多岁的张森水先生带领一队学子，再次来到万年前那片人类祖先与猛兽搏杀嘶吼的土地——安吉。那几十天里，张森水先生与助手们一起在安吉一个叫"上马坎"的山岗上，发现了一万年前先祖们留下的三百多块代表旧石器时代典型特征的器物。

这是一次收获巨大、学术价值极其重大的考古发现。它用实物证明了早在一万年前安吉就是一块山美水清的丰沃宝地。

"安且吉兮"，安吉——人类宜居之地，也是心灵的港湾。

那山，那水，那森林，那原野……皆是上天所赐。

我到浙北安吉县余村，正好是 2017 年的清明节。那天早晨，我站在村口，被一块巨石上镌刻的一行苍劲有力的红字吸引：绿水青山就是金山银山。

村民们告诉我，这行鲜红如霞的大字，是习近平 2005 年 8 月 15 日视察安吉余村时留下的话。

时任中共浙江省委书记的习近平留下的这句话，犹如一盏明灯，照耀着余村人前行的路，让这个山村变成了"中国最美乡村"，让这个乡村所在的安吉获得了"联合国人居奖"。

美,对人而言,自然带来赏心悦目之感。你瞧那长满翠竹绿树的群峰,如一道秀丽壮美的屏障,将余村紧紧地呵护在自己的臂弯里。从那忽隐忽现的悬崖与山的褶纹里流淌出的一条条清泉,似银带般地织绕在绿树翠竹之间,显得格外醒目。近处,是一棵棵散落在村庄各个角落的大大小小的银杏树,它们有的已经历尽沧桑,却依然新枝勃发、绿意盎然,犹如一个个忠诚的卫士,守护着小山村的每一个夜晚和每一个白昼。村庄里那条宽阔的主干道,干干净净,仿佛永远不会留下乱飞的垃圾。路面平坦而温柔,走在上面,有种想跳舞的冲动。一侧是丰盈多彩的田畴,茶园、菜地和花圃连成一片。那金黄色的油菜花,一定会将你牵入画中。民宅前后的新竹,喜欢客人前去与它比个高低,那份惬意肯定令你陶醉。村庄整洁美观,传统里透着几许时尚。每一条小巷,幽静而富有情调,即使一辆辆小车驶过,也如优雅的少妇飘然而去,令你心生畅想。每条路边与各个农家庭院门口,总有些叫不出名的鲜艳的小花,站在那儿向你招手致意,那份温馨与轻曼,会揉酥你的心,偷掉你的情……这是余村最生动、最有内容,也最易感动人的景象:看不到一个年轻人在村庄里游荡,他们的身影或是在农家乐的阵阵笑声里,或是在"创意小楼"里的电脑前,或是在山涧竹林的导游路上;穿着鲜艳漂亮衣服的孩子们,每天都像一队队刚出巢的小鸟,欢快的歌声总伴着他们走在上学与放学的路上;老人是余村最常见的风景线,他们或三三两两地在一起欢快地聊着过去的余村,或聚在一起吹拉弹唱,无拘无束地表演着自己的"拿手戏";那些闲不住、爱管事的长者,佩戴着袖章,肩挎着竹筐,像训练有素的人民警察或城管人员,时刻等候着每一片垃圾和每一个不文明行为的出现,他们的笑脸犹如阳光般温暖。

余村的美,既有陶渊明式的"世外桃源"之美,更有新西兰哈比屯村的那种大自然与现代文明融为一体的美。来之后,你有一种不想再走的感觉;走之后,你的神思里总会有一幅"余村图"时不时地跳出来招惹你。

这就是今天的余村。

而我知道,2005年3月之前的余村,其实不仅不美,还可能是全国最差的山村之一。它的差并非贫困之差,而是环境的极度污染和生态的严重破坏。那时村里人有句口头禅:"余村余村,死了没尊严,活着比死还受罪。"

村民们回忆说:"那时我们靠山吃山,开矿挣钱,结果开山炸死人、石头压死人成为常事,死了还不如一条狗,因为炸死和被石头压死的人,连完尸都没有。活着的人，整天生活在漫天笼罩的石灰与烟雾当中，出门喘气要系毛巾，口罩根本不顶用。家里的窗门玻璃要几层，即使这样，一天还要扫地擦桌两三回。"

余村人的话，叫我想起了那种让人无法喘息的雾霾天气。那确实不是人应该生活的环境，但我们现在有数百个城市的人整年整月地生活在这样的天气里。这好比捧起金条，端着山珍海味的饭碗，在集体等待死亡一般。

"活着就要有个人样，死了也要吸口干干净净的空气，还我们一个健健康康的身体，给子孙后代留个美丽家园比啥都强。"就是怀着这样的强烈愿望，2005年3月，新任村支书鲍新民和村主任胡加仁，带着新班子全体成员，从前任支书刘忠华等一班人的手中接过"接力棒"，站在村南的那座名曰"青山"却没有一片绿叶的山前，以壮士断腕之气概，向村民们庄严宣布：从此关闭全村所有矿山企业，彻底停止"靠山吃山"的做法，调整发展模式，还小山村绿水青山！

"其实那个时候我们做出这样的决定，也是非常不容易的。"那天访问退休在家的老支书鲍新民时，他这样说。

现在60岁的鲍新民，2011年离开村干部岗位，调到余村所属的天荒坪镇工作。在余村当了二十年干部的他，担任过一任村支委、一届村主任、两届村支书。这是个话很少的实干型农村干部，但他却经历了余村两个不同"富"的年代。"现在我们余村是真富，百姓心里舒畅和生活幸福美满的富。过去余村在安吉全县也是'首富村'，可那时的'富'不是真富，其实大家心里很痛……"鲍新民说。

1992年，35岁的鲍新民被老支书俞万兴看中，向新一届村党支部推荐他为村支部委员。俞万兴是1949年入党的农村老革命，"改天换地"，"让庄稼人过好日子"，一直是这位老支书的心愿。但在"农业学大寨"的岁月里，他俞万兴带领余村人扒竹林、种水稻，却没办法让村上人富起来。后来听说太湖对岸的苏州乡镇企业搞得好，尤其像华西村的吴仁宝也在搞"工业"，他找来村干部们商量，说："广东、江苏，连同浙江萧山在内的许多地区的富裕村庄，都走了一条亦工亦农的道路。我们余村是山区，交通没有别的地方方便，但有过开采铜矿银矿的历史，山里藏着宝贝疙瘩哩！要想富，就挖矿。我们也来试试咋样？"

"行啊，只要能富，掘地翻山，怎么都行！"从未富裕过的余村人，太渴望那些已经住上楼房、有电视看的农民兄弟姐妹的生活了!

"我当村干部之前,老支书就带领村上的干部群众,开挖了好几年石灰窑。我最早是矿上的拖拉机手,就是把炸开的石头拉到窑上,再把烧成的石灰拖出山卖给客户……靠这样一点一滴地开山卖石灰,我们余村慢慢地也有了钱,村干部出去开会也能偶尔从口袋里掏出一包'中华烟'馋馋其他村的干部了。"一直低着头说话的鲍新民,说到这儿默默地一笑。他接着说:"我开始当村支书的时候,赶上了全国都在风风火火搞经济,各行各业都在争取大发展。那个时候,先是出现了'十万元村'。再后来是'百万元村'。到90年代初时,像江苏、广东,包括我们浙江萧山等地方已经有了一批'千万元村''亿元村'了,像江苏无锡的西塘村,1983年就是'亿元村'了!没过几年,像与我们隔一个太湖的江阴华西村、张家港欧桥村等,都成了'亿元村'。那个时候报纸上、广播里几乎天天都在高喊让我们学习、赶超他们。安吉穷啊,出不了'千万元村''亿元村',靠挖石头卖石头能年收入达到一二百万元的余村,就这样成了安吉县的富裕村,'首富村'。那份荣誉确实也让余村风光了许多年。"

余村人至今仍然怀念老支书俞万兴,因为在他任上,余村才第一次喝上了自来水,安吉才有了第一个"电视村""电话村"……

然而,地处绿水青山的安吉腹地的余村,靠挖矿致富的路带来了很多问题,后来余村的集体经济年收入一直在二百万元左右的水平上徘徊了好几年。当时安吉县委力排众议、顶住压力,在全国率先提出"生态立县"的主张后,余村的发展思路开始从单一的开山挖矿致富,转向开发旅游资源,走绿色生态的发展路子,出现一线新的生机。以当时的县委书记戚才祥为班长的安吉县委,对老典型余村也给予了建设生态村庄方面的支持帮助,请来专家为余村设计了一个结合山区特点、因地制宜发展生态旅游的《余村村庄规划》。2000年7月5日,安吉县委还在余村召开了首个"生态型山区村庄建设研讨会"。安吉县委的同志说:"其实,当时戚才祥书记提出'生态立县'的口号时,他和县委压力非常大。戚书记到上面开会,有领导就当面责问他:安吉GDP倒数第一,你提生态立县能当饭吃吗?在这种情况下,县委也想通过余村这个老典型,在生态立县、立乡、立村上有所突破。"安吉县和浙江省的多位老干部也曾这样对我说:"其实'生态立县''生态立省',这条道路并没有像现在大家所看到的那么平坦、那么平常。甚至可以说,它从一开始就非常艰难,因为它要求我们从走了几十年的传统发展道路上，转到一条全新的发展思路上来。所以有人认为习近平同志的'绿水青山就是金山银山'的理论，同当年毛泽东同志在遵义会议上重新出山指挥红军的事件一样重要，这是有道理的。"

呵，这样的认识，这样的理解，在安吉、在浙江，要比其他地方、其他人早了几年、十几年。这是因为他们在十几年前就有了一位人民的好领导、好领袖。

这样的好领导、好领袖，人民始终记着：

记着毛泽东带领他们推翻了压在头上的三座大山；

记着邓小平带领他们解决了吃饭问题，过上了"小康"生活；

记着习近平带来了持续发展、全面"小康"的幸福生活，带领他们建设温馨美丽的家园与强盛的国家……

世纪之交的浙江大地上，存在两种完全不同的发展思路和发展模式：一种是继续以破坏生态为代价的所谓"高速经济"，它的亮点是可以在"百强县""亿元乡"的名单上登榜，当然那里的干部提拔重用会更快些；另一种是寻找新的出路，将生态经济作为未来发展的方向。两种思路、两种模式，其实冲突很大，甚至在有的地方到了"你死我活"的地步。难道不是吗？

我的故乡苏州，与浙江的湖州安吉一湖之隔，甚至在有些地方仅是一河之隔。我记得有一年回乡探亲，听说我们苏州的"丝绸之乡"盛泽与邻近的嘉兴某村发生了一起群殴事件，直闹到北京。因为有一天早晨，盛泽人突然发现，他们那些丝绸企业排污的河道麻溪港被浙江方面的几十只装满黄沙的水泥沉船堵住了。河道堵了，意味着从盛泽那些丝绸厂排出的污水将倒灌到盛泽的河里、田地里，甚至是居民的庭院和工厂的车间里。这还了得！

"他们不让我们办厂，跟他们拼了！"盛泽方面的老板和农民们摩拳擦掌、义愤填膺，纷纷拾起棍棒和铁器，向堵塞的河道处奔去。但盛泽方面的"战斗队伍"很快发现浙江方面的人更多，早已在麻溪河道上严阵以待，且决意死战到底。

两省交界处的一场数百人参与的群殴与械斗，对峙了很久，直到江浙两地的公安人员及时赶到，才避免了一次血流成河的惨剧。

尽管在中央和江浙两省有关部门的调停之下，械斗暂时平息，但盛泽人与嘉兴人各执一词，互不相让。盛泽人说："浙江人不想让我们办丝绸厂，就是要我们命。要我们命,就以命抵命吧!"处在下游、吃了十几年有毒之水的嘉兴人这回说啥也绝不让步,道:"你们想发展、发财,让我们喝毒水,呸!从今起,没门了!反正一个死,与其被毒死,还不如拼个你死我活!"

那些年,浙江的不少地区、许多企业同样不顾一切为追求GDP而不惜破坏生态、破坏自然和祖宗留下的绿水青山。在余村近邻,就有人提出"开山劈岭,三年赶超'首富村'"的口号,致使群山无林,江河死鱼泛滥,一个个"癌症村""怪胎村""早死村"频频出现。

区区余村,在这样的环境下能不能顶住压力,其实是一场需要勇气和智慧的生死选择。"我是2004年年底刚刚接任村支书的职务。那时村上的几个污染严重的石灰窑都先后关了,连水泥厂也在考虑关停阶段。环境确实因为关停了这些窑厂大有改观,山上也开始绿了,水也变清了,但集体经济的收入也降到了最低点,由过去的年收入二三百万元,降到了三十来万元。这么点钱,交掉这个费那个税,别说再给百姓办好事,就连村干部的工资都发得困难了。习惯了月月满口袋的村民开始议论纷纷,甚至有人当面指着我的鼻子骂骂咧咧,说:'你们又关矿又封山,是想让我们再过出去讨饭当乞丐的日子啊?'有好几次,我站在村口的那棵老银杏树前,瞅着它发新芽的嫩枝,默默地问:'你说我们余村的路到底该怎么走啊?'可老银杏树并不回答我。那些日子,我真的犹豫不决,愁得不行。"鲍新民内心丰富细腻,他的心灵闸门一旦打开,情感便如潮汐般汹涌而出。

春去夏至,江南大地到处绿意盎然,鸟语花香。正当鲍新民和余村处在犹豫不决的十字路口时,习近平来到了这个小山村。

"我是头一回见习书记那么大的领导,当时心里蛮紧张的。本来习书记是来检查研究我们的民主法治村建设情况的,事先我也没有啥准备,又是从村主任转任支书才几个月,本来嘴就笨,等镇上的韩书记汇报完后,我就开始讲村里关掉石灰窑、水泥厂和化工厂后准备搞旅游的事。习书记听后便问我开水泥厂和化工厂一年收入有多少,我说好的时候几百万。他又问我为什么要关掉。我说染污太严重,我们余村又在一条溪流的上游,从厂矿排出的污水对下游的村庄和百姓危害非常大,而且我们余村自己这些年由于挖矿烧石灰,长年灰尘笼罩,乌烟瘴气,大家都像生活在有毒的牢笼里似的,即使口袋里有几个钱,也早晚都要送到医院去。习书记听后便明了果断地告诉我:'你们关矿停厂,是高明之举!'当时听习书记这么评价我们余村的做法,我的心头一下感到了豁亮和感动！他可是大领导啊！他的话肯定和表扬了我们过去关矿封山、还乡村绿水青山的做法是正确的。听他接下去说'绿水青山就是金山银山'时，我过去脑子里的许多顾虑和犹豫，这下全都烟消云散了！"余村老支书说到此处，竟然激动地连拍三下大腿，站了起来。

令鲍新民永远难忘的是，那天习近平在那间狭小的村委会小会议室里，不顾闷热的环境，帮助他和其他干部分析"生态经济"为什么是余村这样的地方的必由之路和充满前景的发展道路。鲍新民回忆说："那天习书记在我们余村前后停留了近两个小时，有一半时间是在给我们几个村干部分析像余村这样的浙北山区乡村的发展思路，他语重心长地告诉我们：生态资源是我们最可贵的资源，搞经济，抓发展，不能见什么好就都要，更不能以牺牲环境为代价，要有所为有所不为。一定不能迷恋过去的那种发展模式。习书记不仅平易近人，而且格外真心地为我们指方向，他说安吉这里是块宝地，离上海、苏州和杭州，都只有一两个小时的车程，经济发展到一定程度时，逆城市化现象会更加明显，他让我们一定要抓好度假旅游这件事……看看余村，看看安吉的今天，习书记当年说的事，全都实现了！水绿了，山翠了，上海、杭州还有苏州的人，甚至外国人都跑到我们这里来旅游度假，给我们口袋里送钱！十二年前哪，习书记就有这么英明的远见……"

走在熟悉而美丽的村庄大道上，鲍新民时不时地感叹着，他的眼里闪动着晶莹的光："做梦都想不到，习书记当年给我们指引的这条路，让我们的村庄彻底变了，变得连我们自己都想不到。村里的人，现在不仅生活幸福了，情操和品位也大大上了台阶。今天再看余村，感觉就像换了一个时代！"

是啊，在余村，在余村所在的安吉、湖州以及整个浙江大地，我与鲍新民一样，亲眼看到了一个全新的、如旭日冉冉升起的新时代，这个时代叫"中国新时代"，她正如春风扑面而来，是那样清爽而炽热，激荡而蓬勃，活泼而美丽……

是的，一个伟大而全新的时代已从这里开始——

2. "中国新时代"

胡加仁是2017年5月才刚刚退任的余村老支书。他身体仍旧硬朗，说话办事十分干练。他是余村发展变化的见证者之一。第一次到余村采访时，他还在位。跟他谈话时，你会发现他的手机总是在响。"对不起，又有一批客人来了。"我们的采访经常中途被打断，胡加仁不断地抱歉。

"现在我们每天都要接待几千人，尤其这两年，习总书记'两山理论'的影响越来越大后，四面八方来参观学习的特别多，连外国人都争先恐后地来了。反正我是没有想到，至少十几年前是做梦也不敢想的事，现在都出现了。"胡加仁说。

"你说的'不敢想的事'指啥？"我问。

"你看——"胡加仁把我拉出村委会办公楼，走到村民居住区。他指指小巷，说："过去每家每户门前屋后都有一两个垃圾堆，那时垃圾堆得像小山一样高，臭气熏天，实在没办法了，就一把火烧了了事。现在你看得到余村哪个地方有乱扔乱堆的露天垃圾吗？全没了，全都换成清洁桶了，而且还是分类投放！千万别小看这改变，这可是留存农村千百年的陋习被改正了啊！"2003年初，习近平当省委书记不久，就在浙江全省提出了"千村示范、万村整治"行动，余村就是从那时起，才逐步消除了全村脏乱差的环境陋习。

"我再跟你说点小事。"胡加仁带我回到余村大道上，指着干净整洁的路面，说："你知道我们这条道上为什么永远那么干净吗？"

我向远处望了一眼，发现道路上有穿红衣服的人，便说："每天有专门的保洁员护理吧！"

"对啊！有他们每时每刻在看护着呢！"胡加仁笑道，"你想，这样的露天大道上，每天有车在上面跑，风吹雨打，没有管理肯定不行。过去我们农村哪有啥道路保洁员！现在我们村里光道路保洁员就有七个！我还要告诉你，其实至少还有十几个义务道路保洁员，他们不拿一分钱，是每天不定时地主动到村头村尾和居住区的大街小巷里帮助捡垃圾、拾废屑……"

噢，我明白了。这是余村这些年养成的好民风。

"大家的生活好了，尤其是老年人，他们多数再不用下地干活，家里的许多事也由电器来帮忙完成。闲着没事干，就出来动动手，帮助村里干点好事。时间一长，大家都有了这种习惯，便形成了一种风气。"胡加仁突然提高了嗓门，认真地对我说，"你别小看这样的事，对我们乡下的人来说，这样的事可就是大变化了！它绝对不亚于你们城里人从小房子换成大别墅的变化。"

胡加仁的话自然在理，人在精神境界上的变化，是一切变化中最重要和最关键的。

"我发现，余村现在上年岁的老人很多！"

"你看出来啦？哈哈！"胡加仁笑得特别开心和舒畅。他说："外人说我们余村千好万好，但在我看来，最好的方面，是村里的老寿星多了！"胡加仁又是一阵欢笑。"十多年前村里极少有七八十岁的老人，现在可了不得啊，八九十岁的好几位！都在说幸福生活、美丽家园、'小康'富裕，说白了，人开开心心活得长寿，最能体现一个地方的幸福指数。过去余村不重视生态环境，工伤砸死的、病死的每年都有，村里的人不敢去做体检，一检全都有病！看看现在，连外国人都跑到我们这里来休养旅游，这叫翻天覆地的变化吧！"农民最爱说实话，他们的切身感受，是一个社会、一个时代发展状况的最好的证明。胡加仁的话值得我们深思。

那天在余村采访结束回到村口等车时，我看见一辆辆旅游车排成长龙停靠在路边，人群中竟然真有许多"老外"。

我上前随便找了一个黄头发的姑娘，问她怎么知道中国的"余村"和"安吉"这些小地方呢。

那姑娘睁大眼睛反盯着我："先生你这个问题好奇怪哦！余村是中国的最美乡村，在我们欧洲可是名气很大的！我们有许多人在这里工作，他们写信告诉我们，现在的世界是中国的了，余村这样的地方，才算是真正的好地方！"

这位姑娘的话，令我内心感到强烈震撼：今日之中国，在习近平总书记的领导下，在全世界人的眼里，已经开启了一个伟大的时代。

这样的时代我们自己有感触，也许感触更直接和深刻的，反而是那些在中国生活的"老外"们。瑞尔便是其中的一位，他是一位在安吉做了许多年生意的"英国先生"。

瑞尔的家族在自己的国家曾经很辉煌，那应该是他祖父的祖父的时代。"我们称其为维多利亚时代，就是你们的鸦片战争那个年代。那时我们英国在世界上可以说是最强大的国家，因此那个时代也叫'大英帝国时代'或'日不落帝国时代'。但后来我们的国家衰落了。'大英帝国时代'持续了几百年，引领了世界从农业革命时代走向了工业革命时代，但它走的是海洋霸权扩张、掠夺其他国家的不义道路，因而它的衰落是必然的命运。失去光环后的今天的英国，看上去像个半死不活的人，毫无生机，办丁点的小事，要预约之后等个几天，到医院为了几片感冒药片要等几个小时，更不用说我们年轻人创业赚钱的机会有多少……反正，你不会感觉那是个有希望的国家。"瑞尔很为自己感到庆幸，"我比许多欧洲人更早地来到了世界新时代的前沿和中心，在这里我不仅能做生意赚钱，更多的是寻找到了世界上少有的一种美好生活环境和生活状态。"

"现在是你们中国的时代，也是我们所有爱好和平的人通过自己奋斗创造出财富的时代！"瑞尔脸上溢满了幸福。

瑞尔的家在英国，但近五六年中，他几乎都在中国的安吉度过。"我很喜欢这里，我准备将家安在安吉，安在余村。人说，安且吉兮，余村有余，我也会吉祥有余的。"瑞尔说完这话，仰天欢笑——那笑是从心窝里溢出来的。

"时代的概念听起来似乎很大，也离我们很远。其实，时代可能就在我们身边。"瑞尔说，"很多英国朋友经常问我为什么那么留恋中国的一个山区乡村，我告诉他们，因为我在安吉、在余村这样的地方，发现一件令我常常激动的事，那就是我在这里感觉仿佛是我祖父的祖父年轻时的英国'维多利亚时代'那样，到处充满了希望和生机，而且又都是美丽的环境、美丽的生活、美丽的人们，还有美丽的生意，这样的时代比我们的'日不落帝国时代'、比美国的'石油时代'要好得多，这就是我到安吉安身的原因。"

"这里是我的第二故乡，它是你们中国时代开始的地方，也是属于我的时代的地方。"瑞尔这样说。

中国时代。我的时代。我们的时代。

远道而来的"老外"用自己真切的感受说出的话意味着什么？它让我作为一名中国人而激动，并促使我去诠释这个"谜"。于是，解余村和安吉如何开启中国新时代的谜，像一道喷薄而出的光芒深深地吸引了我。

3. 天上人间，余村在中间

在中国向世界宣告自己的时代到来之际，许多国际人士都在研究我们。他们往往理不出头绪，因为我们的发展方式与西方发达国家所走的道路完全不同，令他们无法弄懂。

英国经济学家罗思义在研究中国崛起方面是西方学者中比较优秀的一位，他说过这样的话："人类其他人能否获取利益取决于依据经济活力和平崛起的中国，而非先发制人发动战争导致全球陷入风险的美国。这是人类利益和中华民族的伟大复兴联系在一起的更深层次原因。"他认为，"中国经济改革的实践成果是非凡智慧的结晶。"

罗思义也许并没有更深层次地研究出今天中国的强盛之道，因为这条经验很有意思，也很柔性，甚至有些不可思议，那便是"以美制胜，美即经济，美即强盛"——习近平的"绿水青山就是金山银山"理论，正具有这种人与自然共荣共茂、和谐相处的美之魅力。

美，是人类的共同意识，可以征服世界。余村发展的根本点，落在与它相配的"美"上，因而才闪闪发光。

一个"美"字包含了万千内容。哲人说过，美对人具有强大的吸引力。今天我们所说的自然美，是人类在创造现代文明社会过程中很难实现的一种境界。余村从最初求富时以破坏自然美为代价，到吃尽苦头后重塑自然美，且通过自然美实现经济、社会和人的全面发展，这符合中国自身发展的理念，不像西方列强,他们的强大多是建立在征服与侵略他国之上的。

"安吉人民特别是余村百姓对习近平总书记的'两山理论'为什么感到格外亲切和念念不忘?是因为我们从十多年的历史巨变中尝到了太多的甜头和幸福。可以说,安吉的这十余年间已经出现和正在继续不断出现的新变化、新成果,是以几何级数增长的,是超越历史的。"中共安吉县委书记沈铭权的话很直白,但却深刻而富有哲理,"我们余村和安吉,就是靠美吃饭,靠美富有,靠美幸福!"

创造美,拥有美,是余村人践行习近平"绿水青山就是金山银山"理论的一条坚定而又清晰的发展道路。

江南何时最美?想必是清明前后。一句"清明时节雨纷纷",将整个江南春天的美景尽收笔端。蒙蒙霏霏,湿湿润润,沁人肺腑的气息,拂面而来,带着桃花的香味,挟着油菜花的清甜,当然最好还有时不时透过雨滴当头晒过来的暖春阳光……这便是"江南春"最好的景致。"云青青兮欲雨,水澹澹兮生烟。"妙哉!如此感觉,正是我儿时对"江南春"的记忆——我的故乡与湖州安吉隔岸相望,但年少青春时离开故乡后的几十年间,好像这样的"江南春"在故乡大地上已经见不着了。

置身如此美景之中,怎不令人在陶醉中情不自禁地感叹:真是天上人间!

"天上人间,我们余村就在中间。"对我说这话的是余村的"秀才"、现任村主任俞小平。

俞小平说出自己的根据。据《山海经·南山经》记载,"又东五百里,曰浮玉之山……苕水出于其阴,北流至于具区……"另据清朝《孝丰县志》记载,"浮玉山,县东南十里,有一石灵异如玉浮水面……"浮玉山很低小,其山附近,高大的山很多,为何独小小的浮玉山千古留名?也许正因为它独特。史料上记载,浮玉山在原山河乡与上墅乡之交界处。山河乡是旧名,现在归入天荒坪镇。"我们余村恰巧就在天荒坪镇与上墅乡交界处,这并不高的青山应该就是古书中所言的'浮玉山'了。"这是余村的"俞小平结论",应该是一种权威说法了!

如果以为"天上人间,余村就在中间"仅仅是当地人一种"自高自大"的感觉,那就大错特错了。我三次采访余村,每一次都有不同感受,从不了解到深深地喜欢上它,甚至想留下来安居、安魂。这就是余村的魅力。有些美,是超乎寻常的，也超乎古今文人墨客们的视野。

问我恋它何处？我要说，是余村群山坳里的那一泓水，和余村边的那个托向云端与天际的池。它们太美，美得如金，美得金不换。因为它们美，所以才每天吸引着来自祖国各地甚至世界各国的旅游者与学习参观者光临；因为它们太美，所以让当地人更加深切和真实地理解了"绿水青山"与"金山银山"之间的关系。

2015年5月，习近平总书记回浙江视察，当时他对浙江的干部说："我在浙江工作时说'绿水青山就是金山银山'，这话是大实话，现在越来越多的人理解了这个观点，这就是科学发展、可持续发展，我们就要奔着这个做。"

"余村的今天，就是像习总书记说的那样走过来的。"俞小平说。

现在每一次到余村，我都要请求去看看"群山坳里的那一泓水"，因为这"一泓水"勾走了我的魂。

古人曰："知者乐水，仁者乐山。"水为万物之首，灵性之躯，美之化身。水可净化世界，柔化人心。

俞小平告诉我，这水在他出生前仅是一个像足球场那么大的潭。"爷爷说，我们俞家在这里至少住了有十几代。"

人居处，必有水。俞小平的祖上迁徙到余村，并落根群山之中，看中的就是这里有潭水——群山脚下的积存雨水，而非江流潮水。"所以这水时多时少。夏季雨水多时，它溢出堤岸，挟着黄泥，洪流滚滚，沿着山沟向低处奔泻。到干旱季节，我们可以跳到潭中央抓鱼戏水，有时还能在潭底晒东西，那这一年日子肯定不好过了。"俞小平说。

这潭水最早是俞氏家族在这里繁衍生息的"生命之水"。中华人民共和国成立后，俞小平的爷爷执政余村的二三十年里，这潭水变大了，变得对余村的意义越来越大。"我家第一次搬家就是爷爷的主张，他要把这潭水改成蓄水库。"俞小平长大后才明白，水对余村多么重要，爷爷为什么宁可将老宅搬走，也要把这潭水放大，放大到几十亩农田的规模，成为余村人畜饮水与生产用水的主要来源。

中华人民共和国成立之后的二三十年里，农村"以粮为纲"，既是为了解决农民自身的吃饭问题，也是为了保证整个国家的粮食供应。那时的农村，种粮排在第一位。种粮就离不开水，尤其是"农业学大寨"的岁月里，粮食被种到了山上，山上种粮用的水更多。山上种粮又让山体自身的蓄水能力越来越差,而一场暴雨降临,山体上的农作物连同山体的表层泥土被卷走,形成泥流,冲向山脚,那汹涌的洪流,越过潭堤,越过沟谷,越过村庄,向江河汇集,直到流入大海……

余村的水最终流到何处,余村人并不关心,他们关心的是水应该为自己所用,尽管余村的地下水比较丰富,但山区缺水是普遍现象,因为留不住水。修水库是唯一的办法。俞小平的爷爷俞万兴给余村留下的遗产很多,其中之一就是这座"冷水洞水库"。

水库始建于1976年,建成后的那些年,余村百姓在俞万兴的带领下,以"战天斗地"的精神,换来能够填饱肚子的日子。但水库的水多数时候是黄的,而且可能农药含量不低。"那个时候,农田里喷药没有限制,有了虫就打农药,雨一来,洪水挟着有药水残留的泥土一齐到了水库,加上平时人畜用水全靠这水库,所以得各种病的特别多。"俞小平就是喝这库里的水长大的。他戏称,自己"不够聪明"就是因为这库里的水含"消智商素"。

改革开放后,余村的生产方式开始转变,不再在山上种粮食了,改为开山挖矿——开山挖矿来的钱比种粮食要来得快、来得多。老支书俞万兴虽然在1986年后不当支书了,但他的威望在余村无人可敌,因此后任曾就在水库旁的山里建石灰矿一事向他征求意见,当时他老人家是点头赞同的。

"开矿后水库的水就不能饮用了,您老人家还得搬家。"后任小心翼翼地给他做工作,动员他带头把家搬出水库边,因为矿和水库几乎连着,只差几百米。

"只要能给村里的百姓带来好处,我搬!"老人家毫不含糊,立即动员家人,最先搬离了水库。

在水库旁的村民后来都搬走了,留下的水库开始与矿山为伴。"那个时候,水库便成了石灰窑排污大坑,窑上的水用的也是这水库里的水。排出去的污水灌进了水库,没多长时间,水库就成了臭气熏天的大粪池,矿上每天有两三百人干活,吃喝拉撒全倒在水库里了。"老支书胡加仁那天站在水库前,不停地摇头和感叹,"唉,开矿的那十几年时间里,看起来是余村的人苦了,没日没夜地干活,一年四季生活在烟尘里,其实真正苦了的是这些山,是这个水库。"

粗放型经济建设对人的伤害,我们可以从身体的病变和没有质量的生活方式上看出。同时,粗放型生产方式对生态的破坏而造成的恶果会持续十年二十年，甚至更长的时间。比如不限制使用农药造成的大面积土壤污染，在中国的广大农村已经成为土地的"世纪绝症"，几十年甚至一百年都很难彻底修复。

"是习近平总书记的'绿水青山就是金山银山'思想救了我们，让我们更早地从有害的经济方式中彻底地走了出来，也让我们比别人更早地从'绿水青山'中获得了'金山银山'。"

如果说2005年8月15日之前余村先后关掉两三个石灰窑，是一种自省的话，那么习近平总书记留下那句"绿水青山就是金山银山"的话后，他们很快关停了所有矿山和水泥厂、化工厂等污染环境的企业，便是一种自觉自愿和坚定不移的决心与信仰了。

"关掉矿山并不意味着我们顺其自然，让大山和水库靠自己的能力去自然调节、恢复，那样恐怕到现在我们还不能看到山是全青的，水是彻底干净的。"胡加仁说，"从2005年下半年开始，我们就对全村所有被破坏的山、被污染的水进行了整治，而且再不允许哪怕有一点点污染的企业入驻余村。力度相当大，大到有几年我们村收入下降到连干部的工资都好几个月发不出来，我们照样坚持这个做法。那个时候很考验人，要有人动摇一下可能就又会有一块山、一片水被糟蹋了，但我们咬牙挺了过来……一直到现在，没有含糊过。"

胡加仁感慨万千地望着青翠挺拔的群山，又指指如今已经碧水如镜、宛如一颗硕大的绿宝石的水库，无限深情地说："你看看现在这里的山、这里的水，多美啊！余村真的要好好感谢这些山、这座水库，它们从来都是在为我们付出。现在又因为它们的美，我们余村才会有那么大名气，那么多游客被招揽过来，并且把一颗颗远方的心留在了我们余村。"

余村山水如诗，生活在余村的人，现今个个都快成诗人了。

"来，到水边来！"胡加仁从岸头跳到了水边。他又拉着我的手，一下将我拉到他身边，感受着秀丽的湖光山色。

当年臭不可闻的水库，如今已经活脱脱地变成了一块无与伦比的美玉。瞧那清亮的湖面，在夕阳照耀下，闪着鱼鳞般的光芒，又像千万碎金，灿烂又明耀。轻柔的微波，好似追逐嬉闹的顽童，一排一排地扑向岸边，又嘻嘻哈哈地列队退回。我们站在水边，轻轻掬起一捧水，顿觉一丝清爽的凉意，令人精神大振。

第一次见这深藏于群峰中央的水库，是胡加仁老支书带我去的，当时我们清晰地见到那倒映在湖中的白云与青山，也可以看到水中游弋欢腾的鱼儿和湖底那漂荡的水草。如果你蹲下身子，贴着水面再看去，然后把手轻轻地放在水上，你会感觉这水犹如绸一般柔软、轻盈……

无法相信，这水曾如黄泥浆，比粪池还脏还臭！是余村人改变传统发展方式救了这泓水，更是习近平的"绿水青山就是金山银山"理论让这泓水又清了，纯了，重新有了生命。

这泓水有了生命，才变得越来越有价值。我第二次见余村的这泓水是在2017年初夏的日子，那天天气特别晴朗，俞小平兴致勃勃地带我到他们村的最高峰俯瞰余村全境。

"看，这就是水库！"沿正在修筑的环山路盘旋向上时，俞小平突然令车子停下，让我们下车，朝群山脚下的凹陷处看。

"天哪，太美了，简直就是一块嵌在贵妇手指上的翡翠！"居高临下看这泓水，真是别有一番景致和意境。而水库边正在修缮的那片白色的旅游度假村宾馆，也显得十分高雅。举目远眺碧水之上的群山，更是绿意盎然，青翠如茵。置身如此美妙的诗画之中，你更能体会到习近平总书记的"绿水青山就是金山银山"的论断，是何等意味深长与高瞻远瞩！

余村人说，这泓曾经让他们憎恨的水，现在是他们的"金不换"。用俞小平的话说，就算用十个亿的钞票来换走它，他也绝不答应！

听完俞小平的话，我不由得一边凝望着这泓用"十个亿的钞票也不换"的水，一边思考着这样一个问题：余村这泓水并非天生就有，而且曾在过去让人憎恨与嫌弃过，然而就是因为余村人遵循了习近平总书记"绿水青山就是金山银山"的发展理念，坚定地走了一条适合本村生态经济发展的道路，才让这泓水生金成宝。这样的新型发展道路，余村走通了，其他地方不是同样可以走通见效吗？这样的道路让余村变得美丽、富有了，其他地方照着这样的道路走下去，不也可以同样美丽、富有吗？

一道阳光掠过我们的头顶。"走，我们去看比这更美的'云里的玉镜'！"俞小平突然说，"就在余村边上，到了就知道。"俞小平卖了个关子。

余村属于安吉县的天荒坪镇。与余村冷水洞水库隔山相望的地方有个被称为"南国天池"的大水库。这水库的奇妙与独特之处是它在群山之巅，人们依仗群山之力，将其高高地托至一座高入云端的巨峰之顶，把它变成云中的一片如银镜般的水，故名曰"天池"。

安吉"天池"

安吉余村风光

较天山天池和长白山天池，"南国天池"似乎还没有那么大的名气，这与它出世晚了有关。但余村边的"南国天池"诞生于我们这个时代，它后来居上，一出世就让"世界殊"。

到了余村近邻的"南国天池"，我才明白俞小平为何称它是"云里的玉镜"——这是一座中国独一无二的人造水库，它建在山之巅的云雾中间。那白云飘荡而过时，水库仿佛跟着云儿一起在空中游荡，太阳一照，光芒四射，恰如"云中之镜"也！

"南国天池"全称为安吉天荒坪抽水蓄能电站。这座亚洲第一、世界前列的抽水蓄能电站，雄伟壮观，堪称"世纪之作"。它始建于1992年，1998年第一台机组正式发电。电站总装机容量180万千瓦，六台30万千瓦立轴可逆混流式抽水发电机组，是我国目前已建和在建的同类电站中单个厂房装机容量最大、水头最高的抽水蓄电站。水库建在天荒坪一带最高的山巅之上。它气势磅礴，从空中俯视，宛若嵌在万山丛中的一面玉镜，闪闪发光。近观更觉凌空见海，真乃银河出岳，浩浩荡荡。千米之上的峰巅，平时也感风声呼啸，那云雾之间的宽阔水面，在山风吹荡下，波浪翻卷，层层叠叠，拍打在椭圆形的堤坝上，溅出的水花犹如一片片游云。此刻，阳光照来，游云便变成一道道彩霞，美得让游客惊叫。

但站在"天池"边，我最感震撼和奇妙的是，这个水量与西湖之水接近、悬在群山之巅的抽水蓄能电站，其水竟然完全是靠人工机械从数百米之下的另一座嵌在半山腰的水库抽上来的，而它们之间的落差，促成了这样一座罕见的人工发电站。整座电站枢纽包括上水库和下水库、输水系统、中央控制楼和地下厂房等部分。电站下水库位于海拔350米的半山腰，是由大坝拦截安吉人的"母亲河"西苕溪水而成，被当地人称为"龙潭湖"。山巅上的"天池"之水，便是由无数巨大的抽水机层层上抽至顶，再通过垂直"水洞"倾注而下，电就此产生。据电站工作人员介绍，该抽水蓄能电站上下水库间的大山中凿有长达22公里的洞室群，大小洞穴达45个，大的可装几个人民大会堂，小的也比足球场大，它们构成了电站主、副厂房区。整个地下厂房全长200米，宽22米，高47米，六台30万千瓦机组一字排开，形成壮观的地下厂房景观。高山之巅的"天池"，是利用了天荒坪和搁天岭两座山峰间的千亩洼地开挖填筑而成，并有主坝和四座副坝及库岸围筑。整个上水库呈梨形，平均水深42.2米，库容量885万立方米，相当于一个西湖之水。抽水蓄能电站的工作原理十分有趣，这既是科学，又是一笔有趣的"账"：夜间，下水库的水被抽至上水库，白天，上水库的水通过特定管道往下倾注。这个"抽水——发电"的循环过程，据说是利用晚上价格便宜的富余电力，把水抽上去，再在白天用电高峰时产生高价的电，电站"吃"的就是中间的电价差价。

有意思吧？余村的这位"邻居"据说每年可以创造数亿元的产值，同时也能在一定程度上缓解华东地区用电紧张的情况，可见"科学与经济"联姻所产生的效益，极其显赫。

然而，"南国天池"每年给当地带来的何止是这硬邦邦的数亿电钱，现在的它，已经有了比发电更赚钱的途径——旅游、观景。

在去"天池"的一路上，到处可见新开发的各种旅游项目，比如"天池滑雪场""天池温泉""天池夏令营"等。确实，这座"南国天池"，因为它处在独一无二的山巅，水面巨大而美丽，较之天山天池、长白山天池，其水要"活泛"得多。水活境必灵，地必青，而最关键的是"南国天池"生在美丽的安吉竹林青山之地，使得这里美上加美，美不胜收。

"南国天池"第一次出名的时间是2009年7月22日。这一天有"世纪日全食"，当天全国大部分地区阴雨，余村一带风和月净，中央电视台就在"天池"畔直播这天完美的日全食过程。当日，"天池"对外开放，来自全国各地的天文爱好者多达上万人，光各路专家就有240多位。万余名天文爱好者和专家们在此记录下了变幻无穷、难得一见的天象。这是"南国天池"的一次大亮相，从此它名扬四海。专家给出的评语是：南国天池，盖世之奇，源在青山绿水。

呵，我们明白了！余村的这位"邻居"之美，原来也是沾了绿水青山的光，如今洋洋得意于世，令崇山峻岭、千湖百江羡慕。"南国天地"之美，正在征服世界，征服人类！

4. 农家乐，乐坏了春林和春花

在今天的余村，每天最热闹的事，莫过于接待从四面八方来享受农家乐的客人。以为农家乐是专门接待城里人的观念已经过时了，我发现安吉许多农家乐接待的客人中有相当一部分并非城里人，而是农村人。那天我就碰到一群来自我们老家苏州地区的农民，乡音一听就能听出来。一问这些到余村的老乡，才知道他们也是慕名而来。

"安吉这儿有山有水，风景比我们家那边还要好。再说，这里吃、玩、住，一天下来花不了几百块钱，这样的好事，不能让它逃走了！"几个昆山老婶娘跟我有说有笑道。

余村在习近平"两山理论"指引下走向富裕的过程中，农家乐毫无疑问是占有重要地位的。现在全村共有九户村民开设农家乐，规模不尽相同。"可它却是余村村民创收的重要途径，近一半人的收入来源于这一块。"现任村支书潘文革这样说。

那天到一户热热闹闹的农家乐吃饭后，我提出去见见当年向习近平同志做汇报的老支书鲍新民。

我原本以为鲍家有可能比哪家农家乐开得都红火，可进到鲍家，才发现并非如此。鲍新民家的院子不算小，干干净净，堪称卫生环境方面的样板，但冷清得很，没有一个外人，院子空荡荡的。这时鲍新民从屋里出来与我握手。我一上来就问他为啥不开农家乐。已经退休在家的鲍新民露出尴尬的微笑，说："不是所有的人都可以开农家乐的，得有能力。"

"你是余村最大的官,当过一任村主任、两任支书,不能干农家乐?"我有些不信。

鲍新民端过茶杯给我后,慢声细语地说了两个实情:"一是我家地段不太好,靠后,一般客人不容易到这边来;二是我们当干部的不能跟百姓抢生意,让他们过上好日子才是我们的本职工作。"

原来如此!他的后一句让我感动。

看着鲍新民家现在的相对清贫和寂静,我内心对这位余村的老支书升腾起一种崇高的敬意。

从老支书家出来,村干部俞小平提议:"走,我们去看看'春林山庄',今晚就在潘春林家吃便饭。"

在余村,"春林山庄"的广告招牌很醒目,那条东西走向的余村大道上,数"春林山庄"招牌最醒目。更重要的是,"春林山庄"在余村有几个"第一":第一批农家乐,全村现在第一大的农家乐,第一个有自己旅行社的农家乐,第一个承包县里重要风景区的农家乐。

一进"山庄",就见整个院落像在办喜事一般。"今天又是满客。"老板潘春林的妻子春花40来岁的模样,快言快语,一说话就是一串笑声,难怪她家的客人那么多,生意那么好!

这样的农家乐我还是头回见:院子大门好像还不如鲍新民老书记家的大,里面却是另一个世界了——三层楼,除了厨房,一层全是吃饭的桌子,大大小小有一二十张。"今天院子里又摆了五六桌,没地方放了!"春花一边带我到楼上看房间,一边擦着额头上的汗珠,脸上泛着幸福的笑容。"二楼、三楼都是客房。"

"什么价?"我问。

"淡季每天180元。旺季和周末,要涨三五十元。"春花说着,推开一间"亲子房"——一个小套间,一大一小两张床。

"这样的房间是三百块一夜。"春花告诉我,"另外,有的儿女带着孤身的父亲或母亲来,我们就又开设了'孝子间',这样便于子女照顾老人。"

"你想得真周到。"想不到余村的农家乐服务如此细致入微。

"你再看看这间。"春花带我到三层外的一个阁楼,那里面很特别,房间利用楼房的一个斜面,装饰成两间可以在夜间望星星、看月亮的小木屋。

"这小房间很有味道!"我一看立即喜欢上了。春花笑道:"这两间最紧俏，常常要提前好几天才能订上。"

"都是年轻情侣和新婚的小夫妻吧？"我猜。

"对。他们都喜欢住这房间。"

"价格呢？"

"比普通房间每晚贵一百元吧！"

"你真会赚钱！"

"物有所值嘛！"春花听后不但没有不高兴，反而爽朗地笑着回敬我一句，"如果大作家你来，我可能还要加价一百元。"

"为啥？"我不明白。

"这么优雅、浪漫的小木屋，你住在这儿灵感来了，书猛地一本又一本写出来，我不多收你一百块也对不起你挣那么多稿费呀！"

"哈哈，好你个春花老板娘啊！"我一下觉得潘春林能把自家农家乐办成全村最棒的，与家里这位里里外外一把手的春花有直接关系。但后来与潘春林本人交流后，方知春林才是生意场上真正的"大鳄"！

潘春林，"七〇后"，初中毕业后第一份"工作"与村上其他青年差不多——到石矿上开拖拉机运石头。"干了两年，石矿关了，我就到水泥厂干活，也是搞运输。"潘春林是个标准的"浙江男"，个头一米七左右，瘦瘦的，精明灵活，是那种一看就什么都会的人。春花嘻嘻哈哈，春林轻易不冒一句话，一旦冒出来，就是利剑或子弹，能听到呼呼的响声。这种男人做生意一定是个高手，果不其然。

"你叫春林，她叫春花，你们夫妻是不是一个村的？名字怎么像提前配好对的呀！"这事令人好奇。

"我们是天仙配！"春林颇为得意，"其实我们两家离得很远，她家在另外一个镇，但我们有缘分。我23岁在水泥厂搞运输时，那年冬天我到另一个镇办事，也就是春花她家那个镇，见过她一回，当时没太在意。两年后我们因一次偶然的机会又碰到了。这回是一见钟情，再没有分开过。事后春花问我，说第一次见面为啥没跟她谈对象啊，我说因为我们余村的春花还没有开呢！春花就问，那现在余村的春花开了吗？我说开了呀。她又问为啥就开了呀。我说，因为余村的春天到了嘛！春天到了春花就开了呗！"春林的嘴够甜够滑。

等身边的人都走后，只剩下我们俩，油嘴滑舌的春林一下变得沉稳老成起来。"其实，我走到今天也没那么容易。"他说，"要想把绿的水、青的山，真正变成金子银子,这中间要做多少工作和努力啊!我的'春林山庄'走过的路,可以说是余村实现习总书记'两山理论'比较有代表性的案例。"

春林只念到初中,但二十多年"社会大学"的学习让他比普通农民更有文化,说起余村和自己所走过的路,春林总结出不少道理。

"我们余村在习总书记来之前,虽然也把矿关了,水泥厂租给了别人,但要说真正从思想上开始重视保护生态,意识到通过保护生态来发展和壮大自己,其实是经过了艰难的过程。"春林说,"2000年开始,水泥厂开始走下坡路,原因是上面提出环保。那个阶段的乡镇企业,尤其像水泥厂等一些污染严重的企业,都得关停并转,整个乡镇企业在衰退,我们余村的村办企业和转租出去的水泥厂都面临生存困难。这中间有个过程,一方面村上的水泥厂仍在半死不活地维持着,村里同时又鼓励大家想新的发展思路。咱们是山区,除了石头、水和少量的地外,啥都没有。石头不能换钱了,水被污染,农田只够口粮,你说活路在哪里?最初我和文革去镇上承包了一家饭店,但我们仍然在水泥厂工作,让家里的女人去打理饭店,其实是试着看看能不能照这个路子走下去,后来发现并不像我们坐在家里想象的那么好。"

春林提到的文革,是现在的余村支书,他俩是堂兄弟。这对堂兄弟合伙承包饭店的日子不长,到了2002年、2003年时,经过两三年关矿停厂,余村百姓回头再看,三面环村的山林似乎开始绿了。到了2004年,满山的毛竹也长了起来,从山里流出来的溪水也变得清了。"甜了!水甜了!"乡亲们蹲在那条横穿村子的余村溪两岸,捧着清澈甘甜的山泉,好不欢乐!"是这个味!跟我们小时候喝到的泉水一样甜!"村上六七十岁的老人抿着嘴角。

"要说余村人的思想观念和余村山水面貌之所以会发生这些变化,确实是因为习总书记当年的话给了我们方向,坚定了我们走生态致富之路的信心。"春林说,到了2004年、2005年,村里的环境确实焕然一新,他们这些"文革"时期出生的年轻人,像是头回见到余村的山水这么美。余村三面环山,坐北朝南,正面通着距此五分钟车程的天荒坪镇,一条从山的深处湍流而下的溪水在村中穿过,滋润着余村的每家每户。"我们的村庄和农田,正巧在溪流两岸,冬暖夏凉,宜居宜耕。还有一处千年古刹,一个深藏在大山腹地的天然溶洞,里面奇景百态,妙趣横生,再加上余村最丰富的毛竹青山,你说美不美?有一次我带着一位在水泥厂工作时认识的外地朋友到我家玩,请他吃了一顿土菜,他竟然一连住了三天,说不愿意离开这里,想在余村过日子;说这里所有的东西都是天然的，连空气都是城里人拿钱都买不到的宝贝；说我要开个店，开个农家乐，他就带着全家人每星期来一次，喊着朋友们一起来，吃住在我家，给我付钱，保证让我不出门就发财！"

"不出门就发财，你说这样的梦谁没有做过？我就做过好几回！"春林笑着坦言。

就在这个时候，余村村支部和村委会也正式开始向村民建议利用村上绿水青山的自然资源和美丽环境，开设农家乐。客源和服务方面的问题由村里帮着解决，赚了钱是大伙儿自己的。

"这样的好事谁不做就是傻呗！"春林说，"我和文革停了在镇上承包的饭店，决意回到村上办自己的农家乐。"

春林被自己家乡的美景吸引着，更被习近平指引的发展方向吸引着，他要用自己的行动证明"绿水青山就是金山银山"。

与所有的农家乐一样，春林的农家乐开设在自己家，但原有的房子并不是按照招待客人的旅店标准建造的，于是春林比其他村民走在前头，不只在原有房间陈设的基础上换了床单、清洗了马桶，还对老房子进行了翻修。

"得多少钱？"父亲问他。

春林估摸了一下，说："二十来万吧！"

父亲掐着手指一算：十六间房，来的客人按每天住满一半房间算，一年光景基本可以平账了。"那你就做吧！"父亲同意了春林的方案。毕竟是老房子，按规矩还是上一代人说了算。但令他感到意外的是，最后装修完十六间房，工钱和材料加起来共六十余万元！

"负债了！我一下压力特别大。原来计划投入二十来万元是根据自己与老婆的积蓄来算的，现在口袋全空了不说，还欠债三四十万元，这等于逼上了梁山！"春林跟春花苦闷了好一阵。

开张那天，余村像过节一样热闹。春林与春花在村里人缘好，他俩也会做人，第一天请的客人全是村里人，大家吃了个痛快。这叫"开张宴"，不求赚钱，而在人气！

"春林山庄"生意一天比一天红火。这除了春林春花俩人里外搭配得好，还因为春林的脑子灵活。别人靠村干部到风景区跟导游"讲价钱""给好处"才好不容易拉一拨人来，春林不一样，他先把余村的好山好水拍成照片，再配上几句"文学语言"，比如"美不胜收""流连忘返""坠入镜海""如痴如醉""人间天堂""绝对自然"云云，又通过网络一传播，客源大增，都来余村找"春林山庄"。

春林这家伙行啊！连村里的干部都觉得春林这一招既省力效果又好，又着实好好宣传了一通余村，于是请县里和市里的记者对"春林山庄"进行了专题报道，从此"春林山庄"美誉满天下。

"说说你现在的固定收入有多少。"我不能放过机会，追问春林。

他笑而不语。我问心直口快的春花。春花拍拍围裙，两眼望着天花板，费了好大劲挤出一个数字："好的时候，一天赚一两万元吧！"

一年 365 天，算一半时间是"好的时候"，一年下来就是三五百万呀！富翁！春林是富翁了！他夫妻俩已经干了十几年了嘛。

能在余村听到农民有这样的收入，自然让人从心底感到习近平总书记当年的一句话是何等重要！

"真正的金光大道！"春林的话由衷而发。

春林夫妇的生意做得红火，感染了村上的人。邻居学着春林的样子，把自家多余的房间腾出来改装成客房，试着接待客人。这么着，有的客人就住进了"春林山庄"的隔壁。但有人头一天住进去，第二天就要求退房，来求春林，说希望住到他们的"春林山庄"。春林一问，原来是客人觉得那些农家乐服务质量和设施有问题，比如厕所是公用的，比如房间缺少私密性，等等。

"我们村的人都是农民，他们不懂城里人的生活要求，也不懂得啥是隐私，所以我发现后，便想帮助邻居们一起开设比较正规的农家乐。但这事没那么简单，每个家庭的情况不一样，人的素质也不一样，让他们统一用我潘春林家的模式也不现实。怎么办呢？都到我家来，也不是个事儿，听起来我收的客人越多越赚钱，实际上并非如此。比如有的时候一下来了几百人，我没有房子，难道马上扩建？一扩建就得花上几十万、上百万吧？况且这回房子扩建了，突然客人又多来了几百人，还是装不下怎么办？再扩建？这样循环也是大问题。"

"后来解决了吗？"

"我解决了！"春林说，"我想，光靠我自己一家跟着客流量不断扩建，肯定非搞砸不可，到头来看上去我客源滚滚，但弄不好不仅不赚钱，还会因为不停扩建而负债累累。"

春林果然聪明，他跟邻居商定："你服务不到位，单独招客人生意不稳定也不一定赚钱。那你纳入我'春林山庄'统一管理，客人来了统一算我的，你的客房我们合用，你原来一人一天收一百元，现在住你家的，我给你五十元，吃饭在我'春林山庄'的，五十元归我潘春林。"邻居觉得春林这样做好，于是春林和周边的几户邻居有了很好的合作。他"春林山庄"的客房从此也除了"一号楼"（他自家的），还有了"二号楼""三号楼"，直到现在的"五号楼""六号楼"。

就是说，春林一户农家乐，带动五六家邻居办起了农家乐。

"是这样，"春林说，"现在一到旺季，'山庄'的客人，每天多达上千人，我潘家的地盘再大，住上五六百人就已经拥挤得不行了，还得靠乡亲和邻居们一起帮忙解决。还有，那么多人住在家里、吃在家里，起码也要三四十个帮工呀！"

"你春林也算给村里的人提供了就业机会嘛！"我说。

春林有些得意："应该算吧。整理房间、洗碗洗菜，年岁大一点的婶娘婆婆都可以，一个月三四千块工钱，也是不错了，是可以拿回家的净收入。"

"听说你在安吉农家乐中第一个有自己的旅行社？"

"是。我的旅行社叫'天合旅行社'。自从习总书记当年给我们指引了一条致富的康庄大道后，像老天合中我心意一样，'春林山庄'的生意越做越火，钱越赚越多，所以我起名'天合旅行社'，希望沿着这条路永远走下去，越走越光明……"余村的潘春林现在快成政治家了。

"生意做大了，你不懂一点经济和政治知识，那绝对不行。我们余村的绿水青山一天比一天值钱，一天比一天贵重，身在其中靠绿水青山过日子、发展致富的人，不懂得发展理念和未来方向，再好的日子、再好的生意也不能持久。这点我有体会，所以我们'春林山庄'有今天，都是因为每到一个阶段就迅速提升一个台阶的服务水平与服务能力。"春林说，比如他有了自己的旅行社后，客源不再靠东拉西喊的散客支撑，而是直接开通了余村到上海市区的线路，靠他旅行社的大巴客车直接接送。

"现在天天都有从上海到我这儿的大巴客车。从上海出发，两个来小时就到我'山庄'了！"春林颇为自豪，客人到余村的"春林山庄"后，不用出他春林"家"，就能吃遍安吉美食，赏尽"最美乡村"景色。

"你有孙悟空的能耐了？"我有些惊讶。

春林满不在乎，说："只要在安吉，这些事我全包。"

原来，他现在不仅有"山庄"，有旅行社，还是几个景区的股东，比如著名的安吉九龙峡，"我是那里的大股东！"

"过去我们的农家乐，只赚吃住的钱，现在是吃'产品'钱。我们在几年前就响应县里的要求，走精品化之路。"春林一边跟我说话，一边不停地看手机，"客人电话过来时，就已经把钱打了过来，这种生意做得比较惬意。当然，你得让服务跟上去，才能保证客流像山泉涌动，源源不断。"

我一直有一个疑惑："毕竟余村这样的地方，属于江南地区，到了冬季旅游淡季，你的生意怎么做呢？"

春林抿着嘴笑，片刻后抬起头，说："村里人曾经也这样担心过，但后来他们都不为我担心了，反说我春林做生意做绝了。"

"此话怎讲？"

"一到淡季，我就把到上海拉客的车子开回来，开到余村和安吉县城里，再把想到上海、杭州和苏州玩的村里人、安吉人拉出去，让他们半价坐我的车到大城市里去玩，吃的、住的甚至玩的还都是我的旅行社来安排，比别人安排的便宜一大截。"

"哈哈，你还是赚钱嘛！"

"是这样！"春林笑。

这个农民的脑子里满是经济学细胞。

安吉县委领导几次在饭桌上不经意间跟我提到几个数据：整个安吉至少有三千家农家乐，从业人员达三十万人，收入嘛，哈哈，还是不说的好，藏富于民嘛！

我在想，仅此一方面，安吉人已经做到了"绿水青山就是金山银山"。你想想，假如每户农家乐，一年赚上二三十万元，三千家总共是多少？换成金子银子放在你面前，有没有"金山银山"的感觉？

5. "当代陶渊明"

到余村采访的第二天,行至村尾,二三百米外的田间有一幢农舍和一片塑料薄膜搭起的菜棚跃入我的眼帘。再仔细一看,原来是"金宝农场"。

"主人是咱余村的'生态公民'俞金宝,这是他家的农场……"俞小平说着就带我前往。

"慢点慢点,刚才你说他是……'生态公民'?"我突然止步,拉住俞小平,想澄清一件事。

"是,'生态公民'是前年一群'老外'到他家给他起的名。"俞小平的脸上露出了骄傲的笑容,"在余村,'生态公民'比过去'农业学大寨'时的'五好社员'还吃香!"

"生态公民"的词意很容易理解,但"生态公民"到底是什么样的人、有什么样的生活状态,真的很令我想探究一番。

"这就是'生态公民'俞金宝。"走进农场大门,俞小平指着迎面而来的一位着灰色衣装的中年男子介绍道。

"果不其然,满身生态!"我打趣地跟浑身上下都是泥巴的农场主人边握手,边开了个玩笑。

"不好意思,今天有两个葡萄棚要搭起来,身上弄得全是泥……"长着一对虎牙的俞金宝一看就是个老实本分的农民,他满脸羞涩地搓着手。

"这四周是金黄色的油菜地和绿油油的蔬菜地,就你一户居于田园之中,此乃真正的'田园生活'啊!"

作者在安吉农场

我看了看俞金宝的农场内置，原来是几间草叠土搭的房间，很原始，也极生态，我不由得触景生情地哼了句陶渊明的诗："采菊东篱下，悠然见南山。"不曾想到，一间小木屋里立即飘出一串清秀之声："莫笑农家腊酒浑，丰年留客足鸡豚。山重水复疑无路，柳暗花明又一村。箫鼓追随春社近，衣冠简朴古风存。从今若许闲乘月，拄杖无时夜叩门。"呵，谁在吟陆游的《游山西村》啊？

"我的客人，杭州来的大学生。"俞金宝忙说。

"世味年来薄似纱，谁令骑马客京华？小楼一夜听春雨，深巷明朝卖杏花。矮纸斜行闲作草，晴窗细乳戏分茶。素衣莫起风尘叹，犹及清明可到家。"这是一个小女子的声音，她吟诵的是陆游的另一首田园诗《临安春雨初霁》。

"你这儿都成田园诗地了啊！"听着琅琅吟诗声，我忍不住惊叹起来。

俞金宝有些不好意思："我没念几年书，听不太懂他们叽里咕噜。住我这儿的城里人，都喜欢在我这儿一边看着景，一边摘着葡萄，一边嘴里哼哼叽叽的。时间长了，两天听不到这吟诗声，心里就有些发慌，怀疑自己哪儿服务不周了。"

我笑了。俞金宝真是个老实巴交的农民，虽没有多少文化，但心像秤砣一样实在。

年轻时，俞金宝也是余村石矿上的一名苦力，他开拖拉机运石头。"一吨载运的车子，我们常常要装八九吨！石头高过头顶好几尺，不开动车子都看着心悚，一发动车子，摇摇晃晃地在山道上开着，你不知道啥时车上的石头砸到你后背和后脑勺上……"到矿上工作时，俞金宝刚满23岁，明知干这运石的活危险得要命，但为了一天能多挣一两块钱，他也加入了这"棺材边进出"的行列。

"没办法。那个时候，为了挣钱，就是不要命。我们当农民的命也不值钱。"俞金宝说，跟他一起到矿上干活的另一名拖拉机手，就是在运石途中被歪倒的石头压死了，一起死的还有一名帮手。

"后来我到了水泥厂工作，虽说没有在矿上运石危险，但水泥厂更不是人待的地方。"俞金宝说，"那是短命的地方！"

"嗯？"我不懂。

"污染太严重。一天干下来，鼻孔里能倒出好几两灰……我们村上许多人得了肺病，或残，或不到四五十岁就见阎王去了。"俞金宝想起往事，连连摇头叹气。

"所以后来村里关掉石矿、搬走水泥厂，我举双手赞成。"俞金宝不是个能说会道的人，但讲述自己的亲身经历时，也能倒出一盆子闪闪发光的珠子来——

"开始村里人确实也很担心，因为我们余村过去是靠开矿办厂致富的，比起邻村，我们经济条件最差的村民也要算富的了！但一关矿、一搬厂后，大家收入一下降低了很多。一时间，大伙儿不知往哪儿奔。"俞金宝说，"后来村上向我们传达了当时的省委书记习近平的话，说'绿水青山就是金山银山'。我们是农民，不懂太深的道理，可习书记这句话我们懂啊，就是说，过去我们开矿办厂能发财，但那样把山破坏了，把环境搞坏了，人生病死掉了，结果啥都没了！那种日子，即使口袋里装满了金子银子，也没有用！习书记的话就是说，像我们余村这样的山村，把山重新养青了，把水弄绿了，城里人就会来，他们来了，我们就有了金子银子，生活就会更好……我就是这样理解习书记的话，这些年也是照着习书记的话做的，一直没绕过弯，做到今天。"

"听说连'老外'都喜欢上这儿了？"我事先听村干部介绍过俞金宝这个田园农场的情况。

"是。杭州开 G20 峰会时，省里组织了一批'老外'来我这儿，都是些欧洲人，他们自己讲，以前一听中国的乡村，印象中都是些又穷又脏又落后的地方，哪想到一来就被我们村的好山好水迷住了。而且都说在我这儿玩得最开心，吃得最放心，还夸我是'中国生态农民第一人'！这些'老外'来了又是拍照，又是摄像，很快把我这儿的一景一物传到他们的朋友圈和国家去了，结果我一下子出了名！后来就经常有'老外'来。看着我这儿生意好，村里的人非常羡慕，说我命里注定好福气，因为我名字里就有金银财宝。"老实巴交的俞金宝其实还有幽默的一面，他的话惹得众人哈哈大笑。

俞金宝的农场正院，是个"井"字形中式庭院，看上去很土。"'老外'喜欢这个样儿！"俞金宝一笑就露出一对虎牙，显得格外憨厚。他掀开侧屋的后门，引我踏进他的"暖房"。此处真是别有洞天：塑料暖棚下，有小桥流水，有鲜花盛开的花圃，有挺拔的松柏，有沾露滴翠的笋竹，以及茶座、居室、观景亭……与之连成一片的是葡萄园、蔬菜园、茶园、竹林，还有一条两岸盛开着油菜花的清澈河道。

"原来'金宝农场'的宝贝全在这儿哪!"凡第一次观光者不可能不被眼前的这番景象所感染。

"在我这儿,所有的东西都是'生态',都是我自产、自种和自养的。"俞金宝很自信地介绍。他随意推开一间客房,指着床上用品、地上的木凳桌椅,又推开后窗往外望,指指几十米外的家禽养殖场,说:"住在我这儿,一切尽可放心,我自家的东西,都是纯天然的,而且保证所有庄稼地里采摘来的、河里抓来的、棚圈里揪来的,不会沾半点农药,绝对生态!"

"名不虚传的'俞生态'呵!"抓过放在桌上的煮笋,我边吃边夸这四季如春的"生态房"好。

"你们看到的景观,都是我女儿设计的。"俞金宝骄傲地告诉我,"她在南京上大学,学的是园林设计。"

"我说嘛,外行哪能设计得这么有品位这么专业!"终于明白是怎么回事了。

俞金宝的生态农场最出彩之处,也是令他远近闻名并且大把赚钱之处,是他的"金三宝"。

"金宝,你快给何作家亮亮家底!"村干部俞小平扯了扯俞金宝的袖子,农场主竟然满脸羞涩地喃喃道:"就是地里的这点白茶树、葡萄园,还有山上那些毛竹。"他指了指青山上绿油油的竹海。

白茶、葡萄、毛竹,这三样东西确实是俞金宝的"三宝",因为它们是让这位余村人致富和成名的金贵之物。青山上的百亩毛竹,不仅可以满足俞金宝一家最基本的需要,还可以保证他开设的农家乐饭店长年有吃不完的鲜笋及菌类菜品,更重要的是能让远方来的洋客人和城里人能一年四季有的玩、有的看。这不是"宝"是什么?第二个"宝",是百亩白茶树。白茶树是余村人除毛竹之外最重要的"宝",俞金宝自然知道,百亩白茶园就是一个小银行。但这都不是俞金宝的得意之作。

"葡萄园才是。"俞金宝说到葡萄,好比说到他在南京上大学的闺女,立即喜形于色。

"我的葡萄跟人家的不一样,他们是在路边摆摊卖,十块钱一斤,我从不拿出去卖的,是客人到我葡萄园里采摘后称重算钱。"俞金宝很得意这一点,"我的葡萄比城里和路边卖的要贵,一般都在三十块钱左右一斤,而且供不应求。"

"为什么？越贵越有人要？"我有些不解。

俞金宝憨笑中有几分狡黠："不是。是我的葡萄生态。"

"怎么说？"

"我的葡萄园里从不喷洒任何农药和添加剂，一般的葡萄种植做不到，可我就是做到了，而且一直坚持下来，所以葡萄的口感和含糖量绝对与众不同。"原来如此，长着一对虎牙的俞金宝还真不一般哩！

"可据我所知，凡是农作物，免不了招虫啊蝶啊的，你怎么消除这些危害葡萄的坏蛋呢？"我的问题虽然有些"少儿"，却是农民无法回避用农药的关键所在。

"你跟我来——"俞金宝说到这里，领我到几十米远的葡萄园去看。

此时的葡萄园，新苗还不茂盛，只长到藤架上，不够壮观，廊架间显然有些空荡。俞金宝走到葡萄架中间，一边掐着葡萄嫩头，一边对我说："在地里种庄稼，少不了虫子啊草啊，一般都靠农药来解决，但那样结出的果实里肯定残留些药物，对人体多少有些危害。可不打农药，不施一些添加剂，作物产量又不高，怎么办？尤其是像葡萄这样蛮娇气的植物，你还得经常松土除草，地里的营养不能被茂盛的杂草给抢了去。但葡萄园里又是棚棚架架的，人在里面活动多了，不仅会破坏葡萄架，还会撞坏果实。"

可不，还是不小的难题呢！"你怎么解决的？"我好奇。

"我在葡萄园里养鸡，让它们吃虫子、吃草。"俞金宝说这话时一脸憨笑，"结果虫子除了，草除了，鸡长大了，还生蛋，可以给客人供应味道不一样的土鸡、咸蛋什么的。它们拉的屎又都留在田园里，成了葡萄的肥料。这不是一举三得嘛！"

原来如此！"俞金宝啊俞金宝，你太厉害了！你不发财谁发财嘛！"我听后，不由得连连瞪眼惊叹。这个余村人太不简单，别看他一脸憨相，其实精明至极。

"也不是啥精明，当年听了习书记留下'绿水青山就是金山银山'的话后，我就在想：咱是农民，怎么能把环境和生活弄成生态好的环境和生活呢？农民种地，过去没有想那么多，只是想有个好收成，没人去想种的东西、吃的东西生态不生态，或者说生态不生态跟我没关系。可后来不一样了，我们余村以前靠开山挖矿挣钱过日子，后来矿关了山封了，靠啥过日子？干部说一句靠青山绿水，我们农民养家糊口过日子可不能只凭纸上几个字、嘴上一句口号，得想招……"

俞金宝其实很能说，尤其说自己的事，能滔滔不绝。

"在村里的企业关停后，开始几年我自己也办过厂，在外地跟着人家学。后来听说村里的胡加兴搞漂流，人气旺得很，就有点眼红。于是就回到村里，也想着搞点既生态又赚钱的事。'绿水青山就是金山银山'，在我们这些农民眼里，就是想办法让自己的地里、家里变得干干净净、清清爽爽，能让城里人到这儿来吃喝玩乐，蛮开心地住上几天；就是人家一批一批地走了，一批一批地又来了，自己一口袋一口袋装钱的光景……不知我这样比喻对不对，反正我是这样走过来的。"农民的话很朴素，但道理深刻。俞金宝用自己的实践，抓住了"两山理论"的根本。

"我感觉'绿水青山就是金山银山'，就是个生态问题，就是让不好的生态变成能够变金子换银子的好生态。"俞金宝说，"照着这么个理解，后来我们就在村上先把百亩毛竹管理好，让它一年比一年茂盛，而且利用竹林的优势，开辟了一些让城里人游玩的小项目；再把茶园建设好，有了较高的固定收入。在这两个基础上，开设了农家乐，有了来自四面八方的客人后，我的葡萄产量上来了，采摘的人就一批一批地来了，客人们回城的时候又要带十斤八斤回去，这样我的葡萄不用到市场上就已经销售完了……现在每年的产量供不应求，价格也不低。"

这就是俞金宝的聚金蓄银之道。

"其实就是两个字：生态。我赚的都是生态钱！"在余村，在安吉，像俞金宝这样赚"生态钱"的人很多，甚至可以说，在这块美丽的土地上，讲生态，行生态，将自己的生存与生活融入生态环境，具有生态心理和生态学问的人和事，比比皆是。

探访余村的日子里，还走访了安吉其他一些地方，我结识了许多令人敬佩的"安吉生态人"。任卫中是其中的一个，他在安吉可谓大名鼎鼎。

也许上海和安吉之外的人并不知道，"安且吉兮"之地，还有一个金字招牌——"黄浦江源头"。

是谁想起了"黄浦江的母亲"？又是谁找到了"黄浦江的母亲"？说起来叫人不敢相信，他竟然是一名安吉人。

我称任卫中是"当代陶渊明"，或者说是个生态理想主义者。那天我被安吉当地人带到一个叫"剑山"的村庄,然后进了一个院子。那院子里有五栋楼,仔细一看,全是土制墙和木结构的房子。院子的中央是一片菜地,那蔬菜都被一个个一米见方的"盒子"框着……别开生面的院子。

这时,一个50来岁的男子过来与我们握手。他说他就是任卫中,"安吉民间生态人"。他自我介绍后引我进了他居住的"正房"。

一栋内有小天井的土楼,上下三层。"你看,我这房子没有用一根钢筋,全部是土木结构。桌椅板凳、日常用品,也都是就地取材。"皮肤黝黑、身上沾着泥土的任卫中不像一个知识分子,像彻彻底底的庄稼人。他太太看上去比他年轻许多,但也是一副农妇模样,默默在一旁为我们沏茶倒水。

"为什么想起建这样的土楼呢?"我自然对任卫中这样的人格外感兴趣,因为就在城里人抢着买别墅,乡下人不惜一切代价或到城里买商品房,或在自己家里建"铜墙铁壁"的小楼房时,他任卫中特立独行地琢磨着建"猴子住的土楼"——乡亲们嘲笑他的行为。

"我这些房子中最早的已经建了十年了。"任卫中指着院子里的另一栋楼说。

"就是说,十年前你就开始寻思住'生态房'了?"

"应该说还要早。"他说。

"难怪人家说你是'安吉民间生态第一人'!"我有些敬佩他了,"十多年前,习近平总书记指出,'绿水青山就是金山银山',你知道不?有没有受这话的影响?"

任卫中肯定地点头:"知道,而且我受的影响确实比其他安吉人都要大。"

"怎么讲?"

"因为在他讲'绿水青山就是金山银山'之前,他在2003年初第一次到我们安吉时,就特别提到了'生态立省',当时可以说没有一个人像我这样受到那么大的鼓舞!具体到落实环节上,习书记专门推出了一个'千村示范、万村整治'计划,那是真干哩!你说我听到习书记的这个决策能不受鼓舞吗?最受鼓舞了!那些日子我激动得睡不着觉,心想这回多年的梦想总算有望实现了!我还可以告诉你,就在这一年的春天春笋茂盛时节,我们安吉举办了'中国竹乡黄浦江源生态旅游节'和'中国安吉黄浦江源生态文化节'。你应该注意到了,这两个节中都有'黄浦江源'的字眼,这事跟我直接有关……"

"老任是发现黄浦江源的重要人物之一,而黄浦江源的确定,可以说是安吉能依靠绿水青山、'最美乡村'资本而实现快速发展的一个特别重要的因素。老任的这一份贡献无人可比！"同行的安吉县干部高度评价任卫中的"历史性贡献"。

"我只是尽了一份心而已，换了哪个安吉人都会这样做。"任卫中说得平淡，可过程并不简单，这得回溯到他年轻时的那个安吉。

任卫中的老家在剑山村十几里外的另一个山沟沟里，叫统里村，但环境都差不多。二三十年前的安吉县是浙江省的穷困落后县，没有人关注它，县里干部说，他们到省里开会一般只会坐在会场最后一排，不敢抬头看省里的干部，因为别的县市早已富得流油，他们安吉"连汤都喝不上"。

"我是个农村囡，从山村考到城里念书，已经很不容易了，但我不喜欢城市的钢筋混凝土，尤其是看到后来我们农村也到处大兴土木建楼房，建房子伐竹伐木，破坏了绿水青山；后来甚至把土房子扒了，换成钢筋混凝土的楼房，墙面也都贴上了马赛克，不知有多难看！与山清水秀的环境格格不入。可谁能管得住！乡亲们拼死拼活挣点钱，甚至是一生的心血，全都用在了为儿子讨媳妇盖房子上。大家又不懂生态，为了房间好看，墙面不是贴瓷砖就是贴墙纸，哪知道这些东西都是有害的物质啊！造这样的房子，是真正的劳民伤财，得不偿失。于是我从学校回到家乡后，就想给乡亲们建个跟我们美丽的家乡相交融的秀美村庄，住着舒服又健康。这是我的梦想。为了这个梦想，我曾在1992年给当时的安吉县县长写过信，欣慰的是县长当时给我回了信，鼓励我的想法。"

任卫中告诉我，他在1992年之前，有过一个很好的工作——港航交警。

"安吉境内有条河流叫西苕溪，是安吉的母亲河。1985年起，我就在这河上当一名港航交警，许多人甚至不知我们这工作是干什么的。我当时拿的钱比同级别的公务员要多出一倍，也就是说待遇很不错。可每天在河上工作，看到母亲河垃圾满河道，我心里太难受了。那个时候，西苕溪上游有两个造纸厂，污水都排在这条河里，日久天长，水质污染严重，甚至水流变成了泡沫，小山似的在河面上连绵滚动，看着都恶心……我整天生活工作在这样的河道上，太痛苦了！所以有一天我向领导提出不想干了！我说我要去建个比陶渊明写的桃花源还美的村庄。他们就笑我，说我得了神经病，扔下好端端的铁饭碗，去做没影子的事。也有人说我是为了到城里工作，过舒适生活。其实不是的，那一年是1992年，我确实去了一趟上海，但很快又回来了。上海人的生活对我刺激特大，不是他们住在高楼大厦里的生活吸引了我，而是他们喝着漂白粉气味浓烈的自来水，让我有了许多想法。我当时在上海就想，虽然我工作的河流西苕溪水质被污染了，但上游山岗上的潺潺溪流清澈而干净，甚至有点甜。我看到上海外滩上一瓶矿泉水卖五六块、七八块钱，我就想如果我们把安吉山上的水装在桶里运到上海，再卖给上海市民们喝，肯定好得不得了啊！那才是天然矿泉水！哪用五六块、七八块一小瓶嘛！一块钱一桶，我一天卖一百桶就发财了！当时我就这样想，想得十分简单。为此我还专门给《文汇报》写了一封信，希望上海与安吉建立一种关系，但没有回音。后来我又看到《文汇报》上刊登了一篇大学生组织的生态考察的报道，我就动了心，拍了些安吉西苕溪上游的风景照片，托在上海工作的朋友寄给了带领大学生进行生态考察的上海师范大学陶康华教授，想以此促使陶教授带他的学生到我们安吉来，可这事也如同石沉大海。"

任卫中一边掐着一把黏泥，一边长叹一声，说："啥事在初始阶段都很难，尤其是对被称为'民间人士'的我们来说。"

但任卫中又是幸运者。几年后，身在安吉山村继续做着"生态村村长"之梦的任卫中突然接到一封来自上海的信，问他："任老师，你以前信上提到的美丽安吉能不能成为我们今年考察的目的地？"这是1999年6月29日的事。信是上海"绿色营"寄来的。

"太好啦！终于有上海人要到我们安吉来啦！"任卫中立即将信交给县里的有关部门，并亲自给上海大学生考察队制订了一个旅游考察线路：溯苕溪河上游，探寻黄浦江源。

当年8月26日，由来自上海十所大学的26名"绿色营"队员组成的安吉考察团开始了第一次"上海—安吉"特殊寻源活动。

"最激动人心和令人永生难忘的是第二天……"当年的考察队队员赵是民女士，回忆起那次"黄浦江源探觅"的情景时，仍然难掩激动，"我们一队人中只有四个人登上了龙王山的最高峰，用了整整八个小时！那情景太让人心潮澎湃了！我们都是第一次看到黄浦江源的清澈的涓涓流水，还有那层层坠落的瀑布，顺石级而下，发出悦耳的声音，气势磅礴，势不可挡！周围又是绿色世界和充满鸟语花香的田野风光，实在让我们太陶醉了！关键是，我们作为千万上海人的先行者，最先目睹了黄浦江源头，等于说最先认到'母亲'了！而且见到了这么个美丽无比的'母亲'，能不激动吗？"

大学生们回到上海后,将"见了黄浦江母亲"的消息一传播,把所有上海人的心都给搅动了!"安吉,安且吉兮"这几个字很快在上海市民中传扬开来。

黄浦江要认宗拜祖可不是件小事。一个月后,上海派出上海师范大学陶康华教授等多位教授、博士组成的"黄浦江源"课题专家组,正式到安吉"老家",并且初步确认龙王山的水流系黄浦江源。查地图可知,黄浦江与安吉之间连着一个庞大的太湖,黄浦江的直接水源首先来自太湖之水。那么太湖水与安吉的西苕溪到底有什么关系?这既是个实际问题,也是个学术问题,需要严谨的科学论证。

陶康华等教授在认真周密严肃地考察后得出结论:太湖分别经望虞河、浏河、吴淞江和黄浦江入长江,再至东海。黄浦江承接了太湖60%以上的水量,太湖60%以上的水又来自苕溪,苕溪有60%的水来自安吉母亲河——西苕溪,故安吉西苕溪与黄浦江的关系一目了然。

余村和安吉人民对陶康华教授充满感激之情,他和其他几位专家先后多次对黄浦江源头进行考察论证,陶康华教授亲手从上海市老市长汪道涵那里得到了"黄浦江源"四个字的手书。这赋予安吉之水一个"官方证明",从此安吉与上海变得"一家亲"了!

故事到此并没有完。在汪老90寿辰时,陶康华特意将汪老手书"黄浦江源"在龙王山上的石刻照片制作好,作为寿礼送到他面前,并且告诉他,正是因为有了他写下的"黄浦江源"这块金字招牌,接轨上海才成为安吉发展的新战略,这使得县财政收入连年增速在30%以上。

汪道涵听后大喜,说这是他90岁生日收到的最好礼物。

"我们现在一提起'黄浦江源',总在感谢陶康华教授和汪道涵先生,其实,应该第一个感谢任卫中,没有他与上海最初的联系,也许安吉山水被上海人认定为'黄浦江源'一事至今尚未有果。"陪我采访的安吉宣传部同志这样说。

"我倒没这么想。"任卫中对这事看得很淡,"通过这事,我的收获是结识了许多上海朋友。我也认识到生态环境对一个地区、一个城市多么重要,更加坚定了我做个'生态村村长'的信心……这是2003年的事。"

2003年的任卫中之所以那么明确和坚定要当"生态村村长",是因为他听到时任省委书记的习近平第一次提出"建设生态省"的战略决策。

重视生态，把生态作为执政的战略理念，其实是习近平同志的一贯思想。在他任福建省省长时的2001年，就有了"建设生态省"的构想。那时他就针对福建的特点，非常明确地指出："任何形式的开发利用都要在保护生态的前提下进行，使八闽大地更加山清水秀，使经济社会在资源的永续利用中良性发展。"在他的推动下，福建生态省建设的总体规划纲要当年即通过国家环保总局论证，福建成为全国首批生态省试点省份。此后，建设生态省的接力棒在福建一任传一任，福建森林覆盖率连续九年位居全国第一。"生态福建"成为展示给世界最美丽的绿色名片，成为跨越发展的有力支撑。这与习近平当时所做出的前瞻性指导和努力推进是分不开的。

回忆当年习近平考察安吉时的情景，2003年任安吉县县长、现任省委宣传部副部长的唐中祥说："2003年4月，时任省委书记的习近平第一次到了安吉，那一次在安吉考察的就是生态，安吉的好山好水和一些严重污染的地方都给习书记留下了深刻印象，所以回到省城不久，他在省委会议上便正式提出了'生态立省'的重要战略决策，同时配套的还有'五百行动'，就是从省到地市级到县里，每一级都要抽调不少于五百名干部到一线抓生态建设。直到现在，这'五百行动'还在继续。"

"我就是在这次'五百行动'中从港航交警岗位上跑了出来，到了现在的剑山村。"任卫中说，"因为了解了习书记的'生态立省'工作安排，我就向县组织部领导写信提出到村里去当指导员，这样我才离开了原来的工作岗位。"

"这一来，就是十几年。尽管没有当成'生态村村长'，当了个'生态公民'，也算对得起自己了！"任卫中指指院子内的几栋土房，又从玻璃柜内拿出一张证书，欣慰地说道，"你看看，这是清华大学聘我去讲课的证书。十几年弹指一挥间，最初是我自己到清华去听老师们讲建筑课，后来是他们请我去讲课，算我没有白努力。"

"任老师你现在可厉害了啊！全国各地的大学都聘你当教师，上门拜师的人太多，你都接待不过来了！"安吉人对现在的任卫中好生羡慕。

别人搞农家乐或者种白茶，伐毛竹做竹制品，怎么着还是要靠流汗出力赚苦力钱。但大伙儿看到任卫中赚的是省力钱：建几栋花不了多少钱的"土房子"，竟然吸引了这么多远道而来的大学生和大学教授，甚至还有洋学生、洋专家来他家东看看、西瞅瞅，吃住在他家，临走时扔下一大把钱。

瞧，他现在还办起了一个教室，教的都是些名牌大学的学生！原来村里的人叫他"任疯子",现在都改口叫他"任老师"了。这可是由被人瞧不起的泥土,一下变成了黄澄澄的金子啊!

别说乡亲们眼红了,连我都感觉任卫中的"生态房"实在有些"那个"——钱太好赚了吧!

"说实话,这种土建筑,成本确实低。我用泥土作墙,是有讲究的,工艺全是我自己琢磨的。我的这些土房,一栋二百来平方米,材料全是就地取材,或者从乡亲们手中拿来那些废木废竹等废材料,总成本三四万元,且冬暖夏凉,透光度好,墙体比一般的传统农家房,甚至比钢筋混凝土建筑更具防风防雨能力。"我仔细察看任卫中的"土房",发现很时尚,很科学。"别小看它们,有两栋的图纸设计还是欧洲专家与我一起完成的哩!"任卫中指指5号房说。

难怪。这房子内部与外形,都融合了适合现代人居住的元素,乍一看很土,实际很实用很时尚,有点"宜家家居"产品的味道。

"像我们安吉这样的最美乡村,如果让每家每户的建筑都生态化,该多好,农民兄弟们既不用忙碌一辈子只够给儿子娶媳妇造一栋房子,还可以让自己永远生活在宜居的环境里。"任卫中自我嘲讽道,"看来我当'生态公民'已经不成问题了,但要当'生态村村长'恐怕这辈子不能如愿了。"

"这么悲观?"

"是。虽然通过这十多年的言传身教,也吸引了一些人来向我学习如何盖土房,但多数农民的观念仍然没有根本改观。他们说这土屋可以让城里人看,也可能赚参观旅游的钱,但让乡下人住这样的房子好像有些'退化',大家不太愿意。"任卫中无奈地朝我苦笑道。

我一直想问问那位看上去比较年轻的任太太对丈夫的"土房子"事业有何看法,然而一直没有机会——在我跟任卫中交谈的时间里,她一直在院子里默默地忙碌。她认真、卖力干活的样子,让我打消了问话的想法,因为如果没有家人的理解和支持,任卫中绝对不会是现在这个样子。

我相信,在任卫中家里,"生态公民"不仅仅只有他一人,他的全家人都是。

在安吉,"生态公民"也不止任卫中一家人,还有很多很多的公民自觉在争做各式各样的"生态公民"。

6. 一根竹子半边天

春到余村，问你最喜和最爱之物，除了白茶，必定是满山遍野的挂着晶莹露珠的毛竹及春天的新笋——新笋假如不被当作佳肴，它也应是毛竹。

"修竹拂云当户耸，暗泉鸣玉绕亭飞。"那挺秀、俊拔、茂盛、葱翠，接天曼舞、一派生机的青竹，是这块土地的衣裳。唐代大诗人白居易用"此处乃竹乡"五个字对安吉大地做了精确的概括。春夏之季来此，观新竹接天之景，纳清爽怡人之凉，为与竹共舞最佳时节。而安吉人自古就过着"食者竹笋，庇者竹瓦，戴者竹笠，烧者竹薪，衣者竹皮，书者竹纸，履者竹鞋"的生活。竹，融入了安吉人的生命与生活。

正如苏东坡所言，对生活在南方的人来说，"宁可食无肉，不可居无竹。无肉令人瘦，无竹令人俗"。竹是南国居者一年四季的伴侣，尤其是春天，你可以在竹林里看到万千尖头的竹笋破土而出，一日长几十厘米，你甚至可以听到小笋往上蹿长的声音……余村的一位老乡告诉我，他曾在自己的竹山上测量过，长得最快的一根新竹，一夜长了103厘米！我开始不信，后来向安吉的毛竹专家求证，那专家告诉我，安吉林业局有人发现过24小时内长了110厘米的毛竹。天！相比之下，人与竹相比，显得何等俗气。问题并不在于成长速度上的巨大差异，人们对竹子情有独钟，在于竹的精神。一是竹有"竞将头角向青云，不管阶前绿苔破"的势不可挡的生长劲儿，而且从来都是"咬定青山不放松，立根原在破岩中。千磨万击还坚劲，任尔东西南北风"。二是竹的"清廉"形象。元代吴镇有诗赞竹："虚心抱节山之阿，清风白月聊婆娑"。竹在深山幽谷抱朴守拙，虚心若愚，与清风白月相互吟唱交流，构成一曲天地间最动听的守节清歌。竹子与生俱来的虚心抱节的特质，对人的生活态度有着一种神圣的启示。

中国近代著名金石书画大师吴昌硕，是安吉人，出生地鄣吴村，与余村一样，是个竹乡。曾任西泠印社首任社长的吴昌硕，其生命和筋骨、气息与品质，皆在竹的熏陶中成长与成熟。山清水秀，修竹成林的乡土赋予了昌硕先生特别的灵气，他一生秉承了竹子挺拔坚韧谦和的品性，使其艺术升华到一种他人难以抵达的高度。后人如此评价他："诗书画而外复作印人，绝艺飞行全世界，元明清以来至于民国，风流占断百名家。"事实上，吴昌硕的艺术根基得到故乡的竹的滋养。他一生视竹为至爱之物，写诗赞竹，作画颂竹，借以表达自己钟情修篁、关心故里、志存高远的心境。"岁寒抱节有霜筠，野火烧山未作薪。莫叹离披无用处，犹堪缚帚扫黄尘。"那天我站在吴昌硕家的遗址上，举目望向千米之外的那座俊秀茂盛、生机勃勃的竹山，仿佛重逢大师本人……不由得这般感叹：人有竹子之气节，一生高傲不俗；人有竹子之谦逊，一生处处有亲朋；人有竹子之情怀，一生充实丰足。人若是竹，通体是美。大地有竹，流光溢彩，遍地是金。

余村在"安吉大竹海"范围之内，因此竹景更加奇趣。第一次清明时节到余村，忙于欣赏山脚山腰处竞相争高的春笋奇景，又忙于采访，没能登高俯瞰小山村全貌。芒种时节再访余村时，村上的"秀才"俞小平也升任村主任，宾主皆怀雅兴。他领着我们沿刚修好的观景道，一路向余村的竹山群峰登攀。你无法想象安吉的一个普通山村，因为竹，美得叫你不肯移步，又或者你不想少行一步……实在太美：往山的近处看，你可见那些在春风中刚刚脱去笋衣的新竹，它们像一个个活泼的青衣少女，穿着格外亮丽的新衫，亭亭玉立临风起舞，婀娜多姿。在它们的身边，仍有一个个吮吸甘露、脱胎而出的"胖娃娃"，正探着小脑袋，拼命地追赶着"哥哥""姐姐"们的成长速度。再顺着这些"青春之竹"向大山的高处与远处看去，你所看到的群山完全是一幅幅水墨画。那亿万万翠竹或淡青或深绿，静止时，山是画，风来时，山是海——风有多大，海的波涛就有多大。那一天，我们登高远眺，似醉似梦，顿觉涉足仙境，心旷神怡。从山上下来，俞小平带我们走了一条长达五里的"竹林幽道"，这或许是余村一段最美、最令人销魂的小路。路两旁是草丛与鲜花,青竹触手可及,它们远远地延伸,往高高的山上昂首整齐地排列着,似乎在欢迎每一位光临的宾客。你只有信步而行,才能真正感受到踏入竹海的奇妙,那迎面吹来的阵阵清风,沁人肺腑。眼前的景致尽是青绿色,只有小道与天连接的地方是浅白色的。

余村三面环山,一面临水,只有中间一条狭长地带是平缓下斜的,是人们居住与耕作的土地,青翠的山竹将余村装扮得像只玉制的巨箕。但在"农业大学大寨"和只讲GDP、不讲生态的岁月里,山上没有竹子。没有竹子的山灰头土脸。开采石矿和办水泥厂的那些年里,烟雾与粉尘让埋在地下的竹鞭都无法延伸其生命的根丝。

当年,一个名叫陈永兴的小伙子,在余村的"第三水泥厂"干活。从小喜欢竹子的他,无法接受竹山与他一样整天整年地被窒息的烟雾与粉尘压得喘不过气。后来他一跺脚,辞掉了一个月拿几十元的水泥厂工作,跑到义乌小商品市场找工作。人家问他从哪里来,他说是安吉人。人家说:"安吉的毛竹很有名气,为啥不弄点安吉竹席等竹产品来?"

陈永兴一拍脑袋:"可不是嘛!"

小伙子回头就往家乡奔。一打听,做竹席的竟然没几家!最后陈永兴是从天荒坪一家乡镇企业那儿批发到了一批竹席。把货发到义乌后,陈永兴借他人一席摊位,等候买家。哪知这一等就是两个月,竟然没人来买!

"等我快要卷铺盖时,有一天一位台湾人买走了我两条竹席,差点让我掉眼泪……"陈永兴对我说。

之后,陈永兴卖了三年竹席。在这一过程中,他发现家乡人开始需要家电产品了,于是从义乌拉回便宜的电器,转手就卖出去了,而且赚的钱比卖竹席还要多。这让他改了卖竹席的想法,心思也野了,竟然跟着哥哥跑到北京开起了大排档。

首都北京,多少人向往的地方。但在北京的日子里,有一件事深深地刺痛了陈永兴的心:每年春季来临,黄澄澄的沙尘三天两头地袭来……陈永兴无数次听北京人说:"要是在南方多好,那里到处都是绿茵茵的树木和竹子……"

"真的是这样吗?安吉是竹乡,安吉的山上都有树木和竹子吗?"陈永兴独自思忖着。故乡确实有林有竹,但也并非北方人所说的到处都是绿茵茵的。如果故乡到处是绿茵茵的树与竹,那该多好啊!陈永兴想来想去,归家心切:不行,我要回家去!回到老家去种竹子,去做竹业生意,让"竹乡安吉"名副其实！

这一年是1999年。陈永兴回到故里安吉，特意跑到余村的水泥厂瞅了一眼，发现这里已经在悄然改变：原先供应水泥厂的石灰矿山已停止开采，山上也开始长出新竹……而且除了余村，安吉其他地方的秃岭荒丘也在变青泛绿。陈永兴对故乡的这份改变大感惊喜！为了新的事业，他用了半年时间，对余村、对整个安吉的竹产业进行了细致深入的调研，最后一拍腿：做竹地板生意！

有朋友嘲讽他："放着北京那么多的钱不赚，几根竹子能赚得了啥大钱！"

陈永兴笑笑，说："留在北京当然也能赚钱发财，但在家乡做竹业生意，让'竹乡'山更青、地更绿，这肯定比在外面赚钱要有意义。一个人既能把家乡建设得美丽，又能赚这美丽的钱，那该多有意义！"

朋友们开始并不理解陈永兴的话，但看了陈永兴后来十多年里所干的事业，敬佩又羡慕——

2000年春天，陈永兴租用了一间四千平方米的厂房，开始了竹地板生产。机器在轰鸣中飞转，不久，仓库里的竹地板堆积了三千平方米！可卖给谁呢？"那会儿我又一次像到义乌小商品摊位推销竹席一样，背着竹地板跑上海，去安徽，走江苏……就靠着这最原始的推销手段走东闯西，可销量就是不理想。在我快要发疯的时候，杭州有家竹地板销售企业看我老实巴交地使笨劲，就到我厂里来看看。最后，他们提出，仓库里的货全要了！条件是，以后如果再想合作，他们就派技术人员帮我一起改进生产工艺与产品质量。我一听简直就要跳起来了！我说：'只要你们看得起，我陈永兴的厂门与车间对你们全天候开放！'"

专业公司和专业人员的融入，使得陈永兴原先的家庭作坊式企业思维，开始向专业生产与经营竹产品的联合体企业方向转化。从2000年到2004年，陈永兴苦练"内功"。他的企业月产近十万平方米，"永裕竹业"的地板已经在业内小有名气，且其过硬的品质已赢得市场认可。"开始我的企业名称不叫'永裕'，我想用我的'永兴'二字，结果工商注册时，人家说'永兴'已经被人注册了，所以我只能用'永裕'。也蛮好，永远富裕的意思！"

"安吉竹子甲天下，安吉的竹地板也应该在大上海和海外能够呱呱叫！"陈永兴在生意场上是见过世面的人，所以当他的竹地板已经在当地市场上叫得响后，便迅速把目光投向上海与海外。

在上海，"永裕竹业"的竹地板，很快便"呱呱叫"了。这个时候，陈永兴又一次找到一家合作伙伴——在上海的一家外商。外商曾经营过强化地板，而见了陈永兴的竹地板赞不绝口。这"老外"从没见过竹子做的地板，一高兴，就买走了陈永兴三万平方米存货。

那些日子，陈永兴不管见什么人，都是笑声一串，想不笑也不行。为啥？开心啊！幸福啊！满足啊！

但你以为他是赚了钱而高兴成这样？错！

陈永兴可是个做大事的人，他才不会为赚一两次钱、发一两次财就乐得不知东南西北。他乐的是明白了要想把安吉的竹业做大、做到让全世界人都知道，就必须依靠先进的技术与设备，当然销售管理也极其重要，但产品质量上不去、缺乏国际标准与规范的话，再大的雄心壮志，也只能属于"自娱自乐"。这个时候，有人说陈永兴已经变成"竹痴"了。

2004年时的余村，所有的山丘上，皆是青青竹林了，安吉也至少有三分之一的山丘竹林成荫。陈永兴觉得大干一番的时候已到，于是投资五千万元建了一个"永裕竹业"的新厂区，引进当时全县唯一一条德国豪迈生产线。次年，"永裕竹业"销售收入首次突破一亿元。关键是，这一年"永裕竹业"的产品不仅让欧洲人着实为"东方凉席""疯狂"了一回，而且获得全球FSC森林体系认证证书，也就是说持有了一张进军国际市场的"绿色通行证"。

"永裕竹业"和安吉竹品真正被公众认知，是在2008年的北京奥运会和2010年上海世博会上。当陈永兴得知北京奥运会的主题是"绿色奥运"时，兴奋得几天没睡着觉，他精神十足，重上京城——这回是带着自己的产品和安吉竹子的招牌而去。

"竹是圆的，你们居然把它压成平板了！跟木板一模一样，而且既环保又凉爽，太符合我们北京奥运会的要求了！"北京奥运会组委会负责人拿着陈永兴的竹地板样品，左看看右看看，简直是爱不释手。

"就它了！"

永裕竹地板一举成为北京奥运会国家会议中心的专用地板，同时其他场馆所需的地板也都用上了陈永兴的产品。

转眼间，2010年上海又举办世博会，会上确定所用的筷子等必须是"绿色中国"产品。陈永兴再度出击，专门投入三百多万元引进国外先进设备，并研制出一种具有防腐、耐高温等性能的竹筷。为了符合世博会要求，陈永兴带着竹地板和筷子新产品，专程请加拿大一家国际竹品检测机构进行验收，最终永裕竹产品再次以绝对优势被选作上海世博会场馆外露天景观的专用地板与嘉宾用餐筷具。

"永裕竹业"和安吉竹子，就这样进入了海内外各界人士的视野！

"在2005年时，我就听说过'绿水青山就是金山银山'这句话，那时，恰逢我们'永裕竹业'的大发展期。可以说，永裕近十多年的快速发展，就得益于坚定不移地践行了这一科学论断，我们永裕的快速、健康发展，也证明了这就是一个真理！"在带我参观竹制展览品时，陈永兴对我这样说。若非亲眼所见，你无法想象一根竹子，竟然会变成几百种产品，有吃的、用的和穿的，几乎无所不能。这让我也消除了一个疑惑：我第一次见中共安吉县委书记沈铭权时，他说"一根毛竹，'吃光榨尽'，可以收入一千元"。

"永裕竹业"跟着安吉的大竹海水涨船高，从小到大，目前公司面积已扩张到250余亩，其中生产经营用建筑面积近十万平方米，拥有七百名员工，还有自己的"技术研究院"，"竹界国宝"张齐生院士是该院的挂职技术权威。世界最先进的生产设备、顶级的技术专家、年产三百万平方米的竹地板产能、每年一千万支竹子的用量，还有云南、福建等重要产地的原料供应和遍布全世界的市场，使中国安吉的"竹子故事"越讲越精彩。

竹子成就了一个安吉人的事业。

竹子也让一方天地变得五光十色、幸福美丽。

说起安吉竹子，安吉人特别感谢著名电影导演李安。安吉语出"安且吉兮"。安吉竹子出名，可以说某种意义上是"李安吉兮"。

安且吉兮。李安来之，安吉大吉兮。

电影导演李安曾说："是安吉的好山好水，让《卧虎藏龙》名扬天下。"安吉人则这样说："是李安让全世界的人认识了安吉和安吉大竹海。"我的看法不同，准确的说法应该是：安吉的竹子和安吉的人让李安出了大名。难道不是吗？如果没有安吉诗意般的大竹海，如果没有仙境般的安吉竹浪托起周润发与章子怡龙腾凤舞的打斗戏，那些外国电影评委能看懂中国含蓄独特的古装戏剧情？《卧虎藏龙》能获奥斯卡最佳外语片奖，戏中的"景"远超了"情"，这就是李安先生为什么说是安吉的好山好水让他和他的电影名扬天下。其实，李安还少说了安吉最重要的一"好"——人好！

安吉确实有好山好水，但更好的是安吉人。

包括许多安吉人在内，并不知道《卧虎藏龙》最初并没想与安吉的竹海结缘。李安拍《卧虎藏龙》最早选择的是杭州城内的九溪十八涧为拍摄地。

李安是大导演，让《卧虎藏龙》借安吉大竹海一举成名。但李安心里清楚：没有安吉人的"导演"，他李安或许到现在都不知道安吉还有那么美的竹海，那么好的山水。

李安导演的"导演"确实是一位安吉人。我在采访安吉"中南百草园"旅游景区的时候，见到了县委副书记、政法委书记赵德清，当地领导很重视我的采访。哪知我的采访在这个晚上有了意外的收获——赵德清书记竟然就是"两山理论"产生时的现场亲历者和李安导演的"导演"。

"事情是这样的。"赵德清回忆起十几年前的事，仿佛就在讲昨天刚发生的事一样，"习近平同志任中共浙江省委书记后到下面调研，那是2003年4月份的事。当时我是县委办公室主任。习书记第一次到安吉，考察的是我们安吉的生态建设。他说他在福建工作时就想到安吉来看看，因为安吉的毛竹很出名。这一次习书记来安吉考察，我作为现场一名工作人员，印象特别深刻的有几件事：一是他在白茶之乡溪龙讲了'一片叶子，富了一方百姓'这话。二是考察安吉后，他就浙江'生态立省'提出了很多高瞻远瞩的战略性意见……"

"千村示范、万村整治"是习近平任中共浙江省委书记后提出的一项作为实践"三个代表"重要思想、落实科学发展观的实际行动，既是一项"生态工程"，也是着眼统筹城乡建设发展、精心部署、真抓实干的龙头工程、基础工程、生态工程和民心工程。

据曾经在习近平身边工作过的浙江省委相关同志介绍，这年4月份从安吉回来，习近平同志便着手确立"生态立省"的战略准备，八九月份就正式提出"生态立省"的口号。在10月30日召开的第三届中国环境与发展国际合作委员会第二次会议上，习近平的书面发言中指出："不重视生态的政府是不清醒的政府，不重视生态的领导是不称职的领导，不重视生态的企业是没有希望的企业，不重视生态的公民不能算是具备现代文明意识的公民。"与此同时，习近平在《求是》杂志上发表《生态兴则文明兴》的重要文章，专题阐述了浙江推进生态建设、打造"绿色浙江"的战略思考，奏响了"生态兴则文明兴，生态衰则文明衰"的时代新旋律。

"那个时候,安吉的生态文明建设已经有了较好的效果,全县上下经过几届县委和政府班子的不断努力探索,认识和行动上基本得到了统一,实际工作的部署与推进上也是得力的,但确实也遇到了想象不到的压力。比如,为了确保安吉的生态,我们关掉了一批造纸厂等污染企业,推掉了相当一批可以引进的和合资项目。那个时候全国县域经济主要看工业生产值和GDP,由于我们安吉的发展重心放到了生态建设和文明建设上,结果GDP和财政收入下降得比较厉害,县里主要领导到上面开会或汇报工作时就非常狼狈,只能坐最后一排,提拔的概率也比其他地方的领导要小得多。早期抓生态建设的安吉领导是承受了很大压力的,现在回过头来再看看当时县里的那些领导同志,真是觉得他们那种敢于担当,勇于挺身而出,坚持走'生态立县'之路的精神极其可贵。安吉有今天,与他们的努力分不开。"前后在县委办公室副主任、主任岗位上工作了十来年的赵德清以见证者的身份这样说。

同行的县委宣传部陈部长则催促道:"赵书记,你赶紧把怎么将李安引到安吉的事说给何作家听听。"

"是这样的。"赵德清清清嗓子,才开始他的讲述,"1998年时,我在港口乡当党委书记,搞了安吉第一个旅游景区,还连续搞了两届生态文化节。搞第三届的时候,听我一个同学说香港导演李安准备在杭州拍一部武打片,还要冲刺什么奥斯卡奖。说里面的武打场面要到杭州的九溪景区的竹林里拍。一听李安要到竹林里拍戏,我的心就动了一下:那杭州竹林怎么可能跟我们安吉大竹海比嘛!这么一想,我心里就有了小九九:如果能把李安拉到安吉来拍这电影就好了,可以好好宣传一下我们安吉的竹海了!我的'私心'一下就膨胀起来了!饭后我悄悄问同学:'有没有可能让李安到我们安吉看看?说不准他就喜欢上了我们的竹海。'同学笑笑,说:'没问题,好导演对好景致特别在乎。'我一听赶紧说:'那你无论如何也要想法给我把这个关系接上。'就这样,没过几天,李安手下的工作人员便来到安吉。又过了一个星期,他的副导演来了。再过十几天,李安亲自来了。那天我特别激动和紧张,跟在李安身边陪他看我们的竹海。哪知他才看了十来分钟,就朝助手一挥手,说:'走吧!'我在一旁看这情形,心都凉了!这可怎么办?我心里苦啊,赶紧上前拉住李安,有些乞求似的说:'李导,您是大导演,您得说一句话,我们安吉的竹海到底哪个地方您不中意?我们可以帮助您解决,您尽管说出来。'谁知李安回头郑重地看着我,说:'还有什么可说的,就这么定了呗!过些日子我们要过来拍了!'"

"哈哈……"没等赵德清说完,我们在场的人都大笑起来。

"看看人家大导演的风度!"众人七嘴八舌地议论道。

"确实。"赵德清的头像摇拨浪鼓似的,继续说,"后来李导他们在安吉共拍了22天。周润发、章子怡、杨紫琼等大腕都来了。李导拍得很顺利,临走时他的助手跟我算账,说按规矩,他们用我们的场地,要付酬金,说给我们六十万元。在当时,对一个乡来说,就差不多是我们一年的财政收入,而且我当时主政的港口乡的财政已经负债二百多万元!李安的这六十万元等于是'救命钱'呀!"

"还不赶紧多要点嘛!"有人插话。我们众人跟着起哄:"对,多要点!至少要他一百万、二百万的!"

赵德清笑而不语,摆摆手,又摇摇头。"最初一刻,我跟你们想的一样,但后来一转念,立即放弃了原先的想法。回头我跟李安的助手说:'谢谢你们的好意,我呢这六十万元不要了。'人家觉得奇怪,问为什么,是不是钱给少了。我赶紧说:'不是的不是的,我是想能不能在你们电影的协拍者名单上加一句话:安吉县政府和拍摄地安吉大竹海……'当时我说这话时心里十分忐忑,怕他们拒绝。哪知人家哈哈一笑,一口就答应了!后来的事大家都知道了,《卧虎藏龙》得了奥斯卡奖,我们安吉和安吉竹海就出名了……"

"我没说错吧,赵书记是李安导演的'导演'!"宣传部陈部长很真诚地说。

在场的人都对赵德清这位曾为安吉大竹海做出特殊贡献的幕后"导演"表示深深的敬意。事实上,安吉的"绿水青山"能够变得如此美丽,与安吉一届又一届领导的心血和智慧及敢于担当有着直接的关系,没有他们无私无畏的贡献,安吉的美丽也许仍在"深闺"藏着,或者被彻底毁"容"了。不是吗?这样的例子在中国并不少。这也是让我今天格外喜欢安吉这个地方的原因之一。

当我再举目望向一片片郁郁葱葱、随风荡漾的竹海时,心潮变得更加澎湃:呵,我的江南故乡,如今都能像安吉一样山清水秀、地美村丽,该有多好啊!你那千千万万奋斗一生的游子们,在回归故里时,将会怎样欣慰与安然!

安吉安吉,安且吉兮……

记得到余村的第二天，采访完村上的老支书胡加仁后，他便与俞小平等其他几位村民，带我到当年他们的窑矿旧址，给我讲述他们在习近平总书记"两山理论"发表前后十几年的亲身感受。

旧窑矿址在余村的南边，需要绕过村前的那座青山，再沿一条石子路向山的深处走十来里路，到达一个小水库。水库的水特别清蓝，阳光下宛如一面镜子。

"我家的旧址最早在这个水库的中央……我爷爷从一解放就在余村当支书，一直当到80年代末。第一次搬家时，是村里响应'农业学大寨'的号召，我们搬到了这一片楼边——"俞小平指指水库边准备盖乡村旅游酒店的地方。

"第二次搬家就是从这里搬到了现在的村居民区。"俞小平感叹道，"前些年搞美丽乡村建设时，我家又搬了第三回……"

"小平家的三回搬迁，反映了我们余村从传统农业到工农并举，再到绿水青山的美丽乡村建设之路。"鲍新民的一句话总结得非常到位。

"这就是以前我们村里的矿窑，"胡加仁指着快被草丛与竹子遮蔽的两口破落的窑井说，"当年这里很热闹，天天炮声隆隆，烟雾弥漫，全村主要壮劳力都在这里干活，每天三班倒……"看得出，胡加仁对这里充满复杂的感情。

他说："窑矿一开始我就来了，先是当点炮手，再当烧窑工，最后当矿长，无论干啥，都是每天把脑袋系在裤腰带上。你想想，当点炮手，就是开山爆破。村里啥都没有，弄点火药，再在石头上凿几个洞，把火药放进去，然后用点火棒一点，就赶紧拼命地躲起来……轰隆轰隆几响，漫山遍地的飞石，弄不好就砸在谁的头上！遇上哑炮，你点炮手就得去看呀！完全是听天由命啊！"

老支书说着说着，眼里渗出了泪花。

我相信，当年开矿烧窑的一幕幕情景，让这位刚强的村干部回忆起来，心里至今仍充满悲切。

"窑工其实也不好当，你得掌握温度，早晚都要测温。有几次窑温失控，矿石塌下，那半生半熟的石头就崩裂开来，烧得满山沟的石头都熔化了……"老支书说。

"有没有烫伤人呀？"我急切地问。

"还用问……"胡加仁的回答像大山在低泣。

在场的人都沉默了。

俞小平说:"我小时候,耳朵边尽是大人的叮咛,说听到山上的哨子声,就赶紧回家。那哨子一响,就是要开炮炸山了……"他做了个手势说,"我和小朋友们经常在对面山里的竹林里玩,一听到哨子声,就拼命地往家里奔。有时候跑得慢一点,就听到身边石头呼呼地飞过来,那石块大得像篮球一样,砸在跟腿一样粗的毛竹上,那竹子一下就稀烂了!我们回头一看,吓得都走不动了……"

"那个时候,你们余村的孩子真不易啊!"我想象小时候的俞小平们在竹林里听到矿山上的哨子声后惊恐万状、抱头逃命的一幕,那是何等危险与悲怆。为了活命,为了孩子能上学,为了老人能治病,在改革开放初级阶段的安吉人与全国其他地方的人民一样,经受了无数辛酸与艰难。

那时,余村的大山被一次次炸开,炸得遍体鳞伤,草木不生……

那时,余村竹林生不如死,新嫩的笋尖刚刚探出地面,就被飞石一击,从此不再成长。可比起它们的父母这又算得了什么!每一次炸山,就意味着一批山竹被撕成碎片……

那时余村的人又能好到哪儿去呢?要么是在矿山与死神挣命,要么躲在家里被厚厚的烟尘呛得喘不过气来……

"复杂啊,那时我们对矿山、对水泥厂,是又爱又恨。爱是它能给贫困的村民弄点钱来,恨是不是心疼刚弄到手的钱花在了医院,就是害怕明天不知什么横祸又要降临。"胡加仁对天长叹三声后说。

"终于有一天大伙儿想通了!不能再靠开矿、开水泥厂这些污染企业赚点钱而换来山秃了、水毒了、人病了的局面。尤其是当年习近平书记来余村对我们说了'绿水青山就是金山银山'后,我们更加坚决、坚定地关掉矿山、水泥厂这样的污染企业,重新恢复青山绿水,走发展生态经济的道路。十几年来,我们一直沿着这条路走到现在,越来越感到这条路走对了。你看,我们准备把这个矿山旧址改造成'矿山公园',让旅客到这儿看看我们余村的今昔对比……"胡加仁指着矿窑前的一片正在施工的空地说。

这时,一道夕阳照射过来,青山下的矿山旧址染上了一层金灿灿的光芒。我凝视着"矿山公园"四个字,忽然有个灵感冒了出来:"老支书,习近平总书记的'两山理论'是在你们这儿诞生的,十几年来,余村的巨变最有力地证明了'绿水青山就是金山银山',所以我建议,还是把'矿山公园'改为'矿山遗址'!这样,可以让一代又一代人从余村的历史变迁中真切地感悟

'两山理论'的英明。"

"好啊！这一改，意味就大不一样了！"他连声称赞。

"太好了！"俞小平和众人频频点头称好。

我一边凝视着昨日的矿窑旧址，一边又贪婪地呼吸着竹林深处的阵阵清新空气，一下想起，我等为何如今方醒？但毕竟已醒，也算是好事一桩。安吉人醒得早，所以他们富美在先，幸福在先。

余村现在的土地（包括山地）中70%都是竹林。当你漫步在幽静的竹林中，感受轻风摇曳、竹影婆娑时，恍若置身于仙境而不能自拔。

其实，一般人对竹子的认识是极为肤浅的。在安吉的一家竹品展览厅，我才第一次有了"竹品"与"竹业"的概念。原来青青的竹子真的可以生金——

一只鸟巢形竹编灯罩，标价10000元；

一只灯笼形竹篮，标价2800元；

一块两米见方的竹毯，标价30000元；

一件竹丝纤维衬衫，标价600元；

……

"你能将竹子做出多少种商品？"面对琳琅满目的竹品，我问看店的女服务员。

"哎呀，我可不知道到底竹子能做多少货呀！不过，我这儿有三百多种商品全是竹子做的……"羞涩的姑娘这样回答。

后来，在县城，竹产业局的一位工作人员向我介绍，像这个竹品展览厅展出的仅是安吉竹品的一部分，事实上安吉现在的竹品开发已经到了"你只要想得到，我就能做得到"的地步。

"上天入地，无所不能。"安吉人对他们的"竹品"开发信心满满。我知道，当今世界竹产业日落西山，五成企业亏损，三成企业无利。唯安吉2632家竹业企业，竟全线飘红。2013年，年产值达到一百亿元，比去年同比增长20%以上。

在县城的一家"安竹百货店"，我轻轻按下遥控器，那百叶窗帘便自动升降。令人称奇的是，这款百叶窗的帘片虽然取材于毛竹，却轻薄如布，绿色环保，防腐防霉防变形，不仅遮光节能，而且隔音隔热。主人告诉我，这款竹子做的百叶窗帘的关键技术是S形帘片。一般的帘片都是平面板，连接处总有缝隙，而 S 形帘片如同石棉瓦一样严密，帘片极薄。为了开发这款产品，他们的企业自行设计出专用的热压机、成型机、分片机和油漆生产线，这款窗帘前年投向市场后立即受到国内外客商的青睐。

"现在我们天天加班都供不上货！"这款窗帘的品牌叫"雪强"。"雪强"如今已成为世界最大的窗帘企业之一。"我们为了 S 形这项发明专利，前后用了八年时间，花去六千多万元，仅开模具就花费八百多万元……"董事长陈玉强说。

据称，安吉人在一根翠竹上获得的国家专利就达 1753 项，其中 911 项是发明专利。

安吉人利用竹子的自然属性和科技创新，以竹代木，以竹代钢，以竹代塑，来引领低碳消费和绿色时尚，抢占国内市场。安吉如今已进入了"全竹利用时代"，形成了由竹质结构材、竹质装饰材、竹日用品、竹纤维产品、竹质生物制品、竹工艺品、竹笋食品和竹机械等八大系列组成的一个完整的产业链，有其独有的价格优势和竞争能力。上游的废料成了下游的原料，以竹质结构材为例，竹青表层做竹凉席，中间黄层做竹地板，竹地板的废料碾成竹粉，又成为室外竹材的上等原料。

"让片片绿色自然发光，让根根竹子变成金条。"安吉人用这两句话做足了竹子文章，诚如国际竹藤组织总干事古珍女士所言："世界上有竹子的地方都要利用安吉成功的竹业技术，世界上喜欢低碳消费的人都会买安吉的竹产品，竹子在安吉人手里简直就变成了'金条'。"

安吉已经把山上的竹子变成了金条，这毫无疑问。

第二部：
与"小岗村"别样的分田到户[*]

[*] 本文采写于2008年。

导　言

　　1978年12月，安徽凤阳小岗村的十八个农民按下手印，签订了一份分田到户的包干"契约"。一年后，一位新华社记者将小岗村的事迹写成一组"内参"送到中央领导手里，小岗村从此成了中国农村改革的"发源地"。

　　其实，中国农村改革的真正发源地并非在小岗村，而是在一个更边远和偏僻的山区农村——浙江台州的皂树村。这里的分田到户和大包干，比小岗村更早、更广泛、更彻底，并且经受的波折也更激烈和痛苦。皂树村和台州农民应是中国农村改革真正的发源地和急先锋！中国改革开放史需要将这一事件认真补上。

1. 真温州，假温州，原来是台州

2006 至 2008 年的三年时间里，我先后在一个过去根本不熟悉的地方进行采访，缘由是时任中共浙江省委书记习近平同志的一个提议：浙江是中国民营经济的主要发源地，应当请作家和学术界的专家们好好总结一下。于是，我成了这一提议的主要执行者之一。

不少理论家走进浙江后跑到了温州，而温州的经验和"温州模式"早已摆在那里，无须着力就已经很完整，况且就此前我所掌握的资料和信息来看，这不是历史的全部，更不是历史的全部真相。人们常说的"温州模式"，其实多数是台州人在支撑着这样一个"假温州，真台州"的现象。这是为何？

还是让我们先来认识一下台州吧。台州是浙江的一个地级市，地处温州和宁波中间。其面积比温州和宁波要小，陆地面积为 9411 平方公里，而它的海域面积则多达 80000 多平方公里，相当于 1.2 个宁夏的面积。由于历史和独特的地理原因，台州几乎一直远离华夏文明的中心而不被国人所识。从中国的版图看，台州北有以强大而文明著称的宁波，南有喜欢张扬而躁动的温州，西面有大雷山、天台山、括苍山和雁荡山等大山，与金华、绍兴等著名地域相隔，所以台州在历史上几乎不被人所熟识。从地形上看，台州很像挤压在周围群雄中间的一把太师椅，三面高，中间低，唯有一面向着大海敞开。这种独特的地理环境，在交通落后的岁月里，很自然地被隔绝起来。唐代之前的台州因此一直被官府作为贬谪罪臣的流放地。这一历史渊源，使得台州人养成了不愿张扬的习性，即使干出了惊天动地的伟业，也不会沾沾自喜地向外人张扬，甚至宁可让别人摘去头彩，自己甘愿沉默。也正是因为这一点，邻近的温州和宁波人得了台州人许许多多的"好处"，这些都是他们"邻里"之间心照不宣的事。

这也不能怪温州和宁波。

在漫长的岁月里，台州环境闭塞，简直就是一个被大山和大海完全包围的独立山国。有史记载：南朝大诗人谢灵运在永初三年（422）七月，出任永嘉太守，在途经台州赴任途中，因山高路险，又多林莽沟壑，便招得几百民夫开山伐木，一路焚烧丛林方"日走三里"。由于谢灵运他们一路砍烧林木，以致当地的台州官员以为是匪徒滋事，发兵前去阻挡，闹出笑话。台州交通不便而闹出的"历史性笑话"还有不少，即便到了20世纪80年代仍然还有类似事件发生。在这之前的1958年，台州修过一条与外界通行的公路，但因翻越括苍山等重重大山，司机们一向极其畏惧行走。天气晴朗时，去一趟省城，天不明时出发，黑夜才能赶到西子湖畔。如遇雨雪天气，由于山道险恶，谁也不敢出山。不然车至途中，一旦被险情所阻，呼天不应，叫地不灵，难保性命。一场雨来，几天不通路是常事。20世纪80年代初，中共浙江省委书记到台州检查工作回程途中，遇雪阻在台州境内前后动弹不得。这时省城有急事催书记同志回杭州，可就是没有办法，急得当时的台州地委不得不发令沿途几县组织几百名基干民兵上山铲雪开路，方让省委书记得以回到省城。后来浙江省城上下有到台州的，旁人都会半真半假地关切道："你备好随行的基干民兵没有？"

台州东面临海，在落后的时代，滔滔大海成了另一种阻隔台州与外界相通的屏障，倒是常有海盗和倭寇侵扰沿海庶民，弄得人人恐慌不已，纷纷内迁或逃跑。清初，台州又是张煌言、郑成功反清复明的重要基地。清朝政府实行坚壁清野，撤尽沿海三十里内居民，并禁止片板入海，台州又一次成为与世隔绝的荒蛮之地。

从历史的行政演变看，台州更是个忽隐忽现之地。新石器时代，台州就有人类活动，唐高祖武德五年（622）时台州第一次正式得名，明太祖洪武元年（1368）又在台州设州府，清代也基本一直沿袭此制未动，但终因"台州地阔海冥冥，云水长和岛屿青"（杜甫）而不被世人所铭记与熟识。

台州因为独特的地理环境和历史原因，长期被外界冷落。中华人民共和国成立，台州却因地处与台湾遥望相邻的海防前线，又严严实实地被排除在大建设的总格局之外。1955年，蒋介石军队与人民解放军的最后一仗是在台州的大陈岛，台州从此也就成为台湾国民党反攻大陆的最前线。我军则把台州当作"放进来，关门打狗"的最佳海防战区。从20世纪50年代到60年代甚至直到70年代初的二十几年里，台州一直处在这样的备战前线。当地党政机关和人民群众的第一任务是支援前线和备战。

因为是海防前线，建国初期苏联援建我国的156项重点工程自然没有台州的份，即使国家和省内安排的一般性大中型项目，也不会有人敢放在台州。据统计，从中华人民共和国建立至改革开放的三十多年里，国家在台州的各项建设投资加起来总共还不到五个亿，而且这些投资主要投向农业和兴修水利之类的工程，稍稍大一点的就是台州唯一的发电厂。

但正是这独特的自然环境，加上历史上几次大规模的流民的迁入，使台州人渐渐孕育出既有北方黄土高坡般的粗犷、雄豪和野性，又兼备江南山村水乡般的清秀、细腻和灵动的性格。

如山一样的硬气，如水一般的灵气，决定了台州人不畏强权、敢于冒险、勇于闯荡又富有创造进取的精神，造就了台州的昨天和今天，也为我们合理地解释了台州为什么能够成为中国民营经济的最早发源地，以及它没像温州那样早已被外界熟知的原因。

如今，台州人已经从中国民营经济发展的幕后走到了前台，尤其是近些年它所表现出的强大内动力，已经让国人和众多研究者为之振奋。

2007年，台州的GDP总量达到1717亿元，位居全国100个城市的36位，这百个城市包括上海、北京、广州、深圳、苏州等特大城市；它以14.3%的年增长速度位居浙江全省五大城市之首，浙江五大城市为杭州、宁波、温州、绍兴和台州。其实台州人告诉我，台州人创造的GDP应该有两个概念，官方公布的1717亿元是本地统计部门统计的国民生产总值，而至少还有1700亿元的GDP是台州人在其他省区市为别人创造的财富。如果两数相加，550万台州人为国家创造的GDP，应名列全国100个城市的前25位，与大连、武汉、沈阳等大城市相当。而这样的数据绝非杜撰，只要你到台州走一走，再深入了解一下，你会真切地感受到这些数字或许还是低估的。至2007年末，台州市金融机构本外币存款余额近2000亿元。台州的经济95%以上是民营经济，也就是说，存在台州金融机构的钱绝大多数是老百姓的。台州人与温州人的最大区别在于，后者做生意靠吆喝赚钱，前者是闷声发大财。

了解了这样的背景后，谁都会对台州和台州人刮目相看。然而，当我们再深入到台州这块神奇的土地时，我发现的却是另一个令人震撼的现象：默默无闻而又绝顶智慧、坚忍不拔的台州人，在最近三十余年的历史里，为中国社会和现代化建设事业创造了无数极其珍贵的精神财富。而这些精神财富，在我看来，是必须进入党史和中国社会主义现代化建设史册的内容。否则，中国的当代史将有着严重的缺憾。

所有从事党史和国史研究的学者与专家，所有想了解当代中国农民发展史的人，都应该怀着虔诚的心，与我一起走进由台州人民建立起的创新与求索的精神圣地……

2. 皂树村：孤独而沸腾的农民革命策源地

2006年4月23日，我采访完台州诸多现代化的先进企业后，想到台州比较落后的山区看一看，于是朋友们带我来到临海、天台和仙居三县市交界处的白水洋镇。与高度发展的台州市区相比，偏僻的山区小镇白水洋确实更像我记忆中的20世纪七八十年代的南方小镇。虽然这里的居民也能通过电视看到大洋彼岸的奥斯卡颁奖典礼的现场直播，但街边商店里陈设的基本是些日用品，时尚的奢侈品很少见。百姓们基本上仍然处在农业社会的那种逍遥自足的状态，让人有种怀旧的感觉。

来到镇政府会议室，一位叫王植江的老同志说，20世纪70年代他当双港区副区长时，这会议室和办公楼就是这个样，快四十年了，镇政府的办公条件没有什么变化。"我们白水洋历史上可是蛮有名气的呀！方圆几十里，就这儿街市热闹，有'台州京城'之称的临海的城里人，都称我们这儿是'小上海'。"老区长的话让我对白水洋刮目相看。一个山区小镇竟有五万人居住，仅凭这一点，我相信它在方圆几十里的百姓心目中有着特殊地位。

白水洋镇现在管辖原来的两镇一乡，即白水洋镇和双港镇及黄坦乡。与中国农村乡镇变革一样，这些年里白水洋镇并并合合，管辖的行政村也由过去的145个撤并成了122个，双港和黄坦也不再叫镇与乡了，改为白水洋镇下属的办事处。

我们这些当年的"人民公社"社员，自然知道三四十年前"人民公社"的情形，然而当我离开白水洋，往大山深处的双港和黄坦两地再一次参观"公社"时，仍然不敢相信中国之大、中国农村与农村之间的差异之大。

双港小镇还算说得过去，有一些街道和居民。可黄坦的办事处所在地我就无法辨认了，竟然只是一座半山腰的破落的小院子。有人告诉我，现在的白水洋黄坦办事处和过去的黄坦公社，都是在这座小院子里。与我小时候所看到的"公社"和近些年走过的江浙小镇相比，黄坦实在是"大西北"水平了！由此我想象得到，双港和黄坦在20世纪六七十年代里所发生的一切何以可能和必然。

白水洋、双港和黄坦三地，在中华人民共和国成立之后的几十年间，曾经一次又一次地演变过行政管辖权。白水洋镇凭着历史悠久、镇大人多，从来都是以"中心镇"的优势在这一带雄踞龙头地位。"老二"双港则一度作为县下面的区政府所在地，而"小弟弟"黄坦始终受白水洋和双港领导与管辖。现在从台州市中心到白水洋，汽车路程也就是三四个小时，从临海到白水洋也就两个来小时，可在交通并不发达的一二十年前，别说台州市领导，就是临海县的领导能够跑一趟双港或黄坦，也实在太不容易了。难怪当我把黄坦和双港人在20世纪六七十年代就大面积分田到户的史实，告诉曾在临海当了十几年领导的台州市宣传部常务副部长朱广建时，他十分惊诧地说："我怎么不知道黄坦和双港有这么伟大的事情？"

"他们当然不知道！因为在十一届三中全会之前，我们这儿农村的分田到户大包干，从公社和区委、区政府的干部开始，所有人都是瞒着上面干的，根本不会让上面听到一点风声，知道了麻烦就大了！"王植江这样解释。

"难道就没走漏过风声？"我问。

"也不能说上面没发现过。我经历的就有两次：一次是1976年底，一次是中央出台农村包干政策之前的1979年。"王植江一讲起当年的大包干，顿时情绪高涨起来，"先说1979年，因为我们双港和黄坦的土地基本分光了，所以附近乡镇的干部就向县里报告了。有一天，县里的领导就把我和区委书记卢凯同志叫到县里询问。当我们承认有这回事时，县领导就责令卢凯书记在全县三级干部会议上做检查。那会儿改革开放刚刚开始，谁要搞分田到户，就是'资本主义复辟'，是要坐牢杀头的事。我们的卢书记真是一条硬汉，他理直气壮地告诉县领导：'做检查可以，但把分的田再收回来，我不干，我也干不了！我这个书记的乌纱帽你们可以随时摘掉，但你们谁也无法阻止农民分田的行动！'卢书记的态度让这事闹大了，周围的地方怕我们的分田到户风刮到他们那儿去，就在我们双港、黄坦通往外面的一个叫花冠岩的地方特意竖了一块巨大的牌子，上面赫然写着十个大字：堵住花冠岩，防止双港烂。意思是我们双港已经被资本主义腐蚀掉了，现在紧挨双港的花冠岩村是其他乡村的最后防线，一定要守住。"

我们现在想到当年发生的那一幕，不禁会捧腹大笑。"后来呢？"我问。

"那个时候，农民们想过好日子的心早已像干枯的水秧苗盼望大水一样，靠一块牌子、一个命令是挡不住的。没过多久，我们双港、黄坦周围的河头、沿溪、张家渡等山区乡村，也有不少农民偷偷仿效我们把地分了。但分得最多、最普遍的还是我们双港和黄坦两个地方……"王植江老人谈起那一段往事，颇为得意。

"你们的分田到户，到底比安徽小岗村早多久？方式有什么不同？"这是我所关心的事。

"我们这儿的分田到户，最早的开始于70年代前，我敢说要比小岗村早出几年，甚至十几年！我们这儿的包干、分田是大家的一种默契，一开始就是按人口分的，不像小岗村，他们是那种几个农户联合起来实行的一种大包干的形式。"

"那你能说说自己是什么时候开始知道并支持农民们分田包干的吗？"

"可以。"王植江告诉我，"我第一次清楚下面分田包干的事是在1976年，当时我任双港区副区长。"

"你是怎么发现的呢？"

王植江很骄傲地说："我还是先介绍一下我们这里农业生产方面的一些基本情况吧。"老人到底是农村干部出身，知道应该先让我明白些什么。"当时的双港区除了白水洋镇情况好一点外，双港和黄坦是临海最穷的地方，尤其是黄坦，基本都是山区，又是天高皇帝远的偏僻地方，农民们一直吃国家返销粮过日子。但'人民公社'后，土地归了集体，农民们吃返销粮仍然不能吃饱，所以早在20世纪60年代初就有生产队把土地按人头分给了各家各户。可那时毕竟全国农村都是不允许分田到户的，因此上面听说有人分田分地后，就要求我们去'割资本主义的尾巴'。1976年夏，我当副区长时，上面又要求我们组织工作组下乡，对那些分田的农民动粗。当时上面给我们工作组的精神是：只要共产党在，就绝对不允许任何一个人搞单干。就是说，我们能不能制止和刹住单干风，是关系到能不能保住共产党政权的天大问题。老实说，当时我带着工作组，就有种同单干风生死斗争的味道。可一下去，我们才发现农民们分田单干的实在太多了，多得让我们简直无从下手。为了给那些分田搞单干的人点颜色看看，工作组也曾采用专政的手段，揪了几个人，像斗地主、斗走资派一样，押着游街和游村。但这些措施还是不管用。一方面搞单干的人太多，我们不可能把所有搞单干和分田的人都抓起来；另一方面你今天到某一个生产队把他们分的地合起来，明天你工作组离开村子，他们又把地分了。于是我动员工作组人员，把白天从地里收来的黄豆全部倒在生产队的晒场上，这样黄豆是谁的就分不清了，想单干也单干不成。我自以为这样就可以让农民们没辙了，哪知他们笑着将我领到晒场，然后用脚轻轻扒开满地的黄豆。我一看，顿时恍然大悟：原来，农民们在黄豆下面或放了几根稻草，或放上几块小石头，将张家李家的黄豆分得一清二楚。"

"哈哈，农民们就用那么简单而充满智慧的做法蒙混过关了！"我听后忍俊不禁。

老人也笑了，说："没办法，他们的招数太多了，无论我们工作组想什么法子来'割尾巴'，最后还是一点效果都没有。在这种情况下，我们工作组开始反思了：为什么农民们那么强烈地坚持要分田到户搞单干？我们从调查中得出结论，凡搞单干和分田到户的地方，农民们的日子就相对好一些，基本上没有出去讨饭的。相反，那些靠吃国家返销粮而不分田的村子，每年会有很多人出去讨饭。基于这种情况，我立即向区委和卢凯书记做了汇报，结果其他几个工作组了解的情况跟我们一样，农民们就是愿意分田单干。基层生产大队的干部也都支持分田单干，而且这些基层干部明确告诉我们工作组，如果一定要让他们去阻止农民们单干分田的话，他们就全部自动辞职。这一态度在基层干部中占了90%以上，也就是说，如果我们坚持要求基层干部执行所谓的'割资本主义尾巴'、动员农民们上交土地和停止单干的话，那么乡村的基层组织将基本瘫痪。在那个年代，如果我们共产党领导的天下出现这种情况，谁也担当不起，所以区委，尤其是本就想支持农民分田的卢凯书记，后来完全站在了农民这一边。但我们作为负有一定领导责任的负责人，毕竟还要对上面负责。而在当时的政治形势下，如果哪个地方出现成群结队的外出讨饭和流浪的老百姓，才是最大的政治问题。所以我们几位工作组的队长约定：在我们负责的那些区域，对农民们的单干和分田分地现象，睁一只眼闭一只眼，基本上不再去管他们了；工作组将向上面保证，所进驻的地方，如果出现有外出讨饭的人，我们将负政治责任。当时我们还向上级保证，要让所进驻的农村，少要或不要国家的返销粮。县上听说我们双港派到下面的'割尾巴'工作组能够保证上面的两点，自然非常高兴，之后也就不怎么逼我们了，最多问问现在又收了多少土地，至于分掉了多少土地似乎并不在统计之列。这种情况一直延至1979、1980年……所以后来听说安徽小岗村分田到户，有人跟着学他们时，我们这儿的干部和农民们只是笑笑而已。因为到那个时候，整个黄坦的土地早就分光了，双港和白水洋的土地也分得差不多了。"

王植江说到这儿，突然想起一件要事似的，抬头瞅了瞅我们身处的白水洋镇会议室，说道："大概在1979年吧，有个经济学家叫薛暮桥的，在《人民日报》上发表了一篇关于'社会主义经济是一种商品经济'的文章后，引起了全国大讨论。当时我们区里各级的干部都坐在这个会议室开会讨论，议题只有一个：分田到户到底是资本主义还是社会主义？这场讨论涉及的是农民们的大事情，所以我们干部在会议室开会，老百姓也来了不少人，他们在外面听着我们到底是什么态度。讨论整整持续了一天，当社员们听我们会议室的干部说分田到户没有什么错时，他们立即兴高采烈地回家去了。等我们会议结束时，那些没有分的土地，几乎在一夜之间又全部给分掉了！"

"有这么快吗？"我有些不敢相信。

"一点没错，就分得这么快。"王植江瞪大眼睛向我证实，"分不分土地，对当时的农民来说，是有没有活路的大事情，他们太关心了！所以听我们干部说没什么不对时，他们一下把消息散了出去。你想想，咱们这儿虽然是山区，可一传十、十传百……一顿饭的工夫，区委干部赞同分田到户的消息就传遍了每一个角落！"

原来如此！

"王老，据你所知道的，当时分田搞单干的，在咱们双港、黄坦两个地方，哪个村最早、最典型？"

"黄坦的皂树村。"老人不假思索地告诉我。

皂树村从此烙在我的脑海中。

大山深处的台州皂树村

2006年5月22日上午，在我第二次采访台州抵达目的地后，立即请市委宣传部的同志安排我到皂树村的采访事宜。下午3点40分左右，我们到达皂树村。

这正是个山清水秀的"世外桃源"：四面环山的小村庄，坐落在半山腰间，背靠的大山顶峰，有一块冲天巨石，十分雄壮巍峨。皂树村的正面，有一块小盆地，种着绿油油的水稻，满山都是绿林。那天我们去时，正是雨后，整个村庄和盆地飘舞着云雾，空气特别清新。村边的一条小溪，响着潺潺流水，无论是举目远眺，还是低头观草，都让人心旷神怡。

村民们告诉我，皂树村得名于村子后面大山上的一棵两人合抱的大皂角树。这树的荚果像肥皂一样，能用来洗衣服。据老者讲，这村子有一百多年历史，过去住在这里的没有几户人家，抗日战争后，山下搬来不少怕打仗的人，所以慢慢村子就大了。现任村支书李方满接待了我。

"我当会计那会儿，村上的人最多时共有296人，101户。现在少多了，常住在这儿的有70来人，其他的都出去打工了，有65户到临海、台州买了房子，甚至还有到杭州、上海买房子的，他们都不会回来了。别看我们村小，现在也有人当千万富翁了！"李方满向我介绍说，并指着村中央的一栋新楼房，说那家主人就是个"千万富翁"，"在杭州和台州等地搞建筑的"。

台州农民就是了不起，连这么一个大山深处的穷山村，竟然也会冒出富商。

"我们皂树村都姓李。全村有100亩粮田，其中旱地30亩，水稻田70亩，还有460亩山地，是个很小的山村。'人民公社'时，我们曾经是一个行政生产大队，根据自然村又分了三个生产小队。因为都是山地，种植的粮食不够全村人吃的，在吃返销粮的那些年里，全村每年得到的返销粮在一万斤左右。到了'文革'后，返销粮断断续续，村里百姓的日子就难过了。可日子总得过，怎么办呢？光靠外出讨饭不是个事，尤其是'文革'那阵子。社员出去讨饭，是要生产大队开证明的，那会儿谁也不敢给社员开证明，你一开证明等于说你允许坏分子出去给社会主义抹黑，这个责任干部是担当不起的。外出讨饭不行，国家的返销粮不来，'人民公社'大集体种田的收成又不够大伙儿吃，最后只有一条路可走——把地分给社员自己去种……"

"这么说，分田到户，其实都是逼出来的？"

"嗯，也有客观条件。我们这儿天高皇帝远，大山沟里，以前上面的干部一般不会走到我们这儿的，最多区委和公社的干部几年来一趟，偶尔来一趟也不会待上几个时辰，他们说什么我们听听而已，该做什么还是自己的事。再说，当年我们的区委干部、公社干部都是些非常不错的人，他们跟我们农民有感情，他们只要不是睁着眼睛说瞎话的人，最后看到我们农民们过的日子，他们会真心体谅我们的。王区长就是个很好的例子，可以问问他是不是这个情况。"李方满指指身边坐着的王植江。

"是啊，我们最好的办法就是睁一只眼闭一只眼，谁也不得罪。"王植江抽着乡亲们递上的烟卷，点头道。

乡亲们顿时哈哈大笑起来。"他们干部和工作组只要睁一只眼闭一只眼，我们就有日子过了！"有乡亲站起来，给王植江敬烟敬茶。

"那——你们能不能准确地说出你们是什么时候正式开始分田到户的呢？"这是个关键性问题，我希望皂树村的乡亲们能够准确回答。

"不是1965年，就是1967年！"有人马上说。

"应该是1967年。"有人则说。

"那到底是1965年还是1967年呢？"我想弄清楚，因为这很重要，如果这一时间成立，等于说皂树村的分田到户，其实要比安徽小岗村早出十多年！

"这是肯定的。我们可以拍胸脯保证比他们那儿分田到户早得多！"

"早得多……后来报纸上说学习安徽人分田的事，我们这儿早就把地分掉多少年了！"

乡亲们你一言我一语，有一点是共同的，即这儿的分田到户总的时间远比小岗村要早。那么到底早多少年呢？现任村支书李方满的话可能比较接近事实。他说："我是1966年底1967年初当生产队会计的。在这之前，我们村上在三年困难时期搞起来的食堂已经停了几年，记得1964年、1965年，村上的粮食还是不够吃。我当会计时，队上就研究决定了先把三十亩旱地和山前坡下的零碎地全部分到各家各户。但这一招还是没在根本上管用，第一、第二年下来，社员们普遍反映粮食还是不够吃的。这可怎么办呢？这时我们发现一个情况，就是村上还有七十多亩好田好地怎么种就是上不去产量，而相反已经分掉的那三十亩旱地和山前坡下的那些零碎地倒是产量挺高的。总结来总结去，只有一条理由，就是大田好地是集体在种，不如分到各家各户的那些旱地和边角地种得认真，所以生产队的粮食总产量还是上不去，社员的口粮还是不够。针对这个情况，生产队最后决定把剩下的七十亩好田也按人头，全部分到了各家各户……"

原来如此。"这事上面一点不知道？"我问。

"知道。公社知道的。"

"知道了他们还同意分？"

"怎么会同意呢？"李方满说，"那是'文革'最疯的时候，是打击资本主义最严厉的年景！我们哪敢顶风公开分田嘛！"

"那你们采取了什么招数？"

"这你得问问我们这些老干部。"李方满指着隔我而坐的一位老汉，说，"他是大队的副大队长，又是三队队长，他知道。"

有人马上告诉我，老汉叫李文君。我便让李文君老汉坐到身边，请他讲讲当年是如何分那些大田的。老汉说："公社才不会让我们分田呢，分了大田就等于是'反革命分子'！我们是以种菜籽地和猪口地等名义分的……"

"啥叫猪口地？"我不懂了，便问。

"就是猪的口粮地。当年'农业学大寨'时，我们农村养猪支持社会主义建设、支援'文化大革命'，这是上面号召的，还有种菜籽地也是上面号召的，所以我们借上面的号召，为多种菜籽地、种好猪口地的名义把地分了……"李文君咧着掉了好几颗牙的嘴巴，憨厚地朝我笑着说。

中国的农民们其实一直很聪明，当苦难的生活逼得他们无路可走时，人间的许多奇迹便被他们创造出来了。而人类文明史的推进，靠的就是他们的这种创造力和发誓改变命运的积极性。而今中国发展到高度文明的工业化和信息化时代，许多人似乎正在忘却农民的功劳，这是非常幼稚的。

"当时我们还利用政策，掩饰了我们分田到户的做法。"李方满说，"'人民公社'讲的是队为基础，三级所有。于是我们根据这一政策，把原先的三个生产队，又三分为九，成了九个小小生产队，这一分，全大队等于把所有的地通过合法的政策，全都分给了各家各户……"

"我不太懂这层意思。"我被聪明的农民们搞糊涂了。

全屋人大笑，他们七嘴八舌地告诉我，他们皂树村本来就都姓李，基本上是一个族的本家人，再分成九个小小生产队，便成了以"父子队""夫妻队""兄弟队""亲戚队"为主的"分田到户"和"包产到户"了。

真是聪明绝顶！合理合法的分田到户到人制度，与当时的社队三级所有制又相符……

"后来公社知道了，又派人来，要求我们合并。在上面看来，三级所有制是大事，不能随便再分什么小小队，所以我们不得不在形式上重新合并成原来的三个生产队。这大约是1973年、1974年的事。"李方满回忆说。

"公社的人走了后，我们几个干部坐在一起又商量，这回采取新办法：按耕牛分田！"李文君介绍说。

"按耕牛分田怎么讲？"我又不懂了。

李方满忙接过话茬，解释道："我们是山区，基本上家家户户养着一两头牛。当时上面根本不会同意按人、按户分田，一听按人头、按户分田，那就是了不得的'搞资本主义'！所以我们就想出了个办法，你不是不让分成小小队吗？那我就按耕牛来分田，牛是'农业学大寨'时的主要生产工具，政策鼓励大力养牛，按牛分田，上面就没法说不同意，因为中央文件上没有哪一条规定不能按牛分田，只有鼓励大力养殖耕牛的精神。我们就是借这一个精神，来了个按牛分田……"

"高，实在是高！"我忍不住伸出拇指把皂树村的农民们夸赞。他们笑着说："这是没有办法的办法。"而我听后，说这是"真正的高明办法"，因为它既没有与当时的政策相抵触，同时又结合了皂树村的实际。

"那会儿，政治形势非常紧，别说是分田到户，就是发现谁种了几棵丝瓜也算是资本主义。农民们辛苦干一天只有0.24元收入，根本没办法过日子。上面又不让我们劳力外出，谁外出干活，就是不正派的人，就是流氓、盲流和'坏分子''反革命'。政策是把所有劳动力都捆在土地上。如果是田多人少，或人多地好，可能还过得去。可我们皂树村是人多地少，而且田地又都是非常差的山地，二三百号人捆在这么一块山窝窝里，不想点法子，真的不行哪！分田到户是逼出来的。"李方满说。

"如果就从1967年算起或者以耕牛数量分田的1973年、1974年算起，到中央决定可以分田的1980年，这中间有六七年、十来年，是中国政局比较复杂的'文革'时代和'文革'刚结束的'两个凡是'阶段，你们的分田到户搞包干，有没有因此受过牵连？"我进而问。

"有，越到后来斗争越艰巨！"李方满指着李文君说，"老队长最清楚了！"

李文君点点头，抽着闷烟。我突然发现，老汉的眼里闪着泪花……

"老队长您能说说吗？"

作者(左三)在台州山区采访当年分田到户的农民

台州皂树村村民与作者(右一)聊起当年分田到户的场景

屋里顿时静了下来。李文君猛抽了几口烟后，瓮声瓮气地说道："那应该是1976年五六月份的事，我记得非常清楚。当时村口有块半亩来大的坡地种了包心菜，全村每人十五株，人人都有份。菜地长势好，又在村口，刚巧被下乡检查工作的公社新上任的那个姓金的书记发现了。其实全村的其他一百多亩大田早就分了，他没发现。这个姓金的书记原来也是区委派到我们黄坦工作队的，后来他留在黄坦。这个人'左'得很，他发现我们的那块半亩地分掉了，就把我揪到全公社干部大会上批斗。那是个现场会，放在黄坦最高的山顶上开，那儿有个茶场，叫安基山茶场。批斗会就在那里开的。他们在我的胸前挂了一块硬纸牌，上面写着'分田头子'。还让我手拿着一面小铜锣敲，一边走一边敲，从山底下的公社所在地一直往山上走，走到安基山顶的茶场，算是游山批斗吧……"

李文君说了十几分钟，说得并不复杂，也并不太悲凉，但在他讲完后，整个屋里的人都不说话了，沉寂了很久。

"作家您想想，这仅仅是因为我们村口的半亩地被发现了，就要出现这么大动静的批斗，如果上面真要知道我们把村里的田地都分光了的话，那不知要落下什么大灾难啊！"是李方满打破了沉默的气氛。他的这一句话，让李文君重新开了口："我敢说，全大队的干部都得下台，几个主要的干部得坐牢去。"

"老队长说的真有可能。"我点头道。

"可不，才半亩地他们就批斗了我几次，也停了我的职，假如他们知道全村的地都分了，那性质就不一样了！"李文君告诉我，就为这半亩地，他除了受到批斗和撤职外，还被罚了十五元钱。"管具体分田的另一名队长李义洪也被罚了十五元。他家情况好一点，交了现钱，我家穷，没有钱，只好把家里的一只木箱子拿出去抵了，那箱子是我老太婆当年的嫁妆。"老队长补充道。

他的话再一次让一屋子的人沉默了，而我听后差点落泪，心想：当年的生产队长也是穷人，甚至比一般社员还要穷苦，可就是为了能让自己的乡亲们活下去，而落得个又是批斗又是撤职的境况……这是中国社会曾经发生的一幕，离今天并不远。

然而，因为苦难，因为要活命，因为想过得好一些，皂树村的干部和群众，并没有被一次次的批判和惩罚所吓倒，他们顶着坐牢甚至可能被枪决的风险，早在"文革"最激烈的年代，便以各种非常智慧的办法，瞒天过海地将土地分给各家各户种植，使得这个小山村的百姓得以繁衍生息。这难道不是一场看似无声却比万钧雷霆更巨大的震动吗？难道不是一场伟大的革命吗？难道我们书写党史和社会主义国家史时该遗漏这段历史吗？

中国人多地大，尤其是广大农村。像台州皂树村的农民分田到户事件，我想也许还有不少，他们或许也同皂树村一样，远比安徽小岗村分田到户要早、要彻底。我后来知道，仅台州地区，像皂树村这样的分田事件还发生在不少地方，他们的革命精神同样可贵，并值得我们铭记。

3. 田埂上诞生的第一批中国"股民"

社会的经济形式影响着社会的性质和社会的发展轨迹,而股份制形式则是现代社会中最活跃和最具有社会推动力的经济形式。中华人民共和国成立后,计划经济条件下的中国社会,公有制经济形式几乎只有国有经济和集体经济。随着改革开放的不断深入,股份制经济形式开始被人们渐渐认识和接受。"股份"二字最早出现在中央文件上是在1985年,这令当时的中国甚至全世界感到震惊。因为在许多年里,"股份"和"股份制"在中国这个红色政权的国度里,是"资本主义"的东西,是"剥削阶级的产物"。现在,竟然被中央文件明确提出要大力提倡,不得不说,这是一场革命。

"股份制"在今天的中国人眼里已经不再新鲜,可在二三十年前的中国,它与当时农村所开展的"分田到户"搞包干一样,是实实在在让一些人感到不可思议的、与"复辟"和"政变"没多大差别的惊天动地的事。那么,中国的股份制是从哪里最先搞起来的?到台州采访,我再一次感到发现的惊喜。原来,中国的股份制发源于台州,产生于台州的田埂上,根植于台州的农民中。

现在有据可查的两个史实是:

1986年10月,原台州地区黄岩县委下发的《关于合股企业的若干政策意见》的69号文件,是中国地方党委、政府关于股份合作企业的第一个政策性文件。

1982年12月，由台州地区的温岭县社队企业管理局正式发给了牧南工艺美术厂等四家"社员联营集体"的企业营业执照。"股份制企业"是1985年中央文件出来之后才正式认可的企业性质，台州的社队企业管理局当时认定的四家企业经营性质为"社员联营集体"，用后来的说法就是股份制企业。这也是中华人民共和国工商企业史上颁发的第一个标明"联营"的股份合作制企业营业执照。

这足可证明台州是中国股份制的发源地，这也已经被经济专家所认可。其实，谈到台州的股份制，其发源时间远比这两个事件要早得多。

在我来台州采访之前，浙江有关媒体上就已经发表了一则令人鼓舞的文章，题为《寻找玉环股份制经济起源》，其中介绍了记者追寻到的台州最早搞股份制的芦浦工艺厂和那几个敢于最先吃螃蟹的农民。他们创办的这个股份制企业是在1967年，比温岭的那个有"正式户口"的牧南工艺美术厂早了整整十五年，而且正值中国"横扫资本主义"最激烈的"文革"初期。真是有些不可思议，台州人竟如此"胆大妄为"？

2006年4月24日，我在台州市委宣传部的引见下，来到玉环的原芦浦乡那个"第一家股份制企业"的旧址，并与几位当年办股份制企业的当事人见了面。

玉环是台州的一个县，面积很小。老玉环是个四面环海的岛屿，后来又将温岭的楚门半岛划归了玉环，但陆地面积仅有378平方公里的玉环仍然是台州面积最小的县。可别看这弹丸之地的"海中玉环"，它现在的人均收入不仅在台州各县区名列第一，2007年在全国的百强县中也名列第29位。玉环有数个"全国第一"的产业与产品，这与玉环人敢为天下先的创新精神有直接关系。浙江籍著名作家叶文玲老师曾经对我说，写台州，绕不开玉环。叶玉玲是玉环人，她最了解家乡的历史和现状。

那天我怀着好奇而又有些激动的心情，跟着几个农民来到玉环芦浦分水村的一块田埂上。一位本地农民林友泮老汉，指指一座水闸上破旧的却依然挺立在那里的三间半砖瓦房，告诉我："这就是我们当年办的最早的一个股份厂，当时叫红卫仪表厂。"林友泮是当年办厂的"头头"，也是当时分水村的支书。

"就这个样啊？"我对影响当代中国经济和中国现代化进程的浙江台州股

份制发源地竟然产生在这么一个极不起眼的地方，多少有些失望，不过心想：这确实如毛泽东同志所言"星星之火，可以燎原"。

"是。别小看这几间房子，当时我们还当宝贝呢！"林友泮老汉说，"这个地方办厂，一是不占集体房子，二是关键这里能上电线，好发动机器做工。"随后，他补充道："我们办的是仪表厂，需要电。"

原来如此。

可不，20世纪六七十年代，几个农民能有这样几间房子办工厂，能在田埂上响起机器的轰鸣声，这在当时肯定是件非常了不起的事！那时在农村，只有集体农田抽水灌溉时的水泵声，和很少地方才有的脱谷场上的拖拉机声，除此再也没有什么机器声响了。林友泮他们能在如此无遮无掩的广袤田野上开动机器"搞资本主义"，不是敢冒天下之大不韪，也起码是有熊心豹胆！

在芦浦镇委会议室里，几位当事人的讲述证实了我的看法——玉环农民在田埂上创办的第一个股份制企业，果真历经了太多沧桑。

"我们那时办厂，完全是被逼出来的。"林友泮指指坐在他对面的另一位60来岁的老汉说，"最早是他颜祜庆出的主意。"

"最早动因确实是我。"看得出，颜祜庆是个见过世面的农民。"我在部队时当过团部通信员。复员后，回到老家，看到自己的家乡那么穷，流血流汗干一年，连口饭都吃不饱。于是我就和也是从部队回来的本村社员蔡志昌，还有懂点机械知识的回乡知青梁华星商量，说能不能几个人凑点钱办个厂，赚点钱。他们都觉得是好事。不过那时在集体之外办厂是件冒政治风险的事，所以只好找在芦浦一带有影响的支部书记林友泮商量。老林是个好人，用现在的话说，在当时也属于思想比较开放的人。我们一说办厂的事，他开始有些犹豫，后来听我们发誓保证，本金我们自己凑，赔了算自己的，赚了也给集体分一点，他也体谅表示同意，并且愿意同我们一起合股干。有支部书记跟我们一起合股干，这对我们来说等于借到了天大的胆子，所以后来就偷偷干起来了。"

"其实到底办啥厂，他们几个心里根本没有底。几个人想了几个月也没有拿出个主意来。我就找了一位朋友，他叫林维庆，是坎门前台的支部书记。林维庆就建议我办个仪表厂，他说他在上海仪表厂有熟人，好找销路。这样我们才定下来办仪表厂。"林友泮插话。

"定下来干什么，马上涉及怎么个干法的问题。集体的钱肯定不能用，再说生产队也没有什么钱。即使生产队有钱，我们也不想借，因为一借集体的钱，今后赚了赔了不好说，所以我们商量大伙儿凑钱合股办厂。"颜祜庆说，"我们六个人，每人出一股，最早每股是150元，后来因为买机器设备，钱不够用，每股增加到500元。记得我们六人中有一个人出不起500元，就又找了一个人合了一股。所以整个厂共有六股，股东是七个人。除了我和林友泮外，其他四股的名义是梁华星、蔡志昌、林友富、江新德。"多年过去了，颜祜庆却对当时的情况记忆犹新。"有了合股的钱，可办厂仍然困难重重。先是我们想到楚门木器社学习，看看能不能也干木器活。可一到那里，人家听说我们也想搞木器，根本不让我们看。后又找到林友泮的朋友坎门前台大队的林维庆书记，他那儿思想解放一点，所以我们就准备把厂办在他那儿。谁知才办了四个月，造反派武斗，我们去上班，半途上能遇到武斗，吓得谁也不敢去了。最后想来想去，只能搬回来自己办。这么着，我们又偷偷到温州瑞安买了四台仪表机床，租用了你所看到的三间房子，算是我们的正式厂子。"

"那会儿，我们运回四台仪表车床跟打仗一样，很惊险哟！"颜祜庆绘声绘色地道，"那个年代，如果有人把我们的设备查出来，肯定要没收，而且我们还要倒大霉，吃官司。林友泮是支书，认识的人多，也没人会怀疑他支部书记干违法的事，所以我们从温州买回仪表车床后，将设备拆卸成零件，装进麻袋里，走的是不会被人查获的水路。开始也没把设备运回自己的地盘上，而是放在林维庆那儿。我们几个人先在那里偷偷把操作的技术学到了，然后再把设备运回自己的家乡。"

"当时的形势下，我们想办合股的私人企业，只能'戴红帽子'，否则根本不可能响起机器声。"林友泮又插话道。

"什么叫'戴红帽子'？"我还是头一回听这样的词，便问。

"就是打着集体的名义，办私人的企业。"颜祜庆嘴快，然后又指着另一位没有发过言的叫娄昌福的人说，"你问他，他最清楚……"

娄昌福原是芦浦公社的工业办公室主任，对那段历史了如指掌，而且细心地保存了20世纪60年代至90年代芦浦公社（后改为芦浦镇）的全部工业资料。他一边翻阅着一沓发黄的档案，一边向我介绍："林友泮他们办的玉环县红卫仪表厂，是1967年在公社登记的。当时林友泮他们的分水大队叫红卫大队，所以他们是以红卫仪表厂的名义在我们公社工业办登的记。"

"那你们知道不知道他们这个厂是什么性质的企业呢？"这是个实质性的问题，我问。

"知道是林友泮他们几个人合股办的私人企业。"娄昌福肯定地回答。

"知道了你们还敢批准他们办呀?"我知道那个时候"文革"已开始,批资本主义是最主要的任务。

娄昌福笑了,说:"一会儿我再给你讲我们玉环为什么成为中国农村的股份制发源地。我先说林友泮他们的红卫仪表厂,之所以说它是'戴红帽子',就是因为这个厂当时是以红卫大队的名义办的,社办工业在当时并没有说不让办,虽然也有人说它是资本主义的产物,但一些加工小企业还是有的,公社的工业办就是管这些事的。林友泮他们就是打着这样的幌子,办了玉环全县的第一家股份制企业。"

我算弄明白了。"那仪表厂具体生产什么产品呢?"

"很简单的螺丝。现在看来根本不算啥产品,纯粹为别人加工一种用来装订账册的螺丝。"林友泮说。

"可干了几个月后,还没有分一次红,玉环这地方的武斗就闹起来了,两派打得不可开交。而且这个时候上面开展了'打扫地下厂'的运动,我们的厂自然跑不了,只好关门。几个月后,'打扫地下厂'的运动风吹过了,公社干部看到农民们的日子过得非常苦,所以就主动找到林友泮,劝说他们重新办厂。作家同志你可以想想,在当时的形势下,我们的公社领导能出面支持我们办厂,太不容易了。所以大伙儿的积极性挺高的,厂子很快重新办起来了。公社这时也要求我们安排了一些退伍军人和困难家庭的人进厂,算是交换条件吧。之后一段时间我们厂干得很不错,股东们劲头很高,再次出资扩股,增加了流动资金。时间一长,我们觉得有些亏了,长此下去也不是事,就托林维庆帮助聘请了一位上海小青年当我们的业务员,让他专门负责跑业务。产品种类也由单一的账册螺丝,扩大到加工些其他产品。那阵子我们几个股东热情可高呢,看着产品一批批出厂,就等着汇款早点进账。可就在这个时候,两个晴天霹雳砸在我们头上:一是有人又指责我们是'地下工厂',是'挖社会主义墙脚的黑厂',要坚决铲除;二是给我们跑业务的上海小伙子被公社基干民兵半夜抓走了。这样,厂子也很快被封了,不让再开了。"

"因为厂里没有账号,汇来的货款只能到公社,一到公社就被扣住了。我们不仅没拿到汇款,连手头买货的发票都没法报销,我损失最多。"林友泮又一次插话道。

"林友泮他损失最多,没有一万,也有五六千块。我们几个股东的损失也大呀！那时大家都穷，谁有几千块钱是了不得的事。本来我们几个凑钱办厂，现在被查封了，损失惨重，可没法找人说理。你找公社的人去说，人家说：'没把你们抓起来送进监狱就算是对得住你们了，你们还嚷嚷什么？'我们是哑巴吃黄连，有苦没处说。"颜祐庆回想当年，依然愤愤不平。

"林友泮他们的红卫仪表厂的事当时在我们这儿闹得很大，就是因为他们是第一个吃螃蟹的人，第一个敢在'文革'的风头上办股份制私有企业的人。"娄昌福接过颜祐庆的话说，"过了大约两年，到了1969年，公社要建农机厂，没有钱买设备，就想起了林友泮他们办过红卫仪表厂，所以就将他们的那些闲置设备全部充公了。颜祐庆他们就闹，说那些机床是他们几个人出钱买的。公社干部一商量，说安排他们几个进厂，抵作他们先前的那些损失吧。老颜他们也没辙，就这么着平息了这事。林友泮是大队书记，后来被安排在公社养殖场工作。"

"这个股份制企业就这样彻底散了？"

"散啦！当时只能是这种命运。"娄昌福苦笑着看着我。我再看看林友泮他们几个其貌不扬却是中国股份制的第一批吃螃蟹的农民，不由得赞叹道："你们都非常不简单，虽然自己损失了许多，而且今天你们中间也没有人成为富人，可你们的历史功绩应当被载入史册。"

"有作家这话我们就满足了！满足了！"能说会道的颜祐庆喜笑颜开。而不太说话的林友泮，双眼里则闪着泪花。这位老人顿时让我想起了曾经同样当过大队支书的我的父亲。他们是同代人，我父亲在20世纪六七十年代曾经也为了农民兄弟们能过上好日子，成为苏州地区乡镇企业的创始人之一。但他们都是失败者，而且因为办了所谓的"黑厂"而下台、受批判，甚至影响到下一代的我们。想到这儿，我不由得绕过桌子，双手握住林友泮老人的手，对他说："老支书，我会在书里写到你的。"

老人有些激动地说："是吗？我们有啥可写的？都是过去的事了。"

我点头向他保证，心里说：是啊，都是过去的事了，可这些过去的事，现在许多人并不了解，尤其是年轻一代，他们并不知道自己的前辈为了求生存而做出的探索是何等艰辛而可贵！别小看了区区一个由七个农民合作六个股份组成的红卫仪表厂，在那疯狂的年代，如此举动，就是一个伟大的革命。

敢作敢为的台州人就这么做了，并且曾经做得轰轰烈烈。

那天送走林友湴几位创办股份制的老人后,娄昌福要我"多留几分钟",他说他要向我介绍玉环县真正的"第一家股份制企业"——芦浦工艺厂。

"这些年,来到我们台州考察调查股份制发源问题的专家们认为,林友湴他们的红卫仪表厂之所以没有被当作'中国第一家股份制企业',有两个原因:一是认为林友湴他们的厂办厂时间短,只有两年左右;二是在当时的特殊历史背景下,该企业从创办到最后倒闭,没有分过红,销售也没有在账目上反映出来,与严格的股份制企业有些差异。而原玉环县科协主席毛庆贵他们办的芦浦工艺厂则完全符合股份制企业的一些基本特征,比如股东共十几个人,十元一股,股东中有干部,有教师,厂里会计和厂长都具备,虽然股东多为兼职,但职责明确;而且企业也有县工交局的正式批文,时间是1973年。"娄昌福从一堆档案中翻出保存的芦浦工艺厂批复材料给我看。

"毛庆贵他们的厂当时非常正规,就是从现在来看,也很规范。厂子办在当时的井头大队,厂里雇了业务员王孝增跑外勤,业务主要是做扇子,过去我们出差或旅行用的那种扇子,很有些销路。芦浦工艺厂由于产品对头,第一年下来,股东们所有人都拿到了千把元的分红,而且在工厂的工人拿的分红与股东们一样多,这在当时是非常了不得的事。如此连续运转了四年多,后来他们开始做宫灯,业务更加红火,产品销到广州、北京、上海等大城市。业务量大了,需要扩建厂房,股东们经常晚上开股东会,研究商量扩大生产规模。据毛庆贵讲,当时股东意见并不统一,有人担心借钱投资风险大,但在丰厚的利润面前,大家最后还是统一了认识,所以企业越干越好。到后来,做宫灯的业务厂里来不及做,职工们每天都要加班加点,收入就更好。厂子收入高了,厂外的人也眼红了,跟着干了起来,像楚门、清港、城关等地许多人开始做起扇子和宫灯。1978年党的十一届三中全会后不久,这个厂年收入达到上千万元,成为台州乃至浙江省第一家年收入上千万元的乡镇企业。"

"除了芦浦工艺厂外,当时还有类似这样比较成功的股份制企业吗?"

"有啊!到1978年底,仅芦浦公社一个地方,就有股份制企业34家,企业人数有1500多人。"娄昌福一边翻着资料,一边指着账本有凭有据地告诉我。

"我现在知道为什么台州这个地方的民营经济在全国首屈一指了!三十年前,你们这里的民营企业其实已经占据统治地位了!"

娄昌福笑道:"可以这么说吧。"

"三十年前，就有芦浦这样的民营经济现象，真让人感到有些不可思议。你认为这种现象为什么会在台州或者说会在你们玉环这种地方出现呢？"这是我必须弄清楚的问题。

娄昌福甩开他的那些"宝贝资料"，与我侃侃而谈："我们台州这个地方，尤其是像玉环，农民过去的生活很苦，基本上是靠海吃海，耕地少，农民只能靠出海打鱼为生。可是出海打鱼是要有渔船的，小船打不了鱼，造大船又没钱，怎么办？于是我们的先人就发明了一种叫'打硬股'的传统，就是几个人、几家子凑钱来办一件事，比如造一艘大船，几家、几户一起凑钱，然后有了收入就按出资分红。这种传统已经有百年的历史了。所以中华人民共和国成立后，有几个阶段农民们的日子难过时，就有人联合起来用'打硬股'的方式办些小企业。这种经济形式在解放初期就有，在20世纪60年代后被当作资本主义的东西封杀了。可老百姓要过日子，就得想办法。'打硬股'从某种意义上来说，是我们台州沿海一带老百姓发明的一种非常有生命力的经济形式，一旦有适合它的条件，它就会像水岸边上的芦苇一样疯长，你想割掉它也不易。台州能成为中国股份制的发源地，是有地域原因和历史条件的。"

娄昌福的话令我茅塞顿开。

"还有一个重要原因是：我们这儿有一批干部来自百姓，心里装着百姓，而且自己也敢作敢为。如果没有他们，台州的股份制，或者说民营经济就不会发展得这么好。"娄昌福感慨道，"比如说芦浦工艺厂，如果没有芦浦公社书记毛崇友的支持，他毛庆贵根本不可能把这个厂办下去。芦浦公社的股份制能够在'文革'期间得以生存和发展到'半壁江山'，若没有像毛崇友这样敢作敢为的领导在背地里支持，是绝对不可能的事。红卫仪表厂这个合股企业，如果不是因为有林友泮这个支部书记带头干，也绝对不可能在1966年、1967年诞生和成活。"

是的，我相信娄昌福的这番结论。台州的民营经济之所以能够发展到今天并如此生机勃勃，若没有台州历届干部们以人为本、以民为本、以当地实际为本的思想和勇气，那绝对只能是黄粱美梦。我想老百姓最清楚这个事实。

在台州，企业股份制形式的形成之早、影响之广泛，随着采访调查的不断深入，令我越发感到震惊。

如今我们能搜寻到的并被一些权威部门当作"改革开放后的'革命性'事件"之一的股份制先行者史料中，"中国第一个股份制"企业是台州的温岭县于1982年12月18日以县社队企业管理局〔82〕第74号文件名义批准的牧屿公社牧南工艺美术厂。那份写着"社员联营集体"性质的企业执照,据说是中国改革开放后可以查阅到的属于官方机构出具确认"股份制性质"企业的第一份文件。"社员联营集体"这样的企业所有制名称在中国没有过,那天到温岭市工商局采访,当年的当事人告诉我,当时"社员联营集体"这名称完全是他们社队企业管理局给由社员联合出股的股份合作企业"戴"的一顶"不红不黑的帽子"。"为什么叫它不红不黑呢?是因为当时还没有文件明确社员合股能办企业。1982年,安徽的分田到户经验,刚刚在全国铺开,也是争议和阻力正大的时候。不用说,社员合股办企业这种长期以来被看作资本主义的东西,肯定不能被工商管理部门认可。但在我们台州,这种合股联合办企业的情况已经很多了,我们的领导很了解这样的情况,他们思想真的很解放。所以当牧屿公社的农民王华林和陈华根等人持着公社介绍信来社队企业管理局登记办工艺美术厂时,我们一问,他们是几个社员合股办厂,想来想去,干脆给他们登记成'社员联营集体'这样一个名称。"工商局的同志这样解释当时他们为"第一个股份制企业"出具经营执照的经过。

现在的温岭市档案馆和工商局资料室,都备有牧南工艺美术厂的那份"社员联营集体"企业执照档案材料,并且被有关部门视作考察中国股份制企业发展史的珍贵史料。我在采访中也有幸见到了当年为这个企业开具执照的当事人陈心鹤先生,是他当年在请示局长后亲手为王华林、陈华根开具的那份具有历史意义的第一张"中国股份制企业"经营执照。

当年在县社队企业管理局登记"牧南工艺美术厂"的厂长陈华根,现在是当地大名鼎鼎的企业家了,不过他的企业已经不叫"牧南工艺美术厂"了,而是名扬海内外的"宝利特"鞋业集团。陈华根是标准的农民,只是他有些文化,高中毕业后不甘心整年过"面朝黄土背朝天"的日子,所以脑子灵动些,于是想做些生意过好日子。那年他在十一届三中全会精神和安徽小岗村农民分田到户的鼓舞下,与村民王华林一起想办全合股企业,谁知到县里登记时碰上了"好人"陈心鹤等人,所以他的"社员联营集体"企业竟然被批了下来。"后来县上的工商管理部门盼咐我们,说:'你们这是股份企业,上面没有精神说可以办,我们是冒了险发你们执照的,你们千万不能声张,悄悄干就是了。'我们一听当然就不敢声张了。干了两年后,发现全县大部分企业都公开成了股份制企业,于是我们在1984年后也正式更名为股份制企业。后来我专心搞鞋业,就把企业更名为达力宝鞋业公司,1996年又改名为宝利特鞋业……"陈华根说。"宝利特"现在是中国鞋业的龙头企业。

但是,当我第二次到台州的白水洋采访,碰到当年分田到户的积极拥护者、原临海双港区副区长王植江老先生时,他嚷嚷起来,说:"温岭陈华根的牧南工艺美术厂绝对不能算'中国股份制企业'第一家,第一家应该是我们双港区办的双港金属薄膜厂和香料厂。不信,你可以去查1980年8月5日的《浙江日报》。那天报纸的第二版上就有一则四百字的报道,报道了我和区委书记卢凯参股支持办企业的事。这事后来弄得好大好大,《浙江日报》专门开辟了'经济政策讨论会'专栏,闹了两个多月,谁都知道,不信你问《浙江日报》的人!"王植江没有瞎说,《浙江日报》确实在1980年8月5日这一天的第二版报道了当时的台州临海县双港区委书记卢凯和副区长王植江,为解决社员联办企业金属薄膜厂资金不足的困难,带头把平时积蓄的钱投资入股的事。干部带头入股,这在1980年被省级党报公开报道,不炸锅才怪!

"其实,我们台州办股份制企业的事,比任何地方都早,20世纪七八十年代已经非常普遍了,最早捅到外面去的要算我们双港区的做法。《浙江日报》那回的大讨论也是被捅出来后的一个焦点问题。"王植江一谈起自己辖区的"光荣历史",总是慷慨激昂,一脸童真。据王植江介绍,当时他所在的双港区与台州其他地方的社办、村办企业一样,存在的最大问题是产权不明晰,导致管理水平和效益低下,加上资金投入无通道,当时全区的86家企业,有60家处在奄奄一息的境地。而另一方面,农民们分田到户后的热情空前高涨。在这种情形下,推出股份制经济形式来促进原有的企业发展已成一种必然趋势。

"政府没有资金投入,只能依靠吸纳社会资金,使企业恢复元气,提高效益,然后有利共享。这是当时客观条件下我们认为使乡村的那些半死不活的企业走出困境的唯一途径,所以才有了搞股份制的想法。从某种意义上说,这是被逼出来的事。"王植江说,他们区第一个股份制的企业是区原所属的金属薄膜厂。在论证时,大家都认为企业产品在当时用途会很广,效益肯定不错。办厂的资金经核算,需要投入18000元。区委、区政府很明确这回金属薄膜厂以股份制形式来办,于是张榜公布,每股500元,一年后工厂拿出20%的利润按股分红,并鼓励机关干部和社会上任何人成为股东。当时第一个投股人叫何虎保,他是一位校工。但在何虎保之后就没有人再投了,原因是社会上议论很大,有人说这样投股是"搞资本主义",用不了多久就会被上面没收的。大家很害怕，没人敢再投了。一直拖到8月份，分管企业工作的王植江便向区委书记卢凯汇报，说群众顾虑大，是否可以干部带头入股。卢凯是个思想非常解放的书记，当年皂树村等地分田到户就是他在后面支持。现在一听王植江说金属薄膜厂的事，他立即表态："我支持你，而且也要入半股，你也入半股。"王植江听后无比兴奋，说："好，我也凑250元。"于是双港区就有了书记、副区长带头入股办企业的事，而且在卢凯和王植江带头入股后的一个星期内，股票就卖光了。

双港区金属薄膜厂于1979年正式开办，当时厂里添置的一台设备还比较先进。双港金属薄膜厂其实是个很小的企业，但由于区委书记与副区长的入股，使得它名噪一时，整个浙江省都知道了这件事。当时争论的倾向，有赞成的，而批评和反对的声音则占了上风，多数人则在中间观望。持反对和批评态度的人认为：国家干部的工资是国家发给你用于生活消费的，现在你卢凯和王植江却拿去投资入股，而且还要分红，这不把国家给的工资变成资本了吗？这符合马列主义吗？这不是剥削是什么？《浙江日报》的大讨论也由此展开。在长达两个多月的讨论中，基层干部和学界专家们众说纷纭，反对的和支持的态度都很鲜明，而在10月8日发表的浙江省社会科学研究所方民生的一篇题为《不可滥用资本主义和剥削的概念——谈谈我对双港区委书记投资办厂问题的看法》的文章，则在这次轰动一时的大讨论中格外引人注目。方民生的文章从理论和实践上阐明了"双港区委的同志投资办厂符合党的政策，应当热情支持他们"。

《浙江日报》的大讨论，从整体势态看，反对的和赞成的各占一半，最后报社也非常宽容地没有肯定谁对谁错，聪明地将结论留给了未来和实践。

"我们基层干部和群众相信实践是检验真理的唯一标准，所以上面大讨论，我们下面是大干。到1981年时，仅我们双港区就相继办起了26家股份制形式的联营企业，整个临海县的股份制企业则达到518家，真有点'星星之火，可以燎原'之势。"王植江老人谈到这儿，眼睛里放着光。

采访中我发现，台州的股份制企业到底谁是第一家，其实很难确定。但有一点则是毫无疑问的，那就是台州农民以股份形式开办企业，"文革"前有之，"文革"中有之，十一届三中全会前后更有之。到1985年中央文件上第一次出现"股份"字样时，整个台州的多数企业，其实基本上都已实行股份合作形式。十几年后的世纪交替之时，有专家带着股份制经济对中国经济会产生何种影响的问题走进台州考察，发现这里除了一些如电力等极少的企业是国有外,已经几乎看不到纯粹的国有经济时,惊恐不已,悄声议论:"这台州还是不是社会主义的天下?"台州人感到十分好笑,并且理直气壮地回答他们:"我们台州怎么不是社会主义?我们台州的所有企业和台州人对国家的贡献每年都以两位数的速度在增长,难道我们还有错吗?"

实践证明台州人没有走错路,而且他们的经验影响了今天整个中国的经济发展模式。台州人的股份制探索与实践,虽然从开始是由老百姓们为求生存而通过传统的"打硬股"形式进行实践,到后来不断完善和成熟,成为中国式的股份制经济模式,但它的核心和本质与西方世界所创造的现代企业的股份制经济形式,没有什么区别。如果说有一点点区别,那就是台州式的股份制,源于民众,得益于党和政府组织的支持与扶植,因此它更具生命力,因而它也就是中国特色社会主义股份制的最初形式。

说到这里,我们不能不重点提一下中共原台州地区黄岩县委下发的那份题为《关于合股企业的若干政策意见》的〔1986〕69号文件,这是中国地方党委、政府关于股份合作企业的第一个政策性文件。

黄岩因蜜橘和模具而闻名中外,这也让黄岩的名声过去远远超过台州。说到台州的股份制经济,无论如何也不能不说黄岩这块土地,因为台州的股份制经济,其声势和规模在黄岩是最广泛和最深入的。这与黄岩历史上的商品经济发育比别处早和成熟有关。黄岩南临温州,东有临海的台州港湾和海中宝地大陈岛,腹地有永宁江与椒江两大河流,特别是历史上有名的路桥,是浙东最著名的商品集散地。现在我们所知道的浙江义乌市场,其"祖师爷"就是路桥市场。百年前,路桥市场就在浙东名气很大,20世纪80年代路桥市场已在全国通商时,义乌市场仅有几条街的路边摊位!

在中共黄岩县委下发那份《关于合股企业的若干政策意见》的〔1986〕69号"红头文件"之前,黄岩的股份制经济形式早已遍地开花。那天我到黄岩区委,原农工部的几位老前辈早早地等在会议室接受我的采访,他们现在都是退休的老同志了,但一谈起当年的股份制,兴致依然高昂。

"我敢说,真正推广和实践股份制的要算我们黄岩最早、最广!"一位老领导抢先说。

"为什么?"我善意地笑着问他。

"因为像玉环、临海等地方搞股份制是群众自发性的居多,而我们黄岩从一开始就是在县委和政府的支持下推广实施的。"

"此话怎讲？"

"因为黄岩历史上有路桥市场，这里的人商业意识强，商业活动的能力更强于别人，从古至今很会做生意。即使在计划经济年代，黄岩因为有名扬天下的蜜橘和模具，做生意的人就有不少。我们的乡镇企业在七八十年代，就与绍兴的水平不相上下。可由于我们处在台州这个地方，交通比较封闭，外来的资金很少，而当地企业又要迅速发展，资金怎么解决？政府没有钱，所以集资和私人拼凑合作便成了一种必由之路。"这位老同志随手拿出一沓复印的材料给我看，"这是一个香料厂当时的群众入股收据凭证，你可以看看……"

我接过复印件，在一张张"收款单"上，清清楚楚地写着某某人、某某人"交入香料厂投资款"，或一百元，或五十元。交款的时间是1972年8月和9月……

1972年是什么年代？那是多数人连乡镇企业为何物还不是很清楚的年代，台州的黄岩人竟然已经干起了合资办厂的事！

"我们能这么干，主要原因是，当时乡办企业出现了问题，普遍存在产权不清，职责不明，'大呼隆劳动'加上分配上的'大锅饭'，群众意见很大。比如有的集体企业名义上是集体的，可厂长一人说了算。集体企业的厂长或者供销人员掌握着厂里购进原料、销售产品的大权，他们熟悉购销渠道，明着干集体的，偷偷又办起自己的个体厂，而把一些私人企业的原料费、出差费弄到集体企业来报销。搞来搞去，集体企业亏损，个人腰包鼓了。这种'富了和尚穷了庙'的情况在乡办、村办的集体企业中非常普遍。面对这些问题，我们地方党委和政府认识到，只有从产权所有制和职责上分清，才能使企业有活力，否则乡办、村办企业只有死路一条。之后，我们在办新的企业时，采取集体投资与个人投资的合股形式。这样做的好处是，共同投资，共同占有，共同劳动，共担风险，共享收益。后来发现，凡是这样做的企业，效益都很好，集体、企业经营者和投资人三方皆大欢喜。我们的领导同志很讲实事求是，很开明，说啥革命不革命，啥社会主义资本主义，能让集体富强起来，能让老百姓过好日子，我们就支持干！台州能在六七十年代开始探索，到80年代能有如此普遍的股份制经济形式，就是因为我们的领导思想开明，不唯上。"

在黄岩采访时，区委的同志给我找到了一份所谓"中国第一号"官方"红头文件"，此文件是时任黄岩县委书记孙万鹏主持起草的。在接受采访时，他说:"在黄岩进行的几个月调查中,令我陶醉的是一种新的极富生命力的经济模式——股份合作制在黄岩萌芽。但当时我深入听取各方面的意见时,发现这个问题远不是我所想象的那么简单。一些好心的同志劝我说:'它是一条高压线,别碰它,风险太大了!'原因在于,它涉及'姓社姓资'的敏感问题,至今还未见到全国各地有一个地方党委正式发文表态支持的。从理论界的同志那里了解到的信息是,北京一些大学的权威经济学教授明确认为,'股份制就是私有制'。而黄岩县委农工部所进行的系统调查与我个人的调查都表明,股份合作制几乎是解决当时企业资金困难的最有效途径,对促进黄岩城乡经济发展起了积极作用,老百姓几乎没有不欢迎的。这样一件大好事,为什么我们不支持呢?于是我和当时的县长王德虎商量,决定从实际出发,制定一个系统的政策文件,满腔热情又脚踏实地地推进股份制与股份合作制的发展,解除群众的后顾之忧,做百姓的靠背。为了承担这种政治责任,我还和王德虎击掌而盟:出了问题,我俩承担!但我们坚定地相信,霜雪之后,必有阳春。后在县委农工部同志的参与努力下,1986年10月23日,我们黄岩县委、县政府正式发出了现在被誉为中国第一个地方党委、政府颁布的关于股份合作制的系统政策文件,即《关于合股企业的若干政策意见》。从此,黄岩的股份制经济得以迅速发展,蔚然成风……"

如孙万鹏所言,有党委和政府的"红头文件"支持,黄岩的百姓像吃了定心丸,于是股份合作制企业如雨后春笋般蓬勃发展……

随着股份合作企业的蓬勃发展,原有的那些集体企业也被推到了前台。由于计划经济留下的种种体制上的弊端,纯粹的集体企业和国有企业该向何方发展,成了又一个突出问题。这样的企业,如果再投入,有没有发展前景,是个问题。如果让其自生自灭,损失的是国家和集体。怎么办?党委和政府又面临一个新课题。

黄岩的金清区是该县乡镇企业最多的地方,遇到的这类问题也最突出,急需解决。在台州地委和黄岩县委支持下,金清区大胆提出对那些政府没能力再投入,又缺乏管理人才使之起死回生的企业,实行拍卖。

这可是在二十多年前的20世纪80年代啊!"拍卖"二字,等于彻头彻尾的"国家和集体财产变相到私人手里",这还是社会主义吗?这样一来红色江山还算是共产党的吗?金清区的拍卖消息一传出,震动黄岩和台州的每一个角落,也波及邻近的温州和宁波。好在浙江此时务实的人多,所以金清区的

"拍卖"，引来的更多的是热切的关注。

1988年4月18日，在中国台州的黄岩县金清区，中华人民共和国历史上第一次将一个国有集体企业放到了拍卖场。

这一天，金清区公所的拍卖现场，能容纳二百人的会场，挤满了参观竞拍和看热闹的人，连走廊里都是人头攒动。上午9时30分，拍卖开始，三位买方代表随即展开了紧张激烈的轮番叫价，一直较量到23回，最后由徐正坤所代表的六位股东以169.1万元的价格，购得黄岩县轮窑厂。

轮窑厂当时是金清区最大的社办企业，也可以说是金清最大的国有企业，连最大的国有企业都敢"卖掉"，这金清、黄岩乃至台州还有啥"国有"不能"卖"的？还有啥不能"股份制"的？老百姓议论着。

台州人的股份制经济浪潮如滚滚东流的钱塘江水，奔腾不息，一发而不可收，远远走在其他地区的前面。

1993年，日益崛起的台州人需要一条高速公路通向他们期盼的致富前方！自行建高速，钱从何处来？政府有些为难了。百姓说：政府修高速，为的是咱台州经济发展和老百姓的富裕生活，政府没钱，我们合股出钱！

好啊！既然办企业可以搞股份制，为什么修高速路就不能试一试用股份制？市委、市政府领导一合计：干！前人没有走过的路，后人就该蹚一蹚嘛！

"修高速，搞股份"的消息一出，台州各界大亨们纷纷响应。于是数亿元资金不日聚集到位。原本计划三年修完的全长82公里的台州境内的第一条高速公路仅用半年时间就完工。它的建成通车，如给勇于创富的台州人的脚下添置了飞轮，台州经济和台州社会从此进入了一个全新的历史时期……

之后的台州股份制，以排山倒海之势，进入所有的经济领域，甚至走向教育和卫生领域……2000年1月1日6时46分，在中国大地上，第一缕曙光最先照射到的地方是台州的温岭市石塘镇。"千年第一曙光"落脚台州石塘的新闻，通过央视现场直播，传遍五湖四海。那时，来台州的人越来越多，认识台州的人也越来越多。所有来到台州的人，都被生机勃勃的当地民营经济所震惊和振奋，他们会时不时地问当地人一个敏感的问题："你们这儿还有没有国有企业了？"

台州人会十分自豪地告诉客人：我们在20世纪90年代就基本上没有国有企业了。台州的百姓这么说，台州的干部也这么说，没有一丝的顾虑。因为他们不需要顾虑，他们知道，虽然这里基本没有了国有经济，但这里的天下仍是共产党的，仍是社会主义的，这里为国家经济所做的贡献越来越引人注目！

4. 一台补鞋机掀起的"中国制造"巨浪

很多年前,温州民间就有两句传说:哪里有市场,哪里就有温州人;哪里没有市场,哪里就会出现温州人。

温州人很有个性,他们知命而认命、信命而不受命的特征,使他们总能从没有市场处找出市场,从乱花渐欲迷人眼的市场混乱中寻找商机,从鲜为人知的边缘经济的夹缝中杀出一条血路,从而创造了人人皆知的现代版的经商神话。

温州人性格开朗自信,他们即便在干着最低贱的活儿、承受着最难以忍受的痛苦之时,也从不放弃向外宣传自己是温州人,这一点让人格外敬佩。

近邻台州人则不一样。因为过去没有多少人知道"台州"这个地名,再加上历史上的台州是"贬谪之地",故而这里的人不愿声称自己是台州人。"过去在外经商的温州人中至少有一半是我们台州人。那时台州没名气,我们说了自己是台州人,别人会再问台州在哪儿,有的甚至以为台州是不是在台湾。所以久而久之,在别人问我们是哪里人时,就不说是台州人了,干脆说自己是温州人。台州人吃亏就在这里,在前二三十年里一直是这个样……"台州人谈起这事,至今仍觉有些苦涩。

"可我们台州人比任何一个地方的人都务实肯干,性格里有股韧劲,从不好高骛远,也不好大喜功。追求富有，改变贫穷命运，是支撑我们的一种精神力量，也是我们日益进取的动力源泉。一般的台州人都会有一股雄心，因为过去我们都很穷。"有位台州经济学家这样说。

他的话使我联想起一则法国故事：传说有位法国年轻人，他从小很穷，后来以推销装饰肖像画起家，在不到十年时间里跻身法国五十大富翁之列，成为一位年轻的媒体大亨。不幸的是，他因患绝症于1998年去世。在他去世后，法国一份报纸刊登了他的遗嘱："我曾经是一位穷人，在以一个富人身份跨入天国的门槛之前，我把自己成为富人的秘诀留下。谁若能通过回答'穷人最缺少的是什么'而猜中秘诀，就将得到我的祝福，我留在银行私人保险箱内的一百万法郎将成为他的奖金。"这家报社后来收到18000多份寄来的答案，这些五花八门的答案大概可归为三类：一类认为穷人最缺少的当然是钱，有了钱穷人便不再穷了；另一类认为穷人之所以穷是因为没有机会，有了机会就可能不再穷了；再一类认为穷人缺少一技之长，有了一技之长就可以改变贫穷。另外，也有人说穷人最缺少的是帮助和关爱。在这位富翁逝世一周年的时候，律师和代理人打开了保险箱，公开了他的致富秘密。他认为，穷人最缺少的是成为富人的雄心。有一个年仅九岁的女孩猜对了，因此获得了一百万法郎。这个女孩在领奖时说："我姐姐经常警告我说，你还小，不要有什么雄心！于是我想，也许雄心可以让人得到自己想要的东西。所以我想穷人最缺少的可能是成为富人的雄心吧！"

在20世纪七八十年代的中国，也有不少这样的女孩子。她们无论在炎热的夏天，还是在寒风刺骨的冬季，三三两两地散落在城市的马路边、商场的路口或学校的校门前。她们的身边，是一台手摇的补鞋机，几乎席地而坐的她们以最低微的姿态、以最热切的期待，招揽着每一个需要补鞋或者擦鞋的人。这种情形在北方居多，在寒冷的冬季居多。在那个多数中国人还不知道做生意，甚至把做生意当作"搞资本主义"的改革开放初始阶段，我们到处都能看到这些补鞋匠，他们遍布每一个城市的街头……这样的补鞋匠，有姑娘，也有小伙子，有三四十岁的小媳妇，也有四五十岁的庄稼汉。他们总是出现在我们的视野中，并且深深地烙在我们心中，因为没有哪类人能像他们那样不惧严寒酷暑。当早晨第一辆公共汽车驶过行人稀少的马路时，路边的补鞋人已经静静地守候在那里；当风雨交加、寒气逼人的夜晚驱赶着街头最后一位行人时，你只要想补鞋，就能找到补鞋匠，他们正在那儿等待你……在那个年代，我在北京多少次看到冬天的寒风里，街头的那些补鞋匠哆嗦着一双冻得红肿开裂的手，一手捏着鞋，一手握着针为别人补鞋。他们只收一块钱，有人看着他们可怜，想多给一块钱，可补鞋匠们会毫不犹豫地把多收的钱还你。对这样的情形我觉得不可理解，于是特意去问，他们的回答让我更加吃惊："这回多收了你的钱，下次让我怎么再跟人做生意呀？"

在绝大多数中国人尚不知做生意为何物的年代，浙江人就已经在神州大地的每一个角落开始了为赚一分钱而不顾艰辛、不知疲倦的劳作。

从遍布全国的补鞋匠到振奋中国民营经济并形成举世瞩目的"浙江精神"，温州人扮演了前台的主要角色。然而中国人至今仍然并不清楚，在这影响中国现代化进程的"浙江精神"中，其实最重要的角色应该是台州人，因为在当年的温州补鞋匠中，至少有近一半人是台州人而非温州人；而更加重要的是，那台引领浙江人走遍全国的补鞋机，其发明人是地地道道的台州人！

制造第一台补鞋机的人叫管康仁。

我见到管康仁时，这位曾经引领浙江人走向富裕的"浙江制造之父"，正住在他老家台州市椒江区下陈镇的一个叫水仓头村的地方。椒江区原属黄岩市，这里有着传统的经商风气，民间经商之风在数百年前就很有影响，与下陈镇近在咫尺的路桥，是浙东有名的商贾重镇。那天我去见管康仁时，对一个现象很吃惊：在弹丸之地的下陈镇水仓头村，竟然看到了中国驰名、打下世界缝纫机市场七分天下的"飞跃""杰克"等几十家缝纫机厂！

现在的管康仁管着一家很小的缝纫机企业，每年生产约两万台缝纫机，与如今年产量已达百万台、销售额超百亿元的"飞跃"等企业相比，管康仁的"求精针车有限公司"，既显得落后又显得很不起眼。但在台州、在有"中国缝纫机之都"美称的水仓头和台州下陈镇，谁也不敢轻视管康仁。1941年出生的管康仁，对我的来访感到有些突然，他在那间窄小脏乱的办公室外接待我时，第一句话便问："您大作家怎么不到'飞跃'那儿去？来我这儿干吗？我这里没啥可采访的……"当我告诉他"到台州，不采访你这位'浙江制造之父'就是一种对历史的不负责任"时，他老人家显得很激动，忙说："我有啥值得您劳神的？实在没有啥说的。"

"就说说你当年是怎样搞出第一台补鞋机的。"我直奔主题。

管康仁显然动心了，这可能正是他一生中最得意的事。"这个可以讲讲。"

管康仁的脸上露出了一丝微笑，看得出他对自己的现状并不满意，对自己的历史倒是另一番态度，并且一说起来便滔滔不绝：

"我高中毕业后到了浙江水泵厂工作，可是不到一年就碰上了国家精减国营和集体企业职工的政策。我父亲解放前到了台湾，又是国民党员，还当过校长和保长，所以我这样出身不好的人就成了第一批精减对象。1965年，我回到了家乡下陈水仓头村。我们过去就有'扁担两头尖，出门针线鞋'的传统，就是在农闲时，许多人挑着担子外出当手工补鞋匠，赚些钱补贴生活。还有一种生意就是挑担卖豆腐。可卖豆腐受天气和季节等条件的影响，相比之下，补鞋生意更适合走得远些。但因为是手工补鞋，又慢又粗糙，尤其是天寒地冻的季节，外出补鞋格外辛苦，钱也赚得少。我在水泵厂时就爱捣鼓，特别是对缝纫机械的修理热心钻研，拆拆卸卸，掌握了一些缝纫机的构造和修理技术。当时还不敢说自己制造缝纫机，可看到乡亲们外出给人手工补鞋很辛苦，赚钱又不多，就想能不能搞个机器，代替手工补鞋，如果成了，可以减少乡亲们一针一线缝补的辛苦。于是我就先从路桥市场上买回些旧钢板、铁皮和螺丝什么的，开始利用劳动之余，一个人躲在家里，关上门敲敲打打，捣鼓起来。没多长时间补鞋机就搞出来了。不是我聪明，因为补鞋机的基本原理就是缝纫，靠机械操作代替人的手工缝补，所以我把自己掌握的那点缝纫机构造知识搬到了相对简单些的补鞋机上。成功后，我很惊喜，先是把自己家的一双双破旧的鞋子拿来缝补，后来又试着把邻居的鞋也补了，感觉针脚比手工缝补的要好，效率就更不用说了，至少比手工缝补快几倍。带着这样的补鞋机外出做生意，一是省去很多手工缝补的辛苦，二是哪里都可以去，这样不就可以赚更多钱吗？那时我兴奋得很，心想如果多做几台卖给那些经常外出补鞋的人，他们一定非常欢迎。于是，我白天参加生产队劳动，晚上就偷偷在家里关起门敲敲打打起来，制造第二、第三台补鞋机……"

"你有制作车间和模具什么的吗？"

"没有，完全靠手工敲打出来的。"

"手工能敲打出来吗？"我想起20世纪80年代初在北京街头随处可见的那种与缝纫机差不多的补鞋机，觉得它还是蛮复杂的一种机械，于是便问管康仁。

"能。没听说最早的汽车也是手工敲打出来的吗？补鞋机还是相对简单些。"管康仁很得意自己的技术，说，"我喜欢捣鼓机械，特别是缝纫机制造，再复杂也难不倒我。可惜我对现在的电脑缝纫机不感兴趣,他们搞的那一套我不喜欢。"管康仁指指窗外,我知道他说的是同在水仓头村的"飞跃"等现代化缝纫机企业。看得出,管康仁是个非常有个性的人。

"你后来是不是就开始将做的补鞋机卖出去了?"

"是。那个时候,一方面我们农民穷得很,我家里也需要钱,另一方面我为了制造这补鞋机要时不时地到路桥旧货市场上去买破铜烂铁什么的,得花钱。另外我也确实想把自己制造的补鞋机卖出手,赚点钱,好养家糊口。我前后卖了三四台,一台卖给了本地的一位补鞋匠,两台卖到了温岭。"

"每台能卖多少钱?"

"三四百块吧!"

"赚点吗?"

"赚,一台赚二三百块呢!那时二三百块相当于两三个壮劳力干一年农活的收入,蛮可观了!"管康仁又一次露出了笑容。

"后来呢?"

"后来就惨了……"老人的脸阴沉下来,"后来就有人知道了,告发到大队、公社领导那儿去,说我是破坏'农业学大寨'。"

"这哪儿跟哪儿的事嘛!"我觉得很荒唐,但荒唐年代就有荒唐的事。管康仁说,在那个年代偷偷做补鞋机就已经被视作"搞资本主义"了,将机械卖出去,就是鼓励那些不安心农业生产的人出去搞副业,这不是破坏"农业学大寨"是什么!于是当时的干部把他赚的1200元钱全罚出来了。换了别人早甩手不干了,可管康仁觉得自己好不容易搞出了补鞋机,而且要货的人也很多,自己赚钱不赚钱是一回事,能够让那些走南闯北的乡亲用补鞋机代替手工补鞋总归是件功德无量的事吧!他管康仁是个认死理的人,心想:你们不让我在水仓头卖,不让我在下陈和黄岩卖,我就卖到温岭那边去……

"温岭那边的人活泛,用现在的话说,那边的人思想解放,敢干冒险的事,所以后来我把做出来的机器卖到了温岭的牧屿。"管康仁说。

"没再被人发现?"

"我换了制造的方式。在自己家里做肯定不行,就是关起门再敲敲打打也会被人盯住不放的。我不在自己家里做,而是跟牧屿那边的合作伙伴联手干,我把图纸给他们,他们就在牧屿那边制造,再由他们卖出去。他们每台给我150元。做完一台,我再教他们技术。就这样一直做了好几年,他们那边也就慢慢做了起来。牧屿现在是有名的制鞋业基地，就是那会儿我们打下的基础。浙江各地后来出了几千几万的补鞋匠，遍布全国各地，就是因为他们手里有了补鞋机。别小看这补鞋机，它带给我们浙江人致富的第一桶金，意义可不一般。你们都说浙江人或温州人民营经济做得早、做得好，说白了，就是因为我们浙江人靠一台补鞋机比别人先一步走遍了全国各地，先一步有了一些原始积累，先一步比别人知道啥叫市场。啥叫市场？就是我们这些补鞋匠到哪儿补鞋时，知道哪个地方缺啥东西。知道以后就多了心眼和想法去搞那些东西，因为从我们这里出去补鞋的人遍及全国，而且相互之间有联系，一封信、一个电话，就相互之间把商业网络给建立起来了。在补鞋的同时把一些北方缺的商品从南方调配到了北方，又把南方缺的货物从北方发到了南方，这样就慢慢地形成了一种赚钱机会，慢慢地从补鞋变成了做贸易、搞企业的风潮。我们台州人和温州人是同步走向全国的，而最早的一批人应该说是我们台州人，因为浙江人的经商之风是从补鞋开始的。补鞋能够形成风潮，就是因为有了补鞋机这个关键性的环节。补鞋机是我们搞出来的嘛！"

管康仁对自己的历史性贡献很是自豪。

我之所以特别敬佩这位时下在台州并没有多少光环的老人，就是因为他制造出的补鞋机，对后来浙江民营经济和"浙江精神"的形成起了奠基性作用。绝不要小瞧管康仁当年那台粗糙的补鞋机，在我看来，它的成功制造和之后在民间的广泛运用，直至造就了几万几十万甚至上百万的浙江帮补鞋匠，其意义并不比当年英国的瓦特改良蒸汽机小多少。瓦特改良蒸汽机，使落后的欧洲乃至整个世界从农业社会开始走向工业社会，人类文明史从而以比以往快几倍、几十倍的速度向前发展。浙江补鞋匠遍布全国各个角落，他们以最原始的方式建立起的商业网络和商品意识，以及由此发展起来的中国民营经济模式，不仅影响了整个中国的今天，甚至影响了整个世界的今天。

管康仁所在的水仓头仅是一个小小的自然村落，而因为第一台补鞋机正是从这里诞生的，便注定了水仓头的不平凡。

采访管康仁出来，走在水仓头狭窄的乡间公路上，我不免有些感慨：世界上那些曾经辉煌了近一个世纪的缝纫机霸主，怎么也不会想到，仅仅一二十年时间，他们就彻底地败在了一群中国农民手里。这群中国农民和他们的产品，便是来自台州的邱继宝的"飞跃牌"缝纫机、阮小明的"宝石牌"缝纫机和阮积祥的"杰克牌"缝纫机等。你自然不会相信，在全世界每年近千亿销售额的缝纫机产业中，这个中国浙江台州的小小水仓头村就占了三分之二的份额！就说"飞跃"老总邱继宝，现在他的"飞跃"缝纫机，一年销售额达上百亿元，全世界一百多个国家都有他的"飞跃"。邱继宝告诉我，他也曾是补鞋匠出身。如今身家百亿元的邱继宝，在1978年党的十一届三中全会召开时，正在中国北方的一个天寒地冻的街头，靠着一台补鞋机为过往的行人补鞋。正是那半年积攒下的几百元钱，使他回乡动了自己办厂的念头，而正是这一念头促使他第二年便开始做缝纫机零件的小生意，之后又办起了自己的缝纫机厂，一直办到现在。如今邱继宝的企业有五千余人，生产的产品型号多种多样，大的缝纫机能做像球场一样大的巨幕，小的可以作为"国礼"送给外国元首。

我还认识一位台州奇人，至今已有几十亿身家，在1983年时也是个补鞋匠。因为他年纪小，别的补鞋匠都赚到钱回家办厂了，可他才刚刚迈出赚钱养活家人的第一步。为了多补鞋，他只身到林海雪原的大兴安岭，因为他听说那里的伐木工人的靴子是皮的，伐木工人很少出山，靴子坏了没人补。于是他扛着补鞋机进了山，白天走雪地，晚上住在人家的狗棚里，几次半夜里被野狗叼出来差点丧了命。后来他学精了，逢到雪夜没地方住，就帮人家补鞋，换得栖身之地。就这样，他只身在大兴安岭挣得了第一桶金——是用自己的性命挣来的一桶金。回家后他也办起了缝纫机厂，现在他的"杰克牌"缝纫机同样是世界著名的品牌，他便是阮积祥。他看上去仍然像个二三十岁的青年，整天一脸可爱的笑容。

台州更有几位现在拥有几十亿资产的民间金融家，他们的发家史同样离不开补鞋机。

台州人为浙江人制造了补鞋机，成就了浙江人发家致富的第一桶金。浙江人通过补鞋换来的第一桶金，办起了自己的家庭小厂，又把家庭小厂慢慢扩建成拥有一定规模的私有企业。有了企业就有了工业产品，有了工业产品就出来摆地摊交换成现钱，于是一个个像义乌那样的自由市场便出现了。市场渐渐变大了，全国的商人和全世界的商人都来做买卖，于是浙江人又开始从仿制到自制的阶段……后来生意越做越大，他们就开始独立研制自己的产品，"浙江制造"从此一发而不可收，并且把中国民营经济风暴带动了起来，直到把中国的现代化进程推动得如此波澜壮阔。

这就是台州人——确切地说，是台州农民们所掀起的那一波又一波惊天动地的春雷，这春雷如今仍在中国大地上回荡着……

第三部：
广东开放的大门是这样撬开的*

* 本文采写于 2008 年。

导 言

　　这是一片让人心动的土地。它是中国改革开放伟大进程的典范。它的人民和各级干部依靠智慧和奋进，将一隅昔日默默无闻的南国之地，建设成富裕开放、充满活力与朝气、名扬全球的现代化城市。它就像东方的一束光芒，让整个世界感到了中国的绚丽与灿烂。

　　东莞与"东莞模式"，如今已成为中国改革开放的一个象征。这个象征，刻烙着中国人的探索与智慧，辉映着民族的复兴与崛起！

1. 率先开门

命运常常会跟人们开一些恶毒的玩笑。

1979年5月的一个傍晚，东莞虎门沙角海边，两三百人的送行队伍黑压压地站成一大片。在无数遍离别的叮咛声和哭泣声中，提着包裹的小伙子们陆陆续续跨进一只简陋的机动船里。

船就要开了，突然，由远而近传来汽车喇叭声，一辆破旧的吉普车开了过来。人群躁动起来，公社领导来了。车还没停稳，虎门公社党委书记黎桂康便跨出了车门，看着眼前这一幕，他扯着嗓门大喊："不要走！大家不要走……"

江边的空气倏然凝重起来，但很快出现了反弹——短暂的沉寂后是更大的喧哗，此起彼伏的人声淹没了黎桂康的声音，人群里传来愤怒的吼声："我们就要去香港！""我们要到那边去活命！"

焦急的黎桂康走上前，试图拨开人群走到岸边，但几百人的队伍不约而同形成一堵人墙，使他难以前进。黎桂康急得振臂高呼："大家不要走，千万不要走，我们这边已经好起来了，你们不要走……"然而他的声音很快就被疯狂的嘈杂声给淹没了，他那瘦高的身躯被人群推了出来。黎桂康无奈地退回来，钻进车里。他站到车座上，举起喇叭对着大家说："乡亲们，你们听我说，不要走！我们现在改革开放了，我们的日子一定会好起来的。你们一定要相信政府，相信我们的党，我们将来会更好……"

突然，人群中有人发出"少管闲事"的怒吼，接着，人们纷纷围了过来，情绪激动地挥动着拳头，向他威逼着。不知是谁带的头，转眼间，那辆破旧的吉普车被推倒了。人群那头，载满五六十人的船在隆隆作响的马达声中义无反顾地起航了。长长的白浪一浪一浪地卷过来，波涛声中，黎桂康孤寂的声音仍久久回荡在海面上："你们会后悔的，你们会回来的！你们总有一天会回来的！"

浸透着泪水的那一幕，终于随着潮水一起退去了。

时光流逝，多年之后，命运的波涛将当年的逃港者陆陆续续卷了回来。每当他们路过这里，回想起当年那一幕场景时，都会禁不住摇头叹息："人生如戏啊！"

马克思曾说过一句意味深长的话：一切历史事实与人物都会出现两次，第一次是悲剧，第二次是喜剧。在中国，正是改革开放的伟力，将这幕在浓烈悲剧氛围中开启的剧目，很快演变成一场皆大欢喜的喜剧。东莞以其独特的历史发展变迁，用三十年的时间，完美地诠释了这一过程，成为中国改革开放史上最具特色和光芒的地方。

从2006年夏天至2008年夏天，我怀着对这片神奇土地的特殊情感与好奇心，曾一次次地来到这里，感受着所有令人神往的美丽与激情，体味着这片经历沧桑巨变之后的崭新天地下那些可爱的人民的每一个表情。

遥望苍茫海域，再回首虎门这片临海之地，我的心扉似被阵阵波涛撞击。中国历史在这里不断出现惊人的巧合——大海的波涛曾在这里两次撞开中国的国门，而且每一次撞击都惊天动地！从中国的版图上看，珠江水系出海口有八门之多，虎门竟被历史选中，成为历史之门，虎门因此尽人皆知。

谁曾料想，这个被称为"金锁铜关"的虎门当年是那样不堪一击。自这扇国门被英国人的炮火轰开以后，中国这个曾经的世界头号富国，一步步沦落到割地赔款的境地。究竟是什么样的力量使虎门这道曾经牢固无比的大门被轻易打开，使中国迅速滑向灾难的深渊？也许，被誉为清末中兴之臣的曾国藩对此总结的那句"大抵在西洋的制造"道出了其中缘由。这"西洋的制造"则振兴于18世纪的工业革命。在西方工业革命如火如荼的发展中，西洋列强交替崛起，而我们还故步自封地在农业文明里呼呼大睡。我们并不知道，在沉睡中，门里门外已是有巨大落差的两个世界。也许，腐朽和沉睡的中国，需要用炮声来惊醒，然而这样的代价太大，而且充满血腥。

在这样的炮火中，虎门也因此成为一块充满抗争精神的土地，辉映着中国人民不屈的灵魂！直到1949年中华人民共和国成立之前，我们这个民族依然在救亡求存的严峻环境中苦苦挣扎。龙的子孙仰望长空，期待崛起，渴望富强——他们在等待机会，等待天晴浪又起。

1978年，中国从动乱的年代中开始复苏。夜渐明了，太阳从东方升起，世界开始瞩目中国。英国的《卫报》在2006年曾如此评价中国：1978年，一个社会主义国家开始从平均主义向市场经济走出了尝试性的一步，中国的转变已经使世界的重心东移。瑞典的《哥德堡邮报》也指出：从三十年前的"一穷二白"到现在的"世界强国"，中国人在不知不觉中走过了西方发达国家三百年才走完的崛起之路。2007年1月3日，伦敦皇家国际事务研究所学者卢宜宜在《海峡时报》上惊呼：中国是个"谜团"！

一个大国是如何崛起的？中国又是以什么样的伟力使世界重心得以东移？

要解开这个"谜团"，我们的目光有必要再次投向虎门。因为正是虎门这个尘封了140年之久的历史大门，在改革开放的波涛中率先打开，从而开启了中国崛起的序幕。这是一个多么惊人的历史巧合呀！

当我们把目光就近延伸到虎门背后时，你会发现那里光芒四射，那耀眼的东方光芒令人惊讶：中华民族的版图上何时闪现出如此绚丽而灿烂的光芒？这里何时崛起了一座现代化的大城市？这里不是昔日贫穷落后的农业县吗？

是的，正是这个昔日的农业县，在短短三十年间，以前所未有的速度完成了工业化进程，走完了西方国家三百年才走完的崛起之路。如今，它屹立在珠江之口，以万众瞩目的光芒昭示世界：中国正在崛起！中国无法不崛起！中国的崛起必然光芒四射！

要探究中国这一东方大国崛起的奥秘，我们不妨从东莞这道独特的光芒里寻觅谜底。

1978年7月6日，是一个并不特别的日子，然而这个日子对于广东、福建两省来说却意义非凡。这一天，国务院特别对这两省制定了《对外加工装配和中小企业补偿贸易办法试行条例》（东莞人称此为"22号文件"）。1979年国务院又将该试行条例变为正式条例。"22号文件"引出一个叫"三来一补"的名词，即来料加工、来料装配、来样加工和补偿贸易的简称，正是这个极具争议色彩的名词改变了东莞的命运。可以说，东莞改革开放这扇门的打开就是从这个"22号文件"开始的。也可以这么认为：如果说党的十一届三中全会吹响了中国改革开放的号角的话，那么东莞人则是在这个号角下走在最前列的那群勇敢的改革先锋！

然而，这种开创历史的角色，连东莞人自己也没能清醒地意识到，仅有的记忆是，饥饿着的你我他都在寻找黎明前的那束曙光。且看这样几个历史镜头——

1978年7月30日下午，太平公社农民李玉龙在路上碰到村里的一个老光棍，悄悄告诉老光棍一件事，说他今晚要去东南角。

李玉龙所说的东南角指的是海那头的香港。那年头当地人不敢直接说"香港"，都习惯称"东南角"。晚上，人们只要在自家的窗口处，就能远远看见东南角的上空一片红光。那片红光对他们来说，意味着天堂。

向老光棍打听清一些事后，李玉龙沿着太平公社那条窄窄的路往回走，心情不知不觉沉重起来，今晚不知能否走成，凶吉未卜。这两天母亲一直哭哭啼啼，如一切顺利，这一别不知何年才能相见……走着走着，迎面走来三个男人，一看就不像本地人，其中戴眼镜的高个男人尤为引人注目，40岁模样，从衣着上看，没准是东南角那边的人。他正琢磨着，那人冲他走过来，打听太平服装厂怎么走。

李玉龙给他们指了指路。看着这三个人的背影慢慢消失后，李玉龙这才慢腾腾地往家走。

那天晚上，天黑下来不久，李玉龙就出发了。

2007年11月15日，时光消逝近三十年后，年近五旬的李玉龙在长安镇的一家茶楼里，向我详细回忆了那晚的惊险偷渡："我们是晚上11点左右出发的，我们就往香港发电厂那个方向划，划了六七个小时之后，也就是凌晨5点多的光景，我们的船就到了香港。下了船我们分开走，我和另外一个人沿着一条山路往前走，没想到刚走了不到半个小时，突然冒出好多香港警察。在香港被关了两三天后，我就被遣送回来了。回到内地又关了一段时间，先在广州三河收容站关了七天，然后又转到东莞樟木头关了几天，接着又是在大朗，前后关了一个多月才放回来……"

李玉龙被放回太平公社没几天，在路上又见过两次向他问过路的那个戴眼镜的中年人。一打听，果然是个香港人，现在和太平服装厂做起了生意，开了一家叫太平手袋厂的企业。

这个香港人叫张子弥。

事实上，如果没有"22号文件"，张子弥很有可能破产，变成一个一文不

广东中山小榄镇

名的穷光蛋。然而，命运却使他阴差阳错地成为中国"三来一补"的第一人。

当时的张子弥是香港信孚手袋有限公司的老板，手下有两三百号工人。这一年来，张子弥焦头烂额，正深陷因香港人工成本提高公司面临破产的困境。他每天绞尽脑汁，挖空心思企图摆脱困境，也曾把心思动到内地，只可惜内地的大门一直紧闭。当张子弥在1978年7月中旬无意中听说内地出台了"22号文件"，规定广东可以试点搞"三来一补"时，他意识到自己咸鱼翻身的机会来了，于是第二天便匆匆跑到广东打探情况。经打探得知，对于国务院"22号文件"，广东省委、省政府已快速做出反应，将东莞、南海、番禺、顺德、中山五个县定为试点。

张子弥心花怒放，他立即通过广东的华润公司找到广东省轻工局进一步了解相关情况。也巧，广东省轻工局接待他的工作人员正好是个东莞人，便引荐他来东莞发展。在东莞考察几天后，张子弥这天来到了太平（该地于1985年和虎门合并为虎门镇）。在这个到处是农田的地方，他一路打听下来，终于找到一个叫太平服装厂的小作坊。

1978年9月，中国第一家"三来一补"企业——太平手袋厂在虎门成立。

自国务院"22号文件"出台后，东莞县委、县政府领导的重视更不必说，他们也在紧张而热烈地研究商讨如何进一步落实文件精神。这年12月18日，决定中国前途、命运和方向的重大历史会议——党的十一届三中全会召开。

只有发展经济，才能有真正的出路。东莞县的领导深深明白这个道理，他们清楚迅速解决人民的温饱问题是他们的首要任务。但他们更清楚眼下的东莞有什么样的家底：没有资金，没有技术，没有设备，没有人才，可以说是一穷二白，这一切谈何发展？时代，迫使东莞必须尽快做出一个重大抉择，杀出一条快速发展的"血路"。东莞眼前的这条"血路"就是"22号文件"所带来的"三来一补"。

为了抓住"三来一补"这个重要的发展机遇，县领导们很快达成共识：所有的来料加工，东莞一律来者不拒！东莞敞开大门，不设任何门槛。不仅如此，还要动员全东莞的干部群众全民出动，去联系香港的亲朋好友，说服他们回来投资。为了解决眼前一无资金二无厂房的困难，县委还提出了几个充分利用：充分利用土地资源；充分利用劳力资源；充分利用各种祠堂、饭堂、会堂，以及各种仓库等现有资源……

1978年12月21日，北京正在召开的十一届三中全会尚未结束，东莞县委便发出了本县的 27 号文件，从县委和县政府各职能部门抽调出 48 名精兵强将，组成东莞对外来料加工装配业务领导小组，主管全县的"三来一补"工作和合资洽谈业务。

为了提高办事效率，他们在全国率先推出了行政审批一条龙服务的措施。港商在这里签个合同，往往只需个把钟头，这在中国其他地方是难以想象的，当时即使是广州，也要盖几十个章跑几十天。当时的东莞，所有行政单位都围绕着招商引资这个中心，审批手续一律从简。甚至在码头的人群中，也开始走动着东莞工商管理等部门的人员，银行、邮电局等部门紧随其后，紧急修订制度，延长工作时间……总而言之，只要能为"三来一补"服务的，一律开绿灯！

东莞这样的作风和思想解放水平，在当时的中国，显然远远地走在了其他地区的前面。

在全民出动的东莞大招商中，东莞各个村镇的弹丸之地，都雨后春笋般丛生出了大大小小的作坊。一时间，花开万朵，各竞其秀。截至 1979 年年底，东莞的来料加工企业已有 140 家，对外加工签订协议 205 宗，全年加工费 234 万美元，净收外汇 218 万美元。此后不久，东莞便成为全国最大的来料加工基地。从 1978 年到 1991 年，东莞共引进资金达 17 亿美元之多！

这片曾经将大门紧闭拒绝世界又被世界拒绝的地域，在此时以从未有过的勇气打开大门，去体验从门外吹来的阵阵清风。

在此，我们再来关注一下 1978 年 7 月 30 日逃港的太平农民李玉龙后来的人生命运。因为谈广东的开放，不可回避"逃港人"的前后命运。

李玉龙 1978 年逃港未遂后，又逃过两次，最后一次终于如愿以偿，于 1980 年 10 月 4 日成功逃到了香港。但后来在香港的命运并未如他所梦想的那样，工作不好找，断断续续干过一些建筑工的苦力活。倒是东莞长安这边的弟弟先是搞运输，后来开公司做生意，很快发了财，早就在长安盖了幢四层小楼。李玉龙在 1999 年便从香港回来投奔弟弟，给弟弟打工，目前帮着照管弟弟在长安南城边上开设的一家洗浴中心。

听着李玉龙这充满传奇色彩的人生故事，我在想，有一点，李玉龙可能一生也不会意识到，那天在太平公社唯一的窄道上，他和张子弥擦肩而过的那一刻，充满了怎样的戏剧性——在中国改革开放这道无形的国门前，一个人正往门里迈，一个人正往门外挤。

其实，这个场景又何止发生在李玉龙和张子弥身上。

门外的人往里走，门里的人往外拥，这种颇有戏剧色彩的情景竟成了东莞这扇门刚刚打开时的真实写照。在香港人纷纷进来办厂的同时，东莞进入了又一轮的逃港高峰。《东莞志》的大事记中有这样的记载："1979年上半年，全县又出现逃港高潮……"

好日子即将开始，在中国经济最活跃、管理最开明的地方，为什么会发生疯狂大逃港？假如说是因为贫穷，但这种贫穷并非一日之寒，为何在1962年第一次大逃港的十七年后再次出现一个逃港高峰呢？那是一个何等让人困惑和忧愁的谜呀！

东莞市文联原副主席邓慕尧，在本地是个颇有名望的文化人，他帮我解开了这个谜：1978年，中国打开国门后，那些去香港多年没回来的人可以回来了，他们这次回来探亲，一下子把大家的心给搞乱了。尤其是第一次大逃港出去的那批人，去香港多年，很多都挣了钱。他们回来后大包小包的，有的带回了电视机，有的买辆货车送给村里。大家看到这些事后，突然发现香港实在是太令人向往了。

疯狂的大逃港就在这样一个特定的历史背景和特定的心理状态下形成了。这一次，干部们千方百计的围堵、苦口婆心的劝阻说服完全失效。眼前摆着一个个鲜活的教材，谁还会相信干部们空洞的语言？没人相信。理论太苍白了！

他们带着改变命运的梦想开始了重寻人生价值的航程，尽管他们没人知道，在到达黄金彼岸前，是否会被暴风、骤雨、旋涡所吞噬。他们不在乎这些，只要能逃走就行。逮住之后遣返回来，再逃，周而复始，只要有一口气，他们就要逃往天空泛着红光的东南角。大逃港一发不可收拾。这次出逃的大多是年轻人，仅长安在1979年前后就一下子跑了4600多个青壮年，占本地总劳力的一半，丢荒土地5000多亩。

1979年5月初，一则谣言将大逃港推向疯狂。谣言说，在伊丽莎白女王登基纪念日当天，香港实行大赦——凡滞港人士可于三天内向政府申报香港永久居留资格，于是闻讯后的人们匆匆赶往深圳。仅1979年5月6日这一天，来自东莞、惠阳、宝安等地的七万群众，像数十条凶猛的洪流，黑压压地扑向深圳，两个海防前哨不到半个小时就被人山人海吞噬了。

不能不说是一种命运的巧合，历史老人让东莞就在这样浸透着苦难和血泪的时刻艰难起步，踏上改革征程。

如今，逃港早已成为一段历史。

当年大逃港的那些人很多都回来了。他们发现，命运跟他们开了一个天大的玩笑——他们曾经冒着生命危险，不惜一切代价，怀揣着梦想奔向天堂，殊不知，天堂就在他们出发的地方。

虎门也是邓慕尧先生的家乡，他现在就住在虎门，身边有不少人是当年逃港回来的。"现在很多虎门人都拿着香港居民证。他们回来开个小店，做点小生意，因为他们在香港没法待，连一些香港本地人也跑到虎门来安居。你现在去问问虎门人，问他们愿不愿意去香港，他们的回答肯定是不愿意。实际上，70年代末走的这批人到香港后，大多数都没发财，日子都不好过。"

不能不感叹命运的力量。这股力量正来自中国伟大的改革开放。多少年之后，也许他们能够清晰地看到自己戏剧性命运的脉络图：在他们纷纷拥出国门后不久，中国以一股强劲的伟力，吸纳了世界产业大转移的浪潮。在这股浪潮中，无力承载高劳动力成本的港商纷纷将企业转到东莞等地，于是他们梦想中的金矿也随之移到了内地。

似乎幸运女神特别眷顾东莞这块土地。因为在这里，即使一滴滴苦难的泪水，在时间的河流里，也能慢慢凝结成一颗颗闪亮的宝珠。

谁曾料想过，1962年那个长长的逃港队伍，在十七年后竟会化成一座从这头到那头的桥梁！这是一座通向世界的桥梁！这是一座通向富裕的桥梁！正是这些不畏生死全力以赴的逃港者，在中国国门打开之后又回来参与家乡的经济建设，为东莞的辉煌铺就了坚实的基础。透过历史的时光隧道，你听，他们在1962年匆匆逃港时悲怆的脚步声，和十七年后东莞改革发展前进的足音重叠在一起时，合成一首何等气势磅礴的交响乐啊！

水激则旱，矢激则远。然而，记忆依然是沉重的。关于1962年5月第一次大逃港的高峰场景，许多目睹的本地人曾向我描述过——

据说为了庆贺英国女王诞辰，香港将打开边境大门，听到消息的东莞人已经来不及走山路了，直接蜂拥到通往宝安（如今的深圳宝安区）的公路上。匆匆赶路的人们大多头上还戴着种田时的斗笠，个个面无表情。他们彼此陌生，互不相识，但他们心里清楚，他们有着共同的梦想，有着共同的前程，他们匆匆赶往的将是同一个目的地：宝安出境口。一路上，不时有各个公社的手扶拖拉机急匆匆地开过来，公社干部们扯着嗓门吼着："虎门的人跟我回去！"

"长安的人跟我回去!"但没人理睬,人们把斗笠尽量压低,脚步迈得更快。

在这条长长的人流中,有一个瘦弱的身影,他昨天还坐在虎门中学的课堂里。夹杂在疯狂的逃港人群中,这个17岁的少年内心充满惶恐和不安,他不知道自己匆匆的步伐奔赴的将是怎样的一个前程,也不知道他未来的人生命运将怎样变幻莫测,更不知道又一个十七年过后,他将成为中国农村"三来一补"的重要人物,为他家乡的经济发展写下极其浓重的一笔。

他的名字叫张光。

作为一个逃港者,能改变自己的命运已属不易,改变别人的命运更不易,改变许多人的命运想都不要想。然而这些想都不要想的事却偏偏在东莞发生着。谁敢想象,这次疯狂的大逃港居然也能改变东莞后来的命运。

2007年7月,我来到了张光的家乡——距虎门镇五公里的龙眼村。由张光投资的中国农村第一家"三来一补"企业就在这里诞生。

笔直宽阔的水泥公路干净整洁,街上车水马龙,热闹非凡。道路两旁树木葱郁,绿草鲜花点缀其中,工业区、住宅区、商业区、文化教育区,规划井然有序,超市、学校、银行、剧院、医院、游泳池等公共设施应有尽有,一幢幢农民别墅、高级公寓正在拔地而起。在龙眼村村委会,我见到了龙眼村副主任兼城建办主任张志伟。说起龙眼村当年引进第一家"三来一补"企业时,他提起了龙眼村的老支书张旭森:"龙眼村能有今天,老支书是有很大功劳的。"

1978年底,龙眼村支书张旭森听说县里面正动员大家拉香港的亲戚回来办企业,他也为了此事琢磨上了。琢磨来琢磨去,张旭森想到村里的一个人,他叫张细,张细的姐姐、弟弟在1962年都跑到了香港,听说小弟弟张光在香港还发了大财。于是,在一个晚上,张旭森敲开了张细家的门。张细一听,觉得支书心诚意诚,便欣然点头,答应一定劝弟弟回家乡投资。弟弟张光在1978年5月就回来参加过广州春交会,与广州轻工局签了两个合同,在番禺投资了两个厂,所以后来张光回广州时,张细也特地赶到广州,把村里的意图跟张光讲了,说:"东莞也开放了,你可不可以回家乡投资?"张光说,可以是可以,只是怕村里有意见。

从广州回来后,张细便将张光的顾虑如实告诉了张旭森。张旭森当即向张细保证说:"你就放心吧,只要张光肯回来投资,其他的事我来处理。"

没想到,张旭森处理这件事时很是费了一番功夫。村支部开会讨论这事时,会上就引起一番争吵,副书记坚决不答应,认为这是政治问题,风险太大，其他干部思想也不通。最后，党支部讨论没能通过。消息传出后，村民们更是态度激愤："在外面有钱了回来剥削我们，绝不同意！"张旭森为此愁得一夜没睡，连夜赶写汇报材料，又花一天时间舟车劳顿赶到广州，找到正在省委党校开会的虎门公社书记黎桂康。此时的黎桂康正在学习十一届三中全会精神，其中就有邓小平提出的改革开放的决定。他意识到这件事情的特殊意义，当即表示支持。

1979年3月，由张光投资的龙眼发具厂开工了。这便是中国农村第一家来料加工的港资企业。

对于龙眼村来说，这只是一个开始，之后又引进来一大批"三来一补"企业。1988年，龙眼村引进了全市第一家台资企业。如今，龙眼村的台港企业已有一百多家，连李嘉诚都把工厂办到了这里，龙眼村自己也办起了好几个加工厂。

我见到了张光的哥哥张细。张细已年近古稀，但交谈起来，你能发现他是个性格爽朗的人，其言语明了且没有一丝晦涩，也许这正是东莞人大度豁达的性格。那天，张细向我们敞开心扉，以一种轻松的语气讲起了那一段并不轻松的往事："我是1938年出生的。五岁那年，父母双双离开了我们。我上面有哥哥、姐姐，下面还有两个弟弟。1952年划成分时，我们家被划为地主。这样，当兵、读书都跟我们无缘了。没有出路，只好跑。1962年，先是我大弟弟顺利地逃到了香港，后来我又赶紧让在虎门中学读书的小弟弟张光和我姐也走。本来我想等他们走后我也过去的，不料海关的大门很快就关上了。张光是一个很聪明的人，他到香港后一开始先帮人家织手套，后来他发现假发很有市场，就开始琢磨这里面的门道，渐渐掌握了其中的一些技术，后来就慢慢做起来了。改革开放后，我让张光回家乡投资。在龙眼投资的发具厂，刚成立时就在龙眼张氏祠堂那里，祠堂后面当时有一所小学，我们就租用小学教室作为生产车间。刚开始的时候，我们只有五十多名工人。后来虎门几乎家家都在做假发，可以说，我们的工人遍及虎门的每一个家庭。那时一个月可以生产八千至一万个假发，然后通过香港公司销往海外，生意十分好。到了第二年，我们就赚了很多钱……"

经过二十多年的发展，如今的张细在香港和南粤大地已拥有多家公司。

改革开放成就了张细，但张细也没有忘记家乡对他的养育之恩。1997年，虎门成立了香港虎门同乡会，张细被推选为该会的会长。在这十年间，他投入了大量的精力，联系组织当年逃港过去的虎门人，让他们为家乡的建设添砖加瓦。目前，香港虎门同乡会已拥有会员两千多人。

这两千多会员，为家乡的经济发展搭建了一座座腾飞的桥梁。

在与张细的半天交谈中，对当年的贫穷日子，老人家并没有过多描述。据文件记载：1962年4月26日开始，在通往宝安的公路上，外来群众成群结队，如"大军南下"，奔向边境线，伺机进入香港。每天傍晚，从各地拥到宝安边境的一般有四五千人，最多的一天有八千多人……

1961年至1963年，香港新增移民十六万人。

在如今的香港人中，每十个就有一个是东莞籍。

东莞半数以上的"三来一补"合同就是与当年的逃港者签订的。而今，当我们再回首那一幕幕充满苦难的往事时，谁还会说那是悲剧呢？

今天的虎门，只要稍一深入，便可发现什么叫"藏富于民"。中共虎门镇党委书记钟淦泉曾以一种幸福和自豪的神情向我们介绍："虎门老百姓的存款是以年均20%至30%的比例增长的。到现在为止，我们老百姓在银行的存款达到了近300亿，人均25万存款……"

这是多么振奋人心的数字！仅凭这笔账，我们就能明白虎门为何在全国"千强镇"的排名中能名列榜首。那一刻，我们除了羡慕，更多的是对虎门人的敬意：他们真的了不起！

历史上曾与草根外贸紧密关联的虎门镇，在改革开放之初也仅有两个裁缝店，和服装毫无渊源，为何在短短的十几年内，服装业却成了虎门的支柱产业？

说起来，还是和当年的逃港有关。

1978年，中国的大门打开后，虎门人很快就敏感而迅速地行动起来，一部分人带着对彼岸新生活的梦想开始了义无反顾的大逃港，而留下的人也开始了他们的行动。他们用逃港亲人带回来的东西摆起了地摊，有服装、尼龙布、尼龙袜和尼龙伞，还有照相机、录像机、手表等新鲜玩意儿。后来慢慢发现这买卖可以赚钱，于是便开始天天跑沙头角，把那里的东西买回来卖，赚其中的差价。这种地摊在民间迅速扩散，于是虎门的大街小巷，密密麻麻地摆满了地摊。渐渐地，精明的虎门人很快将全国版图都纳入了视野，能敏锐地发现各个地区商品的盈余短缺，准确地捕捉瞬息万变的市场信号，可谓"买全国，卖全国"。一传十，十传百，全国的生意人都知道到虎门拿货。这期间，虎门人感觉到服装行业的利润较高，供不应求，便有人专门做服装生意。虎门服装市场和服装产业的萌芽由此而生。

面对服装生意红火的形势，有人又开始从服装贸易转向自己开店加工服装，很快走上"前店后厂"的自产自销之路。与此同时，那些进入"三来一补"服装厂打工的工人们干了一段时间后，发现服装业并没什么精深学问，自己也能做。于是乎，本土服装厂便发展起来。如今，虎门民营服装企业就有800多家，年销售额100多亿，其中出口40%，内销60%。

虎门当家产业的发家史竟如此简单！当年小小的地摊一不留神居然发展成了中国最大的服装批发基地。

可别小看这一不留神，实际上，这其中饱含着虎门领导的心血。

关键时刻，虎门领导清醒地意识到：手工业生产如果不进入现代化的体制性工业革命，仍然无法摆脱小农经济生产方式。虎门自发式的工业革命必须要上一个台阶。

我们徜徉在虎门的商业区，眼前车水马龙，人流穿梭。据介绍，虎门拥有大型专业服装批发商场二十多个，商铺一万多家；各类面料辅料批发市场八个，国际面料交易中心一座，商铺四千多家。这些大型商场主要集中在富民时装城、虎门国际布料交易中心周围近两平方公里的两个集聚"中心区"内。

环顾四周，虎门因服装产业而带动的服务业、物流业、旅游业处处显出生机。街道两旁高楼林立，星级酒店越开越多，完全是一个繁荣的城市。想想一百年前的硝烟炮火，再想想二十多年前的拼死大逃港，我们不禁神清气爽，今天的虎门终于笑傲天下了！

富民时装城总经理孙俊才向我们娓娓道出虎门服装产业再上一个台阶的发展过程："1990年之前，虎门的服装大多还属于摆地摊的形式，全国各地都知道来虎门拿衣服，但这种散乱的地摊使卫生、交通各方面都很糟。虎门政府觉得应该有更好的引导，于是就成立了个体管理委员会，把摆摊的集中在一块儿。后来镇政府有了一定经济实力之后，决定搞一个商场。1993年，富民城开业。当时全国没有比我们更大的服装城了，有1300个商户进驻。富民城的开业又带动了很多香港服装厂往这里迁移，后来日本、韩国的服装厂也进来了，现在这些外来的服装厂就有三百多家。"

"那你们又是怎么想起举办'中国（虎门）国际服装交易会'的？"我问。

"当时大连有个服装节,1995年我们第一次去参观,回来后也想把虎门做成中国服装名城。这样的想法统一后,我们觉得首先要从做品牌开始,于是我们去大连一下子拿了二百个牌子回来。后来我们又开始商量,为什么我们虎门不能搞一个服装节呢?于是我们就通过各方面的努力,终于把交易会给办起来了。现在回过头来看,如果没有交易会就没有今天。交易会是一个平台,也是一种催化剂。虎门服装能做到今天的规模,我认为主要是政府引导得好,扶持得好。现在我们富民城年销售额一百多个亿,以前这里一个商铺卖三万块,现在光转让费最高的就达九百万,月租金达九万元……"

后来我们知道,像虎门这样独辟蹊径、力促百姓致富的板块在东莞有32个。虽说虎门在这些镇区中起步略早,但其他镇也是八仙过海,各显其能。这32个镇区宛如32只老虎,虎虎生威,你追我赶,众虎同心,才造就了东莞如今的辉煌,笑傲神州。

实际上,东莞的许多专业镇的发展模式和虎门有异曲同工之处,都是从某一产品的销售做起,再利用对行业的了解转向生产,渐渐开辟特色产业,再通过一些会展加速自己的发展,形成极具竞争力的专业镇。

我们曾经采访过的大朗镇,它的产业发展也是极有意思。该镇本身不产羊毛,却成为全国最大的毛织市场,这真令人惊叹!叶锦河镇长向我们讲述了大朗的发展奥秘——

大朗开办第一家"三来一补"企业是在1979年,叫大朗毛织一厂。该厂的中方厂长姓谢,原来当过村支书,脑子很灵活。谢厂长干了一段时间后,看到厂里有接不完的订单,感觉到这个毛织市场需求很大,便鼓励工人们出来自己干。当时干毛织行当无需太多技术,也无需很好的设备,花上万把元买台毛织机便可。于是1983年前后,便有一些工人在谢厂长的鼓励下出来搞起了小作坊。谢厂长也帮着接单,交给他们生产,合格的给钱,不合格的返工。

这便是大朗毛织业起步时的情形。

"1988年,我们本地人的小厂在巷头村注册。这也是我们大朗镇第一家注册的民营企业。1989年,有一位苏联客人找到这家工厂,要求加工两千打产品,这是大朗毛织的第一笔国际交易。因为价格差价大,这个厂一下子赚了很多钱。大家也从中受到启发,纷纷外出找客户,把产品直接卖到国外去。到90年代初,我们的很多厂就具备了设计、生产、销售一条龙的功能。当时整个大朗,上上下下都在搞毛织,大家都希望通过毛织赚点钱。镇政府也想了许多办法去扶持。到了1995年，大朗已经小有名气，为了进一步开拓市场，我们开始在推介、宣传上做文章。2001年，我们开始搞大朗毛织产品展示会，让世界认识大朗……"

有了影响，就会有更好的发展，产业影响力也将更上一层楼。这几乎是个不变的真理。如今的大朗镇有五千多家毛织企业，其中上规模的企业有一百多家，已形成了研发设计、生产加工、原料辅料、机械设备、洗水印花、物流贸易、人才培训、科技服务、信息咨询等配套产业，整个产业市场年销售量超过十二亿件，60%出口意大利、美国等八十多个国家和地区，在国际市场上享有盛誉。

细细推敲大朗这些年走过的路，再纵观东莞以及东莞各镇、村这几十年的发展，都是从不成熟走向成熟，走着走着，到了一定阶段，突然一下提升到了更高的境界。这种升华，既是多年运作基础上的厚积薄发，同时也是东莞各级决策者结合自身实际，发挥地区优势，挖掘自身潜力的结果。

2. 脚下的地在变

20世纪80年代中期,东莞县悄无声息地做了一件惊天动地的事。这把大学问家于光远给惊动了,时值1985年。

于光远来东莞的这一天,中共东莞(县级市)市委书记李近维碰巧有要事缠身,他吩咐别人带着于光远下乡考察。晚饭时分,李近维还在紧张的忙碌中,他正在整理向于光远汇报的材料。先前,李近维让人给于光远放了一段介绍东莞发展的录像,估计时间差不多了,李近维这才抱着一大堆材料匆匆走进于光远的住处。

看到李近维怀抱的一大摞材料,于光远微微一笑,朝他摆摆手说:"李近维,你把材料先放一边。我今天跑了一天,还有点感冒,身体不舒服,所以我今晚不能听太久,你汇报五分钟就行了。"

李近维愣住了:"五分钟?于老,五分钟您让我汇报什么?"

于光远说:"来东莞之前我听说了很多,今天来你们这儿我也看到了很多,看到你们农村盖了许多新房子,刚才的录像我也看到老百姓增加了很多存款,也就是说,你们这几年的收入增加了很多。现在你就用五分钟的时间给我讲清楚这些钱是怎么来的就行了。"

李近维为难地说:"于老,我一下子没有准备。您让我五分钟把这个问题讲清楚啊,我怕自己准备不足。"

"对!就是要你没准备。你越是没准备就越真实,你做了准备的,那就有很多加工的成分喽。"

"好!于老,如果您让我五分钟内把这笔钱讲清楚的话,那我只能跟您讲两笔账。"李近维天生对数字敏感,在东莞待了这么多年,东莞的每一笔账他都了然于心,"第一笔,东莞有一百多万亩耕地,我们腾出了三十多万亩耕地改种水果、蔬菜等经济作物。同样一亩地,改种经济作物,可以增加收入近两千块钱。三十多万亩地,一年便可增加收入六七个亿。第二笔账呢,由于落实了联产承包责任制,调动了积极性,农村劳动力开始过剩,东莞有五十多万劳动力,我们在不影响农业生产的前提下,转移了二十多万的劳动力去搞工副业,以人均月工资二百元计算的话,一年的收入又增加了四五个亿。仅这两笔账,我们一年就可以增加十几个亿的收入。再说我们已经干了好几年,这些钱不断转化为新的投资,又得到更多的收益。盖房子的钱,存银行的钱也好,包括一些基础设施启动的钱,都是从这些钱里来的。"

听完李近维的汇报,于光远的脸上露出欣慰的笑容,他点点头说:"这样好啊!我们今天晚上算达到目的了。你们做得非常好!"

那个晚上,于光远并没有很快休息,他兴奋地拉着李近维谈了很久,浑身的疲劳和不适似乎一扫而光。

说起来,东莞农业商品化最早还是受了黄江镇北岸村的启发。

20世纪70年代中期,几位北岸村农民便偷偷尝试着将一块山沟地栽种上了橙子树苗。几年过后,那些橙子树上竟缀满了黄灿灿的果实,像一个个鲜艳的小灯笼悬挂在林间。他们悄悄将橙子摘下拿到附近集市上去卖,一个季节下来,他们的腰包竟也鼓了不少。

从这个事情中,村里人发现了一些门道:同样的土地,换了品种来种,收入却高出一大截。很快,其他村民也买了树苗种上了。

大伙儿心照不宣地悄悄做着这一切,村领导也睁一只眼闭一只眼,只不过是招呼大家别将这种事声张出去,千万不能传到上面去。

然而,事情还是传到了县上。

县里的领导听到消息,眼前顿时一亮。好事啊!现在已是"春到人间草木知",1979年9月,中共十一届四中全会刚刚出台了《中共中央关于加快农业发展若干问题的决定》,其中最重要的是两条:一是尊重生产队的自主权和所有权;二是大幅度提高农副产品收购价格,增加农民的收入。前者可谓"松绑",后者堪称"让利"。仅这两条,足可以使大家欢欣鼓舞了。农民的好日子要来了!

这个政策就像一股清新的春风,吹进了东莞领导们的心里。此刻,当他们听说下面群众已经蹚出了更好的路子时,精神一振:这不正是农业发展的一个好办法吗?换种思路,把结构调整一下,同样的土地,改种不同的农作物,那产生的经济效益就完全不一样了。这就如同一场及时雨呀!

又是春风,又是春雨。欧阳德、李近维、郑锦滔等东莞县领导兴奋地围坐在一起讨论开了。李近维脑子灵,立马算道:"一亩水稻,收三百块钱,改种橙子,收益为两千元……"相差这么多!大家一个个茅塞顿开,似乎突然间发现了一块广阔的新大陆。

领导班子进行了一番热烈的讨论之后,觉得这绝对是一个很好的发展方向。哪种赚钱就种哪种!说干就干,经过认真的调研考察后,1979年起,东莞县委、县政府开始对全县农民进行政策引导,对土地做了相应的结构调整,尤其把大量不适合种水稻的地方都改种水果。

过去,农村生产力总是上不去,总是在生产关系上做文章,折腾来折腾去,穷了山穷了水,也穷了农民们的积极性。但眼前的神奇思路一下子给农民提供了一个从未有过的想象空间。在对新生活的渴盼中,农民们积极性空前高涨,纷纷引种经济作物。

地还是那些地,人还是那些人,变换一下机制,土地就能生钱、长钱、钱上滚钱。

这一切现在看似简单,但一下子打破沿袭多年的以粮为纲的农业生产格局,这在当时的中国,不得不说是一个思想大突破。

我在翻阅当年的一些资料时,也陷入沉思:东莞最初的农业商品化改革确实在全国先行了一步。先说1979年,中央出台的《中共中央关于加快农业发展若干问题的决定》,给东莞农村自发先行继而政府引导的农业经济商品化的改革,提供了政策保障。然而此后不久,中国迅速进入一个调整阶段。直到1984年10月,中共十二届三中全会通过《关于经济体制改革的决定》,使中国改革总体思路有了重大的突破性发展,中国终于在前几年"收"与"放"的徘徊中选择了后者。

我惊叹的也正是于光远感到欣慰的:从1981年到1984年间,在中国改革大方向不甚明朗的状态下,其他地方无所适从,大多采取"开而不放,改而不革"的观望态度,东莞却没有停止改革探索的步伐,率先走在改革前端,大胆在农村改革上进行了尝试。

发生在东莞农村土地上的这场改革不仅使东莞的百姓收获了实惠，也造就了一个又一个的创富神话。一个又一个万元户在东莞这片土地上诞生了，新时代的朝阳已经升起……

霍福华就是东莞大地上农业经济商品化改革的受益者之一。

霍福华今年44岁，沙田镇穗丰年村人，上有两位哥哥。他这个老三排行很不沾光，大哥读完初中，二哥读完高中，轮到老三读书时，家里已是越发贫穷，刚念初中就被奶奶做主辍了学，才十二三岁便早早体验"面朝黄土背朝天"的生活。那时候的小福华啥都不懂，一身东莞人任劳任怨的优良美德，每天埋头干活，能吃大苦肯出大力。

霍福华记忆中的沙田贫穷无比。这块土地一百多年前还荒无人烟，当年珠江两岸一些水上人家靠着一条破船，沿江漂流，漂到了沙田，渐渐地，沙田便汇集了四面八方的穷人。这些穷人在这里住下后，也将贫穷的种子种进了这方土地里，多少年来，贫穷就像生了根似的越来越深地扎在沙田。即使到了20世纪80年代，沙田人别说去北京，能去趟莞城都已算是了不起。霍福华第一次去东莞时都已经22岁了，来回用了整整一天时间，那时沙田去东莞还没有路，得坐船。

霍福华回忆说："后来我出来在一家国有企业找了一份打捞员的活儿，一个月能有三四十元。记得有一次从香港那边过来一条船，在交界处卡住了，天气特别冷，在海里一待就是半个小时……"

生活的严酷也铸就了这个东莞人吃苦和坚忍的品格。三年后，东莞的农业商品化改革大潮将霍福华从"苦水"中拯救出来。"当时我承包了几十亩地，学着种莲藕。最初承包几十亩，后来越来越多，最多达一千多亩。第一年赚了几千块，我这辈子从来没见过这么多钱。后来扩大生产，第二年赚了一两万，一下子成了万元户了。那时候万元户可不得了，是以前做梦都不敢想的事。种莲藕挣了钱之后，我就拿着这笔钱去做生意。开始老失败，但我总是不甘心，不肯轻易放弃，所以就咬着牙继续往前走，继续努力，终于有所回报，再后来就慢慢做大了。"

东莞很多企业家成功后，往往热衷于回报社会，霍福华亦然。1989年至今，霍福华先后在教育上捐款近千万元，刚刚又投建了两所小学。他还为沙田镇引进了二十多家外商企业，吸引外资八亿港元，为沙田的经济建设立下了大功。

回想起过往的人生，霍福华似有隔世之感，他感慨地说："我后来跑过很多国家，再回过头来看家乡，觉得东莞是最好的。东莞这几年来真的很了不起，经过二十多年的改革开放，发展得相当好。我一直没有离开东莞，没离开沙田，就是因为觉得自己家乡好，我们这里的水土好啊！"

中国几千年的社会发展史，实质上就是一部农业发展史。多少年来，中国世世代代的农民用血汗养育了中华民族，创造了辉煌的中华文明，然而，他们却一直无法改变贫穷的命运。正是伟大的改革开放，打破了沿袭几千年的农业生产模式，从而使得中国走上快速富强的发展之路，像沙田这块被贫穷打上烙印的土地也开始流淌出金子。

左拉说："生活的全部意义在于无穷地探索尚未知道的东西，在于不断地增加更多的知识。"李近维对此深有感受。在他看来，探索未知，不仅是生活的全部意义，更是一种责任。

李近维生于农村，长于农村，东莞又是一个农业县，所以他对社会的观察点更多落在农村和穷人上。长期以来，他一直在琢磨一个问题：人力是一种资源，但东莞农村人口过多，都挤在有限的土地上，实际上是一种隐性失业，这是农村贫穷的症结所在。当务之急必须先把人口多这个包袱变成财富，让农民富起来。那么，如何变？

1984年，李近维终于琢磨出自己的一套想法。

是年8月，时任中共广东省委书记的任仲夷来东莞视察。李近维不失时机地将自己的这些思考向任仲夷和盘托出。

任仲夷边听边点头，他深知中国农村历来有着"多子多福""人多力量大"的传统观念，然而，生得越多就越难富裕起来。老年人多了，社会负担就更重；文盲、半文盲多了，社会发展就难以前进；农村剩余劳动力多了，社会就更加动荡不安。中国农村的人口问题长期以来一直是一个老大难的问题，任仲夷问李近维有什么想法。

"想法是有。我觉得关键是两条：一是增加就业机会，二是提高人口素质。如果人口素质不高，当然难以富起来，但就当前来说，就业机会更重要。一个小学生就业，十年八年后有可能是个车间主任、厂长，是个人才，一个大学生毕业五年没有工作干，就可能是个废材，因为知识会老化，人也会衰老。

解决农民就业,这是眼前最实在也最迫切的问题。"

"嗯,那你打算怎么解决农民的就业问题?"任仲夷往前欠一欠身,目光盯着李近维,来了兴趣。

"还是在劳动力和土地上做文章!"

"好,你往细里说说!"

"要想解决这个问题,必须拓宽生产领域,不要老是把农村人口束缚在农业和有限的土地上,应该拿出一部分土地来作为工商业用地,把农业中多余的劳动力逐步解放出来,发展二、三产业。东莞通过这几年的发展,我觉得向农村工业化进军的时机已经成熟了。书记,您觉得呢?"

任仲夷一边听着,一边不时地点头,听到这里双目炯然一亮,他也有些兴奋:"农村工业化?好!好想法!"

"在今后几年内,我们的目标是从农业转移出70%以上的劳动力搞工业和服务业,逐步实现'农村工业化、城乡一体化'……"

"很好,你们就这么搞,我支持你们。"任仲夷的脸上露出欣喜的笑容,他说,"希望东莞发展得更快一些,东莞要争取成为'东冠'!"

1984年9月,在中共东莞县第五次代表大会上,刚刚出任中共东莞县委书记的李近维代表县委做了题为《改革、开放,向农村工业化进军,促进经济建设全面高涨》的报告,正式提出了东莞"农村工业化"的发展思路……

写到这一节时,我始终处于一种不可思议的惊叹中:究竟是哪一种神奇的力量给了东莞人一双能够看清未来的慧眼?

想当年,毛泽东曾提出"以农村包围城市,最后夺取全国胜利"的设想,在农民的推动下,这一宏伟设想终于得以实现。但在中华人民共和国成立后的那么多年里,中国却始终采取向城市倾斜的政策,"工农业的剪刀差"使得城乡之间的差距越拉越大。然而,中国伟大的改革开放这一重要转折,给了东莞改变自己贫穷落后命运的历史性机遇。怎样彻底改变东莞农业县的命运,改变东莞农民的命运?东莞原来是从解决穷人问题、农村问题和恶性循环问题着手,一步一步地试着把人口包袱变为财富。也可以说,东莞的工业化构想也是"以农村包围城市"开始的,进而夺取全面城市化的胜利。

在这个关键时刻,"农村工业化"的决策是多么具有前瞻性!没有站到历史高度的人是不会有这等视野和决策能力的。

改革开放以来,中国发生了翻天覆地的巨变,这样的巨大变化令人惊叹。

然而，中国的城市化进程却速度缓慢，严重影响了中国的现代化步伐。更为突出的是，中国的城市化模式不尽如人意，很多专家呼吁：中国以这种大量流动人口的充斥来促进城市化的发展模式已经走到尽头，中国必须以一种历史性的眼光来重新审视农民工问题。

实际上，这一切可以归究于一个根源性问题：农村剩余劳动力向何处去，即如何通过经济增长创造更多的就业机会吸纳农村剩余劳动力。关键一点，农民是留在本土就业，还是涌入城市。我们发现，改革开放以来，许多地方选择的大多是后一种途径，农村剩余劳动力纷纷外流，这便形成了中国特色的农民工现象。这种畸形的转移方式所产生的诸多矛盾已日渐明显，已然成为影响社会稳定和社会发展的问题。

透过沉重的现实背景，让我们把目光再转回到1984年前的东莞。当我们重新审视东莞当年提出的"农村工业化，城乡一体化"的发展思路时，便再一次感觉到这十个字那沉甸甸的分量——东莞当初转移剩余劳动力的方式，在土地上就业，在家门口就业，是一项多么具有历史眼光的决策呀！难道东莞人有先见之明，提前预测到了中国现代化进程中将产生的难以化解的一系列问题，便提前做出令人惊喜的尝试？

我心存疑惑。

2008年初，李近维解答了我的疑问："东莞在落实联产承包责任制、调整种植业结构之后，农业中富余的劳动力一下就凸现出来了。当时我们在想，如果让这批农村剩余劳动力去大城市就业，肯定会增加大城市的就业压力。话说回来，即使大城市能够承受这种压力，我们也要把这些青壮年留在家乡，因为财富是人创造的。如果农村只剩下'6138部队'（儿童和妇女），连我们的农村干部也留不住，那农村的发展不就会更落后吗？所以，我觉得与其让他们到大城市就业，不如就地创造就业机会，离土不离乡，把家乡建设为城市。"

可不！只需细细琢磨，人们不难发现：正因为把工厂建在农村，才使得东莞的工业化路径富有特色。中国很多地方的工业化模式大致相同，都是将工厂建在城里或城郊，即使建在农村，也跟当地的农村经济并无太多关联。东莞的与众不同之处，就在于他们在实行农村工业化过程中，一开始就让农民们"洗脚上田"，从而让农村经济插上了真正的腾飞翅膀，这也给东莞后来的全面城市化奠定了根基。

说到城市化，在中国人印象中大多是在城市里建设城市，至多也就是将城市向外扩张,但农村永远还是农村,城乡之间永远隔着一条难以逾越的鸿沟。随着改革开放的深入,发展最快的是城市,受益最多的是城市,农村的田野因为没有工业的滋润,难以生出富裕之花,这也许就是最早包产到户的小岗人至今尚未摆脱贫困的根源。也因此,我国城乡差别、贫富差距越来越明显。

在东莞采访,我去过不少村镇。每到一处,绿树掩映、马路宽阔、高楼林立、人流穿梭,很难找到传统意义上的农村的景象,常常会有一种"幸福的迷失"。不得不承认,东莞的城乡差别和贫富差距是全国最小的。有一些数字极能佐证上面的说法:2001年,东莞仅镇村两级可支配的财政收入为122.6亿,而整个广东省同期74个县或县级市(不包括顺德和南海),加在一起预算内财政收入才94.6亿,东莞镇村两级可支配的财力相当于全省74个县或县级市预算内财政收入总和的1.3倍。东莞的经济之所以如此厉害,主要来源于镇村集体经济收入这一块。

值得在此插上一笔的是,在东莞的发展历程中,县改市是非常重要的一个步骤。特别是东莞的行政架构很独特,东莞由县级市升格为地级市后,只有市镇两级行政架构。这样的行政设置目前在中国只有东莞和中山。

"我听说当初把东莞设置成这样的市镇行政,就是您最先提出来的。当初这样的想法在全国可是前无古人的呀。您怎么会有这样独特的构想?"我问李近维。

李近维回答说:"当初我之所以向省委提出这个要求,是这样想的:改革开放,百业待兴,处处都要用钱,要加快发展,必须降低行政成本,减轻老百姓负担,提高行政效率。在机构的设置上,我认为最好是纵向减少层次,横向扩大分工。按当时的经济总量,要多养几个县级的四套班子,行政成本有多高?群众负担有多重?而且层次越多,办事就越难,效率就越低。所以我当时说,市委书记讲话,你讲给32个镇委书记听和讲给四五个县委书记听,你所花的力气是一样的,何必中间多一级行政机构呢?再说,只那么几个县,那比赛的气势就不够,你看我们现在是32个镇在那里你追我赶,多有气势呀!"

东莞人就在这样的发展思路下,以坚实的步伐向农村工业化进军。

1984年12月,东莞县委召开了常委扩大会议,学习十二届三中全会通过的《关于经济体制改革的决定》,进一步提出了东莞"农村工业化,城乡一体化"的发展目标和具体措施。

别看"农村工业化，城乡一体化"这几个字这么简单，要使一个地方发生如此大的逆转是多么艰难啊！令人惊讶的是，十年之后，东莞果然实现了这个目标：1985年，东莞有80%的人在农村，20%的人在城镇；1995年，这个比例正好相反，80%的人过着城市化的生活，只有20%的人在农村。现在的比例是多少？市委的同志告诉我，东莞现在真正靠种田为生的可能不足5%，大多数人成了城里人。即使那5%左右的种田人，要不就是种田大户，要不就是特色农业的"农业工人"。

东莞的城市化程度早已位于全国的前列。

与虎门一样，有过"中国第一镇"之称的长安镇，如果不是有人事先介绍，所有的外地人来到这里，都不可能相信这是一个"镇"。这里有大城市应有的高楼与马路、热闹与繁华，当然还有大城市所拥有的百万以上的人口——长安人告诉我，在他们的镇上，常住人口和流动人口加起来的数字应该不会少于120万。

很难想象，长安镇当年曾经是东莞市最穷的一个"人民公社"，83平方公里的土地上没有一寸水泥路，滩涂纵横交错。即使到了20世纪70年代末，农民们辛苦劳作一天，也只有八分钱。能逃的都逃走了，留下的人们只能生活在各自狭小的天地里，每天劳作在那块曾流淌了几千年汗水和泪水的土地上。

当时的长安曾流传着一首打油诗："青年逃光，田地丢荒，老人心慌，干部难当。"

这首概括长安当年凄凉状况的打油诗是现为东莞市财政局长安分局局长的李卓安编出来的。2007年底，我在他办公室里，听他讲述了长安工业化进程的发展史："在东莞各镇的发展中，长安的起步属于较晚的。1985年时我们这里还没什么发展，不像虎门那时已经初具规模了。其实长安人的商业头脑不比虎门人差，1981年前后，长安人也开始把香港亲戚带过来的尼龙布料、电子手表之类的洋货拿出来卖。那时候这些洋货缺，很快被一抢而光，他们一看这个能赚钱，渐渐就跟香港那边联系，多搞点进来。后来看到虎门做得挺好的，就贩卖一些商品到虎门农贸市场去卖。政府也跟着做一些这样的生意，赚了一点钱。"

但这毕竟不是正路，眼看着可以生财的来料加工厂纷纷落户虎门、大朗等地，长安的领导们看在眼里急在心上。

1982年初，为了引进"财神爷"，长安所有的党员、干部都出动了。他们带上干粮和一大缸子茶水，站在岸边，望眼欲穿地搜寻着从香港那边入境的人，一见到商人模样的人就立刻迎上去介绍长安的情况，劝说人家到长安走一走，看一看。

招商难，难于上青天！尽管长安的每个党员、干部都施展了浑身解数，下足苦功，可谁料到收效甚微呀。

是年年底，长安的肖灼全书记又把大家召集起来开会。肖灼全这人有胆量，有魄力，人称"肖大胆"。会上，肖灼全先问大家："我们的招商引资工作也有一年多的时间了，老板们来我们这里看过的也有不少，可为什么就是没人肯来投资？"

这个原因谁心里都清楚："我们是东莞的西伯利亚嘛，人家看我们这个地方什么都没有，周围环境又不好，地域条件又差，主要的是又没有一间厂房，说这里根本不具备办厂的条件，当然没人肯来了。"

等大家抱怨完了，肖灼全这才开口："我们是不是应该换一种方式了？"

"换方式？"大家莫名其妙地看着肖灼全。

"你们大家也知道，人家嫌我们什么呀？最大的问题不就是没厂房吗？我们以前的思路是希望老板进来投资，买我们的地，然后自己投资建厂房办企业。现在我们也都知道了，他们这些人也很精啊。他到你这里投资办厂，也是有很多顾虑的，万一你们的政策发生变化怎么办？万一在你们这儿投资亏损了怎么办？要是换作我，我也不愿意跑到一个地方掏出很多钱来盖厂房，这个风险的确太大了，何况很多老板又是没多少经济能力的小老板，他们也处于创业期。"说到这儿，肖灼全顿了顿，扫视了大家一眼，接着说，"所以，我有个想法，我们自己先建起一个厂房来，租给他们，这样不就解决没厂房的问题了吗？"

听着听着，大家开始兴奋起来，热烈地讨论实施细节……

为了不让群众有意见，肖灼全等党委班子成员决定把厂房建在一个废弃的小山坡上。接下来的一切都很顺利，先是顺利地搞来了贷款，又顺利地把厂房建了起来，接着又很顺利地引来了港商。

从最先的几家到后来的十几家，从一个村起步到村村动员，长安就这样在艰难中蹒跚起步了，开始了从农业化乡镇转型为工业化城镇的历史性转变。

3. 开路升级

1988年冬的一天，东莞市市长郑锦滔特地起了个大早。昨天下班前省里突然来电话，是省长梁灵光的秘书打来的，口气很急，让他尽快来一趟广州，省长找他有事，很重要的事情！

外面天气阴霾，赶往广州的路上，郑锦滔坐在车里，心情也十分沉重。他隐约感到，这次省长召他去谈话，没别的，只有一件事：兴师问罪！不久前，梁省长刚刚找他谈过一次话，因为东莞有人给中央写了告状信，告东莞市委、市政府非法集资，这次"很重要的事情"十有八九还跟这事有关，因为东莞这次闹的动静实在是太大了。

郑锦滔的预感没错。一迈进省长办公室，梁灵光劈头就问："老郑啊，你们怎么搞的？怎么又让群众写信到上面去了……"

这一切要从年初的东莞升为地级市这事说起。

1988年1月7日，东莞升格为地级市。

沉浸在东莞升为地级市的庆典鼓声中，东莞人的心底深处也突然激发出一种以前从不曾有的梦想：既然东莞成了真正的地级市，那么，一个市哪能是现在这副小县城的格局和模样，我们应该有更高的目标，应该就地城市化，搞成一个真正的"市"才行。

此时的东莞人，一心求变，却不知怎么个变法，满身干劲，也不知使在哪里。于是，一个个摩拳擦掌的东莞人在喜悦和期盼的同时又陷入茫然之中。

有一个人却不茫然，此人就是一个月后回东莞出任市委书记的欧阳德。

欧阳德此前在惠阳地区任行署专员，1975年至1981年，他曾在东莞担任县委书记一职，此前一直在东莞工作，是一个土生土长的东莞人，放牛娃出身，16岁便参加了革命。

如何让东莞的发展跃上一个新的台阶，新的领导班子一致认为，第一步就是深入调研，问计于民。于是，东莞市委书记、市长、副书记、副市长等领导各带一班人马分头下到基层，广泛收集意见，摸清东莞现在的发展情况，掌握和了解东莞目前的困难以及制约东莞发展的瓶颈。

经过一两个月的调研之后，各路人马返回，集中意见。先后几次研讨会，都开得非常热烈。大家首先达成的共识是，尽快加速发展，要发展必须要发展工业，无工不富，要发展工业必须把外资引进来。有了这种共识之后，大家又开始围绕如何才能更多更快引进外资等问题畅所欲言，畅谈改革。

迫在眉睫需要解决的几大难题分别是路、电、水、通信等。

先说电的困难。电不够用是所有镇反复抱怨的事。实际上，这方面的困难不仅是电量不够，配电设施也相当落后，因变电站少得可怜，故东莞通往各镇的电网完全不成体统。说白了，即使东莞有电，也送不出去，更何况东莞没电。加快发展怎能缺电？电的问题必须解决！

接着是水的问题。当时东莞市区里只有两家自来水厂，加起来一天最多也就万把吨的供水量。要想尽快发展工业，毫无疑问，水也是一个大问题。

问题的症结找到了，接下来便是对症下药，即拿出规划方案。

规划方案交给各相应部门落实，电的问题由供电局拿方案，人才的问题由人事局拿规划，不一而足。于是，各个部门立即加班加点认真研究讨论。

不料，规划方案拿出后，到了欧阳德手上，统统又给否掉了。理由是视野不够，眼光短浅，得重新规划。

比如说水，当时东莞市供水局提交的方案是将每天的水产量提高至三万至五万吨。欧阳德说不行，应该要上二十万吨。电也是如此，大家开始提出的方案非常保守。欧阳德则在图纸上大笔一挥，说是要修建两个大电厂，一大批变电站，还要建设一个22万千瓦的大变电站！

不难看出，东莞地级市第一任市委书记是一位魄力十足的改革家，采用的是大规划大建设的发展方式。欧阳德甩开膀子大干了！

改革家的一个共同特点是超前。事实证明，也正是因为有了这一点，东莞才走到了今天这一步。

电的问题相对好办。通过努力,省电力局对东莞的支持很大,不仅对变电站的项目进行投资和改造,联上电网,也做了许多技术支持工作,毕竟东莞用电量大,抵得上中山、佛山、南海几个地方的用电总和。水的问题也容易解决,向银行贷款,建个水库,此后以收缴水费的形式还款,再说22万吨的水源当时投资仅需一亿多。通信问题也得再上一个台阶,当时整个通信项目改造需要十五亿,但因有银行贷款,这个问题也不算太难。

难就难在路上。

众所周知,东莞最大的发展瓶颈就是路,虽然80年代初中期也开始把一些泥泞小道铺上一层柏油,但那种路的承载力实在有限。

随着农村工业化的推进,许多来料加工厂也顺着那些窄窄的简易公路进到了乡村,几年发展下来,问题也随之而来,许多集装箱车必须来来回回出入东莞,那些司机一说起东莞的路就摇头叹息:东莞的路实在太难走了!当时在香港货柜车司机中流传着这样的话:不怕东莞佬,最怕东莞路。

东莞当年打下的这些微循环的根基实在太薄弱了!

路这个难题明摆着,肯定是东莞发展的一个拦路虎。

起初公路局拿出的方案是在原来的道路上加以拓宽,可欧阳德大手一摇:不行,应该建四条主干道,而且要把路拉直拉平,标准拉高,搞成国家一级公路!还要在全东莞建十三条联网公路!

这样的大动作分明是一场"大跃进"呀!

有人心里犯嘀咕:好事是好事,可事情哪那么容易?

事情的确不容易,因为四条主干公路和十三条联网公路的投资需要近二十个亿。

二十个亿!天文数字啊!

愿望是美好的,现实是冷酷的。东莞的财政收入只有几千万。

让几千万变出二十个亿?怎么变?东莞的这些干部都茫然地看着书记。

欧阳德说:"事在人为嘛!"

有了书记的这句话,于是大伙儿开始充分开动脑筋,一番热烈的讨论后,一致认为最佳方案是去银行贷款。然而此方案很快就被推翻,因为大家跑遍银行,所有的银行都无奈地摊开双手:上面有政策,我们没法放贷给你们呀。接下来,大家又开始热烈讨论,讨论的结果是找外商合资,于是大家又分头行动,通过各种关系去游说外商。可外商们对此并没有多高的热情和积极性。再次讨论时,大家总算想了一些对策,和以前修路的形式一样,采用土办法:市里面出水泥,镇下面出劳力、出土地……

但还是不行,钱差得远着呢!

这一天,东莞市委大楼的会议室里,气氛异常凝重。欧阳德一上来就说:"同志们,时不我待呀,关键是我们要有变的决心,才有变的行动。抱残守缺是活不出个人样来的。"说到这儿,他扫视着在场的每一个人,目光中透出一种威严。停顿片刻,他抛出了一个令所有在场的人大为震惊的构想:由市财政来做担保,用民间集资的办法,筹集十亿元,以后再用收过路费的方式偿还借款!

向企业以及老百姓借钱?这个动作太大了!立马,东莞市委这套班子就形成两种意见,赞同的自不必说,反对的则主要着眼于风险。

实际上,东莞的领导都不是胆小保守瞻前顾后之人,他们乍一听这个方案,也是怦然心动,因为经过前段时间在基层的调研考察,他们也目睹了东莞的窘境,也清楚问题的症结所在,也希望能找到一个快速解决问题的良方妙策。但,这个别出心裁的集资方案也太离谱了,那可不是一般的风险啊!

首先,全国上下正在搞宏观调控,不主张搞大规模的基础建设,在这种大气候下,我们这么做不是和国家政策背道而驰吗?关键是现在进行宏观经济调控后,外商对中国的投资也开始谨慎起来,很多外商开始往回撤资。在这样的形势下,你怎么就能保证将来会有外商进来?

不光风险大,实施难度也大,老百姓的工作肯定不好做!这种担忧不是没有根据的:前几年就有氮肥厂之类的东莞国有企业搞过集资,开始许诺得天花乱坠,可后来,这几个厂效益不好,亏了,老百姓的钱也没了影子。为这事老百姓怨声载道,还来过市里上访,到现在这笔钱还没还上,现在又向他们搞集资,他们还肯掏钱吗?

总而言之,不合时宜,集资大搞基础设施建设这条路看上去前景并不乐观,何不等等再说?

这事要是搁在一般人头上,也就几声浩叹,等等再说也不迟。但欧阳德不是一般人,认准的事绝不会轻易退缩,他当即表态,不能等,这个项目一定要上,这个款一定要筹!

紧接着,在进一步细化具体操作方案时,欧阳德又提出一个更令人咋舌的想法：所有东莞的车辆包括摩托车都要交费。理由是"你这些车辆要走这些路嘛，既然你要经过的话，你就得交费，只不过现在我一次性地提前把你的过路费收上来了"。还有人头费，比如说企业的打工者，向他们每人收一百块钱，这笔钱跟企业的老板要；有固定工作的人，向他们每人借一个月工资……

所有人都感觉到，欧阳德此举乃背水一战。

集资方案向社会推出后，造成的强烈反响，完全没有出乎人们的预料。欧阳德立马陷入了老百姓口诛笔伐的围剿中。车主们骂爹骂娘，老板们牢骚满腹，老百姓更是难听话满天飞。一所学校的老师们因操作者没讲清缘由，看到自己无缘无故被借去一个月工资，愤怒了，一封揭发信告到了全国人大……

此时的欧阳德穿行在人们的不解和谩骂之中，在一个又一个巨浪的拍打中艰难前行，内心承受着巨大的压力。然而，无论如何，他必须把这件事往前推进。万事开头难，欧阳德便从动员机关人员做起，他要求大家"带头交钱，有多少钱交多少钱"。

为了吸引更多的人入股，市委又开出比银行利息高一倍的优厚条件，年息十四厘。欧阳德说："我们也要给东莞人做点好事，利息高一点，给群众一点好处。另外，我们通过集资款把基础设施修好了，岂不是一举两得？"

这波未平，那波又起，老百姓的积极性又引发出银行战线的不满情绪，因为这一集资影响了他们的存款业务啊，于是东莞几家银行的领导便私下联合起来，也准备来封告状信。欧阳德听说后，赶紧召集他们开会，耐心向他们解释："东莞的存款递增了一百个亿，我们的集资才十个亿，这根本不会影响到你们的存款啊……"欧阳德说得有理有据，几位领导听后，思想竟也通了很多，算了，不告了。

正当集资风波闹到中央还没完全消停时，偏又冒出另一档子麻烦事来。

这档子麻烦事和刚刚开工修建的第一条路有关。

第一条路叫莞长路，起于莞城止于长安镇，途经大岭山镇。

这条路在外人看来没什么问题，可稍一打听，问题就来了，因为那个大岭山镇偏偏是欧阳德的家乡。于是乎，"欧阳德徇私舞弊、以权谋私"之类的话就一传十、十传百地传开了。老百姓本来就对集资一事有一肚子怨气，一看原来是市里的大领导为了自己的家乡做贡献，这能不让人愤怒吗？愤怒中的老百姓一呼百应：告他去！于是便有了本章开头郑锦滔市长被梁灵光省长叫去问话的那一幕。

那天,在梁灵光的办公室里,郑锦滔一五一十地向省长汇报起事情的来龙去脉:"省长,其实一开始我们的确没打算先修莞长路,也是想要先修107国道那条路的。但后来我们发现一个问题。您看,这是107国道,如果先修这条路,那么修路时,这条路的交通肯定要受影响,但是这条路对我们来说非常重要,从莞城、厚街、虎门、长安这些地方去深圳都必须经过这条路,是唯一的路,而且从这些地方去深圳的车最多。车一多,我们再修路,那么,这条路就很容易被堵死,这样外商的货车就麻烦了,问题就严重了,肯定会影响生产。所以我们就琢磨,应该先修好莞长路……"

梁灵光一直聚精会神地听着。听完郑锦滔的汇报,他点头表态:"我明白了。你们这么做是没问题的。"

回到东莞,郑锦滔立即组织召开全体干部大会,把修这条路的原因又向大家做了详细解释,让基层干部再逐一将这件事向群众解释清楚,把误会消除。

"路开通后我们才发现,市里面的做法是完全正确的。东莞到广州,从莞长路出发比绕到虎门、长安走,短了13.5公里。从长远来说,节省多少油量,节省多少时间啊。"一位老东莞人这样告诉我。

种种风波尘埃落定,东莞升为地级市后第一场声势浩大的基础设施建设大战开始了。

从1989年初开始修路,到1994年,四条主干道和十三条联网公路才全部全线贯通。不要小看这几条路,这可是东莞交通的大动脉,也让东莞的城市建设上了一层楼。所以,很多人都说,东莞路网的正式完善,还是从四条主干道修成才开始算。1995年,东莞公路密度每百平方公里达到92.9公里,而全国平均公路密度仅为每百平方公里11.6公里,东莞公路建设居全国领先地位。

1992年,对改革开放的中国来说,是个让人们难以忘却的年份。这一年的年初,邓小平同志来到湖北、广东、上海考察,发表了一系列的讲话:"改革也是解放生产力","改革开放胆子要大一些,敢于试验……看准了的,就大胆地试,大胆地闯……"

小平同志的话如同一股暖流,一下子温暖了东莞大地,也使得持观望态度的外商们立即行动起来。

东莞人这时发现,东莞的这一特立独行可真是占尽了便宜。在当时治理整顿的背景下,全国各地的基础设施建设处于缓建状态,故而当时的水泥、钢材价格猛落,东莞此时不但捡了个成本低的便宜,一公里的公路成本仅四百万元左右，同时还救活了自己的一些水泥厂。东莞的基础建设响起凯旋之歌时，中山、南海等城市的领导过来一瞧，纷纷发出"东莞超前"的感叹。当他们也回去跟进时，成本已翻了一番，建一公里八百万元都打不住。

不仅如此，此时的东莞更是抢足天时，成了外商们的首选之地。在这么一个明朗化的喜人形势下，"大路大富，小路小富，无路不富"这句话的效应在东莞也变得立竿见影。

短短两三年的时间差，东莞一个龙腾，一下子跃到了"广东四小虎"之首。

这一跃，跃得漂亮，跃得奇丽，跃出了东莞改革开放史上的又一个新篇章！

当东莞这一轮的基础建设差不多告一段落时，东莞人突然发现，身边的台湾人开始多了起来。

实际上，刚刚升为地级市的东莞，在大修道路的同时，也进入了一个全民大招商的轰轰烈烈的新阶段。穿针引线，以乡引乡，渐渐地，香港人把台湾人也给介绍进来了。

招商升级了！

近二十年之后，在东莞的台商及眷属已超过十万人，是全国台商聚集密度最高的城市之一。截至 2007 年年底，东莞累计引进台资企业六千多家，引资额占全省的三分之一、全国的十分之一。

说到东莞后来的当家产业——电子信息产业，不能不提石碣镇。

早年，石碣之所以为世人所知，是因为它是明末抗清英雄袁崇焕的故乡。这个民风淳朴的鱼米之乡后来令人注目，则是因为它在十几年时间内迅速成长为 IT 产品国际生产基地之一。这个面积不足 36 平方公里的地方，聚集了 450 家电子企业，18 家著名的跨国上市公司。

小小的石碣镇究竟有何"磁场效应"，形成如此庞大的电子产业方阵？这实在令人称奇！

说起来，改革开放之初，石碣镇的起步曾经充满了艰难，难就难在没有路。当年的石碣与莞城之间，因相隔一条东江，使得石碣镇远远看上去就像座孤岛一样，去哪里都得先渡河。这个被东江水环绕起来的小岛搞农业曾经顶呱呱，1978 年还被农业部评为全国农业系统先进单位，但从农业转向工业，却实在踏不出路来。石碣当年的招商引资可真是难！石碣领导没少往深圳口岸跑，在那里望眼欲穿，指望能拉来财神爷，后来还真的拉回一个。渐渐地，石碣的招商引资总算有了起色，但跟其他发达镇区相比，还相距甚远。

1989年这个年份对于石碣镇来说，意义非常特殊。就在这一年，石碣镇拉开了通向IT重镇的序幕。

这个序幕是被一个来自台湾的年轻人拉开的。

这个台湾人叫叶宏灯，毕业于台湾东吴大学经济系。当时他在台湾的生意遭遇高成本的压力，迫使他来到大陆寻找发展机会。1989年4月，他来到大陆，去了深圳、广州、大连、苏州等地后，这天在一个香港人的介绍下，他又来到了东莞的石碣。

当初，接待叶宏灯的是时任石碣镇镇长的刘发枝。时隔近二十年，现为东莞市政协副主席的刘发枝对当年的情景还记忆犹新。他回忆说："当时我们的环境的确还不太好，但我们跟他讲了很多我们的规划和对未来的设想，也让他了解了我们的政府班子。他是1989年4月来的，9月份他又过来谈判，当时他还有点担忧，怕我们不负责任，要求和我们绑在一起，于是我们便采取合资方式。我们负责建厂房，再租给他们，同时我们也出了150万，其他流动资金由他来解决。一切谈好后，立马动工，10月就开始生产了。当时他安排的一个月生产量二十天就完成了，他很高兴，立马又增加人员和生产资金。"

石碣镇政府对叶宏灯的创业可谓鼎力相助，这令叶宏灯深受感动。相处一段时间后，叶宏灯跟镇领导们结下了深厚友谊，渐渐也把自己当成了东莞人，反过来帮助他们介绍企业进来。没事的时候，大家就在一起聊天。

通过和叶宏灯聊天，镇领导慢慢察觉到一个现象：台湾很多企业因成本提高的压力，正面临着往外搬迁的抉择。据说，很多企业打了待遇优厚的招聘广告，却招不来几个员工……

这天晚上，镇委书记叶炳基、镇长刘发枝和叶宏灯又聊上了。

"叶总啊，你说你们台湾那边生意不好做，成本都提高了，他们现在正在打算往外搬，是不是？"刘发枝问。

叶宏灯回答说："是啊！台湾货币现在在国际市场上大幅升值，对于做外销的厂商来说，是一件非常不好的事情。成本提高了，他们又困在一个岛上，企业的市场空间肯定要受到很大的局限，所以他们现在的日子都不好过，都在考虑往外搬呢。听说他们已经有一些搬到了东南亚一带。"

"那他们在东南亚办厂办得怎么样？"

"我听说他们在东南亚做得并不好，所以我来你们这儿来对了。"

叶炳基、刘发枝听到这儿，相视一笑，眼里都闪出了光亮。叶炳基问："叶总，那你说，我们石碣有没有这个机会，把他们都招到我们这里来办厂？"

"我最近也在琢磨这事。我认为我们这里有非常有利的一面，主要是大陆的劳动力成本低廉，而且这里的工人勤劳、刻苦，领悟能力很高，手也很灵巧，非常适合做加工制造业，再加上我们同根同源，很容易沟通和融合。所以我也在想，其实这里应该是他们发展的最好基地……"

那天晚上，他们越谈越投机，越谈越兴奋。

第二天，叶炳基和刘发枝把这个想法在碰头会上一说，大家立马兴奋起来：这可是一个千载难逢的大好机会啊！我们一定要不失时机地抓住这个机会，把台湾企业吸引到石碣来！紧接着，石碣领导们多次开会研究商讨，确定了石碣重点发展台商的大思路。思路明确了，目标锁定了，接下来大家立即分头行动，发动一切力量，通过各种关系重点吸引台商。

台商刚进来时都是以租厂房生产的方式进行试探性的发展。几年下来，投资有所回报后，几乎所有的厂家又开始扩大再生产。到了20世纪90年代末，合资公司已成为产业转移的主导力量，两岸间的产业分工已成为我国产业分工体系的一个重要组成部分，并且这种分工逐渐由生产阶段的分工向功能性分工发展。至2002年，台湾盈利最多的二十家上市电子企业中的十四家在大陆设厂，而大陆工厂的盈利成为其台湾母公司的最大利润增长点。至此，在台湾电子产业第一代的转移中，石碣成为珠三角最重要的承接地。

令石碣人更感幸运的是，新千年之后，在石碣增资扩产的台资企业开始出现一个新现象，即有些大厂逐渐把产品的研发中心迁移到了石碣。这不仅标志着石碣镇电子信息产业开始由纯粹加工制造真正向创造型生产转型，更标志着这些企业将被真正留住。

4. 不作为的大作为

1994年4月，李近维再次回到东莞出任中共东莞市委书记，9月，兼任东莞市市长。

时隔六年，今非昔比，东莞的一切都发生了巨大变化。

这次回来任职的李近维也发生了巨大变化。外表虽还和六年前差不了太多，除了眼角略添几道皱纹外，没长胖没增高，但做事风格却明显让以前的老同事们感到了异样——李近维不再是六年前的李近维了。

1983年，在中央举办的学习"一号文件"座谈会上，李近维曾和主办方有过一段语惊四座的对话。李近维发言说："如果我们在执行好今年'一号文件'的基础上，还能执行明年的'一号文件'，那才符合改革开放的大潮流。"主办方诧异："那你怎么知道明年'一号文件'讲什么？连我们都不知道，你怎么执行啊？"李近维一本正经地说："但我知道每年'一号文件'的形成过程，是你们不断总结全国各地的成功经验，通过认真归纳分析论证，才把它写成新一年的'一号文件'。如果我们在贯彻今年'一号文件'中创造性地进行工作，为改革开放探索出一些新的路子，中央认为可以在全国推行而写入了明年的'一号文件'，那不就等于我们今年执行了明年的'一号文件'吗？"全场一片哗然，这个小个头的东莞人说出来的话可够狂妄的！

当年如此狂妄的李近维，在1988年初离开东莞前一直是生龙活虎、胆识俱全。1984年他就提出"农村工业化"这个具有深远意义的开拓性发展思路，并积极鼓励大家贷款投资，硬是让东莞在短时间内摘掉了贫穷落后的农业县的帽子，没想到这次回来却跟换了个人似的。

所有的人都明显地感觉到，李近维变了！话说得再直白一点，李近维变得保守了，变得缩手缩脚了。

有例为证。

有香港大老板前来谈判，想要出资收购东莞的电厂。李近维的回话只有两个字：不卖！

又有香港大老板放话过来说要收购东莞的一条公路。手下的人眉飞色舞地过来汇报："人家大老板这次很有诚意，价格出得很高。您说几个亿人家都说可以商量啦，而且……"汇报者特意略做停顿，故意把"而且"两字拖长，"人家还说要把这条路反承包给我们，只收17%的回报。而且，人家老板说了，二十年后还把这条路送给我们！"汇报者紧盯着书记，希望自己的兴奋和喜悦也能尽快地感染他，"书记呀，我们东莞的好机会来了！您算算，我们现在集资款的利息普遍是年息十八厘，甚至二十多厘，人家的回报只要十七厘，比通常的还低呢，再说二十年以后这条路又是我们的了……"汇报者以略带夸张的激情说了半天，期待着李近维能够附和他。可自始至终，李近维一直平静地听着汇报，脸上没有任何表情。临走时，汇报者又言："李书记，您快表个态吧。事不宜迟，别的城市也都跟我们抢这桩生意呢。您就快决定吧！"不料，李近维最后的决定还是两个字：不卖！

李近维到底想干什么？他跟钱有仇？难道六年过后，他开始在意起自己头顶上的乌纱帽了？他当初的胆识和魄力哪去了？

眼睁睁地看着别的城市乐颠颠地忙着跟那个大老板签约汇款，也眼睁睁地看着有的城市欢天喜地向香港大老板们纷纷卖这卖那，很多人暗自嘀咕开来：这么好的买卖不做，傻不傻呀？

不但别人不明白李近维为什么犯这个傻，就连李近维身边的秘书也不解，好奇地问书记为什么要放弃这笔天下最划算的大生意。

李近维没有立即回答秘书的问话，拿笔低头在纸上算着什么，不久，回过头来问秘书："你想不想变成百万富翁？"

秘书莫名其妙地看着书记，如实回答："想啊，但不敢想，那是不可能的呀。"

李近维说："那有什么不可能的。你要成为一个百万富翁很容易的呀！刚才我已经替你算好一笔账了。只要你从家里凑够五万块钱参股买我们一条公路，我们给你17%的回报率，获得的利润能以17%回报率继续投资的话，那么二十年后你就是一个百万富翁了。你知道五万块钱17%的回报率，复息计算，二十年后是多少吗？是本钱的二十多倍啊！都超过百万了。到时候你还可以把那条公路送给我们政府，我们政府多感激你呀！"

秘书似有所悟，但还是不解："问题是我们目前的利息本身就很高，十八厘或者二十厘呀，甚至还有更高的，我们怎么会亏呢？"

听到这话，李近维的眉头渐渐拧了起来，他背着手在办公室里慢慢踱起步来，似乎对秘书说又似乎在自言自语："是呀，我们现在的利息是那么高。但这样下去行吗？那么高的利息是绝对维持不下去的，将来肯定要出事的！"

秘书看着神情严肃的李近维，默默地听着，不知道该如何回答。

半晌，李近维突然停住脚步，问秘书："我问你一个问题，你知道困难的爸爸妈妈叫什么名吗？"

秘书困惑，不知书记这个葫芦里又在卖什么药："困难怎么会有爸爸妈妈呢？"

"有！"李近维一脸认真，"困难的爸爸妈妈就叫做昨天的失误，同样，今天的失误就是明天的困难。你看呀，以前我们运用的发展手段，不就是从外面拉一些企业进来，从农民那里拿一些土地，从本地和内地再招一批劳动力吗？更值得注意的是，我们大量利用高息贷款建这建那。但你知道吗，现在这种发展手段已经走到极限了，再这么下去就会成为困难的爸爸妈妈了。我们决不能制造明天的困难。现在必须消除各种隐患，把对明天产生不利影响的种种隐患都认真消除！"

"怎么消除？"

"我心中已经有一个方案了。"

李近维所说的方案就是后来他在东莞市第九次党代会上提出的"第二次工业革命"。关于"第二次工业革命"提出的背景和思路，李近维这样告诉我："我1994年再调回东莞工作时，就感觉到东莞原有的发展模式即将走到极限，再不转变，就不能继续前进。但转型升级是需要时间的，首先要提高经济管理水平，从内涵挖掘潜力，提高经济素质，眼下最关键的就是要解决经济风险这个问题。其实我在惠州时就开始思考这个问题了，这不是个别地方的事，不少地方都存在。我们的经济建设中隐藏着巨大的风险，尤其是高利息集资发展，利息那么高，甚至年息三十厘都有。回过头来再看看我们的这些工业，能够拿到那么高的利润吗？我感觉这样发展下去肯定是要出问题的。虽然当时我还不知道后来会发生金融风暴，但我觉得我们必须得为明天排除困难。该怎么排除呢？首先是要心中有数，要让大家知道自己底子怎么样，所以我就给每个单位发了张表。"

东莞市委、市政府给每个单位发表的行为被称为"摸清家底"，即摸清各政府、企业等所有单位的资产情况。

不料，李近维"粗略"的这一"摸"引发了不少意见。谁愿意把自己的家底亮个底朝天？先不谈企业，首先各镇掌门人就思想不通：别的城市都在热火朝天地大搞经济建设，你追我赶，较着劲地加快发展步伐，你李近维新官上任要烧火我们能理解，可要烧火也应该在发展速度上猛烧几把才是，那些送上门肥得流油的大买卖你不做，现在却关起门来搞清查，这算哪门子事嘛！有这个必要吗？

在一次书记会议分组讨论的时候，有些镇委书记终于忍不住，直言不讳地提意见了："李书记，您去惠州以前不是一直思想很开放的吗？不是总鼓励我们贷款吗？这次回来之后，我们怎么感觉您变得保守起来了呢？"

"是呀，李书记，您现在是怎么了？"另外一个镇委书记也出声附和。

闻及此言，李近维没有立马回答，片刻，他站起身来，把自己坐的椅子往旁边挪了挪，抬脚跨到椅子上蹲了下来。

大家观察着李近维怪异的一举一动，心中纳闷：书记今天要演哪出戏？

这时，蹲在椅子上的李近维开腔了："你们大家看着，我蹲在这张椅子上，现在呢，我可以蹲到椅子的最边边上，我都不怕。你们说为什么？"

会场上一片寂静，大家你看看我，我看看你，再看看蹲在椅子上的李近维，觉得这场面有些滑稽。

见无人搭腔，李近维便自己作答："因为这椅子离地面近嘛，我即使摔下来最多也就是擦伤一点点皮，感到痛一点而已。但是，假如你让我蹲在一个离地面十几层楼那么高的地方，没有墙挡着，也让我这么蹲到边边上，你们说我敢吗？"

会场开始有了骚动，还有一些交头接耳的议论声，也有人笑出了声。

李近维却一脸严肃地说："我不敢啊！我害怕啊！因为这个危险就大了

嘛！我蹲得那么高，又没有墙挡着，蹲都蹲不稳，我的心能不慌吗？不错，我去惠州以前，确实鼓励你们贷款，但我现在又要求你们了解自己的底子，尽快减轻债务。这是什么原因？在这里，我希望同志们清楚负债量和负债率的关系，就像蹲得离地高与低，有没有墙壁挡着那样。负债量少时，负债率低，不怕；负债量大的时候，如果我们集体经济的管理不那么到位，这就非常危险了，就像蹲到几十层楼高的边边上又没有墙壁挡着一样了。"

说到这里，他站起来，提高嗓门对大家说："我所做所讲的这一切，为的是请同志们注意和更好地应对面临的经济风险。从现在开始，我们每一步都要力求稳重。最关键的一点，先全部清还高息集资款和逾期被罚息的贷款，逐步把资产负债率给降下来。当年我是主张贷款，市里还帮你们贴息。那时候情况不一样，刚刚起步，需要贷一笔钱来启动经济。但经过这么多年的发展，又用了农民那么多土地，现在就要特别强调增强自我积累自我发展的能力，增强防范经济风险的能力，要从靠举债建设转向以自我积累为主进行建设了。改革开放政策那么好，我们只能为国家为集体为人民创造财富，而绝不能把一堆烂债留给后人。我们从弄清家底做起，为的是心中有数，提高经济管理水平，堵塞各种漏洞，把防范经济风险的工作做在前头……"

各镇领导领会了李近维的意图之后，接下来的局面也就顺利打开了。

作为一个外地人，我在采访李近维前，对他的了解和印象非常模糊。在东莞采访期间，我强烈感受到的都是东莞人的胆识和魄力，他们敢想敢做，敢闯敢冲，尤其东莞的领导更是思想开放，所做的事情大多是石破天惊的大手笔。然而，从 1994 年起，东莞突然沉寂下来，前几年高歌猛进的发展步伐在此时好像突然放缓。

的确，1994 年到 2000 年是东莞无声无息的几年，然而此刻，当我写到这里时，不由得有些动情。殊不知，这种无声无息，差点掩盖了一个真正的英雄时代！此时无声胜有声啊！

东莞人不知道，他们记忆中那风平浪静的几年，曾躲开了一个怎样的暗礁呀！

1997 年，一场突如其来的金融风暴在泰国悄然登陆，很快席卷整个亚洲，使全亚洲的经济遭到毁灭性打击。这场风暴给中国也带来了巨大的打击。虽然在朱镕基总理经济软着陆的政策下，风暴对中国的影响被减到最轻，但对经济的冲击仍然是巨大的。中国的广东省首当其冲。1998年，广东省的经济形势十分严峻，出口下降，内需不足，投资增长乏力，经济增长的速度不容乐观。

面对这种形势，党中央、国务院采取各种应对措施，并给广东调拨了380亿的借款。广东的各个市都纷纷地向省领导伸出了手。

只有一个城市，没有在这个艰难时刻伸手。

领导把疑惑的目光投向东莞。个头不高的李近维坦然回答："我们东莞不需要！一分钱也不需要！"

这怎么可能？领导一下子惊呆了！东莞这些年发展那么快，发展路数和其他城市大同小异，现在这么多城市出现了危机，你东莞怎么就能安然无恙躲过劫难？不可能呀！

李近维接着说："我们不但不需要借钱，而且东莞的金融部门还欢迎你们来拆借！"

各市的领导惊呆了！

省里的领导惊喜了！

中央的领导笑开了！

不可思议呀！这样的事只有东莞人才能讲得出来，而且他们确实有这实力！

1999年5月，中国人民银行广州分行专门组织有关人员，对东莞市金融运行情况进行了全面调查，撰写了系列调查报告，证实东莞是金融安全区！

真是太不可思议了！

回想起前几年李近维的"不作不为"，人们渐渐领悟过来，原来这种不作不为正是大作大为呀！东莞人在骄傲和自豪之际，更感到了幸运——庆幸他们在这个特殊的时期拥有一个料事如神的当家人，一个精打细算的好管家！

有着远见卓识的李近维，成功地让东莞躲过一劫。

让东莞人更感幸运的是，东莞因此在外商眼里成了"金融风暴避风港"的代名词。东莞凭借着金融安全区的独特优势一下子把台湾的大批企业吸引进来。

台商们这时候涌进，不仅带动了东莞的经济发展，更使得东莞的产业迈上了一个新的台阶，因为此时进来的大多是电子通信方面的企业，科技含量高啊！东莞的工业开始升级了！"第二次工业革命"的产业转型也因此迈开了新的步伐。

李近维新官上任时的几把火直到三年之后才让所有的人看到了熊熊火光。

东莞这只凤凰在这迟来却绚丽无比的烈火中开始了又一轮的涅槃!

1999年,东莞市以工业总产值、外贸出口总值、全市公有资产、金融机构人民币存款余额等四项首次突破千亿的骄人业绩,迎来了新世纪的曙光。

新千年伊始,李近维躲在办公室里拨打着算盘偷偷在乐!他的乐是东莞老百姓无法知晓的。东莞不但不需要像兄弟城市那样向国家伸手借钱,而且还悄悄攒下了一大笔发展资金。

接下来真正该乐的是东莞的老百姓了,从城市居民到农村农民,每个老百姓在心底深处乐开了花。2000年12月25日,东莞市16.2万农村老人喜气洋洋地领到了他们一生中的第一笔养老金。这个举动标志着东莞市农民基本养老保险制度宣告成立,也标志着东莞市成为中国首家建立农民基本养老保险制度的地级市。紧接着,东莞市委、市政府又相继推出了全民社保和全民医保等一系列的重大举措。

阳光照射到身上才会让人感到温暖。东莞,让全国的老百姓都羡慕不已!

驰笔至此,我突然又想起李近维当年在学习中央"一号文件"座谈会上的那个狂妄的发言,细琢磨,突然有所感悟:东莞这些年的巨大变化,不恰恰印证了东莞所走的每一步,都是在执行明年的"一号文件"吗?

5. "经营城市"的指挥棒

2001年5月31日上午,中共东莞市委书记、市人大常委会主任佟星步履稳健地走进会议室。在这天召开的东莞市委工作会议上,佟星提出了东莞新的城市功能定位——现代制造业名城。他环视着每一位与会者,充满豪情地指出:"东莞未来几年总的计划是:今年掀高潮,年年有重点,一年一大步,五年见新城。在城市建设上,将突出抓好以9.9公里长的东莞大道为纵向中轴、面积约15平方公里的城市新区建设,逐步形成新城傍山、旧城依水、环城大道连接山水的市区整体布局。今明两年,城市新建重点工程,包括行政办事中心、会议大厦、图书馆、展览馆、科技馆、青少年文化活动中心、大剧院、海关大厦等都将全面启动……"

很快,被媒体称为开启"造城运动"的东莞成为珠三角乃至全国关注的焦点。

如今,所有到过东莞的人都会深深惊叹于它通体散发出的炫目光芒,它的魅力令人痴迷眷恋,它的美丽让人魂牵梦绕。短短几年时间,它就像灰姑娘穿上魔幻的水晶鞋一样,神奇地变身为美丽公主。

这不是神话,然而横空出世的东莞又恰似一个神话,奇迹般地崛起在中华民族的版图上,发出耀眼夺目的光芒!

任何语言在这场世纪巨变面前都显得饶舌而愚笨,想要全面描述东莞新城市中心的建设简直是一个不可能完成的任务。每每流连在美丽的新城时,我总想透过这些新颖独特的建筑物感受一下这座城市的真正梦想，它背后的内涵和理念究竟是什么呢？

2008年6月，早已升任广东省副省长的佟星向我解开了这些谜。

"我当书记的时候，有幸面对一个重要的历史机遇，那就是新世纪。当时全世界都对新世纪充满了憧憬，都想在新世纪创造一段新的辉煌，我们也一样。我们希望把东莞建设成一座既兼顾人的全面发展，也兼顾产业升级，同时兼顾人与环境的关系的城市。在这个思路下，我们在推动东莞的城市化和工业化进程方面进行了一些探索。由于大刀阔斧地推进，短短几年时间，城市功能大大加强，自然环境得到重点整治，大企业纷至沓来。东莞的经济实力、城市魅力和创新活力得到了更加充分的发挥。"透过这几句话，我完全感受得到他对当年激情岁月的深深留恋和无比欣慰。

说起东莞改革开放，佟星感慨万千："可以说，在中国农村工业化和城市化的道路上，东莞担当了其中一个先锋角色，进行着最早的实践和探索。在工业化和城市化的探索中，这支先锋部队也尝到了甜头。东莞人对于改革开放的热情是非常高的，当历史提供机遇时，东莞人首先'洗脚上田'，进行着伟大的实践。但是，东莞在这条路上越往前走，就越显露出先天不足，因为主体都是'洗脚上田'的农民，你让他有很鲜明的城市发展理念，那是苛求，非常不现实。因此，在面对新世纪这个重要机遇时，我们应该清醒地认识自己、总结自己，我们的城市功能还很弱，以前我们主要考虑的是把工厂办起来，做大蛋糕，并没有很好地把工业化和城市化的关系、人和自然的关系以及人的全面发展统筹起来考虑。中国特色社会主义的理论是很深刻的，东莞的实践就要跟这个理论紧密结合起来……"

东莞在新的历史性机遇下如何发展，在佟星的头脑里日渐形成了一个十分明确的意识：城市化是人类社会发展的共同规律，世界经验表明，当一个国家的城市化水平到了30%时，城市化速度加快上升，一直到70%才平稳下来。显而易见，中国的城市化进程已开始起飞。在城市化的进程中，政府的职能也应跟着转变，应该从建设城市到管理城市，再从管理城市到经营城市，从而更有力地推动城市升级。

经营城市，这在当时是多么新鲜的一个概念！在实践中，这个概念很快转化为一系列实实在在的举措：市委、市政府成立了土地储备中心，采取与农民共享收益的政策，提高土地的开发使用效益，进行大规模的基础设施建设和城市建设。几年后，当宏伟蓝图一一实现后，东莞的城市形象已经发生巨变，土地也因此升值了。

历史一再证明，一个城市的成功发展与出色的政府领导有很大关系。

值得一提的是，2001年佟星带领着新一届领导班子以杰出的智慧和非凡的气魄提出了东莞的城市定位——现代制造业名城、文化新城、生态绿城，为东莞的明天勾画出了一幅气势恢宏的发展蓝图。

细细推敲，这样的城市定位在全国堪称典范！

"有了明确的定位，那你的起点和你采取的措施就会不一样。比如要搞出一个生态绿城来，要花多大的精力，要改变多少观念呀。就像现在一样，我们在提出三个文明的基础上，又加上一个生态文明。一个社会要可持续发展，必须要注重生态文明，否则将来大家就会失去宜居家园，失去前进发展的基础。"佟星侃侃而谈。

我查了一下资料，发现在2001年就提出"生态绿城"定位的，全中国也只有东莞一家。其实，敢于将城市定位成"生态绿城"，那可是要下本钱的。有一个数字足以证明东莞在这方面下的功夫，仅2004和2005这两年，东莞市镇两级买树的投入就是27个亿。

之所以舍得斥巨资，在佟星看来这是一个非常简单的道理，因为城市定位是和产业升级紧密相连的。佟星曾在大会小会上反复向大家灌输这样的道理："城市化的本身是什么？是不断地为产业升级开辟道路！是为人才成长提供更优良的条件！没有城市化就没有产业的升级。换言之，有什么样的环境，才会有什么样的产业。没有一个好的城市环境，就不可能聚集高素质的人才和高新技术企业，那就不能形成真正的辐射。一个城市的魅力，就是城市功能辐射出来的魅力。没有较为齐备的城市功能，这样的城市将毫无竞争力。"

遥想当年，孔夫子周游列国后，提出了观察一个地方政治、经济治理状况的标准：远者来，近者悦。这句话，在穿越了几千年的时光之后，在东莞找到了落脚点。

东莞所发生的世纪跨越不仅是一次伟大的物质文明大跨越，更是一次影响深远的城市文明大跨越。回忆起自己在东莞当书记的那些年头，佟星感慨他还遇到了一个重要的历史机遇："2003年胡锦涛总书记提出科学发展观之后，各地都在思考如何科学发展的问题，我们也进行了思考。东莞在科学发展观的指引下，重新调整了自己的思路，在原来的'一网两区三张牌'的基础上，又提出了'一城三创五争先'。这就是：围绕建设现代制造业名城的目标，创新发展模式、创新发展环境、创新发展能力、全面提升城市的综合竞争力，在外源型经济、内源型经济、城市建设、文化建设、党的建设等五个方面争先创优，形成新的发展优势和增长动力，实现全面、协调、可持续发展。"

东莞人在这样的大思路下，前进的步子迈得更大了。呵，美丽新东莞的铸就不仅仅需要汗水，更要有全新的理念。正是因为有全新理念铺垫的城市的根基，迷人的东莞才会更加辉煌……

2007年，我来到了东莞风光旖旎的松山湖。

置身松山湖，恍如进入了诗画般的仙境。东莞居然还有这么一处"世外桃源"。峰峦绿树倒映湖底，波光烟雨青翠流荡。八平方公里水面的松山湖，被称为"松湖烟雨"，是松山湖区的主要景点。水光山色间，一幢幢造型张扬而独特的景点建筑仿佛是神来之笔……

其实，松山湖山美水美，内涵更美。

对东莞人来说，如果说虎门代表着过去，那么，松山湖则昭示着未来。

这个昭示着东莞未来的松山湖，当初又是如何被东莞人挖掘出来的？这精神动力来自何处？

早在东莞人刚刚迈向21世纪之初，重新审视自己时，突然发现自己正面临后劲不足、产业升级难的瓶颈。以加工为主的产业特征，对东莞未来的经济社会发展产生了一定的制约。东莞受到的土地制约、人力制约和环境制约，已到了不解决就难以可持续发展的时候了……

松山湖科技产业园区应运而生。

建出一个72平方公里的发展平台，在中国可不多见，那可需要非同一般的魄力和胆识。当然，松山湖的意义不在于有多大，而在于它肩负的创新使命。

"我们对于松山湖的思考，是出于对东莞整个产业发展后劲的一种焦虑。因为我们处在产业链的最底端，要想调整产业结构，转变增长方式，就必须打造一个具有强大功能的承载人才和技术的新平台。没有这样一个平台，我们所希望的一切都是纸上谈兵。"佟星说。

2007年，松山湖园区实现工业总产值110亿元，比上年增长45%。

松山湖作为东莞提升产业的龙头才开始起步。东莞这三十年，如果说前二十年是奋发图强、改变落后面貌、在全中国打下"东莞制造"盛名的时代,那么,进入新世纪,从"东莞制造"到"东莞创造",不正是东莞于荆棘中开辟出的一条未来发展之路吗?松山湖的未来发展,必将使东莞续写领先的奇迹。

东莞由此踏上全面发展壮大、再创辉煌、再写风流的新征程。

第四部：
对外开放从"中国海"启航[*]

[*] 本文采写于2008年。

导　言

　　1977年，中国要成为现代化强国的目标已经确定，然而中国的经济以何种方式前进，掀起了当时最激烈和最热闹的冲撞与交锋，这就是：表面上热气腾腾、实际上危机四伏的"十年规划"与表面上冷峻、实际上在聚集冲刺力量的"调整、改革、整顿、提高"之间的冲撞与交锋。前者，显然有过多的"左"的印迹，后者则贯彻了"实事求是"的精神。但两者之间哪一个更符合当时的国情，统统都将在1978年得出结论。

　　此时的农民革命，尚在边远和落后的安徽小岗村及浙东的台州一带孕育小股旋风，并没有形成暴风骤雨。而作为工业战线的"领头羊"和国家经济生命线的石油工业，已经成为以上两种方针冲撞与交锋的中心地带。

　　任何回避都无济于事。中国的经济巨轮要起航，石油旗舰必须先行。于是，要不要西方石油公司进入中国领海作业，成为那时我国对外开放首先要考虑的问题。其过程，曲折而精彩！倘若不记载这段光阴，将是严重的历史缺憾。

1. 墨西哥湾的海风

1978年1月5日下午3时40分,华盛顿杜勒斯机场,TWA891航班徐徐降落,以时任中国石油部常务副部长孙敬文为团长的"中国石油公司代表团"抵达美国。时任中国驻美联络处主任韩叙、美国能源部官员柏尔格德和美中贸易促进会及华侨代表数十人到机场迎接。简单的欢迎仪式后,代表团乘车到了绍汉姆酒店。

"一路辛苦了!晚上我给大家安排了一个台湾人开的中餐馆,你们看怎么样?"韩叙同志热情地询问大家。

"台湾人?那……我们能去吃吗?"有人小心翼翼地瞅着团长孙敬文,看他怎么说。

孙敬文也愣住了:"这个……韩主任,我们听你的。出国前,外交部的同志说得很清楚,到了美国,该见什么人,该说什么话,衣食住行,都听你们联络处的安排。"

韩叙笑了笑,说:"目前在美国的中国人都是从台湾来的,大陆的基本没有。台湾人在美国,多数也是来做生意的,他们没有什么政治背景,所以我们去他们开的中餐馆,没有什么关系。"

"那就去吧!我们乘的是外国航空公司的飞机,一路上尽是面包、三明治什么的,吃得直反胃……现在就想吃咸菜、小米粥。"团长的话说到了全团人的心坎上。

"对对,就只要咸菜、小米粥!"

代表团秘书长秦文彩也乐了:"好啊,要这样下去,我们这次出国就可以省下不少伙食费了!"

"哈哈哈……真是穷疯啦!"一个玩笑,使大家心里初来美国的那份紧张顿时烟消云散。

"你们都听着啊:咱石油代表团代表的是中国,我们时时处处要给中国人长脸。就是吃饭,我们也不能显出穷酸相,该吃白米饭、吃红烧肉的,照吃不误!在外国人尤其是在美国人面前,绝不能太小气!"孙敬文发话了,他的话不说倒还好,一说更惹来哄堂大笑。

"这到美国来还整天吃白米饭、红烧肉,人家可真要把咱们当贫民窟出来的穷鬼啦!"

"是吗?"孙敬文有些莫名其妙了,便悄声问韩叙,"哎哎,你说富一点的美国人,平时他们都吃什么呀?"

韩叙想了想,说:"也没有什么好的,就是牛排、奶酪、汉堡包。"

"哎哟,千万别再跟我提那奶酪、汉堡包了!我一闻就想吐。"个子高大魁梧的孙敬文,做了一个弯腰疼痛的样子,可怜又好笑。

"那孙部长您可就要受苦了,这儿除了汉堡包、奶酪,就是奶酪、汉堡包。"韩叙说。

这回轮到孙敬文露出了笑容,只见他胸有成竹地踢了踢脚跟前的一只纸箱,说:"里面尽是麦乳精,够我吃一阵子的。"

韩叙苦笑着摇摇头,心里说:也就是我们中国人有能耐。

6日,上午9时左右,代表团便来到了美国能源部大楼。二楼会议大厅内,代表团听取了美国石油专家所做的关于美国石油工业发展现状的介绍。交流会一直持续到下午4时,美国人的工作作风给代表团留下深刻印象:虽然是第一次接触,可人家似乎并不拘谨,午餐也是在会议厅里,既方便,又不影响交流。

"美国人为啥对与我们合作开发石油那么热情,言必两国合作开发石油如何如何有前景,如何如何看好呀?"

"我看这美帝国主义者是不是又有什么阴谋和圈套在里面?"

代表团成员对美国专家热情的态度,感到有些意外。孙敬文、李人俊和秦文彩等交换意见后认为,应该说美国在石油领域想与我们中国合作的态度是积极的，不管出于什么样的目的，这个信息应该及时报告国内高层。

晚6时，美国能源部在白宫设宴款待中国石油公司代表团。施莱辛格部长因临时出差，所以宴会由副部长奥莱利主持。美国主人很注意细节，在白宫的宴会大厅里，特意选用了唐代仕女图和中国古代山水风景画作屏风，这让远涉重洋而来的中国代表团有了种宾至如归的感受。

宴会上，奥莱利副部长致欢迎词，再次强调和表达了美中石油合作的愿望。孙敬文团长则以在国内早已准备好的"口径"客气而带有几分含糊地说了些官话——那个时候出国人员到国外后说什么话、不说什么话，在临出国前都已"训练"好了。这是所有出国官员必须遵守的纪律之一。

"我们中国被人封锁了许多年，过去一直又强调自力更生，所以对外面的世界确实知道得很少。到美国后，发现他们至少看上去也非常友好地要跟我们进行石油工业上的合作，确实有些意外，而且他们的热情和热度，让我们内心一直绷得很紧的那根弦绷得更紧了：是不是'帝国主义分子'又有什么阴谋？是不是他们又想在中国搞什么名堂啊？其实，现在回头再看那段历史，我们才明白，美国人当时确实有诚意想跟我们合作，其目的当然有它作为称霸世界的帝国主义的意图，也有它想拉拢中国并通过发展中国来实现它抗衡、遏制苏联的战略目的……而我们在改革开放总设计师邓小平同志的领导下，正确地利用了美国的这一战略意图，为我国石油工业的发展创造了一个难得的机遇。"多年后的秦文彩，回首当年那段历史时，一针见血地道出了美国人的本意。

进入20世纪最后三十年，世界各国相互之间的依赖性越来越强，那些谋求霸权的国家，也感觉到单打独斗常常会力不从心。而从20世纪60年代开始的帝国主义阵营和社会主义阵营的斗争，也变得更加错综复杂。敌中有我，我中有敌，是当时世界局势的基本格局。第一次中东战争后，以美国为代表的西方势力明显感到了来自苏联的压力——担心一旦苏联插足中东，并控制了石油资源，不仅美国想称霸世界的意图彻底毁灭，而且连美国本土的国家安全都将受到前所未有的威胁。如何阻止苏联的强大攻势、达到遏制苏联的目的，美国人绞尽脑汁，最后还是想到了打"中国牌"——虽然中国曾经让美国人在朝鲜战场上丢尽了脸面，然而政治博弈和国际关系中，从来没有永远的敌人和永远的朋友。

"红色中国，可以成为我们在与苏联较量中的一位暂时的朋友。"尼克松总统在1964年就说过这样的话。于是他上台后，有了不少亲善中国的动作：

结束越南战争，1972年公开访问北京，向中国伸出热乎乎的双手。

尼克松下台后，里根总统向北京派出的第一位美国驻华联络处主任就是老布什——后来的美国总统。美国政府的这一任命，意味深长。

其实这位乔治·布什是个石油实业家，他的政治资本来自他对石油业的成功开发——美国20世纪的政治史，本身就是一部石油发展史。约翰·D.洛克菲勒创立的美孚石油帝国，正是推动20世纪美国走向经济强国、称霸世界的原动力。秦文彩自然不知道，在1958年，他成为中国第一个油田——玉门油田的副局长时，在美国的得克萨斯州，已经有了一家名叫"扎帕塔"的石油公司。当时这家公司在美国众多大牌石油公司中，实在算不了什么。但扎帕塔公司的总裁却是个非同寻常的人，他整天活跃在得克萨斯和纽约华尔街之间，进行着一桩又一桩石油开发买卖与投资，并且很快成为美国石油帝国中的重要人物，同时也在政界积蓄着力量。这个人不是别人，正是乔治·布什，美国第41任总统。

"欢迎各位来自中国的朋友到我家里做客！"8日晚，中国石油公司代表团到达美国著名的石油城休斯敦，已经离任回国的美国前驻华联络处主任布什，特地将代表团接到自己的家里，用家宴款待中国代表团。

"我知道你们不太习惯西餐，所以特意请了中国餐馆的师傅做了几道中国菜……"布什在北京待了数年，十分了解中国人的生活习惯，他贴心、热情地招待了中国石油公司代表团。

"当时我们没有想到的是，在这个优雅而讲究的石油之家，竟然会出了两位美国总统。"2008年初，80多岁高龄的秦文彩在北京东二环的那座崭新的"中海油"大楼里，接受我采访时说。代表团到布什家后，布什夫妇俩先是请他们看从中国带回的各种摄影作品，然后请他们参观了农场。在晚宴上，布什认为，中美石油合作有着非常广阔而美好的前景。中国的大陆架蕴藏着丰富的石油资源，而美国的海洋石油勘探开发技术始终走在世界前列。他相信两国的石油合作会有非常好的前景。

虽然当时大家对美国人格外热心两国合作石油开发的真正意图还不太清楚，但秦文彩他们感觉这话从布什嘴里说出来，可信程度似乎多了些。"因为布什在中国的几年里，对中国还是蛮友好的。"大家印象中这样认为，外交部也这样评价。

然而，秦文彩和代表团的成员们对当时的布什还没有太多的了解。他们只知道布什是石油实业家，做石油生意是他的本行，而并不知道美国政府从尼克松政权开始，就一直以"石油问题"为主线之一，暗中主导着与中国的关系。当尼克松与中国签署《上海公报》之后，就派出了身为石油巨商的布什来中国当首任联络处主任。而这个布什也了不起，他不仅在完成"中国之行"的使命后回到美国当了中央情报局局长，后来还当上了美利坚合众国的总统，并且亲自挑起了以争夺石油为目标的第一次"两伊战争"。这还不算完，他的儿子小布什后来竟然也当上了美利坚合众国的总统，并且又以石油为目标，在中东发动了"沙漠风暴"，将"不听话"的伊拉克总统萨达姆赶下了台，弄得今天的伊拉克人民仍处在战乱之中。这都是后话。

此次出访，中国石油公司代表团在休斯敦的活动最为频繁，这里是美国石油工业集中的地方，也是美国石油工业的发源地。

休斯敦属于得克萨斯州。1901年1月10日上午，就是在这里的一个叫斯燔德乐托普的小山上，一位名叫阿尔·哈米德的男子绝望地从他钻的井下爬上来告诉他的兄弟库尔特，井下根本没有石油时，地下正酝酿着一阵震惊美国的愤怒的咆哮声。突然，源自这两位兄弟脚下一百英尺处的一股黑色的液体如巨龙般蹿出井口，直喷空中，高达数百英尺，顿时将钻井台撞得粉碎，然后像黑雨般落在地面上，洒满了得克萨斯的红色土地……"油！我们找到石油啦！"哈米德和库尔特兄弟俩捧着流动的黑色金子，欣喜若狂地到处奔走，将他们的收获告诉了所有得克萨斯人。

一向不被合众国看好的得克萨斯，从此成为美国最沸腾的地方，那些淘金者、银行家纷纷涌向此地，后来最有名的当然要算洛克菲勒先生了。他在此创立的美孚石油公司不仅改变了美国经济，同时也改变了美国在世界上的政治地位，宣告了英国人创造的煤炭时代的结束和石油新时代的到来。

得克萨斯州的石油开发，使20世纪的世界变成了今天这个样。

全世界所有的石油人没有不知道得克萨斯的，但能够在这里获得经验和技术，其实也不是件容易的事，尤其是美国这样非常敌视共产主义的资本主义国家。如果稍稍推前几年的话，中国石油公司代表团能到此学习参观，简直就是一件不可思议的事。但现在不一样了，现在是美国人特别邀请中国石油公司代表团来此，而且其热情程度让人有些难以想象，代表团到得克萨斯后，几乎是想看什么都能看到。四天时间里，孙敬文和秦文彩他们带着代表团成员，先后参观考察了休斯敦工具公司、贝克公司、德莱赛工程公司以及国民供应公司和得州仪器公司。当然，代表团会重点考察世界最大的石油公司——埃克森石油公司。

这个埃克森石油公司，就是美孚公司后来被联邦政府强令解体之后所成立的几大公司之一。在埃克森公司的研究中心，中心总裁不仅热情接待了中国客人，还请这里的专家维尔博士介绍他们中心所掌握的最新地质研究理论——地震地层学。这种新理论把地震学、古地理、古生物学结合起来，发展成一门崭新的地质学理论学科，用地震地层学的理论与观点，划分地层，探明地质构造，并且结合地球化学的方法，研究古地温、古水分的活动轨迹，从而判断油气生成、运移和储藏规律，圈出有利的含油构造带并对远景储量做出科学估计，是最先进的找油技术之一。

"如果我们把这门科学理论学到手就太好了！"孙敬文和秦文彩、李人俊窃窃私语道。

"我所讲的理论，都在这本著作里，它叫《地震地层学》。"维尔博士把一本厚厚的英文书举在手中，友善地对中国客人说，"来，我把它作为礼物送给你们——"维尔微笑着将书送到团长孙敬文面前。

"拿吧！快接呀！"有代表团成员已经迫不及待地说着。

"文彩，你是秘书长，你来接这份珍贵的礼物！"孙敬文发话了。秦文彩赶紧"哎"了一声，上前从维尔手中接过《地震地层学》。

会议室内，顿时响起雷鸣般的掌声。

回饭店的路上，秦文彩向代表团成员闵豫悄悄交代着："老闵，你是地质专家，这本书太宝贵了，你好好保管，回去我们就找人翻译出版。"

"明白！"闵豫接过《地震地层学》，紧紧地将书抱在怀里。

一本《地震地层学》和一门地震地层科学理论，给中国的石油工业带来的好处到底有多少，也许至今还没有人去总结过。但我所知道的是，在近几十年来中国新发现的石油资源中，有一半以上的技术突破靠的是地震地层学理论。比如，2007年国家正式对外公布的唐山南堡油田的发现过程，就是石油地质勘探专家们运用了地震地层学理论，在浅海滩的老探区运用了二次三维地震技术，实现了找油的重大突破，找到了一个等于当年大庆油田初期储量的二十亿吨大油田。温家宝称南堡油田的发现，让他"兴奋得睡不着觉"，原因是：地震地层学理论的运用，可以使中国广大油田老探区都可能实现重大突破，因为南堡油田的大发现，仅仅是在一个只有一千多平方公里的小区域内实现的，仅南堡油田所在的渤海湾区域，就有二十多万平方公里的面积与南堡油田地质构造相同。那么按照相同的地震地层学理论与技术进行勘探的话，中国的石油资源前景难道不是又有一个巨大的飞跃吗？事实上，中国除了南堡油田的发现尝到运用地震地层学的好处外，已经有了长庆油田的新发现等巨大成果。这是后话。

现在还是让我们回到1978年1月，继续跟上中国石油公司代表团的步伐吧——

14日、15日两天，代表团参观了埃克森公司的凯迪油田和休斯敦美国航天测控中心。最令秦文彩难忘的是在凯迪油田的参观：这是一个油气处理厂，可代表团全体成员开始以为走错了地方。"这不会是公园吧？"有人瞅着一路鲜花锦簇、干净整洁的厂区，悄然寻思着答案。"真是怪了，也没有气味，噪声也一点没有！""可不，工人也就没几个嘛！"

"你们注意到没有？这里连放喷的火炬都没有！"秦文彩四处寻觅了半天，问孙敬文。

"我也觉得奇怪。你问问是怎么回事。"搞了几十年石化的孙敬文其实也感到纳闷。

一问主人才知道，他们采用了先进的轻烃回收技术，所以整个油气处理厂区看不到一盏"朝天灯"——中国石化人爱把明火炬称为朝天灯。

"得把这门技术学回去，既环保，又省下不少资源。"秦文彩向代表团的同行建议道。

可学的东西太多了，日程安排异常紧张。到了伯克特芒特造船厂，代表团为了多看多学些东西，秦文彩与主人取得沟通后决定，代表团分成甲、乙两组，孙敬文带甲组，秦文彩带乙组。乙组直接乘直升机去海上钻井平台参观，甲组留在工厂参观车间。

秦文彩他们自己开始并不知道，他们的到来，在当时的美国尤其是在美国石油界引起了一场巨大"地震"。这是因为美国石油界一直是引领合众国工业与经济的火车头，从某种意义上讲，美国的石油界还是整个世界经济的火车头。这个以输出技术和设备换取巨大利润的国家，在20世纪70年代初之后，他们的石油工业战略分为两大块：一是石油资源的获取，二是发展石油勘探开发技术。前者，美国在本土的石油资源开发搞得不多，主要在海外获取；后者，则大量输出，甚至基本控制了全球的石油勘探开发的技术与设备供应。说白了，就是把石油从国外拿回来，供全体美国人使用并适当储备起来；技术装备则由美国供应全世界，赚足别人的钱。所以，石油工业界的商人们见自己的政府向中国这个还在沉睡的东方巨人开启合作之门时，他们赚钱的欲望被一下激活了！于是在中国石油公司代表团访美的那些日子里，秦文彩他们的一举一动，受到了全美石油工业界的关注，特别是那些大公司，他们想尽办法接近中国代表团，一旦有亲近机会，必紧紧抓住不放，甚至表现出一些过头的殷勤。其实对资本家来说，这并不算什么，到手的钱不去拼命地抓住，那就是头等傻瓜！美国商人的行为逻辑非常直接和简单，同时也极为执着和赤裸裸。

也许美国人已经摸透了中国石油公司代表团的意图，知道这个来自东方的未来石油大国正在酝酿一场波澜壮阔的石油工业革命，而且种种迹象表明，开发海上石油将是中国石油工业的一个新方向。海洋石油开发，必定需要海上石油钻井平台。伯克特芒特造船厂的老板怎能放过做大生意的机会呢？

"中国朋友们，我们老板为了让你们更好地了解我们厂生产的钻井平台，决定破例邀请你们到海上现场参观我们的钻井平台设备。瞧，直升机来了！"主人突然告诉秦文彩一行。

"时间不会很长的，而且保证安全！"正在秦文彩他们犹豫时，主人再次热情邀请道。

"去吧，既然人家把直升机都开来了嘛！"秦文彩临时决定道。于是乙组代表团成员迅速登上伯克特芒特造船厂的商务专用飞机，向墨西哥海湾飞去。

美洲著名的墨西哥海湾，是个神秘且曾经无比辉煌的地方，这里曾创造了令世人瞩目的玛雅文明。墨西哥海湾又是世界著名的石油资源富区，现代海洋石油工业就是从这里开始起步的，所有从事石油工作的人都知道这一点，所以秦文彩他们作为中国第一个石油公司代表团，自然不会轻易放过一个这样的学习机会。

中国的陆地石油工业从1907年延长油田开发出第一口油井之后，经过六七十年几代科学工作者和工程技术人员的努力，特别是中华人民共和国成立后经过克拉玛依、大庆和胜利等油田的开发，已经有了长足发展，使中国摆脱了依赖进口石油的历史，但海洋石油工业仍然处于非常初级的阶段。

担任石油部生产司司长相当长时间的秦文彩，非常清楚中国海洋石油工业所走过的历程，那几乎可以同战争年代"小米加步枪"的历史相提并论，而美国等西方发达国家的海洋石油工业在20世纪六七十年代，基本都已进入了"航空母舰"时代。

身临其境，秦文彩真正感到了我们与西方工业水平的巨大差距。

那一天，代表团成员们走出直升机舱门，踏上停泊在大洋之中的钻井平台时，他们个个都被眼前的情形震撼了——瞧这"航母"般的钻井平台，简直就是一座海上的钢铁巨城。高高的平台，耸立在大海的碧波之上，至少有十几层楼高。那钻机旋转时，其轰鸣声震动四面海洋，可站在平台上你并没有感觉地动天摇，相反既平稳又安全。钻井台虽是一个工地，却同时拥有各种生活设施，工人和技术人员可以在这里生活几十天甚至半年都不会感到乏味……秦文彩他们抵达海上平台时，正值傍晚，海面上一座座钻井平台，仿佛闪耀的璀璨星辰，在大海中交相辉映，形成了海市蜃楼般的奇景，甚为壮观而神秘。

要是我们也有这样的"海上不夜城"该多好啊！秦文彩等中国石油人感叹着眼前的一切，联想着自己祖国的海洋石油工业——我们真是太落后了！落后不是几年、十几年，而是几十年甚至上百年啊……

秦文彩的内心感到一阵深深的刺痛。每当美国的石油专家问起"中国的海上找油什么时候开始的，现在是个什么水平"时，秦文彩和代表团成员们满面羞愧。是啊，我们的海上找油是从什么时候开始的呢？现在又是个什么水平呢？没有人能真正回答得上来。

"大约在三千多年前吧，我们的古人就有了精卫和哪吒在海上点油滚火轮的传说。"秦文彩他们只能借这美妙的传说来搪塞美国人。

"噢？美妙！太美妙了！"美国人听后满目惊诧，然后大笑，那笑声里显然带着浓浓的嘲讽。

来到墨西哥湾，美国人告诉秦文彩等中国同行，美国是在1947年就首次于墨西哥湾成功地运用钢制钻井平台，钻出了世界上第一口海上商业油井的，随之促使海洋石油工业风靡世界。

"自1947年我们在墨西哥海湾用钻井平台打出第一口商业油井后，世界的海洋石油业发展之快，超出了我们的想象，尤其是我们在中东波斯湾连续发现海上大油田后，世界海洋石油业的影响之大，几乎可以像一战、二战那样的战果一样，影响着人类的发展……"美国人谈起由他们缔造的海洋石油业时，总是眉飞色舞，趾高气扬。

作者在海上钻井平台上

中国的海上找油是什么时候开始的?这天在去伯克特芒特的路上,代表团中就有人问过这样的问题。

"唉,落后多了!"当时孙敬文团长重重地叹了一声,说:"我听张文彬说过,人家美国人在海湾一年打出几十口高产井时,我们的海洋找油还处在奇妙的幻想之中呢!人俊,我说得对不对呀?"孙敬文转头问李人俊。

李人俊直了直脖子,说:"没错。我第一次听人报告说,中国的海上发现石油,应该是在1956年……"

"1956年——那应该说也不算太晚呀!"代表团中有人听老部长李人俊这么一说,便兴致勃勃地围在他身边听他讲述中国海上找油的那段"古老传说"——

"想听?那我给你们说说。不过,你们可能也许想象不到,中国的海上找油并不是我们石油部的人最早参与的,而是老百姓们!"李人俊卖了下关子,说,"文彩他们知道,我们的海上找油最早是从南海那边开始的。在海南西南有个突出的'犄角',那里有几个散落的小村寨,统称叫莺歌海渔村,离三亚那个'天涯海角'不远,一二百里路。1956年,当地驻军在那个村里放了一场电影,电影的名字叫《海上巴库》。巴库是苏联著名的油田,这大家都知道,这部电影讲的是苏联在海上发现了一个大油田的故事。村里的老百姓看电影时兴奋了起来,说他们莺歌海海面上也有冒黑油气泡的地方呀!这下热闹了!老百姓的话传到了干部耳朵里,干部们又将这消息报告给了当地的盐场,盐场又报告给了广东省和我们刚刚成立的石油部。我们听到这个消息后非常高兴,立即就向离渔村最近的盐场发了一封信,请求他们的勘探队帮助我们到海上取份油气样本。盐场很重视这事,因为当时毛主席曾经有过一个号召,要求全国各地群众踊跃参与报矿,所以盐场很快找到当地熟悉水性的渔民万来弟出海到那个冒气泡的海面潜水探情。万来弟没带什么装备,就戴了一副防水镜。在海底,他看到了一个石头缝隙里冒着油气,但取样挺难。盐场勘探队最后想了个法子:他们自制了一只漏斗,在漏斗上接一根皮管,然后将漏斗倒扣在冒气的地方,让油气顺着橡皮管子进入漏斗……油气苗的样本后来送到了我们部里。经化验,确认是油气,大伙儿非常高兴。当时的勘探司司长唐克,就找到了正在北京石油学院参加培训的四川石油管理局的地质师马继祥,把摸清莺歌海油气的任务交给了他。找马继祥是因为四川局找油气有经验。于是春节一过,马继祥便到南海边的渔村去了。后来小马在海军的帮助下,完成了对莺歌海油气苗的初步勘探，几个月后他拿回部里的报告我还记得有这样几句话：在冒气的地方，海底岩石坚硬，是第三纪的地层；海底裂缝走向110度－120度，与海岸露头走向一致；采集的气体可燃，火焰蓝色，有硫化氢气味……这是典型的油气嘛！李聚奎部长和康世恩同志都很兴奋。1958年，余秋里部长上任，他很快听取了康世恩同志的意见，立即决定派出一支专家队伍前去莺歌海调查，这事与广东省陈郁省长一拍即合，所以我们的人立即动身去了那边，同样取得了一些成果。这年秋天，正在北京石油学院任苏联专家组组长的乌克兰利沃夫石油学院教授、地质系主任司那尔斯基来到了莺歌海，我们部里也派出了勘探司副司长崔振东、北京石油学院地质系主任张更和地质研究院余伯良等专家陪同。司那尔斯基一到莺歌海就听当地百姓说，晚上能看见海上的一种美丽奇观——幽暗的海面上会出现一片片如萤火虫翩翩起舞般的景象，于是便要求去海上观景。在海上，司那尔斯基真的看到了大片大片的'萤火虫'——那'萤火虫'像海空流星一样，闪闪发光，还似乎在飘。苏联教授兴奋地大叫：'太美妙！太美妙了！'司那尔斯基考察回来，做了一个令我们万分鼓舞的断言。他说：波斯湾和墨西哥湾是两个'石油极'，中国的南海也可能是另外一个'油极'。什么叫'油极'，你们都知道，就是世界超大级油田！"

"后来我们在莺歌海打出了大油田没有？"代表团中几位在西北工作的同志迫不及待地问道。

李人俊摇摇头，瞅瞅孙敬文和秦文彩等人，颇为失望地道："后来我调到计委了，石油部的事就不太清楚了。"

"秦司长，你说说，后来到底啥结果？莺歌海有没有大金娃娃？"有人缠住秦文彩了。

秦文彩苦笑了一下，说："如果在莺歌海抱到了大金娃娃，我们可能就不会来美国了……唉，可惜啊，我们也没那本事哟！"

这话，一下让团员们感到很泄气，再也没有人重提此事了。

其实秦文彩心里苦啊，前些年他从四川"牛棚"里出来，受命赴阿尔巴尼亚指挥了一场油井灭火战斗后，算是获得"解放"。后被余秋里留在北京，在当时的燃化部油开组任组长，参与了当时全国石油生产与规划的全过程，所以十分清楚中国海上找油的艰苦与辛酸历程。中国的南海、东海和渤海湾有油的事实，早已在20世纪五六十年代时就被我国石油部门和地质部门所证实，但由于我们自己没有海上勘探石油的基本设备，工作进展基本停顿。中国的海上石油勘探靠的啥设备？秦文彩知道。1960年，石油部在莺歌海打的第一口海上勘探井叫"英冲井"，用的竟是一艘方驳船装上陆地用的那种最简陋的三角井架打的一口井，该井水深15米，捞得原油150公斤。这就是被石油人戏称的"中国海洋石油第一吻"。1964年，在石油部和广东省及南海海军的共同努力下，用两个500吨浮筒作基础，上面连接钢架制成的一个宽17米、长22米的平台，这就是中国的"南海一号"。它后来打的"海一井"，就是中国人第一次用自己设计的海上钻井平台，第一次按照严格的科学程序进行的海上石油勘探。康世恩后来常说的"中国海洋石油靠的是两个筒筒起家"，指的就是这个。南海石油勘探后来一直断断续续地进行着，但因南边的战事连绵不断，加上我国的海上勘探设备和调查装备都不能适应海洋石油勘探的特殊性，所以一直到"文革"结束时，整个中国海洋石油事业仍没什么大的进展。

在另一个海域——渤海湾的情况也与南海相差无几。一句话：中国的海洋石油勘探设备太差，根本无法实现大的突破。甚至有外国专家断定，中国即使能在大陆上找到像大庆这样的世界级油田，而海上找油则还需要沉默一个世纪。

一个世纪？秦文彩和中国石油人以前听人说这样的话时，会有种愤怒和不服气的感觉。可当他们站在墨西哥海湾的现代化钻井平台上，看着灯火辉煌、如梦如幻的异国海上石油城时，他们内心的震撼远远超过了原先的想象：是啊，中国的海洋石油技术和装备真的同先进国家差距太大了，这差距或许不到百年，但至少也有五十年啊！

秦文彩的心头有些隐痛，同时又有几分庆幸：我们终于可以出来看一看外面的世界了！

"小心！"突然，一阵强劲的海风在海面上卷起，钻井平台上顿时听到骇人的呼啸声。"快进舱内去——"有人在大声喊着。秦文彩等中国代表团成员迅速被领到风平浪静、暖气融融的舱室。当秦文彩隔着玻璃窗再向大海看去时，除了掀天的巨浪外，什么都看不到……

"好可怕！看来今晚不能与孙团长他们会合了！"代表团中有人颇为忧心地对秦文彩说。

"十分抱歉，没想到天气会变化得这么快！"美国人觉得很过意不去。

秦文彩连声说"没关系"，其实他内心巴不得有这样千载难逢的机会——

有一夜的时间在人家的海上平台上,也许终身受益。"李先念副总理不是让我们出来学点真东西吗?既来之,则安之。"秦文彩对几位团员说。

"老秦,风浪太大,大伙儿实在有些担心……"有个团员一边拍着胸口,一边艰难地走到秦文彩面前说。

秦文彩笑了,忙说:"大伙儿都是第一次到海上,担心肯定难免,你们就好好休息去吧。"

"那你呢?"

"我?哈哈,放心,两三个月前我在渤海湾经历的那场风暴不比这弱!"秦文彩轻描淡写地说了句。

"是啊,老秦是海上的老把式了,我们哪儿能跟他比!"大家一个个甘拜下风地离开秦文彩,到了主人安排的休息室,苦熬着痛苦的一夜……那一夜,确实可怕,就连"老把式"秦文彩都觉得有点恐怖——巨大的钻井平台,在飓风和海浪的折腾下,不时发出令人担忧的响声。

"走,我们去找船长聊聊。"秦文彩对翻译姜顺源说,随后他们一起来到餐厅。

"欢迎欢迎!"船长见中国朋友要跟他聊天,格外高兴。他对秦文彩能够适应海上的飓风感到有些意外:"你的同事们都倒下了,可唯独阁下平安无事,了不起啊!"

翻译告诉船长,秦文彩是中国很出名的石油系统的领导干部,同时也是钻井现场的灭火专家、指挥,还经历过海上抢险战斗。老船长立即竖起拇指连声夸赞。

秦文彩谦和地摆摆手,说:"中国的海洋石油工作基本上处在刚刚起步阶段,要好好向你、向你们美国学习。"

"其实海洋石油勘探,从地质工程上讲,跟陆上差不了多少,可海上的钻探施工难度就要大得多了!你看,我们这么大的钻井平台,一旦遇上风浪,就像一只竹篮子漂荡在海中,说不准就会被冲倒、冲垮……"船长的年岁其实比秦文彩小不少,但从他一脸深深的皱纹和那张黝黑的脸庞上所显露的自信,可以看出是位多年与墨西哥湾的海浪打交道的"老把式"了。

"如果飓风来了,平台又无法抵御时,你们怎么办?我相信,一旦遇上大风,墨西哥湾的上帝也不会保佑你们的。"秦文彩想弄明白美国人是如何来实现事故过程中的人、井、机三保的,即人不死、井喷要压住、钻井平台要保住。

船长耸耸肩,双手一摊:"这很简单,我们不会有这样的问题。大风来了,我们停止作业,撤人!"

"撤人?"秦文彩心中顿时冒出一个"国家财产怎么办"的念头,喔,他们的财产是资本家的,可资本家也不会不珍惜这价值一两亿的钻井平台呀!"那……井台怎么办?"他的眼睛盯着比自己年轻的船长。

"船嘛,当然是交给上帝了!"船长一脸轻松地回答道,好像井台与他毫无关系。

"美国和西方的石油公司都是股份制,他们的设备也都是投了保险的,一旦井台发生沉没事故,其损失完全由保险公司承担,业主根本不用担心什么。"翻译悄悄向秦文彩解释道。

原来如此!可……可我们一直奉行的是"人在,设备在"啊!结果一旦遇上不可抵御的自然灾害时,通常人也没保住,设备更不用说了,统统去见上帝了……中国和西方在经营制度与管理理念上的差异,真可谓天壤之别啊!

"过去我们从不提以人为本的思想,其实从这一次夜访西方石油公司的船长后,我的脑海里深深地烙上了搞石油尤其是搞海上石油,必须坚持以人为本的思想。"我在采访秦文彩时,老部长反复讲了这句话。他也一再感叹如今党中央以人为本的治国理念之英明正确。

墨西哥湾的那晚,船长见秦文彩对西方海上勘探的这种"三方责任"管理模式特别感兴趣,便进而介绍道:他们所属的钻井公司,作为一个专门从事钻井作业的承包商,主要为石油公司提供钻井作业服务。至于其他相关作业的支持保障,则由多家不同的专业承包公司来完成。合同是唯一联结各个专业服务公司的纽带。这其中,合同就是法则,就是作业的最高指令、管理目标与实施标准。效益则是石油公司以及相关专业承包商追求的终极目标。

原来如此!秦文彩猛然感到多年来在石油勘探和管理上一些经常无法解决的症结,在墨西哥湾的海洋上一下找到了"药方"!

这就是资本主义的先进管理机制?这样的管理机制为什么不能为我社会主义事业服务呢?难道先进的东西不属于全人类的文明范畴?秦文彩的脑子乱成一团麻……

"我们的井是石油公司投资的,钻井船和钻井队是承包商雇来的。不仅如此,钻井工程设计、技术服务、海上配餐,都有不同的承包商。我们的石油公司和承包商签订严格的合同,承包商要是没有履行合同,业主都可拒付承包费或处罚承包商。因此,承包商都会千方百计按时保质做好工作,不用你催促和一遍遍地检查,他们不敢怠慢,怠慢了就是自己砸自己的饭碗!"船长娓娓道来。秦文彩听得如痴如醉,有时甚至不敢相信此刻双脚踏在墨西哥海湾的钻井台上。在中国石油战线工作了许多年,尤其是在油开组任职的那些年里,秦文彩对中国石油开发与勘探过程及管理方法了如指掌,中国的以生产调度为中心、以石油钻井为龙头的习惯做法,早已作为一种传统,成为不可动摇的工作制度。而这一天一个西方世界的石油钻井船船长的话,让他内心卷起了滔天巨浪——太不可思议了!大千世界,路路通天堂,可抵达的方式则完全不一样啊!

邓小平同志在科学大会上说的"认识落后,才能去改变落后。学习先进,才有可能赶超先进",是不是就是我们这次出国访美的一个针对性话题?秦文彩心头的疑团渐渐有些明朗起来……难怪中央对中国石油公司代表团访美如此重视!李先念同志一再指示说,"应派懂得的同志去,学点真东西!"

墨西哥湾的一夜飓风带来的意外收获可是代表团正常安排中无法看到、听到和学得到的。美国石油公司经营海洋石油开发的理念、模式、体制……对秦文彩这位日后执掌中国海洋石油工业船舵的"中海油"老总来说,意义可谓太大了!

……

"怎么样,有所收获吧?"1月28日,中国石油公司代表团再次被主人领进华盛顿的白宫内。明显带着几分得意和傲慢的美国能源部部长施莱辛格叼着大烟斗,出现在罗斯福厅内。他向中国客人询问着,随后又鼓吹了一通美国石油技术如何如何有竞争力和他十分愿意给予中国石油同行帮助之类的话。这一幕,秦文彩印象深刻。

"听说这位部长以前做过美国的国防部长?"闵豫悄声问秦文彩。

秦文彩点点头。

"这美国佬让国防部长来当能源部部长,其用心不一般哪!"闵豫的眼珠子直盯着满脸含笑的施莱辛格,不轻不重地私语道。

还用说,人家把能源当作称霸世界的核心武器嘛!秦文彩心里补了一句。

当晚,中国驻美联络处宴请了来自祖国的石油代表团。

1978年3月26日下午3时30分，中国北京人民大会堂。

"美国一些大石油公司为什么积极地和我们拉关系呢？我们初步分析，可能有三个原因：一是他们估计80年代苏联将由石油输出国变成输入国，美苏争夺石油的斗争将会越来越激烈；二是美国油源紧张，极力想稳定国际油价并寻找油源；三是美国经济萧条，一些大公司急于为他们的技术、设备、资金找出路。

"我们回国后，经过研究，认为在坚持独立自主、自力更生的原则下，以平等互利的贸易方式，直接和美国一些石油公司在勘探开发方面建立商务关系，利用他们的技术和设备，加快我们的石油发展，对我们是有利的。但不能采用他们对巴西的方法。我们的具体意见是：

"一是为了加快海上石油勘探和开发，建议和美国的石油公司按我方条件进行接触。我们的条件是：在我确定的海域内，雇用他们的技术人员，由他们供应设备、材料，提供技术，进行勘探开发，所需费用按低利延期付款办法偿还。我们可以用一部分原油，按还款时的国际价格作价支付。

"二是为了加快新疆南部油田、青海柴达木油田的勘探开发，需要从国外引进勘探、钻井、采油和运输的全套设备和器材。为了尽快地使四川具备年产三百亿立方米天然气的生产能力，要从美国引进集气站、压气站和气体处理厂的成套设备。为了加快大庆油田地面集输流程的改造，为三十万吨乙烯提供原料，需要从美国引进原油稳定和气体深冷分离的全套设备。

"以上报告，请中央领导们审议、指示。"

孙部长汇报完啦？秦文彩一激灵，连忙直起身子，将思绪一下拉回到了人民大会堂。他抖擞了抖擞精神，往主席台看去……

"人俊同志有没有补充啊！"

"有。我补充几句。"李人俊说话了。

秦文彩和宋振明等几位石油部的同志相互使了个眼色，脸上露出了一丝旁人看不到的喜色，因为这都是事先准备好的。今天的会，石油部的同志目的非常清楚：伸手向中央要政策要钱！怎么个要钱法？自己人说没力量，旁人说最有力。李人俊既是中国石油公司代表团的副团长，又是国家计委副主任，他出来为石油部说话要政策要钱，远比石油部自己人说话硬气。

果不其然，李人俊的话让石油部的同志听得津津有味："我们知道，美国的资本家都是做大生意的，有的是钱！可我们现在是没有钱。各行各业的建设现在都等着上马，石油问题会越来越成为国家建设需要的主要能源。开采海上石油看来是我们扩大石油发展的方向，而海上石油开采没有先进的平台设备肯定是不行的。怎么办？我看石油部提出的几条可行。日本、德国怎么翻身的？日本就是用外国的钱，买外国的技术，十年翻身，还超过了西方世界。西德也是这样做的，他们都是没有原料的。我们的优势比他们好，我们有资源，积累快，翻身就快！"

痛快！李人俊把石油部想说的话，一股脑儿全都说了，而且句句直截了当！

简单的便餐后，会议继续，秦文彩对几十年前的那顿便餐，记得清清楚楚，接下去主要是中央领导发表各自的意见。

叶剑英说话了，这位在1976年的历史关键时刻，直接领导了粉碎"四人帮"的元帅，在中国改革开放初期，一直是重要的决策人物，他的话让石油人激情澎湃，热血沸腾——

"我们搞了多年建设，深感高度现代化的国家势必要解决能源问题。有了能源，机器才能转起来，物质财富才能生产出来。"叶帅说，"苏美两国争夺能源，一天比一天严重。现在苏联先上了一着，在中东和非洲的许多地方，把美国挤掉了……因此，我们发展石油工业，美国人是支持的。而且我们的东海、南海和渤海湾，有丰富的石油，美国对此是了解的，所以他们出于自己的战略目的，对我们的代表团访问很重视、很热情。他们现在是有求于我们，我们要抓住这一点，认真研究与他们的合作方式。我看引进设备啊，请他们的技术人员一起来合作开发海上石油啊，是可以的嘛！只要不影响主权，认准了就做！过去我们落后了，现在中央确定了在本世纪要实现四个现代化，就要急起直追，一天要做一个月的事情！"

"哗——"叶帅的话引来四起的掌声。秦文彩他们几位石油人更是把手掌都拍红了。

"石油部的报告我看了两次，写得比较好。我同意这样搞。"李先念在叶帅表态后也发表了十分肯定的意见。

"哗——"又一阵热烈的掌声。

要知道，那是1978年初啊！新中国的国门自从20世纪50年代与苏联合作时有所开启外，没对资本主义国家开启过，没有。而1978年的春天，主持中央工作的领导们，决定要重新打开国门，批准石油部"在指定的海域，购买外国设备,雇用外国的技术人员,用分期付款的方式和所采石油偿还其投资,来进行我国的海上石油资源的开发",这是何等高瞻远瞩、何等英明的决策!

"喂喂,石油部的同志留一下!"会议一直开到晚9时多。在送走中央领导后,康世恩显得非常激动,叫住与会的石油部同志,让孙敬文他们围在身边,说:"老孙,立即给美国人发邀请信!"

孙敬文也在一个劲儿地笑,他用手指指身边的秦文彩:"就让秦文彩去吧!"

"好!文彩,我们分别请,请他十家八家来!"康世恩越说越高兴,"南海、渤海湾都可以搞。我的意思是,先在渤海湾搞个三四百万吨原油出来!"

"这段时间大伙儿都说,中国科学的春天来到了!我看,我们石油人的春天也来到了!中国处处皆春天啊!"秦文彩看到老部长康世恩好久没有这么兴奋了。

是啊,中国石油的春天到来了!中国要处处皆春天了!那天,走出人民大会堂的那一刻,秦文彩深深地吸了一口气,他的眼睛情不自禁地转向天安门……

2. 政府授权：可以签约

自从"3·26"人民大会堂的汇报会后，秦文彩和石油部主管海洋石油对外工作的张文彬副部长等海洋组的同志，每天工作十几个小时，还嫌不足。"白天上班时间不用说有多忙碌。而晚上你也没有多少休息时间，因为我们每天都要与欧美国家的石油公司取得联系，我们的夜里，正好是他们的白天，有些事就只能等到半夜去处理……"秦文彩说。

1978年的中国北京是什么情况？那个时代过来的人都非常清楚：你要打一个长途电话，就必须到复兴门东边的长途电话局去排队，一个电话等上三四个小时是常事；你若打电报，就得去西单长安街的电报大楼等候。石油部的对外联系都是国际电话、国际电报，等候的时间就更长了。那时能打国际长途的城市全国只有北京和上海。石油部与西方国家的石油公司合作在海上钻井，如果要在海上打一个国际电话，先得通过电报打到陆上的北京或上海，然后再转香港线路，才能再转到某个国家。这还不是特别难的问题，让秦文彩他们感到伤脑筋的是，在与"资本主义国家"打交道时，许多时候你必须得通过上面一道又一道的机关审批，你还得等待外交部甚至是国家安全局的批文。"但所有这些等候和审批，我们都认为是必须和无条件的。那时我们没有怨言，因为大家心里都清楚，这是代表国家在对西方世界进行'有礼有节'的合作与斗争，是摸着石头过河——这河水到底有多深多浅，谁也不知道。我们所知道的一点是：弄不好会淹死人的，所以尽量小心谨慎为妙。"秦文彩回忆起那段往事，苦笑着说。

中国对外开放的门户稍稍露出一条缝隙，西方世界便蠢蠢欲动，甚至欢呼雀跃。当时中国的石油人并不知道一个背景：在以美国为首的西方世界同阿拉伯国家展开"石油战争"后，连续几次的"禁运"和跳跃式大涨价，使那些依赖石油进口的发达国家越来越意识到石油短缺对自己发展的威胁，于是在很短时间内掀起了全球性的石油勘探热。"至1978年，几乎所有石油勘探设备都被租用出去，并且越来越多的资金在后面等待着新一轮的投入。"一位石油经济评论家当时这样指出。

拥有海洋面积约为整个欧洲大陆面积两倍的中国要开放海洋石油勘探市场，这个消息无疑让拥有技术设备和雄厚资金的西方国家极度兴奋。当中国石油公司代表团还在美国访问时，欧洲石油界就每天在收集相关的情报。最后，他们得出的结论是：东方大门正要打开，谁争取到在中国"处女海"的石油勘探开发权，谁将在20世纪后二十年甚至在21世纪的前五十年称雄世界。

1978年6月，夏季的第一丝热风刚刚吹进北京城。一个庞大的法国石油代表团来到了北京，团长是时任法国政府能源部门负责人卡隆。

"他们怎么来了？我们可没有向法国石油公司发邀请呀！"那天，张文彬把外交部通知他第二天去会见法国石油代表团的事告诉了秦文彩，秦文彩觉得很奇怪。

张文彬笑了，说："人家法国和我们有外交关系，他们可以直接通过外交部来华嘛。"

原来如此。此时的秦文彩，感到有股突如其来的凉爽：看来国门一开，景象万千！

这不，卡隆率领的法国石油代表团刚刚离开六铺炕的石油部大楼，外事部门又匆匆来告诉秦文彩，明天李先念副总理要在人民大会堂会见美国大西洋里奇菲尔德石油公司董事长安德森，要石油部派人陪同接见。

"美国大西洋里奇菲尔德石油公司可是美国著名的石油公司，我们发给他们的邀请信还没有发出去，他们怎么就来啦？"秦文彩越发糊涂了。

外事部门的同志笑着说："人家是以美国人文协会代表团的名义访问中国的。"

原来如此！不过，让秦文彩越来越明白的是：西方国家渴求与中国的合作比我们中国人还着急。当然，人家是资本家，哪里有钱赚，肯定削尖脑袋来钻嘛!

第一批邀请国外石油公司访华的名单被确定,并且很快通过外交等途径发出邀请。这一发不要紧,接下来的日子里,张文彬和秦文彩等石油部海洋组的工作人员,便像进了高速路,想停下歇一口气都困难。

美国宾斯石油公司的董事长利特克,是老布什的朋友,在秦文彩他们访问美国时,他就在布什的家宴上与中国石油人有过交往,自然也会被最先邀请到北京。

"我们愿意同贵国同行进行风险合作,可以先在你们的海上搞物探。"利特克有备而来,在会见张文彬时就提出了自己的设想。

海洋石油勘探和开发的第一步与地面工作一样,弄清海底世界的地质构造最重要,物探是必不可少的。张文彬十分清楚利特克提出先搞物探的意义。"非常感谢,我们会优先考虑阁下的建议。"张文彬回答道。

军人出身的张文彬仿佛是个老练的外交家,有礼有节地回应着每一个外国石油使团。除了国家与国家之间的外交需要外,有一点张文彬和秦文彩心里都清楚:一个著名的国际石油公司所拥有的资产,几乎是整个中国石油部资产的几倍、几十倍!海上石油勘探开发,是砸钱的大窟窿,没有足够的资金,想都别去想。

会谈,一次又一次;条件,一个又一个地商洽……整个夏天,张文彬和秦文彩等中国石油部海洋组的同志们,几乎天天马不停蹄与高鼻子、蓝眼睛们周旋与谈判,这中间,有争吵,有握手,有私下喝咖啡时达成的在会谈桌上争执几天没有结果的共识,有散步间东一句、西一句的闲扯,把各自的"死对头"变成了朋友。总之,国门开启后中西方石油界的第一次全面接触,是彼此有益和得到空前收获的。

8月下旬,张文彬与秦文彩商议:可以把第一阶段会谈的成果向中央报告了。"趁'老外'的热情高涨,我们应该同他们签上几个合作协议。""石油师"老政委扇着黑色纸扇,命令自己的老部下:报告写完后先送到两位老部长那里。

"是,我先起个草,最后你来定稿!"秦文彩把任务接了过去。他知道,报告应先送到余秋里、康世恩手中。

报告发向中南海后,秦文彩和张文彬还拿着存稿看了又看,觉得这份报告把该写的都写进去了,而且是从我方利益出发的合作设想,可谓万无一失。中央一定会全力支持的！他们甚至如此大胆地估摸着。

秦文彩则对参与合作谈判的同事们说："趁中央的批示还没有下来的几天时间，大伙儿好好调整调整，准备迎接更繁重的任务！"

时间过去了大约一星期，张文彬办公室来电话："文彩，老部长们有话了，你快拿文件去看。"

"怎么啦？他们有不同意见？"秦文彩听老政委的口气很严肃，忙问。

"看了文件再说吧。"

秦文彩立即找来文件一看，"当时真像当头挨了一闷棍！"秦文彩回忆说，"我们原先以为余、康二位副总理肯定同意我们马上抓紧时间与'老外'签约，在这之前，叶帅不是还对我们说过，要提高效率一天干一个月的事嘛。我们觉得经过了两个多月与众多外国公司的多轮谈判，'老外'又表现出了极高的热情，我们一定要抓住机遇，迅速把海上石油勘探开发的对外合作搞起来，尤其是我们的报告里说得非常清楚，也可以说是考虑得十分周到了。比如先以美国一家宾斯公司做试验，等第一个合作成功了，就全面铺开。哪知二位副总理的批示竟然是一盆凉水……"

余、康的批示是什么呢？

他们在石油部的报告上这么批示道：关于和外国公司搞合作，开发海上油田的办法，现在还处于初期接触阶段，还需做更多的调查研究。合作方式将有多种多样，暂不宜过早定死。可广泛接触，各种方式均要摸一下，然后选择最好的方式，再报国务院审批。

二位副总理的批示传达后，海洋组参与谈判的同志一时转不过弯，老实说，连张文彬和秦文彩心里也直犯嘀咕：一向办事果断的余、康也不是这种风格嘛！对外合作是中央"3·26会议"上已经定下的方针，而且具体步骤也基本上是按他们二位副总理的意思布置的，怎么忙活了半天会是这种结果呢？

当时还有一个情况是：石油部为了加快海上石油的勘探开发，不仅成立了中国石油天然气勘探开发公司，专门负责对外合作工作，副部长张文彬还亲自出任总经理。与此同时，石油部还在天津塘沽成立了海洋石油勘探局，直属部里领导，原"石油师"一团政治处副主任马骥祥被任命为首任海洋石油勘探局党委书记兼局长。塘沽是中国海洋石油勘探的发源地，1966年1月7日，石油部就在此成立了海洋勘探指挥部。十几年来，中国的海洋石油勘探一直在艰苦中摸索和进行着，由于技术和装备能力尚没有达到一定的水平，所以渤海湾的海上石油勘探进展不大。现在石油部借对外合作的东风，准备大干一场，塘沽再次成为中国海上石油勘探的大本营。张文彬自然忘不了用自己最得力的"石油师"干部作为即将到来的"海洋之战"的指挥官。与马骥祥搭手的是共和国最早从事海洋石油勘探工作的行家钟一鸣。

"太落后了！"1978年5月，张文彬带着行将上任的马骥祥来过一次塘沽海洋石油勘探大本营，这位"石油师"老政委看着自己队伍所用的那些笨拙而简陋的海上钻探设备，万分感慨地叮咛老部下："中国海上石油作业的水平，至少落后先进国家几十年，可落后并不可怕，可怕的是思想落后。所以，中国海洋石油的前景如何，首要任务是看我们搞石油的人能不能在思想上解放。如今中央大政方针已定，中国海洋石油工作成了国家对外开放的尖兵，做好做不好影响深远。而同外国人打交道，同资本家合作又是头一回。我们只有披挂上阵，尽量把能考虑到的事都考虑好，这样才能打好对外开放之仗！"

"请老政委放心，我们一定全力以赴！"马骥祥向张文彬立下军令状。

"好！现在就给你一个字：快！北京的秦文彩他们与国外公司的合作协议一旦签下来，就会有千军万马的各路队伍到海上来作业，所以必须从现在开始立即行动起来，干什么事都要求个快字！不快就会影响大局……"

"是，我们坚决按照老政委的指示办！"

马骥祥的回答令张文彬满意。从渤海湾回来，张文彬就与秦文彩如旋风般进行了两个多月马不停蹄的、各式各样的外事会见和谈判。与此同时，张文彬不忘布置整个南北海域海洋勘探的相关工作，用他自己的话说："就是大庆会战时，我也没有这么紧张和忙碌过！"大庆会战时，张文彬是余、康的副手，现在海洋石油勘探开发战役，他张文彬是"总指挥"。一切步骤都得他拿主意，自然忙碌的程度会大不一样，尤其现在是与外国人打交道，任何一点点的遗漏和疏忽都可能严重损害国家利益。

"马虎不得！如履薄冰啊！"年过半百的张文彬每每在自己的部属面前，一边抽着烟，一边自言自语地笑着说这句话。

那几日，参与谈判的同志们对余、康的批示有不理解的情绪，牢骚话说了一大堆。张文彬听后很着急，其实他内心也是很不理解的。但作为石油部与"老外"打交道的"总指挥"，他深知在这个关键时刻自己必须保持头脑清醒。

张文彬找来秦文彩商量对策,以便做好队伍的思想工作,眼下还不能得罪那些"老外"。

秦文彩是个足智多谋的人,同时对政治动向非常敏感。一天,他拿着一份报纸对自己的老政委说:"我们这段时间光埋头在饭店与'老外'谈判,不知外面发生了什么事。"

张文彬问:"外面发生了什么事?"

秦文彩说:"检验真理标准的讨论比前一些日子更激烈了,现在是对'两个凡是'的看法的争执,这个问题牵涉面很大,连我们搞对外合作也受影响。"

"这是咋说的嘛!"张文彬有些起急。

秦文彩朝他摆摆手,随即拿出一张《人民日报》,上面有邓小平同志视察东北时的讲话。秦文彩的脸上闪着光芒,给张文彬念了起来:

"怎么样高举毛泽东思想旗帜,是个大问题。现在党内外、国内外很多人都赞成高举毛泽东思想旗帜。什么叫高举?怎么样高举?大家知道,有一种议论,叫做'两个凡是',不是很出名吗?凡是毛泽东同志圈阅的文件都不能动,凡是毛泽东同志做过的、说过的都不能动。这是不是叫高举毛泽东思想的旗帜呢?不是!这样搞下去,要损害毛泽东思想。毛泽东思想的基本点就是实事求是,就是把马列主义的普遍原理同中国革命的具体实践相结合……"

"对啊,小平同志说得对!现在我们与外国公司合作还处在半保密状态下,已经有人开始说些风凉话了,如果一旦公开到社会上,我估计说我们背离毛泽东思想、与外国资本家打得火热的风凉话可能就更多了!"张文彬突然情绪激动地挥动着双手,仿佛要面对一场即将来临的暴风骤雨。

伏在桌子上的秦文彩眼睛盯在报纸上,用右手做了一个手势,示意老政委将情绪安定下来,说:"下面这段小平同志的话对我们太重要了,你听:'经过几年的努力,有了今天这样的、比过去好得多的国际条件,使我们能够吸收国际先进技术和经营管理经验,吸收他们的资金。这是毛泽东同志在世的时候所没有的条件。外国人也可能骗我们,也可能欺负我们落后。比如,一套设备,给你涨点价,或者以次充好,都是可能的。但是总的说来,我们有了过去没有的好条件。如果毛泽东同志没有说过的我们都不能干,现在就不能下这个决心。在这样的问题上,什么叫高举毛泽东思想的旗帜呢?就是从现在的实际出发,充分利用各种有利条件,实现毛泽东同志提出、周恩来同志宣布的四个现代化的目标。如果只是毛泽东同志讲过的才能做，那我们现在怎么办？马克思主义要发展嘛！毛泽东思想也要发展嘛！否则就会僵化嘛！'"

"是小平同志说的话吗？"张文彬兴奋地凑到秦文彩的身边，抢过报纸要看。

"当然是他的原话！你看看最后一段。"秦文彩指了指报纸的左下方。于是，张文彬一字一句地念着："什么叫高举？这是我们要回答的问题。现在中央提出的方针、政策是真正的高举。下这样大的决心，切实加速前进的步伐，是最好的高举。离开这些，是形式主义的高举，是假的高举。"

"痛快！小平同志讲得深刻而明了！文彩，依我看，我们在党中央和余秋里、康世恩二位副总理的直接领导与指挥下，同外国人搞海上石油勘探开发合作的方向没有错，确实是坚持了党的实事求是的路线。这个道理并不复杂：因为我们没有钱，没有经验，从这个实际情况出发，在中央的统一部署下，有条件地与'老外'谈判合作，最终实现把我国的海上石油工业发展起来，为四个现代化服务，我看这就是高举毛泽东思想伟大旗帜嘛！"张文彬两眼闪闪发光地询问自己的战友。"而且是真正的高举毛泽东思想伟大旗帜！"秦文彩说得更加肯定。

"那我们就什么都不怕了！该干什么还干什么。"张文彬突然一转话锋，道，"我看我们要正确领会余、康二位副总理的批示精神。这一段时间，我们接待了那么多外国公司，头脑有点发热，加上外国公司那么争先恐后地要与我们合作，于是便急于想签订几份合作协议。动机毫无疑问是对的，可对外合作这么大的事，国家第一回，我们石油人更是第一回，要慎之又慎。因此，中央要求我们多搞调查研究、多摸摸各种方案，是很有道理的。毕竟一方面我们与外国公司合作是外行，另一方面国际合作开发石油项目的形式花样也多，不摸透，不熟悉所有情况，我们肯定会吃亏。"

"我同意你的分析。吃点亏，中央能谅解我们，但大亏我们绝对不能吃，因为这不仅仅是国际间的合作问题，更是国家的长远利益问题。"秦文彩说。

"好，我们分头做工作。"张文彬这位老将好像浑身充满了信心和力量。年富力强的秦文彩更是雷厉风行。之后的几天里，他们把参与同外国公司谈判的同志们请过来，或单独开会，或集体学习批示，不仅非常正确，而且非常及时。"现在外国公司与我们合作勘探开发海上石油的事，他们很着急，我们自己呢也很着急，但两者之间的着急出发点不一样。他们着急，是想早点进入我国,早点赚钱。我们着急是怕失掉机遇。人家虽然着急,可谈判时他们懂行;我们着急,但对国际间的合作谈判是外行。同在着急之中,吃亏的是谁?肯定是我们呗!大伙儿想想是不是这个理?所以余、康二位副总理的批示既及时,也非常正确。"

"这么一说,我们想通了!没说的,大方向你们领导把握着,你们怎么说我们就怎么做!"

"对,下一步怎么办?我们等待接受任务呢!"

张文彬和秦文彩看着自己这支政治头脑始终清醒、工作精神始终饱满的战斗队伍,脸上露出了自豪的微笑,同时内心也深受鼓舞。

"好,下面我布置下一步的行动。"张文彬挺起胸膛,像当年命令他的千军万马,"根据石油部党组的布置,并报中央批准:一、立即派出不同层次、不同规模的考察团,带着不同的考察内容到不同国家进行新一轮的考察;二、考察的对象既包括美国、英国、法国、挪威等石油技术发达的国家,也包括像巴西、科威特、喀麦隆、伊拉克这些发展中国家……"

不几天,部长宋振明、副部长张文彬、焦力人、秦文彩、阎敦实和闵豫、李天相等石油部的大员们,几乎倾巢出动,各自带了代表团,组成执行不同任务的九个团队,历时半年多时间,先后访问了欧、美、非、亚等十几个国家和地区。与此同时,经国务院批准,邀请了二十多家国外公司到北京访问。这是中华人民共和国成立后在短时间内派出和接待人员最集中、团体最多、频率最高的一次"走出去、请进来"的国际交往活动。

中外的石油人几乎有同样的感觉:这回中国对外开放的大门是彻底地打开了!

"当!当!当……"北京长安街电报大楼上的钟声,这一天敲得格外清脆和洪亮。告别具有划时代意义的1978年的中国人民,突然发现扑面而来的新一年的阳光和空气是那样温暖与清新。

紧张战斗在对外开放第一线的秦文彩和张文彬等石油部的同志,自然是备受鼓舞的,是中央给了他们最有力的支持,他们已经预感到新一年的中国海洋石油事业将有伟大的突破。此时,秦文彩也被任命为石油部副部长兼外事局局长,与张文彬等一起领导和主持我国石油行业对外开放事宜。

经过为期半年多的学习与考察,中国石油人已经基本了解和掌握了当时国际海洋石油勘探开发的相关合作形式，接下去要做的是先期合作项目——物探工作的合作意向书签约。

按照中国政府和石油部确定的对外合作方针，凡是想在中国获得海洋石油开发项目的外国公司，必须首先获得在中国规定的海域进行物探的项目。因为物探既是海洋石油勘探与开发的技术先行，更关键的是中国政府有言在先：所有外国公司只有在取得物探成果后，才有可能进入下一步的实质性海洋油田开发。这成为外国公司叩开中国海洋石油开发权的"敲门砖"，谁拿到了"敲门砖"，谁才有可能踏进中国海底石油世界。

"老部长，我们马上就要出发了，您看还有什么指示？"春节刚过，张文彬踏着残雪，来到康世恩的家，做出国前的请示。此次经国务院批准，石油部将派出以张文彬为团长的中国石油部代表团，远赴欧美数国，与那些有意向同中国进行先期海上物探合作的石油公司一起，完成合作意向书签约。任务繁重而特殊，它是中国石油史上的首次，也是中国改革开放后与众多外国企业首次签订的数宗合约，更重要的是，它关系到国家利益和领土主权。从某种意义上讲，中国石油人是在做开天辟地的事。

外交战线有句话，叫做"外交无小事"。慎之又慎，是外交和外贸上必须遵守的纪律与原则。更何况，石油买卖实在影响太大、太深远。如果合同生效，外国公司向中国要投资几千万甚至是几亿美元，一旦成功投产后，我们就必须让出近三分之一的利润回报人家，这一回报就是十五年。海上石油勘探风险之大、投资之巨、技术要求之高，可能是我们中国当时所不能承受的。外国公司冒风险投入巨资进行先期工作，按协议规定，一旦没有找到油田，中国将不承担任何经济损失，仅此一条，就吓退了许多中小企业。大买卖只有大公司才能做得了，国际石油"巨无霸"们敢于同中国签约，是因为他们不怕冒那么大的风险，雄厚的资金实力和技术实力，加之海上石油勘探的经验在手，他们才不怕吃小亏呢，吃小亏的目的是为了占大便宜！由于中国海域具有丰富的石油资源，一旦发现大油田，即使是十分之一的原油回报也足够收回先期的投资，并有丰厚的利润！

"流动的黑金是世界上最诱人、最具活力的财富，谁掌握了它，谁将主宰这个世界上的一切。"早在20世纪初，老洛克菲勒就说过这样的话：七八十年后的20世纪末，全球经济发展可能导致整个世界的能源危机，不但美国这样的发达国家，连亚洲和非洲国家都将为石油叫苦，国际石油大亨不为石油疯狂才怪呢！他们用大鼻子在世界各个角落不厌其烦地嗅着任何一处带油腥味的地方，中国如此广阔的海域，即使有百分之一的希望也足以让他们疯狂。

执掌中国石油航船方向的康世恩十分清楚这一点，当他见张文彬前来请示时，消瘦的脸上笑开了花，当即说道："我代表国务院，可以给你一把尚方宝剑——可以把握时机，及时与那些适合我们的外国公司签订物探意向协议或备忘录！"

"是。"老兵张文彬从康世恩家出来的那一阵，感觉底气十足。

"文彩，家里的事全交给你了。"2月6日，春节一过，张文彬率团离开北京，临走时对秦文彩说。"放心吧，老政委！"秦文彩紧握张文彬的手，请他注意身体。

"哈哈哈，没事。不瞒你老伙计，别看我快60岁的人了，但现在我感觉自己才30岁，浑身上下有使不完的劲儿！"张文彬带着一串笑声上了飞机。

此时的石油部"二文"——文彬和文彩，一个在国外，一个在国内，他们在国务院和石油部党组的领导下，全力以赴地指挥着整个中国海洋石油事业对外开放的工作。

张文彬到达的第一站是英国伦敦。此行目的是准备跟英国BP石油公司签订地球物理勘探协议意向书。BP公司是英国著名的石油公司，在欧洲的北海石油开发与中东石油勘探中有过辉煌业绩，中国与BP公司在北京时就谈得很融洽，并对具体的合作条款都有了共识：BP公司在中国海域内进行物探期间，公司所产生的费用均由BP公司独自承担；物探资料双方共享。按国际惯例，待地震普查结束，中方有义务在进行勘探的海域内拿出一定区块进行公开招标，参与勘探作业的BP公司有权参与投标。

因为事先早有准备，双方签约只是例行一个形式，但这对中英双方都很重要，尤其是张文彬率领的中国石油公司代表团，更感到签下的第一份合作意向协议意义深远。

张文彬看着副团长赵声振代表中国在意向协议书上签完字后，立即握住BP公司总裁的手，说："今后我们就是合作伙伴了，希望贵公司把最好的技术及设备拿出来！"

"OK！这是没问题的，我们的技术是世界一流的！"BP公司总裁一副绅士风度地笑着回应张文彬。

"来来，为庆祝与外国公司的第一个意向协议书正式签订，我们一起在这里合个影。"在伦敦著名的塔桥上，张文彬招呼所有代表团成员排在一起，面带笑容地留了个纪念照。

第二站是巴西。当时里约热内卢正举行狂欢节，大街小巷都是狂欢的人们。一直生活在国内封闭环境下的代表团成员们第一次见到这样的"花花世界"，真有些看花了眼。"同志们，你们都得给我记住：现在北京正下着雪，我看雪景下的心境要更好。"张文彬冷不丁地向大家说道。

"部长放心，我们知道自己出来是干什么的。"赵声振出来打圆场，代表团成员们顿时消除了紧张心理。

巴西之行，是中国石油公司代表团前来取经的。作为发展中国家，巴西在许多方面与中国十分相仿，如国土面积与国土自然条件，尤其是海洋领域，大小差不多。但巴西的海上石油勘探当时已经走在了中国前面，他们主要也是依靠外国的力量进行的，所以更引起中国石油界的兴趣。

"我非常热爱中国，你们有什么要求，可以随时提出，我将尽力让诸位满意而归。"接待张文彬一行的是巴西矿业动力部部长植木茂彬先生，他是日裔巴西人。共同的东方文化背景，使部长先生对中国客人格外热情，在家里招待张文彬一行，是一种特殊礼遇。张文彬等中国石油人从植木茂彬先生那里知道：其实最早到巴西的东方人是中国的广东人和福建人，19世纪就有不少中国人在此，因为他们特别勤奋，也就很快成了当地的富人。值得一提的是，中国人把自己的种茶和制茶、制烟技术传授给了当地人。但由于巴西殖民主义者是西班牙人和葡萄牙人，他们雇用的多数是非洲黑奴，勤劳的中国人成了他们的眼中钉，后来他们借机在当地族人中挑拨离间，掀起了一场残杀中国人的悲剧。之后的几十年里，中国人就很少有人移民到巴西，而日本人却来到了巴西……如今日裔是巴西最多的外来人口，他们很多人在政府中任职，成为巴西上层的精英。这位部长非常友好地安排了中国石油公司代表团的访问日程，并且几乎满足了张文彬他们的所有要求。

"我们从里约热内卢，到圣保罗、巴西利亚，又到了海上、陆上十一个石油公司学习参观，学到了过去从未见识过的许多国际合作的经验，尤其是国际招标方面的经验。根据实际需要，我请示康世恩副总理后，又经植木茂彬部长的热心安排，将代表团中的尤德华、唐昌旭和汪善征三个人留在了巴西，让他们专门学习巴西海洋石油对外合作的相关法律、风险管理、合同模式以及运作程序等等。尤德华他们后来都成了我国石油界对外合作谈判与法律制定方面的专家。"事后，张文彬每每谈起当时的这一"英明决策"，总是很得意。

第三站是美国。这是中国石油公司代表团的最后一站，也是最重要的一站。

与一年前秦文彩他们访问时的情形相比，这一回的中国石油公司代表团，是堂堂正正的政府代表团。因为此时中美已经正式建交，所有日程与仪式完全是两国政府之间的行为。而且几天前，邓小平同志首次美国之行所掀起的"邓旋风"和"中国风"，早已为张文彬他们营造了中美友好的气氛。于是，张文彬率领的中国石油公司代表团一行乘坐的飞机一抵达美国，就充分感受到了这种"不一般"：飞机在华盛顿机场一落地，早已等候在出口处的美国各大石油公司的代表和各大新闻媒体的记者们的那种热情与阵势，简直把张文彬他们吓坏了，以为是搞错迎接对象了。代表团中有人偷偷问团长张文彬："是不是他们把我们当作国家元首访问团了呀？"

"我们就是中国石油公司代表团！"张文彬将手往后轻轻一摆，示意大家从容面对。经历了一两年与各种外国公司打交道，现在的张文彬，几乎成为经验丰富的职业外交官，什么场面他没见过？

"大家一定要记住：我们是中国政府的石油代表团，而且是中美建交后第一个访问美国的政府代表团，同时我们又作为业主出现在美国众多石油公司面前，我们一定要拿出自己的姿态，这个姿态是什么呢？就是站起来的中国人的姿态！"一进华盛顿的饭店，张文彬就告诫代表团所有人员。

可不是，这回中国石油公司代表团来美国，对方非常清楚张文彬他们此行是来"玩真活的"——要与相关公司签约哟！对做买卖的人来说，签约意味着什么？就是做生意、发大财的机会到了呗！

这种感觉，张文彬他们深切感受到了。几十年来，像《纽约时报》《华盛顿邮报》等美国主流媒体几乎都是负面报道中国的，这几天却无一例外地整版整版地正面宣传张文彬他们的访问情况。

"我们的对手，都是国际著名石油公司的高层人士，他们谈判的经验和技巧都比我们高明，诸位都给我把眼睛瞪大了，把耳朵竖起来！"在会见阿科集团的代表之前，张文彬吩咐道。

转眼间，中国石油公司代表团与阿科公司的代表双双坐在谈判桌前。

"尊敬的中国先生们，是不是我们先把方案给诸位介绍一下？"阿科公司的首席谈判代表用热切的眼神期待着。

"可以。"张文彬通过翻译说。

其实，中国石油公司代表团发现，美国人自有美国人的坦诚与直率，一旦他们认定合作符合自身利益之后，就不会没完没了地讲价钱。

"看来我们的开放正是时候！他们看中了有钱可赚，所以迫不及待了。"

"可不，人家遵循的是国际惯例，表面上有些吃亏，其实他们的眼光放得比较远……"

中国代表团成员们低语道。

"尊敬的团长阁下，我们今天拿了个合作计划，简单地说，就是'357方案'……"阿科公司的代表说。

"噢，说来听听。"张文彬饶有兴致地请翻译介绍。

"简而言之就是：3月份我们之间正式签订物探协议，5月份开始地震作业，7月份再派代表去北京签订下一步正式合作开发的补充协议。简称'357方案'。"

张文彬等中国代表团成员听后大为惊诧，继而发出一片笑声。

"怎么，你们对此有何不同意见？"阿科公司的代表瞪大眼睛，表情十分紧张地看着中国石油公司代表团。

张文彬和团队中几个主要骨干用眼神对视了一下，然后非常友好地对阿科公司的代表说："我们基本同意你们提出的方案，除了某些细节一会儿我们再作商讨之外，我看——我们今天就可以签订一个备忘录。"

"OK！"阿科公司为能在与中国的合作方面中了头彩而异常兴奋。

其实，张文彬他们的内心更加暗暗庆幸：美国之行的第一炮打得很漂亮！之后与埃克森、莫比尔和德士古三家老石油公司的地球物探意向书签得同样顺当。

这四家协议签下后，立即在美国石油界引起震荡：中国真的开放啦！东方雄狮真的要大发展了！

"你们应当抓住机会，乘他们在美国访问期间，尽可能地把想获得的项目抓到手！"美国能源部部长刚刚将情况向总统汇报完，立即通知其他几个石油巨头。

一时间，中国代表团的住处，成了石油巨头们接踵而来的热闹地方。要见团长张文彬的人太多，预约的和没有预约的全都主动找上门来，有的甚至等了几天还在不停地追问是否能见到"张团长"。

"好事嘛！来者不拒！"虽然累得有些上气不接下气，但张文彬和代表团所有人员情绪高涨。面对那么多想见中国代表团的美国公司，张文彬做出步骤调整：可以让他们公司之间相互协商，几家公司联合过来跟我们谈也行嘛！

消息一出，美国公司间立即展开了公开的和秘密的"自由恋爱"。联合石油公司和阿莫科都是美国著名石油巨头，他们也不得不进行了临时协商，这样才有机会与张文彬团长面对面地谈判。

数日下来，中国石油公司代表团与那些积极期望与中国合作勘探开发海上石油的美国公司签下了不少意向协议或订下口头协议。

张文彬他们的中国石油公司代表团从美国回到祖国后，不几日，中国国务院迅速批准了石油部与英、美等国四个公司关于在中国的黄海南部和莺歌海部分海域合作进行物探工作的协议。这时，秦文彩等也正在为迎接国内海上大会战紧锣密鼓地进行着准备工作。

4月9日至14日，秦文彩和张文彬、阎敦实共同主持了一次重要的石油工作会议，此次会议可以说是海上石油大会战的战前动员会。此时的石油部上下，群情振奋，跃跃欲试。与此同时，张文彬和秦文彩又把"渤海""南海"两个基地的领导叫到北京，告诉他们：形势发展之迅速要比想象的还要快，预计不出三个月，在我国黄海南部和珠江口大陆架的海域，以及海南岛南部至北部湾二十万平方公里的海域，将有十余艘不同国度的物探船只，进行快速勘探工作。这是中国对外开放的第一次大行动，不仅对中国石油事业，而且对整个中国的四个现代化建设都将产生深远影响。"我们必须以高度的责任心，打好这海上第一仗！"张文彬以军人的作风，鼓动两"战区"的将士。

秦文彩更是忙着与石油部的机关人事部门商议调兵遣将的事宜：

第一件事是组织一支包括地质、物探的专业技术人员共80人进行集训。训练后，即上各国物探船担任监督任务，并参加现场资料采集和准备下一步的资料解释工作。

第二件事是调集12名高级专家组成三个专家组，立即派往美国休斯敦、法国巴黎和中国香港，代表中国石油公司处理同各国石油公司有关的技术业务往来。

第三件事是组织21个定位岸台，共44个专业技术人员参加，马上派往"南海""南黄海"各"战区"前线，投入导航定位工作。

第四件事是组织64名财务会计人员进行培训，准备派往各合作区域参加财务管理。

"按照宋部长和张副部长的要求,上面四个方面的人员,必须在政治上能够符合外事人员的要求,要精通专业技术,要有一定的外语基础,身体还能适合海上工作。"秦文彩对人事部门的同志说。

"我说秦部长,我们一下从哪儿调集这么多你所要求的人才呀?"

"这个我不管。大战在即,这是战斗的需要!你们想办法吧!"

秦文彩放下话,大步走向门口,不过他又折回身子,冲着愣在那儿的人事干部们笑笑,说:"我知道是难事,但相信你们!"

毫无疑问,石油部是个经得起各种考验的战斗集体。几十年来,在余、康等卓越领导人的领导下,通过了大庆、胜利等油田会战的锻炼考验。这支随时能拉得出去并打得赢的共和国石油军,在建设四化的伟大战役中,正准备迎接新的考验。

3. 谈判一波三折

以为对外开放就是把国门轻轻地一开就可以高枕无忧，那未免太天真和幼稚了。

"从某种意义上讲，对外开放，尤其是它的进程，其实比自力更生所经历的还要复杂和艰巨得多。"经历中国对外开放初期的秦文彩体会深切。

"第一次看外国公司拿来的合同文本时，简直不能多看一眼，多看一眼，你就会发蒙……他们的条款搞得太细太细，如果你没有按条款规定的去办，就得罚你款。外国人的思维模式与我们很不一样，而且国际公司的合同条款文本，有时一个很小的具体事宜，他们也会拿出一本厚厚的文本，少则几十页，多则几百页，甚至上千页，别说通篇看完，就是让你看几页，也非得把你整头痛了不可。可你还必须一个字一个字地看，而且必须看明白，如果稍稍疏忽一下，你可能就掉进不知有多深的陷阱里了……研究合同文本，是我感觉最头痛的事，但这又是对外合作中最重要的一件事，丝毫马虎不得。"秦文彩深有感触地向我吐露了十余年主持中国石油对外合作过程中最苦恼、最劳神的一项工作。

"可以这样说，海洋石油开发中的对外合作，比任何中外合作项目都具有挑战性，因为除了双方利益外，我们头顶上还悬着一把利剑，它便是国家的主权问题。"秦文彩说，为这，他和康世恩、张文彬等中国石油人，在改革开放初期不知被多少人骂作"卖国贼"，然而因为中国共产党人的高度组织纪律性和党性原则在心中,他和同事们又为了不做"卖国贼"而不得不一次次地忍辱负重、义无反顾地捍卫国家和民族的利益,与诸多外国公司展开无数艰苦而不懈的谈判与较量。这种谈判桌上、桌下的较量,有时甚至比战场上的厮杀还残酷。"欲哭无泪,生不如死的滋味都尝遍了!"秦文彩坦言。

"但在国家的尊严和民族利益面前,你个人的委屈和无奈又算得了什么?你还得平静下来,调整好心态,捂住伤口,舔干血迹,重新振作精神,再去战斗和拼搏,甚至有时需要违心地去执行……"这就是秦文彩等第一批从事中国海洋石油对外开放工作者所练就的品质与人格。

外交家的智慧,石油人的豪气,中国人的热情,在对外工作中,你得发挥到淋漓尽致,越发挥到极致,你越能收获尊重与喜悦。

进入第一轮合作开发的国家是法国和日本,中国政府之所以选择这两个国家,在当时既有业务上的考量,更有政治上的因素。在西方世界的对华事务中,法国一直与我国保持良好关系,在人民共和国成立之初,便与我国建立了友好的外交关系。与邻国日本的关系则要复杂得多,但在我国改革开放初期,以田中角荣为首相的新一代日本政要顺应世界历史潮流,于1978年同我国缔结了《中日友好条约》。这一具有深远历史意义的友好条约,为中日两国间的经济合作扫清了障碍。

当中国海上吹起强劲的开放东风之后,资源严重依赖进口,又一向看好中国海底石油资源的日本政府,听说中国正在与西方各国开展大规模的海上油田合作开发后,实在坐不住了。时任首相的大平正芳亲自出面,通过日中友好议员联盟会长滨野清吾于1979年6月访华时传话给中国最高层,希望尽快就日中共同开发渤海湾石油事宜正式签约。其实中日就合作开发海上石油的事宜在这之前已经有过多次讨论,从1978年开始的一年多时间里,日方曾派过八个代表团到中国与秦文彩他们进行谈判,并达成初步协议。最后形成的协议内容也是非常可观的,中国将渤海湾地区的渤南一带海面划给日本石油公司进行物探并许可随后参与招标开发,日本方面最终也同意拿出五亿美金作为开发投资。

渤海湾的石油开发项目一直在紧张的谈判之中。而关注这一进程的不止两国间的石油公司,两国高层领导同样十分关注,尤其是日本方面。1979年,大平正芳访华前夕,为了能够争取到一项象征日中友好的"成果",首相府就把共同开发渤海湾石油项目的签约事宜,作为访华期间两国领导人会晤的一重要内容。1979年12月，大平正芳首相访华第二天，中国和日本关于在渤海湾开发石油的总协议在人民大会堂签订。1980年2月，中日双方又就总协议遗留的油田开发问题签订了补充协议，而这之前的所有协议还不是正式合同文本。按照日本国的法律，还必须经过国会批准。日本方面对此高度重视，文本很快经执政党——自民党掌控多数席位的议会通过。此时，中国方面则有自己的想法：正式合同文本的签订时间，希望放在华国锋1980年5月访日期间。这是对等的外交形式。日本方面表示同意。

1980年5月，中国石油公司代表团在李景新、赵声振、钟一鸣的带领下，先于华国锋的国事访问之前到达了东京，就两国原先达成的合作协议的一些细节做最后的敲定。代表团到东京后，几乎每天向北京汇报。秦文彩等随时把握着大方向，坐镇总指挥的是康世恩。

华国锋已经启程，这是中日两国之间中方最高领导人的一次历史性访问。中国石油公司代表团兴奋而激动，日本方面的石油公司也异常欢欣鼓舞，历经两年多谈判的两国海洋石油合作是象征中日友好的重要项目之一，现在只等两国领导人的签字仪式了。可就在这时，北京方面突然向中国石油公司代表团发去一份急电，上面共八个字："中止谈判，马上回国。"

这是怎么回事？当电文放到李景新、赵声振和钟一鸣手上的时候，他们简直惊呆了："这……这不是开国际玩笑吗？"

"什么事都与日本方面谈妥了，现在突然要中止谈判，怎么向人家交代啊？"代表团中有人发牢骚了。李景新、赵声振和钟一鸣也异常伤感地互相看着，不知所措。

"马上给北京打电话，问问到底怎么回事！看看还有没有回旋的余地……"有人说。

一会儿，赵声振耷拉个头，有气无力地回来告诉大家："北京方面说，一两句话说不清，让我们回去再说。"

一份重要的协议被突然取消，不仅震动了中日两国石油界的谈判人士，也同样震动了两国政界。原定的签约仪式没有了，李景新他们也只好收拾行李，准备回国。

当李景新向日本石油公司的德永先生辞行时，德永先生惊愕得直哆嗦："这……李先生，这到底发生了什么事？"他问李景新，可李景新只能十分尴尬地告诉他："德永先生，我们会回来的。中国人是讲究信誉的国家，中日两国之间的石油合作也是一定要有的,这一点请你和同事们放心。"

话虽如此说,可访日的中国石油公司代表团成员们觉得心里有股窝囊气出不来。回到北京的第一件事,就是打听到底为了什么!

秦文彩告诉他们:"事是我汇报的,决定是康世恩副总理拿的。"

为什么?于是秦文彩不得不把前因后果向他们解释清楚。

原来,在同日本谈判的同时,秦文彩正在主持同法国道达尔公司的谈判。几乎是在李景新他们在东京与日本方面达成最终协议的同时,作为中法谈判的首席代表,秦文彩也正在细细地看着中法石油开发协议的最后文本……

协议文本太厚了,足有上百页,密密麻麻的。秦文彩拿在手上的第一感觉就仿佛自己的心头一下压上了一块大石头,特别沉,特别闷。作为主管海洋石油对外合作的石油部副部长兼外事局长的他,深感责任重大。已经戒烟的秦文彩,为了这些难嚼的协议文本,不得不重新当起"烟鬼"……在烟雾缭绕中,翻着一页又一页合同文本的秦文彩,一双浓眉越来越紧锁起来:这个协议,我们中方的风险太大了!这样的合作,我们不知要损失多少呀!秦文彩越看越觉得合同文本里面的"名堂"太多!一句话:中国吃亏的地方太多!

不能签这样的合同!强烈的责任感和使命感,涌上这位老战士的心头。

"秦先生,你是不是有些不舒服?"法国道达尔公司首席谈判代表戴尔先生见烟雾中谈判对手的表情越来越严肃,便悄声问道。

"我是看了这个合同文本后感到不舒服。"一向彬彬有礼,时而也会锋芒闪现的秦文彩直言道。

戴尔先生一惊,说:"这个合同文本是经我们双方多轮谈判后形成的共识,我看不出什么问题。我们应该可以在上面正式签字了。"

秦文彩抬起炯炯有神的双眼看着对手,掷地有声地说:"这确实是我们经历艰苦谈判得出的共识,但我认为合同文本里面的经济条款,还值得认真研究。"

"什么,还要研究?"戴尔先生差点跳起来,他在原地连转了几个圈,然后用不可思议的语调说:"我最怕你们中国人的'研究研究'了。"

秦文彩点点头,说:"是的,我们中国人许多事情还不十分有经验,研究研究是必需的。"然后他站起身,拿起合同文本出了门,又回过身向戴尔说了声,"不过,戴尔先生别着急,我们会研究出结果的,请耐心一点。"

"我够耐心的了！"戴尔心头恨恨道。

秦文彩离开戴尔，回到家匆匆吃了一点晚饭，然后夹着合同文本，直奔秦老胡同的康世恩家。不过他没有敲门而入，而是站在院子里的那棵海棠树前呆了许久——毕竟是副总理家，人家也要吃晚饭嘛！

可以进去了！秦文彩听到里面有收拾碗筷的声音，便往里走。

"来啦！坐坐。"刚吃过晚饭的康世恩一见自己的亲密部下，便指指身边的沙发。都坐下后，康世恩瞅了瞅秦文彩，说："怎么今天的气色有些不太对劲？那个法国人是不好对付的谈判对手？"

秦文彩皱着眉头，没有说话。康世恩似乎意识到什么，便对家人说："搬两把椅子，我跟文彩到院子里坐坐。"

院子里有凉风，比起屋里多了一丝凉爽。秦文彩迫不及待地向康世恩汇报道："我越发觉得与法国人谈判的工业合作模式，必须重新进行思考。前几天，我们几个人交换了一下意见，韦布仁和唐昌旭等同志也是同样的意见，都认为这种工业合作方式对我们不利！"

"为什么？"康世恩的眼睛一下瞪圆了。

"再谈下去，我们可能吃亏，吃不少亏。"秦文彩说。

"说，细细说一说。"康世恩知道，与法国进行的工业合作模式，是参考了国外海上石油开发的做法的，而且中法之间的谈判也有一年多了，秦文彩他们在最后时刻提出这个问题，一定非常关键。他认真地听着秦文彩所说的每一个字：

"今天我在谈判桌上，反复看了他们起草的合同文本中的经济条款。对他们来说，依据这种经济条款，没有任何风险可以承担。他们只提供装备、技术、贷款、专家以及技术服务。不管其勘探前景、效果如何，找不找得到油，他们都没有任何损失。可我们还必须按合同规定偿还给他们的贷款、利息及装备、技术和服务等等全部费用。这种结果，等于他们所谓的投入就是毫无风险的嘛！"

"等等，你再给我说一遍！"一边听着一边抽烟的康世恩被秦文彩泉涌般的话语触动了，触动到一个很深的问题当中了——同外国的石油合作项目，是不是都存在同样的问题？

秦文彩见老部长完全理解了他的意思，便擦了擦已经淌到脖子的汗珠子，又将要害问题说了一遍。

"原来如此！"康世恩从椅子上站了起来，闪着锐利的目光问秦文彩："日本的总承包合同是否也存在同样的问题？"

秦文彩点点头："问题基本差不多，我看过同日本合作的协议文本。一句话：无论是法国人还是日本人，他们都是旱涝保收，我们呢，如果碰巧找到了油田的话，还有可能获得收益，但如果没有找到油的话，外国公司便会在投资完成后，把专家一撤，拍拍屁股走了。可到那个时候，我们还能往下做些什么呢？弄不好等于白忙了几年，啥事都得从头做起！"

康世恩听罢，快速地在小院子里来回走动着，思考着……突然，他停下步伐，右手在空中用力一挥，命令道："中止谈判！立即中止！"

这一天晚上，北京六铺炕的石油部办公会议室的灯光一直亮到深夜。关于中外合作谈判相关事务的紧急会议正在这里召开，康世恩副总理与宋振明、张文彬、秦文彩、邹明等石油部领导经过紧急磋商后，正式做出一项关键性决策：中止正在进行中的海洋石油中外合作模式的谈判，重新选择最佳合作方式。

这一夜，东京收到的紧急电文就是这样产生的。

秦文彩在第二天再次来到法国道达尔公司的谈判代表团所住的北京饭店。

上午10时许，焦急等待了一夜的法国代表团戴尔一行刚刚落座，便向桌子对面板着身子坐着的对手秦文彩来了个软中带硬的先声夺人："秦先生，想必经过一夜的研究，今天我们就可以草签合同文本了吧？"见秦文彩不动声色，戴尔进而道："我们的谈判时间已经不短了，来帮助中国发展海洋石油事业的道达尔公司，是非常真诚地希望能够早日展开实质性的野外工作，所以请阁下充分理解我方的一片诚意。"

戴尔说完，打开协议文本，便要往秦文彩这边推。"等等！"秦文彩伸出右手，轻轻将协议文本挡在了谈判桌中间，说："尊敬的阁下，十分抱歉，对于贵方起草的合同文本中有关经济条款与工业合作的方式，我们中方经过进一步的研究认为不能接受。为此，我郑重地告诉阁下和代表团的先生们、女士们：按照现在的合同文本再继续谈判，已经没有必要了，我们不可能签字。"

"什么？秦先生，你在说什么？你们懂不懂……"戴尔显然被突如其来的结果搞晕了，本想说："你们这些中国人到底懂不懂国际商务谈判的游戏规则？"可最后还是强忍着把这话咽了回去，但他无法接受秦文彩的通告，于是拿出咄咄逼人的腔调道:"秦先生,我们的文本内容,是经过双方多次谈判的结果,这并不是我们单方所强迫的,是这样吗?"

秦文彩点点头,先示意恼怒的戴尔坐下,然后说:"这一点我并不否认。但尊敬的戴尔先生,我想阁下很清楚一点:既然它是谈判所得出的结果,那么只要双方还没有正式签字之前,是不是双方仍然可以提出自己的意见和想法?嗯,阁下您说呢?"

戴尔被秦文彩彬彬有礼的回应给问愣了:"嗯,秦先生说得没错,协议没有正式签订之前,谁都可以发表建议和意见。"

"那好,我们中方正是基于这一点,所以提出了我刚才向阁下通告的意见。"这时秦文彩语气已经很平和了,他甚至微笑地看着戴尔,看着法国所有代表团成员。

秦文彩的微笑和眼神是真诚的,也充满了友好。

然而戴尔仍然无法接受,如同蒙受了奇耻大辱,突然从包里拿出一大摞笔记本和资料,高声冲秦文彩说:"这是我们一次次谈判的记录和证据!你们中国人说话还算不算数?啊,算不算数?"

屋子里的气氛顿时紧张起来。所有人的目光都投向秦文彩……只见"国"字脸、板寸头的秦文彩,微微动了下身子,继而又泰山般地坐定在椅子上,一只右手伸向桌上的茶杯。"嘭"的一声,这声音不大不小,却让全场的谈判成员多少有些心惊肉跳。

"谈判就是谈判,是一个双方不断取得共识的过程。在没有正式签约之前,所有的文本和意见,都不具备法律效力,难道颇有国际谈判经验的戴尔先生不懂得这一点吗?我在此可以郑重地代表中国石油公司代表团告诉所有法国朋友,一旦在协约上签字,我们中国人是一定会信守合同的!"秦文彩的话掷地有声。

"可我们的工业合作模式,在世界许多地方都取得了成功,如非洲、中东等地方,我们的这种合作都是双方满意的。"戴尔已经变得不再那么恼怒了,但他仍然力图挽回些什么。

"中国就是中国,我们是一个年产亿吨的石油大国,我们不是非洲,也不是中东。"秦文彩不卑不亢地回应道。

中法谈判与中日谈判一样,都在同一时间被暂时中止。这两波近乎重启的谈判历程,让外国诸多石油公司对刚刚开启对外开放的中国有了一个新的认识，同时也对秦文彩等一批从枪林弹雨中走来的中国石油工业领导人多了一份敬畏。

不过，中国海洋石油的对外开放是走在了整个中国对外开放前列的，因而它在总设计师邓小平的统一领导下，并没有停止脚步，相反走得更快、更稳健了。与法国和日本的海上石油合作，后来经过康世恩和张文彬、秦文彩等人战略与战术上的调整后，采用了分阶段勘探开发的风险合同，简单地说，就是合作双方共同承担风险责任，获利后按比例分配。这一方案最终在中法、中日之间达成共识。

中国和法国道达尔的协议正式签订之前，日本方面得知消息后，强烈要求中日合作协议必须"第一个"签订。

"日本方面很讲究'头彩'，所以他们提出这样的请求。"外事部门来向秦文彩报告。

这些日本人！秦文彩心里在笑，可毕竟人家日本与中国的合作项目投资要比法国大得多，人家提出要获"头彩"也可以理解。怎么办？与法国签协议的事已经通报给道达尔方面了，总不能让人家难堪吧？

外交方面的事就是这么麻烦！石油部有关方面的办事人员感到一筹莫展。

这样吧，我们选择好同一天时间，在北京和东京同时签字，他们两个都是"第一"！秦文彩出了高招。

OK！法国人和日本人听了都很高兴，由衷地敬佩中国人的智慧及处事艺术。

当中国石油公司代表团分别将中法、中日海上石油合作项目的两份合同文本送达秦文彩手中时，这位老八路抚摸着两份厚厚的国际合作协议书，浮想联翩……多少个日日夜夜，多少人为之呕心沥血，多少次谈判回合，秦文彩记不清了，他所想到的是辽阔的中国大海上即将掀起对外合作的惊天巨浪，这巨浪将影响中国的现代化进程，影响世界石油市场甚至全球经济态势……

然而，秦文彩没有想到的是，就在这对外开放的重要时刻，中国海域上突然出现的一股狂飙，差一点将整个中国海洋石油开发和对外合作的前程彻底葬送，这就是震惊中外的"渤海二号"沉船事故——

4. "渤海二号"事故的冲击波

　　年龄稍长的人都知道当年中国海洋上发生的"渤海二号"沉船事故,因为这个事故所产生的影响实在太大了,大的原因不仅仅是一下有 72 名石油工人遇了难,更是因为"渤海二号"事故来得不是时候。这起事故发生在 1979 年 11 月 25 日,它正是中国改革开放初始,尤其是中国海洋石油对外合作最重要的关头和最热闹的时刻,所以它产生的冲击波远远超出了事故本身。

　　但不管用什么理由掩饰,其一,"渤海二号"的沉没终归是一场极其严重的事故,72 名石油工人一瞬间就失去了生命,这本身也是大事件。其二,"渤海二号"是中国在经济情况非常不好的时候,用巨额外汇从国外引进的先进设备,它被一阵台风刮翻后沉没在大海之中,国家领导人和全国人民都感到心疼。其三,"渤海二号"事故发生时正值中国海洋石油全面向国际招标并已准备进行较大规模国际开发的时候,因此它成为摆在中国石油人甚至是全中国人民面前的一个严峻的问题。到底对外开放、引进先进设备好不好,还要不要?因为当时国务院对"渤海二号"事故定下的"结论"是:石油部某些领导不按客观规律办事,不尊重科学,不重视安全生产,不重视职工意见和历史教训造成的。事故发生后,在各界群众中议论较多的还有一句话是:世界上那么先进的设备,咱中国人会不会用?既然没有把握用好,就不要去浪费国家有限的外汇和人民的血汗钱!

"渤海二号"事故给当时的石油部和中国石油人带来的冲击，几乎是毁灭性的。首当其冲的是才上任不到两年的石油部部长宋振明，被免去部长职务；其次是主管石油工作的国务院副总理、中国石油工业的主要组织者和领导者康世恩，被记大过处分。这样的处分决定，在共和国历史上是前所未有的，对一向红旗飘飘、战功显赫的石油工业战线来说，这种打击是空前的。红了几十年的石油人内部仿佛出现了一次大崩盘——而在这之前中国石油人始终"团结如一人"了几十年。可现在的情况完全不一样了。连一向不动声色就能指挥石油战线千军万马的余秋里此刻说话也没几个人听了，他本人也时常被人在报刊上含沙射影地说三道四。

但真正承受最大压力的也许要算康世恩。因为康世恩是新中国石油工业的奠基者和主要组织领导者，从出任西北石油管理局局长起，康世恩一生就没有离开过石油工作，而且一直处在决策与组织指挥的最高层。"渤海二号"事故发生时，康世恩虽然不是石油部部长了，但他是国务院分管石油部的副总理，石油部一切重大决定还都应该与他有关。国家正在百业待兴的时候，石油工业对外开放处在最紧张和最关键的时刻，"渤海二号"事故如同当头一棒打在了石油人的脑壳上，当然康世恩可以说是受冲击最重的。他被记大过，也开了国务院副总理受处分的先河。让石油人极其焦虑的是：关键时刻，康世恩这杆大旗倒了，百万中国石油大军不成了散兵游勇了？

石油人急啊！

石油系统内部也有人起哄，一些过去在具体事上受过委屈，或者像提拔、分房、工资待遇上自认为吃过亏的人，这时也向某些已经倒了霉的部领导发难。

石油部厂矿领导干部会议上，老部长余秋里出现了。他扫视着一向激情澎湃、气氛异常热烈，而今则变得死气沉沉的厂矿领导干部会场，一改其往日侃侃而谈、慷慨激昂的风格，表情沉痛、语气凝重地说："同志们，这次'渤海二号'事故，造成这么多同志牺牲，我的心情是很沉痛的。作为国务院的一个成员，作为石油部过去的领导人，也是负有责任的……"说到这里，会场上的气氛格外沉闷。

突然，主席台上一声怒吼："但，我们不能因为这件事影响了国家的石油工业！影响了我们'石油人'的光荣传统和革命精神！"台下的干部们被熟悉的大嗓门一下又震动了。

"我希望大家振作起来。要经得起考验！我也相信我们石油部的人是经得起考验的！"余秋里一转话锋，说，"现在我提四点希望：一要正确对待批评；二要勇于正视批评，决不可以护短，更不能文过饰非；三要充分发扬民主，广开言路，虚心征求和倾听各种批评和建议，绝不能再老虎屁股摸不得了；四要振奋起革命精神，奋发图强，埋头苦干，整个石油行业要从跌倒的地方重新站起来！"

"你们有没有信心？"余秋里收住话茬，盯着台下那些熟悉和不熟悉的脸孔。

"有……"台下的回音零零落落，有气无力。

"有没有信心？"老部长的目光里溅出了火星，声音提高了一倍。

"有！"台下的声音仍然不大，且参差不齐。

"到底有没有信心？"台上，独臂将军露出了本相——那只当年在大庆使千军万马感到力量和光荣的右臂又在半空中挥舞起来了！

"有——！"会场上，响起惊天动地的回声。

但是"渤海二号"事故对石油人的打击实在太沉重了，并非是余秋里的一番鼓动所能彻底扭转的。最要命的是，此刻石油工业的统帅人物——康世恩又出了大事。1980年秋，正当秦文彩他们与数家外国公司就招标问题展开一轮又一轮谈判，等待最终拿主意的康世恩同志做出决策时，这位为新中国石油工业操劳了几十年的副总理突然时常感到膀胱疼痛，在秘书和家人的多次催促下，康世恩来到301医院检查，结果令大家大为震惊：康世恩患的是膀胱癌。

听到这个消息，本已非常消瘦，又因近几个月承受种种压力的康世恩，虽然脸上表情平静，可内心的痛苦是可以看得出的——他病倒了……带着疲惫与痛苦，还有无数说不出的忧虑、无奈与不甘。

1978和1979两年，中国自产的原油突破了1亿吨，达到1.06亿吨。1亿吨，这在当时是中国石油生产的标志性数字。而经过两年多调整与改革后的国家经济，正处在复苏时期，百业待兴，石油是必不可少的能源，从某种意义上讲，石油的产量，直接影响到国家经济增长的速度。

1978年党的十一届三中全会后的中国，如同一艘载着经济建设为中心的航船已扬帆起航，怎能出现石油产量下滑的局面？

然而，"渤海二号"事故的影响是巨大的，1980年的中国石油产量真的滑下去了，滑到了一亿吨以下。这可不是一件小事！中央着急了！政府的所有经济部门跟着也着急了,因为石油产量的下滑,就意味着其他经济计划指标要下滑、下调……这是绝对不允许出现的事!

躺在病榻上的康世恩,此时又多了这个更让他忧心的负担。石油是他的生命,石油生产是这位中国石油工业领导者的荣誉——自康世恩担任石油部门负责人以来的几十年中,石油生产就从没有下滑过,用石油部门的人说,箭头从来一直是往上升的。眼下国家经济在万马奔腾的大好形势下,石油的生产却往下降了,这可是关系到他康世恩和整个石油工业的荣誉问题!是关系到国家经济发展的大问题!也是关系到党的中心工作能不能按计划前进的政治问题了!

能不能保住一亿吨原油产量,这对当时的石油部是个严峻的考验。

秦文彩是"渤海二号"事故后没有受到多大牵连的石油部领导之一。因为那个时候,他正忙于主持同几个国家的石油公司谈判而在各国间奔走。"渤海二号"出事几天后,他才从国外回来,所以后来在调查事故全过程中,他属于少数的几个没有直接责任者之一。但他同样没有逃脱当时来自方方面面冲向石油部的压力。

首先,从中央直接获得坚定支持的声音不太容易了。其次,下面的士气出现了严重的动摇,一些部门甚至在对外合作工作中不再雷厉风行,而是等待和观望。

国务院对"渤海二号"事故做出定论后,石油部连部长一职都空缺在那里,临时由一位副部长主持工作。这年秋天,秦文彩从解放军总医院回来的路上,他心里堵得慌:他刚刚从康世恩的病房里出来,65岁的老部长在吃了处分后没多长时间便突然倒下了。这在石油人心目中,仿佛又是一个"渤海二号"事故。

秦文彩的心在流泪,然而他无法停止和拉回已经驶出港湾的中国海洋石油对外开放的合作航船……与法国、日本和美国阿科等公司的合同已经签订,诸多国家的物探船队已在南海、东海和渤海湾展开工作,如果因为中方的原因,这些合作受到影响和耽误,其产生的损失将是巨大的,而且必须由中方承担。秦文彩感到挑着泰山压顶般的担子。

他到部里,想找老领导、与他并肩主持对外合作事务的副部长张文彬,结果人家告诉他,张副部长奉上级批示,到南方"休养"去了——在"渤海二号"事故的调查和处理过程中,好几个石油部领导不是被安排"休养"就是被外派"学习"。

秦文彩忧心忡忡地来到主持工作的副部长焦力人办公室，在汇报完出国的考察情况后，他问："下一步对外合作怎么办？搞，还是不搞？"

焦力人望望老伙计——他们都是从玉门油田出来的老石油人了，脸色颇难看地说："不要着急嘛！"

"还不着急啊？"一向以稳健著称的秦文彩，这一回实在沉不住气了，"噌"地从椅子上跳起来，来回在屋里打转道，"我们可是与人家签了合同的呀！我只问一句：对外合作，干，还是不干了？"秦文彩有些失态地"逼宫"。

年长几岁的焦力人，也是位老八路出身，玉门油田的第一任管理局局长，是康世恩的老搭档，是比张文彬、秦文彩资格还要老的老石油人。受命于危难之时的焦力人看了看秦文彩，其实他内心十分理解，可作为特殊时期石油部主持工作的副部长，他也只能这样回答秦文彩："放慢一点吧。"

"这……"秦文彩想说什么，嗓子里却像堵了一团棉絮，他的脸立即涨得红红的。当他再想张口时，却被焦力人制止了。焦力人问："外国公司现在还来不来？"

秦文彩不想说话了，转身要走。这时，焦力人忙补充道："签订了合同的，就按合同执行，未签的放慢一点啊！"

"其实石油部上上下下的心都是凉的。以前抢着上船的人现在巴不得离海洋远远的，一听对外合作的事，谁都想躲。总之一句话，大家对海洋石油对外合作的热情降到了冰点。"后来的秦文彩回忆起那段往事，仍然浓眉紧锁。

就在国务院正式做出对"渤海二号"事故的处理意见的同时，一场更大的考验已经逼近他们，这就是"3·23大论战"，即"渤海论证会"。

一心一意想为国家石油事业杀出一条对外合作之路的秦文彩他们，无论如何也想不到，他们呕心沥血、赤胆忠心地干了几年对外合作工作，竟然一夜之间被骂成是"彻头彻尾的卖国主义行为"，这种否定渐渐演变成对整个石油部的工作及中国对外开放的全面质疑。真是山雨欲来风满楼，一时间，石油部上空黑云阵阵，弄得正在跟外国人谈判的外事人员都像做了什么亏心事似的不敢昂首走路。

"石油部臭！"

"石油部出了一批吸血鬼！"

"石油部的人不把人民的血汗钱当回事！"

"石油部里有卖国贼！"

这样的骂声，秦文彩和石油部的人经常能在街头和公共汽车站台上听到。那时"小道消息"不比现在的手机信息传播慢，一个根本没影的事儿，用不了半天一宿，便传遍了京城，也很快传到了天南海北。

我也是那个年代成长起来的人，对那段历史条件下中国社会的种种情况大致了解。对石油部的公开指责和民间的谩骂，都是由"渤海二号"事故诱发的。但关于对外开放究竟是爱国主义还是卖国主义的争议和交锋，其实是当时中国两种观念、两种思潮激烈斗争的一种表现。它不仅仅是人民内部观念与思潮的交锋，中间也掺杂着"四人帮"残余势力的恶意攻击及"两个凡是"的持续影响。秦文彩他们面临的这场斗争，首先是来势凶猛，其次是铺天盖地，再次是里应外合，大有彻底扼杀党中央制定的对外开放决策之势。

小丑和英雄，全都在这场交锋中展露了自己的真相，一批自以为是的"正义捍卫者"也跟着凑热闹，欲在其中捞一把政治资本。然而真金不怕火炼，真卖国贼与假卖国贼在这次交锋中都是最精彩的表演者。

事件的导火线是美国纽约的一份中文报纸——《华侨日报》1980年1月25日的一篇文章，作者署名"魏宗国"（"卫中国"的谐音），发表时间距"渤海二号"沉船事故公布一个来月，距秦文彩他们与日本、法国和美国石油公司签订合作协议半年时间。

文章一上来就充满火药味，"魏宗国"出于对"卖国主义者的强烈义愤"，对石油部主持签订的中日两国之间石油合作合同进行了"剖析"，认为：中日合作勘探开发渤海石油的协议中，中方和日方的报酬比例为1:1.35；而国外的合同资源国和外国投资者的分成比例一般是4:1。显然，这么大的反差，说明了中国石油部和一些官员在与日本人"做着不可见人的勾当"。文章还以"事实"说明：合同签订不到几十天，日本人已将其投资的七亿美元连本带利赚回来了！"魏宗国"据此预言，中国与日本的合作，将使中国在"十五年的合同期内，损失一千亿美元"。

这还了得！当时中国人的生活水平非常低，整个国家的国民生产总值才多少？一千亿美元的概念，在大家的心目中，是个不可思议的数字。

这时候，中科院有一位女士，借着自己的工作便利，当她读到"魏宗国"的文章后，出于"爱国主义"的强烈责任感，大有拍案而起的勇气，立即将自己的一腔"爱国热血"，倾洒在笔端——她以万字檄文，向中央领导反映石油部的"卖国主义行径"和"铁的事实"。信发出的时候,还附了《华侨日报》"魏宗国"的那篇文章。

什么是检验真理的标准?"两个凡是"还要不要?改革开放到底是爱国主义还是卖国主义?什么是社会主义?社会主义能不能搞市场经济?与外国资本家合作做生意到底是什么性质的经济形式?……关于这一系列问题,在当时的中国,我们可以听到各种不同的声音,这些声音尽管十分嘈杂,但它对刚刚从封闭和饱受政治压制环境下解放出来的各界人士,都会产生不同的影响。

对"魏宗国"和中科院那位女士的"爱国主义"行为,呼应的人很多,加上石油部"渤海二号"事故的出现,"卖国主义者"被无情地"暴露在光天化日之下"。秦文彩、张文彬,当然还有康世恩,他们都是被人骂为"卖国贼"的代表人物。整个石油部仿佛也成了被"资本主义和帝国主义俘虏"了的阵营。

中科院那位女士的信一直到了中共最高层手里,最后到了邓小平的办公桌上——谁也不敢轻易放掉石油部那么大的一个"卖国集团"。

这回轮到邓小平沉思了:是啊,这一阵子社会上对于改革开放说三道四,讲什么的都有,其中在利用外资和对外开放问题上暴露出的是爱国主义还是卖国主义的争论,异常激烈。什么是爱国主义?什么是卖国主义?什么是真爱国主义,什么又是假爱国主义真卖国主义呢?所有这些问题一定要让我们的人民认识和了解清楚!在搞清楚这些问题时,要防止"左"的东西,同时还要防止"右"的,总之,讲改革开放、解放思想,都要从实际出发,实事求是。

小平同志静静坐在办公室的沙发上,将那封信和"魏宗国"的文章搁在一边,开始了思忖……许久之后,他拿起一支红芯铅笔,在信的上端重重写下一行批示——秋里、谷牧同志:请你们约集一批专家,好好论证一下。

那一段时间,余秋里心情非常不好,但是在外面、在工作场合,余秋里仍然保持着副总理和老将军应有的风度。他冷静地应对着眼前的艰巨任务,思考着风雨飘摇的海洋石油对外开放之航程。他相信自己的老部下康世恩、张文彬和秦文彩他们不会做出不利于国家和民族的事,更相信广大石油工人和石油部的干部们是经得起考验的。

"文彩,你们要认真准备,做好汇报,阐述你们的意见、观点。因为这个问题很敏感。有人骂我们是'宁赠友邦,勿予家奴'。我们要认真研究,要自己心中有底,看看对在什么地方,错在什么地方。还有哪些地方有问题,一点也不能马虎和含糊。"余秋里很快把秦文彩叫到能源委的办公室，及时做了布置和交代。

一起参加谈话的还有能源委副主任杨波同志。他补充道："这次证论，来头不小，你们要充分重视。到时候，要讲出为什么要对外合作，那些项目是怎样批准的，都要讲清楚！"

"是！"秦文彩坚定地向两位领导保证道，"回去马上着手准备，一定全力应对这次大辩论、大论证。"

"文彩啊，老康病了，这一段时间你的担子比较重，一方面要有充分的思想准备迎接各种风雨和挑战，另一方面该做的事情也不能因此耽误，四个现代化的步伐是不会停止的，相反会加速前进，所以我们石油战线不能拖国家的后腿，你要和同志们多吃点苦了！"余秋里用有力的右手，与秦文彩握手道别。

离开余秋里和杨波后，秦文彩便回到石油部，及时向党组做了汇报，随后立即组织参与中日谈判的有关人员李景新、赵声振、钟一鸣和邹明、李秉铨以及外事局主管条法合同的尤德华、唐昌旭、孙淑君等同志开了一个紧急磋商会，在传达中央领导批示的同时，布置了相应的论证准备工作。

1981年3月23日，一场声势浩大、阵容豪华、气氛异常严肃的论证会，在北京六铺炕的石油部大楼五层会议室如期举行。

历史有许多解释不清的巧合：三年前的那次决定中国海洋石油对外开放的重大决策会议，也是在3月下旬召开的。时过三年，却是另一场围绕要不要对外开放、与外国公司合作开发海洋石油是爱国主义还是卖国主义的大讨论……是可笑还是可悲，秦文彩说，他到现在都还没弄明白到底是怎么回事。

所有疑惑都会在客观的和铁的事实面前获得解释。

前面说到，此次论证会的阵容之豪华是空前的，原因有二：一是参加的单位多，除了石油部，还有中国科学院、中国社会科学院、国家计委、国家经委、国家科委、全国人大法制委、中共中央书记处研究室、地质部、石油部、财政部、外贸部、外交部、国家海洋局、中国银行、中国贸促会、中国地质学会、中国地球物理学会以及新华社、人民日报、光明日报等24个国家部委及主流媒体单位参加；二是邀请了近百名国内顶级的专家，主要是从事石油和地质及经济、法律方面的专家，他们中有为新中国石油事业做出卓越贡献的黄汲清、张文佑、顾功叙、翁文波、侯祥麟、阎敦实、关士聪、翟光明、邹明、邱中建等石油与地质专家，还有马洪、徐寿波、唐厚志等等。

第一天的会议开始。随即,身兼能源委主任的余秋里副总理做了简短讲话——因为此刻的余秋里虽为国务院副总理,其实论战的另一方早已私下里把他定位成了"怂恿和指使石油部进行卖国行为的总后台"的角色。

余秋里作为国务院领导,他的开场白说得非常有力。他说:"勘探开发海上石油,是中国石油工业发展的一项重要战略,是党中央和国务院的决策,中央对此极为重视。这次论证会,应在经济、技术方面充分论证,解放思想,实事求是,研究新情况,解决新问题,目的是搞好我国海上石油勘探开发的整体工作。"

秦文彩注意到,本来火药味就很浓的会议现场,一下又显得更加凝重与沉闷。令他感到有些不舒服的是,那个写信告到邓小平那儿去的女士,今天显得十分得意,眼睛不时地在现场寻觅着什么。而新闻单位的一些记者仿佛也把她当作了"英雄",不时地走过去与她交流并交换联系的电话号码。"沉住气,现在我们是'被告'呢!"秦文彩暗暗告诫自己。当他把这种告诫的目光传递给坐在自己身边的赵声振、钟一鸣等人时,反倒觉得有些好笑了:因为秦文彩看到赵声振、钟一鸣他们个个比自己更加正襟危坐、神情严肃,还真有点"被告"的样子。

"哎,用不着这样,我们是庄严陈述的!没什么了不起。"秦文彩胳膊和目光并用,给自己的战友们送去力量。

他看到赵声振、钟一鸣等人的脸上露出一丝宽慰和充满必胜信念的微笑。

杨波接过余秋里的话,就此次论证会的缘起和必要性,以及整个论证会的议程做了大致的安排和说明:会议可长可短,一个目的——各方畅所欲言,把各自想了解和表达的都说出来,论辩双方都要本着对国家、对人民高度负责的态度把会议开好。

"大会发言现在开始,首先我们请石油部副部长、主管海洋石油对外工作的秦文彩同志就石油部对外合作的相关问题发言。"秦文彩听到会议主持人在点自己的名了。

这是预先就知道的事。作为主要"被告",秦文彩必须首先要代表石油部做一个总体的发言。而他的发言,是经几位从事对外合作的同志共同起草完成的,当然也是经过石油部党组主要负责人审阅并同意的。尽管如此,秦文彩知道,这一次发言意义非同寻常,既要回答骂他们"卖国贼"的那些人的问题,更重要的是要用事实来回答党中央和邓小平同志主张的中国石油对外开放的决策的正确性,证明已经做的工作是完全符合国家利益、人民利益的,是与国际海洋石油开发的通用法则接轨的。秦文彩深知自己肩上的责任。

"现在,我代表石油部发言。"秦文彩从座位上站起来,一开口的这十个字,说得简洁又掷地有声。当时在许多人眼里,石油部差不多成"臭狗屎"的代名词了,但秦文彩现在要通过自己光明磊落、气吞山河的雄辩和客观事实来展现人民共和国石油部的真实形象。

"……中国海洋石油的对外合作,对中国主权没有任何损害。合同区块划分大小,都是由我们主权国来决定的。合作区块的主权永远属于我们中国!"秦文彩发言最前面的一段话,回答的是关于与外国石油公司合作勘探开发的区块主权问题。这是针对那些把石油部按照区块划分同合作国石油公司进行勘探开发说成是"出卖主权"的说法的正面回应。

之后,秦文彩从八个方面,就中方与外国公司合作勘探开发海上石油是否吃亏、合同主要内容和具体操作等问题,做了详细的阐述。他的长篇发言,简单地归结为:

一、勘探期内,不论有无商业性油田发现,全部勘探费用由日方(或其他外方)独自承担。

这么好的买卖有什么错?会场上,有人已经开始在私下里讨论和交换意见了。

二、双方投资购置、建造而形成的固定资产,最终归中方所有。

那是用人家的钱建起来的东西,肯定还是比较先进的设备和装备,我们少花钱就能得到它,这是一桩便宜买卖嘛!有人轻轻拍手叫好。

三、油田从开始商业性生产之日起,无论成本高低,也不管盈利多少,首先提取年产原油的42.5%作为中方固定留成。

这一条得细细研究,42.5%是多还是少呢?听听再说。

四、所发现的油田建成并进行商业性生产的两年中,中方可以接管操作权,操作费按年产量的15%由中方包干。

一旦发现了油田,就把操作权拿回来,这很重要。

五、油田在投产后的十五年内,日方可获得年产原油的4.8%作为投资回报。

十五年?4.8%?是多还是少了?不过,人家花了好几个亿的美金来帮我们勘探开发,风险是很大的。如果没有发现油田,所有投资都得扔在海里。找到油田让人家获得一定的回报这很正常，而且人家来投资本身就冲着要赚点钱、占些小便宜！我看这条没问题！

六、回收双方的投资和利息，其年额度不能超过年产原油的37.7%。

这又是一个什么概念？噢，就是用原油来抵偿投资方的投资与利息，可以嘛！我们就是因为国家穷，没钱，才找人家来合作嘛！国际惯例应该是多少？听听，听完再问问。

七、合同期内，每个油田的累计采出量，不得超过整个油田储量的85%；其余的15%归中方所有。

这规定好。如果合同偿还期的十五年内把油田的油都采完了，不等于为别人开发了嘛！留出保底储量是主权的体现。好！不过15%到底是多还是少了？

八、油田建设开发投资，中、日（外方）的投资比例为51%：49%。中方的投资，原则上由日方（外方）提供低息贷款。如中方拥有自有资金，也可以不用日方（外方）贷款。

对嘛！一旦油田建设开始，我们是大股东嘛！中国就是现在穷，穷了你就得让点利给人家。我看这些都是很好的做法嘛！

可不是，这哪像是卖国行为，更没有丧失什么主权嘛！

秦文彩在台上一条条、一句句陈述的时候，台下已经有人不停地窃窃私语。然而再看看另一方也不含糊，他们一个个不时瞪大眼睛看着秦文彩，不时又拿着笔在纸上"唰唰"地写着，并交头接耳地互相鼓着劲，全力准备着进攻。

"下面，我想用一些具体的数据和事实，来回答《华侨日报》上'魏宗国'一文中提出的那些问题。我要在这里严正声明的是，'魏宗国'的这篇文章中所列举的数据几乎没有一个是符合事实的，我可以负责任地说，他的文章是对我们中国海洋石油对外合作工作的严重歪曲！"

论战正式开始了！当秦文彩阐述完中日两国合作条款的基本内容之后，他稍稍停顿了片刻，目光炯炯地扫了会场一眼，开始了他对《华侨日报》"魏宗国"文章的反驳——

"首先我想指出的是，魏文所说的'日本在十五年内，享有石油出产的42.5%'，是完全不符合事实的。按照合同，一旦找到油田，在原油总产量中，我方享有42.5%的固定留成油，还有15%的操作费包干；而日方只有4.8%的报酬油。至于其余的37%的原油，合同中也写得清清楚楚，是中方按照国际市场的价格出售给日方的——特别要说明的是，我们这样做，既得到国务院的批准，同时又根据国际油价基本上是朝着不断涨价的情况来确定的，所以说它的出售定价，是根据产油时的国际油价来确定的。这既合理，也总体上有利于我们这一方。至于为什么要把37%的原油卖给日方，我们在合同里也非常清楚地写明白了，产生的利润用于偿还我方投资建设和开发油田所需的贷款。一旦偿还完毕建设投资和利息后，原油销售收入则完全归中方所有。在这一点上，'魏宗国'的文章混淆了基本概念和基本事实。

"其次，魏文中说'中日协议中石油产权的报酬比例，双方几乎高达1∶1.35'，这完全是没有丝毫根据的无稽之谈。下午，我想请诸位认真看一下我们与日方签订的合同文本，便知真相。在此，我想先向大家说明一下，按中日双方签订的合同规定测算，扣除双方投资的本息及操作后，中方与日方的净收入的比例平均为9∶1，如果是发现了高产油田，这个比例可以达到13.9∶1；产量低的油田，其比例也可保持在8.1∶1的水平上。

"你们问世界其他国家同类的石油合作合同的比例是多少？我可以告诉你们，大约在4∶1的水平。也就是说，资源国和投资合作商之间的分成比例一般为4∶1。请听清楚了：我们同日方签订的分成比例的平均水平是9∶1，高出一倍以上！

"第三个问题是：魏文中讲到的所谓的日方'不到十几天，七亿美元的投资已连本带利全部收回'，则更是违背基本事实的。按照合同规定，日方在渤海湾的勘探开发投资远不止七亿美元，且按照现在的合同规定，日方想收回其基本投资最少也得七年，怎么可能在十几天内收回投资呢？魏文的那种说法，不仅完全不符合事实，即使在国际海洋石油合作开发史上也是从没有这种先例的，而且几乎是绝对不可能的事。不知是'魏宗国'先生缺乏这方面的基本常识，还是有意捏造出这样的天方夜谭！"

"哈哈哈——"秦文彩听到下面已经有哄笑声了。

突然，他提高声调："最后我想指出的是，'魏宗国'的文章中说日方在收回投资后，'所得到的将是源源不绝的免费原油供应，是价值千亿美元的石油资源'，这更是完全没有根据的。至于所谓的'价值千亿美元的石油资源'，一是石油资源永远属于我们资源国国家所有；二是千亿美元的石油资源，意味着我们渤海湾要发现相当于七个大庆油田，或者说会有两个欧洲北海油田的资源量！我和我的同行对渤海湾再乐观的估计，也没有想到可能有七个大庆油田或两个北海油田这样简直是不可思议的伟大发现！"

"哗——"秦文彩结束讲话，台下顿时响起热烈鼓掌。

有几个人的脸色特别难看，其中有那位女士。

"谁对秦文彩同志的发言有异议或问题，可以自由提出来。"杨波清了清嗓子，示意会场安静。他把目光移到以那位女士为代表的"原告"一方。

"我想问：石油部在不同地质部商量的情况下，便同外国公司签订了协议，这样做是否超过了石油部管理的范围？"那位女士已经忍耐不住站了起来，对着秦文彩责问道。

"海洋石油的对外合作，是党中央、国务院的决策，石油部只是作为职能部门在行使自己的工作职责。再说，地质部孙大光部长是知道我们的工作的。"秦文彩站起来回答道。

"你们是不是在搞租让制？"另有人提问。

"不是。"秦文彩回答得干脆，"我们搞的是风险合同。它是一种中外双方平等互利的合作模式。而且，即使在合作区块内，我们中方也保留着打井的权利。"

"南海对外合作，你们有没有同总参商量过？"有人提出一个军事保密问题。

"是的，我们不仅与总参有过多次的沟通与协商，而且国务院在做出相关决定时，总参的同志是参加了会议的。"

"听说外国公司都有一批非常有经验的谈判专家和经济学家，你们都是新手，谈判能不吃亏吗？"

"这位同志提得很对。确实，我们在对外合作中深感自己的经验不足，特别是一些专业的法律和条款问题，有时被搞得头都会痛，但有几点可以保证我们在谈判中少吃亏、不吃亏：一是我们的同志虚心好学，包括我们的副总理康世恩同志，用他言传身教的作风，带领我们从不懂到懂、再到完全能懂并一直到熟练；二是我们为了避免吃亏，尽量地多选择几种方案进行比较，从中选择更有利于我们的最优方案；三是我们也请了第三方有丰富经验的国际专家帮助我们一起工作；第四点最重要，是我们参与对外合作的同志，他们都是石油部百里挑一的好同志，他们对国家、对党、对我们的人民忠心耿耿、勤劳机智，工作一丝不苟，并且不断总结经验教训，十分注意在实践中进取和提高自己的能力，所以到目前为止，我们把与外国公司所签订的合同给国际上著名的石油公司和专家们看后,他们一致认为我们中方不仅没有吃亏,而且应该说是极有利于我们中方的,属上佳或最佳的方案。"

会场上又响起热烈的掌声。

"渤海论证会",亦称"3·23论证会",是中国对外开放初期一次规模最大、声势空前、内容广泛的大论战。它涉及主权问题、经济问题、外交问题、军事问题和劳资问题等等方面,几乎涵盖了与外国企业合作经营的所有内容,是一次为中国全面对外开放做先导的理论与实践的大辩论、大交锋和大总结。正如后来秦文彩在向中央财经委领导小组汇报时,中央领导充分肯定的那样:渤海石油勘探开发论证会开得好,很有必要,而且这种由多个部门和众多专家参与的集体论证形式,有利于增进国家大政方针决策的正确性和可操作性。同时,中央再次充分肯定石油部所进行的包括渤海湾在内的海洋石油对外合作项目的进展,总体是好的,对我方是有利的,与外国公司签订的合同没有吃亏。个别合同缺少经验所暴露的不足和缺陷,可以通过其他形式弥补。

让秦文彩和石油人感到特别欣慰的是,中央再次强调我国海上石油开发与外国公司的合作不仅要继续,而且要坚持下去,甚至可以不断扩大范围。让外国公司有利可图理所当然,不应因此束手束脚,只要有利于加速我国海上石油开发,争取到更多的外国资金和技术,有利于我国四个现代化建设的事,石油部可以放手大胆地干。同时,在合作中,可以充分利用我国的人力和资源国的优势,比如在建设服务基地和基地服务工作方面,尽可能不雇用外国人员,由我们自己来做,争取"肥水"不外流。

中央领导十分肯定论证会上专家们提出的关于加速我国对外合作开发海洋石油的立法建议,给秦文彩留下了深刻印象。他深感对外开放的复杂性和广泛性,同时切身体会到什么是现代化,什么是国际化,什么是全球化。

5. 破天荒后尽是春

如何在保证中国主权不受侵犯的前提下，使外国公司能够按照合同，在中国海域顺利地开展工作；如何使外国专家和雇员能够在中国的领地上正常工作和生活；又如何使中国自己的公司在服务承包中尽可能地获得机会；如何使我们的队伍在与外国公司签订合同中学到本领，我们的法规法则与国际惯例如何接轨等等问题，那些日子里，无时不在秦文彩等中国海洋石油开拓者与组织者的脑海里闪动着、思考着。这期间，秦文彩等在石油部党组的统一领导下，遵照中央定下的对外合作的大政方针，开始围绕如何既能体现中国特色，又要与国际接轨的标准来研究与制定相关法律法规。

"我的头发就是那个时候开始发白的。"秦文彩抚摸着满头的板寸银丝，如此感慨地回忆当年的峥嵘岁月。

"来之不易啊！我记得为了建一个专用码头，光在北京，我出面就跑了四十多个部门，到底跌了多少个跟头连我自己都记不清。为制定一部与外国公司合作的《标准合同》，我们几十位专家，用了十几个月时间，方方面面征求意见，走访了几十个国家的石油公司，一次次比照、推敲……这就是改革开放初期的工作难度。但再难，历史的车轮仍在快速向前，我们这些具体干活的人，就是凭着一股革命激情，靠摸着石头过河的本领，克服了一个又一个难题，使对外合作一步步往前推进。这中间，真得感谢总设计师邓小平同志，因为在海洋石油对外合作碰到绕不开的难题时，最后几乎都是由小平同志亲自出面、亲自拍板的。党中央和国务院的英明决策与高效的工作作风，也是根本保证。但我要说的另一句话是：中国的改革开放是个全局问题，光靠上面决心大还不行，下面也得积极主动。尤其是改革开放初期，国家的许多配套政策不健全，资金又十分紧缺。这个时候，发挥下面的积极性、主动性就显得尤为重要。比如说我们搞海上石油对外合作项目，过去国家根本没有搞过，所遇到的一切问题都是新的，与旧体制可以说是格格不入。怎么办？你要等政策，等资金齐了再干，机会就可能全部失去了，工作无法取得进展。所以，我们的思路是发挥自己的工作能动性和主动性，没有钱，就争取政策上的支持……"秦文彩列举了中国海洋石油事业从无到有、从弱到强的一系列战略成果，几乎无一例外地证实了他的这一体会和经验。

改革开放初期的中国，百业待兴，而新旧体制、新旧观念之间的矛盾与斗争异常错综复杂，现在的年轻人很难理解当时每推进一项新的工作所要付出的代价。尤其是对外合作过程中所遇到的问题，常常可笑而又真实。秦文彩笑言，他在改革开放初期经历的与"老外"合作的那些年，并不比当年当八路时与小鬼子打仗轻松。

"感到欣慰的是，我们的辛勤没有白费。当年我们所研究和制定出的中国石油对外合作的许多法规制度，包括管理理念、技术标准、经营模式甚至是成本核算、效益统计等方面，直至现今，仍然被继续和沿袭下来。这就是我常说的在对外开放、对外合作中有两大任务我们必须要完成：一是锻炼和提高自己的队伍，二是搭建我们通向世界的平台。"

秦文彩的目的都达到了。

1982年的春天，中国大地上到处阳光明媚，春意盎然。在拨乱反正、解放思想和改革开放的旗帜引领下，各行各业呈现喜人景象。石油工业战线也不例外。在历经1980年产油下滑的情况后，"包干一亿吨"的大承包措施，使全系统到1981年年底重新将影响中国现代化进程的原油年产量回升到一亿吨以上。更令人鼓舞的是，对外合作的海洋石油勘探形势超过了预期的进度与效益。

这一年的2月15日，在中国第一街——北京长安街31号的一幢三层小楼门口，突然出现了一个白底黑字的牌子，上面写着"中国海洋石油总公司"。

没有鞭炮与锣鼓齐鸣的揭牌仪式，没有多方领导和各界人士参加的剪彩典礼。然而，这个中央人民政府下属的副部级单位就这样悄然诞生了。当日，新华社向全世界做了报道，国外有媒体评说这是中国对外开放的一个"重要战略举动"。路透社等西方媒体则认为，中国海洋石油总公司好比中国开启国门后，驶出的第一艘面向世界的巨轮，它的意义不可估量。

这艘"巨轮"的船长，就是秦文彩。他在同一时间被中央任命为中国海洋石油总公司的首任总经理。他的副手是：赵宗鼐（后任中组部副部长）、刘东明、尤德华、钟一鸣、赵声振。翌年，又有邹明、张英、史久光、舒志清四名德高望重的石油专家当了顾问。从石油工业部的副部长，到中海油的总经理，秦文彩连自己都不知道到底是升了还是降了，但开动中国海洋石油远航的巨轮，是这位老战士多年来的一个梦。尤其在改革开放几年来同国外公司的合作过程中，秦文彩一直在做这个梦，他无时无刻不在期待中国自己的海洋石油公司这艘巨轮能够造起来，能够扬帆远航。

现在终于看到了巨轮，自己也登上巨轮，握住了轮舵——挂牌的时候，秦文彩独自站在那儿凝视了许久，那一行竖写的九个字：中国海洋石油总公司。

"九"很吉利，竖看，这九个字像一张帆，一张鼓满风的帆；横看，这九个字，像长长的起航了的载满原油的中国油轮；如果再微微合上眉睫看这九个字，它仿佛像海平面上耸立着的一座座探秘海底世界的钻井平台；如果再闭上眼想象这九个字，那它一定是经过中国石油人辛勤劳动所探得的一个又一个大油田……啊，这就是秦文彩多少年来所期待的世界，那个令他神往而激动的缤纷世界！

当时的"中海油"总公司好比一个可怜兮兮的皮包公司。"几十个人，一些从石油部里弄来的破椅子、旧桌子，就是我们的全部家当。但我们的人个个兵强马壮，一个顶仨！"秦文彩曾经不止一次自豪地对中外记者说。

"中国对外开放的过程来之不易，中国海洋石油对外合作的过程更来之不易，现在我们总算有了自己的旗舰，这旗舰的航程怎么走？走得怎样？要叮嘱的话有很多，但我要讲最重要的两句话……"康世恩在中国海洋石油总公司第一届领导班子组成后，语重心长地对秦文彩说，"一是必须依法办事，合理不合法的不办，但要努力争取有法可依，做到有章可循，办事高效；二是干部队伍及广大石油人要在对外合作中发扬和提倡'出淤泥而不染'的荷花精神。"

"荷花精神"，是康世恩同志亲自为这支走向中国对外开放最前沿的海洋石油队伍所确定的指导方针。几十年来，他们一直遵循着这一指导方针，始终就没有在风浪中迷失过方向。

没有驾过船的人，是不可能体味乘风破浪时的那种惬意和兴奋的。没有经历过在大海上脚踩平台、令一节节钻杆飞旋于千米之深的海底的找油生活的人，是无法感知那种破天拓荒的沸腾与激动的。

秦文彩和中国石油人都经历了，经历了从封闭社会迈向全方位开放与合作的新世界的过程。这中间，有好奇，有阵痛，有欢乐，有眼泪，甚至还有愤怒与烦躁、孤独与寂寞，而这都是破除一个旧的体制、旧的思维与观念、旧的行为准则的必要过程。

这就是中国石油人的又一次破天荒。第一次破天荒，是他们在松辽平原上找到了大庆油田，从而结束了中国人民"依赖和使用洋油的时代"。秦文彩他们的这一次破天荒，是用洋人的钱，为我富民强国服务。这是多么自豪和神气的破天荒！它显示的是中国人的民族自尊与主权威力。

天荒，本是凝固的、空旷的、冰冷的、残酷的，甚至就是死亡的代名词。

但秦文彩等一批开拓者们举起的是锐器，在胆识与热血凝聚而成的力量下，将一切凝固的、空旷的、冰冷的、残酷的甚至是死亡的世界，铸造成阳光普照、春意盎然、硕果累累、遍地芬芳、万物充满生机的世界……

然而，要使中国海洋石油开发能够更好地与国际接轨，此刻的秦文彩觉得，需要做的事还很多，尤其是中国这样一个长期在计划经济体制下运行的国度，某些僵化的体制，在当时还仍被作为一种"先进"的东西所提倡。"我们中海油总公司从成立初始起，就特别注意了采用能与国际接轨的公司体制，简单地说，就是要把它建成一个高效率的公司，而非人浮于事的戴帽公司。过去我们在陆上搞油田，由于特殊的年代通常采用人海战术，往往一个油田建成时，又成了一个几万人，甚至十几万人、几十万人的城市了。这种油田兼联着社会功能的机制、体制，使得生产效率和经济效益大大降低。如果一个前景很好的油田还能对付，如果油田的出产量不断下降的话，所带来的问题就非常严重。中海油总公司成立时，我们坚决按照党中央和石油部的指示精神，力图在机制、体制上闯出一条新路子。所以从一开始就确定了'决不照搬国内的扯皮机制，以适应中外合作开发的特点'等方针原则。你比如说，我们没有搞'大而全'的所谓什么级别，搞多大的总部架子，而是严格按公司的模式来组建公司。一句话，从上到下，都得精干高效。"秦文彩说。

秦文彩还给我介绍了他所坚持的一个原则："我们过去一直习惯于党委领

导下的厂长负责制。中海油总公司成立时，我顶着政治风险和各种压力，坚持经理负责制。这在今天看来已经不是什么问题了，可在改革开放初期，别说这样的做法，就是这样的提法都可能带来不少麻烦。庆幸的是，我们在中央和石油部党组的正确领导下，坚持了这一原则。所以中海油的总经理负责制，可以说是在全国行业中实行最早的单位之一。那时候，一下要把那么多带'长'的官衔摘掉和取消，斗争是很激烈的。但我们走过来了，而且走得比较顺利。"

"我从1978年开始从事海上石油对外合作工作，到后来出任中海油总经理，一直到1987年退居二线，近十年间，我们中国的海洋石油从无到有，从弱到较强，不仅发现了一批非常有前景的海上油田，为国家上缴了巨额利税，更主要的是培养了一支熟悉海洋石油勘探与开发、熟悉国际合作的专业队伍，这是我们的无价之宝，也是中国的无价之宝。"秦文彩最得意这一点。说到自己的工作时，他极其简单地列举了一个数字："中海油刚成立时，国家只给了1.2亿元钱，我们自己又到银行借了8000万，我离任时，除了缴税和还清这些钱外，公司账上已经有了3亿多美元的收入。"

"现在的中海油更了不得了，2007年的年销售收入1593亿元，实现年利润565亿元，上缴国家税收和特别收益金374亿元。截至2007年底，中海油总公司的总资产达3062亿元，净资产1670亿元。公司全年获得的油气当量为4046万吨，成为支撑中国石油天然气能源的三大特大型国有企业之一。不到三十年时间，我们石油行业的对外开放和对外合作取得了如此巨大的发展与进步，作为当事人之一，每当回忆起当年中国对外开放的初期情景，就像一场梦，但那是一个好梦、美梦，是我们在党中央和邓小平同志的直接领导与指挥下，依靠各个部门、各条战线的大力支持，发扬了中国石油人的聪明才智，使得原本想都不敢想的美梦变成现实！"秦文彩说这话时，脸上荡漾着无限光芒。

在三年前的80岁寿辰上，有人请秦文彩总结自己一生的"成功经验"时，他给自己概括了四句话：做人要以德为本，干事要以诚信为基，知识来源于勤奋，才能来源于实践。

中国对外开放和海洋石油事业走到今天，从某种意义上讲，不也正是遵循了这样一种"人生哲学"，或者说走的不也正是这样一种"国家哲学之路"吗？

第五部:
"小康"社会的提出[*]

[*] 本文主要采写于2008—2009年。

导 言

　　它是一座东方水城,让世界领略了一个古老民族坚守家园与渴望通达的岁月痕迹;

　　它是一座人间天堂,让人类懂得了向往与追求的遐想之美和用智慧创造的现实之美;

　　它是一种哲学,古典园林的精巧与小桥流水的仙境映射出历史和现代的深刻与朴素;

　　它是一种情调,艳丽的双面绣和舞动的檀香扇伴着悠扬娇柔的评弹,歌唱着融和与致远;

　　它——我的故乡,我的亲人,我的生命,我的诗赋……

1. 东方威尼斯

这个地方最先只有水，古称"泽国"。后来大海往后退了，长江入海口往东推进，于是泽国变成了沼泽与江湖相嵌的网状式冲积平原，故此地亦称"水乡泽国"。岁月流转，整个环太湖地区，慢慢遍布湿润地区特有的灌木丛林，生长着郁郁葱葱的栎木、杉木、樟木及茂密的竹子与芦草，那树木草丛中出没着各种动物。

原始部落的先民，在这片土地上以渔猎为生，并开始了我国最早的蚕桑生产，创造了著名的良渚文化。

公元前11世纪，商末周兴之际，周太王的公子泰伯和二弟仲雍，为了让位给小弟季历，兄弟二人千里迢迢避居于江南，此举在历史上被称作"奔吴"。当时的环太湖地区，乃是蛮夷之地，泰伯与仲雍带来先进的农耕与建筑技术以及相对优秀的政治文化和新视野，很快成了当地的首领，并建立起了一个部落小国，史称"勾吴"，从此开启了吴国的辉煌历史。

岁月悠悠，到了泰伯、仲雍的十九世孙寿梦时，"勾吴"开始渐渐强大起来，并将都城从太湖边的一个小镇搬到了现今的苏州城址。那时的苏州城其实只是一个小城，史称"子城"，这也是苏州城的第一个名字。

子城虽小，却上演了一场宫廷政变，即著名的"专诸刺王僚"。当时吴国公子光（阖闾），因不满吴王僚的领导，招募了一名叫专诸的侠客，用事先藏于鱼肚里的利剑刺杀了僚，从而夺得王位。阖闾将中原的先进农业生产技术和农具制造工艺推广到了吴国，使这片东南水乡泽国迅速崛起，成为春秋时代的"五霸"之一。

冶金铸造与丝织产业，这一硬一软，成就了吴国霸业，也孕育了这个地区的文化精髓。今天的苏州人不也是靠这干事的硬气和成事的和气开创了新的历史吗？

钢的坚硬与水的柔性，是苏州人的性格，这二者写就了苏州的历史。

公元前522年的某一日，一位楚国汉子翻越千山万水，来到吴国。他不是来做生意和谋生的，他是来避难和复仇的。此人叫伍子胥，东周列国时的一位忠臣之后，父亲伍奢在朝仗义进谏，被楚王砍头。一夜急白了头发的伍子胥仓皇出逃。

一位相面先生带伍子胥去见吴王阖闾。吴王对伍子胥大为赏识，日后又因伍子胥屡立战功，便封他为吴国宰相。伍子胥助吴王大破楚国，他将早已死去的楚平王从坟墓中挖出来，鞭尸三百下，还把楚国王室宗庙烧了个精光。

沧海茫茫，岁月如流。苏州人从来没有忘记伍子胥这个名字，这是因为苏州这座世界上独一无二、且至今保存得如此完整的水城就是当年伍子胥所建。公元前514年，伍子胥"相土尝水，象天法地"，为效忠吴王和为苏州人民造福而修建了当时叫"阖闾城"的姑苏城池。

两千多年过去了，苏州经历了无数沧桑，可它从未从根本上改变过自己河街相邻、水陆并行的独特格局。"水城苏州"是伍子胥留给苏州、留给中国和世界的杰作。

苏州因水而活，因水而昌，因水而繁荣延绵至今。

越国灭吴一百多年后，苏州落到了伍子胥的仇敌楚国之手，这时又有一名贤相申君，号召市民和驻兵再度挖河修桥，并将原来的三纵三横完善成四纵五横的水城格局，造东西二仓，用来发展苏州的城市商业，使繁荣的城市更加昌盛。

三国时期，中原战火纷飞，大批贤俊和富商逃至吴国。那时的吴国，商人们"浮船长江，贾作上下"，且在苏州的下辖之地太仓设仓，水路可走昆山下海，其船运商贸可抵辽东、台湾等地乃至柬埔寨等东南亚诸国。

隋唐京杭大运河的开通，为苏州经济与商业的腾飞插上了翅膀。此时的苏州城已是"千斛为货，万斛为市"，堪称长江之东的第一大都会。

唐宋几百年间，中国的经济中心由中原转移至江南，苏州成为江南最繁荣的经济与商业中心，所谓"吴人老死不见兵革"，被人描绘成"人稠过扬府，坊闹半长安"。当时的苏州有十万户商家向朝廷纳税，城内的各种作坊更是星罗棋布，热闹非凡。

意大利著名探险旅游家马可·波罗是元代时到苏州一游的，他见苏州"漂亮得惊人，商业和工艺十分繁荣兴盛"，还有那美轮美奂的"水域城郭"，不由得发出此乃"东方威尼斯"的感叹。其实，苏州之美，远比欧洲的威尼斯更加绚丽，因为它有几千年的悠久文化，又有一代代相传的生机勃发强国富民之经济内生动力。

越过元代，明清时代的苏州跨入了最为灿烂的一个大发展时期，其商业的繁荣程度和全地区的经济总量在全国是数一数二的。明万历到清乾隆年间，苏州城区人口超过五千万。到鸦片战争前夕，苏州的城市人口达百万之巨，是当时当之无愧的世界最大的城市之一。

明洪武二年（公元1369年），苏州向政府交粮达274万石，占全国总额的11%，超过当时四川、广东、广西、云南四地的总和！

康熙时，苏州已是江苏巡抚的驻地，江苏下辖苏州、江宁（今南京）、常州、松江（今上海）、镇江、扬州、淮安和徐州等府，江苏上缴国库的粮食更是占了全国的60%以上。

但漫漫历史长河，不会留给一个城市与港湾永远的平和与富足，苏州也不例外。

英国人用鸦片打进了中国，损伤和摧残了这个东方大国的强大躯体，作为当时最繁华和最富强的商都，苏州更是饱受鸦片毒害。据说，当时苏州城吸鸦片者将近十万人，一座美丽而富饶的城郭，从此变成了衰落之城。更为可怕的是太平天国的农民革命军攻城略地，将苏州城足足烧了三天三夜……

苏州从此没落。

今天的人们只知道苏州是一座拥有众多园林与小桥流水的"东方威尼斯"城郭，却并不知道苏州人还有比这些更为可贵的重大历史性贡献。从21世纪开始以来的几年里，苏州市的工业总产值一直紧随大上海之后，成为中国第二大工业基地！这个数字令苏州人自己都有些不敢相信：这是咋回事？

这种格局是从2004年开始的，这一年苏州全市的工业总产值为9560亿元,除上海之外,中国其他城市全都在苏州之后。

到了2017年,这种格局仍然没有多大改变,苏州依旧如一头奔腾的骏马,GDP达到17000亿元,远远地走在了中国诸多城市甚至是诸多省份的前面。在"发展"二字成为当代社会的主旋律时,一个发展着的城市和发展着的地域从来都受人尊敬,并被树立为榜样和旗帜。

而且苏州人又发现了一个更加令他们激动不已的事实:苏州全市的农村常住居民收入又是全省第一,人均达29990元(2017年),而全国的平均水平是13432元。2017年,苏州常住居民人均可支配收入50350元,全市财政总收入1900多亿元。

按照科学发展观的理念,许多地方已经不把GDP作为衡量地方经济实力的标准了,然而地方财政收入则依然是一把有效的尺子。这把尺子下的苏州,依然是棒棒的!

"东南财赋,姑苏最重;东南水利,姑苏最要;东南人士,姑苏最盛。"这是康熙年间流行的一句话。在农耕文明社会里,苏州人民以自己的勤劳、智慧,创造了中国农业文明的辉煌。

在现代化工业文明的今天,这种态势并没有多少改变。这种辉煌来自何种精神上的支撑,看一看吴人的祖先,你就明白了。为国负重,从吴人祖先起,这种精神就已经牢牢地植根在心中——公元前11世纪,泰伯与仲雍真诚的奉献精神,一直流淌在吴人的血脉里,直到今天依然如此。

苏州梅里的泰伯墓与虞山脚下的仲雍墓,千百年来始终香火不断,寄托了吴地后人对祖先的敬意。读史人皆知道,由于泰伯、仲雍二兄弟的让位,才有了一位圣贤君主周文王和一个伟大的周王朝。

又过了几百年,中国出了一位孔子。这位孔圣人是个非常浪漫的理想主义者,他一生追求"礼""仁",并对未来的世界怀有强烈的憧憬,热切期望有个政教清明、人民安居乐业的"小康"社会。

圣人设下的理想目标,从公元前6世纪开始,历经几十代王朝,一直到了中国共产党人治理中国的20世纪后期,这个"小康"之梦,又被另一位伟人推向了现实——

2. "小康"之梦

"翻两番，在中国建立一个'小康'社会。这个'小康'社会叫做中国式的现代化。"这就是中国改革开放的总设计师邓小平同志说的话。

邓小平的"小康"之梦是在改革开放初期，当他走出国门，在美国、日本等西方国家看到飞速发展着的当代文明后所萌生的。那时他强烈地感受到了自己国家的落后、人民生活的贫苦，后来的新加坡之行使他有了一个东方式的"小康"概念。然而，中国式的"小康"是什么样的呢？

1978年12月，京西宾馆，中国共产党在这里召开了一次具有划时代意义的会议，即党的十一届三中全会。会上再次向全世界明确地宣告：中国要在20世纪末初步实现现代化。

"小平先生，你能说说你们中国所说的要在本世纪末建设成的四个现代化，到底是个什么样子？"次年的一次会晤上，日本首相大平正芳目不转睛地盯着中国改革开放的总设计师，这样问道。

看了一眼日本客人，邓小平没有立即回答，只见他缓缓地点上一支香烟，又想了想，说："我跟你说这么一个事，你们现在有一亿人口，国民生产总值是一万亿美金，所以你们人均国民生产总值就是一万美元。那我们现在，我们的人均国民生产总值是250美元。我想，比如说，我们用二十年的时间翻两番，那个时候我们就是人均一千美元，是你们的十分之一，但我们的人口是你们的十倍，这样我们的总量就跟你们现在一样了。"

"是这样。"日本首相轻轻地点点头,又似乎并不太明白。

邓小平似乎看出了对方微妙的表情,道:"到那时尽管中国还很穷,人均国民生产总值还很低,但是有了这样的总量,我们就可以做点事了,也可以在世界上做点贡献了。"

大平正芳的两只耳朵竖得直直的,眼睛更是盯着中国的这位巨人不放。

"那么,到那时我们的国民生活水平会达到什么样的程度呢?"小平像在自言自语道,"就是可以吃饱穿暖,我把这个叫'小康'。"说完,小平重重地抽了一口烟,向日本客人笑笑。

"小康"?什么叫"小康"?首相不明白"小康"是个什么概念,他将目光投向身边的翻译——时任中国外交部亚洲司日本处副处长王效贤先生。

王翻译紧张得出了一身汗,是啊,"小康"是什么?他急中生智:"就是……就是一个人身体恢复的时候。"王翻译心头暗暗寻思:日本人平时也讲小康,这样翻译首相应该明白一点吧。

"噢——"首相似懂非懂地张了张嘴,似乎再也找不到合适的问题,然后起身笑眯眯地握住邓小平的手,说:"祝您和中国人民早日'小康'。"

邓小平同时站起身,一脸笑容,并连声应和道:"好好,'小康',我们大家都'小康'。"

这次与日本人会见后的相当一段时间里,邓小平开始多次在不同场合念叨着"小康"。

"小康"从那个时候起,就成了总设计师梦中的一幅有中国特色的现代化蓝图。一个最实事求是和办实事的大国领导者,为这蓝图与梦境寻找可能实现的途径,他也会辗转难眠。

时间过去两年多,这个蓝图与梦境成了总设计师心中时刻挂念的治国大纲。

"同志们……这次代表大会将是党的第七次全国代表大会以来的一次最重要的会议。"这次代表大会要审议和确定党为全面开创社会主义现代化建设新局面而奋斗的纲领。

1982年9月初召开的中国共产党第十二次全国代表大会上,邓小平一再这样强调。为了他心中久酿的宏伟蓝图,他向全党同志指出:把马克思主义的普遍真理同我国的具体实际结合起来,走自己的道路,建设有中国特色的社会主义,这就是我们总结长期历史经验得出的基本结论。

"建设有中国特色的社会主义"的理论光辉,从此开始普照中华大地。

新一年的春天来了。春风首先吹绿了江南大地。

苏州美,最美在太湖。20世纪80年代初的太湖像一位刚出阁的少女,妩媚又恬静。八百里浩渺碧波,没有丝毫人为的污染。

那天,邓小平在中共江苏省委书记韩培信和女省长顾秀莲等省领导的陪同下,乘坐一条游船,缓缓地驶向太阳初升的太湖。

"那一天的太阳,格外艳丽明亮,光彩耀人,把天空装点得晶莹剔透,一片灿烂。那天的湖色也特别美。远处,群山巍巍,山峦起伏,浑厚凝重;近处的湖面金光粼粼,白帆点点,鸟儿飞得也特别欢快。小平同志特别喜欢看水面的鸟儿飞翔,喜欢称道岸边的白墙黑瓦,袅袅炊烟,他说那是真正的中国山水画卷,比西方的油画要美。"一位当时参与服务工作的"老苏州人"如此回忆道。

戴心思,中共原苏州地委书记,1940年参加革命工作的南下老同志。现年83岁的戴老在医院接受我的采访,谈起1983年春天邓小平来到苏州的情形时,依然带着几分压抑不住的激动。他说:小平同志一生到苏州有据可查的有两次,一次是20世纪60年代,另一次就是改革开放进入特殊阶段的1983年春天。那次小平同志在苏州共待了三天时间,住在南园宾馆,这个宾馆在市区闹中取静的地方,现今普通百姓只要付钱都能住得进去。

"小平同志来之前,省委书记就打电话给我,让我准备苏州地区的情况汇报。当时我们苏州有八个县,除了现在所管辖的几个县市外,还有江阴、无锡两地。小平同志来了以后,就对省委书记说,他要了解苏州地区的农村情况,他的工作人员告诉省委书记说要听二十分钟的汇报,于是省委书记就将我准备的农村情况材料向小平同志汇报。后来汇报时间过了二十分钟,小平同志说:'你还有什么可以说吗?'这样省委书记又汇报了我们苏州地区学习落实党的'十二大'提出的翻两番的事。对这件事,小平同志似乎一直很关心,在吃饭或其他场合,时不时地问我们对翻两番怎么看。我们告诉他,在苏州翻两番绝对没问题。小平同志问为什么。我们回答:苏州地区从1976年到1982年就实现了全地区工农业生产总值翻一番了。小平同志对这个格外关注,听得特别认真。'五六年时间就翻了一番,你们把这个情况跟我好好说说。'看得出,小平同志对我们苏州在那么短的时间里能够实现翻一番，非常在意，或者说感到有些意外惊喜。"

"我们说没问题是有根据的，因为当时苏州的社队企业发展非常迅速，我们心里有底。"戴老说，"在'十二大'提出翻两番的目标后，当时社会上也有不同看法。有的认为经济底子薄的地方再用近二十年的时间，在世纪末实现翻两番是可能的，因为他们基数低，而像我们苏州地区这样经济总值相对较高的地区有难度。可我们经过讨论和研究的结果是，经济基础较好、基数大的地方反而可能会更好地实现翻两番，理由是：块头大，翻起来更有劲，所以可能好翻番。后来的事实也证明了这一点。"

那次小平同志听了戴心思对翻两番表示没问题后，似乎兴致分外高，便不时地问戴心思："你们靠什么呢？"

戴心思："我们靠一些小企业。"

"我们当时都不敢说社办企业，因为遗毒还在，社会上对我们苏州地区搞乡镇企业有不同看法，有人认为是资本主义的尾巴。"戴老回忆说。

小平同志好像也是第一次听说："小企业？"

戴心思："就是公社和生产队办的一些小企业。"

邓小平："噢，这就是社队企业。"

戴心思："我们苏州靠近上海、无锡，好发展。"

"我们告诉小平同志：在五六十年代，城市有一批下放人员，苏州地区就接收了十万人左右。这些人员与上海、无锡、常州等城市的各个单位都有千丝万缕的联系，靠这些人打通与上海等城市的关系，办些加工企业就比较容易。"

邓小平："那这样做你们花钱多不多？"

戴心思："不多。社队企业就是利用这些人的关系，到上海请师傅来当指导，他们也是利用星期天，我们只要给他们一点小钱，有的就干脆不给钱，师傅们临走时给一点农副产品带回去就算回报了，而且上海人还挺高兴。"

邓小平笑了，说："我在上海住过，上海人喜欢要你们'乡下人'的农副产品。"

"你们的社队企业现在有多大规模？"邓小平问。

戴心思："已经占全地区工业产值50%以上了。"

邓小平用炯炯有神的目光看着他说："半壁江山了嘛！"

戴心思开心地说："对对，半壁江山了！"

邓小平转而问："你们发展社队企业对农业有影响吗？"

戴心思："发展这些企业不但没有影响农业生产，相反，有很大的支持和促进作用。"

邓小平："为什么？"

戴心思："因为一是我们这里农村剩余劳力较多，办社队企业可以分解一部分剩余劳力。二是办小企业后有了一些资金积累，可以搞水利工程，对社队的一些仓库、道路等等进行改造。而且我们还提倡进社队企业的职工每月拿出十元钱来支援农业。"

"办社队企业积累起来的钱，能够办化肥厂、农具厂。那个时候我们全苏州办了不少这样的厂子，非常有力地支援了农业生产。"戴心思总结说。

邓小平的脸上露出了笑容："好事嘛！"

"我们那时有个口号，叫做'为了农业办工业，办好工业为农业'。办社队企业后，农民获得了更多的收入，而且农业产粮不仅没减少，反而增加了。平常一般年份，我们全苏州上缴粮食在18亿到20亿斤，那些年我们最高时达到了24亿斤。当时的中共四川省委书记来我们苏州参观，我陪他参观我们的一个农具厂，他看后很震惊。小平同志说：'这就是社队办的农具厂？'我说是。这个省委书记回去后，包了一架飞机，将全省的县委书记都拉到我们苏州来参观社队企业。"戴老对那段辉煌历史记忆犹新。

这一天，邓小平兴致特别高，先是游览了苏州的园林，邓小平对苏州的同志说："都说现在苏州不怎么样了，我看很好嘛！你们一定要把这些园林保护好。"之后又到虎丘参观，走到虎丘"雀梅王"前，许多人都在那儿照相，一向不爱照相的邓小平突然提出"给我也来一张"，于是工作人员赶忙照起来。

"来来。"一脸微笑的邓小平照过相后，见戴心思站在一边，便向他招招手。等戴走到他身边后，两人就悄悄说起了一段话——

邓小平："你说人均八百美元是不是'小康'了？"

戴心思脸红了，因为当时身为苏州地委书记的他还根本不知道八百美元到底是多少，更不知道"小康"是个什么概念："这个……"

邓小平："就是你们这儿农村的中等水平。"

戴心思顿时如释重负："噢，那应该没问题。"

邓小平满意地朝苏州地委书记点点头。

次日，一行人游太湖。春天的太湖说有多美就有多美，常有人喜欢用

"烟波太湖"来形容它，是因为春雾下的湖面仿佛被淡淡的烟波覆盖着，姑娘们形容这样的烟波如"婚纱"一样美，弄文舞墨的小伙子们说这样的烟波是流动的诗章。在邓小平的眼里，太湖的烟波又会是什么呢？

"'小康'。你们苏州的农民已经住上楼房了，这算是接近'小康'水平了……"邓小平望着岸边一幢幢白墙青瓦的农民小楼房，目不转视，嘴里不停地喃喃着。

坐在他身边的是江苏省的年轻女省长顾秀莲。许多年后，我在庄严的人民大会堂采访已任全国人大常委会副委员长的她。关于在1983年春到苏州的那次经历，当年的女省长这样回忆——

"在太湖游船上，小平同志说：'这次到你们江苏以后，我看到老百姓喜气洋洋，你们这儿还盖了那么多新房子。'我跟他说，农民一富起来就是盖房子，开始盖平房，再后来就盖楼房了，因为我们江南一带地少人多。小平同志说：'这非常好，农民有房子住、有楼房住了，非常好。'又说：'你们苏州地区的农业是不错的，要进一步搞好。农业是国家的重点。'他说：'要搞好农业，怎么搞呢？一靠政策，二靠科技。你们江苏就要靠科技，土地少，就要走良种的路子，这样就可以提高生产力。老百姓有饭吃了，以后干活劲就足了。'小平同志还说：'你们江苏靠近上海，如何利用这个条件促进生产力的发展是很重要的。生产力发展了，人民生活就好了。'平时说话不多的小平同志，那天说得特别多，也特别兴奋。苏州的同志用太湖的鱼、虾，为他搞了个鱼宴。吃饭的时候，小平同志说：'今天你们汇报得比较好，我呢也非常高兴，我从北京钓鱼台带来了陈年茅台酒，我给你们每人奖赏一杯。'结果这一顿中午饭大家吃得非常高兴……"

苏州之行，给中国改革开放总设计师留下了深刻、美好的印象。党的"十二大"，他代表中国共产党提出的要在20世纪末把中国建设成现代化社会——即后来的"小康"社会的理想，在苏州找到了印证。

"喂喂，你是苏州戴书记吗？"在小平同志离开苏州没几日后，戴心思书记在办公室突然接到一个从北京打来的电话。那边说："我是小平同志办公室的，首长要我核实一个数字：你们苏州的农民住房是人均超二十平方米了吗？"

"对的，我们的农民住房面积确实多数实现了人均二十平方米了。"戴心思肯定地回答道。

"好的。谢谢戴书记。"那次通话后不几日，邓小平在北京找来中央分管经济工作的几位领导谈话。

邓小平说:"这次,我经江苏到浙江,再从浙江到上海,一路上看到情况很好,人们喜气洋洋,新房子盖得很多,市场物资丰富,干部信心很足。看来,四个现代化希望很大。到本世纪末实现翻两番,要有全盘的更具体的规划,各个省、自治区、直辖市也都要有自己的具体规划,做到心中有数。落后的地区,如宁夏、青海、甘肃如何搞法,也要做到心中有数。我们要帮助各省、自治区、直辖市解决各自突出的问题,帮他们创造条件,使他们的具体规划能够落到实处。

"现在,苏州市工农业总产值人均接近八百美元。我问江苏的同志,达到这样的水平,社会上是一个什么面貌?发展前景是什么样子?他们说,在这样的水平上,下面这些问题都解决了:第一,人民的吃穿用问题解决了,基本生活有了保障;第二,住房问题解决了,人均达到二十平方米,因为土地不足,向空中发展,小城镇和农村盖二三层楼房的已经不少;第三,就业问题解决了,城镇基本上没有待业劳动者了;第四,人不再外流了,农村的人总想往大城市跑的情况已经改变;第五,中小学教育普及了,教育、文化、体育和其他公共福利事业有能力自己安排了;第六,人们的精神面貌变化了,犯罪行为大大减少。

"江苏从 1977 年到去年六年时间,工农业总产值翻了一番。照这样下去,再过六年,到 1988 年可以再翻一番……"

邓小平从苏州人肯定而有力的回答中找到了翻两番的自信:经济条件好、基数比一般地方要高出许多的苏州能够实现翻两番,那么那些基数比较低的地方翻两番应该也不成问题!

邓小平为此非常高兴,回到北京后几次在有关中央领导同志面前讲:他对翻两番已经有充分信心了。这年 6 月 18 日,在出席北京科技政策讨论会回答几位外籍专家关于翻两番的提问时,邓小平笑眯眯地说:"我们搞的现代化,是中国式的现代化。我们建设的社会主义,是有中国特色的社会主义。我们主要是根据自己的实际情况和自己的条件,以自力更生为主。我们现在的路子走对了,人民高兴,我们也有信心。我们的政策是不会变的。要变的话,只会变得更好。"

当年邓小平到苏州论说翻两番和他心目中谋划的中国式"小康"社会蓝图一事,一直让苏州人记忆犹新,并且成为一种巨大的精神动力。在我采访的几任苏州市领导中，他们几乎无一例外地用这样的口吻告诉我：苏州能在今天远远地走在全国经济和社会发展的前列，应当感谢小平同志当年在苏州留下的殷切期望。苏州人欣慰地告诉我：到 2000 年时，全苏州的工农业总产值其实至少翻了四五番。进入 21 世纪的头八年，他们又再次实现了翻两番，2008 年的工农业总产值高达 22303.02 亿元。

"到 2018 年，我们苏州的 GDP 肯定又是翻了几个跟头！"苏州老乡对我说。

是啊，亲爱的小平同志，您听到了吗？这是苏州人向您报告的最新的一份"成绩单"……

3. "新苏州"的诱惑

苏州之所以能有这样一份成绩单,离不开苏州工业园区和苏州高新园区的建立。在全球经济突飞猛进的今天,如果没有这两个园区的支撑和烘托,狭小而沉静的姑苏城的发展会举步维艰。

自1978年党的十一届三中全会后,中国改革开放的浪潮一浪高过一浪。离苏州不远的浦东开发又算是风起云涌的大浪潮,对苏州的影响和带来的契机也是最大的。

进入20世纪80年代之后,苏州人眼看着南边的荒滩上建起了深圳,眼看着旁边的大上海拥有了一座座高耸的楼宇和过江的桥梁,更不用说像北京那样四通八达的地铁和蛛网般的城市高速环路,就连常熟、昆山、张家港等自家的"五虎崽"的蓬勃发展,也使得苏州人越来越感到了压力。观前街的弄堂叫卖声和虎丘的旅游门票收入固然很值得骄傲,可小桥流水毕竟没有大江大海那种汹涌澎湃的激情与气势。尤其是全球经济的浪潮,让无数过去不起眼的地区与城市,仅仅数年时间就可以崛起。这种瞬息万变的历史潮流,让一向性格温和的苏州人感到了前所未有的冲击——苏州出路何在?

苏州是永远保住原有的古城文化与古城经济——那种小桥流水般的自安自得,还是跟上世界的发展潮流,再造苏州新城?

苏州人曾经苦恼了好久。浦东大开发之前,不是没有人想过在苏州大做文章,至少也不应该让常熟、张家港、吴江瞧不起嘛！而且自伍子胥建姑苏城起的2500多年以来，苏州人一直有一种天然的优越感，认为只有自己才算得上真正的"天堂里的人"，他们原本也确实吸收了文化的、历史的、风物的种种养分。但现在，苏州城里的人感到了压力，感到了一种实实在在的落后，感到将要失去天堂优势之后的那种恐慌……因为古城空间有限，再做道场，即使请得天下高僧来，也只能念些旧经，无大雅之堂可供世人瞩目。

必须寻找出路！必须重建一个新苏州！

这个时候，苏州来了一位风度儒雅的新任的市委书记，他就是王敏生同志。

1989年王敏生任中共苏州市委书记，提出了苏州发展"稳中求进"的思路，后来证明是非常英明和重要的。

2008年8月的一天，我在苏州古城的一个古色古香的小院里采访了王敏生老书记。一口吴语的他回忆当时的苏州社会情景时说："我到招待所，却看不见人。大家很紧张，不敢接待外国人，也不敢接待来谈生意的自己人。干部们都有一个'怕'字，怕谈生意。搞发展被认为是走歪道和搞不正之风。我要求市委号召干部们正确认识'两高'（高院、高检）文件，又让纪委和检察院的同志出面讲话，让干部们正确认识和区分改革开放中的正常交往与走歪门邪道、搞不正之风之间的本质区别，尤其讲明什么是违法乱纪，什么是不正之风，使广大干部重新树立起了对党和改革开放的信心。同时我们又树立了几个典型，如吴江的盛泽镇和张家港的杨舍镇等，坚持了发展乡镇企业的十大好处……这些都对当时巩固和推动苏州经济起了关键性作用。"

"1991年，特大洪水袭击了苏州，江泽民总书记也亲临苏州抗洪救灾现场，但就是在这样发生严重自然灾害的年份，苏州的经济仍然很好。1992年，小平同志南方谈话的正式文件还没下来时，我就让人去省委拿复印件回来，及时向干部们传达。大家越学小平同志的讲话，心里越亮堂，干劲也来了，纷纷表示苏州不能落后于这一波大发展浪潮。于是我们就寻找发展的载体。这个载体就是现在我们苏州人常说的一个'新苏州'、一个'洋苏州'，即古城西侧的高新园区和古城东边的工业园区。苏州这十几年的腾飞，从某种意义上讲，就是充满历史文化魅力的风景如画的古城老苏州加两侧的'新苏州'和'洋苏州'比翼高飞……"在苏州这块热土上工作了34年的王敏生，回忆当年的激情岁月，最后这样说，"我那一届市委，完成了经济模式从内转外的历史转变过程。现在看来，当时我们是做对了。"

一生平和谦逊的王敏生同志没有说错。他那一届苏州市委不仅是做对了，而且用现在的事实来看，可以说是做得非常出色！

"新苏州"位于现今的苏州古城西翼，正式名字叫"苏州国家高新技术产业开发区"。

"苏州古城风貌自然不能动，但这并不意味着苏州的城区经济不能发展。我们对老城的保护，负有历史的责任。可是在全球化经济形势下，我们应当让古苏州照样腾飞起来。我们应当给古城装上翅膀，有了这个翅膀，苏州腾飞了，古城风貌的保护才能真正成为可能。这个道理要让市民们都知道。"市委书记王敏生在常委会上这样说。

苏州人聪明，同时又不保守。市委、市政府的决策很快得到了市民的响应，于是给古城装"翅膀"的宏伟蓝图便开始谋划起来。"翅膀"必定安在两翼，纵观古城南北，一面是傲视天下的常熟，一面是风云正急的吴江。苏州想发展，欲断两县的凤头虎尾，必影响大局。南北方向添翼被否定后，决策者的目光便自然落到了古城的东西两翼——吴县之地。

这片苏州人心目中的理想"新苏州"的建设与开发，始于1990年，正式获得国家批准是1992年，基本上是紧跟上海浦东的脚步走的。"新苏州"最初叫"河西新区"，有点效仿上海"浦东新区"叫法的意思。所谓河西，指的是地理位置，即运河的西边。"河西新区"后来改名为"苏州国家高新技术产业开发区"。这个名字来之不易，因为当时国家对开发区的政策处在紧缩整顿阶段，并明确表示不再批准新设开发区了。

"当时我们把河西新区建设是看做'苏州小特区'来搞的，而且准备大干一番，所以调来了昆山搞自费经济开发区的王金华。"王敏生回忆说。

"你的任务是：用十年时间，再造一个新苏州。"市委书记王敏生说话从来不带狠劲，他的吴语声调总带着苏州人特有的那种柔软，但这回向王金华交代任务时，口气却十分强硬。

王金华对此没动声色。

"具体一点说，市区的工业产值去年是146个亿，你新区十年就要达到这个水平：150亿元。"王敏生说完，眼睛盯着王金华，看看自己的爱将，这位昆山人有什么反应。

通常情况下，苏州人会向领导表示一番惊诧，以便给自己留一些"余地"。但这个王金华没有，他缓缓地抬起眼睛，看了一眼市委书记和一旁的市长章新胜，几秒钟后蹦出一句话："150亿不稀奇。关键在政策，启动这关要打好……"

王金华站在荒丘上，迎着吹动自己头发的和风，目光转回到眼前的这片土地上，运河边的山与水、田野与村庄……他的胸脯在起伏，思绪在激荡。他感到了那种儿子站在母亲面前的责任和义务，非常强烈的责任和义务。

当时的新区指挥部设在苏州三元一村的一间50年代造的老房子里，好在指挥部只有四个男人，要不会有点麻烦，因为老房子里没有女厕所，只有一个"坑道"式男厕。

没有女人在场，苏州的男人说话也放粗："别看这里不像啥样，但我们要干的是创全国第一，达到世界一流水平。"王金华对自己也对手下的三个拓荒者这么说。

两千万启动资金能创世界一流的大业？有人心里发虚。王金华则泰然置之，他提出新区四大发展战略：开放战略、科技战略、人才战略、繁荣战略。

前面三个战略好理解，可繁荣战略算啥？

苏州新区建设较深圳、浦东等地是晚了，是改革的后来者，更何况，苏州处在中国丰厚的社会经济文化繁荣区内，硬拼硬杀有害而无益。一步到位，走繁荣之路，更有利于与世界文明接轨，所以苏州新区要走"繁荣战略"。

——这是王金华的思路，也是苏州改革走向世界的战略思路。

参与新区筹建的各路人马陆续报到后，王金华做了一次新区开发的动员，他一口气将四大战略的具体内容阐述了个明白：开放战略就是以引进外资为突破口，进而实施全方位的对外开放。产业进步与世界同步，具有国际运作能力才是真正的现代化开放型的经济发展。科技战略的重点是瞄准高新产业，使新区真正成为高新技术成果产业化、商品化、国际化的基地。人才战略，简单一句话就是"能翻多少跟斗，就铺多长的地毯"。目标是造就三支队伍：现代化管理人才队伍、国际化运作人才队伍和科技专业人才队伍。繁荣战略是通过"三产"和其他基础建设，促进新区的快速繁荣，将新区建设成一个现代化的新苏州城区。

为这，沉睡千年的姑苏西郊，那片曾经战马踏蹄的土地开始沸腾了——征地动迁的动员,掀开了太湖之滨的惊天巨浪……

安土重迁的当地百姓,第一次被现代文明的触角所撼动,他们有些不适应,所以也不想听王金华他们讲的那童话般的明天的故事。他们拿起种地的锄头和挑水的扁担,要与那些想让他们搬家的城里人拼死活——宁静的秩序被打乱了,告别的仪式是悲壮的,百姓们有权利与他们不了解的真相做最直接的斗争。

这时王金华来了。

所有目光凝聚到他的身上。

他说话了:"搬迁,肯定是没有商量余地的,这是市委的决策,也是全苏州人民未来幸福的需要,没有商量余地。但你们为啥不愿意搬呢?是政策有问题,还是我们工作态度不好?"

闹事的农民说:"我们不是有意反对,是你们说话不算数。"

"咋说?"

"你们让我们搬家,可我们搬了之后住哪儿?"

"怪了,不是已经安排你们房子住了吗?"王金华问。

"安置房子青黄不接,还有几套没落实。"相关的负责同志说。

"扯淡!"从部队退伍回乡多年的王金华已经好久没这样骂人了。但骂归骂,问题还是要解决的。于是他说:"第一,尚缺的安置房,在年内全部解决,保证家家户户能搬进新房子过年;第二,现在无法安身的几户,全部搬进我们指挥部最好的这个老四合院;第三,因为水灾,老四合院周边还是一片汪洋,抽水、排水的工作全部由管委会来负责。上面哪项工作没到位,你们拿扁担打我耳光!"

"好,有你王主任这话,我们就搬了!"知理通情的老百姓爽快地答应了,他们说相信党和政府。

党和政府没有让他们失望,搬迁工作做得精心细致。

"未来的新区建设得再好,如果不把动迁户的安置做好,那等于零。"王金华把市委、市政府的要求一直挂在嘴边,每一个新区干部心里挂着这样一杆秤:新区建设以人民满意为本。

十五公里长的中环通、大环通在三个月里建好了……"苏州速度"一时在外商中传开。于是,新区的招商开始渐成一股势不可挡的旋风。

狮子山无愧苏州人的气度。那座25层高的金狮大厦象征着新区"激情澎湃岁月"的全面开始。

上海是王金华心目中永远的追逐目标。在昆山时他这样想，到了苏州他还是这样想：苏州要赶上海，但苏州不是上海，苏州是文化之城、历史古城、美丽之城。尤其是虎丘之邻、狮山脚下、太湖之滨的新苏州，它该包孕吴越的文化和太湖的水韵，该体现横塘的文脉和枫桥的辞章，在保持姑苏那份永恒的清新优雅与小桥流水之间，寻找出东方威尼斯的巴黎风情，雕琢出具有太湖之美的现代化文明新城。总之一句话：新苏州，必须是与古城和谐共处又另显风情的新都市；必须是接连世界最前沿脉络，又能体现东方江南文化元素的国际化都市，还必须是让本土百姓时刻感受到温馨与安全、朝气与生机的家园，同时又让所有异乡新居民落脚生根在这里，有一种忘却一切的归属感。

"城市要有体温。新苏州体现的是我们对这片土地的热忱、情感和创造。"王金华平时话不多，但他的目光和思维却复杂而细腻。王金华充满追求精致的智慧。这也是市委、市政府对新区的要求，更是苏州人民对新区的期待，自然也是那些选择苏州作为发展基地的国内外企业家的兴奋点。

什么叫抓住机遇？众多外资企业纷纷在此筑巢就是最好的解释：从1992年11月"苏州国家高新技术产业开发区"的金牌挂起来那天开始，美国的普强、杜邦，日本的松下、索尼、三菱、富士通、住友，德国的西门子，英国的考陶尔兹，瑞士的罗技、迅达，中国台湾的宏碁、声宝等等世界著名企业纷纷进驻，项目达190个……这仅仅是三四年间的成效。1996年8月，联合国开发计划署高级顾问拉卡卡访问新区，这样盛赞道："高楼林立的苏州新区有着强大的吸引力，近三百个外资企业项目和企业落户，总投资达三十多亿美元，这在世界上也是极少有的奇迹。你们这里就像一个'小联合国'。"

苏州新区的"小联合国"别称就这样叫开了。

那年春，苏州籍作家陆文夫听说苏州狮子山旁搞了个"新苏州"，起初他不大相信，后来他去了。去之后文夫先生大加赞叹，姑苏建城至今2500余年，新苏州建设用了2500天。他脱口而出的一句话，成了经典之语："2500年风风雨雨造就了一个老苏州，2500个日日夜夜创造了一个新苏州。"

"新苏州"之称一直沿用至今。《文汇报》记者到新区采访，看着太湖之滨这片耸立于山水之间的现代化新城，感慨万千地写下了这样一个标题："真山真水园中城"。

无论是作家的惊叹，还是记者的描述，它们都给新区的崛起标注了一个共同的特点：速度与精美。

这里是公园还是厂区？是广场还是小区呢？他们被新颖、美妙的"苏式"开发区深深吸引，甚至时常怀疑自己的眼睛。"在这样的地方办企业，获得的将是生命质量与经济效益的双重丰收。"外国企业家们如此评说。

"以绿意造园，是我们新区的一大理念。这既借鉴了欧美风格，又传承了水乡苏州的特质。绿树、绿色多，又充分引入开放式大公园的格局，使得新区每年保证有三百天的绿期。古苏州是以'雨打芭蕉''梧桐知秋''岁寒三友'的千古绝唱达到一种园林文化和古典意境的结合，新区以绿意加园林，从而创造一种'锦绣大地'的气氛和特色。你看我们这里的植物造型是大色块的绿化风格，如海之墨色的雪松林，晚霞一般的红枫林，一片片桂花黄，一片片橘子红，中间镶嵌着来自美洲的美女樱，红、黄、蓝、紫组合成一体，五彩缤纷，远观如万紫千红的花地毯铺就，近看则置身于花木丛中，美不胜收。"新区人一谈起他们的美景，总滔滔不绝。

仅仅几年时间，沉默了数千年的狮子山，从冬眠似的冥寂中刚刚睁开倦眼，转瞬间这里已是天翻地覆⋯⋯

今天的苏州新区建设者和创业者，他们最愿意向外人夸耀的是这里的科技含量。"要说我们苏州高新区能使狮子山这片曾经是苏州北大荒的地方呈现出今天这个样子，关键还是我们这儿的高新技术发挥了催化作用。"

"此话怎讲？"

"高新高新，自然文章在'高'与'新'上。'高'，意味着我们的开发区从一开始就瞄准国际先进水平，这指的是引进企业的高端水准；'新'，是指产业的建立与趋向必须是当今世界最前沿的最先进的技术。"现任苏州高新区工委书记王竹鸣向我介绍：从1992年建立新区的那天起，王金华等老一辈创业者就按照市委、市政府确定的"科技优先"战略，紧紧围绕"发展高科技，实现产业化"的目标，在实际工作中坚定不移地推进科技自主创新，加快聚集新产业、建立新体制、建设新城区，构筑国际平台的思路与实践，因而使得高新区真正在"高"与"新"上呈现五彩缤纷的璀璨光芒。

在高新区采访时，我看了一部长期在新区工作的苏州作家徐卓人写的《归国专家部落》的书。它记述的是一批掌握国际前沿技术的归国留学生在苏州高新区创业和成就大业的事迹。在苏州高新区内，形成了一个"归国专家部落"，这个群体现在已达数百人之多。"由这些留学博士带出来的专家与科研人员，今天已经达到近万人。这批具有世界级水平的研发人员和科技队伍，是我们高新区最大的资本。"王竹鸣一谈起这个话题，就两眼放光。

"我们现在一年有近两千亿的工业产值、一百多亿的财政收入，靠的主力产业就是高新科技。我们有六大创新载体：苏州科技城、苏南工业技术研究园、苏州环保产业园、苏州创业园、留学生产业园、苏州高新创意园。它们涵盖了电子信息、精密机械、生物医药、新材料、汽车研发与关键零部件、废弃物循环再利用等八大世界级先进科技产业，其中最令人骄傲的是已经体现市场能力的十大自主产品群体：高功率动力锂离子电池、新一代网络安全技术开发、碳硅铝纤维与碳纤维、光刻胶、第三代移动通信、CPU 核心应用技术、生物医药产品、动漫产品、振动及环境实验设备、新一代高分辨数码有机光导鼓……"新区主人对这些技术与产业的专业术语如数家珍，我们有的很难听懂，但一旦换成具体的和实用的例子来说明时，所有的外行人都会为他们感到骄傲——

比如中国的"神舟"飞船在飞向太空前需要进行振动试验，振动试验台就产自苏州高新区的苏州东菱振动试验仪器有限公司。振动试验台达十六吨重，过去这种产品一直被欧美国家所垄断。我们的归国专家在苏州高新区内把它搞出来，搞成功了。"神舟"飞船能够一次次飞向太空，这振动试验台功不可没；

比如现在我们使用的电子复印机、电子照相机等电子设备，成像需要有机光导鼓，过去一直是外国企业的专利。苏州恒久光电科技有限公司的小伙子们搞成了中国自己的顶级水平的 OPC 生产线——国内第一条拥有自主知识产权的、年产一百万支鼓的高度自动化生产线；

……

苏州人自己对创建"新苏州"获得的巨大成就，也是难掩心头之激动和狂喜的。

4. 与新加坡人的亲密接触

1992年,邓小平南方谈话恰如春风吹拂了美丽的江南水乡和姑苏大地。这个时候,苏州市领导中,又出了两个重要人物——成功的高新区开拓者王金华当然算一个,另一个便是会说一口流利英语的市长章新胜。

太想见一见这位章市长了!可惜他现在太忙,而且离开苏州已经很多年了。他现在与我同城住着,然而北京太大,一城中的人几十年不能见一面是常事。章新胜原是国家旅游局副局长,之后就任苏州市市长。

章新胜到苏州是在1990年,这一年发生了一件大事:中东海湾战争爆发。萨达姆指挥的伊拉克军队举兵入侵邻国科威特,美国的老布什立即命令美军进行了一场摧毁伊拉克军队的"沙漠风暴"行动,曾猖狂一时的伊拉克军队不堪一击,溃败在布什手里。

这一仗,对许多小国是个巨大的震撼:强邻虎视眈眈,小国随时可能有被吃掉的危险……这些小国中有一位领袖怀有特别的危机感,他就是新加坡资政李光耀。

作为新加坡国父式的人物,李光耀对自己国家的危机感使他在那段日子里有些坐立不安。李光耀对治国有着独特的眼光,他认为新加坡经济虽然已经发展到很高水平,但毕竟是弹丸之地,抵御外力受限太大。面对复杂的国际和周边环境,李光耀认为新加坡必须寻找新的出路,以求立于不败之地。而要增强国力的唯一办法,就是内外并举发展经济,即在国内大力发展经济的同时，还必须走出国门，力求与可靠而友好的大国进行合作，从而走出一条与大国建立"战略合作"和将本国事业向外扩展的全新道路。

也就在这个时候，东方醒狮中国正在掀起一场更大的改革开放浪潮。邓小平的南方谈话内容也传到了李光耀的耳朵里。这位带兵出身的熟稔东方文化的新加坡领袖，得到了巨大鼓舞——南方谈话中讲：我们要赶超亚洲"四小龙"，"新加坡的社会秩序算是好的，他们管得严，我们应当借鉴他们的经验"。

南方谈话后，中国内地的官员成群结队地往新加坡飞，以便取经回来干自己的四个现代化。

据说，仅1992年这一年，中国中央各部委和省级以上的高官率团访问新加坡的就有98个，共有9万余人次到这个岛国考察取经。

"这个样子，还不如我们去中国给他们也建个新加坡模式。这样一则可以回报邓公对我们新加坡的褒扬，二则可以寻得一个与我们同源文化的大国的合作！"

这个考察重担落在了时任新加坡副总理李显龙的肩上。他们从中国的南方一直走到北方，又访问了山东、上海等沿海地区。

李显龙一路考察，最后比较之下，他中意的还是上海。因为上海工业基础好，交通又方便，人才等各种资源又具优势。但与有关方面接触后，新加坡人内心失望了：上海人并没有把新加坡的诚意理解透。

李显龙的助手建议道："副总理是不是可以到苏州一趟？那里离上海很近，又是著名的旅游城市，尤其是东方古老文化和江南风景都在那里集中体现。"

"好，就到苏州去休息两天。虽然来过几次中国，但苏州的园林我还不曾见过。机会难得！"

"什么，李显龙副总理要来苏州？太好了，明天一早我去上海接他！"几乎没出一小时，新加坡副总理第二天要到苏州来的消息，已经传到了章新胜市长耳朵里。正在忙着如何落实市委对外开放搞活的章新胜听到这一消息，兴奋不已。作为国家旅游局原副局长，他与新加坡的几位高层政要都有过交往，这其中包括李显龙。作为老朋友，他去上海接一下李显龙并没有什么不妥之处。这一点章新胜了解新加坡客人，他们非常讲究"适宜"的礼仪。如果事情做得太热情了，反而会产生适得其反的效果。

李显龙此次来苏州是纯粹的私人旅游。我们怎么接待呢？跟他谈不谈与苏州的经济合作事宜呢？章新胜通知市政府秘书长安排第二天到上海的车子后，脑子里盘算着如何接待新加坡客人。对啊，派谁来一起接待客人呢？这很关键，搞好了，我们就可以把新加坡放在口袋里的项目拿到手，弄不好便是水中捞月一场空。

接待李显龙的苏州人，除了章新胜，还有昆山的老书记吴克铨。

这一天是5月9日，可以说是江南春光明媚的日子。天气也不热，中方人员个个西装革履，倒是客人很随意。李显龙笑着对苏州人说："你们不要搞得太正规，我是私人旅游来的。"

章新胜忙说："李副总理是尊贵的新加坡客人，能到苏州来，是我们这座古城的荣耀。我们要以能够表达的全部热情来欢迎您。"

一旁的吴克铨附和道："李副总理也许不知道，我们苏州的老百姓有个传统，如果不把远方来的客人照顾好，就等于你没有把家前宅后打扫干净一样，是没有修养和礼貌的表现，会被人瞧不起的。我们苏州人对所有的客人都一样，一定是真诚和热情的。"

李显龙听了吴克铨的话，很是感慨："我对你们苏州人有教养早有所闻，果然名不虚传。"

游览途中休息品茶时，章新胜市长不忘向客人介绍苏州的情况，同时也讲起了经济发展的一些设想。

"哎哎，你们是请我来看园林的，怎么谈经济了？"李显龙警惕地朝苏州人瞪圆了双眼。

章新胜和吴克铨暗暗一惊，两人不由得交换了一下眼光。章市长忙对李显龙解释："谈苏州，难免说经济，因为苏州的经济发展也出现了一些好的景象。我们知道李副总理是经济大专家，想请李副总理对我们苏州经济的发展提些宝贵意见或建议。"

李显龙哈哈一笑，说："其实不是不可以谈经济嘛！你们苏州多好的一个地方！"

"是是。欢迎李副总理多到苏州来参观指导。"章新胜和吴克铨一瞅"苗头"：有戏！于是连忙拿出加倍的热情，一边陪从，一边不停地琢磨着如何"引龙入套"。但苏州人发现，李显龙太聪慧，他不会轻易落入苏州人设下的"圈套"。

这一天，一边是对上海感到失望的新加坡副总理有意回避谈经济问题，一边是表面装着陪对方游玩休闲实则急着探摸客人投资意向的苏州人。双方都是聪明人。聪明人在一起斗智，就叫人看着更精彩。

他们彼此心照不宣，却又各自装出一副满不在乎的样子。

白天游园林、观街景，宾主似乎都很悠闲轻松。晚宴非常丰盛，李显龙对苏州的菜肴大加赞赏。举杯间，新加坡客人先把话题扯到了经济上——

李显龙："我们新加坡面积小啊，所以寸土寸金。可当初我们也是为了招商，不得不把地便宜卖了……"

章新胜一听这话，立即朝斜对面坐着的吴克铨挤了一眼。吴克铨心领神会，马上一边给李显龙倒酒，一边说："副总理，你现在有个机会，可以把当年损失的钱补回来。"

李显龙不解地盯着吴克铨，说："怎讲？"

吴克铨在昆山干了五六年"自费开发区"，什么样的外商都交过手，可以说是谈判桌上一只聪明的"老狐狸"，而且由于吴克铨的长相憨厚，所以他又属于那种最容易让人上当的"老狐狸"。

有戏。吴克铨知道李显龙在顺着自己的思路走，于是不紧不慢地说："你可以到苏州来呀！我们苏州有的是地，可以把你过去卖地的损失补回来！这个账，副总理肯定比我会算。"

"哈哈哈……"李显龙是聪明人，一听这话，顿时开怀大笑。他明白苏州人在套他的底。于是李显龙装出一副寻找自己助手的样子，左右看了看，说："可惜我的经贸部长没来！"

章新胜明白：新加坡人对外谈判经济合作之事，关键时刻是由经贸部官员出面来谈的。李显龙这话，其实也是一语双关。

看来，李显龙对苏州人热情接待他的意图已心领神会。

临别时，苏州人格外期待道："欢迎李副总理再次到苏州来！"

李显龙朝章新胜和吴克铨满脸堆笑道："当然。苏州这么好，我肯定会再来的，说不定以后来的次数就很多了。不过，我也希望你们能到新加坡去。"李显龙临上车时，特别说了这话。

关于李显龙愿意在苏州投资的事，章新胜市长曾向市委做过汇报，当时有赞成的，也有反对的。为这事，章新胜曾经痛苦过，后来到南京找到了时任省委常委、常务副省长高德正。

"他来找我,我也有些为难,于是请示了陈焕友省长,他说你去弄吧。我就对章新胜说:'这样吧,你请李光耀访问中国,让他来跟我们国家的领导人谈。'我还给他出了其他一些主意。"十多年后,我采访高德正同志时,他这样说。

1992年9月下旬,新加坡资政李光耀应邀访华。会谈中,他提出要到江苏的无锡和苏州看看,说明了自己要在中国搞个"新加坡"。

此次新加坡客人的江苏之行只有两天,但极其重要,因为是李光耀和新加坡副总理王鼎昌两位决策人物决定在中国选址建设新加坡园区的"实地看点"的行动。在这次访问中,有个细节给李光耀留下了深刻印象,这是包括陈焕友在内的江苏领导人都不知道的事,这便是李光耀对能说一口流利英语的苏州市长章新胜的印象——

李光耀用十分欣赏的目光看着章新胜,突然问:"你的英语很好啊!可像你这样能讲英语的市长,在市长的岗位上能待多长时间呢?"

章新胜一时不解:"请问李资政的意思是……"

李光耀笑道:"我知道你们的好干部一般在一个地方干两三年就会提升的。"

章新胜马上明白了对方的意思,便说:"我这个市长可能是个例外,因为我是从北京下来当市长的。要走也不会那么快吧!"

李光耀笑笑,转开话题,问:"你苏州是个地区级市,有没有决定权?如果我们把中新合作项目交给你申请,你有多大能耐把它放到苏州?"

章新胜有些激动,这是他从新加坡"第一把手"口中第一次听到了可能要将项目"放到苏州"的话:"我可以打报告到中央,我当过国家旅游局副局长,我会努力去做到的!"

李光耀笑了,笑得非常开心。于是一老一少不停对话,从苏州古城的竹辉饭店开始,到加长"奔驰"开往苏州火车站的途中,一直没有停止过,甚至到了火车站的贵宾室,李光耀和章新胜市长仍在旁若无人地热烈地交谈着……开往上海的列车进站了,李光耀一行登上车厢,突然间,已经踏进列车的李光耀回转身来,走出列车,向年轻的苏州市长提出一个非常具体的问题:"苏州有国际机场吗?""有。苏州以东九十公里就是上海的虹桥机场!"苏州市长再次用流利的英语向新加坡客人回答道。李光耀这时才若有所思地走回了车厢……

这次新加坡客人没有直接回国,而是转道去了香港。当时的全球经济形势正在发生剧变,以加工业著称的东南亚"四小龙"和日本都在进行产业大转移,他们之间的每个细微行动都会在东南亚甚至全世界产生影响。而这期间,中国的复苏和变革,更是引起了世界各国的高度关注。新加坡三个主要领导人出访中国的发达地区,自然也引起了各方的特别关注。

"市长,好消息!好消息!"李光耀离开苏州的第二天,苏州外事部门就捧来一份香港报纸向章新胜市长报告,"王鼎昌副总理一到香港,就举行记者招待会,说了很长的话,其中说到,要在无锡和苏州搞个'模范城'。估计现在全世界那些敏感的经济权威人士都知道这个消息了!"

这说归说,但要让新加坡人把合作项目放在苏州,也不是一件十分容易的事。苏州人知道,无锡人也志在必得。与这样的对手争项目,弄不好很有可能失利。

苏州人暗暗着急,但光着急没用,得想法子,瞅机会。

机会来了!1992年年底,章新胜正准备赴英国伦敦招商时,新加坡政府的邀请函也到了苏州。

"怎么办?"市政府政策研究室主任周志方问章新胜市长。

"还用说!先放一放伦敦的事,我们立即到新加坡。听说无锡人已经比我们捷足先登了,而且已经同一些新方企业家签约了!我们必须马上行动!"章新胜说。

苏州人先改道到了新加坡,立即开始"热身运动"——他们先是看望新加坡的第一代领导,然后又看望了第二代、第三代领导人。这其中,王鼎昌副总理是章新胜他们首先看望的,因为此次新加坡之行,也是应积极将合作项目放在苏州的王鼎昌的邀请才获得的。而王鼎昌副总理的热情与友好也让苏州人非常感动,章新胜一行到新加坡的第二天早晨8点钟,王鼎昌副总理就在飞禽公园那里等候苏州人,并共进早餐。

"当我们到新加坡时,李光耀资政在香港,新加坡国内副总理能出来接见我们已经就算破格了,因为那时我们国内各省去的省部级干部有十几个、几十个,新方一般只有部长级官员出来接见,我们的待遇显然不一般。"苏州市政府政策研究室主任周志方是此次访问团的"笔杆子",他如此说。

此次章新胜一行还拜访了杨荣文、林瑞生等新加坡第三代领导人。他们都是与李显龙一样富有朝气的年轻一代，像杨荣文是文化大臣兼国防部副部长，实力派人物。经发局局长林瑞生，原来是新方驻美经济问题总代表，为了与中国的合作项目，李光耀专门将他调回国，研究两国合作事宜。但是令章新胜一行不解的是，此次访新，越到后来，新方越显冷淡。这让苏州人特别着急，怕事情泡汤了。当时的情况是：听说新加坡有大项目要同中国合作，中国国内的各个省市纷纷派出大员盯到了新加坡，有的省甚至不惜一切代价在跟苏州人争。除了中国自己人争外，还有一些发展中国家也在与苏州争。各种政治的、外交的、民族的、地域的关系，全都搅在了一起，让新加坡领导层有些吃不消了。与大省、与某一个国家相比，苏州的优势一下逊色了许多，那个时候的苏州除了"小桥流水"、历史文化名城等别人不好比外，似乎也没有什么别的可以吸引人的特别优势。章新胜一行心里清楚这一点，所以当新加坡态度稍显冷淡后，他们就非常紧张和警惕了。

"怎么办？我们不能白来呀！再说，我们是应王鼎昌副总理邀请来的嘛，他是一国副总理，不能不拿我们当回事吧！"苏州人中有人沉不住气了。

大家的目光盯向市长章新胜。一向潇洒的章新胜这回也有些蔫了，他决定先去找一找王鼎昌。

王鼎昌的秘书潘先浩很快回应："王鼎昌副总理说了，你们最好先拿个方案，看看我们中新合作项目放在你们苏州什么地方。"

"这怎么弄，我们连张苏州地图都没有带呀！"

"马上告诉家里，让他们赶紧传一份苏州的地图来！"章新胜发命令道。

这个并不难。家里人把苏州的地图马上传了过来。章新胜将同行的四位成员召集到一起，在宾馆的茶几上画出了四块地方。第一块是刚建的苏州高新区西边的那一块，理由是那边已经确定为新市区的工业开发区；第二块是吴县的黄埭一带，是离市区最近的郊区；第三块是苏州火车站北边，重要的理由之一是交通方便（那个时候苏州的高速公路还很少，只有沪宁高速）；第四块是市区东边的金鸡湖一带——这一块苏州人认为最不可能，因为那边湖多水密，地势低洼，开发的话投入成本太大。可偏偏新加坡人看中了这块烂水地，王鼎昌本人就看中这里，他前几个月跟李光耀到苏州时就看过这块地，也曾问苏州人这里离上海多少里。章新胜他们鉴于上面这个情况才把金鸡湖这一块也算在里面，而其他三块都是市西的丘陵与山区，开发成本低。苏州人有自己的算盘。

茶几桌上弄出来的草案转交王鼎昌后的几天里，新加坡方面没有任何音讯。苏州人想通过关系探听情况，反馈来的消息是新加坡方面的调子越来越低，这让苏州人心灰意冷——看来是白跑了。有人甚至埋怨"早知如此，不如不来"。代表团访问的日期只剩最后一天了，"这样走得不明不白，至少得有个双方出面的'声明'什么的东西发表一下吧！"苏州人彻底泄气了，"这不等于彻底吹灯了嘛！"

"走，打道回府！"章新胜也生气了，一挥手，让大家各自回房收拾行李，准备回国。几位随行人员收拾完行李后便无聊地聚在一起打扑克牌，一边打，一边生闷气。

突然，房间的电话响起："我们能不能谈一个书面的联合公告一类的东西……"对方潘秘书态度非常和蔼地说出一个让苏州人喜出望外的消息。

"市长，有好消息了！"到章新胜房间后，周志方将潘秘书的话如实转达，章新胜有些奇怪地嘀咕道："他们这是什么意思？前几天一直冷着我们，现在又……"

"你没注意，李光耀资政从香港回国了！"周志方说。

章新胜反应非常快，脸上立即露出笑容：一定是新加坡高层内部对与我们的合作出现了新的想法。"好，你马上去跟潘秘书见面！这回一定要抓住不放！"

几位苏州人聚在一起，起草"联合公告"……等起草完毕后，章新胜对周志方说："你去请王鼎昌副总理和潘秘书，一定一起吃碗宁波汤圆。"

"为什么？"周志方有些不解。

章新胜笑了："汤圆有糖，给他们点甜头吃……"

"明白。"就这样，周志方拿着起草好的"联合公告"，匆匆去见潘秘书。

潘秘书接过"联合公告"的草稿，看后笑道："可以考虑，我马上交王副总理他们研究一下。"接着，潘秘书没有马上离开，而是坐下来，与周志方聊起来。

"你们的土地租赁期是七十年。我们与其他地方谈，人家都是九十年，有的甚至是七十加七十……"潘秘书对周志方说。

显然，潘先浩是代表新方在试探苏州。这是个大事，关系到地方政府的一项"市策"，请示已不可能。周志方想到临来时章市长给他的"尚方宝剑"——给他们点甜头，于是壮着胆子说："你们放心，我们是说了七十年，但没说七十年后就不能继续合作呀！"

对方点点头，又显疑虑道："虽说中新合作项目是两个国家的事，但你们毕竟是国家行为，可我们投资的都是私人的钱，将来一旦出现问题，谁来仲裁？"

周志方说："既然是国家之间的大合作，我想我们可以寻求国际仲裁机构解决某些问题的。"

潘秘书："你们的土地价格高。我们没有把项目放在上海，就是因为他们的土地价格太高了。"

这又是一个要命的话题，周志方已经看出了对方的疑虑，听出了人家的弦外之音。

周志方说："价格可以再谈嘛！我想只要在法律框架内谈，会得到一个双方都满意的结果的。"

潘秘书紧追不舍地问："是不是四十万左右一亩？"

周志方对这个情况非常清楚，他马上回答："不会吧，我们大概是二十万左右。"

潘秘书满意地笑笑，站起身，说："好，周先生你先回宾馆，我会及时把我国的决策在最短的时间里告诉你的。"

"谢谢了！"周志方真诚地紧握潘秘书的手。

周志方回到代表团住处，将情况向章新胜市长等人汇报后，大家都很振奋，静候新加坡方面的最后消息。

"丁零……"半夜，电话铃声又一次骤然响起。周志方几乎是跳着奔过去抓起电话的，"喂，是潘秘书啊！我是周志方……好，好！我一定转告章市长！谢谢！谢谢潘秘书！"

"怎么样？成了吗？"章新胜已经从周志方的表情里知道了即将发生的好事，当周志方如实转告大家时，苏州的几位代表团成员欣喜若狂了好一阵！

他说："潘秘书告诉我，请章市长明天下午去与王鼎昌副总理签字！另外，今晚让章市长准备到李光耀资政处，他们的李资政要亲自与我们章市长敲定合作项目！"

四十多分钟后，章新胜如约到了李光耀资政的府上。一见面，李光耀显得有些激动地站起来高声说道："我们人民行动党初步愿意同你们合作。"

李光耀今晚的态度让章新胜都有些吃惊和意外。因为一向文质彬彬的李光耀今晚从一开始就显得特别激动，甚至说着话拍起了桌子："我李光耀要用最后的政治生命坚决支持这个项目！你们可以马上向你们的中央领导报告这一点！"

这回章新胜是吃了"定心丸"，当把这一新加坡最高层的决策带回宾馆时，其余几位苏州人都已经疲劳得呼呼大睡了。

"老周起来！起来——"每到这种时候，周志方肯定是最倒霉的一个。

"老周，起来！起来干活！"章新胜一脚将周志方"踢"醒，"马上给家里的王书记发个传真，再给我们的外交部发份电报，请他们将李光耀资政的意见报告中央！"

"李光耀怎么说的？"周志方等见章新胜如此兴奋，知道事情已经完全向好的方面转化，但到底好到什么程度，他们还是想听一遍。

"嘿嘿，想听？想听就先让酒店给弄碗面来！"章新胜笑道。片刻，他一边吃面，一边对他们说："事情还没有完。我们要弄清楚新方为什么愿意投资中国，投资苏州。"

于是第二天开始，苏州人在大使馆的帮助下，签证获得延迟后，又开始了紧张的"情报"收集工作。他们分头找到包括国内的和与中国关系好的新加坡朋友一起了解和分析情况，特别是李光耀那么"一意孤行要把项目放在中国"的真实意图。

先前，李光耀在北京谈定的在中国的投资项目叫做"借鉴新加坡经济发展和公共行政管理经验"，简称"新加坡软件"，这是一种国家管理形式与经验的移植，李光耀提出的项目资金为二百亿美金。

二百亿美金！如此大的一笔外资项目，在当时国际间的合作项目中不说是最大的，也是极具震撼力的了！那么，新方到底出于什么样的目的要把资金投到中国呢？

苏州人当然想了解个明白，中国高层当然也想弄明白。虽然当时的形势比起南方谈话之前的国内情况有了很大的变化，但曾经喧嚣一时的"姓资姓社"和"卖国爱国"的争论仍在一部分人的脑子里或行动上留有痕迹，更何况新加坡如此大的一笔投资，有没有什么"阴谋"？苏州人窃喜项目可能落到自己手里的同时，又非常担心政治风险和国家安全风险。

最终的情报是：新加坡的开国之父李光耀在伊拉克侵略科威特后，他的国家危机意识太强烈了。他领导的人民行动党在那个时期几乎天天开会，结论是：如果没有特殊的防范意识和措施，新加坡绝对有可能成为第二个科威特。

"一个小国不能太富了。我们的钱不能都放在国内，应当向外寻求发展空间，否则新加坡就难有前途！"据说，李光耀对人民行动党的领导层发出如此振聋发聩的警告。正是鉴于这样的危机意识，他们决定要将新加坡的发展模式"搬"出去。"搬"到哪儿？最后的结论是中国最理想。一是中国大，施展的空间无限。二是中国正在发展，回报率高。三是中国也有愿望——看中新加坡的管理经验与经济发展模式，领导层可靠。还有一条特别重要：中国与新加坡文化同源，交流起来十分方便。

那么为什么选择苏南而不是其他地方呢？当时的情况是：东北和山东一带，韩国和日本插足了；广东特别是珠江三角洲，台商先上了。现在剩下最好的一块就是长江三角洲！再不行动，有可能被别人捷足先登。上海地价太贵。苏州一带最理想，苏州人脉好，自然风光更不用说，关键是苏州有深厚的文化底蕴和历史上兴商、安商、亲商的传统。

苏州人心里有数了，中国高层领导更明白了：新加坡和李光耀没有"阴谋"，只有寻求救国的"阳谋"和与中国友好共存的强烈愿望。

值得一干！不干是傻子！

这是两个文化背景十分接近的国家间的亲密合作，是"亲戚"间的事，其他国家羡慕也没有用。为此，李光耀和新加坡在十三亿中国人心目中一直是最值得信赖的国际朋友和友好国家之一。

5. "洋苏州",英文缩写"SIP"

1993年,对苏州人来说,是改革开放后一个非常忙碌的年份,总是处在令人激动的振奋之中。这一年,为了中新合作的大项目,江苏省领导也被牵进了忙碌之中,最忙碌的人之一要算时任中共江苏省委书记兼省长的陈焕友。

5月,李光耀先生按照预定计划,应邀访问苏州,这也是新方正式确定在苏州项目落实的关键时刻。11日早晨,李光耀在苏州竹辉饭店的花园里见陈焕友急步走来,便高兴地上前与他握手。

早餐后,就是正式的会谈。中方除了陈焕友等省领导外,就是苏州的同志了。在这一天会谈之后,苏州市政府和新加坡劳工基金(国际)公司签订了一个合作协议,也就是苏州工业园区的最初合作签约文件。中共苏州市委书记王敏生、市长章新胜等出席签字仪式。中新合作此时早已引起外界关注,尤其是新闻界的记者们早就等不及了,他们希望在第一时间发布新闻。但陈焕友有些顾虑,这么大的一个项目,虽然李光耀对要投资二百亿美元一事说得非常明确而坚定,可毕竟是意向性的事,所以陈焕友建议新闻界暂时不要报道,而且即使二百亿美元的投资能够落实,也得经中央批准才能展开工作。当时国家是有规定的,对外合作满几千万美元的外国投资项目必须经中央批准后才能实施,更何况现在说的是二百亿美元!

"我同意陈省长的意见,新闻界暂时不要说这事。"李光耀认为陈省长考虑得周全。

谁料就在当晚，一位中方记者向香港报纸发了一则消息：新加坡内阁资政李光耀与江苏省省长陈焕友在苏州签订了一个二百亿美元的大项目。消息一经披露，在国内外立即引起震动。陈焕友气不打一处来，因为一是他在签约现场专门对新闻界的记者们提出了保密要求，可是有人竟不听"招呼"；二是还有一个更深层的原因：1988年，当时刚成立的海南省在洋浦半岛那里划了一个开发区，由香港熊谷组公司独资对外招商。这是新中国建国以来第一次引进外资进行成片土地开发的项目，不料正在操作时就让外界炒作成"海南出卖国土"的新闻，结果最后把这个项目炒黄了。陈焕友不能不担心类似的事在苏州发生，而且新加坡在苏州投资二百亿美元的项目，无论从哪方面看都要比当年海南洋浦的外资项目大得多，且苏州是中国腹地，一旦这也被说成是"出卖国土"，那麻烦肯定会大得出乎想象。

陈省长担心，李光耀等新加坡人也怕事情会被人搅黄了。苏州人更不用说，一旦这么大的项目落空了，到时哭干眼泪也难以弥补。

但记者不理官员们这一套，中新合作项目从此公布于世，苏州人和新加坡人全被推到了世人面前。成败皆在世人的瞩目之中……

项目太大，光靠苏州人扛不住。于是陈焕友在李光耀他们与苏州人签约后，当天下午就向中央发了传真汇报。前几日，李光耀到北京，一位国家领导人接见他时，李光耀曾向这位领导人征求意见：到底是放在山东，还是上海？是放在无锡，还是苏州？这位领导人笑笑说："我不便明讲，因为手心手背都是肉；但如果您征求我的意见，作为个人，我认为放在苏州好，因为那里的劳动力素质比较高，中国历史上的状元、举人出在那里的比较多，而且苏州靠近上海，交通方便。"李光耀就笑了，说："我想的跟您想的一样。我们就定苏州了！"

苏州人后来听到这一"手心手背"之说后，格外高兴和振奋，因为在关于中新合作项目的激烈竞争中，苏州是最后的赢家，苏州的胜利体现在软实力上！

天堂苏州，你被人爱就在这一点上！但苏州还需努力，时代发展了，20世纪后期的中国和世界格局已经呈现全新的时代特征，光靠先人留下的那点历史文明及老天赐给的小桥流水是远远不够的。

苏州人也意识到了这一点，所以他们对中新合作项目的期待十分强烈。

二百亿美元哪！不就等于重新造一个"洋苏州"嘛！苏州人躲在被窝里

想想也会乐出声来!

中央也十分关注和支持中新合作项目。当陈焕友省长向中央汇报,希望有关部委协助把关这一项目时,中央马上指定国务院特区办主任胡平当苏州与新加坡谈判的"顾问"。

时任副总理的李岚清和外贸部更是坚定而有力的支持者。

1993年10月,当陈焕友准备率团赴新加坡访问时,正逢省级领导集中到中央党校学习,听说陈焕友要到新加坡谈中新合作项目,中央党校马上按"特例"同意了。

此次中方赴新的谈判代表团很庞大,除了中央和江苏省的领导外,苏州市主要领导也都去了,并且组成几个工作组。

代表团刚到新加坡,南京就发生了一场特大火灾,是金陵石化炼油厂储油罐发生爆炸。在省里主持工作的孙家正副书记向远在新加坡的陈焕友报告后,陈焕友急得不行,走也不是留也不是,最后只好直接给总理打电话。总理说:"你留在新加坡吧,我派人去处理南京火灾的事。"

"焕友同志,南京炼油厂的大火扑灭了。你安心在新加坡谈判,签了字再回来吧!"很快,在南京指挥灭火的同志打电话给陈焕友。

"谢谢,谢谢中央!谢谢中央对江苏工作的支持,谢谢对苏州这个项目的支持!"陈焕友一听这话,眼里的泪珠在滚动。

在新加坡参加谈判的苏州人听说这事后,无不感动。"可以这样说,苏州工业园区建设的每一个步骤和日后的成功,都渗透了中央领导的亲切关怀和特殊关注。现在被世界上许多国家移植去的苏州园区经验,假如没有中央的直接支持和关心,那是不可想象的事。""老园区人"王金华不止一次动情地说。

当时被章新胜市长"点将"到园区搞筹备的吴克铨是此次苏州赴新加坡谈判的成员,他兼任了商务谈判组的负责人之一,他对这次"艰难的谈判"记忆犹新。

"我们当时并不太懂得新加坡李光耀先生他们的真实意图,说实话,开始时我们看中的是比较简单的二百亿美元这个外资投入数目,而并不十分了解李光耀他们所看重的新加坡'软件移植'这东西。"吴克铨在接受我采访时曾坦言道。

那么新加坡人到底要在苏州搞什么东西呢?苏州人后来才慢慢弄明白,等弄明白之后,他们才真正觉得新加坡确实有不少好东西值得学习。

"大胆吸收和借鉴人类社会创造的一切文明成果,吸收和借鉴当今世界各国包括资本主义发达国家的一切反映现代社会化生产规律的先进经营方式、管理方法。"邓小平在南方谈话中讲的这段话,对苏州人来说,有着特别亲切的体会。

其实,李光耀在中方代表团赴新加坡谈判的过程中,已经意识到中方人员对他心目中的"合作"内容与真实意图有所误解,这也是根本的一点:到底你们看中的是我们的二百亿美元投资,还是我们的新加坡经验?

正是因为某些理解和认识的不一致,中新谈判人员的谈判也曾几度出现激烈交锋、拉锯式的场面。

先说说关于合作项目的名称吧。

中方认为你出钱,我划地,不就是一个比昆山"自费开发区"更大的合资项目嘛!那就应该叫"苏州开发区"!

新加坡不同意。说新加坡有个开发区叫"裕廊工业镇",它办得非常成功,我们就是想把"裕廊工业镇"的模式搬到你们苏州去办,应该叫"苏州工业镇"。

苏州人马上说不行,认为中国的镇太多,而且"镇"在中国是个行政单位,区区小镇,何以正名?

消息传出还引来一大堆非议。有人说:苏州是想割一块地,做新加坡的"殖民地"了,现在是"镇",将来是"县",最后苏州就真正成了新加坡的殖民地了!

这话也传到了李光耀的耳朵里。李光耀赶紧说明:"我一个小国,哪有资格在你们中国建殖民地?你们想错了!"

想错不要紧,问题的关键是这个合作项目到底叫什么名称也非常重要。没有合适的名分,在中国做起事来是会有麻烦的。

于是中新双方专家们一来一回,屡次交涉,最后达成共识,称为"园区"吧!这样的好处是既非用惯了的"开发区",又非"镇"一类的行政区域概念。"园区"可以成为一种比较贴切的经济地域概念,更重要的是可以与新加坡的管理模式和管理经验等"软件移植"相对应起来并涵盖在其中。

"很好,就叫'园区'吧!"据说这"园区"还是中央拍板认可的。

"苏州工业园区"从此正式被确定为中新合作项目的名称,它的英文名字为 Suzhou Industrial Park,简称"SIP"。

现在全世界都知道"SIP"。

那么李光耀一向强调和主张的新加坡"软件"到底是些什么内容呢？

这是中新谈判最核心的部分，涉及两个不同背景和不同制度的国家之间的相关问题。新加坡人说的"软件"其实包括了三个层次。第一个层次主要体现在城市发展的近期和远期规划、土地的开发利用、基础设施和生活服务设施的建设和管理、环境的治理和保护、信息的收集处理和应用、投资的宣传、网络组织、营销方式、鼓励措施等，属于一般经济管理的范畴，是建设一个国际化现代园区所必需的，这是完全可以引进的。第二个层次主要是新加坡裕廊工业镇调控市场的经验，以及促使企业在经济活动中有序竞争、相互合作、和谐统一的做法，属于经济体制改革范畴，引进也是可行的。第三个层次主要指立法、执法和廉政肃贪，以及文化、教育等方面的经验和做法，这可以部分地吸收。新加坡方面认为既然我们是"移植软件"，那就得按新加坡的做法来操作园区。苏州人哪敢随便答应——当时非常敏感的一根弦一直绷在苏州人的脑子里，即主权问题。

跟新加坡人谈合作什么都可以，就是不能出现任何有损中国主权的问题。

苏州人明白：国与国之间，尤其是社会主义国家与资本主义国家之间，哪有纯粹的经济问题！即使是经济问题，也可能涉及政治与主权问题，更何况新加坡"软件"内容中，有关社会、文化和教育等等，都是十分具体而细密的，这里面的麻烦多了！

1993年，对苏州市委、市政府来说，为了这工业园区建设，一方面要与新加坡方面讨价还价，一方面要跟国内来自多方的不理解与反对声进行解释甚至是斗争，正可谓内外夹攻、左右挤压。但市委、市政府在中央和省委的领导与支持下，始终没有动摇过。"只是那种风雨交加的日子非常艰难，如果不是为了苏州现代化建设和子孙后代的幸福，当时我们真的想甩摊子。"一位苏州"老园区人"这样对我说。

"与新加坡谈判中首先碰到的是三块硬骨头，即：基础设施、土地价格和公共管理。这三样东西必须是我们这边要完成的，谈了一次又一次，就是谈不拢。"吴克铨说，"当时我已经62岁了，本来在完成章新胜市长交代的接待好李光耀等新加坡客人后，就不想再具体参与园区的筹备工作了。可就是因为上面这些事谈判非常艰难，主要原因是中国当时的国情、社情不允许我们步子一下子迈得那么大，可人家新加坡人不干，他说他们的'软件'就是需要一步

苏州工业园区一角

苏州工业园区鸟瞰

到位，所以市委后来决定，从各机关抽调十四个人组成工业园区筹备委员会，市长亲自挂帅，我是负责人之一。"

这是市委的决定。

当吴克铨得知这事后，找到章新胜市长，说什么也不愿干了。"没啥理由，就是年纪大了，让年轻人干吧！"吴克铨对市长说。

章新胜摇头，说："你老吴那点心思我明白，你是不想这么一把年纪再惹一身骚味。不行，你不干谁干？光靠我市长'光杆司令'一人？再说，你是我在李光耀面前推荐的人，而且也是经李资政点头的，你不干谁干！"章新胜与吴克铨一起搞"开发区"搞出感情来了，他就是不放这位"昆山开发王"。

吴克铨没有办法，只好说："那我就分管'软件'吧，最多干三年。"

章新胜笑了，拍拍他的肩膀："行，就三年，'软件'这一块全交给你了！"

苏州城现在可游览的地方至少有三大处：古城风情，还有真山真水的"新苏州"——高新区，再就是如诗如画的"洋苏州"——工业园区。

在我们传统的概念里，工业区和开发区，除马路之外，便是厂房和机器轰鸣、来来往往的汽车及推土机与高入云霄的烟囱。但在苏州工业园区，你看不到这些，你所能看到的是各式各样名贵草木组成的大花园，古朴风情与时尚元素融合的各种建筑构成的大景区，以及由不同主题呈现的一个个文化广场……厂房簇拥在绿树和花丛里，即使进了厂区，你也以为是到了某一个主题公园。沿途的路、灯、杆、椅，甚至是垃圾箱，都有独特的艺术造型。工业园区里有世界一流的高尔夫球场，有幽雅恬静的公寓别墅，更有苏州水乡风格的廊桥石亭、浅滩水景……

苏州工业园区有今天这个样子，是李光耀和新加坡人所期待的结果，也是李光耀和新加坡人一向引以为自豪的新加坡"软件"的魅力所在。

新加坡管理模式的成功点和闪光点，皆在苏州工业园区得以展示与体现。难怪李光耀在国际场所总是拿"SIP"说事。他曾夸耀说，中国苏州工业园区是新加坡精神与管理模式"青出于蓝"的成果。然而，苏州人为了能够把这新加坡"软件"成功移植，并实现所要求的"比他们还要好"的目标，与新加坡人共同付出了巨大的艰辛与努力……

根据初步协议确定的"SIP"方案是：最先启动开发的是八平方公里，中期合作开发的是七十平方公里。按照新加坡的"软件"模式，这七十平方公里面积在正式招商引资和开发建设前，必须将地下设施一步到位地建好，而且是按照世界最先进的现代化先进工业城市的标准"一步到位"。

什么叫"一步到位"？简单说：道路、环境、消防、通信、污水处理、地面绿化等等，在外商进入园区时必须都按世界现代化工业城市的标准给配备好了！

因为没有钱，习惯了"边规划、边建设"的中国人，哪见过这种干法！但新加坡人说，这就是我们的"软件"精神——地下设施必须走在地面建设前面，而且要求地下设施"百年不落后"。

新加坡人对苏州人说，你们必须在一两个月内将七十平方公里面积的"园区"内的情况尽快搞清楚。

"一两个月？这怎么可能？仅测量也得用一年时间呀！"商务谈判成员之一的周志方，曾经当过苏州市区的建委主任，搞过规划工作，知道要弄清七十平方公里面积内的情况是个啥概念，更何况金鸡湖那片湖塘密布的烂地方，按中国当时的测量水平也真得用一年半载方可弄出一份新加坡人要的材料。

"这你们不用着急，我们有先进设备。"新加坡人对苏州人说。后来他们真做到了，也就 45 天左右的时间，把七十平方公里内的情况弄得一清二楚，而且绘出了一千多张数据图。苏州人看到了什么叫先进生产力和运作能力，并且从心里敬佩新加坡人。

开始苏州人不理解为什么非得这样做，多年后再回头看看今天的园区发展，现在的苏州人，没有不佩服新加坡人的——一步到位后，避免了无数重复建设所带来的成本增加和效益降低的恶性循环。

"一张蓝图绘到底，使规划效益成为园区最大效益，是我们的重要经验之一。"王金华谈起这一问题，双目闪光，"我们接手时，整个园区的账面上是严重负债的，但新加坡人给我们留了一笔巨大的资产，就是已经规划好和正在建设着的园区蓝图，这个蓝图包含了极高的预期效益，我们后来能够通过土地置换成资产并有效投资，从而实现资本的成功运作，靠的就是园区一步到位的规划蓝图。"

现在，整个园区已通过国家级的 ISO14001 环境质量体系认证，苏州工业园区率先成为国家级生态工业示范园区和循环经济试点园区，这就是规划蓝图的功劳。

"软件"不软。这是苏州人在学习过程中感受深切的一个方面。

"但我们中国人、我们苏州人也有很多让新加坡人感动的'软件'。"亲身经历了园区初期建设全过程的吴克铨说,"刚与新加坡合作时,他们对我们的工作效率总是持怀疑态度,所以初步签订协议后,就一直在观察我们的工作。是我们后来用自己的行动让他们相信我们中国人、我们苏州人是值得信赖的,并且是最讲究效率的,尤其是我们的艰苦奋斗精神,让他们深切感到我们中国人的'软件'也是非常了不起的。"

6. 让新加坡"老师"失色的园区革命

1994年5月开工后的园区,每天都处在巨变之中,尤其让苏州人惊叹的是:在这之后的一年多时间里,几乎每有一片园区刚刚开辟建设好,马上就有外商落户置业……这首先归功于新加坡在世界各地有效的推广宣传。令苏州人感动的是,新加坡政府从总理到部长,从资政李光耀到经发局官员,他们无一例外地亲自到世界发达国家去游说,去动员那些富商来苏州投资。

1995年10月初,中新苏州工业园区第二次理事会在苏州召开。国务院副总理李岚清和新加坡副总理李显龙一起,在园区两平方公里的启动区内绕了一圈,两人的脸上露出了笑容,李岚清比李显龙笑得更开心,他对新加坡客人说:"你们的'软件'确实值得我们好好引进和学习。"李显龙则说:"再好的软件也需要有适宜的平台,中国的苏州是我们最好的平台。"这一次会上,苏州市长章新胜向两国副总理汇报道:"园区的两平方公里启动区基础设施基本完成,九万平方米标准厂房和三万平方米的商务住宅楼也全部竣工。园区的招商引资成果显著,来自美国、法国、德国、英国、日本、韩国、新加坡等国家、地区的企业已有45家入驻园区,投资总额14.2亿美元。"

"园区才刚刚有个雏形,就引来这么多国家的公司投资!值得庆贺!"宴会上,李岚清频频向李显龙等新加坡客人敬酒，祝贺他们辛勤工作取得的丰硕成果。

李显龙特意走到新任中共苏州市委书记杨晓堂和老朋友、市长章新胜面前，举杯道："我得感谢你们二位和全苏州人民对园区的支持！"

杨晓堂和章新胜则微笑着回应道："园区是我们共同的'宝贝儿子'，我们苏州有责任让这个宝贝儿子健康茁壮地成长。"

李显龙说："我们这个宝贝儿子还小。越是小的时候，越需要一张适宜他成长的温床。你们苏州给了我们的宝贝儿子一张最好的温床，否则韩国的'三星'不会那么轻易来这儿落户的。"

杨晓堂和章新胜笑了。因为他们经历了李显龙所说的"三星"落户园区的全过程——这是新加坡总理吴作栋亲自出面招来的商户，为此杨晓堂书记亲自到韩国与"三星"集团商谈。

韩国老板一见中国人来谈项目，就有些皱眉头，说："我不是不愿到你们那儿去投资，而是在你们国家办下一个投资项目，光审批就要几年时间，我'三星'耽误不了那么长时间。"

杨晓堂向韩国老板拍胸脯说："这你放心，只要你答应投资，我保证半个月之内就能把项目审批手续办下来！"

"三星"老板将信将疑道："那就试试看吧！"

这一试不打紧，苏州客人才离开韩国六七天时间，"三星"就得到来自苏州的一个重要消息："三星"意向落户苏州工业园区的项目已经获得中国政府正式批准！

一星期！一星期他们就可以办完审批手续了？！"三星"老板大惊，他从此相信在苏州工业园区是不会有"官僚主义"了。事实上，园区的工作人员告诉我：在他们那里，即使再大的投资项目，半个月之内都能审批下来。这就是"中国速度"，连新加坡人也深受感动的苏州人的"亲商精神"。

"三星"作为入驻园区的第一批外资企业，他们在这里感受到了已经中国化的"新加坡软件"的魅力，因此由起初的1.5亿美元的投资，最后发展到10多亿美元的投资，仅在苏州工业园区的"三星"企业现在已经有六七个了。2007年"三星"在韩国境外的企业，只有在中国苏州是盈利的，如今"三星"集团连自己的研发中心都搬到了苏州金鸡湖。

"三星"的"苏州缘"后来成为诸多外国企业入驻苏州工业园区的一个范例。

1995年至1996年，工业园区乘着初生之势，在世界各地尤其是欧美国家大举招商，并获得丰硕成果。这要感谢李光耀、吴作栋、李显龙等新加坡领导人的不懈努力和过人智慧，以及他们在世界上的影响力。

然而进入1997年，特别是1998年，泰国首先刮起金融风暴后，亚洲若干小国纷纷出现严重的经济衰退，新加坡也不例外。新加坡要员们一时在招商竞技场上连连空手而归，更让他们不能容忍的是，一次在德国招商时，碰上了同属苏州市的苏州高新区的招商团大唱主角，将一个个大项目收入囊中，新加坡招商团则反而被人冷落在一旁，他们忍无可忍！

"你们这样干，影响的是中新两国的合作协议。"新加坡要员气不打一处来。

世界说大也大，说小也小。来自苏州高新区的招商团队一个接一个地频频出现在欧美各地，各种情报汇总到新加坡资政李光耀办公室后，这位东方斗士有些怒了，那个苏州高新区数次抢在新加坡招商局前面——大项目被一个个"挖"到了狮子山，而非金鸡湖。

"我必须严肃地指出：我坚决反对苏州的做法！由于他们的扰乱，造成了我们工业园区招商的锐减……这样下去，我们只能宣告中新合作的失败！"李光耀资政真的动怒了。

现在轮到苏州人有压力了。有压力的何止苏州人，不多久，江苏省委做出决定，派省委常委、秘书长梁保华出任中共苏州市委书记。

"梁保华过去是从苏州出去的，了解苏州情况。省里当时有一个很重要的指导思想，是要解决中国同新加坡之间关于工业园区的发展争议问题。"时任苏州市委秘书长的孟焕民回忆道。

也许是昆山自费开发区出身的王金华本事大，也许是苏州人本来就聪明绝顶，也许高新区的发展确实太耀眼夺目，姑苏左右两翼只差一两年共同诞生的两个园区——高新区是苏州人自己土法上马，一点一点发展起来的；工业园区则像个贵族出身的宠儿，一开始就衣着华贵，风风光光，仅地面以下的基础设施投资就达几十亿美元。但人是讲究实际的，当外商往苏州的两个不同开发区一瞅后，结论非常清楚：金鸡湖畔的新加坡模式前景虽然不可限量，但基础设施进度似乎太慢，等到这里建设成形，还不知何年何月；太湖边狮子山脚下的高新区虽看上去有些土相，但在这里你只要谈判一成，立马可干，当年见效。

"我们是企业，企业讲究效益的快捷和最大化。"于是外商纷纷转向王金华，资金投向高新区。

1997年8月，时任新加坡总理的吴作栋再次来到苏州，看到金鸡湖那片广阔的土地上依然有些冷清，再悄悄往狮子山那边热火朝天的高新区一看，他不由得闷闷不乐起来，并在苏州市领导为他举行的新闻发布会上首次含蓄地指出：苏州工业园区面对激烈的竞争，而这个竞争者正是另一翼的苏州高新区。

1997年12月，一位新加坡政要来到苏州，同样在公开场合批评苏州高新区与工业园区的竞争，言语中难掩失望和不满之情。这期间，新加坡还曾要求苏州暂停在高新区引进外资五年，但被拒绝。

"当时苏州高新区发展得比较快，工业园区发展得比较慢，客观上有它的原因。工业园区原来是洼地，把地填平，所以地价贵，投资成本也高些，这在一定程度上影响了招商成果。加之随后的亚洲金融危机、新加坡投资方实力不强等原因，苏州工业园区经营出现了比较大的亏损。这样，新加坡方面有了压力和急躁情绪。"苏州人告诉我。

梁保华来了，这位复旦新闻系出身的"苏州老干部"，1968年至1975年期间就在苏州市下属的太仓县工作过。到省委工作后，梁保华出任了多年常委、秘书长之职，被人评价为"善于处理各方面关系"。

他当市委书记后，接待的第一位客人是美国艾默生电气公司总裁，当时这位总裁正准备推迟在工业园区兴建的海外最大的项目。在和梁保华的交谈中，他深切感受到浓郁的亲商气氛，于是当即改变决定，非但不推迟投资，反而加快了投资进程。梁保华的这一"见面礼"，让新加坡人大悦。

新任市委书记梁保华确实不一般，他上任后首先跑到工业园区拜会了中新苏州工业园区开发有限公司总裁林梁长等新加坡朋友，认真听取了对方的意见和建议。半个月后，梁保华又邀请省委书记陈焕友带省委、省政府有关部门负责人专程来园区现场办公，解决若干开发和招商方面的问题。

"省委、市委这样重视，我们的工作也比以前顺手多了！"林梁长总裁满意地对梁保华说。尤其让林梁长等新加坡朋友感动的是这年11月，梁保华亲自带领一个六人的招商队到加拿大、美国招商。当时正是寒冬，大雪纷飞，梁保华等人每人拎着一个旅行箱，旅行箱中装满了介绍苏州的资料。他们日夜兼程，马不停蹄，十二天里走访了九座城市的二十多家跨国公司，召开多场投资说明会，会见了一百多位美、加客商。虽然十分疲劳，他们却打起精神，一遍遍地向客商介绍苏州投资情况。对客商的需求，能拍板的当即拍板，暂时不能敲定的，承诺尽力满足。那些日子里，六个人疲惫不堪，可收获却十分丰厚。他们与两国客商签订或草签了十多份投资协议。刚刚回到苏州，国际跨国公司旭电、安德鲁就通知他们，增加各自在苏州的项目投资，合计八千万美元。随后几个月，谈成的十多个项目基本上都到苏州工业园区落了户。

市委书记这样卖力，新加坡人以前所有的不满也随之烟消云散。然而亚洲金融危机的影响远远超出了他们的预期，危机意识极强而又异常聪明的新加坡人开始从另一方面认识到了自身的危机——中国是个新兴的经济实体，苏州人又这样勤奋、智慧，与中方的合作用不了多少时间，"学生"肯定会超过"老师"。怎么办？新加坡人开始打新的算盘——苏州工业园区让中国人当大股东，风险让他们担着更安全些。从国际商界传来的另一种新加坡声音是：在建设工业园区时，苏州就有了另一个自己的高新区，如果一个城市有两个开发区，而且一个是"自己养的亲儿子"，那么另一个与"后妻"所生的儿子肯定会被另眼看待。因此新方希望苏州不再让高新区干下去了，全力把工业园区建设好。

新加坡人这么想，于是试探着与中方进行股权比例交换的谈判。

新任市长陈德铭在一次记者会上回答了记者提出的上述问题，指出：苏州高新区开发已有一段日子，而且是我国政府批准的国家级开发区，关闭或限定它不发展是不现实的。所以中新双方须找出一个好方法，让工业园区和高新区同时生存与发展。陈德铭同时以"夫妻"来形容中新两国的合作关系，认为一对夫妻偶尔发生口角也是难免的。他说，中新双方绝不会因小问题而影响合作，双方"一定会继续长期合作下去"。

然而，毕竟已经彼此伤了一些和气。下一步怎么办？苏州工业园区面临又一次巨大考验。苏州市委、市政府必须拿出意见，否则又怎样落实一定要把园区建设好的指示？

"什么叫重中之重？这不仅是苏州工业园区本身，它的成功与失败还关系到中新两国的全面合作与友好关系，同时对中国的对外开放和国际关系也会产生影响。我们要认真应对，并拿出切实可行的对策。"市委常委会上，梁保华书记和副书记、市长陈德铭及常委们的意见完全一致：既然新方提出了这样的想法，必有其深层次的考虑和打算，我们应当毫不含糊地勇敢挑起建设工业园区的重任，为促进中新两国关系的友好发展做出苏州应有的贡献。

"两个园区,对苏州的发展而言,一个都不能少。尤其是工业园区,既是苏州经济发展的重中之重,也是中新两国合作的重中之重。这样,给我们苏州的选择只有一条路:集中主要精力,建设好工业园区,并把招商引资和管理工作侧重在工业园区。"市委、市政府做出了这样的决策。

"夫妻"之间的亲善谈判一轮又一轮。

1999年6月底,这是一段天气炎热的日子。以中共苏州市委书记梁保华为组长、市长陈德铭和苏州工业园区管委会主任谢家宾为副组长的苏州中方工作谈判小组访问新加坡,同由许文远、林子安、林梁长先生为代表的新方工作谈判小组,就苏州工业园区的发展和交换股权事宜,举行了友好、坦诚的谈判。

"苏州工业园区的建设,凝聚了两国领导人的心血和友谊,我们只能把它建设得更好而不能让它损失一根毛发。"梁保华和许文远在中新双方见面会上,亲切友善地达成共识。

"对对,不管怎么说,在苏州工业园区问题上,既有我们共同的利益所在,更有两国领导人和两国人民的真诚友谊。"

"陈市长,你的英语与前任章新胜市长一样地好啊!这更让我们相信,我们的园区在未来会有更好的招商机会和发展前景。"新加坡主人对英语讲得十分流利的陈德铭市长大为欣赏,这让谈判也变得顺当起来。

1999年6月28日,梁保华代表中国江苏省人民政府授权陈德铭以苏州市市长身份、谢家宾以苏州工业园区管委会主任身份和新加坡贸工部常任秘书许文远、新加坡苏州工业园区开发财团副董事长林子安、中新苏州工业园区开发有限公司总裁林梁长,分别在《关于苏州工业园区发展有关事宜的谅解备忘录》上签字。

"谅解备忘录"自然被送到了李光耀手上。这位"新加坡之父"对发展中新两国关系看得非常重要,曾经在苏州工业园区建设初期就发誓要尽全力来支持这个项目,他一方面出于新加坡的国际利益考虑,同时也是真心诚意地想为中国改革开放事业尽一份力量。五年苦心经营,现在要把亲手培育的"儿子"托付给他人看管,李光耀的心境完全可以设想。

"尽管我们不再是大股东了,但我仍然希望园区能健康、快速地发展,所以建议你们一定要给CSSD(中新苏州工业园区开发集团股份有限公司)找一位有国际经济管理能力的杰出总裁,可以在全球招聘。"李光耀这样对梁保华和陈德铭说,最后还补充了一句,"学历要高,而且外语要好。"

苏州工业园区金鸡湖景区

李光耀对苏州工业园区的那份感情旁人难以理解。

1997年邓小平同志去世后，李光耀的内心似乎更强烈地怀有一种责任：他希望借苏州工业园区建设，不辜负"邓公"对新加坡的崇高评价。因而当苏州工业园区一度出现招商上的挫折及运营上的亏损时，李光耀不免对苏州高新区的王金华耿耿于怀。

"这人太厉害了，苏州只要有他在，我们的园区建设就会受影响。"李光耀私下对当时的中共江苏省委书记陈焕友说。

陈书记笑了，说："要不将这个人调过来给你的工业园区？"

李光耀一下愣了，两眼直盯盯地看着省委书记，不明白他的真实用意。

"是真的，资政您认为行吗？"省委书记重复了一遍。

"当真？"

"当真！"

李光耀这回开怀大笑了。

"我们要给园区找个最有能力的人！就在苏州找！"不日，李光耀在一次对外新闻记者会上这样说。记者们发现：打这以后，李资政的态度完全变了，他对苏州人充满了感激之情。尤其让外界感到惊喜和意外的是，1999年底，李光耀终于和王金华成为一家人，两人的双手紧紧握在了一起……

一阵开怀大笑之后，李光耀对王金华说："以后你是我园区的人了，我这就放心了。"

王金华说："谢谢李资政的看重，我一定尽全力把园区建设好。"

中新合作之间的一场不大不小的争执，至此终于化干戈为玉帛。风雨过后，金鸡湖畔重现七色彩虹……

我见到王金华是在2008年的夏天，他离开干了多年的开发区和园区工作岗位之后，已是苏州市政协主席。

一个曾经是优秀侦察兵的复员军人，在改革开放的大潮中，按着"发展是硬道理"的精神，同吴克铨等人一起闯出"昆山之路"的"王大胆"，能够坐镇名城直至担任苏州市政协主席，这是三十年前的王金华想都未曾想过的事，但历史就这样造就了新一代苏州人。

王金华是个一眼看上去就能感觉到魅力四射、办事果断的人，他的每一个细胞都充满了果敢和闯劲。五六年的昆山"自费开发区"经历，磨炼了他敢作敢为的闯劲；十年高新区的商界角逐，使他成为一名驰骋国际商界的勇士；由于一场既是意外又在意料之中的中新合作争执，他如此有趣地成为执掌苏州工业园区的"一把手"。

作为中新合作项目的工业园区管委会主任，王金华第一次站在金鸡湖畔，迎着宽阔的湖面纵目这片建设得半拉子的国际大工程项目时，心中泛起很多感想：中国是个发展中国家，世界经济日新月异，呈现全球化、世界大融通的局面。苏州园区嫁接和移植的是世界上最先进的管理模式——"新加坡软件"，现在要靠我们苏州人自己担当起建设和运营这艘规划投资近一千亿美元的"航母"，我们有这个能力吗？能按照李光耀先生他们设定的奋斗目标圆满实现吗？

"当时我的内心想法非常肯定，是完全可以的，我们中国人尤其是我们苏州人并不比别人笨。我们之所以过去发展得没有人家快，一是因为政策不对头，二是因为我们中国穷。但经过二十多年的改革开放之后，我们苏州已经有了一定的经济实力，加上我们自己也在国际经济大潮中闯荡了一番，又有新加坡这样有经验的老师传帮带，我非常自信我们能干得好，或者可以干得更出色。因为我们是本地人，适应本地的水土。"王金华向我透露了当年他接管园区时的想法。

"但当时我们确实感到压力，困难也是相当之大。"王金华介绍说：按照中新"谅解备忘录"，2001年1月1日起，园区的执管大权归中方，而且此时中方已是占65%比例的大股东，也就是说，从此以后园区的成败，苏州人要承担65%的风险和责任，赚了当然是好事，可赔了你得拿出大头。"我们苏州的实力比起新加坡来说毕竟还有很大差距，能不能将园区建设好，影响的不仅仅是苏州的形象，还有我们国家的形象，干不好也对不住新加坡人的一片苦心。2000年底我们讨论新一年的招商开发计划时，拿出了一个二十亿到三十亿的规划来。管财政的负责人说，我们这是纸上谈兵。他问我钱在哪儿。我一查当时园区的账，真把我吓了一跳：全园区负债十八亿元，光利息就达四亿元，到下一年应还款十二亿元。就这么个摊子，难怪新加坡人有些吃不消了……可我们没有退路，既然接了担子，就得挑起来，而且挑着还要朝前走。所以我刚到园区这边来，就一个一个请银行的老总吃饭，让他们手下留情，别逼我还债。后来他们总算给了我一点面子，说还款可以推迟一点，但新一年我再借款只能是短期了，九个月就要还。有啥办法？我只能赔笑脸感谢人家，因为没有银行的支持我们园区就得破产……八年后我离开园区岗位时，园区已经有了八百亿国有资产，去年园区全口径财税收入达到二百亿元。"

八年奋斗，从严重负债到年创造二百亿的财政收入，这就是王金华等苏州人挑起大梁后的苏州工业园区发展景况。

"开发区的运作，既要有宏观的思路，更要有微观的手段和战术，这就是人的软功夫。'新加坡软件'，突出的一点就是他们的管理规范化、科学化、程序化和高水平。我们苏州人的优势也在于我们有一批爱学习、善琢磨，并能从实践中摸索前进的人，所以我们很快摸索出了一套具有苏州人特性的招商经验，这主要体现在我们始终如一的亲商理念上。亲商不是一个简单的概念，它包含了如何做到安商，让投资者能够在苏州留得下来；包含了如何富商，做生意人追求的就是企业的发展和赚钱，为投资者营造创富的环境和条件；亲商还包含了尊商，即尊重投资方的意识和行为，人家赚了钱或者在赚钱中的所有合理要求，我们要真心实意地帮助解决，让他们感到有一种安全感、放心感。亲商的根本在于能够留得住投资者，让他们在我们的土地上、我们的园区里生根、开花、结果，并且永远繁殖、衍生下去，这就是亲商引申出的全部内涵。"

王金华他们在移植新加坡经验的过程中，又结合苏州文化和传统美德，先后编制了园区68项既与国际接轨又有可操作性的全新管理办法和实施细则，尤其是创立的四大公共服务特色被投资者广为称道：

1. 高效服务，"小政府大社会"，凡是能交给中介机构交给社会办的，都要交出去；

2. 透明服务，办事全过程公开；

3. 公平服务，对所有投资商一视同仁；

4. 规范服务，力争在法律范围内为所有企业和个人创造更有利公平竞争的良好条件。

现在中国各地的政府行政大楼内，经常会看到"一站式服务"，即将政府或管理部门的众多审批机构放在一起办公，企业或公民需要处理什么事情在此可以一次办完，所以俗称"一站式服务"。这种简捷的政府服务方式，在中国推行最早的就是苏州工业园区，后来被各地政府机构广泛推广、学习。

园区的高效服务，不仅仅体现在简捷方便的"一站式服务"上，更多的是体现在体制、机制的持续创新上，从而更加强化了园区高效快捷的特性和功能。

如今，这块不足全国十万分之三的土地，创造了全国约 3% 的 IT 产值和 16% 的 IC 产值，有三千家境外企业在此落户投资，每年创造二百亿的财税收入，等于西部一个省的财税水平。有人可能认为不能这样比，那应该怎么比呢？苏州工业园区的那块地方我从小就知道，过去曾经也是一块水泽纵横之地。只因为党的一个政策，只因为与新加坡的一次联姻，它现在成了世界瞩目之地。苏州富裕，苏州强盛，但苏州的富裕和强盛也是人干出来的，是我的父老乡亲们流血流汗干出来的，而且常常是他们在忍辱负重的情况下干出来的。虽然没有天生的好条件，但只要我们凭着勤劳、智慧的双手和勇于解放思想的头脑，持续奋斗，开拓创新，就可以使荒山变成米粮仓，就可以使巴掌大的地盘叠起喜马拉雅山一样高的金银元宝来！

这就是苏州园区的经验。这就是苏州的经验。这就是苏州人用袖珍的土地、精致的智慧，为中国和世界创造的实现中国特色社会主义的宏伟大业。

第六部:
义乌市场最初的秘密[*]

[*] 本文采写于1999年。

导　言

　　这里的每一寸土地都会让人感觉到它的富有。这里的人拿着一份最新排名的"百名富人榜"朝我笑道："不准,这太不准了!我们这儿至少有几十位富商可以进入这个排名的,可他们没有进去,其实那些所谓的调查机构根本也不知道我们这儿到底谁最富。"这就是中国的义乌,一个农民们靠做小商品起家的地方,一个叫人感到不可思议的富有之地。

　　你无法相信,这里过去完全是个"一无所有"之地:既不靠海也不沿边,浙中盆地交通不便;没有资源,人均耕地稀少;没有工业基础。义乌最初唯一留在中国人记忆中的,就是"鸡毛换糖"的拨浪鼓声。

　　可今天,这里已成为世界小商品之都!一个中国最赚钱的地方!一个赚全世界钱的地方!一个全世界的人都在此赚钱的地方!

　　同样,所有来过义乌的人都会发出一个疑问:这里的人到底是怎么富裕起来的?

1. 两个里程碑式的人物

对长久居住在北京的我来说，当第一次有人告诉我说在中国某个小地方有个"华夏第一市"时，不免觉得有些好笑，不过后来很快得到证实，这的确是事实。1998年末和1999年初的三四个月里，由于工作需要，我来回在北京、深圳和海南、苏南的几个城市间穿梭着。在感受过中国的首都、特区、大特区和被誉为改革开放最具活力地区之一的苏南之后，我两次来到了浙江中部这个以往名不见经传的小城义乌市，令我没有想到的是：我真的在这里见到了真正意义上的"华夏第一市"——一个以繁荣和生机取胜的城市。

义乌在哪里？义乌人是些什么人？义乌？好怪的两个字，什么意思？兴许几年前像我这样常在各地奔跑的人都会提出这样的问题。

是的，连义乌人自己都这样告诉我，换了十几年、二十来年前，他们自己都不愿张口让外人知道自己是啥义乌的人。那是义乌人自己都不愿张扬的地名，他们是被人瞧不起的"鸡毛换糖"的"敲糖帮"。在过去的江南，有句话这样说："苦，苦不过大年初一披风戴雪走千家的敲糖帮；烂，烂不过夜宿猪棚昼讨饭的叫花子。"据说，已有几百年敲糖换鸡毛历史的义乌人，在1986、1987年，才彻底扔下那副靠赚一把鸡毛一根猪骨来维持生计的换糖担子。

后来我才明白，今天的义乌人为什么一听说我要写一部义乌新史时就最先把冯爱倩抬了出来。

出现在我面前的冯爱倩，是个很典型的南方阿婆。

她说今年她已经59岁了,生意做得不大不小,现在主要精力在参与管理"中国小商品市场"。"忙哩,几万个摊位,十几万个商家,天天都有你干不完的活,做不完的事。"冯爱倩递过名片,我一看职务还真多:义乌市政协委员、个体劳动者协会副主席、市场治保副主任……

"人家说我是'华夏第一市'里的'一号臣民',这还真不是吹出来的。你们外人来看看我们义乌市场今天这么热闹,这么了不得,可你们是怎么也想不出我们现在这些百万富翁、亿万富婆,在当年是如何一步一磕头、一跪三作揖走过来的。"冯爱倩眼里闪着晶莹的泪花。

"过去义乌人穷得远近闻名。别说乡下种地的农民,就是我这样吃商品粮的城镇居民户的日子也过得有了今朝没明朝。"如今早已是"百万富婆"的冯爱倩一谈起往事,总会有许多感慨。她说,她年轻时也是种地的乡下人,为了实现做"城里人"的梦,敢作敢为的她不顾别人在背后指指点点,大姑娘一人扎到爷们儿堆里参加了"生产合作社"。那时冯爱倩的生活根基虽说还在乡下,但那种"吃商品粮"的感觉使她内心充满着自豪感和优越感,成天嘴里有唱不完的小曲。但穷乡僻壤的义乌小城镇,在当年就像一艘漂泊不定的破船,没几年,冯爱倩就被上面一声令下,又把户口转到了乡下。养活五个儿女,仅靠在供销社工作的丈夫那几个死工资,连一家人的嘴都填不满。一晃到了1979年,孩子们也开始大了,上学、穿衣都得花钱,做妈的冯爱倩顾不了啥"面子里子"的,她看到稠城镇一块火灾后残余的房基上有人提着篮子卖各种小商品,一天也能赚回几块钱来。这对冯爱倩来说,太有诱惑力了。当她兴冲冲地到街道申请"做买卖"时,街道一名负责人大眼瞪小眼地朝她嚷嚷道:"我们正准备抓那些投机倒把分子呢,你可好,还想跟他们合帮呀!"冯爱倩吓得再不敢进街道管委会那个门。

可日子还得过。1980年,为了把农村的户口迁到城里,她卖掉了十担谷子,每担八元,总得八十元。入夜,冯爱倩摸摸口袋里的钱,心里不停地想着"小钱变大钱"的事。

"哎,你有没有钱借我?"她推醒正酣睡的丈夫。

老实巴交的丈夫揉了揉眼,问:"要钱干啥?你不是刚卖了谷吗?"

"我想做点生意,那点钱不够本。"

"啥?你要做生意?"丈夫似乎一下被吓醒了,"我们今天下午还在开会说要狠狠打击投机倒把,你这不是拿鸡蛋往石头上砸吗?"

"啥砸不砸的？我全家人要吃饭，谁管？"冯爱倩生气了，"你到底有没有钱借我？"

"工资全交给你了，我哪还有钱嘛。"

丈夫说的是实话。无奈，冯爱倩后来只好托人从信用社贷了300元。有了这380元的本钱，40岁的冯爱倩便开始了艰辛的从商之路。最初的生意很简单，先到百货公司那儿进点很便宜的纽扣、鞋带、别针什么的，这些都是义乌"鸡毛换糖"的必需品。少进小出，第一天摆摊，除去成本、开支外，净赚了6元多，冯爱倩的心里别提有多高兴了！她过去当了十几年的临时工，一天工钱不过9毛钱，一个月下来也就是27元，如今一天就是6元。

做定了，这"奸商"我做定了！尝到甜头的冯爱倩从此一发而不可收，她知道要赚钱，一是必须进货便宜，二是必须出手快。当时义乌只有两个像样的集市，一是稠城镇集市，另一个便是"鸡毛换糖"的发源地廿三里集市。两个集市一逢农历双号，一逢农历单号。为了赶这两个集市，冯爱倩头天早晨在这个集市摆完摊后，下午就得立马乘车赶到外地进货，当天夜里必须赶回并配好货，这样才能赶上第二天的另一个集市。不说一个妇道人家在大街上摆摊做买卖会遇到什么样的事，单说上外地进货这一项，冯爱倩说她现在想起来都会感到是一场场噩梦——

"头年夏天，我到金华百货公司进货，求人敬佛，好不容易进了两千把纸扇，当我担着担子往回赶火车时，因为天热重，又空了两顿没进一口水一粒粮，我沿铁路走着走着，突然心头发闷，两眼直冒金星，连人带担子倒在了铁路边。我怎么也起不来，心想：这回惨了，别说赚钱，就是性命都捡不回了。就在这时，一位好心的道口工瞧见了，是他把我扶进小屋，又是端水又是帮着揉腰，才算让我缓过劲来。说起到外地进货的苦处，真能讲几天几夜。那时各地的政策还没开放，我们这些个体户上国营单位进货，人家就像见瘟神似的害怕，生怕少卖你一分钱也会沾上'资本主义病菌'。可毕竟有不少企业的积压产品太多，又见我们都是现钱交易，所以我们的货源还能解决。但回程的路常常比上门求货更难，铁路线上的'打击投机倒把'比抓小偷还严。每趟车到站时总有好几队戴红袖标的人，像宪兵似的在站口附近巡逻，让他们抓住还了得！为了躲避一道又一道的检查，我们都不敢走火车站的检票口，全得等火车出站或到站放慢车那段时间里扒窗上下车。你想都是几十岁的妇道人家，又带着筐子拖着货，那扒车的光景谁见了都说我是要钱不要命啊！可他们哪里知道，为了一家人的生活，为了孩子能上学吃饱饭，我这么做是既要钱来又不敢舍命啊！有一次带着货跳车稍稍慢了一个眼神，结果差点摔断我的双腿。说出来你可能会觉得好笑，有一次我跳车下来，刚刚把扔下来的货物重新收拾到担子里，刚直起腰就见迎面有个戴红袖标的人朝我这边走来，吓得我扔下担子扑通卧倒在地。你说戴红袖标的他检查就检查吧，可偏偏这冤家溜溜达达不走人，害得我整整趴在野草堆里好几个小时，苦啊，现在回想起来就要掉眼泪……"

刚直的冯爱倩不想让别人看到自己掉泪，她把头往上一仰，嗓门一下高出两倍："你说我们这么玩命从外面运回些百姓日常生活用品，到市场上摆摊换那么几个辛苦钱，可偏被说成是'资本主义的尾巴'，硬要砍断不可。我们这摆小摊的人天天就像游击队似的东摆一时辰，西摆一时辰。好不容易后来在县委、县政府门前附近的一块空地上有了可以做买卖的气候，有关部门就一下出动了好多人，把我们这些做生意的和来买货的顾客赶得四处跑。可我们是小老百姓，要吃饭要生活呀！我们一帮在北门街摆摊的小贩们在一起议论，一议论就心里来火。大伙儿好不伤心地说：'阿拉义乌人看来永远只能外出披风戴雪去当"敲糖帮"，过吃百家饭的苦日子了！'我听后心里也好难过，寻思着：难道自己的共产党和人民政府就这么不能体察民情？不行，我一定要弄弄明白，说啥也得让当官的明明白白地告诉我一声：到底让不让我们百姓有口饭吃？

"决心已定，我就一连几天守在当时的县委大门口。因为听说县里刚来了个新县委书记，我想要找就找最大的官。大伙儿都知道我要找县委书记论理，都又盼又怕地跟在我后面想看个究竟。一天，有人告诉我说那个个头不高、衣着很朴实的人就是新来的谢书记。我见他刚从理发店里走出来，便壮着胆迎上去问道：'你就是谢书记吗？'他打量了我一下，问我是干什么的。我说：'我是在市场上经商的，做点小买卖养家糊口，可政府为啥赶得我们天天无处落脚，或是拿高得吓人的收费来逼我们干不下去呢？'我说完这几句话，谢书记用不同寻常的眼光打量了我一番，见在我身后又站了一大群围观者，便把头一甩，让我到他办公室。一听县委书记这句话，我身后的那些伙计们真吓坏了，心想你冯爱倩这下完啦，不是被抓起来，也要被狠狠地批一通。我当时心里也紧张，人家是一县之长，我小小老百姓一个，他一句话说不定够我坐不完的牢呢！可又一想，事已到此，我即便是坐牢入狱，也要从共产党的书记嘴里弄个明白：到底做买卖错在哪里？就这样，我跟着谢书记进了办公室。不想这个谢书记一进门嗓门就大了，说：'你在县委的大门口吵吵嚷嚷成何体统？'我一听也来火了。看他在桌子上敲一下，我就在桌上拍两下。兴许谢书记还是第一次看到这么一个普普通通的平民百姓，敢在他面前为了摆摊与不摆摊的问题如此大动肝火，于是竟然慢慢平静下来，给我让座倒水，又坦诚相待地问我义乌百姓的生活。我呢，一看这么大的官能静下心来听百姓的话，顿时憋在心头多少年的话像开了闸的水，我说：'我们义乌人祖辈穷，穷就穷在人多地少田又薄。可为什么还能在此生活繁衍至今呢？就是义乌人会经商。你可别小看这"鸡毛换糖"，它作用可大呢，一方面解决了我们这儿人多地少劳动力过剩的矛盾，另一方面大伙儿通过点点滴滴的生意贴补了家用，更重要的是我们义乌人最敢闯，肯吃苦。如今其他地方都在搞开放，我们义乌人没有啥优势，也学不像人家，但我们这儿的人都会经商，都会"鸡毛换糖"呀，要能把"鸡毛换糖"的精神和经商积极性发挥出来，我就不信义乌人不如别人。'我说到这儿，谢书记眼睛也跟着亮了起来，问我：'你真认为行吗？'我说：'怎么不行？'随后我把自己前阵子做小生意，有时一天赚的钱比过去一个月挣的工资还多的事一说，谢书记频频点头，又不停地在办公室里来回走动起来。后来，他站在我面前，大声说道：'好，你先回去，让我好好想想。'我一听很高兴，刚出门又想起一件重要事，便转身问谢书记：'那我们能不能在街上摆摊呀？'他一挥手，说：'可以，你们先干干再说。'我又担心地说道：'可市场管理人员天天赶我们呀！'谢书记双手往腰里一叉，说：'放心，我会打电话给他们的。'跟县委书记见面会有这么好的结局，是我做梦也没有想到的。难怪当我走出县委大门时，那些等候在外准备看热闹的朋友一下拥了过来，说：'你怎么没被抓起来呀？'我笑笑说：'谢书记还给我倒茶让座，怎么会抓我呢！'可大伙儿最关心的还是让不让摆摊经商的事。我说：'只管摆，我有谢书记的话呢！'大伙儿将信将疑，我呢心里有底，像以往一样挑起担子往马路边一放，便吃喝起来，而且这天的嗓门比平时清脆响亮了许多。伙计们一看我真的毫无顾虑地重新做起生意，便纷纷跟着摆摊设起店来。这不，一连几天，我们红红火火地摆摊卖货，顺顺当当，再没有人来赶我们了。而且不几日，县委以'整顿市场领导小组'的名义，发布了在义乌改革开放历史上有名的'一号通告'。这个通告是手抄的，在北门街上贴了有七八张。这对我们这些地下工作者般的经商户来说，是天大的喜讯。通告一贴出，市民们里三层外三层地围观着，那场面至今让我难忘。没几天，北门街头的小商小贩一下多了几倍，而且每日见多，直到后来整个一条街上摆满了摊位，到这儿来买货看热闹的就更多了，这就是我们义乌'中国小商品市场'的雏形。现在一说起当年的事，义乌人就半真半假地说我是义乌市场的'第一个吃螃蟹的人'。他们夸我说要不是冯爱倩敢冒坐牢房的险，跟县委书记较真，'一号通告'就不会那么快出台，小商品市场就可能形不成今天这个样，咱义乌市的发展更谈不上了！哎哟，我区区一个小百姓哪敢贪天之功呀！要说义乌有今天，当家做主的谢书记才是最了不起的！"

"对，正好这次博览会他也来了，你一定采访采访他才是。"冯爱倩从那段难忘的回忆中回到现实，对我这样说。

她说的谢书记，全名叫谢高华，是1982年7月调任到此的中共义乌县委书记，任期至1984年底。谢高华在义乌只有两年多时间，但他是义乌历史上口碑最好的一位县领导。因为在六十多万义乌人心目中，是谢高华书记当时排除阻力，顺应民心，果断地站出来砸碎了紧箍在人们手脚上的枷锁，之后才有了义乌飞速发展的商品市场和现代化建设，才有了人民的富裕生活。

谢高华是义乌人心中的丰碑。

我来义乌便听说，前两年就有人自发集资，要为他们的谢书记立一座大理石碑，后来因为远在衢州过着退休生活的谢高华本人极力反对，才放弃了此事。1998年10月底，我作为中国作家协会访问团成员，在义乌市参加中国小商品博览会期间，有幸见到并采访了谢高华本人。

现今卸任颐养天年的谢高华，比我想象中的传奇人物显得瘦小得多，然而谈起当年他在义乌的政治生涯，却是滔滔不绝——

"我是浙江衢州人，刚调任义乌时不了解情况，但对这儿'鸡毛换糖'的传统却早有所闻。80多岁的老母亲听说我要到义乌工作，很心酸地说：'儿啊，你干吗要去一个穷地方？'就是老母亲的这句话，在我心头留下了阵阵隐痛。为官一任，总得给百姓留点什么。义乌是个穷得出名的地方，我去后能有些什么作为呢？当时地方上'左'的干扰还很严重，可是我到义乌后的感觉是，这儿的农民思想很活跃，外出经商、上街摆摊的不少。但由于当时的政策不太明朗，有关部门对这些现象一般都是'批、打、管、刹'，百姓为此怨言很多。那天冯爱倩上我办公室论理，说真的是给我上了一课。她走后我一直在思考这样一件事：既然义乌有经商的传统，而且百姓能因此改善生活，为什么我们不好好因势利导，网开一面呢？当我把自己的想法放到县委领导班子会议上讨论时，我没想到大多数人沉默不言，这是为什么呀？后来我才知道，正是因为义乌自古以来有'鸡毛换糖'做些小买卖的传统，'文革'中的历任领导甚至包括公社、大队、生产队的干部都一直遭上级的批评，原因是即便'批资本主义'最激烈的岁月，义乌始终没断过摇着拨浪鼓偷偷外出'鸡毛换糖'搞经营的历史，而且一些大队、生产队甚至公社干部带队外出，就像野火春风，你怎么打、怎么禁、怎么赶，它就是断不了根。我问那到底是啥原因呢，他们只告诉我一句话：穷到头了自然就得想法求活命呗！冯爱倩和这些干部们的话，给我巨大的触动，我决心要把义乌一直受压制的'鸡毛换糖'经商风，做个彻底的调查，看到底是该刹还是该放。为此我发动县机关的一批干部，到下面进行全面的调查，听取各方面的意见。我本人亲自到了稠城、义东、苏溪、佛堂、义亭等许多村镇实地了解。因为我新来乍到，那时不像现在县里市里都有报纸、电视，我当县委书记的也没多少百姓认识，所以下去很容易获得第一手材料。"

通过调查摸底，大家汇总的结果是：50%以上的人以为开放经商市场没问题，应当大力提倡，40%的人认为问题不大，可以试着办，只有百分之四五的人反对。有了这个调查依据，谢高华在县机关大会上就提出："义乌的小商品经营不是一大包袱，而是义乌的一大优势，应当大力提倡和鼓励。"这话音刚落，会场上顿时议论纷纷，看得出大多数人是喜形于色，但也有人立即反问："可上面要严厉打击各种投机倒把活动，像'鸡毛换糖'这样的经商活动，是资本主义的尾巴，我们应当给予坚决的打击！"这是一个敏感的问题，但又是不可回避的。当时谢高华内心也很激动，但还是控制好自己的情绪，用通俗的语言坦诚地对大家说："过去我在别的县也干过'割资本主义尾巴'的事，结果事与愿违，影响了当地生产力发展，百姓怨声载道。而今我们的党号召改革开放，干工作实事求是。我到义乌虽然时间不长，但从百姓的话里，从干部的深切感受里，我觉得'割资本主义尾巴'没道理。就拿我们义乌人'鸡毛换糖'的传统来说，人家过大年欢天喜地，咱义乌货郎却在冰天雪地里走南闯北，没日没夜，一脚滑一脚蹿地翻山越岭，挨家挨户去用糖换鸡毛、换鸡内金。回来后将上等的鸡毛出售给国家，支援出口，差的直接用来做地里的肥料，把鸡内金卖给医药公司，自己呢赚回一点利。这样利国又利民的经营，好还好不过来，怎么可以说成'搞资本主义'呢，当'资本主义的尾巴'割呢？我在这里向大家表态，从今开始，我们要为义乌人'鸡毛换糖'正名，不仅不准再把这类经营活动归为'搞资本主义'进行批判，而且要大力提倡，积极鼓励！"后来的"一号通告"就是在此次会后，谢高华敦促下面的人搞出来的。最先开办的稠城、廿三里小商品市场便名正言顺地由"地下"走到了"地上"，义乌人从此开启了历史性的转折。

我注意到谢高华那张与他实际年龄并不相符的脸上，有过多的沧桑，而这也许正是他性格中异常刚毅的一面。

义乌小商品市场的开禁，使几十万本来就善经营、敢干事又肯吃苦的义乌人，解脱了多年束缚在身上的枷锁，纷纷加入经营行列。一大批农民从田埂走向了城里，有的重操拨浪鼓干起传统的"鸡毛换糖"，更多的则上街摆摊开店，到外地批发进货运回义乌。特别是一些能工巧匠，全都行动起来，他们把祖先传下来的本领，重新用于开发像制糖、红枣加工等传统加工业上。正当农民们欢天喜地，甩开膀子大干时，那些国营和集体商业的干部职工却大呼其苦，说谢高华这一放，把整个义乌搞乱搞烂了，一时间，县里收到的告状信多达两麻袋。尤其是城内几家国营商业单位的人，甚至堵住县委大门，要求谢高华撤回"一号通告"。

"你们是不是文具用品商店的？"谢高华扫了眼，见人群中有几位是商业局下属商店的职工，便问。

"是嘛。"对方不明其意。

谢高华笑笑说："我先给你们讲件几天前发生的事，那是我的亲身经历。那天我批文件用的铅笔用完了，便上街到你们那儿买笔。当时我见一位营业员正在埋头看小说，正看得起劲，我问她有没有铅笔卖，她头也不抬地说没有。我低头往玻璃柜内一看，里面明明放着很多我想要的那种笔嘛，就说：'同志，这儿不是有笔吗？'这营业员很不耐烦地站起身，拿出一支笔往柜台上一扔，也不说价，只管低头看她的小说……同志们，我说这件事可不是胡编的呀，你们自己承认不承认有这样的事？就是这样的经营态度和服务水平，人家小商品市场上的经营者怎么可能不把你们冲垮？要我说，你们不改变自己的问题，堂堂国有、集体单位被小商小贩冲垮挤掉，也是活该！"

书记的一番话，说得这些刚才还理直气壮的人一个个面红耳赤地低下了头。

但问题远非那么简单。

外埠人都知道浙江有闻名中外的特产——金华火腿,其实金华火腿的真正发源地是义乌。谢高华让农民放手搞经营和开放市场后,几个具有传统手艺的佛堂镇农民办了家"田心火腿厂"。消息传出,省、地、县食品公司不干了,找到县委坚决要求关闭佛堂镇农民办的火腿厂,理由是金华火腿在过去几十年里一直是由国营食品公司独家经营的,农民无权参与。谢高华一听很生气,说:"金华火腿是金华人民创造的而不是食品公司创造的。农民创造了火腿,哪有没有加工火腿权利的道理?至于私人火腿加工的质量和产品出口的问题,只要保证达到有关要求,服从上面的计划安排就行!"

"谢书记,你这么说,就等于放纵农民破坏国家政策,我们不能同意。如果你不令他们关张,我们就到省里、中央去告你!"来者不善,针锋相对。但他们碰上了一个为了人民的利益从不害怕的县委书记。

"要告随你的便,但让我下令关农民的加工厂,就是撤职我也不会去做!"谢高华回答得斩钉截铁。

历史便是这样一位公正的法官。我们不妨做个假设,要不是谢高华一手为个体经济开山辟路,一手力挽狂澜顶住方方面面的压力,义乌会有今天的"华夏第一市"吗?

不会。64万义乌人明确地告诉我。

但,经历沧桑,如今依然过着平民生活的谢高华却这样说:"在当时还没有明确的关于开放发展市场经济的具体规定出台的情况下,县委、县政府根据党的十一届三中全会所提出的实事求是的思想路线,从义乌的实际出发,敢于承担风险,允许个体经济发展,开发小商品市场,这不是哪位领导者的功劳,而是义乌人民从祖先那儿继承的血脉里就有一股敢为天下先、敢说实话办实事的精神所致!"

是啊,论自然条件,论地理优势,义乌没有一点可以同沿海开放地区的县市相比,就是在浙江,在金华,义乌也无半点先天优势可言,然而它恰恰在改革开放的道路上先行了,并且走得那么雄赳赳,气昂昂!

2. 拨浪鼓奏出的乐章

义乌地处浙江中部,古称"乌伤"。乌伤的地名与一则美丽动人的传说相关:秦朝时有一个叫颜乌的孝子,出身贫寒,却深知礼仪和孝道。那时中原战乱频繁,为避战祸,颜乌和他相依为命的父亲来到义乌地域居住。不久父亲病重而逝,悲痛欲绝的颜乌为了安葬父亲,用双手刨坑,手指破了,鲜血流进了泥土。一群乌鸦被他的孝行所感动,纷纷帮他衔土葬父,乌鸦的嘴也因此伤痕累累……

为了能在这块贫瘠的土地上繁衍生息,颜氏的后代用自己勤劳的双手开山耕地,培育和种植出了大批枣树和甘蔗,渐渐地,义乌因制糖业和盛产金丝琥珀枣而名扬天下。地处浙中的义乌,旧时山穷水稀,交通闭塞,虽说有钱的经商者不愿长期驻足,却也留住了一批历代官府贬谪的人和一拨拨战乱中的败将伤卒。渐渐地,义乌成了一个人多地少更穷得出奇的地方。穷则思变,于是,就有人想法将地里的甘蔗制成糖块,然后到异乡以糖换物,再将换来的物品分类,或卖掉赚钱,或作肥料。据《义乌县志》记载:早在清乾隆时,本县就有农民于每年冬春农闲季节,肩挑糖担,手摇拨浪鼓,用本县土产红糖熬制成糖块或生姜糖粒,去外地串村走巷,上门换取禽畜毛骨、旧衣破鞋、废铜烂铁等,赚取微利。清咸丰、同治年间,糖担又增妇女所需针线脂粉、髻网木梳等小商品。抗日战争前夕,本县操此业人数增至数万,发展成为独特的行帮——"敲糖帮"。

也许北方人没有见过"敲糖帮"是个什么样，但在南方，年岁稍长的人很多都见过那些手持拨浪鼓、肩挑货郎担的换糖人。在我的记忆中，一到农闲，特别是过年的那些日子里，换糖人来得就特别多，几乎天天能见着。此次到义乌采访，我方明白儿时天天盼的换糖人竟是今天的采访对象，这不免让我忆起小时候的一幕幕情景。那时，家居乡下的人过年过节时，总要杀鸡、采买猪肉，而余下的鸡毛猪骨头常常被扔在一边，老人和小孩则喜欢把这东西捡起来收拾好，一等摇拨浪鼓的货郎担来，便可以换一块甜甜嘴的棒糖、卷糖。如果东西多一些呢，家里的大人就要从货郎担那儿换回些针头线脑的日用品。我印象很深的是，我奶奶每次梳头时总要把梳子上的一缕缕头发卷好后积存起来，等货郎担来后就拿出一卷卷头发给我这个大孙子换上一两块糖吃。那时，我多么希望奶奶每次梳头时多掉下些头发。

"敲糖帮"？拨浪鼓？如今我还能见得到你们吗？

我来到义乌的第一件事就是想再见一见那二三十年前常常盼望在村头出现的"敲糖帮"，以及他们手中咚咚响的拨浪鼓。然而我寻觅了多少天后，一直没有见过一把拨浪鼓（遗憾之际，我特意向当地干部建议应当将传统的拨浪鼓当作一个特色产品大加开发）。义乌人都笑了起来："现在哪有呀！我们都在摆摊开店办工厂，谁还干那行当嘛！"其实这一点我也能猜到，只是因为到了义乌，到了拨浪鼓的故乡，它勾起了我儿时对换糖人的那份特殊感情，很想再尝一次阔别了几十年的正宗的义乌糖块。义乌人又笑了，说他们现在可以给我搬来很多很多糖，却实在没有哪家能一下拿出一块当年换鸡毛的那种糖块了。我听后虽然多少有些遗憾，但看到当年的换糖人如今家家富裕、户户"小康"的新景象，心中仍然欣慰不已。

但我还是有一个要求，就是要亲自到一趟廿三里镇，看一看这个义乌小商品市场的发源地。

廿三里镇在义乌一带名气很大，由于旧时它同周围五个集镇的距离均为23里路，故而得名。眼前的拨浪鼓发源地，与我想象中的小镇差距实在太大。你看那数公里长的宽阔大道，当地人说最宽处有36米；再看大道两边全是清一色的崭新楼宇，均有四五层高。"从路面到楼房，都是农民自己花钱修建的。"他们不无自豪地告诉我。

"这是托改革开放政策和义乌市场红火的福。"接待我的几位镇干部都很谦虚，等中午就餐时我才知道他们说的全是实情，与我同桌的五个镇干部中，有三个是当年摇拨浪鼓出身的"敲糖帮"。主人们介绍说，在他们这儿，几百年来，几乎每家每户都是摇拨浪鼓的。廿三里的那条不足二百米的小街，便是远近"敲糖帮"们进行自由交易的唯一场所，也就是后来发展成整个义乌小商品大市场的"始发站"。

"旧街现在还有？"

"有，镇里保留了它。"

这是个喜讯，我情不自禁地请主人带我前往。

眼前的这条小街，是那种我儿时熟悉的江南小镇街道。它的街道仅有两根扁担那么宽，弧形的石子马路，左右两边的铺面依然是旧时的模样：杂货铺、小面馆、剃头店，而这街景注定现在不会再顾客盈门了。在一个字画店铺里，见一位斯文的老者正在写春联，我便过去打招呼。

老伯姓赵名伟懋，今年66岁，以前是位教书匠，退休后在自家的临街小屋里开了个书画铺面。"现在大家都富裕了，逢年过节，大利大吉什么的都爱添点喜色，所以我的小生意一月也能挣上几百元。"老伯乐滋滋地说。

"这条小街有多少年头了？"

"远了说不上，但现在这条街，据说太平天国时就是这个模样。"

"那……你记忆中什么时候来这条街上做生意的人最多？"

"'割尾巴'的时候呀！"老伯脱口而出，我却一下未解此意。他忙又说一句："就是'割资本主义尾巴'的时候！那时我们义乌这一带的人没得好日子过了，所以外出'鸡毛换糖'的人最多，那时这条街也就最热闹了！"

老人的"黑色幽默"使我们忍俊不禁。但义乌人自己清楚，为了这则"黑色幽默"，他们所付出的却是滴滴血泪。

在义乌几十万经商大军里，施文建是第一批从廿三里走出的"红色地主"。因为他不仅当过村支书，还是现在的"中国小商品市场"劳协的第一任党支书。1985年时，正值义乌市场大发展，施文建已经是当地从商人员中的"大哥大"了，但这位"14950"摊主却放着滚滚而来的钞票不赚，当起了为别人赚钱做铺路石的个体协会副主任。施文建不是傻人，他做生意时的精明是出了名的，但他义无反顾地放弃了当亿万富翁的机会。现今已65岁的老施告诉我，他愿牺牲个人的赚钱机会而让更多的父老乡亲富起来，就因为他有太多的摇拨浪鼓的苦难经历，他太知道摇拨浪鼓的乡亲们有多么渴望摆脱贫困了。

"我是土生土长的廿三里人，我那个如甫村在义乌是出名的穷村。1956年我就是村上的党支部书记，但党的十一届三中全会前，我们农村受'左'的思潮影响太重太深，特别是'十年动乱'期间，干啥都不行，你想带领大伙儿弄点好日子过，就得挨批挨斗。我们村所在地土质瘠薄，播种水稻如果没有家禽家畜的毛货做基肥，水稻就会分蘖不良，产量也就上不去了。为了肥料，我们的祖先就利用当地产糖的优势，很早就有了'鸡毛换糖'的经商传统。其实义乌人最早的'鸡毛换糖'并不是为赚钱，而是为改良土壤的不得已之举。后来在'鸡毛换糖'的过程中发现家禽家畜的毛不仅能充作肥料，改良土壤，还能赢得一些可以改善生活的薄利，于是'鸡毛换糖'从此成了义乌人在这块贫瘠的土地上赖以生存繁衍的一种基本手段。"

骆有华，廿三里镇的副镇长。他并不是我计划内的采访对象，但我们一坐下来，这位曾有六年军龄的汉子忍不住挥泪与我诉说他的拨浪鼓生涯。骆副镇长说他1975年从部队回乡时，在生产队干一天只能得两毛钱，最好的年成时也就五毛一天。那时一斤大米四毛钱，一个壮劳力一天怎么也得吃一斤大米，出力流汗干一天，却还不够一天吃的，日子自然没法过下去。他骆有华在外从军六年，也算见过世面的人，但被生活所逼，也不得不低下高昂的头，手持拨浪鼓，远离家门去"鸡毛换糖"。"我当时是生产队干部，又是部队入了党的人，上面规定是不能带头出去搞啥'资本主义'的呀！可当干部的也得过日子嘛！无奈，我托人从外生产大队开出了一张证明。那时没有证明外出可要吃苦头的。我们义乌就有人因为半途身上带的证明丢了，结果到江西'换糖'的路上，不仅被没收了全部货物，而且整整被关了几个月，当家人几经周折将其救出来时，早已成了半人半鬼。那时我们义乌人太穷，不出去做点小副业就别想过日子。可我们义乌人'鸡毛换糖'也不是啥好生意呀！除了义乌人，没听说谁干过'鸡毛换糖'的事嘛。为啥？还不因为那是又苦又没利可图的生意嘛！但我们义乌人比别人不一样之处也在这里：敢吃苦，不怕利小，只要是利就去做，这兴许是我们今天义乌的大市场能形成的精神内核所在吧。你问我'鸡毛换糖'的生意怎么做下来的？我告诉你是这样：譬如我开始出去就四十块本钱，先得把这四十块本钱换成货，那些所谓的货都是些针头线脑，以及女人用的头花、发卡什么的。到一地你先得找好落脚点，在那里花一块三毛钱住一宿吃两顿饭，早一顿，晚一顿，中间十几个小时就是你摇拨浪鼓的时间。'鸡毛换糖'的生意说简单也简单,比如我用本钱一毛钱买上一包纳鞋底的针,一毛钱一包的针有25根,我们出去可以用两根针换一把鸡毛,一毛钱一包的25根针,通常可以换一两斤鸡毛,一两斤鸡毛可以卖好几块钱哪!所以一般我们从秋后的11月份开始外出,一直到春节过后的2月底3月初才往回走。三四个月奔波下来,除了每天交一块钱给生产队记工分外,也能积下三四百元。那时一个冬里攒下三四百块钱可不是个小数目。所以我们义乌人虽然自知吃的苦可以用担子挑,但从不愿轻易放弃拨浪鼓。"

"你最远的地方到过哪里?"我问。

"江西,是搭火车去的。"骆副镇长说。

"一天最多走过多少路?"

"嗯……反正记得有一次连爬山带走路,过了两个县城,足有百十多里路吧!"他说,"我记忆中最惨的一次是自己两天没好好进一口食。"

"为什么?"

"那次本来计划是当天返回落脚点的,后来见生意不错,只管往山里走,不想一进去就出不来了,整整两天两宿不见人烟,虽说早已饿得肚皮贴着后背,可肩头的担子不敢丢呀,那两天的路就像当年红军走两万五千里长征……我们现今四五十岁的人,很多人有胃病,十有八九都是摇拨浪鼓弄出来的毛病……"

骆副镇长的话使我陷入了一个久远的回忆。我记得那时我才刚上小学,这一年春节我的一个小姑姑结婚,家里来了很多亲戚。中午时分,村边来了位"鸡毛换糖"的"野人"——我们苏南那一带这样统称养蜂换糖的外乡人。在当时,我当然不知道那个摇拨浪鼓的"野人"是义乌人,更不知道他们为了生计所承受的苦楚。那"野人"进村后突然倒在了地上,参加婚礼的我家亲戚们慌忙将那人扶起,给他水喝。那人慢慢醒来,我们都看到了他的嘴角有一丝鲜红的血痕。我吓坏了,听到大人们在不安地说:"不好不好,今天触霉头了!触霉头了!"于是有人摇来一只摆渡船要送那换糖人到镇上的医院,可那人摇摇手,就是不愿去。我看着那人担着担子,摇摇晃晃地走出村子,手中的那只拨浪鼓后来也掉在了路边的水沟里。我和村上的孩子虽然很喜欢拨浪鼓,可谁也没敢去捡,因为听大人说第二天人们发现这个丢拨浪鼓的换糖人就死在半道上……这是我有限的儿时记忆中始终没有忘却的事情之一,如果不是多年后有幸与义乌人相识,恐也渐渐淡忘了。当我再度在拨浪鼓的故乡回忆起这个孩提时的片段时，更增几分对换糖人的怜悯之心，同时也想借机纠正一下我曾经对外乡人的那种称谓。

"哎——有鸡毛猪骨旧衣破帽换糖哟——！"义乌之行，我始终难以弃舍那童时在耳边常常回荡的吆喝声。在这吆喝声中，我不禁无数遍地体味着昨天的义乌人是如何生存与奋争的！也许正是我从小对这种旋律的特别情感，现在似乎更能倾听义乌人所奏出的那种生命旋律。

在廿三里镇的廿三里村党支部书记朱有富家，主人告诉我，拿他们廿三里村为例，过去一到农闲季节，村上就见不到十五六岁至60岁的男人了，哪一家男人不出门"鸡毛换糖"是不正常的事。朱有富的名字起得令人称奇，他家的四层楼房可以眺望廿三里新镇的全景，风水之好非同一般。但与周围新楼迭起的左邻右舍相比，朱有富家已经有几分寒酸了。这也许更证明了他大堂内三块由市政府颁发的"富民书记"金匾为什么一直闪闪发光，也由此可见这位当年的拨浪鼓手是位名副其实造福于民的好带头人。

谈起今天的廿三里，朱有富激情飞扬，从他的嘴里我知道了现今像个现代化城市的廿三里镇，十几年前的镇中心也只是一条不足两百米长的小街，全镇也只是个仅有几户城镇居民不拿工分的"小码头"而已。如今的廿三里，仅镇区面积就达四平方公里，宽阔的马路，成行的楼宇，处处都是通达八方的商品市场。"你看到咱新镇区了吧，几平方公里全是新街新楼，而这些新街新楼不是政府出钱拿经费铺的、盖的，而全是我们个人拿钱，政府只是进行了规划布局。可能你已经听说了，我们廿三里镇的一块40来平方米的商业用地已经卖到21万元了！过去都说大城市里的黄金地段寸土寸金，现今我们偏远的农村也值钱了，这难道不是最大的变化吗？还有一件事，仅拿我们村来说，本村人口仅为2400多，而现在常住的外地人口却已超过了5000多，是本地人口的两倍以上。他们中不仅有打工的，而且已有不少人落脚在这儿做中小生意了。你问为什么一个小镇留得住这么多外地'凤凰'？当然是因为这儿有经商的市场呗！"

"廿三里自古是块经商宝地，也是义乌人'鸡毛换糖'的拨浪鼓故乡，可以说，义乌有今天，就是因为先有了我们廿三里至今仍留在新城区边的那条老街，作家同志你不是已经去过那条老街了吗？它可是我们义乌人从被人看不起的货郎叫花子，到今天成了让全中国人都羡慕的经商骄子的见证。"朱有富有理由这样理直气壮地说，因为他个人的成长经历也就是义乌整个社会的变化过程。临别时，他说了一句叫人听了刻骨铭心的话："咱廿三里对义乌市场的贡献是用血与泪铸造出的。"

当我深入采访那些当年从廿三里小街上每天一分钱一毛钱起步，到今天每年创造一个"百万富翁"的义乌商贾们时，对朱有富的话便有了更深切的体味。是的，这是一个任何时候都否定不了的事实：如果没有昨天在廿三里小街头那种为了一根鸡毛一根猪骨而不惜摇断拨浪鼓的精神，那么今天的义乌人自然不可能有"华夏第一"的大市场。

第一次来到义乌时，我随中国作家代表团参加在这里举办的"中国义乌国际小商品博览会"。在那隆重、热烈的商业气氛中，我的那颗难以平静的心时刻在思考这样一个问题：义乌既没有广州、深圳那样的"资本前沿"的好风水，更没有上海、苏州那样数百年沉积的大经商韵律，可为什么偏偏在这儿创造了20世纪中国农民的经典变革？

我终于弄明白了，那便是只有义乌人才有的拨浪鼓精神。这种拨浪鼓精神便是勤劳、敢闯和不懈的努力向上。

何海美是我见到很不一般的佼佼者之一，如今年近50的她依然风采不减。何海美年轻时没奔上好时光，聪明伶俐的她过早地做了"初中毕业生"。由于个头矮小，与别人一样干一天重活，她只能得四五个工分（整劳力一天二个工分），到年底分红连件衣料都扯不起。1976年她嫁给了城里做工的小金，丈夫一个月33块钱工资，那时也算"富裕"人家了。但第二年等儿子生下后，由于户口只能随母亲，何海美家的日子艰难起来。更让何海美难上加难的是，她母子俩的户口所在地竟以何海美嫁给了城里人为由，连其儿子的口粮一起吊销了。家在城里的何海美又找不到一处可以糊口的活，于是就凭着自己手巧开了个成衣店，这可是个"彻头彻尾的资本主义尾巴"呀。突然有一天，"打击投机倒把办公室"的人闯进何海美的成衣店，不由分说地抬走了她的缝纫机，并严厉地责令道："出路只有一条：关店别干！"何海美天性倔强，可为了儿子和丈夫，她含泪低下了头。俗话说：置之死地而后生。就在何海美走投无路时，她的哥哥从部队回家探亲时带了几张剧照，令左邻右舍的年轻人爱不释手。对啊，这是个来钱的好买卖哩！何海美心灵手更巧，她知道照片制作并不太难，于是就花了35元本钱，买了一套简易的洗相设备。当时义乌电影院正在放《红楼梦》戏剧片,看厌了样板戏的人们对这种古装戏异常有兴致,几乎场场爆满。何海美似乎有种特殊的商业敏感,她拿了一台借来的旧照相机坐在电影院的第一排,看准年轻人喜爱的几个镜头连连"咔嚓",又回家连夜将照片冲洗出来。第二天,当她带着自制的照片在影院门口的石板上摆起小摊时,围观者竟然里三层外三层的。一场电影下来,她所洗的几十张照片全都出手,许多小年轻连价都不问一声便买走了。何海美偷偷一点,净赚十几块钱!那一天她乐得嘴都合不拢。生意就这么做开了,但那时城里根本不允许有生意人出现,何海美只好到乡下的廿三里镇,据说那儿每逢集市时可以摆摊设铺。头一回到廿三里镇,何海美看到的所谓能做买卖的也就是有那么百十来个人,分坐在那条老街两边,摆上些小百货而已。何海美对当年到廿三里摆摊的情景记忆犹新:头天晚上夫妻俩先把照片洗好,第二天天不亮就得出发,那时从城里到廿三里不通汽车,就是通了汽车也没人乘——做小本生意时的义乌人从来不会轻易花一分钱。在廿三里做生意的光景,何海美一回忆起来就想笑:"那时既没有摊位,也没有桌椅,我就在胸前挂一只哥哥给的军用挎包,站在供销社门口把一大把照片样张往一张白纸上一粘,就开始吆喝起来。我当时做的生意对一直做'鸡毛换糖'的本地人来说是个新鲜事儿,开始没有人买我的货。我便一边招呼顾客,一边对他们说:'你们只管放心拿去转卖,卖得好我们双方赚钱,卖不掉可以退回,反正我天天在这儿,放心好了!'这一吆喝还真灵,三三两两地就有人从我手中把照片买走了,因为有人真的把我洗的照片带到南昌、合肥等地赚了钱,他们把一两毛钱的照片卖到一块钱一张,所以后来好多人从我手里进货,我便成了廿三里市场上唯一一个经销照片的业主了,生意自然超出了想象。不夸张地说,后来我们义乌出现闻名全国的印刷品市场,最早就是由我卖小照片成功后引发的。"

关于义乌的印刷品市场我几年前就有耳闻,不想它的源头竟是一位普通农家女的几张照片,这真让人感到市场经济的魔力之大。每一种义乌小商品,毫无例外地都有像何海美那样感人肺腑的传奇故事。

记得在京城有一次"误闯"小商品市场,我的女儿竟然再也不舍得挪动脚步,无奈中我也耐着性子细细观赏起这些据说来自义乌的头花小商品,我完全被这些奇妙的手工艺品折服了。那天我女儿趁机大捞了一把,回家的路上要不是我帮着提那一大包"玩意儿",她一个人无论如何是回不了家的。更让我感到意外的是，一向对商品异常挑剔的妻子，这一次却格外喜爱女儿买回的义乌头花。来到义乌的收获之一是使我有机会直接认识生产头花的这些拨浪鼓手。

义乌人告诉我，他们的头花产品源于廿三里的郑山头村。现在这个小村子已经成了头花生产村和全国的头花生产基地，每年出产的各种头花、插花、礼品花及其他花类商品已有上千种、万余吨，除供给全国几百个小商品批发市场外，还销往香港地区及美国、南非等十几个国家。"其实头花产品只是我们义乌人在'鸡毛换糖'过程中所创造的无数商品中的一个小品种而已。"郑山头村的百姓回忆说：1982年，廿三里派塘村的李樟弟从广州带回一朵头花，是用纱绸制作的，老李买来是给他媳妇戴的。偏巧被摇拨浪鼓路过的金正海看到了，他当即想仿制。但李樟弟给媳妇买的头花用的纱绸只有广州才有货，有心计的金正海想用他平时"鸡毛换糖"从湖州红旗绸厂买的纱绸替代。一试果真行，金正海把自制的头花往市场上一放，姑娘、媳妇们爱不释手，销路旺盛，而且每只头花可净赚利润五至八毛。金正海也是好样的，见头花生意好，毫无保留地向村上人传授开了，于是郑山头村在短短的时间里，家家户户都做起了头花生意。郑礼龙和郑朱龙、郑以枫、金益平几人还率先在这一年办起了头花厂。虽然当时厂不算大，但却是义乌农民从手工作坊向机械工业迈出的具有历史性的关键一步。郑山头村离城镇较远，开始大伙儿用自行车驮着货上街卖，可供不应求；他们改用三轮车驮，还是供不应求；于是就同城里的汽车站商议开通一趟客车送货，然而依旧满足不了客户需求。干脆，再加租一辆行李车！几位头花生产的大户一商量，事情这么定了下来。稀罕事，"农民进城经商买月票！"郑山头村人的头花生意，惹得《人民日报》都发文称道。

现今有"头花大王"之称的郑礼龙，当年为了留住进城送货的汽车司机们，亲自出钱修建了驾驶员停车场和宿舍。冬天，他怕司机冷，便每人供给一个电热毯；夏天热，只要司机一进村，他便送上冰过的红枣绿豆汤。有个夏季，他郑礼龙光红枣就买了一百多斤。"那时其实我不是怕送货的司机跑了，而是怕咱们郑山头村的头花生意给别人抢走了。这不，后来我们的生产发展了，生意越做越大，自己都有了汽车，村上也有了四通八达的商业专线，头花的生意更是做遍了全国、全世界……"郑礼龙不无感慨。

铁皮五角星、小花布折叠伞……似乎义乌有多少种小商品，就有多少个美丽的传说。

真不要小看了义乌人的"鸡毛换糖"精神。

千千万万义乌人前赴后继地摇动拨浪鼓,不懈地进行着"鸡毛换糖",它可以代表中国的民族精神,也彰显着中国人朴素勤劳的美德。它是人类最原始的交易方式,同时又饱含人们渴望倡导的敬业精神。论说生意,有人总会夸口要赚大把大把的钱,却从不愿像义乌人那样走百里、上高坡地去依靠"鸡毛换糖"挣回一分两分的脚力钱。许多专家在研究义乌小商品市场之后常常感叹:为什么一无地理优势,二无产业特色的义乌人能创下震惊世人的奇迹?左说右说的论点很多,但我总觉得有些缺漏,原因就在于我们的理论家们无法深刻地理解和感受义乌人在"鸡毛换糖"中所磨铸的精神内核。一句话,没干过拨浪鼓手,焉能懂得"鸡毛换糖"之奥秘和甘苦所在。不懂得这一点,自然也就无法真正弄得清义乌市场发展的内在动力是什么。

"鸡毛换糖"有着深刻和无限的商业奥秘与精神内涵,只有沉浸在拨浪鼓的旋律中才能细细品出它的独特性与深刻性。

对义乌人和义乌市场来说,廿三里是一个特殊而又不可抹去的里程碑,它不仅缔造了拨浪鼓和"鸡毛换糖",更重要的是它在新的历史时期为形成义乌中国小商品城奠定了基础。如果我们把义乌农民在20世纪末所进行的伟大实践,看作是中国农民运用邓小平理论,在我国社会主义初级阶段对市场经济的成功实践,那么,廿三里走过的路则是这种伟大实践的缩影。

廿三里,当我特意再一次满怀情感迈步在那条百米老街时,我仿佛听到脚下无数块青砖都在隆隆作响。啊,那是千千万万个拨浪鼓手在向苦难的历史告别发出的铿锵步履和向往新生活的怦怦心跳声。啊,当我的双脚轻轻踏上每一块青砖石板时,分明再一次清晰地感受到,那一条条缝隙间流淌的,正是义乌人几百年来向命运奋争所付出的血与泪;而踏上老街尽头小桥的级级台阶时,我分明意识到义乌人在奔"小康"过程中所肩负的沉重。

我忘不了有人告诉我:在那"割尾巴"的年代,女人想上街用自己的长辫去换几盒蛤蜊油的途中,一群"造反派"丧心病狂地抢走了她心爱的长辫后向她吐唾沫,并骂道:"见鬼去吧,臭资产阶级分子!"

我忘不了有人告诉我:当有个农民第一次提着自家的母鸡上街想为新出生的儿子换几块稍稍柔软的尿布时,突然一群"打击投机倒把办公室"的人员将他拉进一间黑屋责问,而胆小的他竟然吓得当场小便失禁。

……

在我去拨浪鼓故乡的那一天，廿三里镇正在举行一个特殊的表彰会，几十名自动出资捐助政府修路的农民披红戴绿、手持奖状，从崭新的镇政府大楼里走出。我很想上前采访一下这些无私的农民兄弟。但我始终未上前打扰哪一位，原因是廿三里镇女党委书记告诉我，这儿的大多数公路都是农民自己集资兴建的。开始我心头有些疙瘩：是不是这里"坑害"农民的现象很严重？女书记大笑起来，说这可是我太不了解义乌人了。她说义乌在处理农民利益问题上在全国也是做得比较好的，从不在利益问题上坑害农民，恰恰因为在政策和制度上这么多年来始终坚持了正确的方向，农民才真正富裕了起来，而富裕了的农民又主动自愿地出钱出力来支持政府搞基础建设和公益事业。比如像最近镇政府为了进一步加强当地的投资环境，决定修建一条新交通要道。由于政府一下拿不出那么多钱，当农民们知道后，主动组织起来进行捐献，没几天就集齐了三百多万元。女书记自豪地说："在义乌，农民们在做生意上一分一厘地算，但支持公益事业上却是最大方的，几千元、几万元甚至几十万、几百万地拿出来不眨一下眼，而且是作为一种荣耀。在去年的那场牵动全国人民心弦的抗洪捐助活动中，义乌农民的捐款数额在全省是最高的，如果按人均计算恐怕在全国农民中也是最多的。有位农民一个人就捐了十万元。"

这就是义乌人。他们的每一次举手投足都叫人心服口服，都叫人难以置信，然而我们却缺少对他们非凡经历的了解。

"廿三里市场后来因为人越来越多，再加上由于受改革开放不断深入的影响，我们义乌的多数外出做小生意的人，此时已经感到传统的'鸡毛换糖'远不如直接做其他的生意收益好了，特别是那些经常跑广州、上海方向的人，更感到摇几个月拨浪鼓，不如走两趟广州、上海贩点小商品赚得多。再就感到廿三里毕竟是小镇，离火车站、县城又远，很不适合做买卖，于是摇了几百年拨浪鼓的义乌人，从此放下'鸡毛换糖'的活计，把注意力放在了做各类小商品买卖上。在告别廿三里老街的旧市场时，我们齐山村的一户农民用了两台拖拉机把全家积存的一吨多重'鸡毛换糖'赚来的硬币，拉到信用社储蓄。信用社为此发动了全体工作人员整整数了五天，才把这两拖拉机的硬币数清，总共是43439元！"

在临别时，村支书朱有富别有一番感触地向我讲述了这个真实的故事。虽然是在无意间听说的，但它在我心头却占了很重的分量，因为我不止一次在想象主人平时是如何积存它的，当这些辛辛苦苦积存下来的硬币被满满地装上两台拖拉机驶向信用社时，主人又该是怎样的一种心态呢？虽然因为时间关系我没能采访到这位农民，但我们似乎可以感受到义乌人独特的积财方式和从商的决断，那是十分叫人钦佩的。

许多精神是可以学习到的，而许多精神又是无法学习到的。义乌过去创造的"鸡毛换糖"从商方式流传了几百年，今天他们继承和发扬"鸡毛换糖"的精神，在建立农村市场经济中谱写新的乐章。

神州大地的改革春风和本土上涌动的叫卖声，此时正剧烈地撞击着千万个征途中的拨浪鼓手，他们从自己的亲友口中知道了家乡的土地上正在发生着的每一个细微变化。再不能犹豫了，再不能单一地依靠传统的货郎担去从事"鸡毛换糖"了！义乌农民们心底里期盼的自我革命的时刻到了！

3. 神奇的"无形之手"

在今天，义乌的小商品市场不仅已被商界誉为"华夏第一市"，中国政府部门的官员和外国实业家们也一致承认它是"中国乃至亚洲最大的小商品集散地"。义乌市场的有形世界纵然令我们中国人扬眉吐气，但我更看重义乌人创造的一个缤纷多彩的无形世界，这就是义乌人在建立大市场过程中所表现出的独创经验与不懈的追求精神。它的存在，远比一种指标、一幅蓝图宝贵。

1982年，谢高华书记在听取冯爱倩等经商者的心声后，毅然决定在当时县城的一条老街上辟出一块空地作为小商品市场，并随即发出了农民进城经商的"四个允许"，这无疑给早已憋了一股劲儿想要好好干几把的众多拨浪鼓手开了绿灯。但后来形势发展之快又是谁也没有料到的。很快，北门街的小市场人山人海，逢到买卖高峰更是无法行车走人，这既影响了市容，又在一定程度上限制了市场发展。面对这突如其来的现象，多数人包括不少干部在内不知所措。那时人们的思想里通常把经商与"搞资本主义"连在一起。是放任这样的潮水漫天冲涌，还是及时制止？就在这义乌市场正式形成前的关键时刻，一位颇有远见的人站了出来，他就是义乌市场管理部门的前身——稠城工商所的负责人徐至昌。

徐至昌这个人物在义乌也算是位名人。倒并不是因为他后来成了义乌市场管理部门的奠基人之一，而是因为他年轻时说了几句不合时宜的话，被人"背后捅了一刀",结果当了二十多年的"右派",这期间吃了多少苦连他自己都说不清。他在稠城工商所当负责人时,刚被恢复公职两三年时间。如今,已经退休在家的徐至昌谈起当年的事依然激动不已:"当时我感受和印象最深的就是我们义乌人多地少,干啥啥都上不去,可为啥冯爱情那帮做生意的事业却越做越红火?而且从县委发了'一号通告'后,来北门街摆摊的人与日俱增,最后达到无法通行的地步。好多小商小贩也不断向我建议扩展市场。这一切我都看在眼里记在心里。作为市场管理人员,我当然认为自己有责任把经商者的心声向上反映,而且结合我多年对义乌经济与社会的研究考察,心里已经形成了一个想法,即我们义乌要在没有任何自然优势的条件下发展经济,就应当紧紧抓住农民经商这个积极性,大力开发和拓展商品市场。于是我决定将自己的想法和经商者们的意见,汇总成一份报告交给县领导。工商所的同事们听说后就劝我,说才刚过几天舒心日子,千万别再忘了心直口快的教训啊!听了大家的话,我心头也矛盾,同事们的好心我明白,但令我不能平静的是众多经商者们一颗颗滚烫的心。他们听说我有可能因为他们说话而面临'双开除'的可能时,便都来找我,说:'老徐你为我们写报告,如果有一天被开除公职,我们就带你一起做生意,去赚比你现在多几倍的钱;如果你坐牢,我们就天天去给你送饭。'"徐至昌说,他活了大半辈子还没有人如此向他掏心窝子,于是就更坚定了他向领导建议在义乌正式建立商品交易市场的决心。很快,一份署有"徐至昌"大名的《关于建议中共义乌县委采取强有力措施,迅速建成规模巨大的小商品专业市场的报告》送到了县委。

十几年过去了,义乌已今非昔比,徐至昌也从一位年富力强的汉子成了两鬓斑白的老人。现在再看看当时他写的那份报告,似乎并不感觉它有什么高明之处。然而在那个时期的那种情形下,有人如此大胆地构想出了义乌今天这样一个宏大的市场,就不能不说是一种了不起。因为它所包含的内容可以任我们去畅想,去思考。像今天的经商者不忘谢高华书记一样,义乌现在不论经商大户还是门头小户,只要曾经在北门街一带摆过摊的人,都还记得徐至昌给他们提了一个关系事业发展的好建议。

徐至昌的报告正巧转到了县委书记谢高华手里,自1982年秋县委发出"一号通告"后,百姓对允许公开经商一片赞美,但随即也有人不断在谢高华耳边吹冷风,说打小市场开放后,所在街道人满为患,经常发生交通问题。一个时期里,居民对此还真有些怨声载道。到底怎么办?当时县委和谢高华书记也在思考。徐至昌关于移址扩建市场的建议，无疑给谢高华和县委决策"以商兴县"的大目标点了把火。

"我们是共产党的干部。共产党的干部做什么事？说到底，就是为人民群众办事。徐至昌的建议说明了啥问题？说明了我们当干部的有些思想和观念还跟不上群众。这怎么行呢？这可是要拖改革开放后腿的！"县委扩大会议上，谢高华一边抽烟一边不时地站起身子向干部们大声说着，台下则静得出奇。大家知道，这个会议有非同一般的意义：县委要做出一项将影响义乌未来的决策，要把经商、兴商当作彻底改变义乌贫穷落后面貌和实现现代化的首要战略任务。干部们说这是"文革"以后一次最让人开心的会。而就在这次会上，县委做出了《关于建造稠城镇小商品市场的决定》，并批示工商局在县城内的太祖殿畈一带划地建设。

1983年12月26日，义乌有史以来第一个有固定场所的小商品市场建成并开业。冯爱倩、何海美等一批曾经多年来一直游荡街头、东搬西挪的小商小贩们，第一次佩戴着胸徽，穿着整齐的职业服装，像国营商店的营业员一样站在自己的柜台前售货。他们中间好多人都激动得哭了，因为他们不仅第一次有了属于自己的固定的经营场所，更重要的是他们第一次被顾客叫作"同志""服务员"了。别小看了这种变化，它给予经商者的不仅是一处漂亮的经营场地，它所给予的东西恐怕连冯爱倩他们自己都难以说清楚。那应该是一种人格的尊重，一种必需的尊严，一片可以施展才能的战场，或者说是一方通向自由王国的天地吧。

赚钱在当时是重要内容，但并不是全部。现今在义乌名声显赫的"大户"几乎都是在那个时期真正发迹的。

担任市场个体劳动协会主任的何海美，跟我谈了她那时的心路历程。

从简陋的北门街的地摊市场向第二代市场进驻时，有一天稠城镇一位领导的秘书突然来找何海美，带来一个令她意想不到的消息，说："何海美你的工作问题解决了，领导安排你到义乌饭店上班。"如果这个消息提前几年，何海美一定欢天喜地。那时对乡下户口的农家女子何海美来说，能有一个正式工作，不仅保证了自己和新出生的儿子有饭吃，而且更重要的是那意味着她的身份得到了彻底改变，即由一个农民变成了城里人！但令这位秘书没想到的是，他过去一次又一次接待的这位要求安排工作的何海美，竟然摇摇头回答说她现在只想经商，不想再要啥正式工作了。"想好了？可别后悔。""早想好了，决不后悔!"何海美说她当时看到第二代市场的建设,特别是政府和顾客们开始把她这样过去被赶来赶去的小贩也当作人一样对待了,心里有种说不尽的感激,而这种精神力量远远超过了赚钱的意义。另一方面,从经商的条件看,"马路市场"与正规市场之间的差异也极大。过去在马路边摆摊,摊位规模、摊主信誉都受影响,进入室内市场后就大不一样了。每一个商户都有固定的摊位、固定的经营场所,顾客从你这儿买东西也放心,如果发现问题可以随时找到卖家,还可以找工商管理部门论理索赔。摊主的经营形式更是发生了质的变化。"马路市场"时期,他们一不敢多进货、进长货,二都是现钱进货、现钱交易。正规市场的经营形式就多样了,摊主从货源地进货时,如果该商品销路好可大量吃进;如果资金周转紧张,供货方可以很放心地向他们先发货,待摊主货出手后再结账。而何海美告诉我,她和其他一批早期的义乌经营者之所以"发",是因为他们这些个体经营者的货源大部分是国有企业的滞销产品。他们进货时不仅价低,且大部分都是销完再结算,这使得何海美他们左右逢源,八方得利。特别是当某一滞销产品的企业得知义乌人给别的企业解决了大困难后,就主动找上门请何海美他们代销代售,甚至出现"半送半卖"的现象。

  这一阶段,义乌很多人赚了大钱,也使义乌小商品市场名声大振。一时间,似乎无论好卖或不好卖的商品,只要到义乌、到义乌人手里就可以卖个好价钱,就可以变死钱为活钱。然而这仅仅是有形的物质世界。对义乌广大个体经营者来说,他们通过政府对市场经济的支持获得的收益,不单单是丰厚的钞票,更有思想上的飞跃与进步。何海美等一批曾在极"左"年代被视为带头"搞资本主义"的经商积极分子,都是在这时先后加入了中国共产党。他们以自己守法经营、助人为乐和慷慨支持公益事业的行动,在广大个体经营者中间发挥了不可估量的影响力,为整个义乌市场的良好经营风气奠定了基础。当我来到义乌实地采访时,虽然主人没有专门为我介绍这方面的情况,但当年这批个体先进分子,至今一直保持的带头作用却给我留下了深刻印象。我到市场里找何海美和冯爱倩等人采访时,她们都忙得很,但奇怪的是并非在为自己的生意忙碌,而是在专门为市场和别的经营户做事。什么劝架呀,什么帮助联系运输呀,或者找"消协"呀,总之没有一桩跟自己的生意有关。开始我很奇怪,问何海美、冯爱倩她们:"为什么你们放着自己的买卖不做而专为别人在忙乎?"她们告诉我:"市场发展大了,每天有几万经营者和几十万客户,而买卖之间既有合同协议一类的大事，又有缺斤少两一类的小事，光靠工商和市场管理部门管不过来，所以我们这些积极分子就把这些事揽了下来。一方面我们本身是经营者，熟悉和了解经营者之间或经营者与顾客之间的问题，再加上我们又都是市场的'元老'，处理啥事时大伙儿容易听得进。"

我在对何海美、冯爱倩进行采访时，正好有两个经营者为了摆放货物发生矛盾而来到市场办公室论理。快嘴利牙的冯爱倩几句话就将两个刚刚还像斗鸡一样的小老板说得无话可说，低着头出了门。虽然在短暂的采访中我无法获悉更多的相关事例，但冯爱倩、何海美这些人的身影，引起了我无限的思索：义乌市场之所以能够与众不同，不断地繁荣，有一条极其重要的经验，就是充分发挥和依靠了冯爱倩、何海美等一大批积极分子。这些创业者的勤业精神与无私奉献，是义乌市场闪闪发光的基石，它支撑着这座五彩缤纷的社会主义市场经济大厦。

在第二代市场建立不久，原先设计的 1800 多个摊位在开业不到一个月里，由于经商人员猛增，市场管理部门不得不采取应急措施，利用可利用的一切办法，使场内摊位扩至 2800 多个，但参与经商的人员依然如潮水般涌来。经历当时这一幕的义乌人都还清楚记得，新市场开业时，大伙儿对当时全省第一大室内市场叹为观止，可转眼间竟然被挤得无立足之地，别说远道而来的客商们进不了市场，就是本地的摊主进出都成问题。由于越来越多的人看好这个市场，因此几度出现摊位租赁费猛增的情况。有人看着摊位抢手，便干脆倒腾起摊位来，这更加剧了市场混乱。1985 年 4 月下旬，已经从谢高华手中接棒的新一任县委领导现场办公，在征求商户意见的基础上，决定为适应市场需求，再建一个市场。令决策者意想不到的是，此次再建方案一传出，当即引起了异议，由于新方案中必须占用一定数量的良田，因此一部分人就借此向省里甚至向中央写信说："这么好的田毁掉建市场太可惜了，光靠市场能吃饱饭吗？"在当时，这种意见不是没有社会基础的，而且从大多数人特别是大多数干部的心态来看，对搞市场到底能不能持久和能不能成为义乌发展社会经济的主导方向打了问号。怎么办？路只有两条：或者再建，或者不建。再建就是把市场向前推，不建就是让市场发展到此为止。两种泾渭分明的意见都集中在一起。那时的县委书记是赵仲光，拍板得靠他。赵仲光书记处理此事既简单又不简单，他叫上县里五套班子成员，跟着他来到实地考察，最后来了个集体表决。"定下来就快上，明年国庆节前开业时我来剪彩！"赵仲光书记最后特意指示道。真是快刀斩乱麻，而义乌的决策者们从谢高华开始就一直做着一件功德无量的事，那便是顺应市场发展的自身规律，积极采取有效措施确保其蓬勃向前。

1986年的9月26日，仅用了十个月时间，一个更大规模的小商品批发市场在义乌城内建成。

形势依然出乎想象。开业之初呈现的欣欣向荣景象，令义乌人自己都无法解释到底是怎么回事，总之运营之好连经营者都有些弄不明白了。时隔仅半年，在1987年的春季到来之时，义乌的第三代新市场再度告急：经营场地爆满不说，整个义乌城内已经变成了一个大市场——由于室内场地不够用，许多经营者和客商见到块空地就凑在一起交易。曾有人在火车站旁边租了一栋楼供外地人进货发货中转，结果一年下来轻轻松松赚了一百多万元！义乌人太精明呀，有人听说出租房屋赚大钱，于是便掀起了在县城内盖房的热潮。哎，这一热，连一向头痛如何把城市建设搞上去的城建干部都没想到的事出现了：搞了几十年却从没多少改观的义乌城市建设在一夜之间楼群遍地，马路一新，整个城区面积一下扩大了好几倍！叫人兴奋的是政府没掏多少钱，仅仅多拿了几套规划而已。

市场给义乌许多意想不到的变化，短短几年间的市政建设，使以往的一个小旧镇一跃崛起为浙中的现代化城市。1988年，义乌正式由县变成了市。

马克思曾经在政治经济学中指出，资本进入自由经济时，它的发展将常常不以人们的主观意愿而转移。社会主义市场经济有着同样的道理，当它一旦进入良性状态后，它的发展将超乎我们想象，并对整个社会形态产生非同小可的影响。在第三代市场开业不久，摊位的紧张再度成了义乌市场的首要矛盾，而此时外地客商对义乌市场的热情则越来越高，经营者纷纷向市政府强烈要求再把市场扩大。看来有关第三代市场的决策，眼光又过于短视了。别犹豫了，再扩吧！这回上下几级干部和大多数群众看法一致，因为实打实的好处使义乌很少有人再对市场说三道四了。集体决策很快形成：在第三代市场后侧过稠州路向东延伸的120亩地作为第四代市场规划区。6月份决定，7月份就以市委办公室名义向全市发出了通告。

一切都在紧锣密鼓的进行之中，千千万万个经营者和六十多万义乌百姓都在期盼着更宏伟的"中国小商品市场"的诞生，然而一场意想不到的关于"社会主义""资本主义"的大讨论又一次席卷中国大地。义乌人和义乌市场此时承受着来自四面八方的压力。那是一个令义乌人极其失望的时刻,义乌人因此而牢记当时的市委书记郑尚金和他的"一班人"。在大风大浪面前,郑尚金等领导做出了果敢和负责的决策。虽然我没能有机会采访到现已是中共金华市委书记的郑尚金,但他及当时的义乌领导集体在特殊时期为义乌所做出的功绩,在义乌人民心目中是座不朽的丰碑。当时参与《关于扩建义乌小商品市场问题的论证报告》的现任市委宣传部朱连芳部长向我介绍说,当时整个义乌市场人心浮动,其根本点是弄不清个体经济还是不是社会主义经济成分的问题,由此引发了义乌办小商品市场到底对不对、还要不要办的问题。中国有许多事可以等着决议了再做,但当时义乌市场已在全国挂上名了,庞大的市场一天不经营就会影响成千上万经营者的利益,几天不经营就可能使几年苦心经营和造就出的市场一下垮了。所以那时市里领导急,市场管理者急,个体经营者更急。怎么办?那时每走一步都可能是要冒政治风险的。令义乌人感到欣慰的是,当时的义乌市委、市政府领导迅速做出了正确的决策,即坚定不移地肯定个体经济是社会主义经济的重要组成部分,个体经营者是社会主义的劳动者,办义乌市场昨天没有错,今天扩建它更没有错。为此,他们做了大量艰苦而卓有成效的稳定人心的工作。如每天把市委、市政府的意见用广播等形式,不时地向经营者们宣传,出动机关行政干部深入市场给群众做耐心细致的解释和宣传工作。同时,又专门配合中央电视台播出的反映义乌市场的专题片进行宣传,使在义乌从商的全体经营者都明白,义乌走的路没有偏离社会主义方向,不仅没有,而且是更加正确地走在社会主义道路上。搞个体经济光荣,参与办市场就是为社会主义办更好的事。认识清楚了,信心也就坚定了,市场也就越办越好。

1990年10月5日,当时的浙江省省长沈祖伦大笔一挥:义乌市场扩建确有必要。于是,经历了一场史无前例的大讨论之后,义乌人办市场、办大市场的决心更大了,这回他们是彻底要瞄准"全国第一"的目标进军,因此第四代小商品市场的设计一出台就令人激动不已:义乌要建总面积达五万平方米以上的全国最大的室内商品交易市场!

第四代市场从提出到开工到正式营业,用了一年零十个月时间,这场决战义乌人此生难忘。两年后,中国共产党第十四次全国代表大会上,党中央明确了社会主义市场经济的理论。1999年初的全国人大第九届二次会议上又把邓小平理论连同"个体私营经济是社会主义市场经济的重要组成部分"一起写进了宪法。其实对义乌人来说，他们对邓小平建设中国特色社会主义理论的实践和运用，与发展市场经济来推进社会前进的实践，早已开始并获得成功。当义乌人在遵循市场经济规律的同时，市场经济也真的像一只"无形之手"，帮助和促进着整个义乌市场的健康发展。

1992年，在义乌的历史上可以重重地记下几笔：由国家工商总局确认的全国十大市场中，义乌市场名列榜首，并为此得到国家批准，将义乌小商品市场改名为"中国小商品城"（在这之后，义乌的小商品市场连续七次排名全国第一）。其二是，义乌当年向国家上缴的财政收入中，个体私营企业税收达50.5%，实现了第一次过半。别小看了这一"过半"，它的意义对中国共产党人和全中国人民认识社会主义初级阶段理论，可是个极其重要的实践依据。当然对于义乌人自己来说，搞市场此时已不再是简单的管与不管的"副业"了，它是实现本地经济与社会发展占主导地位的大产业！非抓不可！非抓好不可！

在中国，类似义乌的商品批发市场成千上万个，为何独有义乌市场发展得如此迅猛与健康？这是什么魔力？这正是我和许多人想弄明白的。这正是义乌独特的魅力所在。

义乌人从小孩到老人，都能说出下面几句话："踏遍千山万水，想尽千方百计，说尽千言万语，历尽千辛万苦。"这种"四千精神"是义乌人祖传的经商法宝，它源于"鸡毛换糖"的摇拨浪鼓生涯，可以说是义乌人经商成功的精髓。

与众多初次到义乌的人一样，开始我同样弄不明白为什么中国最大的一个商品交易市场，它既不在北京，也不在上海、广州这些大城市，却在义乌这么个贫穷偏远的小城市。现在我才明白，这既是邓小平走中国特色社会主义道路的理论在这里实践得好，也是义乌人的独特经商之道所决定的。也可以这么说，除了义乌人之外很难有第二个地方能与它竞争。在中国，当时市场经济刚刚开始不久，尤其是商品信息与流通渠道十分不健全，特别是长期以来我们实行的是计划经济，国有经济占了主导地位，人民的生活用品及生产资料都依赖于单一渠道的供给，横向的流通渠道几乎是零。在这种特定的国情下，当我们一旦启动市场经济的快车时，就会发现不健全和不畅通的轨道常常会严重地阻碍我们的进程。而义乌人则在此时此刻充分发挥了他们独有的优势，这就是他们用双脚踩出的信息与商品流通的渠道。最初的义乌市场，基本上仍然是

"鸡毛换糖"方式的延伸与扩展。但绝不要小看了这种延伸，正是这种像蚂蚁搬山式的延伸功能，使得义乌在政策允许大办市场时，所释放出的能量变得就像核裂变。当成千上万的拨浪鼓手们发现用货郎担将各地所产、所剩的商品，以蚂蚁搬山的方式已经无法满足市场日趋高涨的需求时，他们就改用车拉、船装甚至航空运输等办法一次次地将全国各地的紧俏货物搬回家乡。于是，他们的家乡义乌便成了万千货物的集结地。这些货物都是些百姓日用的紧缺用品，当然很快就有人买、有人批走了！这你一运，我一卖，他再一批发，物品流通便越走越快。这时拨浪鼓手的身份已经成了采购员，但由于他们的本质没有改变，肯吃苦，肯赚小利，所以从不怕别人抢自己生意，也不怕别人竞争。相反，他们十分愿意在这种激烈的相互竞争中练就自己更过硬的经商本领。在20世纪80年代，我们国家的交通运输业远不能适应物品流通需要，很多地方连车都不通，或者只有一两趟班车。有个义乌人对我说，他在一次外出采购货物时，不说车上没座位，就是连个立足的地方都找不到，为了保证把货物运回家，那次他整整在火车上睡了一个星期"卧铺"——把身子横卧在座位底下。有谁设想一下那种不能抬头、不能直腰，连撒尿都不能的滋味是怎样一种体验？其实义乌人今天所呈现在国人面前的大市场，在很大程度上正是他们以吃苦耐劳的精神，像蚂蚁搬山般一点一滴地积累起来的。

全国各地的小商品就这样神奇地跑到了义乌，这种巨大的流入在向外传递着一个信息：义乌有各种你想要但别的地方没有或者价格不如义乌便宜的货物。于是无数经商者就跑到义乌来，他们兴高采烈地搬走他们想要的商品。而在这同时，义乌人再一次发现了什么东西是别人喜欢的，什么东西是能赚钱的，于是又形成了新一轮的采购，蚂蚁搬山式的采购再一次从各地运回义乌。不久，聪明一些的人就不再来回跑，而是常驻某一地，通过调拨及时运回义乌所需要的商品；再有高明者，在向义乌运回货物时，又从义乌市场运出常驻地紧缺的商品，如此来回赚钱，不亦乐乎。更有高明者，他完全靠义乌市场上或者是从其他渠道获得的信息，根本不经义乌市场，直接从有货的某地拨调至缺货的某地，如此"天马行空"，赚的钱便更多了！但不管哪种形式，源头始终在义乌，因为操纵市场流通的是他们义乌人。千万别小看了义乌人这"一进一出"的运作过程，它对促进中国各产业的发展起的作用非同小可。

义乌人在历经上面这阶段后，慢慢发现，要不断提高竞争力，赚更多的钱，以往的那种来回运拨式的生意其成本仍高，而且商品的式样受原有式样的

作者(右一)在义乌市场内与摊主交谈(1)

作者(左一)在义乌市场内与摊主交谈(2)

限制。义乌人便动起了脑子：为啥不能自己动手生产？干呗！这一干不要紧，心灵手巧的义乌人几乎把各地出现的紧俏商品和尚不被人认知却必大有市场的商品，全都制作出来了。那一年开始流行女式长丝袜，义乌人在三天之内生产出的长丝袜比广州百货商场里销售的花色品种还要多，当然价格低了近一半。袜商们兴奋得夜不能眠，源源不断地从义乌批发，一直批发到今天。现如今，义乌的袜子生产量已经是全国第一。袜子是义乌市场几万种商品中的一种，对义乌人而言，几乎每一种商品都可以形成他们的拳头产业。这里面的奥妙其实不算太复杂，用他们的术语叫做"前店后厂"。所谓前店后厂（或叫前摊后厂），就是经营者在市场里开个店租个摊，店里摊上卖的货，就来自于店后或摊后的工厂。别小看了这种生产经营方式，它也许是中国农民市场经济的一大特色，就像曾经影响过中国工业生产"半壁江山"的乡镇企业一样，它正在或者有可能再度成为中国国民生产的"半壁江山"。在义乌，百姓的房子特别大，每家每户基本都是一栋四五层的大楼，而从城区到城镇，大部分街景都是由百姓自己动手建的楼房组成。开始我有些不理解：义乌人为啥要造那么大的楼？三四口人住那么大的房子不都空着吗？后来我去这些农户家里，才知道义乌人的家居跟其他地方都不一样，他们一般把一层开设为商店或铺位，直接售货，二楼三楼是厂房，只有最高一层的一小部分才是主人的生活用房。目前义乌的四个大市场上，共有六万多摊主，其中很大一部分都是前店后厂。因此进义乌市场批发货物，你千万别小看了小小摊位的摊主，说不定站在你面前的就是位身家亿万的大老板。

我们知道，无论何种市场经济，供求、价格与竞争是它的基本要素，三者之间相互联系又相互影响的过程，便是市场机制发挥作用的过程，即市场供求关系的变化引起市场价格的变动，价格变动反过来影响供求关系。无论是价格变动还是供求关系变化，都会导致利益格局的改变，进而引发市场竞争；竞争的结果又反过来影响供求和价格。市场机制的运行，激发商品生产者和经营者的进取精神，使其不断想方设法提高技术，降低成本，改善经营，从而推动整个市场及社会的发展。而这促进生产力提高和社会发展的过程，便是我们所说的那只"无形之手"——市场经济的规律。

义乌人从20世纪80年代初始，仅用了十年时间，由最初的"鸡毛换糖"的经营方式，争取到了自我生存的机会，发展到建立起一个庞大的商品流通市场，垄断了全国小商品的生产和流通，使十二亿人的日常生活用品的价格，随义乌市场的变化而变化，把自己从一个连吃饭问题都难以解决的贫困小县，建设成"中国百强县（市）"，人民安居乐业，家家富裕"小康"。这一切正是由于他们恰到好处地将传统的"鸡毛换糖"精神与市场经济的那只"无形之手"连在了一起，并使之发挥出了最佳的魔力。考察一个市场是成功还是失败，最好的时机并不是在整个大市场都欣欣向荣之时，而应该是在风暴来临之际。比如亚洲金融危机等影响下，各种市场不太景气时，方能看出谁英雄谁好汉来。当这两年国内大小市场都在大叫"跳楼"时，我们再看看义乌市场，依旧风风火火、热热闹闹，你才意识到义乌确实值得让我们思考这样一个问题，即建设中国式的社会主义，或者说建立有中国特色的社会主义市场经济，绝不是一句空话，也不是乌托邦，它是完全可以实现的。义乌就是这样的典范。

我一直还想弄明白，像上海、广州、苏州、常州这些本身盛产轻工产品的地方，他们的经销商为什么十分愿意舍近求远，跑到义乌来抢占市场。甚至我们还会发现，这些地方生产的名牌产品在义乌市场上的价格，比它们本地还要便宜。

在1998年金秋之际召开的"义博会"上深入调查之后，我恍然大悟：义乌人运用市场经济那只"无形之手"可谓到了令人称绝的境地。我们已知市场经济的"三大要素"，其中能吸引商家的最重要的因素是价格。在义乌市场，价格是一切商品能够立足的最重要的因素，也是每一个商家成败的关键。通常一种同类同质的商品，在义乌市场都要比其他市场便宜三成以上，有的甚至便宜一半。这三成以上的差额便是商家的利润和义乌市场可以同别的任何市场决战的本钱。那么义乌为什么可以洒脱地做到而别人就难以做到呢？除了上面已经说到的义乌人敢吃苦、会利用前店后厂的办法外，再就是义乌人头脑里从来就树立着不求赚足钱而只求能赚或少赚钱的经营思想。说起来似乎有些不可思议，生意人不想做大生意，不想多赚钱？究竟义乌人为啥要这样做？首先，义乌人清楚，只要自己的某一种商品出手时利润一大，马上就会在一夜之间有十家百家跟着你来做同一生意，那么你昨天赚大钱的生意到了今天、明天，可能就连老本都赔了进去。三三得九地赚钱，再来个二五得十地赔钱，结果你是赚了还是赔了？义乌人比谁都会算这笔账。除非在自己有足够实力的情况下，我做某一产品的独家代理或独家生产者，那我就可以足足地赚他个"天昏地暗"。其实现在义乌市场上早已有这样干独家代理和独家生产与销售的人了，他们当然是市场上的"老大"。其二，义乌人把赚钱的最大渠道放在批发上，量是义乌经营者追求的最大目标，在他们看来，与其抬出某一高价引来千百户商家跟着自己竞争，而一下枯了赚钱的"大江"，远不如开拓十条百条价格上有绝对竞争优势的"涓涓小溪"实惠得多。义乌人有个竞争法则：同一类商品，你有一元赚，我绝不赚过九毛九；你把赚一毛为目标，我就不把赚五分钱视为吃亏；你卖一分钱不赔不赚，我五厘卖出去眼睛不多眨一眨。啥道理？他们自己说这是赚钱的真正奥妙：出手快、快出手，才是根本。到义乌市场亲自转一转，亲眼看一看，你会发现，同一个商品，在同一个市场内会有几种甚至几十种价格，就连你在同一个摊主那儿，此一时与彼一时买的货，也会有完全不同甚至上下差异极大的价码。你用不着惊讶，因为这就是义乌市场的独特奥妙。如此强大而又不可抗拒的价格竞争所出现的后果是，你必须提高供求的能力。供者，有别人无法求取的远来货，也有近在咫尺的"后厂"直销货，更有名厂名牌的独家货，这些都是在激烈的价格竞争中取胜的必要因素。你这样做了，我便想出更绝的办法超越你。于是他便不能再重复前者的路子，只能去另辟途径：或靠更新技术，或靠提高效率，或靠引进先进管理机制，总之你得想尽一切办法。如此循环往复、螺旋式地前进，市场便在这种循序渐进中发育和健全，处于不败的境地。

上面所说的市场运作规律是对那些直接在商场内参与经销者而言的。而那些外地的著名企业、名牌产品，它们在义乌又为什么心甘情愿"舍利"呢？第一次到义乌采访时，正巧有位苏州老乡和我住在一个楼里。他告诉我他是苏州某丝绸厂的，这个厂子与所生产的丝绸产品，我知道在苏州当地也颇有名气，但我不明白的是为什么我的苏州老乡舍近求远来到义乌，而且听说他在这儿的批发价比苏州还低出几块钱。老乡笑了，说："表面上看我们来到义乌市场似乎是在做赔本生意，其实天底下哪有专做赔本生意的事呀，所谓的赔本是专门说给那些要买你产品的人听的。你想，当有人听说你是拿了比自己出厂价还便宜的货到义乌来，就凭这一条，他客商不买你的货才怪！生意不就成了嘛！这是第一步。我们看中义乌，更重要的是因为这里现在已是包括服装在内的最大市场，它是整个国家的轻工纺织产品的集散地，其价格和销售情况便是整个行业的'晴雨表'。我们在这儿插上一只脚，就会知道全国乃至海外的市场信息。有了这样的信息，便可以指导我们企业的生产销售决策，在今天越来越激烈的市场竞争中，'晴雨表'掌握好了，就能使我们在市场上的每一次出击都取胜。你说，我们在义乌市场上的局部'赔本'换来的是什么呢？合算不合算?"我笑了。据说现在全国著名轻工产品的商家大部分在此设有总代理和总经销。

义乌市场能有今天这样长盛不衰的景象,还有一个极其重要的因素,就是它的联托运市场的完备发育,紧随其主体市场和中心市场的健康发展。只要踏进义乌市,你就会马上感觉到这儿的运输线路和运输车辆之多,用"四通八达"来概括似乎太缺少了艺术色彩和想象力。义乌人告诉我,他们的市场繁荣实在少不了以联托运为主体的运输管理体系的有效建立。而这恰恰是国内一些专业市场为什么最后不敌义乌市场的重要原因之一,就是在抓"运"这个环节上输给了义乌人。最初的义乌人经商,靠的是两条腿。后来进步了,自己有了车子,虽然这在一定程度上实现了"多拉快跑",可仅靠这想与市场的蓬勃发展相适应,还是远远不够的。长期的计划经济严酷地限制了经营者的双腿,你不是有了车子想"多拉快跑"吗?那不行,路是国家的,线是集体的,我让你走你就可以走,我不放行你有车子也白搭——多少个市场最后就死在这个体制上。义乌人聪明,当中心市场已呈规模后,他们随即把运输也纳入市场体系之中,并像管理中心市场一样,给予运输业以同样的政策,并且把运输业本身当作一个完整的关联性质的市场进行大开发。交通路线是国家公有的,而我可以给你政策呀!于是一整套个人承包的联托运市场管理方法便出台了。这对经营者来说,就好比你在他的双腿上装了两个轮子,在他两胁下插了翅膀……那才真叫活络!现在,义乌每天出出进进的数十万吨货物,就是靠那数百条天上的、地上的、水上的运输线路畅通无阻地连接着全国、全世界,它们以最快捷的速度和最合理的价格满足着义乌市场的每一位经营者,去编织他们心中的美梦。

义乌的经验表明,在正确利用市场经济规律的那只"无形之手"的同时,必须同时建立有序的管理机制,而促使市场经济条件下的那只神奇的"无形之手"更加有效地发挥魔力。义乌自始至终的税收政策、公平合理的竞争机制、正规灵活的金融体系等等方面,都有独到之处,政府的宏观调控、市场内部的管理体制,直到经营者之间一旦出现问题时所设置的调解机制等等,无一不是一环扣一环,环环显神威。

4. 崛起在田埂上的中国"曼哈顿"

在义乌的日子里，一天晚上我到市科协大楼现场观摩农民们学外语，这本身就是挺新鲜的事，可令我激动的是，在远离京城的浙中地区我发现了一个中国"曼哈顿"！因为它同样也有海岸边纵横交错的宽阔大街，也有车水马龙簇拥着那灯火熠熠的不夜城，也有潮翻浪卷下听不够、看不厌的舞与乐……当时我还以为这是自己沉浸在对义乌新城的陶醉之中的感觉。可在黎明之后的第二天，我依然感觉自己是在"曼哈顿"！没错，微有不同的是两年前我在大西洋西岸所见的那个"曼哈顿"四面都是大海，而现在我眼前的这个"曼哈顿"四周是商海——商业的大海。

我激动和自豪于自己的发现，是因为中国的"曼哈顿"不仅已崛起在我们面前，而且已经成为亚洲的商品之都。1105平方公里的面积，并不是一块小地方，它比美国纽约的"曼哈顿"大几倍，近乎是两个新加坡国、一个香港特区那么大。在西方，有谁敢轻视那片停靠着美利坚合众国经济巨轮的小岛屿？在东方，有谁怀疑过"亚洲四小龙"之一的弹丸富国新加坡？那么，从现在起，谁藐视中国的义乌便是犯了一个不该犯的错误。

有几个数据，也许可以最直截了当地使那些没有去过义乌的人们有个清楚的认识：在改革开放的前夜，义乌全市的国内生产总值是1.28亿元，财政收入为1779万元，农民年人均收入180元。二十年后的1998年，全市国内生产总值超过120亿元，财政收入达5亿元,农民人均纯收入4500多元。弹指一挥间,在同一块土地上,衡量一个地区主要社会发展的三大指标,竟出现了分别为94倍、28倍和25倍的变化。这种变化是罕见的,但义乌人实现了,并且面对如此高速的增长,他们会平静地微笑着告诉你:这个数字里藏着不少的"埋伏",实际的情况将远远不止这些!

1999年春节前,我再度来到义乌采访,第一站到了"中国衬衫之乡"大陈镇。

"衬衫之乡"比我想象的要气派得多。年轻的镇党委书记徐江琦不像有的乡镇干部,一开口就拿出"年度统计表",给你一大堆数据。他指着高楼林立的大陈镇问我,这儿像不像城市,他说你们北京人最有权威评判这个问题。我四周瞧瞧,颇有些为难,因为按照"城市"的标准,这儿似乎少了些喧哗,多了些幽静,虽然宽阔的大街上车来人往,但显然井井有条,没有那些叫人烦恼的拥挤。于是我只好直说:"城市还不一定够得上,但比起北方的中等县城,更接近城市,而且现代化得多。"小徐听了哈哈大笑,说这就满足了,因为他曾同别人打过这样的赌,要是有人能把他们的大陈镇说成像座城,那他从市里下到小镇来当书记算是一种"高升"。现在他从我嘴里得到了"高升"的印证,自然有些自得其乐。小徐书记曾是市委宣传部的才子,很幽默。"不过我内心真的感到我们大陈镇了不起。"他深情道,在过去"农业学大寨"的年代,终年"面朝黄土背朝天"的大陈人也有过露脸的时候,是省里的老典型。可农民们除了能得到几句空头表扬外,两手依旧空空,儿女娶亲出嫁还得靠摇拨浪鼓的老父亲外出"鸡毛换糖"挣得的几个脚钱办事。改革开放给大陈镇人带来了真正的机遇。当像本市的廿三里人开始形成自己的有形市场,特别是后来义乌小商品市场蓬勃兴起时,大陈镇的农民们便着手建立自己的产业优势,即已经渐成气候的衬衫加工业。最初的是东一家、西一家的作坊式加工场所,后来是东一村、西一村的小规模形式,之后便是成片成片的衬衫加工户,再后来就是一个又一个衬衫生产厂遍地开花。这一过程很有趣,就说销售运输这一块吧,大陈人最早的销售是靠妇女提着竹篮或是拿一个布兜搭乘拖拉机什么的往城里的自由市场上自己吆喝着卖;后来是男人们带着样品跑外联系客户,再通知家里发货;再后来是整车整车地往外拉;而今都是全国各地甚至国外的客商自己跑到大陈镇来等货拉货。农民们办厂和经商的方式也随之改变,由最先的家庭作坊式，到几个人的联户互助式，再由几户联合到大户独立作战态势，发展到现在是集团和名牌产品企业领头，与全镇千百户小企业互动并进的局面。集团企业与名牌产品构筑着今天大陈镇"中国衬衫之乡"金碧辉煌的大殿，千百家中小企业则是烘托这"中国衬衫之乡"的基石……如此有序的产业结构形式，使大陈镇成为名副其实的"中国衬衫之乡"。

小徐书记指着几乎全为新建筑的街道与两边的楼房说："农民们现在可懂得什么是市场了。我们现在全镇共有四百多家制衣企业，为了提高其市场竞争能力，过去分散在各村寨的家庭式工厂，现在几乎都搬到了镇上，其中包括六十多家大企业。过去的一户农民，现在差不多就是一个品牌甚至是几个十几个几十个品牌的企业。他们往镇上每搬一户，大陈新镇就等于延伸了一段，规模大了一片，现代化了一程。这种符合市场规律的聚集，带来了小镇建设的城市化、企业经营的规模化、供销运输的快捷化、优胜劣汰的竞争化，形成了大陈镇的大气象。而大陈镇自身形成的市场化给我们'衬衫之乡'所带来的好处更是不计其数：信息的互用、价格的良性调节、企业与企业之间联合兼并的方便以及共同构筑'衬衫之乡'的形象与影响度的凝聚力。就在几年前，谁认识我们小小的大陈镇嘛，连义乌这市名在全国也没几个人知道。可现在的情况大不一样了，服装业尤其是搞衬衫行业的，他如果不知道咱大陈镇的行情那他准吃大亏。另一方面，正是'衬衫之乡'的市场影响力，使得全国乃至东南亚地区的衬衫行业的经商者都往这里跑，大陈镇本身就成了整个衬衫行业的市场中心，发挥着第一市场的作用。"

"面对这种发展，你们是如何适应的？"

这回小徐书记拿出了一份文字材料给我看，那上面是大陈镇"1999年十八项基础设施投资与实施计划、责任人"等情况的详细规划。我粗略一算，总投资超过一个亿。"这几年我们镇政府每年都要投入这么多钱来完善和改造好小镇基础设施，使小镇不仅具有产业上的'衬衫之乡'优势，更重要的是要建立'衬衫之乡'的市场优势。"他说。

"一个镇级单位每年要拿出上亿元资金搞基础建设，钱从何处来？"

"当然首先得有实力呗！"小徐自豪地说，"去年我们全镇工农业产值达到20亿元，财政收入1900万元，农民人均收入6080元。从这个数字上来看，作为镇一级的经济成果已经了不起了。大幅度发展镇区建设，仅靠政府的力量明显不足，但我们的潜力在于农民手里有钱呀！咱这儿的企业全是个体和私营者，现在的个体、私营者可不一般了，他们大的几千万、几个亿资产都有。像我们今年要搞的十八个项目中，五千元的资金是由镇政府出，另五千万元就靠我们的那些个体私营老板了！"

因为有廿三里的百姓主动出资修路的事，我不再怀疑大陈镇人同样也有义乌人民共同的一种美德：个人富了，从不忘集体和公益事业。

今天的大陈镇已经是很有规模很超前的城镇了，而政府今年的十八项新投资项目，更让人心潮澎湃。看，他们又要在今年内建起美丽如画的"江滨绿廊"、四车道的大陈大道和像大都市里的那种立交桥。

我忍不住又想起了"曼哈顿"，于是便对小徐书记说："希望你们的大陈镇成为中国'曼哈顿'的'时代广场'！"

"没问题。下次你来就可以看到我们的'大陈广场'了。"我仔细再一看他手中的十八个项目，可不是，里面有一项就是要在年内建设一个集各种交易和市场功能于一体的"大陈广场"。

好个义乌人，似乎你们昨天已经在做的一切，都是在为明天成为中国的"曼哈顿"做铺垫！

来到大陈镇，我不能不去中国"衬衫之王"之一的"能达利"。

这是一个兄弟俩办起来的厂子。目前他们厂的"能达利"产品已成系列，国家服装公司认定他们在中国衬衫行业的市场销售量和品牌优势在前五名，"能达利"在义乌是响当当的"衬衫老大"。哥叫陈溪见，胖乎乎的，一副大老板的样子；弟陈溪东，眉目清秀，一表人才。哥俩儿从开始起步，到现在成为全国衬衫行业的龙头企业并没有多少年头。1992年前，哥俩儿还是拎着皮包扛着麻袋满世界跑推销的"小货郎"。老大陈溪见是有理想有抱负的人，高中毕业时极想上大学，可几次拼搏都没考上，于是只好回家当农民。这时弟弟陈溪东也初中毕业，哥俩儿一商量，说咱们也做生意吧。那时并不像现在正儿八经地办厂，他们先买了一台缝纫机，等种地天黑回家后在小煤油灯下试着做上几件，再到街上卖卖看。如果能卖掉，就再做几件；如果卖不掉便上地里种一阵子地再试着来。做着做着，便有人来接货，就是把货低价卖给负责推销的中间商，一件衣服最多赚上一两块甚至几毛钱。可这也比种地好啊！在与命运苦苦搏斗的陈氏兄弟，决定把积存起来的钱全部买缝纫机，然后又雇了二三十个小工。这样他们在乡下又干了足足两年，等到第三年时便在小镇上租房办起了一个有点像样的厂。

"从 1989 年到 1996 年的那八年,是我们哥俩儿最辛苦的年份。"在气派非凡的会客厅里,已是总经理的弟弟陈溪东颇有感慨地道,"当时我们的年产量在二三十万件左右。这个规模是属于既不能形成自己的独立产品,又缺乏市场价格竞争优势的阶段,唯一能跟人家拼的就是靠销售上的灵活性。可这不是件容易的事。那时我们哥俩儿分工,他跑西安我跑沈阳。那其实不叫做生意,是认门哪!因为我们是小厂,没人认识我们,更不认我们的货,所以每次只能去认人家的门。但就是这几年,我们认门认出了门道,觉得在中国做生意太有潜力了,尤其是我们广大的中西部和东北部地区,那儿的特点代表了中国百姓的基本生活水平,而生产销售适合这些地方的对路产品,也就摸准了中国市场的门道。1996 年,经过八年的锻炼后,我们哥俩儿决定办个像模像样的衬衫大企业,于是一出手便投资三千多万元,仅买地皮一项就花了一千多万。当时有人猜测我们是不是炒房地产,等到我们的现代化厂房拔地而起,全套从日本进口的设备开始飞转时,大陈镇的父老乡亲们惊诧不已,说这才像做大生意嘛!"陈溪东一边领我参观他的现代化成衣流水线,一边神采飞扬地讲述他与哥哥当年的英明决策,"你都看到了吧,这么大摊子,开始不少人说这哥俩儿,抽的洋烟穿的名牌,全都是贷的款,有他们哭的日子。可仅仅三年时间,我们依靠自己的技术优势和规模优势,一下占据了中国衬衫业的制高点。同时又由于'能达利'的名牌优势,使得企业像乘了火箭一样飞速发展。如今年产值已达一个多亿,利润超千万元,光'能达利'品牌的无形资产就值 1.6 亿元。"

他又说:"现在多少钱对我哥俩儿好像已经不是很重要了,你可能不相信,我们的父母亲还都住在乡下,我们还种些地,虽然他们可以从儿子这儿拿到用不完的钱,但他们依旧愿意保持自己的生活方式。我俩则有另一种人生追求。我们更多想的是如何进一步开拓市场,占领市场,让中国的男士们都能穿上我们的'能达利',有朝一日也要让'老外'们都穿一穿中国的'能达利'而不是'皮尔·卡丹'。"

我完全相信陈溪东的话,因为义乌人用了十多年时间建立起了一个亚洲最大的小商品市场,"能达利"在中国衬衫行业称雄一方的时间更短,仅五六年。在走出厂区时,陈溪东特别邀我到他工厂前的花园坐一坐。我举目四眺,在观赏花丛锦簇、小桥流水、青岭飞鹤之后,不免有些"自卑"起来:什么时候我在京城的家门前也能看到如此一方仙境,那该是何种人生?

"光这儿的地皮我们就花了五百万元。但为了让大陈镇的父老乡亲也能像城里人一样在花园里享享福,我们非常乐意做这件事。"陈溪东的话,让我感到大陈农民的胸膛里有岩浆般滚烫的心!

我以为不接触孙荣福这样的人,就不可能真正了解义乌市场的起源与变化的深刻性,也当然就说不上真正了解义乌人的精神世界了。

他把家安在义乌市郊的一个山头上。从义乌繁华的市区来到孙荣福的"领地",有一种返璞归真的感觉。那篱笆还在,那菜地还在,那足前脚后的鸡鸭狗猫更是忽前忽后、忽左忽右地欢腾着。孙荣福的"领地"是整个山头加上一直往下延展的山坡,总共有一百多亩。这儿有他一新一旧的两个住址。旧的是典型的江浙农舍,新的则是我所见到的个人住宅中最豪华和气派的一栋西洋式楼房。孙荣福让我领略了什么叫富裕,然而这不是主要的,孙荣福让我领略更多的是义乌人的崇高追求和非凡品质。

老孙到底有多少钱,我没有问他,这是个很不礼貌的问题。但我知道,义乌市区内目前唯一的稠州公园是他孙荣福个人捐建的。这事发生在十年前,当时义乌的市场还处在一般水平,义乌人还在刚向"小康"迈进时,孙荣福一下投资几百万元,用了两年心血,建成了迄今义乌历史上唯一的一个公园。1988年,开张一年的公园就有了几十万元的收入,不用说,从投资回报的角度看,好多人都说老孙这家伙又瞅得比别人准,是着实的"冷门生意"。但就在这时,人们正准备看着孙荣福在第二年抱"金娃娃"时,他老孙竟上书给市政府,说要无偿将公园献给市里。当时,几十万义乌人全都被震住了:他孙荣福简直太了不起了!

孙荣福确实了不起,这并不在于他有钱,而重要的他是个会经营且骨头很硬的汉子。在常人眼里,老孙是个不苟言笑的人,然而只有走进他的心灵,你才会明白这位硬汉的脸上为什么很少有笑脸。也许义乌"富翁"每个人身上都有一部不平凡的传奇,可似乎谁也难比孙荣福,因为他曾经饱受的辛酸与折磨已经浸入他的骨气之中。

我所了解的孙荣福的一些情况最先还是从老书记谢高华那儿得到的。"老孙在'文革'期间曾担任过大队党支部副书记,后来就是因为带领农民外出打工,结果被定为'黑包工头'而开除了党籍。"谢高华说,"我1982年到任不久,有一天孙荣福给我写了个条子,提出要承包凤凰山——那是个集体所有的果木场，连年亏损。凤凰山名字好听，其实只是个荒山头而已，共有120亩地。孙荣福提出承包的条件有三：一是承包期为五年，二是每年上缴大队两万元，三是原果木场的十个人的工资由他负责。此事在当时尚没有先例，问题就在于他是个被开除党籍的人。可我觉得老孙自己拍胸脯承包一个连年亏损的集体企业，并能给十个人开工资，这事利国利民。也算是给一个'犯错误'的人一条出路吧，我就在他的条子上批了'同意'两字，又写道：'五年承包期太短，可以承包三十年。'这件事我是顶着风险办的，后来果真传来很多风言风语。"

孙荣福有两个儿子、一个女儿。现在大儿子结婚了，但作为家庭公司的"义乌永强养殖有限公司"，只有本家的股份。孙荣福一家过得非常和睦，老孙现在是亿万家产的公司董事长；大儿子是总经理；老二是女儿，当会计；老三小儿子跑外勤；孙夫人是出纳。很有趣。

"我们家实行民主议政，集体决策，分工明确，各负其责。"老孙对家族企业的"内幕"首次进行了公开透露。他说："前年我就想投资养殖娃娃鱼，但方案拿到股东会议上就没有通过，只有我一票是赞成的，他们四票反对。我没辙，大家认为养殖娃娃鱼投资大，风险更大，特别是中国市场上娃娃鱼养殖到底能不能成气候，这还有待考察。我虽然个人认为中国的娃娃鱼市场必定前景可观，但既然股东会议不同意，我只能服从。又过了两年，到今年，当我再一次把开发养殖娃娃鱼的事提出来后，经过一段时间大家各方调查论证，最后全体举手通过，于是我们才决定拿出1300万元的投资来。"

孙荣福的家庭公司，让我看到了中国现代私营经济趋向成熟的喜人景象。

像孙荣福那样成功的家庭与私营企业在义乌不是少数。从孙荣福那居高临下的凤凰山下来，我看到了义乌市的另一个令人拍手叫绝的地方，那就是义乌农民们自己建设起来的一个个现代化的大型农庄。

义乌地处浙江中部，是个平原与丘陵兼有的地区，它具有中国农业县市十分典型的自然条件。在看到已经具备都市风采的义乌城区和如大陈镇、廿三里镇那样现代化的城镇时，我曾产生过一种对未来中国农村发展的担忧：以后农村都成了城市，那么那些自然条件差的丘陵地区的农民怎样实现现代化呢？或者说，义乌市的城市建设随着市场的超乎想象的发育，会不会本身就会出现严重的贫富差异？再者，那时土地谁来种？种田的人能不能生存？怎样使我们的土地上依然有生生不息的儿女？

义乌市现任领导告诉我，他们这一任工作的重点就是在今后的五年内，更好地解放思想，理清思路，并切合本地实际，坚定不移地实施"兴商建市"的发展战略，依托已经形成的专业市场优势，把义乌市建成一个具有相当现代化水准的中等城市。具体而言，便是要在进一步加快义乌市区建设进程的同时，重点加快苏溪、廿三里、佛堂和上溪四个卫星镇的建设。"那时，我们的义乌城区由于四个卫星镇的介入与并合，将是一个真正意义上的现代化中等城市。全市乡村行政区将向卫星镇集拢，而卫星镇与卫星镇之间，卫星镇与中心城区之间以轻捷快道相连接，整个义乌各个乡村，围绕中心城区组成一个相互映辉、相互作用的网状构筑，从而形成合力互动的发展态势。那样我们传统意义上所担心的城乡差别便将真正消除，农民与市民之间不分彼此。"赵金勇书记跟我说这番话，是在他办公室挥毫时未加思索的坦言。我当时听后内心有种强烈的震动。

然而这仅仅是"初级阶段"，在义乌市领导的心目中，他们勾画的现代化义乌市，应该是个"农、工、商、贸、市"齐发展的中国式新都会。而要实现这个宏伟目标，就必须在建设好城市的同时，还要建设好农民的美丽家园和不断扩张"中国小商品市场"的经济外延。这就是我下面所要描述的义乌最令人激动的一幅锦绣——

跨进义乌的"福田庄园"之后，我才明白原来中国的庄园是这样！你一定想象不到，这就是我们中国农民的庄园。有一泓碧波荡漾的水面；有人工湖畔架起的最现代化的水上乐园以及清澈见底的游泳场；有曲径通幽、风情万种的垂钓塘泊与无法尽收眼底的园圃……然而我最钟情的是那十几栋别致优雅、错落有致的小木屋，小木屋四周是郁郁葱葱的绿林和一条条弯弯的小路。呵，这就是我们中国的庄园，中国农民的庄园！

主人楼瑛财问我这个京城来的人对他的庄园做何评价，我竟一时答不上来。"真的，这里太美，太气派了！"我似乎一下意识到自己目光的局限和想象的贫乏。客观地讲，在义乌，我曾被浩大的市场震动过，也为飞速崛起的小城感叹过，但我坚持认为义乌农民们建起的无数像福田庄园一样的农庄，是让我最心潮澎湃最热血沸腾的地方！

楼瑛财的福田庄园始建于1996年，总面积达35.5公顷，其中陆地21.2公顷，水面14.3公顷。总投资为一亿三千多万元。它在观光、休闲、旅游和附加值特高的商品农业以及水面产业三大块上具备相当大的开发潜力。庄园的整体设计融合了现代化色彩和乡村特色,是主人请了当代中国最有设计实力的中科院、浙江省农科院、南京大学、浙江大学、航天部、中船总公司等科研机构与高等院校共同完成的。楼瑛财说,整个庄园的投资全是他家庭的股份,预计八年左右收回全部投资。

"有把握吗?"

"应该有。"楼瑛财对我的问话,回答得很肯定。他说1995年政府号召开发荒山,他是第一批从小商品市场上撤出来搞农业开发和建设农庄的人。我问他为什么敢冒如此大的风险,投资过亿去搞农业开发,楼瑛财的话匣子就被打开了。

"我是农民呀,我们不种好地还有谁来建设农村呢?"楼瑛财动了真情,"我从小因为出身不好,初中毕业便回家种地。那时有门路的人死也不想种地,可对我来说就不一样,能不被别人歧视,再苦再累的农活干一辈子都觉得是一种幸福。可那时种地能得到什么呢?干一天十个工分,合三毛来钱!咋个活法?我全家八口人,老的老,少的少,全靠我和孩子妈俩人支撑着。那时我们生产队地少人多,又都是丘陵,大部分是荒地。为了养活全家,我几次想在荒丘上开块地种点农作物。可别人看到后就批你,踩你,把你当作'资本主义尾巴',又是批来又是斗。无奈,我也出去当拨浪鼓手,去外地'鸡毛换糖',挑了八年货郎担,最远跑到湖南。1978年开始做些小生意,把上海市场上的卫生纸、彩色小纽扣,贩到江西、湖南山区。那时我到上海商店买女人用的小镜子,商店的服务员瞪大眼睛就是不卖给你。我只好让买菜的老太太帮着去买,多出几毛钱给老太太作为报酬。1980年我被评为'万元户',乡里送来'万元户'牌匾时我怕得要命,因为那时人们的思想还处在对什么都拿不准的年代。就在我当'万元户'的当口,有一次我到宁波进了一批塑料气球,上义乌马路市场批销,结果碰上了'打击投机倒把办公室'的工作人员,他们瞪着眼睛来查我。从那起我又不敢做生意了,想回家种地又没地,我们整个义乌人多地少,我所在的村更是这样。饭总要吃吧?于是只好又去做手艺。一直到1984年以后,政策明朗了,我才又开始重新经商,接着是办厂,搞畜毛产品加工等,生意越做越大了。我有三个儿子一个女儿,那时孩子们大了,他们便一起与我做生意。我俩儿子脑子灵,他们敢作敢为,利用广州和义乌两地优势,生意越做越活,越做越大,当然钱也赚了不少。赚了大钱到底能干什么呢?我对儿子说:'我们家祖辈是农民,过去连饭都吃不上,现在有钱了,搞其他投资自然可能赚钱更多些,但在外面赚得再多,如果不把家乡建设好,就对不起养育我们的土地。'儿子很懂事,听了我这番话后,钱赚得最多的大儿子说:'爸爸,我明白你的意思,儿子一定要让家乡这块土地成为流金的地方。'正好这时政府号召我们开发农业资源,于是我们全家一商议,决定买下现在已经建成农庄的这块三十多公顷的土地……"楼瑛财抬腿用力踩一踩脚下的沃土,说,"这儿以前可是一片只长草不长粮的荒丘呀!但我们仅仅用了两年时间就把它变了样。"

我看到楼瑛财深情地蹲下身子,轻轻地抚摸着嫩绿的禾苗,眼圈里滚动着晶莹的泪水。"我常常做梦都在想,这眼前辽阔的一大片土地是不是我楼瑛财楼家的呀?我独自在办公室时常偷偷拿出政府颁发的土地使用证,左看右看,看不够。你知道为什么吗?因为我没想到党的政策会这么好,让一个过去追求了几十年想有块地养活全家的'土地迷'终究圆了自己的梦,而且是超乎想象的梦。你说我们当农民的还有比这更高兴的事吗?"楼瑛财的话强烈地感染了我,这使我又能从另一个方面感受到义乌市的决策者在领导他们的人民进行建设中国特色社会主义的进程时,为什么能以比别人快出几倍的速度在前进,那便是他们所做出的每一个决策都是为百姓的最终利益着想。

"听说你的儿子到美国去学习了?"

"是。因为这个庄园是他投资的,他是老板,我是给他打工的呀!"老楼说话很幽默。后来我才知道他真的是在为福田庄园董事长的大儿子打工。

有意思。我问:"你儿子一个月给你老爷子多少钱?"

"1500元。"

"有奖金吗?"

"这得看年度效益。"

"情愿给儿子干吗?为什么自己不继续做生意了?"

"年岁大了,就没有年轻人闯劲儿足。再说儿子这一大摊子得有人给他盯着不是?"

"你儿子到美国学什么?"

"学农业综合开发。"

"听说光学费一个月就要四千美金?"

"是。"

"花这么高代价值得吗?"

"当然。我们搞庄园是为了实践中国农业现代化的综合开发,这就得应用先进科技和管理体系。你看,我这么大年岁还在学习操作计算机。新时代的中国农民庄园,可不是过去的'地主老财'那一套呀!"楼瑛财自己哈哈大笑起来。

在那爽朗的笑声里,我强烈地感受到一个拥有土地的农民对自己的选择所充满的自豪感。听陪同我的市委宣传部的同志介绍,在义乌像楼瑛财家这样的大农庄已有几十个,他们或从事农副产品开发种植,或从事禽牧业养殖与加工,或从事水产养殖,或承包整个荒丘秃岭进行花林果树的开发种植……而正是一大批像楼氏家人那样敢于花大钱并根据当地实际,按照现代市场经济的走向,规划设计出的一个个大蓝图,使得传统意义上的市场概念,在义乌这块已经热火朝天的商品经济土地上,又有了一种更为宽泛、更为广阔的延伸。

我相信,以义乌人那种特有的"敢做天下事,敢为天下先"的精神,他们在沿着邓小平理论指引的强市富民的伟大实践中,将留给中国农民革命史更多的神来之笔和经典之作。

第七部：
因选美而崛起的三亚[*]

[*] 本文采写于2008—2009年。

导　言

　　三亚是何处？三亚在梦的开端。

　　三亚可以带给你许多在别处无法感受的浪漫与诗意，是因为它有得天独厚的在中国乃至全球独一无二的美景，以及由此带来的独具一格、独领风骚的魅力。这魅力，可以征服天下所有人，使不可能的成为可能。

　　三亚以其独特的魅力，在21世纪之初，为我们伟大的祖国做过功德无量的特殊贡献，恐怕值得写入共和国改革开放的史册。

　　三亚的这次特殊贡献，我将其称为"美丽行动"。而正是这次"美丽行动"，使当时处在尴尬境地的中国走出了困境，恢复了应有的尊严与荣耀。

1. 梦的开端

"活着是多么美好!"这样的话,只有在三亚你才能真正喊出来,才能真正地体味到。因为三亚没有人类工业文明带来的污染,天与地之间没有一丝有毒和有味的烟雾,空气清新得仿佛在仙境。

阳光是那样充足和炽烈,如太阳就在头顶,伸手可触,于是顺手摘一张椰叶掩在头顶,成为当地千年不变的风俗。这里常年雨水丰沛。有大雨,必夹着台风,那时的雨大得惊心动魄,瓢泼而下,连海面都会像一只沸腾的巨锅;小雨蒙蒙时,沙滩被洗涤得晶莹怡人,山林陆地则被滋润得流绿滴翠。各种各样的花儿与草木争艳,椰子、芒果、香蕉等,像一串串金铃银果,挂满枝头,展尽南国风情。

三亚是何处?三亚在梦的开端。那梦,在期待来临的青春诗意;那梦,在希冀黄昏的暮年宁静;那梦,带着几番冲动的豪情;那梦,藏着母性的温暖与幸福。不管男女老少,都会在这里寻找到属于自己的梦。

躺在沙滩上,枕着的是海涛叠出的梦境,这样的梦,连着天,连着地。

采访中遇到的袁隆平、莫白是两个完全不同背景的三亚人,他们其实原本都不是三亚人,然而他们又是给我留下很深印象的新三亚人。

这个袁隆平不是别人,正是全国人民都知道的扬名全世界的杂交水稻专家。

"我与三亚有缘分。可以说,没有三亚,就没有我袁隆平的今天,中国的杂交水稻成绩也不会有这么大。"袁隆平有着与农民一样的诚实和憨厚。

袁隆平与三亚的缘分,是从1968年开始的。三亚人几乎无人不知袁隆平,因为袁隆平的科研岁月,有近一半时间是在三亚度过的。让我内心深感震撼的是,在数十年的沧桑岁月里,袁隆平这位农业科学家爱三亚之深长是充满浪漫诗意的——在三亚的近郊,有一个叫"师部农场"的地方,聚集着一批来自全国各地的"南繁基地"(国家南繁科研育种基地)人员。袁隆平的杂交水稻试验站也在这里。我去的那天,袁隆平先生不在,可他亲笔书写的"发展杂交水稻,造福世界人民"的那幅题词,格外醒目地映入了我的眼帘。试验站站长张其茂博士告诉我,袁隆平先生如今虽已是七十几岁的高龄,但每年仍要在此工作近半年时间。随后他带着我参观了试验站的小院落——这是一个很简陋的地方,尤其是院子内那些参差不齐、新旧不一的房子格外引我注意。一问才知道,这些新旧不一的房子见证着袁隆平和他的同事们所经历的岁月。张站长指着最里头的那座破落的水泥平顶房,说那是20世纪70年代初袁隆平先生住的地方,之前袁隆平他们初来三亚工作时,住的是老乡的农舍。那十来年里,他们的生活条件十分艰苦,几个人甚至十几个人睡一个大铺、挤一间房子。20世纪80年代后,基地才有了二层小楼房,那时的袁隆平在这里还过着两人合住一个房间的生活。到了90年代,他这样的工程院院士和研究员以上的高级专家才住上了每人一间二十来平方米的房子。袁隆平住在二楼,我们进屋看了看,里面除了一个简易的卫生间外,就是一张床、一张桌子和一对沙发。

"大院士袁隆平是怎么生活的呢?"我非常感兴趣地问道。

"他呀?唉,还是农民一个!"张站长一笑,说,"袁先生没有一点特殊,连炒菜还都是他自己动手,食堂都很少吃。"

这就是在三亚的袁隆平,这就是三亚人袁隆平。袁隆平把三亚励精图治成一种自强不息的精神。国家"南繁"办公室的同志告诉我,在三亚,其实像袁隆平一样的科学家还有很多很多,他们默默地在这片热土上无私地为国家和民族奉献着自己的生命与才华。像"玉米大王"李登海、棉花专家郭三堆等都是了不起的人物。他们创造的育种成果,为十三亿中国人的吃穿做出了巨大贡献。可以说,没有三亚"南繁人"的贡献,中国的农业现代化就不可能有今天这个成就,中国人民的好日子不会有今天这样舒坦!更重要的是,"南繁人"在三亚留下的那种艰苦奋斗、自力更生和坚韧不拔、勇于攀登科学高峰

三亚凤凰岛

三亚南山寺景区

以及不为名、不为利的崇高人格精神，被今天的三亚人视为这块热土上最具含金量的一笔不朽的精神财富。

莫白是个意大利小伙子，2004年剑桥大学毕业生。现在他是三亚"地中海咖啡店"的老板。一位特殊的新三亚人。

"我的中文是在剑桥大学读书时跟中国同学学的。他们经常给我讲中国如何如何好，于是我就渐渐对中国有了浓厚兴趣。2003年我第一次到中国，便对三亚无法忘怀。这里的自然风光太好了，虽然过去我也去过许多滨海城市，可没有看到一个地方可以同三亚比，三亚的自然景色是世界一流的。海洋和沙滩都是原始的，内河里还有渔船，街上是摩托车，三亚人又非常淳朴，所有这些都让我感到舒适和向往。2004年我从剑桥毕业后，便直奔三亚来。开始希望在这儿有个教书的工作，但后来我放弃了，干起了餐饮业。"

一个剑桥大学毕业生，到异国他乡开咖啡厅，这让人觉得有些不可思议，但莫白说："这很正常。我从来不认为自己前面的路是单一的，走着瞧。"

"你有很高的学历和很前卫的专业，为什么不选择其他工作呢？"我问了一个中国式的问题。

莫白笑笑，说："我爸爸是做生意的，他送我上剑桥大学读书，但并没有对我的未来提什么要求。我到三亚来，是因为我爱这个地方。我也去过上海、北京，可我不喜欢太大的城市，那里的车子太多、人太多，空气污染。我喜欢三亚，它虽然不大，却是我心目中最好的居住地和生活地。"

"想过干其他什么事吗？比如说贸易什么的……"

"没有。做贸易必须到处跑，可我不想离开三亚，希望有很多很多时间在这里生活，这也是我到中国三亚的目的。你们看看我这里的客人，就会知道为什么我更加坚定自己的选择是对的。"

"为什么？"

莫白诡秘地一笑："你看这里的'老外'多吧？三亚现在越来越成为国际化的旅游度假地，每年来的'老外'成倍增加。'老外'来后，他们在这里一面要享受三亚热带海洋的自然风光，同时还希望能有适合他们生活习惯的场所，比如吃的喝的玩的，我的'地中海'，就是为了满足我的欧洲朋友们在这方面的需要。"

原来如此！

我问了最后一个也是最重要的问题:"你会在三亚永远住下去吗?"

"我不知道。还是那句话:未来是什么我不知道。但我可以告诉你的是,我现在在三亚很开心,所以我就留在这里。我相信以后的三亚会更让我开心,开心的日子越长,我留在三亚的日子就会越长。"

原来,意大利人比法国人还浪漫啊!浪迹天涯他们不怕,浪迹天涯让他们更加浪漫。

在今天的三亚,像袁隆平、莫白这样的人数以万计,他们的故事各具特色,可有一点是共同的:是三亚独特的地理气候、令人赞叹的魅力留住了他们的身影,于是他们的身上就比别人多了许多人生的浪漫和生命的光辉。

2. 美丽行动

2003年11月12日,这个日子应当被载入中国改革开放的史册。因为这一天后的中国掀起了一场不大不小的美丽风潮,第53届"世界小姐"选美总决赛吸引着全世界的目光。

这一年,三亚和中国都经历了一场特别的痛苦——几乎全世界因为"SARS"而心生恐惧。国内外一些敌对势力甚至幸灾乐祸地嘲笑中国,称这是"上帝的安排",以为飞速发展的中国从此再也不会振作起来,他们甚至希望这样的厄运在中国永远持续下去。他们因此到处煽风点火、造谣诬蔑,企图阻止国际上一切亲近中国的活动,可他们没有想到美丽的三亚人用美丽的行动彻底粉碎了这种阴谋。

这不只是一次简单的"世界小姐"中国行,而是中国在经历痛苦挫折之后的一次伟大展示。

"哇——太美丽啦!"美女们走出机舱的那一刻,几乎异口同声地尖叫起来,简直比获得桂冠还要激动和兴奋。"中国太美!三亚太美!"这一夜,通过109位来自106个国家的美女们所拨打的电话,这两句话传遍了全世界的各个角落。而这一刻,所有对中国友好的国家和人民,都在为中国和中国朋友们摆脱瘟疫、重新恢复平安和生机而祝福、欢呼。这一刻,所有敌视中国与中国人民的那些人都感到了沮丧,因为他们又一次失败了。

中国的强大势不可挡。三亚的美丽成为全世界的话题。

什么时候三亚人有了用"选美"来宣传和提升自己城市知名度这个念头的？

这得问知情人。2006年底刚从三亚市旅游局局长的位置上退下来的蔡世东是见证人之一。

"三亚的美能勾魂，但不是所有人来三亚后都会有这种感觉。作为主管旅游的一名领导干部，我1992年底来三亚，马上就是1993年的春节。春节对三亚来说，是最重要的旅游季节。可是那一年春节，我一个人来到大东海湾，情绪低落极了，那会儿大东海湾的沙滩比现在还要原始，海水也格外湛蓝，天上的云彩也特别美，可就是没有游人。没想到，十年后的三亚却完全变了样。"蔡世东谈起如今的三亚，脸上立即放出了光芒，"我只说一个数字你们就会明白这种变化：我刚来时，全三亚市年旅游收入才一个来亿，去年我从局长位置上退下来时，三亚全年的旅游收入是七十亿元，今年听说可以达到八十亿元！三亚旅游还有四个数字值得骄傲：三亚旅游的产业收入达到我们这个城市总收入的70%；三亚的旅游固定资产投入占全市固定资产投入的50%；三亚的旅游行业的就业占全市就业的80%；还有就是旅游税收，占了全市税收的70%左右。这四个比例，在中国所有城市中肯定是独一无二的。"

蔡世东告诉我说："三亚旅游在短短的这十几年里能有如此快速的发展，并非轻而易举。2003年底，三亚的天上一下子掉下了106个国家的那么多漂亮的'林妹妹'，是因为我们三亚早有'预谋'，而且这个'预谋'来之不易，倾注了我们几届三亚领导人和全体三亚人的共同心血。可以说，三亚对美的追求，与生俱来，运筹已久！"

蔡世东说得没错。

三亚如果没有对美的追求，就不可能有今天。

三亚如果没有对美的追求，只能永远是旧时代那些不得志的官员们的贬谪之地，成为"天涯海角"了。

三亚如今的市委书记江泽林提出一个"注意力经济"的概念，听起来很新颖很时尚。而三亚走过的二十年风雨历程，细细分辨，"注意力经济"其实一直是他们建设城市的一个有效经验。而把"美丽"作为"注意力经济"中的一项突出内容则是他们成功的关键所在。

"美丽"的意识深入人心，这是三亚人走向成熟的标志与新的起点。对于自然美，三亚从第一个游客那里赚到钱的那一刻起就知道了，但这只是最原始和肤浅的自然美意识。1987年初，三亚举行了首届"少林可乐杯"铁人马拉松比赛活动，参加的45名男女运动员来自19个省、自治区、直辖市，这样规模的活动在今天看来似乎很不起眼，但在二十年前的三亚，可谓风光得很。三亚人第一次意识到通过一次赛事活动能够让三亚之外的人了解三亚。这是所谓的"注意力经济"在三亚的萌芽阶段。可惜最初类似的活动搞得并不热闹，也缺乏新意，其内容和形式上仍然没有摆脱依赖三亚自然美的基本优势。

1996年，钟文当市委书记时期，旅游局蔡世东等人就开始琢磨起一件当时在中国还非常敏感的事情——"选美"活动。这一年，他们先是试探性地搞了届"天涯海角国际婚庆节"，请来美国、法国、加拿大等国的118对新婚佳偶和跨国夫妇、金婚老人；接着又在小范围内搞了个选美，即"三亚旅游企业形象代表"比赛。尝到甜头后，蔡世东等人的眼光放得更长远了：三亚旅游要形成热点，成为产业，像钟文书记所说的那样要成为城市支柱产业，首先要让外界了解和认识三亚，爱上三亚。而要让外界了解和认识三亚，爱上三亚，三亚本身就得与众不同！

"找'新丝路'，跟他们联手搞全国模特比赛！"有人建议说。当蔡世东与"新丝路"的李小白一联系，两个人一拍即合。1995年接手"新丝路"的李小白，此刻正在寻找新的突破点。1999年10月，"新丝路模特大赛"在三亚首次亮相，获得了空前的成功。

成功之后，三亚人的心也就更"野"了：我们能不能把世界最权威的"世界小姐"选美大赛搬到中国、搬到三亚来？三亚人开始了准备。

2001年6月初的一天，三亚人突然接到李小白打来的电话："喂，告诉你们一个可靠消息，'世界小姐'的主席莫莉夫人即将来到中国，她准备到几个城市旅游……你们得逮住她呀！"

6月的某一天。首都机场。莫莉夫人刚走出机场，就被一群"不速之客"请上了另一架飞往中国海南三亚的飞机。

"太美了！这是我到过的世界各地中最美丽的地方之一。三亚是个浪漫之城，三亚的人非常非常友好。三亚这个地方我很喜欢，我相信全世界的人都会喜欢这个地方。"几天游览后，莫莉夫人完全被美丽的三亚风光和热情的三亚人征服了，她的眼睛里时时刻刻流露着甜美与欢快。

"夫人，如果我们美丽的三亚能与您的'世界小姐'比赛连在一起，该是多么美妙的事啊！"三亚人试探着问。

莫莉夫人的眼睛顿时瞪大了,她欣喜地说:"好啊!我太愿意把'世界小姐'放到中国、放到三亚来举办了!我想,全世界都会为之欢呼的!"

这回轮到三亚人的眼睛放光了!

再一接触下来,三亚人感到了压力:如果"世界小姐"的主办权放在三亚,按惯例,得在签订协议后,交付给组织机构480万美元承办费!可当时三亚一年的财政收入才两个来亿,480万美元加上举办活动的费用还得五六千万,里外里,这不得一个来亿呀?这可等于三亚财政收入的一半,这可不是闹着玩的。

市委为此特地召开了三亚班子成员主题会议,关于举办世界小姐活动的议题最后得到了多数成员的通过。然而,更重要的是,上面对此的态度又是如何呢?探问的结果是:省委机关的多数人支持三亚举办"世界小姐"活动。

机会终于来了。

2002年5月,莫莉夫人再次应邀访问三亚,而这次访问与上次意义不同——三亚和莫莉夫人将正式会商2003年第53届"世界小姐"赛事是否在三亚举办这件大事。

三亚人既激动又紧张。激动的是他们将要做一件震动国际的大事——新中国成立五十多年尚未举办过世界性选美比赛,他们将与莫莉联手做一件对中国影响深远的事。西方世界曾经有人预言,如果谁打开了中国的选美市场,那将是中国的又一次大开放。紧张的是如果主管部门不点头,与莫莉夫人签的协议等于废纸一张,480万美元就白白扔了,谁负担得起?

三亚的领导们感到了火烧眉毛的滋味!

"文学,省委几位领导这两天要到三亚视察,白克明书记也去,你们得抓住机会听听他对'世界小姐'的事啥意见!"就在这时,中央新任命为中共海南省委副书记的中共三亚市委原书记王富玉,突然从海口把一个重要的信息告诉了中共三亚市委副书记、常务副市长吴文学。

"真的?太好了!书记放心,我们一定做好工作并且圆满地达到预期!"吴文学高兴得差点跳起来。他心里想:富玉书记真够意思,人调走了,可心里还挂念着咱三亚和三亚办"世界小姐"大赛的事。

莫莉这回到三亚,正巧遇上了三亚和海南省政坛一系列人事重大变动。首先是中共海南省委书记换成了人民日报社原社长白克明同志,其次是中共海南省委原常委、中共三亚市委书记王富玉升任中共海南省委副书记。

5月9日,王富玉还在三亚主持市委召开的学习传达省第四次党代会精神。5月13日,海南省委做出决定,于迅同志接替王富玉任中共三亚市委书记,王富玉即日赴海口的省委工作。而莫莉夫人是5月15日到三亚。5月17日,中共海南省委书记白克明,副书记罗保铭、王富玉,省委常委、组织部部长张纪南等同志到三亚。

　　5月17日上午,三亚市召开班子全体人员和市直单位主要负责人、各区镇主要负责人及副厅级以上退休干部参加的会议。

　　台上几位省委、市委领导一个接一个讲话的间隙,台下的吴文学和市委统战部部长张萍等人不停地打着手机,正在"密谋"一场即将揭幕的"莫莉与白克明巧遇"的戏剧。

　　"巧遇"的场所安排在图书馆的盆景厅。

　　那场"巧遇"的设计者之一、现任三亚市委宣传部部长张萍同志谈起此事,仍颇为得意:"现在看起来这场'巧遇'好像很简单,可在当时,简直有惊心动魄之感,因为我们要算准每分每秒!那天我们设计的是在白克明书记参观图书馆和一个画展之后出来而还在图书馆的那几十步之间,要让莫莉夫人与他'不期而遇'!所以时间必须分秒不差,要不就会有人为安排的痕迹。还好,那天就在白克明书记参观完后往下走的台阶上,我们陪着莫莉夫人正往上走。两队人马就这样遇上了。"

　　"一见面我们就向白克明书记介绍,说这是莫莉夫人,是'世界小姐'组织机构的主席,来三亚访问。白克明书记就很高兴,说好啊,欢迎夫人到三亚和海南访问。莫莉夫人也很高兴。这时,那翻译却忘了我们提前让她告诉白克明书记关于举办'世界小姐'赛事的事。这主题忘了不等于白忙乎了嘛!当时我们几个都快急出汗了,后来一看不行了,就干脆直接对白克明书记说,莫莉夫人非常希望在我们的三亚举办'世界小姐'活动。白克明书记一听,便笑眯眯地与莫莉夫人握手:'好啊!欢迎!'当他们俩的手握在一起时,我们就让记者噼里啪啦猛照了一通!第二天报纸上就大幅刊登了白克明书记与莫莉夫人握手见面的新闻报道。'世界小姐'一事,总算获得了领导层面的支持⋯⋯"

　　张萍部长回忆起当时的情景,脸上露出了笑容。

　　"既然白克明书记没有反对意见,我们马上行动!"过后,市委、市政府领导明确指示道。

"那得专门到省里去一趟，正式向白克明书记等省领导汇报。"吴文学提议。

"去吧！趁热打铁！"于迅书记说。

吴文学等人到省里汇报后，这回白克明书记的态度已经非常明朗：你们三亚可以申办。

事情终于有了实质性的进展。

在2002年度的伦敦"世界小姐"大赛上，背景大屏幕上播放了十五秒的三亚形象宣传片。当屏幕上打出下一届"世界小姐"决赛地是中国三亚的预告时，全场欢声雷动。那一刻，全世界都得知了这一消息。第二天，伦敦的各个媒体全都报道了我们要举办下届大赛的消息。世界各国的媒体更是纷纷报道。

"这是中共执政五十多年来，第一次融入世界审美潮流！"

"中国政府允许选美活动，具有划时代意义，是中国改革开放新的里程碑！"

省委、省政府这回对三亚的支持是全力以赴的，马上召开了协调会。

会议明确指示："三亚举办这次活动，关系到的不仅仅是三亚的形象，还有我们海南的形象，甚至关系到国家的形象。所以我们要举全省之力给予支持！三亚提出的问题，你们要帮助解决；三亚没有提出的问题，你们想到的也要全力帮助去做！"

接下去的一件事让他们更高兴：香港凤凰卫视中文台的王纪言先生来了，提出要转播"世界小姐"活动，转播费五百万！

"太好了！我们中国时下在国际上处境很困难，外面根本不了解我们中国的灾情，搞得我们国家的形象非常不好，人都不敢到中国来。如果我们举办'世界小姐'活动，一百多个国家的美女把她们的所见所闻告诉全世界，那是再好不过的事了！比单纯宣传我们三亚不知要强多少倍！"三亚人兴奋不已。

"之后的工作，简直就是一马平川。"三亚市政府新闻办主任周雄形容道。

普通三亚人至今仍然不知道，真正形成这"一马平川"的局面，其实是来自北京的力量。更确切地说，是来自中南海的最高层对三亚举办"世界小姐"活动的支持——

在三亚与凤凰台正式签约后，一份以海南省政府名义起草的关于凤凰台制作电视纪录片《美丽的眼睛看中国》的请示报告送到了时任国务院新闻办主任赵启正的办公桌上。赵启正认真地看完文件后，提笔向中央有关领导做了报告。很快，中央领导同意了三亚与凤凰台的合作，并再次强调了两点：不要低俗、媚俗、庸俗，主要是对外宣传。

至此，三亚的"世界小姐"组织工作可以说是进入了真正的"一马平川"阶段。

一切都在按计划进行。一切都是那么完美，就像三亚的风光，如同上苍恩赐的一般。从"国色天香号"和"椰风海韵号"专机降落三亚的那一刻起，三亚和这个多彩而美丽的世界便融在了一起。

106个国家的109位仙女般的佳丽来到三亚之时，也许不会想到正是她们影响了全世界人在一个特定时间里对中国的看法。她们当然不曾想到，是她们的到来，使中国改变了一个五十多年没有突破的陈旧观念——人的美是可以成为一种经济、一种社会现象，甚至是一种价值取向的。

美，还能为政治和外交服务。美的功能无处不在。美是属于全人类的共有资源。

3. 天堂之路

三亚是天堂，而从一个普通的、名不见经传的自然风景地到真正意义上的天堂之间，三亚走过了整整二十年。

由于三亚的特殊性，这个曾经不被人注意的小渔港在改革开放的年代经受了多次风起云涌的历史洗刷。

1984年，三亚第一次从崖县更名为三亚市（县级市）。这对日后三亚的发展具有历史性的影响。但就在这一年，三亚被卷入了"汽车事件"之中。1985年的整顿之风，强劲地吹拂着海南岛的每一个角落，三亚也不例外。三亚同时还经历了一场严重的自然灾害——21号台风，袭击了刚刚正名为"三亚市"的小渔港，造成五十人伤亡和两万多亩水稻绝收。

而之后的一年多时间里，三亚依然不平静：撤县改市的更大一波风浪正在"海南—北京"之间悄然进行。我在采访海南省人大常委会原副主任王学萍先生时，他讲述了当时撤县建市的前后过程：

中国改革开放的总设计师邓小平同志，在完成深圳、珠海经济特区建设的构架后，就在考虑哪个地方适合建立更大的经济特区，而当时中国的开放模式朝何方发展、谁是中国的发展榜样，小平同志说得最多、最欣赏的是新加坡模式，于是在海南岛建大特区的构思开始在他的脑海里形成。

"除现在的特区之外，可以考虑再开放几个港口城市，如大连、青岛。这些地方不叫特区，但可以实行特区的某些政策。我们还要开发海南岛，如果能把海南岛的经济迅速发展起来,那就是很大的胜利。"1984年春天,邓小平在改革开放后的第一次南方视察后,回到北京,找来中央几位主要领导,与他们进行了一次内容非常重要的谈话,时间是1984年2月24日。

几十天后的5月19日,国务院就批准了撤崖县建三亚市的决定。

1987年的三亚,阳光格外充足。新年刚过,三亚历史上第一个海关码头兴建。4月,本地籍干部陈人忠同志回到三亚担任中共三亚(县级市)市委书记。

"升格前的三亚市,我任市委书记。地级市筹备组成立时,我是三人筹备组成员之一,另一人是李国荣,他是原自治州州委书记。还有王学萍,他是原自治州州长。升格二十年来,三亚发生了巨大变化。我正是三亚巨变的亲身经历者、见证人。"陈人忠老书记在接受采访时,感慨万千。他说,三亚以它的魅力赢得世界垂青,其原动力得益于当年的一次"鹿回头特殊会议"精神。

陈人忠老书记说的"鹿回头会议",指的是1987年国庆期间,时任海南省筹备组成员的许士杰、梁湘和王越丰三位主要负责人带领省筹备组工作人员到三亚召开的一次特别会议。这是三亚升格前,海南省领导集体为三亚未来建设"把脉""定向",其意义非同一般。

1987年9月26日,一份以中共中央、国务院名义下发的"中发〔1987〕23号"文件,通过特快机要,送达海南省筹备小组所在的海口市。这份文件共三页纸,文件的第一条是这样写的:"(一)海南建省后,其他地方行政体制的设置,要从海南的实际情况出发,符合改革的要求。海南黎族苗族自治州,作为省县间的中间层,应予撤销。同时在少数民族聚居的地方,成立民族自治县或者民族乡,把位于自治州管辖范围内的三亚市,由县级市升格为地级市。"这是中央文件中第一次正式出现三亚升格的文字。

次日,许士杰给梁湘打电话:"国庆我们几个到三亚走一趟,海南省要成立,三亚市的升级工作是重要的先行步骤,我们必须重视。"

梁湘说得更直接:"三亚县级市升格,直接关系到整个海南省未来的重大战略。许多事情应当走在前面,请王越丰同志一起去,三亚升地区级市,少不了他这位黎族自治州州长出身的老领导。"

1987年国庆节,秋高气爽。许士杰和梁湘、王越丰同志,带着十几名省筹备组的主要负责同志,一起从海口到达三亚,在鹿回头市委招待所住下,随即叫来三亚市党政军领导及有关部门的负责人听取汇报。

陈人忠书记首先做了汇报，主要内容是汇报三亚市总体规划，这个规划其实已经不是局限于县级三亚市范围了，但当时的陈人忠只能把话"点到为止"，有些内容涉及远景规划。

许士杰和梁湘等人则不一样，他们的心目中，此刻已经把三亚定位为未来海南省的三大经济板块之一了，其余两处是海口和东海岸的洋浦港经济开发区。

"海南省马上要正式对外公布了。建省的历史性任务将落在我们这些人身上。你们说说，三亚的未来将如何定位？"学者风度的许士杰，一上来就把话题交给三亚的同志。

"正如我在汇报中向省领导同志报告的，我们认为，三亚的优势，就是自然风景美，得天独厚，特别是热带自然风光，这在中国是独一无二的，所以我们认为，发展旅游，把三亚建设成为热带滨海旅游城市是未来的三亚定位。"陈人忠见三亚的同志把目光都聚到了他这儿来，于是又将方才汇报所言及的一个突出问题重复了一遍。

"请梁湘同志发表高见吧！他在深圳特区干过，思路开阔，眼界高嘛！"王越丰同志说。

梁湘直了直身子，说："好，我谈一下看法。建省后的海南，其重点有三：一是海口，它是省委所在地，又是海南重要的港口城市与工业所在地。二就是三亚了。再者是洋浦港。三个地方各有分工，海口已经说了，是省会城市，洋浦港是工业经济区，将来海南的主要工业应该集中在那里。那么三亚如何发展呢？我原则上同意陈人忠同志代表三亚市委、市政府所给予三亚的定位，热带滨海旅游城市，这三个关键词是：热带、滨海、旅游，基本上概括了三亚的地理与资源优势。三亚不能有大的工业，更不能有污染。但是，三亚除了这三个特点和优势外，我们的目光应该把三亚放在更宽泛的高度去认识它。三亚这么好的自然风光和热带资源，它应当成为国际性的旅游城市。"

"对啊，三亚应当成为国际旅游胜地！"

"我们三亚就不比人家差嘛！"

众人情绪振奋。这一天，鹿回头宾馆内洋溢着一片热烈的气氛。

11月20日，国务院关于海南建省筹备组《撤销海南黎族苗族自治州设立民族自治县和三亚市升格为地区级市》的批复文件正式下达。这消息，让三亚人彻夜难眠。

12月31日,三亚市在市委大楼前,举行了隆重的庆贺仪式。有五千多人参加的"热烈庆祝三亚市升格地级市大会"在此召开,标志着三亚历史揭开了新的一页。

刘名启,三亚升格地级市后的第二任市委书记兼市长,也是三亚建市二十年中唯一一位集两个职务于一身的领导。他在接受采访时说,他是由一名正处级干部,在省委书记、省长陪同下来到三亚市,一下子升任为厅级领导的人,有点像当年的三亚县级市一下子升格为地级市一样。

当时的三亚虽然也称"市",其实还只能算个小渔港而已。除了一条老旧的"解放路"外,整个城内再也找不到第二条五百米以上的道路了。游客同样非常少,那时到三亚旅游,无飞机可乘,摆渡过琼州海峡也不是每天能抵达海口。

建市难,创业初期更难。许多干部很难与家人团聚——据说,一到周末,就有几十部汽车浩浩荡荡地从三亚往北开,原因是多数从省城到三亚工作的同志的家还都在老地方。"与家人不能团聚是一方面,更主要的是当时三亚的工作条件太困难,没有电,没有水,没有地方办公,没有地方住,这才是最要命的。"如今四五十岁的"老机关"们谈起往事感受最深。

没有电,是因为三亚历来缺电。没有水,也是老问题。三亚有个水库,是日本人在的时候修的。三亚建市初期曾经出现过"满城打井"的"群众运动"。其情景壮观而热闹,又非常可笑。设想一下,一个城市如果需要依靠打井来维持用水的话,该是何等艰苦。

程浩是梁湘亲自调来的一位具有特区工作经验的领导干部,作风大胆而泼辣,事业心也很强。他到任后就想改变一下三亚落后的城市面貌,换了谁当市长看到同志们满街打井过日子的景况都会揪心的,都会痛下决心改变旧貌的。程浩请命主抓城市改造工程建设。酷暑下的7月10日,解放一、二路改造工程拉开战幕,数百名建筑工人和几十台挖土机械组成的建设大军,将整个三亚仅有的两条主干道挖得天翻地覆,面目全非……市民们惊疑地看着眼前的一切,一半是欢喜,一半是担忧。欢喜的是总算盼来了马路拓宽的日子,担忧的是咋弄成东一个坑、西一段洼的,啥时候能出现平平展展、光光亮亮的大马路呀?

百姓担忧得不无道理。但干部之间认识上和行动上的不统一、不协调才是要命的。城市建设如何搞，是大上快上，还是一步一个脚印，因地制宜地上，各说各的理，到底谁的正确，似乎一时分不出胜负。于是挖马路成了程浩在三亚断送事业前程的"命运悲怆曲"。

1988年11月，三亚市升格后的首届领导班子大调整。市委书记李国荣和二把手程浩同时被免职，新来的人就是刘名启，这回他是市委书记、市长一肩挑。

刘名启被任命之时，正值王震同志到三亚视察。三天后，老将军走了，刘名启走出办公室，下乡去了。市委办公室负责人急忙说："刘书记，您下乡得派个秘书，您看谁合适？"刘名启一愣："秘书？我从来没有过秘书呀！"

市委书记不配秘书，成为刘名启时代三亚的一种作风，所以其他市领导也都没有秘书。"任职时，省委领导陪着我从海口出发，摇摇晃晃走了近一天时间，一路上我感觉越走越远，怎么三亚那么偏呀？当时的三亚确实很落后，街不像街，城更不像城了。当时的三亚国民生产总值，还不如广东中山、东莞的一个乡镇的水平。我任职后马上下乡，一方面我是当县委书记出身的，抓农业和农村工作比较在行，另一方面当时三亚的羊栏镇刚出了件事，是群众纠纷的事。我头天到了崖城，这个文化古城给我留下了深刻印象，我当即与镇政府领导和市政府有关同志商议了如何保护古城的思路。但是头天又碰到一件事，我看到当地干部在一条河上筑坝。这河是灌溉河，筑坝是为了发电。发电固然是需要的，可筑坝后影响了灌溉可是件大事。听崖城的同志讲，这里是三亚主要的粮食和蔬菜生产基地，农民们种粮种菜如果缺了灌溉，不等于断了生路嘛！我一看觉得这筑坝有问题，就对当地的那个书记说：'你明天到我办公室来一趟。'他问我啥事，我说我要问问他这筑坝搞小水电站经过专家论证没有。那个书记有些不高兴了，说：'我们啥都准备好了，你刘书记只要来给我们剪彩就行了。'我和缓地对他说：'没关系，剪彩晚几天没事，我们还是听听专家的意见再说。'第二天我把懂行的几个搞水利的技术人员请到办公室，也把负责筑坝的那个书记请来了，结果大家一议这筑坝搞小水电站的事，技术人员们一片反对声。这件事证明了我的判断没有错。三亚在当时还是个以农业为主的地方，对待农业万万不可违反科学规律。"刘名启对出任三亚领导初期的每一件事记忆犹新。

"另一件事就是羊栏镇的治安。这里的闹事，是海南建省后第一件直捅到中央的大事，发生在我们三亚，我们自然很没有面子，必须着手狠抓。三亚地理特殊，历史上就是经常有敌特活动的地方，社会背景复杂，社会治安是件大事，搞得好不好，直接影响三亚的发展。我调查后发现，主要还是经济不发达造成的，村与村之间出现纠纷，最后把事态扩大化，造成恶劣影响。归根到底，都是因为一些经济利益，老百姓被个别坏人挑拨，所以出现了聚众滋事。这也是三亚历史上的老问题。由此我更感到肩上的责任重大。同时，还发现一个实际问题，就是这里的警力不足。几万人的一个辖区，只有五名警察，其中三人还住在城里，加上平时有个把人生病什么的，真正值班的经常只有一个警察，这对社会治安比较复杂的地方显然是个问题。我调研后，即向公安局负责人提出，是否应该增加警力，包括对重点地区的派出所提升级别，扩大编制。我的意见及时得到了公安部门的认可，很快这里的派出所扩大了编制，达到了十五个警力。同时对警察加强了责任制，又通过党员干部深入群众做细致的思想工作，防患于未然。结果我在三亚任职的五年间，羊栏镇就再没有发生过大的治安问题。"

其实，三亚改观的不仅仅是社会秩序，更重要的是三亚市委、市政府上上下下的干部思想和心态发生了变化。他们认准了一个目标，那就是：团结一心，同心同德，努力把新三亚建设好！

1989年的8月和9月，三亚相继召开了具有历史意义的第一次党代会和第一次人民代表大会。市委、市政府向全市党员和人民宣布了近期与远期的三亚发展蓝图。全市上下的干劲被鼓得足足的。

上苍仿佛有意要考验新三亚。党代会和人代会刚刚闭幕，一场持续登陆24小时的台风和暴风雨袭击了三亚，给人民生活和农业生产带来了严重损害。羊栏等地的灾情异常严重。刘名启、陈人忠、徐彩凤等市委领导带领干部冲锋在前，与广大群众一起奋战在抢险救灾第一线。事后，田纪云等中央领导同志看了刘名启等市领导带头在水中参与抢险救灾战斗的影像资料片后，深为感动，说三亚的干部和群众是经得起考验的，新三亚建设大有希望。

是的，三亚的希望在于有一群敢于面对困难、勇于开拓进取和下决心干好工作的干部以及对未来充满信心和期待的广大人民群众。他们坚信自己的力量，坚信只有把三亚建设得更加美丽，才能对得起中央领导和全国人民对三亚的期待。

作为那个时期三亚领航人的刘名启，他比谁都深切地感受到心中的压力和责任。"江泽民同志1990年5月和1993年4月两次到三亚视察，我都是主要陪同者，他对三亚每次都有重要和具体的指示，这些指示归结起来，就是要求我们好好保护这块地方，要把三亚建设成为全国人民和全世界游客喜爱的热带滨海旅游城市。江泽民同志自己对三亚的那份特殊感情，也深深地感染着我们，我感到有压力是自然的事，因为党和人民把如此重要的担子交给了我和三亚的同志。我们只有把它建设好。"二十年后的刘名启，对当年江泽民等中央领导的嘱托，记忆犹新。

建设好三亚，是几代中国领袖的情结，三亚人没有理由在这种崇高的责任面前不思进取、不思作为、不思创新！

条件落后，基础差，是三亚建市初期的基本市情。

衣食住行是基础之基础，现代化的三亚必须从一点一滴做起。那些日子里，外界也许并没有感觉到三亚有多少实质性的变化，但三亚人的感受却是实实在在的——

先是有水喝了。刘名启有一段时间被派到中央党校学习。"这可是个好机会！我利用学习期间，几次跑到水利部，去找那些领导，请求他们支持我们搞水库。三亚过去有些水库，但坝基太低，设施差，老化了，所以蓄水能力差。三亚建市后，城市用水和农村灌溉发生矛盾。我们又穷，没钱修整旧水库，更没能力兴修新水库，只能求助于国家。水利部的领导非常关心我们三亚的具体情况，省里也很关心，所以很短时间内，我们就筹集了上亿资金，不仅在东边搞了个赤田水库，又在西端建了梅山水库，既满足了城市供水，又解决了农业灌溉。"刘名启和陈人忠都记得这两个水库对当时稳定三亚人心和保障农业生产所起的作用。

"在城建方面，我们搞了个'420工程'，就是对420米的三亚市内的主干道进行改造，后来又按照新规划搞了个'1350工程'，即改建扩建从潮见桥至大东海的路面。同时又将作为东线高速公路独段的路面加宽至四十米。1990年，又进行了西河西路建设工程。这些道路和城市工程，对当时三亚改变城市形象起了重要作用，尤其是使三亚百姓对树立建设现代化国际旅游城市的信心不断增强。"

"这建设，说起来似乎很容易，可建市初期，我们手里没钱呀！不像现在一年的财政十亿八亿的，那时全市的财政才几千万，够什么用？连修一条路的钱都不够！怎么办？我们也有办法，是穷办法！"二十年后的刘名启很为自己当年的"招数"骄傲,"我和其他几位领导同志商量后,做出一个决定:将市政府原先管辖的几个招待所和酒店卖出去!按照市场运作办法将它们卖掉了!结果我们收回了几千万元钱。如今在大东海你们看到的'南中国大酒店',原来就是我们旅游公司下属的一家小酒店,卖给香港人后,人家投资进行了翻建,变成了三亚第一家五星级酒店。中央领导后来就开始住'南中国',不住鹿回头招待所了。这样的买卖,虽然也是逼出来的,可在当时也算是思想解放的大举措了。用现在的话说,是盘活了国有资产。"

刘名启认为,自己在担任中共三亚市委书记那几年中,值得写进三亚历史的,当算他和市委、市政府一班人坚持走了要把三亚建设成"东方夏威夷",而不是河北北戴河的路子。"这个意义太重要了,现在看来更是意义非凡。建市初期,正值全国性的'海南投资热'。我们三亚是国家唯一的热带滨海城市。1992年,小平同志南方谈话后,全国掀起了海南投资热,到我们三亚来投资的单位尤其是那些国家单位和各省市的单位,简直多得应接不暇!我这个市委书记天天会碰到有人说要给我们三亚送钱来,说要高价买我们的地、买我们的海滩。你说这不是大好事吗?是好事!过去我们没有钱,现在有人大把大把地恨不得将银行都要搬到我们三亚来换我们的地呀!可我们一块地都没卖给这些单位,原因是他们都想在这里建招待所和疗养院!我们当时顶着不小的压力啊!我们没有把亚龙湾和其他几块好地方卖出去,不卖出去是因为我们记着江泽民和其他中央领导同志一再叮嘱我们的,要把那里建成中国的夏威夷!现在看来,如果当时我们把亚龙湾卖出去了,海滩都变成了国家机关的招待所和疗养院了,那是对三亚和国家自然资源的巨大浪费!"

今天的亚龙湾真是太美了,它已经成为三亚最美的地方,并且跻身国际旅游风景胜地的行列。三亚人和所有来到三亚感受亚龙湾之美的人们,都应当感谢刘名启及其之后的几届领导坚持不懈、坚定不移地将既定战略铭记心头,并付诸行动,是他们守住了这块天赐宝地,使它有了今天光芒四射的魅力!

现在该说到钟文当书记的时代了。用时代来叙述三亚发展某个阶段的风风雨雨并不为过。虽然这个年轻的美丽城市才只有20多岁,但就其走过的艰难历程来说,它够得上中国当代社会学家和历史学家们以"解剖麻雀"的方式,来认真地考察它,因为三亚可以说代表着一个具有中国特色社会主义城市的快速发展模式。

1992年，刘名启还没有离开三亚的时候，中国从南到北就开启了一场自改革开放以后的又一次大的进步浪潮。这股浪潮的开启者就是邓小平同志。南方谈话便是这一浪潮掀起的动力。三亚升格地级市后，以南方谈话为指导，进入了一个全新的发展阶段。

用三亚人自己的话说：刘名启把三亚稳定了，而钟文则把三亚做大了。

钟文于1993年4月25日接任中共三亚市委书记，这位务实的干部来到三亚后立即投入三亚的城市建设大潮中。

在5月20日召开的三亚建市后的第二次党代会上，钟文书记做了题为《抓住中心，牢固根本，兼硬两手，把握关键，为完成新的历史使命而奋斗》的报告。钟文所说的"中心"就是以经济建设为中心，即要继续坚持改革开放，大力解放和发展社会生产力，实现经济实力的成倍增长。"根本"是指三亚是个驻军多、多民族聚居的地方，要搞好团结这个根本，才能发展好地方经济。"两手"指的是物质文明和精神文明建设。

刘名启在任的五年，实现了三亚经济指标较升格地级市时翻一番。钟文在党代会所做的报告中确定了自己这一届的经济目标是：到1997年，三亚国内生产总值要达到22.75亿元，年平均增长23.3%；国民收入20.5亿元，年平均增长26.8%；工农业总产值20.2亿元，年平均增长20.8%；财政收入1.73亿元，年平均增长11.2%。除了财政，各项指标的增长率都在20%以上，这显然是一个高速发展的指标。

高速发展的指标，就该有相应的高速发展的措施。

钟文担任中共三亚市委书记时面临的问题是：如何跟上全国迅速发展的现代化建设大潮。海南大发展，三亚理当紧紧跟上。就改革开放的形势而言，三亚和海南都是后起的发展地区，当深圳特区风起云涌、成为世界瞩目的发展模式时，三亚和海南尚处于现代化发展的胚胎阶段。晚起步十年二十年，在今天全球化的形势下，不能不说是一个严肃而严重的问题。时间就是生命，必须迎头赶上。现在，以历史的眼光来重新审视当年钟文他们那一届领导人为什么千方百计想在三亚寻找能够迅速提升经济效益的工业增长点，就会明白他们的苦衷了！

旅游作为支柱产业，这是毫无疑问的。可要让旅游经济的产值作为城市发展和改善人民生活的主要经济来源，对刚刚起步的三亚来说，难度可想而知。

三亚要起飞，就必须有一个起飞的地方。修建机场便是三亚人首先要完成的一件大事。没有机场的三亚将是一个死岛,一颗埋在地下的玉石。三亚人选择了凤凰机场。"凤凰"的名字很好听,但凤凰涅槃时是痛苦的。机场建设需要一块巨大的土地。要土地、要建设,就得让一部分生活在这里的百姓搬迁,牺牲自己的一些利益。

"那些日子里,钟文书记和王市长他们磨破了嘴皮子,带领下面的工作人员去老百姓家一户一户地做工作,没日没夜。"一位当年参与机场建设土地搬迁工作的同志这样对我说。

建机场是钟文从刘名启手上接过来的一副重担。然而,1993年6月,中央宏观调控的文件将许多地方的超常建设风潮狠狠地刹了一把——大特区建设中的海南首当其冲。"三亚是个小地方,1992、1993年初形成的房地产热,这时一下出现了严重泡沫,整个经济形势急转直下,内地资金猛地抽走五个多亿。资金出现倒流的现象,即原来三亚的资金都是从内地流到我们这儿的,现在突然从我们这儿回流到内地。三亚这么小的地方,几个亿资金一抽走,等于整个身体被抽干了血,还能干啥?"有干部这样形容当时三亚所处的危情。

几乎一夜之间,三亚所有的建设大项目都停顿下来。可是机场建设不能停,而且必须尽快完成。

1994年,钟文主持完成新一届党代会组织工作后,紧接着接待了联合国世界旅游组织秘书长萨维尼亚克及新加坡的李光耀先生,同时还接受了法兰西委员会授予大东海湾旅游中心的"国际最佳旅游金杯奖"荣誉。所有这一切,都是国际组织和人士对三亚旅游的期待……内部遭遇资金紧缩和政策性调整,外部面临期待压力,这就是三亚当时所处的境况。

钟文和市长王永春等市委、市政府领导每天都处在重压之下。退路没有,前进又困难重重,不进则退,退则无生存空间。硬着头皮、顶破头皮向前,是当时唯一的选择。"苦战九个月,拿下凤凰机场!"钟文向全市党政机关干部和全市人民发出战斗动员令。

"机场建设大战,是检验三亚人民和上上下下战斗力的一次历史性事件,因为当时围绕机场建设,需要牵动全市的多项建设。除了机场本身外,还有通向机场的大道。几十里的大道,就有桥梁和其他支路的建设,因此当时我们分了九个块块,有道路的、有水电的、有机场航运所用的等等。同时又设计和进行了24条沿线道路、7座桥梁及三亚二环路建设……那九个月啊,我们全市上下,拧成一股劲,整个三亚像个大工地,到处红旗招展,歌声嘹亮,不分白天黑夜地战斗着。很壮观、很带劲,当然也特别累。大家心往一处想,劲往一处使。我们在钟文书记为首的市委领导下成功地完成了机场建设和其他辅助建设,当1994年7月1日三亚凤凰机场正式通航的那一天,我们再乘车走一走机场和机场到三亚的路段时,我们猛然发现三亚变大了!"当年参加凤凰机场建设的同志如此激动地回忆道。

"三亚凤凰国际机场建成通航,对进一步改善三亚和海南的经济投资环境,密切三亚、海南与国内外经济、文化交流与合作,促进海南开发,尤其是加快三亚国际滨海旅游城市的建设步伐都将起到巨大的带动作用。"时任省委书记阮崇武面对海内外来宾这样高度评价三亚凤凰机场。

三亚因为有了凤凰机场,从此就像阿里巴巴打开了宝窟。

现在我们来到凤凰机场,已经能深深地感受到这里忙碌异常的气氛和景象了。这里,每天迎来送往着国内外游客,无论是夏季还是冬季。三亚凤凰机场这只美丽的"凤凰"现在越飞越远、越飞越带劲,从南到北、从东到西,从日本到韩国、欧洲、美洲……

三亚因为有了这只"凤凰",开始变得更加浪漫、更加美丽……

我们再回到1994年前后的三亚。

1994年的三亚凤凰机场虽然通航了,可三亚经济并不像一架架"北航"客机一样腾空而起。正好相反,三亚经济所面临的困境和问题此刻已逐渐显露出来,而且随着国家宏观调控的进一步加强,以房地产为标志的三亚经济全面陷入困境。

"1993年下半年开始,在三亚投资的房地产公司开始大批撤资,直到1994年底仍然在不停地撤,等到1995年时,整个三亚与海口的情况一样,满目都是烂尾楼。我当时在房地产交易所当主任,所里的其他人都走了,就留下我一个人。原先一亩地拍卖价可以达到380多万元,到那个时候50万30万还没人要!"三亚市房地产业协会秘书长蔡兴业先生说。蔡先生是1992年从东北的一所高校辞职到三亚来淘金的。这位怀揣硕士文凭的高校教师本想在三亚大干一番事业,哪知在他把家搬到这里的第二年,他所期待的理想行业——三亚房地产业就陷入了困境。"三亚经济在当时让人看不到希望。人们寄希望于旅游产业的带动,所以那时大家把亚龙湾开发看得特别重,企盼它能给三亚带来新的生命力和希望。"

三亚海岸之美丽,在中国是独一无二的。而在三亚诸多的海湾中,最早开发的是靠近市区的大东海湾。三亚建市后，人们的目光开始转向一个更美的海湾，即现在所有到三亚的游客都去看一看、最好住上几天的亚龙湾。

亚龙湾之美，据说可以同世界上所有最著名的热带滨海景区媲美，比如印尼的巴厘岛、泰国的普吉岛等，被誉为"天下第一湾"。

亚龙湾的开发建设遇上了好时光。1992年，正是邓小平南方谈话后不久，国务院在年底批准了亚龙湾作为国家级的旅游度假区，这就给了亚龙湾一个"皇家贵族"的出生证。

从20世纪80年代到90年代初的十几年中，关于亚龙湾的开发设想，一直受到中央最高层的关注。1992年，时任中共中央政治局常委的国务院副总理朱镕基专程来到亚龙湾考察。1993年3月底，国家旅游局等十二个单位评审通过《亚龙湾国家旅游度假区总体规划》刚结束，4月，江泽民总书记又来到亚龙湾。面对如此美丽的海湾，他感慨万千，深情地对海南和三亚的领导说："一定要保护好它，开发好它！"

也就在江泽民考察亚龙湾当天，亚龙湾开发股份有限公司正式成立，除中国的中粮集团公司外，还有美国、日本、新加坡、澳大利亚等国家及香港和澳门、台湾等地区的大财团做股东。

历史性的责任落在了钟文书记、王永春市长这一届领导的身上。

1994年的三亚，是极其忙碌的一个年份。仅6月和7月份，市领导出席的大活动就接二连三。梅山电厂的签约仪式刚刚结束，机场上"北航"首架飞机首航仪式还在期待着书记、市长的光临。钟文书记在市土地利用总体规划会议上，刚刚发表完"大三亚"建设的新构想和建设三亚"四大区块"的组团式新思路，南山的崖13-1天然气建设工程的海底管道干线工程铺设全线完毕的捷报又传来了。

省委书记阮崇武于6月22日、7月1日两次来三亚视察工作。9月10日，阮崇武书记又来三亚，这回省委书记来此传达的精神更重要、更紧迫：1996年1月1日，"中国度假休闲游重点在海南"的大型活动要在三亚召开，阮书记盯着钟文、王永春等三亚干部说："此次度假休闲会议是中国首次召开，意义非凡，是打开我们海南和三亚国际国内休闲度假旅游的总号召令。我们不仅要把这次会议开好，而且要借这么一次机会向国外旅游界人士充分展示我们海南和三亚的形象！务必要搞成功！给来宾留个好印象！"

一个以开发亚龙湾、改进三亚城市基础设施、迎接中国首届度假休闲会议为主题的战斗拉开序幕。

从阮崇武书记来三亚做动员到正式召开这次会议，中间总共不到十六个月，而作为中国度假休闲胜地的亚龙湾必须有个让人看了舒服的模样。或者说，亚龙湾这位"绝代佳人"的亮相，必须做好，做漂亮，否则将对三亚旅游更上一层楼、对海南和中国旅游业所提出的"度假休闲"概念是毁灭性的打击。

三亚此时责任重大。

首先是通往亚龙湾的道路必须建设好，这已经不成问题。

其次是整个亚龙湾十八平方公里开发区内的搬迁与土地整合，同时必须有标志意义的大酒店的诞生。有意向的国际、国内投资公司很多，但能够在短时间内第一个在海滩上建起最现代的豪华酒店，最为重要。

第三是亚龙湾的标志性建筑——亚龙湾必须有个门面，作为展示"绝代佳人"的地方，在来访者初至此地时，应该给予我们的美女一个陪衬的"屏风"是非常必要的。

亚龙湾中心广场便是这个"屏风"。现在我们来到亚龙湾，首先看到的正是这个美丽壮观的"屏风"——中心广场。

中心广场位于亚龙湾国家旅游度假中心，占地面积逾七千平方米，远远就能见到那根高27米的图腾柱。走上台阶，靠近广场中心，再环视这儿的一景一物，充满了东方远古的神秘文化。那围聚在图腾柱四周的是中国农历二十四节气的雕塑，气势宏大，用材质朴，形象独特，体现了中华民族的原始自然崇拜和对吉祥太平、丰收富足的美好追求。广场外围所设计的五组造型优美的白色帐篷以及大型彩色喷泉，更衬托出滨海广场的独特风情。

今天的亚龙湾已经是美丽绝伦的世界级度假休闲地了。可三亚人最清楚，十年前为了让这位"美女"盛装出嫁，他们是何等费心费力！

中心广场仅用七个月建成。"那七个月里，我们车不熄火，机不停转，昼夜奋战，终于高标准、高质量地建成了以东方远古神秘文化为主题的这个占地面积七千平方米，集观光、集会、娱乐、餐饮、服务等多功能于一体的大型综合性旅游广场。我们的工程后来还获得了1998年度中国建筑工程最高质量奖——鲁班奖呢！"建设者自豪地对我说。

而此时的亚龙湾，还有另一个异常受人关注的大项目——由知名美国设计公司按美国职业高尔夫协会颁布的标准设计、建造和监理，风格呈现浓郁的欧美古老"Links"球场韵味的亚龙湾高尔夫球场，也赶在1995年基本完工。高尔夫球场的建成，使亚龙湾这位"美女"更加光彩夺目。

现在，亚龙湾就缺可以留住宾客的大酒店、大宾馆了！谁来建？谁来第一个建？美丽的亚龙湾期待自己出嫁前最重要的一样东西——嫁妆。

"我来！"在众多世界名流巨商的观望中，中粮公司率先投资来做亚龙湾的第一份"嫁妆"。后来这个"嫁妆"取名叫三亚凯莱国际大酒店。

"过去，我们拥有自己的颜色：梦想蓝、喜悦橙、青春绿。现在与亚龙湾结缘，我们将拥有蓝天、白云、沙滩和碧绿的海水及清新的空气，于是我们拥有了地球上的所有。"中粮人这么说。亚龙湾第一家五星级度假酒店就这样在三亚人和中粮人的共同努力下，开始在"天下第一湾"垒起第一块基石。它的建成速度和竣工后的皇家风范让当地人第一次感受到什么叫"国际水平"。

亚龙湾到了正式向世人亮相的时候了。

1996年1月1日，中国首届度假休闲旅游年开幕式在亚龙湾中心广场开幕。时任国务院副总理兼外交部部长钱其琛、国务院外办主任刘华秋和国家旅游局、海南省领导及中外宾客、新闻记者、三亚市民等五千余人出席了这次大会。而此次大会，同时也标志着三亚作为国际热带滨海旅游城市，全面进入以旅游产业为主导的社会与经济发展的全新历史时期。

当时有媒体预测：未来十年内，中国将成为世界旅游的热点。因其地域和资源的特殊性，海南在中国旅游业引领着度假游的潮流，而三亚将是海南旅游的重中之重。

1998年2月，三亚迎来了一位年轻的书记，他便是王富玉。王富玉的到来，给三亚带来了一阵清风、一片激情、一个新的时代。

1997年和1998年，三亚市的领导层调换频繁，可以说有些超乎寻常。三亚作为旅游城市，直接受到了亚洲金融危机的冲击。加之当时海南房地产出现泡沫，面临"崩盘"的严峻形势，三亚的经济陷入了最低谷。

王富玉就是在这个时候被任命为中共三亚市委书记的。副书记和市长是陈孙文。那一年，王富玉44岁，是省委常委中最年轻的一位。之前，王富玉在琼山市任市委书记，他还当过海口市副市长，来海南之前他是石家庄市的副市长。他对海南和三亚充满了感情。党的"十七大"召开期间，我去采访他，请他谈谈在三亚的经历，他对我说："我到三亚后一看，面临的问题要比我想象的严重：一是土地资源处于枯竭状态；二是遍地都是烂尾楼；三是财政没钱，机关和事业单位的干部职工发不出工资，处在初一收入税、初二发工资的状态；四是旅游市场严重不足，酒店就吃春节那几天的生意，一过初八，酒店、宾馆就没有人了。全市上下，有相当多的人不安心工作，对三亚缺乏信心。我对上面的问题有自己的看法，认为主要是干部队伍不团结，城市建设定位不正确，没有好的环境，硬的软的环境都不行。怎么办？团结问题在党代会上得到了基本解决，日后又处理了几个爱闹事的人，又提拔了一批事业心强的同志。其次是抓城市建设定位。我提出，环境是生产力，环境是生命线，是三亚发展的后劲。环境是三亚的生命、三亚的饭碗、三亚城市建设第一位的工作。谁破坏了环境，就端掉谁的饭碗。在当时提出'环境第一'，把环境提到如此高的位置是很不容易的，后来我们都是围绕这个中心和科学发展的思想进行三亚城市建设的。"

王富玉可能是所有中共三亚市委书记中最有影响力的人物，而且又是最有争议的人，因为他的一声"炸楼"，使他名扬全国，同时又引来许多争议。有关"炸楼"的是与非，历史已经做出结论。这个结论是：王富玉的"炸楼"把三亚"炸"美了……

不是所有的人都能对一件颇有争议的事果断处理的。如今在全国各地随处可见违章建筑、违反规定的"开发区"、违反环境治理条例的项目，中央早已三令五申，可动真格的有几个？为什么？原因很简单，又很复杂：这些违规和违法的背后，都有各种各样的利益，都有各种各样的权与利的交易，即使有心想"公事公办"的好干部、好领导，也未必能处理好这样的事。但王富玉做到了，三亚做到了，而且在十年前他们就做到了，可以说三亚是全国率先做到并获得全胜的城市。

这一段历史是严酷和沉重的，同时也是十分艰难的。

在三亚，有位干部给我讲了王富玉刚到三亚时做的一件事："1998年2月23日，省委宣布了对王富玉的任命，两天后，王富玉就到了最偏僻也是最穷的农村——东方红村。哪知王富玉在山上等了一天，东方红村的支部书记就是不愿见他，理由是：我们几十年不是一直在唱'共产党像太阳，照到哪里哪里亮'吗？可我们东方红村咋就没有'亮'过？村支书说的是他们村从解放到现在，一直没有电，没有电老百姓就只能一直黑灯瞎火地生活。没有电，就不能办学校，就不能看电视、听广播、搞农业生产……等了一天，最后这个村支书终于'接见'了一下王富玉这位市委书记、省级领导，可也没有好话说给他听：'日本人来了没有电，国民党来了没有电，共产党来了几十年也没有电，我和村里的百姓就是这个态度。你们要能解决我们的电，让我们村亮起来，我就喊"共产党好"，否则，你就是来再大的官，我也不会出来理你们了！'这位村支书的话，给王富玉的震动非常大。后来，他在全市干部会议上提出了一个目标：他提出用四年时间，不摘贫困帽，就摘乌纱帽。当时市四套班子干部全都有任务，每个领导干部承包两个最差的村子。我们的公安局局长背着枪，卷着裤腿，汗流浃背地帮百姓盖房子、铺水泥路……那阵子，许多老百姓看到干部们这样帮助他们，都十分感动。王富玉书记亲自监督，他还让法院院长带头去这个村蹲点——三亚当时很穷，弄点钱来帮助农民很不容易。法院院长本事不是大一点嘛！所以王富玉书记就让法院院长去东方红村蹲点。在王富玉书记的关心和法院同志的辛勤帮助下，东方红村后来建了一个小水电站，有了电后，家家户户就亮了起来。通电那天，全村百姓喊了一天'共产党万岁'，唱了一天'共产党好'，那个场面太感人了！"

但王富玉到三亚后面临的更大问题还不是像东方红村脱贫这样的问题，而是三亚当时严重的经济落后以及市场环境的极端混乱。症结在于满目疮痍的烂尾楼——20世纪90年代的海南（当然主要集中在海口和三亚两市），到处是残垣断壁般的烂尾楼。对一个旅游城市，尤其是对一个靠"美"转换成物质财富的城市来说，烂尾楼太损害城市的形象了！

"烂尾楼不清除，三亚就没有出路，就永远不会有人进来再投资，游客也不想再来了。我们被逼到了非动真格不可的地步。但真要动真格时，一桩桩难题、怪事，简直多得出乎你的想象……"王富玉说有的楼盖了半拉子，大门一关，你敲不开它；有的楼盖一半扔在那里，你好不容易在工商注册那儿找到了主人，人家根本不承认是他的，可你真要动他一块砖时，他们会一下子冒出几十号人，非砸断你的腿不可！啥样的事都有。只有一件事情没变：你不动真格，烂尾楼仍然安安稳稳地竖在那里，让三亚丑态百出。

"后来我们按照中央的精神，开始强硬处置烂尾楼。先发通知，限时令业主来与政府有关部门商议处置办法。这样解决了一部分烂尾楼，但仍然有相当多的楼连人都找不到。当时遇到的问题是，那些找到业主的烂尾楼，你还得有一个最终的处置结果吧？政府总不能去把所有烂尾楼全部重新建好吧？哪有那么多资金嘛！于是想出了个办法：拍卖。但拍卖的做法一出台，就引起了社会方方面面的反对和争议……"王富玉说。

王富玉的传奇是从这个时候开始的。

他的下一个大动作是要炸楼——把那些拍卖不动、无法处理，业主不服从处理又想硬顶，或者严重影响三亚城市规划和美观的烂尾楼，统统炸掉！

"炸！"一个"炸"字，惊天动地！一个"炸"字，让王富玉成了全国著名人物。这期间，他差点也被别人"炸"得粉身碎骨……

"我们炸了大东海那个地方的两栋楼，其中一栋楼的业主是我的熟人，他们不理解我们的行动和做法，怎么做工作都做不通，最后只能跟他们翻脸了。另一栋的主人很强硬，一直不理会我们的好言相劝，动真格的时候，人家就明的暗的都来了。我不怕……"王富玉回忆起当年，仍旧一腔热血，"有些事，老实说到现在还不太好说。因为三亚的房子，有正常经营的房地产，有中央和全国各地政府机关来盖的疗养院和各种培训基地，还有各种背景下的别墅等等，你都碰不得。我们的压力由此而来。当时我才真正了解了啥叫别无选择。我告诉这些老领导、老朋友，三亚要发展，要发展就得大家一起来付出代价。这就叫别无选择。我告诉他们三亚不是我王富玉的，也不只是三亚人民自己的，三亚是全中国人民甚至是全世界人共有的一块美丽之地，谁破坏了这块美丽之地，谁就是罪人。"

十年过去了，现在的三亚已是如诗如画，我们再也看不到那种满城伤疤似的烂尾楼了，也无法感受到当年王富玉经历的那种"山雨欲来风满楼"的气氛。

有一位经济学家说过，一个城市的活力，是从健康的科学的蓬勃发展的房地产开始的。三亚的真正腾飞，也可以说是从"炸楼"之后的新一轮房地产开发热起始的。

1998年12月18日至20日，时任国务院总理的朱镕基来三亚视察，先后考察了崖城镇坡田蔬菜基地、天涯镇文门村的庭院经济等，也参观了三亚著名的风景区，包括亚龙湾。这位素有"铁面总理"之称的总理，除了在视察农民家和普通百姓在一起的时候脸上堆满了笑容外，与干部们在一起的时候，那面容一直是威严的。朱总理这次视察期间，给三亚干部留下印象最深的是他毫不留情地批评三亚的城市建设"城不像城、村不像村"！

"我看你的名字应该改成'王美玉'——三亚不建设'美'，你这个书记也'富'不起来！"这是朱镕基对王富玉说的话。

像朱镕基这样严厉的批评是来三亚的那么多中央领导中少有的，而这话也着实让三亚的干部们头脑清醒了不少。

"那时三亚的城市建设确实不太像样，毫无章法。王富玉来后，从钟文、洪寿祥等前任手中接过'大三亚'后，开始朝着'美三亚'的目标迈进，发展和推进了新一轮的三亚城市建设工作……"一位"老三亚"说。

"我在任期间很荣幸请到了时任全国政协主席、城市建设的行家李瑞环同志为我们三亚城市建设支招。如果说三亚后来的发展和建设能够做得比较好，李瑞环同志的功劳首屈一指。"王富玉跟我说过这样的话。

2000年2月，李瑞环同志到三亚视察。这位平民出身、对三亚充满感情同时熟悉城市建设的领导人，在王富玉等人的盛邀下，结合自己三次来三亚的观察和感受，于2000年2月10日，与三亚干部们进行了一次面对面的关于城市建设的对话，以一位行家的身份为三亚把脉支招。

2000年底，李瑞环同志又来到了三亚。这一次他到了三亚不少地方，而且看得很仔细，最后他满意地笑了。在接下来召开的会议上，他对三亚的领导说："从2月上旬到现在不过十个月，三亚城市建设动作很大，变化很大，势头很好。可以肯定地说，三亚市委、市政府，三亚的广大群众，付出了很大的努力。同时，也可以肯定地说，海南省委、省政府，青林、啸风等省领导同志，做了大量的工作。三亚城市建设抓得富有成效，眉目已经显现，许多地方未来的景象已见端倪。三亚的建设对全国都有影响。新闻单位的报道都是好的，外地人来后的反映也都是好的。令人高兴的是，市里几套班子和广大干部群众，对城市建设思想认识一致，态度比较坚决。希望你们把这种势头保持下去，提高质量，讲究科学，力争创造国内甚至国际一流水平！"

会场内响起了热烈的掌声。

三亚市委在王富玉的主持下，借着李瑞环同志支招的东风，针对全市范围内建设方面存在的问题，进行了一次全面的整治和新的科学规划，使三亚重点风景区和城市的整体面貌跃上了一个新台阶。

我们应当记住那段激情燃烧的岁月。

我们应当记住那段流血流汗又流泪的不平凡岁月。

现任三亚市委宣传部部长张萍女士告诉我："其实，那几年为了把三亚的城市品牌打出去，在全国和全世界打响，王富玉书记、陈孙文市长等领导都亲自带头到外面去当三亚形象的推销员。三亚的名声就是这样一点一点地打出来的!"

其实我知道,三亚市历届领导都十分重视对三亚形象的宣传推广工作,包括海南省历届领导在内,他们都为推销和宣传海南及三亚做出过贡献。

王富玉那届领导对宣传推销的造势,更显得声势浩大。王富玉大刀阔斧的作风在这个时候得到了淋漓尽致的发挥,同时又因为与他并肩作战的陈孙文、王为璐、吴文学这几员大将,对宣传推销三亚有着共同的认识和激情,所以在跨世纪的那几年中,三亚的对内对外宣传迎来了一个"旺季"。这个"旺季"也使全国以至全世界的人都认识并爱上了三亚……

1999年,三亚市委、市政府提出了"塑造三亚旅游形象"的概念,即要在形象上把三亚的品牌打出去。王富玉书记说的话更狠了:"谁砸三亚旅游的牌,就关谁的门,摘谁的乌纱帽!"

为了配合"三亚形象"的塑造,这一年的3月1日,市委召开常委扩大会议,专门研究了城市道路整治与公园建设方案,至此,三亚市一个大规模的城市绿化美化工程开始全面启动。

当年的9月10日,三亚走出了庄严而重要的一步,由副市长吴文学带头,市政府在广州市召开了宣传推介三亚旅游重要项目的新闻发布会和主要景点推介会。

会上,他们向海内外宾客隆重推出了当年度的"九九重阳"活动——南山长寿文化节;其次是11月份的"天涯海角"世纪婚礼节,以及迎接2000年新世纪第一缕阳光的"千年庆典"。

后来这三项活动获得了空前成功,三亚的名声也因此大振。

王富玉、陈孙文和吴文学这几位"旅游狂人"不满足于此,他们的目光投向了更远、更大的地方。

有一天,北京人突然发现王府井大街上正在举行"三亚旅游宣传周"活动。身穿绿色"岛服"的王富玉在那儿举着高音喇叭宣传三亚如何如何好,他那幽默而动情的语言,吸引了众多过往的行人,纷纷询问三亚的有关细节。

"到三亚旅游,保你满意。如果遇到不痛快的事,找我这个书记就是!"王富玉拍着胸脯向大家打包票。

"嘻嘻嘻……我们一定去!有书记在这儿做广告、打包票,三亚一定错不了!"几位东北姑娘被王富玉的话打动了。

书记、市长亲自到全国各地推销宣传自己的城市,这在王富玉时代可以说开创了中国城市宣传之先河。产生的效果是明显的：从新千年的第一个春节开始，到2001、2002、2003这三年，三亚的旅客几乎都是以每年30%—50%的速度递增。

在进行国内宣传推介的同时，三亚人的目光更多地放在了拓展国际旅游市场上。

南山文化风景区的开发建设也非常有针对性。1999年南山首届长寿文化节和南山寺开光之后的一系列活动，都是为了吸引日本、韩国以及东南亚地区的游客。尤其是为了打开韩国市场，三亚的多位市领导带队到首尔等重点城市去搞宣传活动，甚至把韩国政坛曾经任职的要员聘请为三亚的旅游顾问。之后，韩国的包机很快就开通了。现在三亚至韩国的航空专线每周都有好几个航班，旺季时甚至每天都有几个航班。

2000年1月6日，三亚凤凰机场异常热闹，气氛格外喜庆。海南省政府副秘书长黎树祥、三亚市常务副市长吴文学早早地来到贵宾通道，他们手持鲜花，脸上的神情显得异常激动。

"现在播送一个重要消息：俄罗斯新西伯利亚至三亚的旅游包机航线正式开通，首班包机现在马上就要进港，我们由衷地祝贺三亚这个美丽的城市能走出国门、迎来更多的海内外宾客。"机场的广播响了起来。

"来啦，来啦！俄罗斯朋友们来啦！"顿时，机场迎宾口热闹了起来。不多时，三亚机场的外宾通道口，出现了一大群提着各种旅行包、身穿五颜六色的休闲服、满脸好奇的俄罗斯客人。

"欢迎！欢迎！热烈欢迎！"手持鲜花和彩旗的三亚儿童们，边歌边舞，机场内外，好不热闹。

这一天对三亚来说，意义非同一般。因为三亚从此打开了俄罗斯市场，而俄罗斯市场的开启，证明了王富玉他们的旅游战略获得了成功。

4. 金沙滩、火凤凰、红树林

记录一个城市几十年的历史，尤其是要记录一个发生了翻天覆地变化的城市几十年的历史，并不是件容易的事。任何断裂和片面，都可能会遗漏重要的信息。然而三亚升格地级市后的二十年中，任何一段历史进程，都不是独立的。没有哪个领导、哪届政府单独地完成过一个独立的历史进程，这是因为三亚从小渔港走向现代化的国际热带滨海旅游城市的建设步伐，虽然有跳跃式的阶段，但更多的是一个个脚踏实地的进步。而一届又一届领导带领全市人民走向成功和辉煌的历史轨迹，也基本上是接力式、交叉式的，甚至是前后传承的。

刘名启曾经对我说过，在他离任中共三亚市委书记去省里任职后，在几次重新确定谁来接三亚"一把手"时，当时的省委书记阮崇武同志多次征求过他的意见。刘名启是个政治经验非常丰富的人，他对阮崇武说："得看你这个时候想让三亚重点解决什么问题，这样你就看谁在解决这些问题上的能力最强，就挑谁去三亚接任。"刘名启不愧是一位老练的政治家，他的话充满了实事求是精神，也包含了辩证法。

于是钟文到了三亚，后来洪寿祥到了三亚，再后来王富玉到了三亚，接王富玉的是于迅……与钟文、洪寿祥和于迅一起在三亚任职的当然还有他们一大批同事和助手，他们多数也是相当杰出和优秀的，他们同样在三亚做了大量有益于人民的事。历史不会忘却，即使我的作品中没有提及他们，但三亚的那块热土上留下的他们的每一个印迹是不会消失的,人民也会永远记得他们。我坚信。

2002年5月,在海南省第四次党代会上,王富玉被选举为中共海南省委副书记,随即他被调到海南省委工作,接任中共三亚市委书记的是海南省原副省长、省委常委于迅同志。

三亚人对于迅的评价是:他把三亚做精致了。

把小渔港变成一个城市不容易,把一个环境混乱、乱建乱盖的城市整治成处处美景如画、国内外名声大振的有影响力的城市更不容易。而于迅这一届班子,要在前人已经做大、做美的基础上,把三亚提升到精致的水平,其难度必定更大。这时候所需要的不仅仅是革命的热情和干劲了,更多的是需要科学的理念、科学的手段,以及人文关注与关切,需要注意的是细节。

二十年,对于一个城市的历史来说,并不算长。但如果能在二十年间,让人产生"完全变了样"的感觉,那一定是这个城市发生了巨变。二十年前我见过的三亚,与现在的三亚完全是两重天,完全是两个不同档次、不同概念和不同本质的城市。过去它只是中国的一个边远的渔港式小城镇,今天的三亚则已成为可以让我们感受什么叫生活和享受的城市。这就是三亚。

一个能够让人去愉悦地感受生活和享受生活的城市,既是人的物质天堂,同时又是人的精神天堂。

除此之外,人还需要什么呢?

这也正是所有国内国外的游客为什么如此热爱三亚的原因。人在一定阶段对幸福和享受是有满足感的。三亚让许多人有了这种满足。在获得满足的过程中,也就有了新的起点,开始了新的人生的冲锋——

如果说三亚美,其沙滩可以说是第一美。因为沙滩是连接大海和陆地的地方,也是游人最喜欢的畅想与嬉戏之地。衡量一个海湾的旅游条件,其沙滩的优劣是第一位的,没有好的沙滩,就没有滨海的旅游价值。

现在,我们又回到了美丽三亚的"天下第一湾"——亚龙湾。

与我们同行的是一家特殊的游客——他们是一家三口,丈夫叫张宝全,北京今典投资集团有限公司董事长,妻子叫王秋扬,今典投资集团有限公司总裁。这对在中国房地产界名声很大的夫妇,这次是带着孩子来亚龙湾度假的。与其他游客一样,他们选择了春节的空闲时间来到三亚。但他们没有想到的是,他们这会儿根本住不上好一些的酒店,位于亚龙湾一带的凯莱国际大酒店的普通客房早已预订一空。当时亚龙湾也就这么几家有档次的星级酒店。

张宝全觉得有些对不起老婆和孩子。他有些生气了——大老板一生气，酒店可就高兴了：张宝全一家在凯莱国际大酒店包了一套一般游客住不起的"总统套间"。

一个星期下来，张宝全觉得太合算太舒服了——亚龙湾这个美丽的地方，让他们充分感受到了劳累一年后的放松与惬意。

那天，太阳已经斜挂在西天。在夕阳的映照下，海面上泛动着一层层金色的波涛，美丽非凡。张宝全顿然想起了"落霞与孤鹜齐飞，秋水共长天一色"的诗句。回头再看一眼沙滩，那真是一片金光闪闪……噢，这便是金沙滩！

真是太美了！

中年人看金沙滩，就好像看自己辉煌的事业与美好的未来。面对着浩瀚的大海，看着潮起潮落、海鸟翩然，感受着阳光下海水的深沉色彩，如同感受着自己的人生……

远眺夜幕下如梦如幻的凯莱国际大酒店时，他的心头突然有了一种冲动。于是他立即从沙滩上跳起来，跑到妻子身边，说出了自己刚刚产生的一个想法……

"行啊！我们也在这儿盖一个超级大酒店！就像再生一个儿子……"王秋扬的眼睛里盛满了一种成熟女性的坚定与浪漫。

"与其我们花钱来租人家的酒店住，不如就在这儿盖一个与凯莱相当的新酒店！你定，你定下后，今年我们就来跟三亚谈……"像过去所有大的决策一样，张宝全出点子，出智慧，妻子拿论证和决策。

于是，由今典集团投资近七亿元的"红树林酒店"就这样在金沙滩上诞生了，它给三亚旅游特别是亚龙湾带来了新气象。

这正是亚龙湾所需要的，也是三亚所需要的。陈孙文是王富玉和于迅两任书记交接期间的三亚市市长，经历了三亚大发展、大变化的岁月。他在接受我的采访时说："1998年到2003年，我们狠抓了硬件建设，那几年的高档酒店在亚龙湾几乎可以用'遍地开花'来形容，像'红树林''喜来登''天意'，还有高尔夫球场等等，都是在这个时期建起来的。有了配套的设施，加上美丽的金沙滩，亚龙湾的游客迅速增多，旺季淡季分不出了，三亚的旅游从此兴盛不衰……"

虽然我们已经无法去重新经历那段大发展、大变化的激动人心的历史，但我们只要走一走、看一看今天的亚龙湾和崭新的三亚市，我们仍然能感觉到昨天所发生的惊天动地的变化。

"于迅书记后来提出的要把游客拉回到市里来的理念，让我们三亚市进入了一个全新的品位发展阶段。"一位机关干部这样告诉我。

城市是要有品位的。城市的品位在某种意义上决定着这个城市的竞争力。

一个有品位的城市，是能够吸引全世界人的目光的，尤其是能吸引文明程度已经比较高的欧美国家的人。三亚能做到吗？

曾清泉，三亚市规划局原局长，现任三亚市人民政府市长助理兼海棠湾开发管理委员会负责人。

那天我去采访他，在他办公室门外等了一个多小时。曾清泉的办公室里从来就没有断过人，快到中午的时候他才挤出时间接受了我的采访。"太忙太忙。我才上任三天，事情已经多得不得了！"曾清泉不好意思地对我说。

"谈什么？海棠湾？哈哈，我才来几天，情况不熟啊！"曾清泉说。不过当他拿出那张"海棠湾开发规划图"后，我发现他根本不是"情况不熟"，简直就是一个"海棠湾通"了。在曾清泉的心里——我相信在今天的三亚领导干部包括市委书记江泽林、市长陆志远等人的心里也是如此——装得最多、最让他们激动不已的可能就是海棠湾了！

"海棠湾依山傍海，风光秀丽，海水湛蓝、沙滩洁白、椰树成林，规划面积98.7平方公里，拥有22.4公里长的美丽海岸线，拥有号称'神州第一泉'的南田温泉以及蜈支洲岛、椰子洲岛、新千年观日出的藤海湾等旅游胜地。海棠湾总体定位为'国家海岸'——国际休闲度假区、世界级的旅游度假天堂、面向国内外市场的多元化热带滨海旅游休闲度假区，及国家海洋科研、教育、博览综合体。"

"国家海岸？这个概念你能给我描述一下吗？"我对此感到十分好奇。

曾清泉说："'国家海岸'，就是要将海棠湾的开发放在国家战略地位的高度，如同夏威夷之于美国，坎昆之于墨西哥，迪拜之于阿联酋，海棠湾也必将成为中国和世界旅游度假的一极！"

"如何理解中国乃至世界的一极？"

曾清泉清了清嗓子说："这么说吧，从全世界城市发展的阶段来看，今天已经由汽车时代发展到信息时代，下一步将进入生态时代。已率先进入生态时代的三亚，必将参与到城市分工中来，在中国和平崛起中承担起世界滨海旅游度假目的地的功能。海棠湾必将在海南新的发展机遇中重构区域核心价值。所以，在重构海棠湾区域价值体系中，我们必须以社会生态及科学的发展观来面对未来，以创新城市发展体系来保证海棠湾成为新的发展极，建立融合的、复合的城市功能，即休闲、度假与居住融合，公共服务配套国际化、品质化。此外，城市发展形态要由传统的'内陆都市'向'岸线都市'转变。三亚的未来一定是沿岸线发展，主要城市配套沿岸线分布，从岸线向纵深开发强度递减，形成价值峰值。据统计，中国是人均岸线值最低的国家，这更加凸现出岸线物业的稀缺价值。"

这是一个令人鼓舞的高水准的"未来世界"的构架！

毫无疑问，三亚人是想把海棠湾建成世界顶级的金沙滩，并且建设的步伐已经迈开……

啊，那个金沙滩一旦建起，全世界许多人都会在那里醉倒。

不知是什么原因，我在三亚的日子里，有个飞鸟的形象一直萦绕在我的脑海里：它生龙活虎，或在高空飞翔，或在大地上翩翩起舞，或停歇在海边的石头上……它就是一只火凤凰。

从一出机场，到路经长长的三亚湾，再到入住的宾馆，漫步在公园或街头，"凤凰"这个名字，就像这个城市对一种吉祥物的崇拜，到处可见，随处可寻。凤凰机场、凤凰路、凤凰酒店、凤凰公园、凤凰村、凤凰树……三亚这个城市的灵魂似乎就是凤凰，而仔细一想，三亚这二十年所走过的路程，难道不正像一只浴火重生的火凤凰吗？

三亚市升格地级市的过程，是从原来的黎族苗族自治州脱胎而来的——这过程是一次心理和心灵的冲击与涤荡；是三亚从一个小渔港向城市迈进的过程，当农民们需要穿着皮鞋在大棚里种植西瓜，市民们需要学会将出租房屋作为自己的生计时，这是又一次在观念与行为上的飞蛾扑火；将世界选美活动放到中国来举办，一直到中国姑娘首次站在"世界小姐"的冠军领奖台，是三亚人当了第一个"吃螃蟹的人"，这样的胆识和行为难道不就像一次凤凰的涅槃？

还有谁能在几十年中，坚持科学发展、生态建市，坚持不懈地把建成国际热带滨海旅游城市的理念变成市政府及全民的共同行动？

三亚人和三亚的历届领导做到了，而且是成功地做到了！这是三亚发展史上值得大书特书的地方，它甚至比美丽的阳光、沙滩和海岸更宝贵。在一个城市的发展过程中塑造和提炼出一种精神来，并不是哪个地方都能做得到的。

这就是我所要表达的三亚精神。三亚精神，很像"火凤凰"精神，它认准目标，敢于创新，无私无畏，奋不顾身，直到胜利——这是改革开放、思想解放的集中表现，是共产党人的作风和精神，是一个城市建设与人民谋求幸福、安康的精神力量。

郭沫若先生也许早已想到，他曾经迷恋的三亚，在新世纪前后也会有一番壮丽的凤凰涅槃图景，要不然他怎能振臂"欢唱"呀！

历史总是如此奇妙。要不郭沫若这位大师当年怎么会那么尽心尽力地为一个区区小渔港编修地方志？是他在冥冥之中有一种预感，还是相信三亚会有凤凰涅槃的那一天？

郭老在笑，笑得那样慈祥、那样满足……

不过，在三亚市各届领导的执政道路上，每迈上一个台阶，其实都是一次火凤凰式的涅槃。

于迅在任时，提出了"一市两都三中心"的建设目标，即把三亚建设成国际旅游名城，建设成健康之都和休闲之都，建设成会展中心、购物中心和时尚中心。那几年，三亚不停地通过举办重大活动来提高三亚的知名度，不停地想法调动各种积极因素、特色因素和地域因素来实现这种知名度的提高，使三亚在"六大产业优势"上做足文章，同时围绕"一片一线五点"的城市格局不断推进城乡统筹的发展，使三亚人民真正感受到了改革的成果，体会到了对未来的幸福期待是那么真实与美好。

郑亚六，三亚市南海居民区党支部书记、居委会主任。郑亚六在三亚有些名气，因为他是全国劳动模范，还因为他是一个渔民出身的全国劳动模范。郑亚六所在的村子就在三亚市区内，三亚河湾的渔港今天仍然有数量众多的渔船。我所住的鸿洲酒店旁就是这个渔港，每天从早到晚都能听到机动渔船的鸣笛声……这个渔港富有诗意，虽然与现代化的城市有些格格不入，但留着它会让人对三亚多一份认识和留恋——滨海城市如果没有了原始的渔港，就可能像华盛顿没有了博物馆一样乏味。

南海居民区原来是三亚的渔港村，其历史比三亚这个名字还悠久。三亚的历史就是从这里开始的。因此这里的渔民可以说是最古老的土著人。他们现在的生活状况如何，是三亚的一种发展指数。我来到南海居委会采访，副书记也姓郑，他告诉我，南海村去年人均收入超过了一万元。"70%的居民还是以打鱼为生。不过，多数人当了老板，一条渔船上雇的人都是外地的。大的渔船有上百吨，能够到公海上去打鱼了……"郑副书记给我描述的今日三亚渔民完全是机械化的渔业劳动者了，他们住的是楼房，出海用的是卫星导航，穿的是名牌西服与高筒靴……

走出南海渔村，我的思绪不知怎么的，一下子回忆起了前几天到过的西岛。从小就听说的"海岛女民兵"的故事就发生在西岛。感谢主人的周到安排，我那天去的时候，当地政府特意事先把当年的海岛女民兵"炮兵班"战士叫到了岛上。当年的"女炮兵班"八姐妹，我见到了六位。她们多数已到退休的年龄，应该叫她们大姐了。

这是一个了不起的群体，她们受到过国家主席的接见，好几个元帅与她们一起打靶练枪……她们是20世纪那个"全民皆兵"时代的英雄和明星。现在她们都老了，但她们的脸上都放着光芒，身体还都结实，生活过得很幸福——这让我感到欣慰。她们生活着的西岛现在一半是对外开放的海上旅游景点，一半是岛民们生活和生产的地方。西岛的保留和进步，体现了三亚的历史与现在。

与这些大姐们握手分别的时候，我感到了三亚的厚重与力量、意志与刚强。那一刻，晚霞正好映在大海里，整个西岛被照得就像一只正在飞跃升腾的火凤凰——壮丽而光艳，气势磅礴，其美无比！

在三亚的日子里，红树林犹如披在大海身上的一块绿巾，时常在我的眼前飘扬，似一首流动的诗，又如一曲跳跃的歌，令我神往不已……

红树是一种稀有的木本胎生植物，生长于陆地与海洋交界带的滩涂上，红树林是陆地向海洋过渡的特殊生态系统。每当潮水上涨时，它的躯干大半都会被淹没于水中，只剩下那郁郁葱葱的树冠浮露在水面上。退潮后，它那千姿百态的身躯又会重新出现。作为当今海岸湿地生态系统唯一的木本胎生植物体系，红树林起到了海岸森林的脊梁作用。同时，由于红树林区内潮沟发达，能吸引大量鱼、虾、蟹、贝等生物来此觅食栖息，繁衍后代。退潮之后，红树林是片根雕世界，每棵树都由十几条根撑起，排成鸡笼罩形，护卫、拱托起主干。除了支柱根，还有呼吸根和气生根。红树就像是被架托了起来，当它们排列起来，便形成了几十米几百米，甚至几千米几百里长的护卫海岸的"钢铁长城"。

我知道所有的三亚人都喜欢红树林。三亚人敬重红树林，并将它尊为"市树"。有人曾经这样说：假如没有红树林，三亚就不可能有今天这样美；假如没有红树林，三亚早已被大海的浪涛所侵吞。我相信这是事实。在许多热带海域，凡是有红树林的地方，其海岸一定郁郁葱葱，大海与陆地会和谐共处，反之，大海与陆地会永远处于生死搏斗的状态。

红树林精神其实也是三亚这些年来一直弘扬的一种精神。

我没有与现任市委书记江泽林直接对话，也没有与现任市长陆志远交流，但我和他们现在的城市与人民却有过许多对话与交流。这个城市告诉我：现在的市领导提出的发展思路，很好地秉承了红树林精神，他们把红树林在勾连大海与陆岸间的那种和谐的能力与崇高精神，移植到了今天的三亚发展中。这个城市的人民告诉我：他们现在越来越满意党和政府的正确领导，满意这样的领导所带给他们的幸福与光明的未来。

正如江泽林书记所言：三亚正处在一个向高速发展阶段持续前进的历史性关键时刻。这个高速发展的阶段，路如何走，这是对新的领导班子和主政者能力的考验。

与以往历届领导的作风相比，现在的领导更注重"精雕细刻"。三亚这些年来，无论是在城市建设还是旅游业的发展中，三亚人的主观意识里，逐渐流露出一种欲做现代化都市人的强烈意愿。当外地游客提出一个意见，写来一封投诉信，市委和市政府的重视程度令人感慨万千。2006、2007年中，三亚先后发生过被国家级媒体曝光和被旅客网上投诉的事。其实这样的事在其他城市的风景胜地也经常发生，可三亚领导层对这样的事的认真程度可谓"举国无双"——书记、市长在电视、报纸上公开做检讨不说，还专门派市级领导千里迢迢到游客家里赔礼道歉，并送上整改的意见和措施。

这就是三亚人。他们把自己的城市看做自己的眼睛，倍加呵护。城市文明到了这样的境界，还有什么人间奇迹不能创造？

三亚已经美丽，三亚已经腾飞，三亚已经走向成熟。这是因为三亚人自始至终保持着红树林那激浊扬清、包容奉献、坚忍勇敢和正直朴实的精神品格，正是这种红树林精神和红树林文化，催生了三亚今天物阜民康的和谐景致，并且推动着三亚人民为构建和谐的"小康"社会而激流奋进、勇往直前……

三亚建市二十年中，还有一串名字值得我们去思考，这一串名字中有李国荣、王学萍、刘名启、钟文、洪寿祥、王富玉、陈孙文、王为璐、符桂花、林安彬、于迅和现在的江泽林……他们都曾在三亚任职，或是从三亚走出去后升任为省部级高级干部。一个地级市，能在二十年中出十几个省部级领导，这在全国同级城市中是绝无仅有的。

　　三亚的这一点也说明了自身的价值和辉煌。一个出了那么多高级领导的城市肯定有其了不起的地方。三亚的发展历史，印证了这一结论。三亚的将来必定还会更加辉煌，因为未来的三亚不仅是海南的，更是全中国和全世界的……

第八部：
浦东——邓小平手中的"王牌" *

* 本文采写于2018年。

导　言

　　浦东开发开放是中国改革开放继建立深圳特区后的最大举动，世界瞩目。这是因为20世纪80年代末90年代初，西方世界对中国采取了全面制裁的封锁政策。中国能不能走出困境，是当时我们面临的一个极其严峻的挑战。改革开放的总设计师邓小平坚定地回应：中国不仅要继续改革开放，而且步子要迈得更大。上海是我们手中的"王牌"，要有更大的动作来向世界证明我们对外开放的信心与决心。正是在这种形势下，酝酿已久的浦东开发开放全面拉开了战幕——

1. "141"号，5月3日这一天

上海人都知道，1990年5月3日，是新浦东的开埠之日，或者说是诞生日。因为这一天，朱镕基、黄菊等领导亲自跨过黄浦江，在一栋两层小楼前竖起了两块牌子：

上海市人民政府浦东开发办公室
上海市浦东开发规划研究设计院

浦东人都知道，浦东大道141号，就是上海市人民政府浦东开发办公室（简称"浦东开发办"）的所在地。这141号，现在是浦东开发陈列馆。而在那个激情燃烧的浦东大建设岁月里，它一直是浦东开发的"前线总指挥部"。那两层小楼很简陋，里面的陈设更简朴，然而就是这个地方，它像一支照亮大上海走向伟大历史新征程的炽烈火炬，它曾经温暖和激励过多少期待大上海重新崛起，"东方巴黎"再度辉煌，让全世界把希望的目光转向黄浦江的上海人民啊！

是的，浦东大道141号，虽然它平凡简朴得既无法与外滩上那些华丽壮美的"洋建筑"相比，也无法与今天陆家嘴金融区的摩天大厦相比，但谁都无法否认141号的分量。

141，太简朴、太平常，既非"幸运数"，又不蕴含发财之意。但上海人告诉我，这蕴含了上海人执行中央改革开放政策、努力奋进的创业精神、进取精神、实干精神。"一是一，二是二"，我们上海人做事就是这个样子!

原来如此。

"一是一,二是二。"当年毛泽东领导中国共产党人仅用28年时间,推翻了三座大山,建立了新中国,靠的不就是这马克思主义同中国革命具体实践相结合的"一是一,二是二"的实事求是吗?

"一是一,二是二。"四十年前,总设计师邓小平领导中国人民改革开放,走"小康"道路,不也是遵循马克思主义同中国社会实践相结合的原则,走"一是一,二是二"的"中国特色社会主义道路"吗?

"一是一,二是二",用"阿拉上海人"通俗的话说,就是办事、做事有板有眼,不走歪路。

"浦东开发开放,就是按照邓小平同志当年定下的'规矩'、思路、方向,将其建设成有世界影响的金融中心、经贸中心和带动长江三角洲经济发展的龙头……"上海的同志这样向我介绍。

弹指一挥间,或许仅仅是"昨天的事",141号小楼没有变什么样,依然是那样的体态,依然是二层小楼房,依然还在浦东大道上,但它的身边早已是另一个如梦如幻的繁华世界了。

但我看到,许多人走到141号小楼前,都会深情地望着它、仰视它,甚至上前轻轻地抚摸它……

我感知,141号已经在"浦东人"——那些创造这片"东方奇迹""中国奇迹"的创业者心里,成为一片凝结着自己理想的圣地,成为一支与自己的生命一起燃烧的火炬……

不知为什么,那天我站在浦东大道141号的两层小楼前,凝视着那幅邓小平的巨像和旁边他那句"抓紧浦东开发,不要动摇,一直到建成"的话,不由自主地想起了黄浦江对岸的兴业路76号(原法租界望志路106号)的中共"一大"会址。这座后来改变了中国历史甚至影响了整个世界的石库门楼房,也是两层……上海人自己也许也从来没有想过,这横跨黄浦江两岸的两栋完全不同时代的同为"两层"同是"1"开头的门牌号的小房子,是不是冥冥之中有某种契合呢?这是否也蕴含着中国共产党人从来就是"一是一,二是二"的品质呢?

有一点是已经肯定了的,浦西原望志路106号的两层小楼,如今已成红色圣地,每天被来自四面八方的游人瞻仰。而我同样相信,随着中国改革开放不断将社会发展引向美好的未来，伟大祖国越来越强盛，浦东大道141号这栋两层小楼，毫无疑问也将成为中国精神的象征，永久地镶嵌在金色的新上海滩上……

"一定会是这样的，因为它们都是中国共产党人在不同时期创造人间奇迹的始发地。"作为第一位"浦东开发办负责人"的沙麟也这样肯定道。

"时间就像电闪一样，一百年也许对黄浦江来说，就是一个眨眼的工夫，但我们人类或许觉得它已经非常久远了。中国共产党成立到现在也才近百年，但几十年来我们对'一大'的有些事情还一直没弄清楚。浦东开发至今28年，对我们这些当事者和亲历者来说，也似乎才一眨眼的时间。再过一百年呢？"这位当年风华正茂、气宇轩昂的"浦东先生"（在浦东开创的岁月里，许多"老外"一下叫不出中国官员的名字，就把沙麟他们称之为"浦东先生"），六十年前就是老北大的才子，如今已82岁高龄的他这样感叹地问我。其实我知道他更是在追问自己，追问无情流逝的岁月。

"看今天的浦东，向国家缴了多少税收、盖了多少大楼固然很要紧，但一清二楚、明明白白地记录下当年开发浦东最艰难岁月里的点点滴滴，也许更重要。"沙麟动情地说道，"那个时候的我们，什么都不想，一心就想着按照邓小平同志'抓紧浦东开发，不要动摇，一直到建成'的嘱托，早一天把浦东建成全世界最好的地方，任何时候、任何压力下，都从未动摇和改变过这个初心，所以才有了今天我们看到的浦东……"

这位后来出任过上海市副市长、人大常委会副主任的"浦东开发元老"，那天听说我要采访他，独自带着一大包资料，从自己家里背到上海作家协会驻地。当一本《沙麟：亲历上海对外开放》的巨幅画册放在我面前时，我被深深地吸引和感动了。画册封面上的他和册内数百张照片上的他，让我对这位"浦东开发元老"充满深深的敬意。

"沙麟同志用亲身经历、所见所闻、所思所悟，为我们生动地再现了上海浦东开发开放的过程，简洁地勾画了20世纪90年代上海波澜壮阔的改革开放历史。掩卷遐思，可以进一步体会到，党中央决定实施浦东开发开放战略，是坚定不移走中国特色社会主义道路、加快改革开放的关键之举。今天中国的发展进步，今日上海的历史性巨变，充分证明改革开放是发展中国特色社会主义的关键一招。"这本巨幅画册，是沙老个人的自编自印之作。打开卷首，就是中共中央政治局常委、时任上海市委书记韩正题写的"序"。

像众多开发浦东的功勋人物一样，沙老也是我以前未曾认识和听说过的人物。而关于他，我在这本画册的开头就读到了全国政协原副主席、中国工程院院长徐匡迪描述"挚友沙麟"的话：

沙麟同志是我的同龄人，有着十分相似的经历，我们都是50年代中期到北京读大学，并留校工作。后因照顾夫妻分居而先后调回上海，继续在高校任教（他在复旦，我在上海工大），可是一直到90年代初双方并不相识。当时他先调任市科委副主任，后任浦东开发办公室副主任，而我则在1990年到高教局任局长，自此始有在各种会上会下的接触。但是要说真正的相近、相知，还是在1991年4月2日至27日期间，随朱镕基市长率团出访欧洲六国的三周朝夕相处的日子。那次上海团出访的主要宗旨是要向西欧各国宣示，中国仍将坚持改革开放的方针。特别是上海的浦东开放，更是这次出访中交谈、交流的核心重点，毫不夸张地说是"每会必谈，人人都谈"。说到浦东开发这个题目，镕基同志往往都是提纲挈领、幽默风趣地开个头，然后就是沙麟同志激情澎湃地做关于浦东开发规划和政策的演讲，镕基同志则十分注意地倾听，并不时观察听众的反应。记得第一次在法国雇主协会（相当于"全法商会"）演讲，沙麟同志讲到"外高桥保税区"时，台下窃窃私语，听众对"保税"这个词不甚理解。朱市长（最后一站到德国访问时，国内才对外发布镕基同志任国务院副总理）拿过话筒用英语大声地说就是"自由贸易区"，台下一片掌声。会后回到宾馆吃饭时，他又关照大家："外高桥保税区"的中文名称不要变，这是中央批了的，但对外口头宣传或推介时可用"自贸区"，这样方便人家理解。回想起来，这三周的时间，当然是镕基同志最忙，其次就是沙麟了，因为浦东这个"热点"，不管是大会推介，还是酒会交谈，他的四周总是围满了外商和媒体朋友。我这个高教局长则相对清闲，于是做起了代表团非专业的摄像与摄影工作。访问期间有时国家领导人小范围接见镕基同志及大使，我们团员会有二三小时的空隙，我俩就抓紧时间漫步街头，浏览异域风光，边走边聊，还曾留下在慕尼黑、阿姆斯特丹、汉堡等地的合影。这样两人就从相识、相知，到成为无话不谈的挚友。

徐匡迪的这段叙述，其实以另一种方式向我们展现了当年浦东开发过程中的那种催人奋进和激动人心的画面。

"那年，4月30日中午，我正在新锦江饭店接待一批外宾，大堂经理突然匆匆跑来，对我说市委办来电，让我下午一点半时到时任市委副书记、常务副市长黄菊同志办公室。我一看表，都已经是一点多了！什么事那么急嘛。"沙老说，"当年我还算年富力强，抽身就往市委那边跑。紧赶慢赶，到黄菊同志办公室已经快两点钟了。刚进屋，黄菊同志就说：'朱镕基同志要我转达，决定派你去搞浦东开发！'当时我一听感到太突然了，事先一点也没有想到。转眼又一想，自己是国家改革开放后第一批派到美国整整学习了三年的专家。1986年，当时江泽民同志任上海市市长后，任命我为上海市科委副主任不久，又派我到美国学习了近两年。这两次学习，对我人生影响极大，尤其是后一次，是作为国家派出去的高级管理人员，我们几乎可以到任何想去的美国大企业、大公司学习、实习和观摩。当时全国才派出去三十个人。1989年国庆节前回国时，李鹏总理亲自接见，他第一句话就问：'都回来了吗？'可见国家对我们出去学习的人寄予多大的希望。想到这，我也没有任何犹豫了。顿时全身热血沸腾，有股跃跃欲试的感觉。当时黄菊同志马上要参加浦东开发的新闻发布会。他说我本来就应该一起参加的，他站起身催我跟着走。这时我突然想到一件事，便问他：'我对浦东啥都不知道，你手头有没有相关材料？'他二话没说，拿起自己桌上的一沓材料，说：'你先拿去！你明天马上找倪天增，商量随后的挂牌仪式。'"

"这一切都是组织定的事，前后不到二十分钟时间，我后半辈子的命运就这样被推到了'浦东开发战场'……事情这么突然，好事来得这么快，真的让人兴奋不已，彻夜难眠。"沙老回忆起当年的情形，脸上露出了骄傲的笑容。

4月30日那天晚上没有睡好觉的其实还有一个人。此人纯属"偶然"而被推到了"浦东开发战场"。他叫杨昌基。时年58岁，时任河南省人民政府常务副秘书长兼办公厅主任。在朱镕基出任副总理和总理期间，杨昌基一度被外界称为是朱镕基的"老搭档"，任国务院生产办副主任、经贸办副主任和国家经贸委常务副主任、联通集团一把手。

"1990年4月30日，我出差去上海，在朱镕基同志家中畅谈了近四个小时有关浦东开发开放的事宜，后经曾任中共河南省委第二书记的上海市老领导胡立教同志鼎力推荐，我由河南省人民政府常务副秘书长调至上海市从事浦东开发工作。5月15日，我到浦东开发办报到。"这是杨昌基回忆自己到浦东的过程。

1990年4月30日这一天，正好是上海市以人民政府的名义对外发布浦东开发开放的消息。新闻发布会是下午开的，上午日理万机的朱镕基同志要处理党政事务，那么也就是说只有在晚上在家中与杨昌基进行了"近四个小时"的畅谈。谈的内容是浦东开发开放。从时间和内容看，也正是这一次长谈，朱镕基已同杨昌基谈定：你得回上海来，帮我一起干浦东开发！杨昌基肯定也是答应了的。"当时我想的最多的是自己已经58岁了，干到60岁，总共只有七百多天了。"杨昌基后来这么说当时的"活思想"。

这也对应了为什么黄菊找沙麟谈时是明确他是"浦东开发办负责人"的，但就是没有下达正式任命。原来这个时候与杨昌基出现是有关系的。

其实杨昌基也是上海人，只是他当时在河南位居要职，一点不比浦东开发办主任这个位置差到哪儿去。再者确实已经距"正常退休"只有七百来天了，折腾啥？

命运就是这么奇妙。浦东开发让许多人的命运一夜之间改变了。在杨昌基长夜不眠的同时，另一位上海人沙麟更睡不着了。那时他不知有杨昌基这个人、这件事，只知道白天黄菊同志已经代表组织交代他"马上"到浦东报到，把开发办张罗起来。市委书记兼市长的朱镕基同志还在下午的"新闻发布会"上当众宣布了他"开发办负责人"的头衔。

"那天我真的太激动了！一夜不能眠。"82岁的沙麟老先生对我说，当年北大毕业后，他是留校生，任半导体系党支书记。1974年回到了上海，在复旦大学物理系任教，从事大型集成电路研制，就是后来的芯片研制。沙麟说："我之所以听说让我到浦东开发特别激动，是因为那时上海在计划经济影响下，越来越压抑，像广东、江浙等地都上得非常快，我们大上海落后了，不仅不是改革开放的前沿，而是真正的后院了。所以一听说让我参与浦东开发，并且是第一批开拓者的领队，我能不激动吗？激动得半夜起来写'誓言'……"

5月1日凌晨3点左右，沙麟实在睡不着，便在笔记本上写下八个字：奉献、开拓、廉洁、求实。随后又写了一段随感：

——任务艰巨，责任重大，人生能有几回搏，这辈子交给它也值得。

——艰苦、创业、奋斗，浦东要大家奋斗，大家奉献，甘为铺路石、拓荒牛。

——浦东的改革开放，是邓小平同志的伟大战略决策，一定要办好！浦东开发，上海的特殊性，一种新的模式。大的框架、大的政策定了，要在创新中开拓、创造。

——要新事新办，要快速向前，有头有尾，要有纪律，手段要现代化，要静心组织。

——要求实，工程大，时间跨度大，要协同作战，求得支持，形成合力。

"五一"那天，沙麟到副市长倪天增那儿报到。倪天增对他说："你当务之急是把5月3日的挂牌仪式张罗好，开发办的第一批工作人员到位并正式开始工作。具体工作与市政府副秘书长夏克强衔接。"

沙麟转头找夏克强。副秘书长夏克强是市政府有名的能人，他一出面啥事都能办成。"老沙呀，房子已经给你找好，这几天已经有人在进行简单装修。那个141号办公处是个新地址，一般人不易找到，你明天带几个人在浦西延安路隧道进口和浦东隧道出口处的马路边醒目处，挂上几块路标，免得有人找你们开发办瞎转悠找不到地方……"

好嘞。这是我分内的活嘛！沙麟心想，人家不愧是市政府副秘书长，啥事都想得周到。现在我是"开发办负责人"，要让全上海、全中国、全世界知道咱浦东开办发。

2日，沙麟带着几个小伙子，扛着几块赶制出来的绿底白字、中英双语的"上海市人民政府浦东开发办公室"和"上海市浦东开发规划研究设计院"标志牌，来到浦江延安隧道出口处，相距浦东大道141号五百米至七百米的街头水泥杆上，牢牢地竖起这些牌子。"那几块牌子又大又醒目，我们还在安钉子时，就围了不少人，他们都极其热情地议论着浦东开发，好像明天就要办喜事似的。这些标志牌一直竖在那里好多年！它曾经激励了许多热血青年和外商投身到浦东开发中。"沙麟说。

"而当我第一眼看到141号那栋小楼时，心情异常感慨和激动。因为虽然当时我想象不出未来十年浦东会因为这里而成为世界瞩目的地方，但强烈预感这栋小楼会与我以后的命运和情感紧紧地连在一起……"沙麟说。当时他有所不知，就在他来到小楼前的那几天，另一批人为了这栋小楼而不分昼夜地忙碌着。

当然，第一个人一定是夏克强。

4月18日，李鹏总理宣布中央决定"开发开放浦东"。

4月21日，上海市召开九届人大三次会议，朱镕基同志在《政府工作报告》中，向全体人民和干部正式吹响开发浦东的战斗号角，要求全市行动起来，为浦东大开发提供一切支持。随后他指示倪天增"要在'五一'后立即挂牌"，并称"月底前要把办公地和开发办的班子成员选定"。

选址的具体任务落在夏克强身上。4月25日，他带着市政府机关事务管理局的几个人来到浦东，事先已经在那等待他的黄浦区胡炜区长，陪着夏克强开始选址。

"那时浦东没啥像样的地址。我们事先备选了几处，但不是因为交通不便，就是不符合独立办公条件，所以克强同志都觉得不理想。"当年领着选址的胡炜说，"后来车至老浦东大道，我指指区文化馆的小楼，对克强说：'你看看这小楼行不行？'他瞥了一眼，马上让司机停车。随后我们就都下车去小楼看。没想到克强楼上楼下、左右前后粗略看了一遍，便说：'这个地方我看行！不过，成不成，三天之内等我话，我得跟市长汇报，由他来定！'后来据说镕基同志就定下了这个地方，并且在30号的新闻发布会上对外宣布了浦东开发办在浦东大道141号的办公地址。"

"那个时候，再重大的事情，可能就是一句话、一个点头就敲定了！接下来就是把事情做好、做实，真有点打仗的味道。"胡炜异常怀念浦东开发的初创岁月。后来我遇到一批"老浦东"，他们都有同样的感受。

"4月27日上午，夏克强副秘书长和市委、市政府以及区里的胡炜区长等来到我们馆召开临时紧急会议，会上正式宣布了经市委、市政府领导研究，决定将市政府浦东开发办公室设在我们浦东文化馆这栋小楼内，并要求我们三天内将楼腾出。"原黄浦区文化馆负责人这样介绍，"当时由于小楼内不少房间堆满了各种道具，有的还是我们工作人员的办公室，而且中间还有'五一'假期。要在三天内完全腾空，对我们这个小单位来说，真得打一场硬仗。于是当天下午，全馆工作人员被召集起来开会动员，区领导一说到这里为了浦东开发，大家都很兴奋和激动，说能为浦东开发开放出力，这是我们的光荣和职责。之后的两天时间，全馆上下所有人都动了起来，提前腾出小楼并打扫干净。隔日，区领导来慰问我们，大家都非常激动、愉快。"

接下去的三天，是市政府和区政府共同负责的简单装修时间。现场指挥的胡炜笑言自己是"临时包工头"，带领工程队将小楼上上下下、内内外外粉刷一新。5月2日，最后一抹晚霞消失时，胡炜摸着一脸灰尘，笑眯眯地对在场

作者（右一）采访原浦东开发办公室负责人沙麟

的人说:"大家不要小看你们这几天的辛苦,说不准新上海的史书上会记上你们的事呢!"他的话说对了,后来诸多版本的浦东开发史上都有这141号小楼的"成名史记"。

有一个小细节需要补充一下:

5月2日半夜,小楼门口有几个身影在晃动,并且不时挥动着榔头朝门框上砸去,于是便发出"当当当"的回声。"谁?干什么的?"守护在小楼里的临时保安人员警惕地过来查问。"我们是市政府的。快过来帮帮忙吧!"举榔头的人气喘吁吁地说。"你们到底在干啥?"电筒光下,临时保安人员见举榔头者满头大汗地举着两块大牌子,不知怎么回事。"你们自己看嘛——这是天亮后最要紧的两样东西!""哟,是开发办和设计院的大牌子呀!""是嘛,连夜赶出来的。怕误事,我们就赶着从江那边拉了过来……快一起把它竖好了!""好嘞!"于是几个人七手八脚地将两块大牌子钉在大门口,然后又认认真真地用红绸披盖上,等待白天那激动人心的揭牌仪式。当几个人干完活的那一刻,东方的第一缕霞光已经落在了141号小楼顶上……天亮了,大伙儿才知道原来半夜竖牌子的是市机关事务管理局的陈兴来等人。

"嘀——嘀!嘀!"也许才不过一个来小时,141号小楼门口又响起一阵喇叭声。

工作人员赶忙出来问咋回事。这时,只见一辆装满家具的卡车停稳,驾驶室里走出一位中年男子,他一边自我介绍,一边招呼车上其他的人,说是给办公室送桌椅的。

"我们是高潮家具厂的。三天前我们老板陶新康来过这儿,他听说浦东开发办都是临时找的地方,办公设备啥的都没有。所以就察看了小楼里的所有房间,回去以后让我们赶制了这些办公桌椅。陶老板说,浦东开发也是我们百姓的事,送点家具过来,算我们一份心意!"

"这……"

"这什么呀?阿拉都是上海人!上海人的事情大家帮忙好哦啦!"高潮家具厂的人不由分说地将一大卡车的办公家具全部搬进了小楼,并且按不同房间和会议室需要,进行了认真的摆放。

"哈,了不得!小旧楼转眼间旧貌换新妆啊!"上午8点刚过,开发办的沙麟、李佳能等陆续走进141号小楼,他们里外一看,个个惊喜不已。尤其当他们听说房间里的所有崭新的家具都是老百姓自觉自愿送来的时,大家备受鼓舞。

"来,大家坐下,我们相互认识一下吧!"临时会议室里,沙麟招招手,让第一天报到的工作人员坐下。

"一、二、三……十三!"李佳能清点人数后,风趣地对沙麟说:"阿拉的队伍不多不少,刚好一个班。"

"别小看十三人,当年望志路上的'一大'代表也是十三人,后来把整个世界都改变了!"

"咱们哪,啥都不求,就是为了浦东和上海的明天,只求当一条拓荒牛,做一颗铺路石子!"沙麟的"主题发言",就说了这一句话。他说出了第一代浦东开拓者的心里话,一个小时后媒体记者将他的话传了出去,甚至传到了大洋对岸的纽约、西半球的法兰西和英伦帝国……

下午3时许,浦东大道141号小楼前从未有过的热闹场面出现了。原本很宽敞的马路上,已经被从四面八方涌来的市民和浦东本地农民围得水泄不通。无论老人还是小孩,无论是男是女,每个人的脸上露出了好奇而又兴奋的神情。他们都在等待一个历史性的时刻——

"现在我宣布:上海市人民政府浦东开发办公室和上海市浦东开发规划研究设计院正式成立!"在鼓声和笑声之中,黄菊同志代表上海市委、市政府宣布。

"下面请市委书记、市长朱镕基同志揭牌——"主持人夏克强说。

一向严肃的朱镕基此刻笑容可掬地为大门口两块牌子揭开"神秘的面纱"。顿时,全场响起雷鸣般的掌声和欢呼声——

"浦东要开发了!"

"我们要过好日子啦!"

"中国改革开放又要举一块'王牌'了啊!"

百姓在议论,记者在议论,全世界也在议论……

仪式简朴而又精短。正准备离开现场的朱镕基同志,看到百姓们站在141号门牌前纷纷照相留念时,突然转身对身边的人说道:"我要见一下这个文化馆馆长。""馆长在哪?朱市长要见他!"人群里,顿时有人喊道。黄浦区文化馆馆长激动地站到朱镕基面前。

"好好,感谢你们文化馆!浦东开发,你们立了第一功!"朱镕基笑容满面地握着馆长的手,又伸出大拇指。随后,他对在场的干部群众动情地说道:

"浦东文化馆发扬奉献精神,一天让出文化馆办公楼,三天装修一新;浦东开发办公室三天内完成抽调人员,今天就到岗工作,这就是'浦东速度''浦东风格''浦东精神',今后的浦东开发开放,就要靠这种精神、这种风格、这种速度!"

"哗——"这一次的掌声,可谓响彻云霄,震荡浦江两岸……

2. 靠着"心脏"听跳动

　　一个城市一定是有心脏的。旧上海的心脏在何处？我想它应该是在外滩，是那座海关大楼上每隔一小时敲响的巨钟……

　　位于上海市中山东一路13号的这座旧海关大楼及其大钟，都是由英商公和洋行设计的。始建于1893年，其钟楼虽由英国人设计，但建造却由我浦东川沙匠人杨斯盛主持，建好了三层砖木结构的英国哥特式楼房。1925年拆除旧屋重建，于1927年底落成，即现在我们所看到的大楼。它与雍容典雅的汇丰银行齐肩并列，相得益彰，被称为汇丰银行的"姐妹楼"。钟楼面临外滩的一端高八层，上冠三层高的四面钟楼。钟楼为哥特式建筑，现在的大钟，是仿美国国会大厦的大钟而铸造的，在美国造好后运抵上海组装。据说当时花了白银两千多两，为亚洲第一大钟，也是世界著名大钟之一。

　　当！当——！大钟响起，黄浦江两岸都沐浴在钟声里。

　　新时代来临，在新浦东林立的楼宇间，在纵横交错的街道间，在绿树鲜花间，我以为这片生机勃勃的崭新城郭中，那颗跳跃着时代气息和象征着浦东精神的心脏，应当是141号——这座曾经的也是永远的浦东开发办小楼。过去和现在，虽然它一直很简朴，无法与周边的摩天大厦相媲美；过去和现在，虽然它一直很矮小，所有今天的浦东新房子都会比它华美、高大、时尚，但它却是它们的心脏，是它们最重要的生命跳动的地方……没有它,再高大的楼宇都会瞬间倒塌;没有它,再热闹的街景也会消失;没有它,再坚固的马路和钢筋码头也会被水淹没;没有它,浦东必定销声匿迹、沉沦千年。

141号小楼,不属于谁,它属于这个时代,它更属于那些为之倾注热血与情感、汗水与泪水、智慧与技术的广大浦东开发开放的创业者和开拓者,当然也属于那些为浦东添砖加瓦甚至为之搬离家园的普通百姓,它是大上海改革开放时代的精神缩影与象征。

有一个叫陆晨虹的老师,当年浦东开发时她还是东昌中学的学生,因为学校有个"学生社会服务"实践活动,老师和同学们一商量,决定试着到浦东的"心脏"——141号的浦东开发办去"社会服务"。这个建议被采纳后,同学们就去了,结果,他们彻底被小楼里的干劲和激情所感动、感染了。

"开发办的工作人员并不多,而且几乎每一位都身居要职,但他们绝没有想象中的官员的架子,他们时常同我们谈起学校和家庭的情况,提供给我们不少浦东开发的前景规划资料,赠送给我们一些展览会的门票,告诉我们浦东开发的新进展……他们每天都要工作十几个小时甚至二十多个小时,但他们的办公室却小得不能更小。几个大主任挤在一间十几平方米的小屋,处长们的空间只有他办公的那张桌子,有的办事员甚至仅有一张椅子,连热水瓶都不得不放到走廊里。这就是浦东开发办。它虽小,但它是整个浦东战场的心脏,我们靠着这个心脏,始终感受着它有力的跳动声,那跳动声如春风吹拂着我们的青春,丰富着我们的思想,让我们对浦东的未来倍加神往……"同学们这样写道。

他们用自己稚嫩的眼睛在看着这个世界——

"这里尽管已是全中国关注的地方,但它的外貌却平凡而朴素,门口没有保安,没有高级轿车,院内大树掩映下仅有一幢小楼房——那就是大家都知道的141号小楼。进小楼的大门偏西朝南,入口处的右边墙上纵向是一列镏金宋体字——上海市人民政府浦东开发办公室。每次来此进行社会服务活动时,我们就把这行金字擦得锃亮锃亮的。然后,大家就去打扫简朴的接待大厅,把那里的桌椅摆得整整齐齐,在我们看来,浦东的第一形象,或许就在我们手中。

"接待大厅里,一幅用卫星遥感技术拍摄的巨幅上海地图曾引起我们浓厚的兴趣,劳动之余,我们在遥感图上一寸一寸地抚摸着浦东大地,寻找着新村、学校、开发办和每一个有趣的地方,当它们清晰地跃然眼前的时候,我们的兴奋之情溢于言表……

"小楼边,竖起一块巨大的公益广告牌,它遮挡住旁边的建筑工地。那广告牌天蓝的底色上是一行白云般的大字:欢迎你到浦东来!我们经常看到外国投资者们在这块广告牌前停下高级轿车,拿着文件,壮志满怀地走进开发办小楼;许多人从小楼里走出后,脸上露着笑容,在'欢迎你到浦东来'几个字前面照相留念。有一次我们听到一个外商激动地说着:'这是心脏,浦东的心脏,中国改革开放的心脏,我要与它一起跳动!'他的话让我们无比兴奋!是啊,我们是上海人,我们是浦东人,我们靠这心脏最近,我们要与它一起跳动,一起创造美好的未来!"

这是孩子们的声音、孩子们的目光和孩子们的感受。其实,这份感受对当年参与浦东开发的人来说,是同样的,或许他们更强烈,因为他们本身就是组成"心脏"的一分子。

浦东开发开放,用伟大政治家、战略家的目光来看,或许如邓小平同志所言,它晚了些。这是相对深圳等整个沿海地区的改革开放步伐而言,但对上海来说,其实它来得正是时候,也真迅猛和势不可挡!

历史从来都是如此,当我们嫌它迟缓和停滞时,其实一股更大、更迅猛、更汹涌的巨浪正在孕育之中,它一旦发势,将一泻千里、所向披靡。浦东开发便是如此。时至1990年后的中国,在中央英明的战略决策指导下,1200多万上海人民,迈出了气势磅礴、惊天动地、气吞山河的时代步伐,形成令世人瞩目的浦江新潮……

这股时代潮流,激荡着所有对浦东开发开放抱有希望的人们的心,也凝结和熔铸出那些亲历这场伟大变革的人的火一般的情愫。

"无法忘却,会带进棺材,也会一代又一代传承下去的……"一位"老浦东"如此动情地说道。

黄菊,中共中央政治局原常委、中共上海市委原书记。他与浦东开发开放相交时间最长。人们对于他的记忆,是一位"总是笑眯眯的"领导。在中国人的眼里,他似乎一直是位"政工"领导,是市委副书记、书记这样的角色,却不知他是位清华大学理工专业高才生。他一生多数时间从事的都是与生产和技术相关的工作。

1991年4月,黄菊担任上海市市长;1994年任中共上海市委书记。这个时间，正是浦东开发开放最关键的岁月。之前他是市委、市政府对浦东开发开放负有第一责任人的"领导小组组长"，后来就是负"全责"的大上海一把手了。所有开发开放中的问题，最终决断都将堆到他那里。但我没有听说过这位"笑眯眯的"个头不高的人发过脾气。他经常晚上十一二点钟还没有离开办公室，有时妻子打电话来发火，他仍然笑眯眯地跟秘书们说："你看，我要是不回去，她是不睡的！"1992年，黄菊等上海主要领导决定在全国率先提出土地批租方案。这个方案一出来，社会上再次掀起经济建设姓"资"还是姓"社"的争议。上海面临巨大的压力。此时的浦东，正处大开发、大开放的初始阶段，上海"口袋"里空荡荡的，正等着土地批租的米下锅呢！到底怎么办？是进还是退？或者缓一下？大上海等待他们的主心骨拿主意。这时黄菊又笑眯眯地站了出来，他深入利用土地级差效益改造旧区的现场进行视察，随后站在镜头前，用了整整半个小时时间，向外界详细而平和地解释了土地批租的诸多好处。他说："拿人家的钱可以拆棚户建新楼，建了新楼可以繁荣商业，可以改善市民住宅条件，可以实实在在地改造城市面貌。我们上海和浦东发展，需要这样的改革措施。"

是啊，发展需要，就是正确的方向；发展是为了人民的利益，所以发展中的改革举措，就是前进的方向、行动的指南，就是我们共产党的心跳与心率……

2015年11月29日，一架普通的民航飞机从北京飞往上海。黄菊的骨灰随机回到他日日夜夜牵挂和思念的上海浦东。这离他去世已经有八年了。很多人并不知道，黄菊在去世之前仍然做了一件功德无量的事：他要求把自己的遗体捐献出来，用于医学解剖。这还是在浦东大开发时的1998年，他就许下的愿望。我在采访时听到一段"黄菊的故事"："浦东开发之初，可能是每天太忙太辛苦，几乎每年我都要生一场病，且要住院，而黄菊同志就每次都要到医院去看望我。后来他去看望我时，就半开玩笑地说：'我对你只有一个愿望，明年不到医院来看你！'可是我的身体并不争气，第二年又病倒住院了。黄菊同志又来了，还同夫人一起来看望。"

这就是黄菊，浦东开发时的上海领导者之一。作为中共中央政治局常委，黄菊的骨灰是本可以安放在北京八宝山的，但家属最后选择了让他回到上海。因为上海是他工作时间最长、感情最深的地方，也是他心脏跳动得最有激情的地方。黄菊生前说过这样的话："人生最珍贵的是，当你已经不在人世时，仍然有人感觉你的存在,你的心依然在跳动。"

我感觉,今天的上海和浦东,处处都可以感觉到黄菊的存在,他那颗赤子之心仍然在不停地跳动……

同样有一个人的心也还在跳动。他叫倪天增。大概上海之外的人很少知道这个名字。但在上海,他是一个人人皆知的人物。可以用一个简单的比喻来评价他:几乎在上海我们看到的黄浦江两岸那些崛起的新楼和新外滩、新机场、新马路……都与倪天增有关。是的,他生前是副市长,是主管城市建设的副市长,是浦东开发的常务副组长。这样的副市长,决定了他必须在城市的每一项重大的建设中亲临现场、承担主责。有人说,命里注定,老天要他担一百零一、一百一的责任,所以他叫"天增"。

倪天增是那种高大的形象,然而他又始终那般清瘦、儒雅,头上总飘着几许银丝,百姓说他不太像是副市长,更像"学校的老师"。1983年,年仅45岁的倪天增出任上海市副市长,由此一直被称为"上海最年轻的市长"。也许就因为他年轻,所以分工时把最重的市政建设这一块交给了他主管。从担任副市长那天起,浦东开发就一直与这位年轻副市长连在一起,直到1992年6月他与父老乡亲永别那天……

天增因患心肌梗死而突然离世,留给上海人巨大的悲伤与悲痛,那时他才54岁,而他当副市长的时间却有九年。上海人都知道,在以往的岁月里,"天增"是市里各种会议上被领导"点"到最多的一个名字。何因?因为大上海的事太多太杂太令人头疼了。天下雨了,百姓的房屋和街道淹没了,领导会说:"天增,你赶紧去一下现场。"天旱了,哪条弄堂里起了火冒了烟,哪个旧厂房烧了,领导说:"天增你快去看看咋回事。"甚至菜又涨价了,哪条胡同里又断水了,哪所学校门口的交警牌倒了,"天增"都得去……百姓叫他"倪市长",市政府里的人暗暗称他是"救火队长"。倪天增自己笑呵呵地说:"叫我啥都不要紧,要紧的是让市民们少受一点罪,这才是我的责任。"

无法想象一位主管大上海城市建设的副市长,他自己一家四口人竟然一直挤在老城厢的一间平房里,下班还要在家用煤球炉子烧饭。听起来有些天方夜谭,但这是上海人对倪天增最真切的记忆!没有卫生设施,没有煤气。倪天增一家妻儿四人,当副市长的前两年仍然一直在这间小平房里生活。他家的生活与左邻右舍毫无差异,倒马桶、买煤饼、生煤炉,样样都得自己动手。而唯一不同的是,他家多了一台为工作需要而装的电话机,却也只能把电话机搁在五斗橱上……当年，有位记者到倪天增家采访，不曾想到副市长会住在连采访车都开不进的弄堂里；有一次市建委的一位负责人找他汇报工作，遇上倪天增满脸黑乎乎的在给煤炉加煤饼，这位干部站在那里许久说不出话来。外人哪知道，家里每月买煤饼，都是他倪天增用扁担挑回家的。单位有人提出要为他家安煤气，倪天增坚决不让，说："那么多百姓还在烧煤球，我怎么可以先享受液化气灶嘛！"儿子要结婚，婚房也落实了，但他就是不让儿子办理进户手续。亲戚觉得奇怪，便问他。倪天增说："我是分管住房的副市长，全市还有那么多结了婚的青年男女在等婚房，如果我先让儿子住进去，心不安啊！"

用上海人的话，倪天增这样的人是有点"戆"。"然而我听到这样的评价反而很高兴，做这样的'戆'人不吃亏，心安。"他总不紧不慢地说着这句话，直到突然离开他那挚爱的大上海时，仍然在坚持着他的"心安"之道。

心之安，德之高。如今的浦东人仍然能清晰地记起在第一条通向浦东的隧道口，在第一座通向浦东的大桥——南浦大桥的入口处，在"一号工程"杨高路上，倪副市长高瘦而又敏捷的身影。他那颗时刻在为大上海和人民而跳动的心脏，依然"怦怦"有声，如黄浦江翻卷起的浪涛……

杨昌基，首任浦东开发办主任，也可能是唯一一位被"意外"地调到浦东的干部，他在浦东工作的时间也比较短，总共十四个月。据他自己讲，1990年4月30日正好是上海市政府第一次举行开发浦东开放浦东的新闻发布会那天，他出差到上海，朱镕基把他"抓"住了，俩人一谈就是近四个小时。十几天后，这位河南省"大总管"（省政府常务副秘书长兼办公厅主任）调到浦东任开发办主任。

"那天上午，我们提前几分钟到达浦东大道141号的浦东开发办二楼杨昌基主任的办公室。他的办公室比我想象的还要简易，开发办的几位领导都合在这一个房间里办公，进进出出的人很多，有点像工程指挥部。虽然有些挤，但显得很有生机。由于当天的天气晴朗，阳光透过窗户照到里面，使人感到精神爽朗而充满活力。不一会儿，昌基主任从外面开会赶回来，他一面向我们打招呼，一面脱下大衣随手挂在身后的简易衣架上。由于条件有限，昌基主任就请我们在他的办公桌旁交谈起来……整个交谈的时间虽然很紧凑，但完全达到了目的，我们受益匪浅。谈话结束后，昌基主任坚持要陪我们下楼，并一直送我们到院子大门口。在临分别时，他还对我们讲：'法治工作对浦东开发开放很重要，请多帮助、多联系。'我们听了很受感动。在返回单位的途中，昌基主任的博学、务实和亲和的形象时时浮现在脑海中，尤其是141号办公楼里充满活力的情景，给我留下了难忘的印象。不久，我也被调到这片充满生机的热土进行工作，有幸乘上了浦东开发开放的航船……"这是一位被杨昌基工作作风和火热之心感染后，主动要求参与浦东大开发的法治建设和城市战略方面的青年专家所讲述的一段经历。

像这样当年被141号的活力触动、吸引而参与浦东建设的人，可谓成千上万，他们正是因为浦东开发的那颗跳动的心脏，而跟着燃起了激情，展开了理想的翅膀，飞越黄浦江，来到那片曾经荒芜但却充满激情与生机的土地上，挥洒汗水、奉献智慧……

刘小龙，现任上海久有股权投资基金管理有限公司董事长及首席执行官。此前，刘小龙是浦东开发区外高桥保税区新发展公司总经理、张江高科技园区开发股份有限公司董事长、张江高科技园区管委会负责人。这位1977年恢复高考后第一批上了大学的上海交大毕业生，年轻时就想当教书匠……可后来偏偏把他分配到市委组织部。后来，刘小龙仍然想着"教师梦"，于是真去大学当了老师。又过了六年，浦东开发的热潮激荡着他，于是他又跑到组织部，找到赵启正（时任市委组织部部长），说想到浦东去"闯一闯"。组织部部长批准了他。到浦东开发办后，问他愿意到哪儿，刘小龙说，要去就去最艰苦的地方吧！"外高桥最远，也艰苦，现在还都是稻田呢！"开发办的领导对他说。"那就去外高桥。"刘小龙就这样去了外高桥，一去就是十几年，从小办事员一直做到外高桥"自贸区"的老总。

"现在如果让我离开这个地方，我好像一下就会窒息似的。"那天，刘小龙这样跟我说。

我理解他，因为他的心已经与这块土地一起跳动了十几年了，早就心连着心……

王健刚，《浦东开发》原总编、著名出版人。这位对浦东开发开放颇有战略研究和思考的学者，是被领导无意间"抓"到浦东的。

"1990年9月的一天，我与时任中共上海市委常委、市委组织部部长赵启正同志在高安路、康平路口巧遇。他是骑着自行车参加了尚在幼儿园的女儿的家长会后返回单位的，见我走在路上便立即下车交谈起来。他先开了一句玩笑话：'幼儿园的老师一再问我是孩子的爷爷还是爸爸。爷爷吗？小了一点；爸爸吗？又像大了一点。'接着他就开门见山道：'浦东开发急需加强战略研究，急需加强对外宣传的力度，你是合适的人选。走！到我办公室去谈。'到了办公室，他并未和我谈话，而是拿起'红机'，直接把电话打到市政府浦东开发办：'是昌基同志吗？我是启正，我这里有一位战略研究和对外宣传的合适人选，名叫王健刚，可以补充你的急需，他正在我办公室，明天上午9点准时去你处报到。'对于这一突如其来的安排，我毫无心理准备，正准备还想说些什么，但赵启正似乎看出了我的心事，接着说：'没有什么可考虑的了，这是命令，明天就过江去。'第二天早晨9点，我来到地处浦东大道141号的市政府浦东开发办。初次见到杨昌基，他给人的印象慈祥、和蔼、可亲。他刚从河南调来上海不久，在河南工作期间，分管三个省级战略研究机构，又是一位名副其实的软科学专家。1990年，杨昌基对政府工作和学术研究的分野以及如何操作再精通不过了。他思路极其清晰，布置工作又极其明确和直截了当。一开始，他就给我布置了三项工作，且操作顺序都一清二楚：'一是浦东开发办正在组织落实一批重大战略研究课题，由浦东开发办副主任黄奇帆分管。你现在作为浦东开发办政策研究室负责人之一，协助黄奇帆立即组织研究，要以尽快的速度落实课题，以尽快的速度组织好研究队伍，以尽快的速度拿出研究成果；二是为了保证战略研究的独立性、客观性、公正性，我们考虑要尽快成立一个学术社团——上海市浦东开发开放研究会，今后应以社团的名义来组织战略研究工作；三是创办杂志《浦东开发》，向国内外发行，扩大对外宣传力度。'在那样一个争分夺秒的年代，我就这样被大浪'冲'到了浦东……"

后来我见了赵启正同志，说起是"爷爷"还是"爸爸"的笑话和那个被他"命令"过去的王健刚时，他哈哈大笑，说有这事。像王健刚这样被他"赶过江"的不是一两个，开始是88人，后来是880人，史上俗称"八百壮士过浦江"！赵启正做过国务院新闻办主任，著名外交家吴建民称他是"中国公共外交第一人"，口才极佳，眼光远大。

据说后来被"赶过江"的"八百壮士"，现在基本上都留在浦东，并且成为浦东各个战线和领域的骨干。

那天在迪斯尼乐园见到的中方原总经理程放，他一谈起自己的"浦东往事"，就是数小时——

"我是穷山沟里的孩子，1986年作为江西的'状元'，来到上海读书。毕业那阵子，上海给我的印象并不好，所以拿到博士文凭后，就独自离开了上海，一路沿东海岸线，从福州经厦门，最后到了深圳，因为当时我的毕业论文是'开放区域经济'，所以想在开放的经济特区干一番事业。但就在那个时候，我从报纸上得知了浦东开发的消息，于是又赶回了上海。那时万国证券已热闹起来，不少学子往那里去了。但有同学告诉我，说浦东那边更有前途，劝我到那边试试，于是我就写信给浦东新区经贸局局长。对方同意我去实习。当时浦东一片烂泥地，但那里的规划图和模型太伟大了，太吸引我了，世界级的，所以我就留了下来，这一留就留到现在……"

程放现已人到中年，全家人都在浦东。儿子也已成人，到了大学毕业的年龄。"现在我就是浦东人，全家都是浦东人！我经常跟儿子讲当年我刚到浦东时的工作情形。"程放说，"那时我在工业处，除了处长就我一个人，处长还要兼其他处的工作，所以我就是'工业处'，'工业处'就是我。我背着一个书包，那书包里有'工业处'的图章，还有各种材料。如今浦东完全变了样，但在我心目中可以一清二楚地说出哪栋大厦它原来的地是啥样，哪条马路它啥时候通的车，哪个居民区啥时候建的，更不用说迪斯尼如何从开始谈判一直到现在红红火火开张的每一个细节，因为我为它一干就是十三年……"

程放说，现在他每每在晚上开着车，载着儿子路过陆家嘴等繁华的地方时，车速自然而然地会降下来，甚至有时会靠到路边，一停就是半小时、一小时。"常常因为某一栋建筑、某一个景致，它们触动到我的心，让我回忆起当年我在那个地方工作的情形……那个时候，我的心律会跳得特别快，激动啊！"

有晶莹的泪水闪动在这位如今已是"大老板"的新浦东人眼里，那是有温度的历史。

有这种感受的何止是程放，工作了十四个月的杨昌基难道不是这样吗？2004年，已经官至正部级、在京城呆了十三年的杨昌基"异地退休"，举家到了上海。不知是杨老先生觉得当年十四个月的浦东岁月太不够劲，还是因为"阿拉也是上海人"的情愫无法让他舍弃这座美丽的城市，反正我听人说，老人家现在一有"闲心"就往浦东跑……跑着跑着，就跑到那座141号小楼里去。

"想哪，想当年那段岁月，想不到的是在这里的14个月，竟然是我一生最出彩的地方。一四一，太有意味了，跟我杨昌基'14个月的浦东工作时间，铸就一生的记忆'竟如此吻合啊！"

"1——4——1"，现年已86岁高龄的杨昌基，虽已老态龙钟，但一说起当年浦东开发，依然激情满怀。

也许他根本没有想到，许多他自己记不起的事，旁人都能如数家珍地给他讲出来——

"那个时候，141号小楼二层东边朝南的一间房就是杨昌基主任的办公室，就二十来平方米，除了他以外，副主任沙麟、黄奇帆、李佳能三位也都在同一间里办公。与一般工作人员的桌椅完全一样，杨昌基与沙麟的办公桌在朝南的窗口面对面摆着，黄奇帆与李佳能的办公桌在靠门一边的东窗下面对面并排摆着。由于办公室内再也摆不下其他桌椅，工作人员进去请示、商量工作，一般都只能站着讲话。如果讲的时间长，通常三位副主任中总有一位干其他事了，于是那空下来的一个椅子就是来谈话人坐的地方。那时领导们的作风就这样朴实、平易近人。

"主任办公室对面朝北的房间，是政策研究室，面积与主任办公室相当。但里面摆着八张办公桌，四张一排面对面并列。两边再放上座椅后，人就无法过去。坐在靠窗一边的人要走出办公室时，靠门一边的人员必须起立让行。这就是浦东开发办初期的办公景况，如此艰苦，但没有一个人有怨言。因为大家的心都往一处想，想着尽早把浦东开发的事做起来才是最要紧的……

"开发办挂牌后的两年内，办公室没有空调设备，夏日酷暑时，气温高达三十八九度。工作人员在没有来宾时，男同志便热得只能穿着裤衩工作。但开发办有规定，凡是接待来宾，尤其是投资外商，就必须规规矩矩地穿有领的短袖衬衫。每一次接待任务完成，无论是主任、副主任，还是处长、副处长，总像打仗一样，衣服湿得能拧出水。

"开发办挂牌后的一年多时间里，所有工作人员均不转工资关系，工资、奖金之类的事，全部在原单位领取。到浦东上班的人可以说全部是分文不取的'义工'。乘公交车的票据需填单报销，根本没有乘出租车那种事。我们每日的午餐全部自理，而且没有任何着落，包括正副主任在内。到了中午，杨主任等几位正副主任都会跑到浦东大道马路对面的那条小弄堂里吃小摊便餐。在那种地方，你找一个座位都很难。我们这些年轻的同志，看着杨主任他们官那么大，又一把年纪了，也跟着蹲在路边吃饭，很过意不去，所以一旦看到有吃完饭的农民工让出座位时，就礼貌地请杨主任坐。这时杨主任会坚决拒绝，并说：'大家守规矩，我不能特殊。'那个时候，上下级气氛特别和谐。记得有一次，杨主任叫了一碗兰州拉面，边吃边跟大伙儿们讲故事，大意是：别看我是医学专业毕业的，小时候在家里也处处讲卫生，大人们怕我生病，但我就是身体一直不好，经常闹病。后来上大学后就不讲那一套了，可身体竟然就好了起来，很少生病。看来，俗话说的'不干不净，吃了没病'，还是真有几分道理！我们听完都笑了，私下嘀咕，说杨主任既风趣，又会用另一种方式做思想工作啊！"

"老浦东"们讲的都是些琐事，但今天听来，仍然令人感动。我知道，大约到了这年冬季，杨昌基他们跟开发办马路斜对面的一家医院接上了关系，这样所有开发办的员工才结束了"流浪餐饮"。

前面已经讲过，杨昌基任浦东开发办主任一职时，年已58岁。"我掰着手指一算，按正常退休年龄，我总共也就还有730来天时间可干的。这浦东大开发，是一张白纸上做大文章，我能干多少事嘛！所以从那天起，我是一天一天地算，一个小时一个小时地算，正可谓来日不长，时不我待，只有争分夺秒去干，尽可能地多干些。"杨昌基回忆说，"当然，多干并不是只靠自己一个人去包打天下，而是调动开发办一班人的积极性、创造性，形成合力去干。我当时的为政要诀是：多出点子，用好干部，培养干部。"

那个时候，杨昌基手下有三员大将：沙麟、黄奇帆、李佳能，他们都是副主任。第一次正式到位后的班子会上，杨昌基说，他们原分工干什么，仍干什么。沙麟、黄奇帆、李佳能便各自坦诚地谈了自己的想法，都对原来的分工没意见。杨昌基便再次强调，原来怎么分工仍怎么分工，一律不动。事后，有人悄悄问杨昌基："你们班子成员原来的分工是你还没有来时定的，现在你是主任了，你不改，那你干什么？"杨昌基笑，说："浦东开发要靠大家的积极性，我作为班长，把大家召在一起，谁愿意干什么，想干什么，就干什么。你们没分到的事，如形态规划和经济规划怎么结合，产业政策如何确定，你们没想到的事，由我来管。我来出点子，点子变成决策后，谁愿意干就让谁去干。"

时隔近二十年，我就此事问沙麟、李佳能两位老领导，他们直夸杨昌基"高"："那个时候我们一班人，团结协作、彼此信任、相互配合，虽条件差一点，工作非常繁重，但心情愉快，就像一个大熔炉，仿佛心跳都在一个频率上——早日把浦东干出个样子来。"

王安德，斯斯文文，遇上再急的事声音也不会太高，碰到再霉气的事也不会太消沉。在浦东开发史上，像他这样"文武双全"者不是太多：学徒出身，修过电梯，30来岁就领导过几万人的企业，后来在市房地产局工作，浦东开发办成立时当政策研究室主任，又转眼出任浦东核心区陆家嘴金融贸易区开发股份有限公司总经理。后来任的职务更多，且越干越杂，但他似乎样样在行，一路清清爽爽。我第一眼见他，就觉得他更像一个大学教授或校长，他自嘲：是浦东开发把他"开发"成"生意人"了！

"说实话，浦东开发开始时，到底怎么个开发法，谁心里都没个底，我们就是摸着石头过河，或者说我们就是抱着石头过河。摸着石头过河还是有点悬的味道，抱着石头就是义无反顾，拼出个新天地。朱镕基同志当时就是这么个干法，给我们下面也是这样放手的。没有人说哪件事一定这样干而不是那样干，因为开发浦东开放浦东，是前人从未做过的事。深圳特区跟我们不一样，旧上海开埠也跟浦东不一样。我们要做的就是'一步登天'——短时间在平地上建一个不输给华尔街、曼哈顿的新上海……所以你说浦东史诗我很赞同，说到了点子上！"王安德说，浦东开发之前，他一直在市房地产局做政策研究和实施工作，包括虹桥"太阳城"土地批租等事件，他王安德都是具体的"操作手"。"招标书起草、寄发再到整理等等，甚至中间的装订入册，都是我经手的。在香港，我坐在梁振英办公室，看着、学着他如何翻译、如何编辑标书……浦东开发后，轮到我们自己动手干了，上面一声命令，说上阵就上阵，那个时候就是一个心眼：有多少力气，出多少力气。能干不能干，反正上阵后你得把事干好！这就是浦东开发最初的创业情形与精神。"

"那个时候，可以说我们所有的人心里没有杂质，就一件事：心往浦东开发开放上想，劲往浦东开发开放上使！"谈起创业的峥嵘岁月时，王安德激情澎湃。"我同沙麟、李佳能等十三人是一起被一辆面包车拉到浦东的。当时市里的领导说我过去就是专门研究相关政策的。5月3日挂牌，4日我就与当时任市体改办副主任的楼继伟主持召集全市委办局负责人开会，列了24个题目，把任务布置下去。那时大家为了浦东的事，效率真的高得难以想象。5月17日我们就'收网'。再由我们浦东开发办政策研究室汇总起草成六十页的《开发开放浦东政策框架设想》文件。6月6日就形成了第一批成果，黄菊同志亲自主持布置与修改任务；到8月8日，第三批政策文件就编制完成。市长会议紧接着就讨论审定。1990年9月10日，朱镕基市长出席市政府的新闻发布会，并就浦东开发开放政策专门回答了中外记者的提问。这些政策一出台，从某种意义上讲也消除了外界对浦东开发开放的某些疑虑……也就是说，我们把相关法规与政策早一天亮出来，就让投资商和外界早一天对浦东开发抱有信心。这样抢时间、争效率，就跟打仗没两样。要知道，浦东开发开放，正是在当时国内国际形势最艰难、最复杂的时候。朱镕基同志一直跟我们讲，大家要戴着钢盔去搞浦东的事，要有不怕砸、不怕被砸死的勇气嘞！"

确实，翻开当年报章刊登的朱镕基回答美国《时代》周刊记者的提问报道，火药味确实很浓——

美国《时代》周刊记者："上海的官僚主义像长城的石头一样坚硬，你们如何来改变这种状况？如何使浦东新区对外商投资更有吸引力？"

朱镕基："我要告诉大家的，我们在这么短的时间里，把九项法规制定出来，都译成了英文和日文，而且举行这么一个隆重的新闻发布会，这不是官僚主义而是高效率。我们相信，在党中央、国务院的支持下，这些法规对促进浦东的开发，吸引外国投资者是很有作用的，浦东开发的前景是非常光明的。当然，对这些法规我们还将继续加以研究、完善……

"至于你说的官僚主义，这个我不否认，我跟你一样痛恨官僚主义。但也可以说，官僚主义是世界流行病。上海过去指认一个项目要盖一百多个图章，我们已建立了市外国投资工作委员会，目标是审批外资项目只盖一个图章。尽管现在还没完全做到，但工作总还是比过去改进了。要不然为什么全国评选的十个'最佳合资企业'中，上海占了六个呢？那不就说明上海的投资环境还不错吗？我这次（指这一年7月7日到7月26日朱镕基率团访问美国——作者注）访问美国也经历了你们那里的一些情况。你如果说我们这里的官僚主义像石头一样，我看，你们美国有些地方的官僚主义就像不锈钢一样。"

朱镕基这个回答在当时的记者会现场，获得了雷鸣般的掌声，他个人针锋相对、铁面无私的形象也再一次被国际媒体所了解。事实上，在中央决定浦东开发开放之后，上海上上下下可以说是前所未有地高度重视、高速运转，极少有人含糊其词、原地踏步的。

浦东开发办挂牌之后的第八天，针对吸引海外投资的"上海市海外交流协会"宣布成立。朱镕基到会祝贺讲话，说中央决定开发开放浦东后，最近上海是喜事连连临门，全市人民都很高兴，很多同志写信、捐钱。有位老同志身体不好，寄来五千元，要为开发浦东做出自己的贡献；一位工人同志寄来了三千元，大家的热情非常高。

5月16日，朱镕基为了抓好浦东和整个上海的规划，亲自跑到上海市城市规划设计研究院，同五十多位专家及管理人员座谈讨论，他说："建筑工程质量是百年大计，而规划是关系子孙后代的大事，能影响到很长一个历史时期。规划搞得好不好，直接影响到经济效益和社会效益。"而且特别强调了规划工作要超前，要迅速适应上海战略重点转移和飞速发展的形势要求。

5月24日，朱镕基又在全市工业系统动员大会上要求全市上下"扎实、敢管、敢干"！

6月8日至15日，朱镕基又率上海经济代表团访问香港。此行的主要目的就是向香港各界人士介绍上海投资环境、介绍浦东开发，以及消除一些香港人士对开发开放浦东是不是为了建"另一个香港"的疑虑。朱镕基说，开发浦东的目的，是使上海获得更大的发展空间，从而可以带动长江三角洲、长江流域、东南沿海这整个中国经济的精华地区的发展，从而实现有利于中国国民经济的整体发展。他特别强调：开发浦东，进一步开放上海，不是一句空话、一个招牌、一个广告，而是上海人民的根本利益之所在，是上海经济发展现实的前途。

6月16至20日，朱镕基率团转访新加坡。

7月7日至月底，朱镕基又率团到了美国，访问考察了美国的十一个城市。之后他与汪道涵应美国工商界邀请，又多留了几天，访问考察了十三个城市……目的基本是一个：学习外国先进经验，介绍浦东开发开放，争取外商投资。

除了浦东开发的"大事记"，每天还有多少有关浦东开发的"中事""小事"？难怪当美国记者说到上海的官僚主义像"长城的石头一样坚硬"时，朱镕基真的火了。不过，由于是开发开放初期，在引进外资问题上、在操作引进外资进程中，"一百多个图章"的问题事实上也确实存在过，而朱镕基在横扫官僚主义作风时的作风，也够得上雷厉风行。我看到过那个时候中共上海市委研究室的一份内部资料，朱镕基看到一篇反映对外资项目批准后迟迟不能开工的文章后，极其严厉地批示道：

"此文可称'官僚主义大全'，呜呼上海，不改革，要完蛋。请送与'黑箱'有关的所有人员看看（如有一万人，就印一万份，市政府出钱），议论一下,看这样下去,浦东能否开发,上海有无前途,然后请叶龙蜚(时任上海市外经贸委副主任——作者注)、杨昌基同志拿起大斧来砍。我希望不要一砍又要砍几年,成为另一个'黑箱'。我只提一句忠告:我们为什么要自己跟自己过不去呢?"

这就是朱镕基,这就是上海的心脏跳动声,这就是浦东开发开放初期强劲的活力。我们读着这些文字,依然能感受到扑面而来的热浪与竭力推进浦东开发开放的豪情。它如东海的狂澜,它如黄浦江的波涛,它如黄浦江两岸的滚滚热浪,它更像全上海市人民期待和参与大发展大开放的铿锵步履……

而有的时候,它也会像夜空里划破天际的那道流星,让人心尖一颤,再也不能入眠……

这里有几个听来的小故事:

开发办遵照杨昌基的布置,成立浦东开发开放研究会,并组成了九人筹备组,蔡来兴担任组长(时任市计委经济研究所所长),成员有黄奇帆(时任市浦东开发办副主任)、朱小华(时任市人民银行副行长)、楼继伟(时任市体改办副主任)、王安德(时任陆家嘴金融贸易开发公司总经理)、王战(时任复旦大学经济研究中心主任)、王新奎(时任外贸学院经济系主任、副教授)、陈伟恕(时任复旦大学世界经济系副主任、副教授)、王健刚(市浦东开发办、研究员)。研究浦东开发开放的战略与政策问题,工作很重要,所以大家觉得应该由一位德高望重的长者担任,于是就想到了汪道涵。

汪道涵当即答应了邀请,并对研究会的研究方向谈了他中肯的看法:"我不大赞成学院式的研究,还是应当从远近结合的方面去研究。""我们应当把浦东放在大背景下进行研究,研究浦东与浦西的关系,研究浦东与长江流域的关系,研究浦东与亚太的关系。"他特别斩钉截铁地说:"上海面临着多方面的挑战,但凭着上海的地缘关系,上海终究落后不到哪里去。事成于思,事在人为,一切在于加强研究。"

根据组织要求,会长人选得到民政部门备案,工作人员在备案时被民政部门要求必须交会长的照片,且是标准的两寸照片。办事人员无奈,跑去找汪老。当了多年上海市市长的汪道涵一下子也蒙了:他们不认识我啊?怎么还要我的照片?但民政部门就是死硬,非要照片不行,否则不批。办事人员只好硬着头皮再打电话找汪道涵的秘书,看看能否通融,请他拿两张"现成"的工作照。秘书说,汪老过去确实没有照过两寸的"标准相"!办事人员暗暗叫苦:"这可咋办?"突然听那边的秘书说:"你现在马上过来。汪老已经给你准备好了。这是咋回事吗?"待办事员到汪老家,那个笑眯眯的汪道涵出现了,并且把两张两寸"标准照"拿出来,汪老说:"这是前一天特意到照相馆照的,你看看行不行?"办事员感动得快要掉眼泪了,连声说:"行行行,太麻烦汪老了!"汪道涵则更加笑眯眯地说:"凡是浦东的事,我都尽力而为,因为我是'向东派'。"接着是一串爽朗的笑声。

第二件事,那是1990年秋末。

突然有一天,上海大学80多岁高龄的钱伟长老先生来到141号小楼,已接任杨昌基出任开发办党组书记的夏克强赶忙出来迎接。

钱老虽已80多岁,但身体健朗,精神矍铄,操一口江南口音的普通话。作为著名学者,又是全国政协副主席,钱老德高望重,但特别和蔼可亲,说话就像聊家常。他说:"我今天只作为一个'老上海',来看看浦东开发,看看你们这些浦东开发开放的一线同志。"并说,"浦东开发很好啊,这是个大战略,可你们的目标定位是什么?一定要把这个问题想清楚,要有战略眼光。"夏克强便接过话茬,将浦东开发以来的情况做了汇报,并敬请钱老提出"高见"。

钱老谦和地摆手,连说"高见不敢当",但他若有所思地道:"上海这座城市过去是很了不起的,是整个远东地区的金融中心、经济中心,对全世界都有影响。那时的香港,比上海差远了,但后来香港把上海的地位接过去了。可这是过去的历史,现在条件变了,我国对外开放了,上海应该恢复原来的地位,成为国际金融贸易中心城市,相信还会比过去更好,香港的金融人才还不是从上海流过去的吗?"

仿佛想起了什么重要的往事,钱老缓缓地将头仰起,娓娓道来:"做金融是需要优秀人才的。上海过去是金融人才集聚的地方,尽管后来有不少人才去了香港,但是过去金融界著名的'四大金刚'还在上海。"他说,"在起草《香港特别行政区基本法》时,当时香港金融界有些人在有关金融条款上面刁难我们,欺侮我们不懂国际金融业务。后来起草小组就把上海的'四大金刚'请到北京,一下子就解决了问题。那些香港人一听到上海来的金融界老前辈出山,立即被镇住了。所以说,浦东开发开放不用怕,我们有人才,我们就要促使上海恢复它应有的金融中心地位。"

"看起来,钱老虽然是一次平常的浦东'私访',但他谈的问题极其重要又目光高远。那个时候，是党的'十四大'召开之前，当时浦东开发开放的方针是'金融先行，贸易兴市，基础铺路，工业联动'，但还没有提到'国际金融中心'的概念。直到党的'十四大'上才明确了'以上海浦东开发开放为龙头'，'尽快把上海建成国际经济、金融、贸易中心'，后来又加了一个'国际航运中心'。据我们所知，提出上海要建成国际金融中心，是有过阻力的，就是在钱伟长等一批德高望重的老先生、老领导、老专家的力主下，才把上海建成'国际金融中心'的字样，写入了党的代表大会的政治报告中。其实，当时我们聆听钱老在141号小楼里讲话时，就已经强烈地感受到钱老他们这些老上海人对浦东开发的火热心跳声……"当年接待钱老的一位工作人员对我说。

写此至处，便想到了一个词，叫"共振"，它是个物理和哲学概念；心律共振，则是个医学概念。在人类所了解的世界中，有一种现象有些不可思议，有人得出这样的结论：宇宙一切能量源自共振！

与之相关的理论与争论，我见过一个哲学家和一位医学家的对话——

医学家说：能量医学基本的主张是，一个能量场会对人类身体上、情绪上及心理上的行为或症状产生影响。如果我们改变能量场，那么人类身体上、情绪上及心理上的行为也会跟着改变。

哲学家说：这些例子也能在大自然中被找到。

医学家说：从人的生理而言，正能量的共振对人的生理和精神都有极大好处，可以给劳累、辛苦甚至超负荷的人体提供超级的能量。

哲学家说：生命之花是一种纯粹的意识火焰，在它的结构中涵盖了有关生命的每一种面向。用中国古代哲学家的话说，就是道生一，一生二，二生三，三生万物。

最后他们得出共同的结论：共振是宇宙中普遍存在的一种现象。不但物质与物质之间可以发生共振，形成巨大无比的能量，而且人与人之间同样可以因为理想、信仰、行动方向和情感趋向一致而发生"改天换地"的共振力量。

浦东的开发开放，让曾经沉默的上海人，获得了前所未有的心灵共振，而这共振的最强音、中心点当然是在141号那栋简易而极为平常的二层小楼里……

1990年9月11日，美国《洛杉矶时报》用了整整一个版面，刊发了题为《经历了被忽视和虐待的数十载止步不前的岁月，市场前途令上海重焕生机，中央政府认为这座旧城是最适合吸纳雄心勃勃的境外投资的地方》的文章。

"沙麟！你才去浦东几天，文章一大版一大版地发，而且还是在美国的主流媒体上发啊！"突然，这一天141号小楼的电话响了，接电话的沙麟一听对方的话音，心脏顿时"怦怦"直跳，因为打电话的是对岸的朱镕基。

沙麟暗暗叫苦，不知出什么大事了！于是便赶紧通过助手在网上调来当日的《洛杉矶时报》看：可不，一大版，而且还是他沙麟"神采奕奕"的"玉照"。

别捣糨糊了！啥"神采奕奕"，啥"玉照"了！听隔壁有人在窃窃偷笑，沙麟一手拿着文章，另一只手捂在胸口。

何谓"心惊肉跳"？沙麟饱受其扰。

"怎么啦？有啥不舒服的？"不日，朱镕基见了沙麟问。

沙麟不敢接话。

朱镕基走近沙麟，表情温和，在他耳边说道："那文章写得不错！"

沙麟一愣，稍后便心花怒放，顿时精神焕发。当晚，他回家把《洛杉矶时报》上的文章，又反反复复看了几遍，他要找出其中"写得不错"的地方。嗯，是有不少地方"写得不错"——

"根据一项有望重塑上海荣耀的战略性转型政策，旨在将上海尚未开发的区域转型成为中国最大的境外投资区的计划正在紧锣密鼓的筹划中。"

"浦东的目标是建成一个在90年代及此后中国现代化进程中扮演关键角色的工业、商业和金融中心。"

关键是这一段最"不错"：

"浦东开发办公室负责人沙麟这样评价说：'时代大变革始于80年代的深圳。到了90年代，就该看上海这个中国经济的心脏了……'"

沙麟啊，你没有犯错误，最后还受到表扬，关键是你把我们上海和浦东开发开放比作中国经济的"心脏"，这太正确了！事后，141号楼里的同事和浦西那边的老同事们见了沙麟，都跟他半开玩笑半认真地说。

"其实后来我总结，在那些日子里，包括我自己在内，无论是我们过江的同志，还是仍在老市区的同志，大家在浦东开发开放的事情上，真的是万众一心、一起心跳，所以才干得热火朝天……"我采访沙麟时，他如此说。

3. "明珠"先亮

毫无疑问，让上海人最早看到浦东光芒的，应该是闪闪发光的"东方明珠"。这颗一直被上海人称为"大珠小珠落玉盘"的"珠子"，具有特殊的光彩。如果今天站在浦西的外滩往浦东看，尤其是晚上，第一个抢眼的景致，仍然是那颗"东方明珠"。因为它在浦东的群楼之海中格外高挑、异常光艳，就像一群美女中的"模特"，其姿其颜其神态，分外超凡。468米的高度，既是20世纪90年代之前上海有史以来的最高建筑，也是浦东成为世界瞩目之地的一大奇景，在世界著名电视塔中一直占据重要地位。

"东方明珠"电视塔，并非是浦东开发开放的产物，但它的建设和"成人"，恰恰是在浦东开发开放的最初几年。

作为上海第一个能让人"看得见"的标志性的文化地标，"东方明珠"的名片意义极其重大。普通上海人尤其是年轻一代以及外埠人，在20世纪90年代能够跨过黄浦江到浦东，恐怕十有八九都是因为这颗"明珠"。记得那时我们都是如此。

在浦东还不是今天这样耀眼的时候，"东方明珠"的出现，才慢慢使浦东有了几分人气——这一历史性贡献，应当无条件地归功于"明珠"，并向它致以崇高的敬意。

"明珠"来之不易，也可以从另一方面让我们了解浦东开发初创时的艰辛。

"东方明珠"的开工时间是1991年7月30日，之前连续下了近二十天的雨。一直等到这一天，才雨过天晴，浦东大地呈现难得的清爽天气。

主办方在开工典礼上设计了一个独特的"奠基石"：用红色绸布盖了一块红色的三角体花岗石，每个边长都是九十厘米，把金属圆球放置在顶端，花岗石每面上都刻着字，意味着所有人都可以平等而清晰地看到奠基仪式。在一片锣鼓与鞭炮声中，时任上海市广播电视局局长的龚学平激动地感慨道："'东方明珠'从提出方案到开工，历经八年——这八年，倾注了多少人的心血啊，我们异常珍惜今天终于踏上浦东这块土地的艰难历程，异常珍惜心头的这份喜悦……"

依然要感谢邓小平同志。在1991年初，当新浦东的规划方案和模型放在他面前时，黄菊向他介绍"东方明珠"电视塔，并告诉他这将成为浦东第一个超高建筑时，邓小平笑了，满意地点点头。

20世纪90年代初，我第一次到加拿大多伦多时，就被那座553米的"世界第一高"电视塔深深地吸引和震撼了，同时也在暗暗地畅想着：中国何时也有这么高的电视塔呢？

其实，这个时候的浦东正在开建我们的"东方明珠"高塔……

我第一次到访加拿大时（顺便也到美国自游了一周），几乎感觉西方发达国家什么都比我们现代化。不曾想才几年工夫，我们的浦东不仅赶了上来，而且很多方面甚至超过了曾让我们羡慕不已的西方世界。这是我们这一代人目睹和亲身经历的伟大岁月。

浦东"珠"梦的时间不短。在有广播电台之后，上海人就开始做这个梦了。

最早做这个梦的人叫邹凡扬，他是浦东人。历史给了这位浦东人一个特殊的机遇——1949年5月25日，邹凡扬跟着陈毅将军的部队，一起进了他的家乡大上海。也是这一天清晨，邹凡扬坐在车子上，迎着刚刚升起的东方旭日，写下了一个震惊世界和令全中国人民欢呼的新闻稿："中国人民解放军今日凌晨攻入上海市区，大上海解放了。"短短23个字，却比攻城的炮火还要响亮，迅速传遍了浦江两岸……播出这个声音的地方是现今的延安西路129号，当时叫大西路7号，是国民党上海电台所在地。邹凡扬在地下党的带领下，第一个冲进去，完成了23个字的"重要新闻"。从此以后，这位浦东人深深地懂得了"传播力"和"影响力"。那个时候，要实现这两个"力"，就靠线杆竖得高，越高越好。我们小时候听收音机，总是听不清，据说就是发射的"杆子"不够高。

一个国家穷的时候，连根"杆子"都竖不高。

弹指一挥，时间到了三十多年后的某日，还是他邹凡扬，不过这位浦东人已经从"小邹"变成了"老邹"。他刚从加拿大访问回来，坐在一间不大的房间里，一边向同事们发着出国带回来的"三五牌"香烟，一边眉飞色舞地说："多伦多的电视塔第一牛！553米！从机场一下飞机，你就能看得到它。这啥派头？"老邹略作停顿后，又把嗓门拉高了，"关键是他们在这么高的塔中间设置了一个能容纳三百多人的旋转餐厅——就是360度都在转的一个大饭堂、高级豪华饭堂！你在那里吃饭，一边喝着咖啡，一边看着多伦多的景色，那才叫如梦如醉……"

"老邹，那'大饭堂'贵不贵？你在那儿吃过没有？"同事们好奇地问。

"我？吃得起吗？不过我也没有白去，享受了一个比旋转餐厅更牛的地方——太空甲板！"老邹已经有点陶醉了。

"啥叫'太空甲板'？"

"没听说过吧！"老邹更加得意地说，"所谓'太空甲板'，就是你双脚悬在几百米的半空中……"

"哇，天哪！那不是吓死了？"同事们一片惊呼，又问，"是人被甩到塔外面？要不怎么叫悬空呢？"

"笨了吧？平时说你们不灵光还不服气！"老邹卖关子了。

"快说！我们听着呢！"

"是在446米高的地方，装置了一个专门供旅游者观景的门楼，那阁楼四周全是玻璃做的，脚下踩的地方也是玻璃做的，这不像悬在太空了嘛！"老邹绘声绘色地说道。

"哎哟——我可不敢去那种地方！"立即有女性惊叫起来。

男的说："刺激！我去！"

也有男的使劲摇头："我恐高，不敢……"

"这都不是啥要紧的事！"老邹突然站起身子，然后一把抓起桌上的"三五"烟，豪气冲天地说，"我们中国上海哪点比多伦多差？我们应该造一座555米高的电视塔，超过他们的553米……"

"好——老邹有气魄，我们造'三五'的！"众人顿时振奋不已。

老邹从此被冠以"三五"光荣雅号。他的"三五"电视高塔梦也成为上海广播电视人的一个世纪之梦。

"异想天开嘛!"这个"三五"高塔梦,曾在相当一段时间里被一些人嘲讽为"神经出了毛病"。但与邹凡扬一样有远见的人认为是值得去梦想的一件好事。市长汪道涵又成了有力的支持者。在汪市长的指点下,邹凡扬给上海市政府和国家广电部部长写信陈述建上海电视广播高塔的想法。不想此事得到了国家广电部的支持,后发函上海市委、市政府,指出:

"上海是我国第一大城市,经济、文化、科技等在国内外都处于领先地位,工业和经济基础好,对全国的四化建设起了重要作用。但上海的广播和电视,长期以来处于落后状态,和上海的地位、四化建设的形势不适应。近年来有些省市广播电视发展很快,上海落后了。要下决心,加快步伐,科学地进行规划,把上海的广播电视事业搞上去。还要考虑到以上海为中心的经济协作区的新形势,为长江三角洲经济文化建设服务。上海的广播电视应该搞得好一些、先进一些,这是考虑问题的出发点。"

这个批示的核心意思非常清楚:支持上海搞广播电视高塔!

有了这个"国家意见",上海立即开始着手选址,先是有人建议在人民广场,但马上被否了,理由是:在市政府旁竖这么个"高高在上"的塔,显然不合适;又先后选了南京西路、静安公园及黄浦江与苏州河交汇地的原英国驻沪总领事馆所在地。"高塔"基座周边一定要有一块大绿地,而这些地方皆腾不出与高塔相配的绿地面积。

"干脆到浦东!那个地方有的是空地,而且信号覆盖范围更广……"最早提出这个方案的仍然是邹凡扬先生。"其实我一开始就有在浦东盖高塔的愿望,但怕人家说我是浦东人,所以一直把心里话压在了肚子里不敢说。"邹凡扬后来说。

正在为选址苦恼的龚学平一听老邹的建议,顿时兴奋起来:"我看可以!"

事后,龚学平在遇见市长汪道涵时,悄悄地汇报了"想去浦东"的想法,汪市长笑了笑,说道:"去吧,先看看那边的地基怎样。"

蛮好!得令的龚学平,第二天就带领一帮人乘轮渡穿过黄浦江,踏上了陆家嘴的田埂与小径……哎呀,这个地方真要建个高塔,看来难度还不小嘛!龚学平望着空旷的荒地上零星的厂房和民宅,心头有些惆怅。

那个时候的上海人中,有关"浦东开发"的设想,也只有汪道涵等几位高层领导在心中思量，多数上海人还不敢去展望这"宏伟蓝图"。龚学平也不例外。他此番察看浦东，只是为了建高塔，离"开发浦东"的思路还很遥远。然而，他这无心插柳却成了浦东开发史上的第一个特别优美而脆响的音符——"东方明珠"由此也在浦东大地上奏响了属于自己的独特旋律。

"明珠"确实来之不易，仅选址就碰到了意想不到的问题：首先是浦东的地质结构，能否建造450米左右的高塔。十二名勘测队员经过一番紧张察看与室内实验，递交的报告令龚学平和广电局大为开心——浦东土质完全可以承载计划设计的高塔。

接下来的问题却有些复杂：被龚学平他们看中的陆家嘴最适宜建高塔的地方，竟然事先已有单位占据，且是个"硬碰硬"的单位——上海市港务局经过八年多筹备的一座导航中心大楼早已选中此地，并全部立项完成，只待拔地而起……"这事麻烦大了！"龚学平一时愁眉不展，因为港务局的导航中心，是黄浦江的"命脉"，那是重中之重的工程，且港务局不属于上海管，隶属国家交通部。怎么办？事情汇报到市政府。

"请专家再做一次论证。"领导指示道。于是随后也有了一个在七重天宾馆的重要会议。

许多事情都很有意思。这"明珠"高塔确实也是冲破了"七重天"才获得重生。

一个地方决策，能否改变一个国家立项工程，是需要协调的。专家什么意见？专家最后的意见比较一致。从地理"风水"角度而言，陆家嘴地区的每一块地都是最好的。港务局的航行塔和导航中心也确实是上海黄浦江的"命脉"所在，人家筹建了八年，苦衷可以理解。俗话说：船长好当，陆家嘴难过。陆家嘴缺了导航中心，日子不会好过，所以我们没有理由把导航中心赶走。不过，新广播电视塔是上海的标志性建筑，自然要占据更好的位置。两个重要建筑都看好一块地，也是正常。专家的意见是：相比之下，广播电视塔更具有标志性意义，导航中心也就是一般建筑的高度，可以往陆家嘴那个"乌龟头"前靠，这样更接近黄浦江，也算是港务更接"地气"。

妙！市领导暗暗称道，心想：专家就是专家，道理和情理两者皆见长。

"好吧，后面的事就由我们出面跟港务局和国家交通部去交涉吧。当然，让人家让让路，得更加支持人家不是？"副市长倪天增这么说。

大上海的事，国家交通部很爽快地答应了：导航中心往前挪移，原址让位于上海广播电视塔。

地有了,建什么样的塔又成一大焦点。

这个过程复杂又令人兴奋,因为上海人想建一座前所未有的、达到世界先进水平的高塔,而且这座高塔必须是具有艺术性、观赏性,是能够吸引游客的综合体。多用途集于一身,设计难度就成倍增加。

除了高度,美成了设计的第一要素。何谓美?求何种美?这是设计的焦点与难点。

建塔方案由上海几家著名建筑设计单位参与设计,最后挑出几个方案比较。有意思的是,选定设计方案的会议也在七重天宾馆召开。入选的十二个方案中,像"东方彩虹""黄浦星光""白玉兰"等确实精美。不过,另有两个同取"东方明珠"的方案,令人耳目一新。

因为欲建世界一流、中国独一无二的广播电视高塔,上海和国家广电部都很重视,方案前后讨论达两年多时间。1989年夏天,专家们再度聚集在一起,做"最后的选择"。结果选出两个方案:一个是"白玉兰",另一个是"东方明珠"方案。专家认为,前者的设计方案非常出色,也很美,其塔身挺拔高大,塔顶上一朵含苞欲放的白玉兰,衬托出整体造型的优雅,美观又庄重,而且白玉兰又是上海市花。这个方案,令多数人赞赏。第二个方案"东方明珠",设计独特,造型灵动,充满时尚感和现代感,观赏性和艺术性兼备,难点是实施起来技术要求高、造价不菲。"最要命的是它依靠的三根斜型巨柱结构,能否承载整体高塔的重量与承受台风等外力,是目前国内技术能力所不可把握的难点。"专家们对"东方明珠"方案下了这样的结论。

专家论证会之后一个月,龚学平亲自召集专家,再次听取意见。他在开场时阐明了自己的观点:我们要建的高塔,就是要一百年不落后,是一百年后仍没有遗憾的"作品"。他的话令专家们极其感动,什么是一百年后不落后、没有遗憾的作品呢?那就是必须有超前意识,必须在时下的技术与美学基础上有所提升。

相比之下,"东方明珠"具有这种品质。专家们的陈述词也很有诗意:此方案,极富创意地将高低错落的八颗大珠小球串联在一起,其构思源于白居易的《琵琶行》诗中"大珠小珠落玉盘"的意境。那巨大的球体在夜间晶莹夺目,与正要建造的分列左右的南浦大桥和杨浦大桥,巧妙地组成了"二龙戏珠"的瑰丽画卷。

"好，我还得把大家的意见向市领导汇报。"龚学平高兴地卷起"东方明珠"方案和专家签名的评审意见书，兴冲冲地离开会场，向市政府跑去。

我们在这里应当向"东方明珠"方案的设计师凌本立先生致敬，因为他是这一方案最初的构思者。后来华东建筑设计院的总工程师江欢成领导的团队参与了完整的设计。江欢成的名字富有诗意，他的"东方明珠"与他的名字一样，具有令人欢心的诗意。"较多地力图寻求电视塔在结构上的突破，使之具有鲜明的特色，与众不同，令人过目不忘。"他总结道。468米高的主塔由三根直径七米的圆柱鼎立斜撑，从工程材料力学上保证其足以抵抗12级台风和9级地震。

"我还是觉得'东方明珠'好！"市委扩大会议上，江泽民书记表态道。

朱镕基认真地看着几个模型，最后点头："赞成泽民同志的意见。"

热烈鼓掌！"东方明珠"从此成为上海人心目中期待和仰望的一颗"明星"……

在哪？

浦东那边——

市民们踮起双脚，朝东方看去，想看那一颗从浦东亮起的"明珠"。

东方破晓，霞光万丈。

1991年7月30日，当第一铲泥土被挖起的那一刻，中国建塔史上的首创工程从此拉开帷幕，浦东开发的"时代交响曲"中，第一个音符是脆响的高音：三根直径七米的钢柱斜撑，与地面成60度角，支撑着三根直径九米的擎天大柱，合力托起直径分别为50米、45米、16米、12米的八个球体。而塔身又必须具有抗震"7级不动""8级不裂""9级不倒"的极强稳定性，"东方明珠"一打桩，便给上海建筑界出了无数个难题。

太妙了！这一铲下去，我们的大楼就先多增了几分踏实……诸多刚刚进入浦东准备建大楼的投资商，踩在浦东开发那块尚未焐热的烂泥地上，乐开了花。

其实在讨论方案时，就有过激烈的争议："东方明珠"设计虽新颖独特，但工程难度确属罕见和绝无前例。按设计方案，整个广播电视塔总体建筑面积近10万平方米，计划按两期施工。一期工程主要是塔体建筑，5.7万平方米，当时在同类建筑有效面积比较中居世界第一位。塔体自下而上由塔座、下球、中间小球及环廊、上球、太空舱、发射天线桅杆构成。塔座有四层，地面地下各两层；下球体直径50米，地面标高68米至118米，日后用于娱乐和观光；塔身中间的五个小球成串状分布，总面积达4000平方米，日后用于开发高空宾馆及其他综合用途；上球体直径45米，地面标高在250米至295米，这是旋转厅和电台设备所在的位置；最高的球体直径16米，为安放太空舱的位置，地面标高334米至350米。再之上的是110米长的发射桅杆，时居世界第一，具有发射九套电视和十套调频广播节目的能力，可以覆盖整个上海市及邻近80公里半径的区域。二期工程建筑面积为四万平方米，主要是塔下周边的七个球体，用于配套的娱乐设施。

工程由上海建工第一建筑工程公司承担。姚建平是那个时候的总经理，"哈，他姚总可美了，'大珠''小珠'都落他口袋里了！"人家说姚建平的市一建公司，几乎在同一个时期，中了与浦东开发相关的两个大工程：杨浦大桥和"东方明珠"。

"你行！"就在姚建平担心独吃"双黄蛋"难以实现时，"东方明珠"总设计师与姚建平一番深谈后，给了他一颗定心丸。

干了！开工那阵子，姚建平的一建工地上，每天都在放京剧《海港》——

看码头，好气派
机械列队江边排
大吊车，真厉害
成吨的钢铁
它轻轻地一抓就起来
大跃进把码头的面貌改
看得我热泪盈眶心花开……

"好，唱得越响亮越好！"这个时候姚建平都会夸那位手持收音机的工作人员一通，然后拉开嗓门，跟着来一句京腔："大吊车，真厉害，你快快地给我抓起来！一把托起'东方明珠'来——哈哈哈！"

这时，工人们粗犷豪放的劳动欢笑声，响彻空旷的浦东大地。

朱镕基来了。

李瑞环来了。

万里来了。

后来,江泽民也来了。

开工两个月里,四位党和国家领导人先后来到姚建平的工地上,可见"东方明珠"这个"宝贝"有多少人在期待!

塔,如何托起的,是人们感兴趣的事,也是建筑人员最需要解决的难事。我们现在可以揭开"明珠"的一些"核心秘密"了:塔基,由425根长度为35米的超粗钢筋混凝土桩,插入土中12至18米深,组成一个巨大的"托盘"。也就是说,这425根插入地下深12至18米的钢筋混凝土桩,平均每根需承载250吨重量,人们这才可以在上面一层层"串"起那些"大珠""小珠"。然而实际施工中,远比这些文字描述要复杂百倍!最大困难就是固定浇筑三根直径7米、长达100米、呈60度斜角的钢筋混凝土斜撑。当初许多专家对"东方明珠"方案提出反对意见,也是基于这一技术的难度。这可不是纸上谈兵的事。为此,开工八九个月后,龚学平亲自带领相关施工技术人员,赴欧洲实地考察访问相关国家的电视塔建筑实例。也正是学习考察期间,上海方面来电报告了一个坏消息:在浇铸三根斜撑时,其中有一根斜撑筒才浇了几米就发生了混凝土挂浆,斜筒变形。一听到这消息,据说龚学平的额上顿时"大汗淋淋"。但据一位专家回忆,这是一个误传。因为"混凝土挂浆"本来就是建筑界称为"不可完成的难题"——在浇筑过程中混凝土是液态的,柱体本身又很粗,需要大量混凝土,现场的问题是如何克服地心引力,使得斜立的钢筋混凝土柱在浇筑过程中不会往下挂漏。

叶可明是这一工程的现场总工程师,无论从技术还是实际施工角度讲,三根斜撑钢筋混凝土桩是整体"东方明珠"工程中首先要解决,也是最难克服的一道技术难题,理论上是一回事,现场和实际又可能完全是另一回事。不是亲历,不看具体变化着的现场,不可能得出最后的可行还是不可行的结论。

那几天的欧洲之行,心理负担最重的莫过于叶可明了!在抵达巴黎之后,他和龚学平等同行被安排先到埃菲尔铁塔考察。后来吴基民等人写过文章记叙过当天叶可明在现场的灵感:

当日,"叶可明心绪不宁地随意瞅着远处密实的小钢板一根根拼接起来的巨型铁塔,他灵光乍现,冒出了一个想法:是不是能在水泥没有浇灌斜筒以前,用高强度粗钢筋在里面扎成一个圆筒,这又对斜筒的骨架起到了支撑和定型作用,最后把每一块模板支撑在这个钢结构上,预先起拱成圆筒形。模板里面一层是木板，外面用钢结构，混凝土浇灌在两层板形成的筒结构里。待水泥干燥后，依次将两层模板取下，同时可以保证圆筒斜撑的表面光滑……"

这是一个大胆而又天才的构思！叶可明想到此处，脸上一扫几天来的阴云。他笑了，对龚学平说："我们有办法了！"

龚学平总算松了一口气，问："你的意思是，我们可以返程了？"

"可以了。"叶可明十分有把握地点点头。

"走，回上海建我们的'明珠'去！"龚学平高兴地对考察团成员喊了一嗓子。

攻克一道难关后，接下来的难题是如何把一颗颗"珠子""放"到半空去。关于每一颗"明珠"的诞生过程，都是有故事的。此处只讲其中一颗"珠子"的诞生记：

"最顶端的小球，聪明的设计师们是怎么让它'挂'在塔顶的呢？"吴基民等作者的现场描述很有艺术感：

"首先是它的球心位置在272.5米，国内还没有一台吊车能升到那样的高度。其次，它的体积不算最大，但是它的钢结构重达815吨，比下球体还要重。要在刮风下雨天把这个庞然大物吊装到那么高，难度显而易见。按照吴钦之先前的计划，要把上球体吊上高空的计划已经过了最佳时机。吴钦之只好另寻办法，最后他决定冒一次险，这个惊险的方法是这样的：首先利用高塔水泥筒体上的钢环梁装上一部6吨重的单臂吊车，再把12根每根重10吨的钢梁拆解，分别从地面吊至近300米高空，在高空拼接成12根坚固的钢梁，然后再将这些钢梁用每个直径20至30厘米高强度的螺栓紧紧固定在钢环上……"

最后的施工方案完全成功！这简直就是一场惊心动魄的工程艺术表演。

大吊车，真厉害
成吨的钢铁
它轻轻地一抓就起来
大跃进把码头的面貌改
看得我热泪盈眶心花开……

当八颗"大珠""小珠"在高塔中央的直线上"串"起来、整齐排列在半空中时，姚建平领着现场施工人员又高声地唱起了那段味道十足的京戏。

1994年9月20日,"东方明珠"初照一举成功!那一个夜晚,正好是中秋节。当明月高照时,屹立在浦东陆家嘴中心地带的上海人民盼望已久的"明珠"闪亮登场——"几乎所有的市民都走出家门,跑到外滩,跑到弄堂口,站在马路上,朝浦东方向望去……那明珠太美太亮,照得我们心花怒放,仿佛迎来一个新世纪。"这是一位弄堂里的老太太的描述。

是的,"东方明珠"的光亮,给开发开放初期的浦东,照亮了前行的光明大道;这光亮,让所有挡在前面的困难与险阻,都变得渺小了。上海人民的智慧是无穷的,他们的意志和信心如"明珠"放射出的光芒……

4. "空手道"换得第一桶金

曾经有一位美国大老板，在浦东开发初期被一位日本商人拉来一起投资浦东，但是中途他受各种因素影响而退出了那个时候的合作投资计划。十几年后，这位"山姆大叔"再到浦东，看到如此繁荣和美丽的浦东后，感慨之余后悔莫及，他问上海市的有关领导："浦东还有没有地了？"上海市的领导想了想，说"前滩"那里可能还有。据说这位老美现在已经在当年被称为"浦东的西伯利亚"的前滩置地多处。他的媒体朋友问他为何如此"火急火燎"。他回答道："再不急着上手，哪还有钱赚？都说资本主义国家会搞资本，现在看来我们都错了，其实真正会搞资本的在中国，在上海浦东。"

这个故事是无数"浦东传奇"中的一个，那就是"原始资本积累"的故事。关于这方面的"传奇故事"，赵启正和胡炜两位先生给我讲得最多，他俩本身的传奇故事就令我常常心潮起伏。我们先来讲"浦东第一桶金"的故事吧——

上海有关人士告诉我，那些在这块土地上崛起的一栋栋高楼大厦，现在一年向我们的政府交税几个亿、几十个亿甚至上百亿，已是常态了！那么除了交税，这样的"大楼"到底又赚了多少呢？

该是一个天文般的庞大数字了！简直就是一座座金山银山！然而朋友们，你们可知道，当年开发浦东时，上海人是多么窘迫和可怜吗？

确实可怜，百分之百的窘迫与尴尬。

写到此处，我的脑子里突然闪出一个名词："资本原始积累"。想到这个词，我的脑子里又同时闪出马克思的那句名言："资本来到世间，从头到脚，每个毛孔都滴着血和肮脏的东西。"

正是因为这句话，读者常常被误导：所有的原始资本积累，都是"血和肮脏的东西"，是有"原罪"的，并且是"资本主义最丑恶"的东西。在我们一些人的脑子里，至今根深蒂固地存在着"资本"本质上便"肮脏"，市场经济就不属于纯粹的"社会主义"这样的观念和意识。其实这是对马克思"原始资本积累"的误读与歪曲。因为马克思从未把"原始积累"视为早期资本主义的产物，他甚至就从来没有用过"资本主义原始积累"一词。在《资本论》第一卷第二十三章"资本主义积累的一般规律"中，讲的是"资本构成不变时对劳动力的需要随积累而增加""在积累进行中可变资本部分相对减少"以及"相对过剩人口或产业后备军的累进生产"等等。这里并未提到"抢来本钱做买卖"的种种行为。第二十四章是"所谓原始积累"，它开篇即明言"假定在资本主义积累之前，有一种'原始'积累，即亚当·斯密所说的 Previous accumulation"。Previous 是"在……以前"之意，Previous accumulation 即"在（资本主义）之前的积累"。我国现行亚当·斯密著作中译本多译为"预先积累"，它与"最初的资本主义积累"完全是两回事。马克思以德文写《资本论》时，英文 Previous 原为德文词 ursprünglich（原始的），它表达的仍是亚当·斯密的意思。因此马克思明白地说，"所谓原始积累"并不是"货币转化为资本，从资本生出剩余价值，从剩余价值生出更多的资本"这样一种积累，即它不是"资本主义积累"，它产生于尚无所谓"剩余价值"的那个时代，即资本主义史前时代。

由此看来，"原始资本积累"并非是资本主义的产物，而是"资本主义史前"就有的东西。浦东开发是社会主义中国的事，是人民政权的上海市政府主导的，因而现在所有这块热土以及土地上盖起的大楼、四通八达的马路、几百所学校、美丽如画的广场和地下穿行的地铁、供天上飞翔的飞机停靠的机场，基本上皆是公有和国有的资产。这个资产的总和是多少？估计谁也算不出来，因为它应该是个"天文数字"，属于人民和人民政府的巨大资产！

但是，除了上海人，恐怕谁都不会相信：原来形成这样的巨大资产的最初资本竟然只有一个亿人民币，并且这一亿元的人民币还是一张"空头支票"！

你也许不相信。开始我也不相信，但听完下面的故事，便不得不信，现代化大都市竟然是这样"长成"的——

中央批准浦东开发这一个重大国家战略，与之相关的当然是政策。而政策通常有两个方面倾向：一是开放度的大小，决定投资环境；二是财政与税收上的国家优惠。一个国家就是一个家，"当家人"也是有难处的。知道为什么那么多地方想搞特区、开发区之类的事吗？就是希望上面给予这两方面的关照。政策关照似乎好说一点，但财政和税收方面的政策如果开了口，那国家这一头就吃紧了！所以，当时中央派管经济的姚依林到上海调研论证，其中一个关键点是中央和上海市有点"较劲"的。何事？当然就是上海向国家交的财税问题。上海一直在说"我们是国家的长子，每年财政上缴占全国的六分之一之多"。中央说了，那是当然的事，你上海作为第一工业城市、最富裕的地方，你不上缴那么多财政收入，我中央咋办？那么多落后地区谁去支援？那么多大学、中学、小学的老师工资谁发？那么多国防支出谁管？中央有中央的难处嘛！于是上海说了，任何情况下，上海向中央交的财税一分不少！有了这话，中央才会心平气和、认认真真地看你上海来的"报告"嘛！

友好协商，在中央和地方之间也是常有的事。没有全国一盘棋观念的地方官员，肯定执行不好中央大政方针；而既有全局观念，又能体察兼顾本地利益的官员，才是中央认可、地方人民称道的好官。

朱镕基做到了这一点——在中央最后决定浦东开发开放政策前，他委婉而又坚定地对中央陈述道：

"对《汇报提纲》（指中央调研组《关于上海浦东开发几个问题的汇报提纲》——作者注），我没有更多的意见，写得很好。中央各部门负责同志对上海考虑得很周到。但是，后面的几条能不能考虑稍微再肯定一点，因为根据我的了解，这个文件中央很快可以拍板的。这一拍板以后，几年都不好改这个文件，这要耽误事情。所以，我恳切地请依林同志和中央各部门负责同志再次考虑一下几个问题：

"首先一个是土地批租政策和土地级差地盘的政策，这对上海是至关重要的两条政策。如果要改变上海的面貌，就要靠这两个政策。上海批租的收入如果还是按现在的办法上缴，上海是寸步难行，没法再搞了。上海批租的收入是我们浦东的一个重要资金来源，所以我希望这个《汇报提纲》有个肯定性的意见，就是让上海先试点……

"第二条意见：《汇报提纲》第六页里的写法是：'不改变现行的财政体制

和外汇管理体制，不影响上海市对中央的财政上缴、外汇上缴任务以及在沪的中央直属企业的利润上缴任务'。我觉得是不是前半句可以不要？因为现行的财政体制也说不清楚，上海实行的是一种跟别的地方不一样的财政包干，外汇也是一个包干体制，这个包干的体制即将到期，只有两年半了，空间将来怎么办，都在可变的情况之下，事实上现在每年都在变。所以，就说'不影响上海市对中央的财政上缴任务'这一句就可以了，这就是我们的本意。我们也没有提出要减少，只要稳定一下，只提出新增加的税收不要再增加上海的负担了。"

今天的上海人民和浦东人民之所以非常感谢与怀念"我们的朱市长"，就是朱镕基给上海特别是浦东开发开放问题上从中央那里争取了几个关键性的政策。用他自己的话说，如果不是那样，"上海是寸步难行，没法再搞了"。在中央面前说这样的话，既是他的风格，更是他作为上海市市长的肺腑之言。

君不知，大上海的市长当时虽从中央"收"到了一个天大的馅饼——"浦东开发"，这是上海发展的百年一遇之大好机会，同时也是邓小平同志手中扭转当时中国被动局面的"王牌"，意义双重。然而开发开放浦东如此一大块地方，没有点钱怎么可能引得"金凤凰"来呢？在我苏州老家有块地方，叫新加坡人来一起开发的工业园区，新加坡人会搞全球高端引资，可你知道他们是怎么搞的吗？先整好一块地——几平方公里面积，再把"七通一平"搞好，然而再到全世界去吆喝。这"七通一平"是啥意思呢？就是地下的所有水、电、通信、光缆等七样东西全部通好，再把上面的地平整好。知道苏州工业园"七通一平"花了多少钱吗？几十个亿！几十个亿投进去，竟然地面上啥都见不着。可外资愿意看到这样的基础设施呀！所以苏州工业园区后来招揽到了全球最好的企业入驻。举此例想说的是，浦东开发开放，要想吸引全国、全球高端的企业入驻与投资，得先把基础设施搞出个样子。当时确定的浦东开发面积是350平方公里，按苏州工业园区新加坡招商引资前先做好的"七通一平"基础投入，算算浦东要多少钱？几十亿？绝对少了。几百亿？还是少了。没上千亿元撒下去，肯定不会像样的。

几十亿？几百亿？想得美！

朱镕基第一次跟开发办的杨昌基说，每个开发公司给三个亿，开发办这块再给一个亿，作为启动资金，也就是说十个亿作为整个浦东的开发启动资金。当时听说有十个亿的启动资金，有人就私下嘀咕：朱市长给这么点钱可不像他

洋山港俯瞰

的风格嘛！到了后来，他的"风格"还真的让所有人目瞪口呆……

我们先来说说为什么把浦东开发分为三个开发公司。按照专家的意见和中央论证的结果，浦东开发最初是重点开发三个功能区，即陆家嘴的金融贸易区、金桥的出口加工区和外高桥的保税区（对外称"自由贸易区"），后来又加了张江高科技园区。浦东为什么最初按这三个功能区来设计和划分，我采访了许多当事人，当时以汪道涵为首的规划咨询组的意见，是主要集中在把浦东作为金融贸易中心和建大港口来考虑的。后来这一方案受到了很大阻力，是因为市里希望把浦西原有的工业企业分散到浦东去，以缓解老城区的压力，而且，当时对浦东能不能建成一个"金融中心"持消极态度的大有人在。然而这一主张又遭到了汪道涵等一批专家和学者的反对，虽然都是为了上海好、为了浦东好，但我所看到的这一争论还是非常激烈的，甚至有段时间还陷入了僵局。然而毕竟都是一批胸怀大局、具有世界眼光的人，又有振兴上海的赤子情怀，大家在一起讨论、商量并最后形成了统一意见：浦东开发是功能性开发，于是也就有了陆家嘴的金融贸易区、金桥的出口加工区和外高桥的自由贸易区，以及后来的张江科技园区及洋山港区这样一幅完整的浦东开发开放图。

一张蓝图绘到底，绘出了今天的浦东新天地。这话听起来很简单、容易，其实不知经历了多少曲折，有的时候就因为这样的争执，连几十年的老同事、老朋友、亲密无间的上下级，最后都成为话不投机的"冤家"。我听说，有不少这样的"冤家"，是在浦东到后来建得越来越美之后，才把彼此间的那些心结渐渐地化解了……

"现在看来啊，你当时的意见是有道理的！"

"啥呀！要是当初把你的意见采纳进去，我看今天的浦东肯定更完美、更出彩！"

"哈哈哈……""冤家"们终于又将手紧紧地握在一起。

这就是工作，这就是从人民利益出发而去做事的共产党人，这就是新上海人和新浦东人的精神境界。

继浦东开发办之后，1990年9月，经上海市委、市政府决定并报国务院审批，设立了浦东开发办下属的三个开发公司，它们分别按陆家嘴、金桥和外高桥三个功能区的名称冠以开发公司的名号。最初的三个开发公司的开发面积分别是0.7平方公里、2平方公里和2平方公里。陆家嘴区位优势强，与浦西的外滩毗邻，寸土寸金，且又是未来黄浦江两岸最繁荣的区域，先小面积开发,再待时机成熟后全面开发。这是当时汪道涵他们最早提出的思路。其余两个开发区相对空间面积大。开发方案基本确实后,就是钱的问题。

不是说好了给三个公司九个亿吗?一天,朱镕基突然急匆匆地找到杨昌基说:"三个公司九个亿不行,我哪来那么多钱呀!这样吧,一个公司暂给一个亿。"

"一个亿哪够?咋个启动嘛!"杨昌基说。

朱镕基笑了笑说:"你先张罗张罗再说。"

你的意思是有多少钱干多少活呗!杨昌基想争辩几句,却见朱镕基火急火燎的样子,早已远远地离他而去。杨昌基叹道:"就这么着吧!大上海1200多万人,啥事都得花钱,动不动就是几个亿。市长难当呀!"

杨昌基无奈地摇摇头,回头赶紧找开发办和三个开发公司传达。昨天还热情高涨的开发办同志们和三个刚刚成立的公司领导说:"这么点小钱,也就够开个皮包公司啥的!堂堂浦东大开发怕是大东海捞月,不知何年何月成事哟!"

钱少但有政策呀!杨昌基引导说:"浦东开发从一开始中央和市里确定的做法就是要依靠土地增值来实现资金聚集和滚动,这里面含金量高着呢!"

"我同意昌基主任的意见。只要能把土地增值用活,钱不缺。"新到任的黄奇帆副主任说。

大家面面相觑,将信将疑,因为他们谁也没有尝试过这利用土地增值实现资金滚动的开发战术。

不行了,不行了!才过几天,杨昌基又把开发办和三个公司的负责人叫到一起,传达"上面的秘密精神":"市长刚刚说,一个公司一个亿的钱也不能给了,只能每家公司给三千万元,加上开发办留一千万,总共不到一个亿的钱。"

这事的全过程,杨昌基回忆说:

"又过了几天,朱镕基同志即将离开上海赴北京工作了。临行前,他又对我说:'先少给一点,马上启动要多少钱?'我当时感到难以启齿,想了想后对朱镕基同志说:'那就一个公司给三千万吧!'

"'能行吗?'镕基同志问道,可能他也意识到,这一数字毕竟太少了些。当时,我这么说,是经过深思熟虑的。我们已经把三个开发公司的启动资金从向政府要钱转到了向市场筹钱。办法就是'财政投入,支票转让,收入上缴,

415

土地到位',俗称'土地出让,空转启动'。后来,这一办法被中共中央党校一个副校长概括为'空手道'。'空转启动'的程序是这样的:由市财政局按土地出让价格开出支票给开发公司,作为政府对企业的资本投入;开发公司再开出支票付给市土地管理局,并签订土地使用权的出让合同;市土地管理局出让土地使用权以后,将从开发公司得到的出让金再全部上缴市财政局。通过这样一个资金'空转'的过程,达到'土地出让,启动开发'的目的。

"当时,我对镕基同志说,土地空转,千分之四归中央,叫财政拿空头支票,土地管理局拨土地,公证处公证,按60元1个平方米算,4平方公里土地财政拿2.4亿出来。

"'那就这样先搞起来吧。'镕基同志的话语中寄予信任和希望。我将这情况在班子内进行了传达。"

杨昌基在内部一传达,立即有人嘀咕道:"这不是开'国际玩笑'嘛!"

141号的小会议室里,与会者彼此苦笑着相视,先摇摇头,后又点点头:确实是"国际玩笑",人家广东、江苏一带每平方公里土地已经到了一个亿,我们浦东350平方公里,总共才给不到一个亿!不是"国际玩笑"是什么?

倒是杨昌基先笑了:"看来我们在浦东开发的事情上,真的要开个大大的'国际玩笑',真正让全世界知道我们上海人是些什么能人!"

"你说我们拿这些钱就能干成浦东开发开放的大事?"

"那当然!不仅要干成,而且要干得比全世界任何一个国家都好!"杨昌基自信道。

"目前上海的情况摆在这里,钱恐怕三年五年内不会那么青睐我们浦东的,大家要有精神准备!"沙麟也认为。

我们开发浦东,也不会像深圳、珠海那样,有那么多海外的"亲戚朋友"主动来帮助,得靠自己的智慧和脑筋了!黄奇帆问杨昌基:"用好土地政策这一块是不是该立即动手了?"

"是,我看可以了。否则我们啥事都做不成!"杨昌基拍拍胸脯,似乎振作了一下,然而再看看自己的几位爱将,说:"你们谁愿意把'土地换钱'这活儿给弄起来?"

"我来。这事我愿意干!"副主任黄奇帆立即自告奋勇。

"大家认为呢?"杨昌基征求意见。

"此事非奇帆莫属。"沙麟、李佳能等双手赞成。

有人说，浦东成就了黄奇帆，尤其是他后来运用"浦东经验"，在重庆将土地开发推进城市建设搞得风生水起，把原本破旧落后的山城建设得美轮美奂，也让他赢得了"最能搞活城市的市长"美誉。这是另一个话题，此处不论。

浦东开发就是在这样的基础之上起步的，用"一穷二白"来形容并不为过。在350平方公里的面积上，在大上海这样的地方，几千万资金，好比是足球场上撒芝麻，连星星点点都瞧不见。

然而黄奇帆等人就用这九千万元钱加一个政策，将千座金山银山垒在了浦东大地上，夯实了一个力顶千斤的"资本桩基"——这应该是个"国家空手道"模式：

先由财政部门早上向浦东开发办开出一张"空头支票"，浦东开发公司拿着这张财政部门的支票到土地管理部门交上开发区划定的开发土地的评估费用。而开发公司拿到土地管理部门的评估文件后，就立即转头到土地交易市场挂牌换取开发土地预支支票，这时的开发公司所获得的支票金额肯定远高于早上财政部门开出的支票金额。这同一天的下班前，浦东几家开发公司必须以火箭般的速度，填上早上在财政部门所获得同样金额的支票，及时送回市财政部门……如此空转一天，市财政局其实从账面上看一分未少，而浦东开发公司各家账面上则已经有了实实在在的一大笔钱了！当开发公司有了这笔钱后，就可以去征地、去动员农民拆迁，就可以搞"三通一平"（通水、通电、通电信和平整土地），之后就可以向外招商。商家看中后，就得缴上一大笔土地租金。开发公司便用商家缴上来的钱，进行新一轮的征地、拆迁和"三通一平"甚至"七通一平"，再收进更大的投资商上缴来的钱……如此滚雪球般一直飞快地往前推，一直到浦东今天大楼林立、满地黄金的新纪元……

这就是中央给予的浦东土地批租政策，朱镕基领导和推进的，黄奇帆等人一手运作的"浦东模式"的资本积累的"高级空手道"套路。这一套路，是中国的创造，马克思的《资本论》在总结资本主义社会的"原始资本积累"中都没有这样的"模式"与"先例"。后来在中国的城市化进程中，多地运用了这一"浦东经验"。虽然现在有人批判它所带来的一些弊病，但毕竟在贫穷和落后的中国现代化建设初级阶段，"土地批租"和"土地资本"的迅速积聚，使得我们中国有了令世界瞩目的进步与发展。正如邓小平所言：发展是硬道理。设想一下：假如当年的浦东开发，循规蹈矩，等待国家给一点钱、开发一点的话，估计至今仍然见不到一座像样的摩天大厦，更不用说有多少座每年上缴几十亿、上百亿税收的大楼了，大上海更不可能有今天的繁荣！当春天的阳光温暖整个世界时，再美丽的冰雕也只能被无情地扫除。明媚的春光是为了让万物复苏，收获新一年更多更丰富的果实是春天的责任与使命，在大地复苏的过程中，摧枯拉朽也是一种进步和必然的革命。

王安德是第一任陆家嘴开发公司的总经理，他是参与制定三个公司的架构以及决定如何运作的操手之一。回忆起当年陆家嘴获取第一桶金时，王安德用"历历在目""不可思议"来形容那段岁月。

"浦东开发办成立前后，我一直在从事政策研究工作，也可以说是一直在为领导决策拿具体方案的工作人员之一，所以知道的事多些。比如关于成立三个公司的起因，是朱镕基市长出国访问前向黄菊同志交代的：我们浦东开发体制，可以按三个开发区块设置三个开发公司来进行。黄菊同志就很快把这个任务交给了我们。我和黄奇帆同志就着手用了两三年时间把三个公司的构架做出来交给了黄菊，没想到的是我把自己给'做'了进去。"已是满头银丝的王安德如今朝我笑言。

1990年7月21日，王安德与黄奇帆还在忙碌地准备即将成立的三个开发公司的具体实施材料。突然市委来电，通知王安德马上到浦西去开会。"当时的情景我一直记着。"王安德说，"因为我去晚了，所以一进市委二层小会议室，就看见里面已经坐了不少人了。会议由黄菊主持，他身边是组织部的人。副市长倪天增也在。我当时不知道是什么会议，只见黄菊主持提问，每人三个问题，十到十五分钟，点到谁谁就回答。除了领导和组织部的人，我看了一下，有三分之一的人我认识，多数第一次见。后来点到我回答，记得基本都是关于浦东开发和管理方面的问题，我一一做了回答。结束后，倪天增借口说有事让我留下，然后当着黄菊的面说：'小王你的发言不算数。'见黄菊笑笑，我没吱声。我不明白他们是啥意思，只是知道可能跟人事有关。因为我已经在浦东工作了，这个现场'考试'多少跟浦东开发有关，所以并没有把它当回事。哪知到了27日，上面又来通知让我到市委去一下。去后才知道，是组织部任命我和另外几位去三个开发公司任职，任命我到陆家嘴开发公司当总经理。我当时暗暗叫苦：从'纸上谈兵'到操盘实干，浦东真的要与我王安德过不去是不是？"

"没有人比我更清楚,当时我们浦东开发是个啥日子嘛!"如今仍然文质彬彬的王安德长叹一声说,"真的就跟一分钱都没有差不多!"

"组织部当时对我们三个公司的职别定位是局级单位,我总经理也就是个正局级,三个公司配备的班子成员都一样:一正三副。我的三个副手,一是当时黄浦区的一名副区长余力,他在区里刚到任,到陆家嘴开发公司任常务副主任;另一位是上海友谊商店总经理汪雅谷,因为浦东开发主要是对外,派汪总来是因为他的英语好,对外关系方面有经验;另一位是建行上海支行行长郑尚武。我当时 35 岁,三名副手年龄都比我大,可以说到浦东开发工作之前在上海各个领域也算是有脸有面的人物,但到了我们陆家嘴开发公司上班后,有些'惨不忍睹',工作环境完全出乎他们的意料……"王安德说到这儿抿着嘴笑了,他说:"他们到 141 号小院报到上班,一看,我们堂堂一个局级单位,竟然只有一间十几平方米的小屋子,连个最基本的办公地点都是你挤我、我挤你。我之前已经在 141 号小院上班两个多月了,已经习惯了。他们三个不行啊,一看这个摊子,脸都青了!接着又问我:'有没有钱呀?'我摇摇头说没有。'这咋弄嘛!'三人一起叹气。既然开发公司开张了,没一分钱总不行吧!于是我们就向工商银行借了二十万元,算起灶点火费吧!"

"没过多久,上面领导说,三个公司可以不用与开发办一起挤在 141 号小院了。原来陆家嘴所在的镇开了一家浦东最好的酒店,叫由由大酒店,三家公司可以到那里开展业务了!于是,我们三家开发公司都搬到'由由'去了。"

话说王安德他们搬到由由大酒店后,面临的仍然是没有钱的困窘。

"还是借呗!我们又借了二百万元。"王安德说,"起初说的是给我们每家同样数额的开办费。这事让银行来的副总经理郑尚武很生气,他说搞浦东开发这么件大事,就一笔二百万元开办费能做啥事?太小气了,他说他去银行弄五百万来。我跟他说这恐怕不行,再等等吧。不久,市里给了我们三家开发公司各三千万注册资金,但这三千万不是现金,是土地股金,就是黄奇帆他们靠'空头支票'弄来的那笔钱。"

没有钱,没有活钱,开发浦东的大事还得往前推进。这个时候,王安德他们从市里获得一个好消息,朱镕基在访问法国巴黎时,与法国政府谈定了一项协议:由法方帮助上海浦东陆家嘴金融区规划设计国际招标。该协议的条款中有一项"各负其责"的内容:境外方面所需要费用由法方负责,为二百万法郎;中国境内的费用由中方负责,二百万人民币。

中方的钱谁出？副市长倪天增对王安德说了句很无情的话："干陆家嘴的事，你们不出谁出？"

"我们的二百万元开办费就这样出去了。"王安德抹抹嘴说道。

"没钱还得干事吧？"王安德说，"浦东开发中我们陆家嘴的定位是非常清晰的，那就是搞金融贸易区，所以我就想到了怎么样把银行拉过来。银行中你就得先拉人民银行这个领头羊，它要是来了，其他的银行金融机构就会跟过来。"

"想是这么想，但我们没有钱呀！账上趴着的三千万元不是现金，动不了，只能在土地项目启动时才能动。怎么办？你想动员银行巨头们到浦东来，你就得去请啊！没有钱你怎么请得动这些财神爷呀！"王安德笑着说，"当时与别人相比，我有一点个人优势，是因为在浦东开发前期，我一直在做政策研究方面的事，跟各个单位都有些来往，关系熟，所以这个关键时刻用上了……"

这是个异常炎热的夏季，那天，陆家嘴开发公司总经理王安德，穿着一条短裤衩，问副手汪雅谷："老兄，咱们请几位财神爷谈事，得找个有点派头的地方，可公司又没钱，你看是不是借你老单位友谊商店的宝地用一下？"

"没问题，一句话的事！"汪雅谷爽快地答应，并且立即安排妥当。

"我不知道友谊商店里面有空调啊，冻得我差点感冒！"王安德窘迫地说，"中午请几位财神爷吃顿饭的钱我们还是'挂账'的……"

凭着王安德他们的"老交情"，更靠着市委、市政府对浦东开发的推进力度，几家银行的领导都表示愿意在陆家嘴"落户"，但盖房动迁这一块的钱不好出，总行不会批准。财神爷们谈到最后，露出为难表情。

王安德他们的陆家嘴开发公司顿时又慌了神。转眼工夫，那些财神爷抹抹嘴，说了声"谢谢"便抽身离开了友谊商店。

"不行，还得找他们！"王安德跺着脚，心有不甘地说。

他厚着脸皮，再度去了人民银行上海分行行长办公室，又一番恳切请求。龚行长态度非常明确："我们肯定非常支持浦东开发，也愿意在浦东那边建立大本营。"

王安德感激不尽："有行长这句话，我们陆家嘴金融区就有希望！"

龚行长笑笑说："但上面现在也确实对我们建新行选址有些硬性规定，比如像搬到浦东的用地搬迁费用，一般是不会批准的……"

"这一块我们想法解决。只要人行能到浦东落户,我们愿意砸锅卖铁尽点绵薄之力!"王安德不等对方说完,就立即站起身来表态道。

龚行长颇为感动地握住王安德的手:"那我们就一言为定。"

"一言为定!"其实真正激动的是王安德。

他回到浦东后的第一件事,就是立即启动居民拆迁和土地平整事宜。这两项一做,正好账面上通过"空手道"换来的三千万注册资金全用上了。

"什么?上回贴了二百万元,这回又把账面上的三千万元全贴给人家?这个样子,你不是'憨徒'就是疯子!"开发公司的人嚷嚷起来了,并且明对明地公开评说他们的总经理王安德。

"当时我的压力很大。大家的议论也不是没有一点道理,但浦东开发尤其是我们陆家嘴金融区的发展,如果墨守成规,等着各种条件成熟后再行动,肯定会失去很多机遇,也不可能出现后来快速发展的局面。"王安德说,"我就跟大家讲童话《种钱》的故事,来解释为什么连续两次贴老本来启动陆家嘴开发的道理。我说,第一次贴出去二百万元,是为了陆家嘴能够有个国际高标准的规划设计,没有高端的规划设计,陆家嘴甚至整个浦东开发就不可能成为国际金融贸易中心,这样的钱投下去、贴进去,就是'种钱'的过程,最后换来的就是金山银山;这次的贴钱是为了动员和促成人民银行上海分行搬到浦东,这是整个陆家嘴金融区建设的关键一招,设想一下:如果没有金融机构进驻,陆家嘴何谈国际金融中心?要想让金融机构进驻,没有人民银行这领头羊来浦东来陆家嘴,成吗?"

王安德的这番道理总算平息了一场风波。最根本的是,他决策舍本"套"来的第一桶金后来果真见了奇效:

1991年6月8日,陆家嘴开发区域上的第一个项目草签。次年5月15日,人民银行上海分行大厦动工。

1995年6月28日,人民银行上海分行正式搬迁到浦东,成为陆家嘴金融区入驻的第一家"国字头"金融机构。

已任浦东新区管委会主任的赵启正,跟副主任胡炜商量:"'财神爷'来浦东了,咱得像像样样给人家送个礼物。"

"这事交给我来办吧!"胡炜在赵启正耳边悄声说了一句,便转身去"办事"了。身后的赵启正大笑:"好主意!"

人民银行上海分行的乔迁之喜,是浦东开发的一件大事,尤其对陆家嘴金融贸易区来说更是如此。浦东新区为其举行了隆重的开业仪式。

"毛行长啊,今天我要代表浦东新区管委会和浦东人民好好感谢你,感谢你们人民银行为支援我们陆家嘴金融区建设,做了一个领头羊的表率,所以呢——我们准备了一份特殊礼物……"赵启正满脸笑容地一边说,一边示意站在一旁的胡炜将手中抱着的用红绸裹着的礼物递向毛应梁。

"哎哟!"毛应梁行长在见赵启正揭开红绸的那一瞬,不由得惊叫一声,然后又忍不住哈哈大笑起来。

原来,赵启正和胡炜送给他的是一只洁白干净、还穿着"鞋"的活白羊!

赵启正、胡炜给人民银行送"活羊"的故事,在浦东开发史上早有记载。

"这是启正和胡炜两位主任交代我们办的事。当时我们花了二百块钱到老百姓那里买来的羊,公司的几个工作人员忙了一个晚上,把那头羊洗得干干净净。虽然礼物不算贵重,但寓意很深,我们对人民银行为支持陆家嘴金融区建设所做的示范举动表示敬意和谢意。因为有了人民银行的领头示范,所以后来各大银行、保险公司等金融机构纷纷跟着迁驻到了浦东,这才形成了现在我们所看到的陆家嘴'金山银山'式的国际金融中心!"王安德骄傲地说。

黄奇帆等人玩的"空手道",为浦东开发初期解决资金紧缺等窘境起到了重要作用,积累了宝贵的经验,可谓是"弥足珍贵""受用无穷"。而且,从某种意义上讲,它撬动了整个浦东开发飞速发展的车轮。1991年2月,邓小平同志再度来到上海过春节时,朱镕基向他汇报浦东开发过程中走"金融贸易先行"之路后,邓小平说:"金融很重要,是现代经济的核心。金融搞好了,一着棋活,全盘皆活……"这等于间接肯定了浦东开发初期的"土地空转"这一经验。

"金融的本质,其实就是三句话:一是为有钱人理财,为缺钱人融资;二是信用、信用、信用,杠杆、杠杆、杠杆,风险、风险、风险,实际上就三个词'信用''杠杆''风险';三是金融不是单纯的卡拉OK、自拉自唱的行业,它是为实体经济服务的,金融如果不为实体经济服务,就没有灵魂,就是毫无意义的泡沫。在这个意义上,金融业就是服务业。"黄奇帆的这段话是他已经离开浦东新区十余年之后在重庆当市长时说的,而且那个时候他已经将浦东"土地空转"的经验,更加潇洒而出彩地发挥到了山城重庆的建设上。当有人问起已就任国务院新闻办主任的赵启正,如何评价"老搭档"黄奇帆玩的这套"空手道"时,他说了这样一段话:"他是一个非常有激情和创造性的人,但他的激情和创造性发挥的时候是有底线的，他绝不会被周围的掌声冲过边界。"

其实，包括黄奇帆在内的所有浦东开发者，他们在创业相当困难的初始阶段，所采用的这种方式，尽管在今天看起来有些特别，但那毕竟符合当时当地的"特殊性"，因而也就形成了后来浦东开发的"十二字经验"，即：金融先行，贸易兴市，基础铺路。

在与许多"老上海"谈起浦东的变化时，他们无不如此感叹："谁也想不到，当时我们所看到的浦东是稻田、烂泥路和棚户区，转眼却成了比巴黎、曼哈顿还繁华还现代化的大都市！"

"所有流出的汗水可以不计，但当年起步时的艰难无法忘怀！"

与陆家嘴、金桥和外高桥相比，上海张江高科技园区要晚两年多成立。然而这个"浦东老小"，如今却早已被国际同行称为"中国硅谷"，享誉世界。当你走进这片"科技园林"时，你无法不被眼前的高科技研发和产业基地所震撼：二十多年前，此地还是一片水稻田和烂泥地……农民们只能靠养鸡养鸭换得几个活钱。今天，也许仅仅是一栋小小的楼宇里，所创造和产生的经济价值就达数亿乃至数十亿元！

"我们所走过的路，就像一步登天！登高望远，是极目楚天，但当年迈第一步的时候，却踩在云里雾里……那真的是惊心动魄！"吴承璘是张江高科技园区开发公司的总经理。他到浦东上任，是1993年5月7日。

"我到未来的高科技园区地块，举目四望，当时的龙东路只是一条来回两车道的小路，四周一片农田……起步的困难之大，大大超出了我的想象。"吴承璘说。

之前，吴承璘在一家叫群星集团的大企业工作，手中执掌数十亿资金。然而到了张江，他竟然一下子成了"穷光蛋"。

"开发公司先期的约一亿元启动资金由于征地和基础设施投入，已经全部用完，但地块的'三通一平'还没有完成，之前几家公司签订的用地意向停留在纸面上无法批租，我们开发公司又没有其他收入，办公地与园区又不在一起。怎么办？这个时候，黄菊市长和赵启正副市长又来催我们抓紧园区的规划与'三通一平'。可没有钱，咋个开发？当时我跟财务碰了一下，别说开发项目，就是人员工资最多仅能维持两个月了！"吴承璘长叹一声道，"当时真的难死我了!"

"我把底交给大家,是希望诸位要认真地想好了:如果现在想走的,公司感谢你,愿意留下来的,可能要准备几个月领不到工资……"身为浦东四大开发区负责人之一的吴承璘这一天是低着头说这话的。

"我们不走!来浦东就是准备吃苦的!"

"就是。我们是来建高科技园区的,又不是冲着待遇来的!现在工资领不到,等张江发达了,给我们补上便是……"

"对,不把张江建设好,我们不言收兵!"

吴承璘再抬起头时,热泪满面。"我被我们的员工感动了!公司的骨干在这种情况下,竟然没有一个人打退堂鼓。他们建设浦东的信心也激励了我,给了我力量,当晚,我采用了非常规做法,疾笔越级给吴邦国书记和黄菊市长写信,请求他们出面协调有关银行给予张江开发公司两亿元的贷款,帮助我们渡过难关,而我们张江开发公司将拿出两平方公里土地作为抵押。"

如此一份冒着热气、浸着眼泪的"请示状",让吴邦国和黄菊的眼睛也湿润了。

"工、建、中、农行,你们想办法给张江伸一只手。"一道批示下去。人民银行上海支行的毛应梁行长亲自出面协商,支持张江的两亿元贷款迅速得到落实。

"修路,'三通一平',外加搭建简易办公楼的事,我来负责!五个月内搞不好,撤我的职!"副总经理毛德明向吴承璘主动请战……

五个月,150天,在一个城市的发展过程中,这个时间就是一眨眼的工夫。然而毛德明与张江开发公司的人没有食言,且提前完成所有规划中的修路与"三通一平"及简易办公楼的建设,这是如今一年为国家创造数千亿国民生产总值的张江高科技园区"起家"时的第一仗,打得精彩而又有些悲壮——皆因那"囊中羞涩",断了我"上海人"冲天豪气!

张江高科技园区开发公司迁入龙东大道的那一天是1994年1月20日,天上飘着雪,凛冽的寒风吹拂着浦东广袤的田野,然而热血沸腾的吴承璘与公司全体工作人员却在五星红旗下高唱国歌——

起来,不愿做奴隶的人们!

把我们的血肉,筑成我们新的长城!

中华民族到了最危险的时候，

每个人被迫着发出最后的吼声……

那岁月，无论是王安德、余力他们的陆家嘴，还是吴承璘、毛德明他们的张江，更不用说朱晓明他们的金桥、阮延华他们的外高桥，这四个"战区司令"及其他们的"战区"，清一色双手空空，清一色一穷二白。然而他们就是以一腔热血，靠着上海市委、市政府从中央争取来的政策，以其创造性的开发策略，将一个初生的"浦东婴儿"，托出田埂与烂泥渡，迎向崭新的世纪……

如今，浦东开发开放已经 28 年，当我们今天再一次站在这片热土上时，看到的却是比曼哈顿、巴黎和东京更美的现代化高楼大厦和车水马龙的繁华景象。上海人告诉我，如今这里已经建成了当年他们梦想的金融中心、商贸中心和人文中心。2017 年，浦东这块"弹丸之地"已经实现国民生产总值 8700 亿元人民币。

这就是浦东魅力。其实，今天的浦东仍在蓬勃发展，它毫无疑问是中国最有希望的一片热土……

图书在版编目（CIP）数据

我的国家史/何建明著. —济南:山东文艺出版社，2018.10
ISBN 978-7-5329-5781-1

Ⅰ.①我… Ⅱ.①何… Ⅲ.①报告文学—作品集—中国—当代 Ⅳ.①I25

中国版本图书馆CIP数据核字(2018)第210116号

我的国家史

何建明　著

主管单位	山东出版传媒股份有限公司
出版发行	山东文艺出版社
社　　址	山东省济南市英雄山路189号
邮　　编	250002
网　　址	www.sdwypress.com
读者服务	0531-82098776（总编室）
	0531-82098775（市场营销部）
电子邮箱	sdwy@sdpress.com.cn
印　　刷	山东德州新华印务有限责任公司
开　　本	710毫米×1000毫米　1/16
印　　张	27　插页/2
字　　数	460千
版　　次	2018年10月第1版
印　　次	2019年11月第2次印刷
书　　号	ISBN 978-7-5329-5781-1
定　　价	45.00元

版权专有，侵权必究。如有图书质量问题，请与出版社联系调换。